长篇历史小说

皇帝刘贺

——惊心动魄的二十七天

孙海浪◎著

二十一世纪出版社集团
21st Century Publishing Group

词曰：试问赣水何处去，归帆远影向东流，滔滔不管古今愁。夕阳半江血，新月似银钩。暗想当年皇冠，直冲银河荡仙州。风流美女云烟过，富贵化残秋，梦幻挂垂柳。

神爵三年（公元前59年），刘贺薨，终年三十四岁。

他先后经历了王、帝、民、侯四种身份，仅做了二十七天的皇帝。

他是西汉第九位皇帝，也是西汉在位时间最短的皇帝。

水雾杂山烟，冥冥不见天。

瞬间，一声春雷炸响，撕云碎石，赣地动摇……一个沉睡了两千多年的奇人终于苏醒！

少年倍多情，老来谁知生。不效荒诞事，但祈遇佳人。

七月二十五日，在刘贺生命垂危的最后一天，他是怎么在甜酸苦辣的煎熬中，度过『子丑寅卯辰巳午未申酉戌亥』十二个时辰？

——题记

目录 Contents

皇家风范　民间风情
——《皇帝刘贺——惊心动魄的二十七天》序 ◎朱虹

001　主要人物表

008　**亥时**（21时至23时）
　　　旧忆迷踪

019　**第一回　皇冠背后**
020　第一天（六月初一）
　　　玉玺烫手
051　第二天（六月二日）
　　　丝绸之路

069　**子时**（23时至次日1时）
　　　积善扬名　积恶灭身

071　**第二回　生命奇迹**
072　第三天（六月三日）
　　　月食巫蛊
084　第四天（六月四日）
　　　因祸得福
100　第五天（六月五日）
　　　陨石异事

111　**丑时**（1时至3时）
　　　五寸之矩　正天下之方

113　**第三回　崇尚孔圣**
114　第六天（六月六日）
　　　孔子立镜
125　密室洞天
128　第七天（六月七日）
　　　孔庙拾遗

139	第八天（六月八日）	210	辰 时（7时至9时）
	占卜皇位		民以食为天
	鸡鸣仙舍		
		211	第六回 谦抑自损
157	寅 时（3时至5时）	212	第十五天（六月十五日）
	问策良药：冬虫夏草		朝堂角逐
		221	第十六天（六月十六日）
159	第四回 民为天下		夜访霍光
160	第九天（六月九日）	225	第十七天（六月十七日）
	寻贤问策		精心谋划
170	第十天（六月十日）	234	第十八天（六月十八日）
	赌酒赏民		尺蠖之屈
178	第十一天（六月十一日）		
	英雄救美	239	巳 时（9至11时）
			贤君无私怨
184	卯 时（5时至7时）		
	君子之言　信而有征	241	第七回 忠言逆耳
		242	第十九天（六月十九日）
185	第五回 颠倒次序		诏令如麻
186	第十二天（六月十二日）	248	第二十天（六月二十日）
	易节变色		酒酣耳热
192	第十三天（六月十三日）		
	捕风捉影	254	午 时（11至13时）
			天子九鼎　一呼百应
198	第十四天（六月十四日）		
	汗血宝马	255	第八回 诚信为金
		256	第二十一天（六月二十一日）

	开河问鼎	325	第十一回 十年梦醒
260	第二十二天（六月二十二日）	326	重返故园
	惊魂再现	334	镜照月鉴
		341	伶伦乐礼
266	未 时（13时至15时）	348	山阳之阳
	为己"盖棺定论"	360	亦真亦幻
267	第九回 仁者无敌	367	第十二回 灵魂不死
268	第二十三天（六月二十三日）	368	昌邑城下
	鸡犬不宁	376	不速之客
274	第二十四天（六月二十四日）	385	作坊匠心
	围棋悟道	392	夕阳西下
282	第二十五天（六月二十五日）		
	巨鲤申冤	401	戌 时（19至21时）
			五铢钱——惟善以为宝
293	申 时（15时至17时）		
	不怕的人前面才有路	407	尾 声
		408	长眠之"覺"
295	第十回 生命尊严	428	后 记
296	第二十六天（六月二十六日）	433	刘贺世系表和大事年表
	大风悲歌	441	主要参考书目
303	第二十七天（六月二十七日）		【主要人物及其关系介绍】
	宫廷政变		
	六月飞雪		
324	酉 时（17时至19时）		
	君子使物 不为物使		

皇家风范 民间风情
——《皇帝刘贺——惊心动魄的二十七天》序

◎朱虹

中华民族五千年的悠久历史，已经形成了屹立于世界民族之林的独特文化体系。"三皇五帝"的精彩传说，反映了中华民族勤劳、勇敢和智慧的光荣传统。孔子整理《春秋》以来，中国又诞生数以百计如司马迁、班固、司马光、刘知几那样的史家，涌现出诸如《左传》《史记》《资治通鉴》《汉书》《史通》等浩如烟海的辉煌史籍。西汉时期，汉武帝采纳了董仲舒"独尊儒术"的建议，将儒学作为国家的统治思想，带来了初汉江山的繁荣昌盛。在儒学思想的指导下，"仁、义、礼、智、信"在东方得到了极为广泛的传播与颂扬。

南昌汉代海昏侯墓的惊世发掘与大量出土文物的涌现，可以看出中国儒家思想闪烁的光芒。这其中出土的一件重要文物，就是目前我们所见到的中国历史上第一幅孔子造像，上面有孔子的生平介绍。这些都是祖先留给我们的宝贵遗产，凸显了江西的文化底蕴，改变着江西的旅游格局，正在成为江西文化的"新名片"和南昌建设国际大都市的"引爆点"。当前，南昌汉代海昏侯国考古遗址公园、遗址博物馆和"汉代小镇"建设开局顺利，一批"海昏侯"专题节目在央视及北京等地方台播出，一批讲好"海昏侯"故事的书籍进入畅销书排行榜，南昌海昏侯墓发掘暨秦汉区域文化国际学术研讨会成功举办,海昏侯文化研究、宣传的热度持续升温。在这个浓厚的海昏侯宣传氛围中,作家孙海浪又推出长篇历史小说《皇帝刘贺——惊心动魄的二十七天》(以下简称《二十七天》),值得庆贺。

在《二十七天》中,儒学思想是自始至终贯穿的一条思想主线。作品以刘贺人生的巅峰时期,当上皇帝二十七天为切入点,运用电影蒙太奇表现方式,将主人公刘贺一生中可圈可点的故事都囊括其中。通过刘贺历经"王、帝、民、侯"四种身份的特殊经历与非凡命运,描写了刘贺虽陷困境与磨难,但信仰支撑着他顽强的生命,使他忍辱负重度过了削职为民、昌邑监管的艰辛十年,后又远离京城来到偏远的海昏国,度过了忧郁的四个春秋。全书暗合孔子的儒家文化观,引导读者关注国学,表达了作者的文学主张。

儒家认为,君子与小人之分,好人与坏人之分,都在于品德。品德是做人的标准,彰显出人性的优劣、尊严的高低。《二十七天》以史为证,反思刘贺,形成了该书的另一特色。全书以刘贺在位二十七天的所作所为为主线,不蔓不枝,娓娓道来,既写刘贺勤奋苦读诗书,又写他调皮的顽劣个性;既写王子家庭对少年刘贺的溺爱,又写先生对刘贺教育的失误;既写他的坎坷经历,又写西汉历史,及刘贺和他周围人在西汉大历史背景下的生存状态,并在每章结尾或段落中引经据典,给读者以"人,究竟该怎么活着"的深层次思考。

古希腊哲学家赫拉克利特有一句名言:"唯有变化才是永恒的。"他认为万物从产生的一刻到消灭的一瞬,都在不断变化着,从未静止。《二十七天》从作品布局谋篇到主人公刘贺的生命旅程,都充分体现了这一点。作者通过刘贺临终前一天的回忆、插叙来展开故事情节,把刘贺的一生放在其当皇帝的二十七天来写,又把全书十二章节人物故事融入不断变化的十二个时辰里。以历史文献为"证据链",描述了刘贺昌邑出生、王子长大、狩猎贪玩、充当继子、烟云皇帝、削官为民、海昏消沉、振作生存，直至死亡埋葬的精彩故事，且在作品中设置刘贺人生旅途的十二个"成长阶梯"，勾勒出既有皇家书卷味，又有民间侠义情的艺术形象。作者还把西汉政治、经济、法律、文化乃至巫蛊案、盐铁会议、丝绸之路、西域战争、地理风貌、民俗民风、戏剧音乐、地方小吃、民间传说等融入其中，让读者体会到西汉以来江西农业、冶炼、铜器、陶瓷、纺织等手工业及商业、交通运输、文化艺术的发展，改变世俗对赣鄱"荒蛮之地"的偏见。

人类已跨入互联网、大数据与智能制造时代，"文物"保护正向"文化遗产"保护转型，文化遗产保护工作的"内涵"和"外延"有了新的发展、变化。作者对此予以了关注。《二十七天》把读者引入西汉古墓的"纸质历史博物馆"，将海昏侯墓出土文物，诸如雁鱼灯、青铜鼎、博山香炉、青铜熏炉、青铜席镇、五铢钱、刘贺玉印及各式玉佩、贴金片漆盒、木牍、竹简等融入小说人物故事中并逐个破译，既刻画人物、推动故事情节发展，又传播西汉古墓的文物知识。如作品开篇描述刘贺临终前的回忆，提及雁鱼灯、铜壶滴漏，以及主人公寝宫摆设所展示出来的各式文物，均与人物命运紧密联系在一起。即使对次要人物的塑造也是这样，不作硬性说教。如对宫中良臣张敞的描述，说张敞居住在妓院云集的长安章台柳巷，他"从不为美貌妓女心动，从无拈花惹草之事。有时他令人驾车因公暇走马章台，自己坐在车厢内，反觉不好意思，便用扇遮面，生怕别人看到"。他深爱的贤妻"长得娇小玲珑，肌肤雪嫩，鲜妍有韵，乌云挽髻。一双秋波水灵灵，两道细眉柳叶均，真可称得上绝代美人儿"，每天必忙里偷闲为爱妻画眉。一天上朝，汉宣帝刘病已问起"画眉"之事，张敞并不否认，平静应道：一是臣确实在闺房"为妻画眉"，不止一次，天天如此，且画得很漂亮；二是夫妻之间此类私事，与他人无关；三是臣听说您在闺房中，夫妻之间亲昵的程度，远远超过"画眉"之类的事情。如果都要去管，皇上忙得过来吗？作者寥寥几笔，把一个幽默、开朗、快乐而又严谨的人物形象呈现在读者面前。

或许是刘贺其人的个性与经历所决定，作者在《二十七天》中，还运用了一些"魔幻现实主义"手法。如作者根据刘贺从小"酷爱狩猎"与"四辆活马车"陪葬品的史料，在作品中虚构了一匹汗血宝马"箭羽"，让它与刘贺命运捆绑在一起，直陪至尾声主人公葬礼"箭羽在阵阵哀乐声中见到刘贺的棺材，收慢了脚步奔到了棺前，低下了头颅，围绕刘贺棺木走了几圈，突然仰天发出了两声悠长鸣咽，前膝跪在棺前，流下了几颗泪珠""箭羽这一义举，让在场的所有人都为之感动"。虽然笔墨不多，却已经烘托了刘贺生前骑马、爱马、驯马、与他爷爷汉武帝赐赠的这匹汗血宝马生死与共、天人合一的人格魅力。

由此，我想到对海昏侯国文化遗产的宣传，如何避免昙花一现，保持长久的生命力的问题。不但要出版各种题材、风格多样的"海昏精品"，如建立海昏侯网上博物馆、拍摄宣传片、开展文物巡展，创作相关书籍、影视、动漫、手游作品等；尤其是要尽快组织力量，破译墓葬中出土的木牍和竹简的内容，特别是有可能改写历史的文字，通过新的研究成果的推出，不断扩大、提升"海昏侯"在国内外的知名度与影响力，在全社会形成"文化遗产人人保护、保护成果人人共享"的良好氛围。

中华传统文化源远流长、博大精深，其中不乏古代教人修身、治国、平天下的大智大勇，也有许多是能够帮助解决今天现实问题的法宝，值得我们很好的挖掘。海昏侯文化遗产是南昌的、江西的，也是中国乃至世界的。如何把海昏侯文化通过艺术形式充分展示出来，是作家、艺术家应尽的职责与义务。文化遗产保护是全民的事业，让我们共同行动起来，让海昏侯文化遗产"活"起来、"动"起来，为它焕发新的光芒贡献自己的力量！

是为序。

主要人物表

刘 贺 书中主要人物。汉武帝刘彻之孙。昌邑哀王刘髆之子。征和元年（公元前 92 年）出生于昌邑（今山东昌邑市）。一生先后经历了"王、帝、民、侯"四种身份。

征和元年十一月，谣言波及宫廷，大臣巫者用诅咒谋杀人，巫蛊事起。刘贺五岁丧父，十岁丧母。天生轻佻贪玩，猎奇好动。弓马娴熟，放荡不羁。但少年英俊，资禀聪明，追求孔子儒学"道、德、仁、义"的梦想。他爱好广泛，熟读经史百家，尤爱读孔子《尚书》《论语》《孝经》及《易经》五行、风水等方面的杂书。他身上颇有皇家书卷味，又有民间侠义之气；既有慈悲为本、善念为怀的禅者心肠，又有疾恶如仇的好汉气质。他胸无韬略，单纯任性，甚至有点呆萌。为人处事，不设城府。正直善良，倔强好胜。路见不平，拔刀相助。幽默风趣，无忧无虑。在生活上则追求完美，精益求精，以享"天人合一"之愉悦。

后元元年（公元前 88 年）继任第二位昌邑王。平元元年（公元前 74 年）四月十七，汉昭帝驾崩。十九岁的刘贺被大将军霍光迎立为帝。六月初一登基，被斥责"二十七天干了1127件荒唐事"。六月二十七日被废黜，成为汉朝历史上在位时间最短的皇帝。削去王号后，返回山阳郡（原封地昌邑），食邑二千户。在流放的十年中，他苦心钻研孔子经典，与庶民打成一片，并从沉沉昏梦中苏醒。此后宽大为怀，不计旧仇，以和为贵，与民同乐，脱胎换骨，悟到了如何做人做事的道理，找到了一种新的活法，乐在其中。

元康三年（公元前63年）春，刘贺三十岁，受封为海昏侯，迁入豫章郡彭蠡泽（今鄱阳湖）以西建紫金城（离今南昌60公里），食邑四千户。

接着刘贺二了刘充国、刘奉亲先后死去。神爵三年（公元前59年），刘贺也莫明其妙命归西天，终年三十四岁。当时，有个闯荡江湖的游医鉴定："海昏侯死于他杀！"然后留下谜团，神秘失踪。

刘　髆　刘贺之父。汉武帝第五子。武帝天汉四年（公元前97年），刘髆被立为昌邑王。忠实厚道，爱国爱家，仁义道德，皆有口碑。后元元年（公元前88年）薨。在位十一年。

梅　氏　刘贺之母。出身于书香门第。知书达理，心地善良，治家有方。冰霜之操，敦厚温柔。

侯夫人　刘贺最宠爱的夫人。小名隐月，苏州人氏。长相秀气，婉转轻盈，艳冶销魂。博览群书，高洁文雅。平日以古琴音乐陶冶性情，养身取乐，从而博得刘贺欢喜。

严罗紨　严延年的女儿。眉清目秀，身段优美。耍得一手好剑。与人交往，爽快大方，常向刘贺传递从父亲处获得的宫廷信息，无形中成了刘贺的"保护神"。

张　修　民间歌女。刘贺在赴长安路上"英雄救美"结识的美女。广陵王刘胥指使巫师李女须安插监视刘贺的暗探。

刘充国　刘贺的大儿子。身体虚弱，无所事事。

刘奉亲　刘贺的二儿子。游手好闲，爱好骑猎。

刘代宗　刘贺的三儿子。每天定时陪伴父亲，可谓孝子。

相关官吏简介

霍　光　字子孟，河东平阳县（今山西临汾市）人，原骠骑将军霍去病同父异母的兄弟。大司马大将军。历任奉车都尉、光禄大夫等职。回宫随侍在武帝左右，前后秉政二十余年。他为人沉着、稳重，处事谨慎，依靠同父异母的兄长霍去病的提携，从一个小县吏平步青云，深得武帝信任。受遗诏，辅少主。贪恋权势，安排把持各政。在皇亲国戚的斗争中权倾一时，威震皇宫。是一位可以左右皇位继承人的铁腕人物。为把实权抓到手，他不顾颠倒辈分，使自己的小女儿成为汉宣帝的皇后，并掩盖其妻犯通御医毒死宣帝原配许皇后的罪行。汉昭帝驾崩后无嗣，他先迎立刘贺为帝，后因发觉刘贺懵懂"恋权"又被他废黜。但霍光死后没有逃过被汉宣帝"灭族"的结果。作品以史实推翻班固表彰霍光"资性端庄"的结论，重现霍光历史真相。

上官氏 皇太后。十五岁。霍光的外孙女。

金日䃅 字翁叔，原匈奴休屠的太子。太子刘弗陵的辅臣。十四岁被安置在黄门署养马，后因他为朝廷忠心耿耿讨得武帝喜欢，受到重用。

上官桀 字少叔，陇西上邦（今甘肃天水）人。身材魁梧，性格勇猛，力大如牛，少为羽林期门郎。

刘病已 后改名为刘询，汉武帝刘彻的曾孙，戾太子刘据之孙，史皇孙刘进之子。西汉第十位皇帝。巫蛊之祸发生时，襁褓中的刘病已也被收系郡邸狱。后元二年（公元前87年）遭赦，被祖母史家抚养。元平元年（公元前74年）刘贺被废，霍光等大臣将他从尚冠里住处迎入宫中，先封为阳武侯，随后即皇帝位，时年十八岁。是中国历史上为数不多在即位前受过牢狱之苦的皇帝。少时多到京都三辅了解民情，关心百姓疾苦。在位期间励精图治，选贤任能，贤臣循吏辈出，恢复和发展农业生产。本始二年（公元前72年）联合乌孙大破匈奴。神爵二年（公元前60年）平定西羌，并置金城安置降羌。同年设西域都护府监护西域各国，正式将西域纳入版图。史称前汉国力在其治下最为强盛。对被废皇帝刘贺网开一面，宽容善待，从而留下了刘贺与西汉大墓存在的奇迹。

刘弗陵 汉昭帝。汉武帝刘彻少子，母亲是赵婕妤（钩弋夫人），西汉第八位皇帝。其母怀他十四个月，武帝认为神奇。武帝后元年二月，武帝病危期间诏命立刘弗陵为太子，当时他才八岁。在霍光、金日䃅、桑弘羊等辅政下，沿袭武帝后期政策，与民休息，加强北方戍防。元平元年（公元前74年），刘弗陵因病驾崩，年仅二十一岁，在位十三年。谥号孝昭皇帝，葬于平陵。因昭帝无嗣，霍光力推刘贺继任皇帝。

刘 胥 广陵王。武帝第四子，即刘贺的四伯。自幼顽劣好胜，长大成人后喜欢游乐玩耍，力大如牛，肆意任性，不守法度。先帝刘弗陵驾崩后，他对拥立刘贺为帝恨之入骨，指使巫师日夜诅咒、谩骂。

郭 穰 宫中宦官总管。霍光安插在刘贺身边的暗探。脑子灵光，说话、办事利索。嗜钱，恋权，常借选官之机敲诈勒索，以肥己囊。

张安世 车骑将军。霍光安插在朝中的亲信。大司农。昭帝时为右将军、光禄勋。曾在家经营作坊，拥有"家童"（奴隶）七百人。他是抚养刘病已的掖庭令张贺的兄弟，身上颇具江湖义气。

东方朔 字曼倩，少好读书，又善诙谐、善辞赋，著有《神异经》《海内十洲记》等。在政治、思想、军事、文化诸方面卓有建树，人称他"仙人""文侠"，深受武帝厚爱。

杨　敞 丞相。华阴县人。曾在霍光军幕府担任军司马、大司农等职。谨小慎微，胆小怕事。

张　敞 字子高，河东郡平阳人。最早为张里的郡太守卒史。后通过举荐参加过甘泉宫粮仓长，后又担任太仆丞。正在他步步高升之时，恰逢刘贺继承皇位，因刘贺不拘小节，有些行为不遵守法度，张敞多次上书劝谏刘贺，获得了霍光等大臣们的欣赏。

丙　吉 字少卿，鲁国人。光禄大夫。喜欢钻研法律，曾在鲁国监狱中担任狱史。他出身于监狱小吏，苦读《诗经》《齐论》，仁慈宽厚，深明大义，效忠朝廷，不矜其功。

夏侯胜 博士。光禄大夫。字长公，鲁（今山东曲阜一带）人。中等身材，貌容寒冰，清秀异众；性格爽直，幽默风趣。从小失去父母，是个孤儿，各种学问烂熟于胸。自刘贺入宫以来，夏侯胜多次劝谏。

李延年 中山（今河北定州）人。李夫人之兄。汉武帝宫廷乐师。作曲家。且能歌善舞。为把亲妹妹李氏推上"皇后宝座"，曾绞尽脑汁自编词曲、自己演奏，从而获得武帝宠爱。

严延年 字次卿，东海郡下邳县人。酷吏。孝子。曾任御史大夫府掾史、侍御史等职。精通政务，性格直率，尽职守责，严惩罪犯。

刘屈氂 丞相。武帝庶兄中山靖王刘胜的儿子。

傅　嘉 宫廷侍中。

史乐成 宫廷使臣少府。

昌邑王府臣仆简介

王　吉　字子阳，琅琊郡秉虞县人。任昌邑国中尉。刘贺的忠实辅臣。对学习、工作、生活执着、严谨。性格直率，辅导刘贺性情温和，极有耐心。刘贺被废黜后，昌邑国群臣被逮捕处死，但他因多次劝谏，被免除死罪。

龚　遂　字少卿，山阳郡南平阳县人。昌邑王府郎中令。刘贺忠实的辅臣。办事认真，一丝不苟。

寿　成　刘贺的马夫兼保镖，绛州翼城(今山西翼城东)人，性直、豪爽，爱读书，善骑射，智勇双全。

许茂昌　旧昌邑府刘贺的总管家。

贾十朋　旧昌邑府管理生活的仆从。

毛士博　文物收藏家。刘贺收集古玩常请他辨识并保管，深得刘贺信赖。

善　仆　昌邑王府的家奴兼管家。曾为富家独子，后因父亲被人陷害入狱，家道没落，便在昌邑府混口饭吃。刘贺见他性格豪爽、粗中有细，办事利索，便让他留在自己身边。

方　叔　昌邑国总管事。

安　乐　昌邑王府的相，后任长乐卫尉。

王　式　字翁思，东平国兴桃县人。做过昌邑王刘贺的老师。著名大儒。性正直，豪爽，自尊，自重。精通《论语》《孝经》和《易经》，喜爱骑马、打猎、下棋。对少年刘贺成长影响颇深。昌邑国群臣被逮捕处死，因他对刘贺教育有方被免予死罪处罚，告老返乡不再教书。

周　壶　昌邑王府的老仆从，号"酒壶"。

乐　伍　旧昌邑府的警卫。

苏　红　刘贺的奶母。贤惠、善良、勤俭质朴，从小守护在刘贺身边，对刘贺童年的成长具有一定影响。

七　巧　昌邑王府的丫鬟。因七巧无姓，大家也称呼她"巧儿"。

刘贺的禅道挚友简介

颜　高　又名颜产。颜回为"孔门七十二贤"之一。颜高为颜回的第九世孙。济阳县鸡鸣仙舍儒学高士。字子骄，琅琊临沂人。自幼博览群书，儒家仪礼，兵法武艺，无所不通。居无定所，来去无踪。与刘贺结为忘年交，并受到他的关爱与帮助。

章子玄　豫章郡人。建筑设计师、画家。章文的后裔。章子玄相貌丑陋，但通读四书五经，尤对儒学研究颇深。他从小敬仰孔子的弟子澹台灭明。子玄拜鸡鸣仙舍大儒颜高为师，常在外游学，因刘贺出生时他曾为刘贺破释过"贺"名，后偶遇刘贺，与其结为好友。

章子义　豫章郡人。自号"星囊"。章子玄之弟。博览群书，见多识广，滑稽多智，才思敏捷。精通儒学，博览《墨子》、《孟子》及《易经》、音乐、算术、历法。他四海为家，传播孔子"仁义"与善德。

孟　喜　字长卿。东海南陵（今山东策庄）人。西汉经学家。精通《易》，博识历史、地理与物产。

其他人物简介

江　充　字次倩，原名江齐，赵国邯郸人。绣衣使者，巫蛊案的炮制者。油嘴滑舌，善于伪装。

檀　何　胡巫。民间郎中。刘贺出生那年在江充的背后指使下，在昌邑王府制造"西窗木偶人"事件，欲毒死刘贺与其母，未逐。

李　须　胡巫。刘贺十九岁登基前后，在刘彻第四子刘胥幕后操纵下，装神弄鬼，绞尽脑汁诅咒刘贺并设法制造种种假象，以达到"刘胥取代刘贺皇位"的目的。

谢他天　号浪士。长安盐商谢瑞昌的花花公子。李女须安插在刘贺赴京路上的绊脚石。喜酒、赌酒。目中无人，争强好胜。

廖太守　名景道，字文博。豫章郡太守。出身贫寒，父亲为吹鼓手。母亲以织布为生。聪明过人，左右逢源。但勤奋好学，精通孔子《论语》《诗经》与《孝经》，略懂阴阳五行之说，因此深得豫章郡高人赏识。操纵谋杀刘贺事件的幕后策划者。

孙万世　豫章郡卒吏。对刘贺的陷害者。

丁子奇　风水先生兼花匠、民间园艺设计师。精通风水《易经》。

蒋　冲　号老大。孙万世的内侍兼船工。民间花鸟博士。

河上公　民间画师。刘贺紫金城与古墓的设计师。威仪凛凛。工书善画，巧于雕刻。

【亥时】（21时至23时）人定，又名定昏等。人定即人静此时夜色深沉，人们也已停止活动，安歇睡眠了。

旧忆迷踪

豫章。昌邑王城。神爵三年（公元前59年）盛夏。

农历七月二十五日。天气异常闷热。天边的阵雷滚滚而来，撕碎云层，划破夜空，像喘着粗气一样没命地飞来，一声声地炸响开来，打得遍地直冒灰白色的尘烟，可就是洒不下丁点雨水。

昌邑古城在鄱阳湖西岸——南昌新建北部昌乡游塘村附近。它距县城约80公里，当地百姓至今乃称之为"昌邑王城"。昌邑城面积较大：东西长约600米、南北宽约400米。全城呈盆地状，在北墙中，有两个相距4米，略高于城墙的驼形土堆，约高10米，基宽约12米。城之四角皆高于土墙，皆呈厚基圆锥状土墩，远远望去，像一座坚如磐石的碉堡。城中央略高而平坦之地，便是刘贺的王宫。

这一天，是刘贺生命的最后时刻。

昌邑王城石姑宫内，周围墙角的大陶、小缸和木盆上陈放着冰块，略显几分凉爽。床头边的几案上，一盏鱼雁灯燃烧着。这是一盏青铜鱼雁灯，它造型优美，由雁体灯座、雁颈虹管、灯罩与灯盘四部分组成，整体呈鸿雁回首衔鱼伫立状。灯体形态宽肥，灯颈修长，灯身两侧铸出羽翼且有短尾，双足并立，掌上有蹼，似乎托起一轮在湖面西沉的残月。雁嘴衔着两片弧形板为灯罩，可左右开合，既能挡风又可调节灯的角度与光线强度，油灯点燃后产生的烟气由鱼身收集，通过大雁脖子溶消于雁体内灌注的清水，巧妙化解油烟，清洁空气。

鱼雁灯下，一团半明半暗的火焰，不时地爆出火花，映照着一块陶罐那么大的卵石。微弱的光线照亮了一张两米多长的床榻，床上躺着一位三十几岁的男子。身高约一米七五，骨瘦如柴，脸色枯槁，整个牙齿整齐良好，但门牙已经残缺，手臂粗糙。唯那双细小眼睛，深邃，凹陷，明亮，含着一种炽热的光。正是：身如五鼓衔山月，命似三更油尽灯。

窗外。彭蠡泽（今鄱阳湖）畔。惊雷轰隆炸响，剑刃相击，山崩地裂。一阵狂风把窗棂摇得咣当作响。一股狂风推开了半边窗户，使帘子啪嗒晃动。眼看鱼雁灯忽闪忽闪，时隐时现，就要熄灭……

黑暗处传来一声叹息。一只枯瘦、颤抖着的手欲把灯儿调亮，可他的手怎么也够不着，呼叫着："灯，我的鱼雁灯！它快灭了……"接着，窗外的雨像用瓢子泼下似的，畅快淋漓地洒落在紫金城地面。随风摇坠的草木种子被湿土裹住，在孳殖根须，争取它们的生命。

他就是仅当了二十七天皇帝的海昏侯刘贺。

汉昭帝元平元年（公元前 74 年）四月十七日，在位十三年的汉昭帝驾崩，年仅二十一岁。昭帝无子嗣，也无传位诏书，只留下一个年仅十五岁的上官皇后。从小辅佐幼主并受武帝托孤的大司马大将军霍光，泪流满面，寝食不安。西汉时期，皇上为尊崇忠臣立下的丰功伟绩，尚在"大将军"前冠以"大司马"的官衔。当时，霍光虽年过六旬，但朝廷重大政务仍都落在这位重臣肩头。

霍光字子孟，身高七尺三寸，皮肤白皙，眉目疏朗，留有一副美胡须。原是骠骑将军霍去病的同父异母的兄弟。霍光的父亲霍仲孺是河东郡平阳县（今山西临汾）人。霍仲孺虽身份不高，却也是个风流人物。当他以县吏身份在平阳侯曹寿家中当差时，与侍女卫少儿私通，生下了霍去病。后来霍中儒服完差役返回家中，又娶妻生下了霍光，从此与卫少儿断绝了关系。多年之后，少儿的妹妹卫子夫受汉武帝刘彻宠幸，被立为皇后。从此霍去病得到了刘彻的重用，升为郎官、诸曹宫中侍从，后来作为将军，率领汉家男儿重创匈奴，官至骠骑大将军。一次，霍去病出征返回途经平县，把年仅十岁的霍光带回长安，再后来霍光担任奉车都尉、光禄大夫，武帝外出时掌管御车，回宫则随侍武帝左右，出入宫中禁闼二十余年，小心谨慎，从未出过差错。他沉着、稳重，处事谨慎，能文尚武，严于执法，深得武帝信任。最后刘彻毅然决定：由霍光、金日䃅、上官桀和桑弘羊共同辅佐皇太子。四位大臣拜伏于武帝前，接受遗诏，辅佐少主。

霍光的另三位搭档，一位叫金日䃅，字翁叔，原是匈奴休屠王太子，身材魁梧，相貌威严。从前骠骑将军霍去病率领汉军出击匈奴右部，斩获甚多，并虏获休屠王的祭天金人。那年夏天，霍去病又一次率领汉军攻下祁连山周围地区，匈奴的休屠王与浑邪王害怕了，便商定一起投降汉军。在投降的过程中，休屠王反悔，因此浑邪王将其斩杀,继续投降汉朝。武帝封浑邪王为列侯。金日䃅因为父亲休屠王不愿投降而被杀,便作为俘虏,与母亲和弟弟一起来到长安,被朝廷安置在宫中黄门署养马,当时他才十四岁。他养的马又肥又壮,从而讨得武帝喜欢,加上他对武帝忠心耿耿,故一路升迁为侍中、驸马都尉、光禄大夫,才华横溢,且也不曾有过过失。另一位名叫上官桀,字少叔,陇西上邦(今甘肃天水)人。身材魁梧,性格勇猛,力大如牛,少为羽林期门郎,后曾任侍中、太仆等职,也是汉武帝身边的近臣。还有位大臣名叫桑弘羊,曾推行诸多经济政策,大幅增加了国家财政收入,为武帝继续推行文治武功事业立下了汗马功劳。汉武帝思来想去,便想让霍光、金日䃅、桑弘羊、上官桀共同辅政太子。他觉得,若有这四位重臣相互配合,定然能保证江山传承万无一失。

霍光却泪流满面,匍匐在地上连连叩头,谦让道:"臣不如金日䃅。"

然而,金日䃅接道:"臣是外国人,不如霍光,霍光为人沉着、稳重,办事谨慎,处理朝政事务周到、果断。"二臣相互谦让,武帝为此颇为感动。这三位重臣在刘髆父子心目中,真可谓神明与恩人。但经过历史的考验,却不是那么回事。这是后话。

六月初一刘贺登基,之后又被霍光奏明皇太后,以刘贺"行昏乱,荒淫迷惑,失帝王仪礼,乱汉制度"为由,将刘贺帝位废除,立另一皇宗亲刘病已为帝,是为汉宣帝。汉宣帝即位后对刘贺仍不放心,派人暗中监视他,后考虑刘贺在原封地早有根基,恐其羽翼成熟,招兵买马,夺取帝位,故于元康三年(公元前63年)春,又把刘贺改封为海昏侯,移居豫章郡一带,食邑(享受朝廷俸禄)四千户。

汉高祖击败楚霸王项羽后,命大将灌婴率兵进驻豫章,修筑了一座城池,即豫章城。豫章城内外樟树繁茂,比比皆是。松阳门内有一棵樟树,它高达十七丈,枝叶扶疏,蔽荫十亩,故称"豫章"。豫章郡城周围计十里八十四步,周围筑有黄土堆积的城墙,辟有六门:南有南门和松阳门,西有皋门和昌门,东、北有东门、北门。

海昏侯国都城称"昌邑王城",坐落在彭蠡泽西畔。刘贺性格开朗,亲近百姓,昌邑王城外围虽筑有两道城墙,但允许平民百姓在内围城墙玩耍。侯府庭院虽比不上昌邑王府气派、辉煌,却是另一番南方建筑风格:一排排楼阁错落有致,轩窗掩映,幽房曲室,玉栏朱楣,相互连属。各户自通,回环四合。金虬伏于栋下,铜兽镶门；壁砌生光，琐窗曜日，精工之巧，亦当自迷。尤其卧房临近湖畔，日夜均可听到长浪拍击礁石的喧哗声。

近两年，海昏侯西山日薄，残息奄奄。上个月，扬州刺史奏报汉宣帝，诬陷他"野心勃勃"想当"豫章王"。三十四岁的刘贺心劳日拙，身体每况愈下。昨日老病复发又卧床不起，喉咙的痰一进一出，咕咕作响，一声接一声。他眉梢紧锁，痛苦地呻吟着，愣愣地盯住鱼雁"噼啪、噼啪"地闪跳着。眼看那灯火就要熄灭，他不由惧怕起来：我究竟是为何，举家千里迢迢沿赣江而上，落户于这荒僻的，既远离故土，也远离长安的豫章郡啊？刘贺深深地怀念着家乡，回想起他入宫以来发生的种种异事，他心里顿有所悟，于是想通了。正是：名利何必苦奔忙，迟早须臾在上苍。但学蟠桃能结果，三千余岁寿不长。

综观整个海昏侯国，它分布地面积达五平方公里。土城延用刘贺原在昌邑国的封号，命名为昌邑王城。然而，筑城仍解决不了"土匪侵袭"的问题。前些日子，刘贺将周围几千户人家上交的俸食全部收齐，当土匪得知海昏侯私宅积蓄丰厚，又纠集了多股土匪掠城，使他寝不安席，食不甘味，度日如年。这些日子，他愁眉不展，心情忧郁，日渐养成一种怪异的"孤僻习性"。

本来，在昌邑王城，刘贺有十六位妻妾、二十二个儿女，还有上百号仆从，可在妻妾中，他最喜欢的只有严罗紃、侯夫人。他最疼爱的儿子刘代宗，代宗孝顺、乖巧，自幼喜爱读书，知书达理，把《孔子家语》背得滚瓜烂熟，他将孔子"上敬老，则下益孝；上尊齿，则下益弟"的教诲铭记在心并付诸行动，为父亲尽孝。这些天来刘贺病情愈重，心里烦躁不安，便以"躲避外来干扰，不许家人吵闹"为借口，独自一人静居在这简陋的房屋，并指定代宗每天亥时，准时来此为自己添加灯油，但其他妻儿、奴婢一律"避免打扰"。

刘代宗是个大孝子，从小受父亲"行与孝"的熏陶，把"敬身、敬亲、敬妻、敬天"紧密结合，相辅相成，身心一体，把父亲看作自己生命中的一盏神灯。他想，父亲一天天衰老，自己陪伴父亲一天父亲就多一天快乐；所以他觉得为爹添油，不仅天经地义，还能沾沾父亲身上的仙气，因此他每天亥时都来。最近刘贺病情加重，他便悄悄守候在寝宫左侧的柴房。刚才他正在打瞌睡，一阵惊雷响起，他立刻惊醒，慌忙提着油桶奔进寝宫。

房门"吱呀"一声推开。门前站着个十五六岁的少年。

他就是刘代宗。面如桃瓣，眉目清秀，温厚平和，一团孩子气。再看看他那身打扮，头戴束发嵌珠紫帽，腰间挂着一块饰有"玉神兽"的玉佩，下面半露青绫裤腿，锦边墨袜，缎面厚底青鞋，显得富贵而娇气。他手里提着个小油桶，刚听到雷响便跑了过来。因外面风雨太大，赶紧将房门紧紧押上，走到父亲床榻前，先给鱼雁灯添满油，再把床席上那雁形、鹿形席镇移至四角，把一张大席压得平平整整。几案灯下有一块奇异的卵石：这是一块被风化的椭圆形的陨石，表面有层黑色熔壳，呈颗粒状，犹如玉球，晶莹剔透；整块陨石均浮现湖水波纹，西边尽处点缀着一个红点，恰似落日。昏沉夕阳下，隐约呈现几颗灵动的黑点，恰似仙鹤翱翔于浩瀚湖面。更为神奇的是，那陨石下方留有许多气印，像是仙人按下的手印，手印模模糊糊，隐约可见一个天然合成的"贺"字，约拇指大小。这块怪石，可是府中的珍稀宝贝，是刘贺的命根子啊。

孔贤斋书房内，还挂着一面昭明铜镜。刘贺从小便养成了良好的习惯，爱整洁，重仪礼。他记得孔子曾说："我所闻，在人们生活中，礼是最大的事情。没有礼，就没有能够以礼节侍奉天地的神灵；没有礼，就不能区分君臣、上下、兄弟、长幼的高低位置。"他把这段警言记在心里并付诸行动。每逢参加庆典或外出办事，他都要在昭明镜前照照、看看。

刘贺又用那面锃锃亮的铜镜照了照自己的手，只见双手粗糙，指尖龟裂，简直像火烤过一样。由此，他感悟道："圣人之作镜兮，取气于五行。生于道康兮，咸有文章。光象日月，其真清刚。以视玉容兮，劈去不详。"转而叹道："呵呵，臣已三十四岁了！日薄西山。老了，老了……那边，我皇爷爷，我皇奶奶在等着我呢。"又对着铜镜，整整自己那身洁净的衣衫，笑得十分灿烂。

此刻的刘贺虽病入膏肓，但面对死亡依然毫无畏惧，心静如镜。

是的，刘贺何止在照人，他在照心啊。镜之义，不仅照容面、理衣冠，还被赋予了更多的含义。铜镜可排遣相思，可追求富贵，可长宜子孙，还可以驱邪避灾呢。再想得高尚一点，铜镜可保国泰民安。如洛阳西郊汉墓的"四神镜"："福熹进兮日以前。食玉英兮饮澧泉。驾交龙兮乘浮云。白虎引兮上泰山。凤凰舞兮见神仙。长保命兮寿万年。周复始兮八子十二孙。"

刘贺想到这里，再次得到了满足：臣这坎坷的一生，何时不在以人为镜，正身、正容、正心呢。他那张苍白脸上的灰色早已烟消云散，坦露出和善而平和的光泽；他高挺着胸膛，仿佛自己又回到了十八九岁，依旧那么帅气。

刘代宗把鱼雁灯调至最亮，又踮起脚尖，把悬挂在四周的三盏连枝灯点燃。连枝灯青铜枝节弯曲，紧连着四层圆形油碗，可燃四光之灯，远远看去，犹如三棵圣树竖起，火焰腾腾，熠熠放光，把室内每个角落映照得通明雪亮。

这是一间约二百平方米的寝宫：正面墙上挂着古琴、宝剑，剑柄系有黄绢条儿。床榻案头边，除那盏闪亮的鱼雁灯外，还有香炉、孔子立镜。西面墙边置有宽大的檀香木架，或贮书，或设鼎，或安置笔砚，或供设瓶花，或安放盆景。这些珍奇古物式样变化多端，或圆或方，或葵花蕉叶，或连不半壁，真是花团锦簇，剔透玲珑。且满墙皆是随依古董玩器之形抠成的槽子，如琴、剑、悬瓶之类，俱悬于壁，却都是与壁相平的。

最为显目的要数那十块金光灿烂的金马蹄，还有玛瑙、玉神兽、玉环、玉剑具、玉剑首、人形玉佩、蝶形玉佩、玉璧、玉带钩、玉耳环和提梁卣、鸟头酒器、蒸馏器、温酒器、铜染炉、青铜釜、青铜奁、雁形、鹿形席镇、青铜豆形灯、青铜管铜饰、砝码、青铜熏炉、青铜剑，漆盘里盛有虫草、黍米等。靠南窗前那张书桌上放着一盏未点燃的铜豆形灯，灯下摆有砚台、棋盘和木牍奏折、竹简奏章等等，五花八门，琳琅满目，可都是些精致好玩的东西啊。

再看看另一侧，所收拾的与前处不同，竟分不出间隔来，原来四面皆是雕空玲珑木板，或"流云百蝠"，或"岁寒三友"，或山水人物，或翎毛花卉，或集锦，或博古，或万福万寿，各种花样，皆是名匠雕镂五彩、销金嵌玉的。一排接一排，连接不断。倏尔五色纱糊，竟系小窗；倏尔彩绫轻覆，竟系幽户。

静，只能听见铜漏壶循环流水的滴答声。

刘贺微闭双眼，安静地躺在床榻上，他凝望着连枝灯下几案上的那把铜漏壶。刘贺总爱把这漏壶与自己的生命联系在一起。他从小好学、好问，就连铜漏壶之类的生活用品，也饶有兴趣地研究过：

漏壶最早发明于黄帝时代。在商代后期，中国出现了一把昼夜分为100等分的百刻计时制（一刻等于14.4分钟），从而使中国古代有了统一计时标准。从西汉制定《太初历》时起，漏刻开始成为天文计时的仪器，由"太史待诏"掌管。其计时的关键在于"漏"，共分为"沉箭式"和"浮箭式"两种。刘贺爱收藏祖上传下来的器物，却又喜欢时髦，喜欢摆弄各式新鲜玩意儿，所以便选用了"浮箭式"。他还发现了它的秘诀：原来漏壶底部开一滴水口，壶盖上有个进水孔，小水滴从日壶滴进月壶，再从月壶滴进星壶，最后进入受水壶。随着受水壶里水量的增加、水面的上升，浮箭自然同步上升。那铜壶犹如如今钟表的表盘，浮箭则如表针。观看浮箭顶端指示的铜尺刻度，便可知晓当前准确时间。豫章郡刻漏分昼漏与夜漏：漏壶尽，指天明，豫章郡便要击鼓报时；昼漏尽，指夜临，便要鸣钟报时。刘贺躺在床榻靠在枕边，一抬眼便可看到准确的时辰。

刘贺对鱼雁灯与漏壶情有独钟，还与其珍惜时间雅好读书息息有关。

刘贺识达古今，尤喜读孔子。常在深更半夜挑灯夜读，在那微微闪烁的灯光下，苦读《论语》《孔子家语》《齐论》《孝经》是他的必修课，还爱读《诗经》《易经》《五行》《八卦》，以及音乐、医学等方面的杂书。在这生命的弥留之际，他眼前那七个灯头与连枝灯芯，在他心灵深处撞击出一朵朵的智慧火花：火啊，水啊，日月运行，一寒一暑。天无二日，士无二王。如月之恒，如日之升。天道，自然，规律，不可逆转的历史规律。

此时，刘贺心里舒坦多了："呵呵，水游到深处，鱼才极快乐，树林最茂盛，鸟才知归巢。万事万物，各有天性。"说完，再次把目光投向那盏鱼雁灯，有感而发：鱼在水中游，雁在天上飞。天有春夏秋冬，人有生死祸福，这是自然规律啊，命运必然如此。人生即使百岁翁，亦是万古一瞬中。

唉，如今臣落到此步，又算什么呢？

在昌邑国，少年刘贺虽贪玩却喜爱读书。这种"学习自觉"得来不易。一天，王吉与刘贺聊起"天是世上万物之祖"的话题。王吉说刘贺应善于从天命中找启示，在人事中得到验证，还要善于总结古人的经验，并会在现实中找到对比。刘贺问，为什么说"天是世上万物之祖"呢？王吉说，天包罗万象，不会偏爱。天，设置日月风雨；天，调和万物再通过阴阳寒暑，让万物经历磨炼。因此圣人效法天，建立道，倡导博爱无私。

往事如烟。当刘贺回想起这些，又变得快活起来，嘴边挂着的那个笑，罩上了另一种神秘的色彩，又闪烁着一种天真、近乎孩子的笑容。而后便对代宗嚷道："起来，起来！老三，我要起床了……"支撑着身子欲坐起，却显得那么软弱无力，笑了笑，又用沙哑的嗓子说："儿子，给我把那件……那件宝贝拿过来。"

床头柜上的鱼雁灯燃烧着，在微弱的光线下，刘贺吃力地睁开他那双细小的眼睛，看看代宗从抽屉里取出一块精美的玉器——蝶形玉佩。他久久地凝望着它：整个玉佩呈椭圆蝶形，中间镂空一个硕大圆孔，边缘为轻巧蝶羽，玉面雕刻着波浪形龙纹，仿佛一只湖色碧玉之蝶，活灵活现，欲翩翩起舞。刘贺脸上流露出淡淡的笑意，不由得自嘲起来："呵呵！人生在世，不过骏马从缝隙飞驰而过，仅有刹那工夫！"

刘代宗对于父亲前后发生的一切，并不知晓，但从父亲的眼神里发现，他将这块蝶形玉佩视为珍宝，于是放在手里掂了掂，觉得它晶莹剔透，凉爽舒适。代宗哪里知道，它还有一段刘贺与侯夫人委婉而悲怆的爱情故事呢。

侯夫人姓侯名隐月，那一年，隐月与她的母亲在外漂泊，居无定所，从隐月懂事的那天起，母亲赵氏因信佛，故取名"红佛"。红佛引导她广读诗书，渐渐精通古今。为人办事，通情达理。红佛性格直率、品行高尚，自尊、自重、自爱，而这"三自"出自于其"自傲"。她"傲"中却饱含一种"慷慨大爱"，路见不平，为人申冤报仇，虽为平凡女子，却性情刚义，深受当地百姓敬仰与爱戴。

昌邑王城有个芙蓉院，是刘贺歇息静养之所。小小巧巧，约有五六间房屋，前厅后舍俱全。按府里规矩，家人均从正门出入，或有士人陪他下棋、绘画或弹乐赏花，倒也乐业；另有一条狭窄甬道，则是管家、佣人或侍卫有事禀报之路。

唠叨，烦琐，重复，颠三倒四，这是刘贺这些年来的习惯。孝子刘代宗不厌其烦，反而笑嘻嘻地凑到父亲面前，亲昵地逗着他问："爹，我们家处处闪光，满屋都是宝贝，你是要玩的、吃的还是观的、赏的啊？"刘贺皱眉摆手，示意玩、吃、观、赏都不是，而是用的，忽儿指这、忽儿指那，把代宗越弄越糊涂了。刘代宗乱了方阵，忽想起父亲常爱把玩的那件珍宝——虫珀。

虫珀不是一般贵族能收藏到的。传说很早以前，有一只小昆虫趴在草丛里玩耍，一滴松树油掉落下来，恰好将小虫的身体完全包裹起来；又过了很长时间之后，小虫不能动了，松树油已变得坚硬透明，保持着千万年前的模样，便诞生出了虫珀。儿子知道，父亲始终把它视为掌上明珠，直至从昌邑王府迁至豫章郡，仍常把它捧在手里把玩着。可当代宗郑重地把虫珀送到他跟前时，刘贺却又是摇头又是摆手的。

窗外天地一片混沌，天际上方闪电灿烂，下方则阴沉昏暗，给人一种不安之感。一切都很安静，银针落地均可清晰听见。

灯结弹跳，不时爆发出一丁点儿火花。连枝灯的火焰越燃越亮。无数炽烈的光线，同时照清了刘贺的面容和他的整体轮廓：身材高大、干瘦、脸色黝黑，背有些微驼。在一堆深灰色乱头发的覆盖下，能看到他尖而低的鼻子和一双滴溜溜的小眼睛，眉宇间流露出几丝隽冷笑意。那灰黄的脸色好似又复苏了。

几案上摆放着一只刘贺收藏的香炉，它造型很奇特：因炉盖与炉盘上部铸造的形状，山势峻峭，故名"博山香炉"。代宗习惯把香饼放入炉中，下置炭火，烟火味适中。待炭火高温后，再在炉内放入从南海地区购入的龙脑香、苏合香，和入香炉中土再焚香。顿时，香料徐徐燃起，散发出一股股奇香，四处飘散。刘贺对代宗说："这玩意儿，是个好东西，铸造在炉上的图案，可有'升仙得道'的含义，闻着此香，爹便可升天了。"

刘代宗听着父亲这套"成仙"谬论，心里暗笑：听老人们说，太皇太爷武帝晚年，事祠事，求神仙，最后还是没能成仙。若可成仙，他老人家至今还活着吧。尽管心里这么想着，但这位大孝子却未顶撞，仍像平日那样，对父亲笑笑。不一会儿，浓郁的香气便充溢了整个卧房。刘贺略显苍老的脸上，绽出了满意的微笑。这时，他又伸出那只瘦弱无力的手，示意要拿什么东西。

刘代宗凝视着油灯苦苦思索许久，脑子里忽冒出一个火花：玉！

刘贺自幼爱玉、藏玉、玩玉。他顺着父亲那期盼的目光，又从柜内翻找出一枚牍佩，约有巴掌大小，上面饰有龙虎纹饰，质地上乘，造型精美。可当他把这枚牍佩捧给父亲时，父亲仍拒绝接受，最后示意他搀扶自己，一步一步艰难地向寝宫右侧的玉库走去。

父子俩步入玉库。刘代宗点燃库内四周的五盏连枝灯。

顿时，室内通明透亮。这是一间封闭而又通透的库房，各式存放玉器的木箱、橱柜、檀香木架，错落有致。檀香木架上摆有玛瑙、玉神兽、玉环、玉剑具、玉剑首、人形玉佩、蝶形玉佩、玉璧、玉带钩、玉耳环等各式精美玉器，最大的玉璧直径竟达一尺二寸长，在灯光的映照下晶莹剔透，泛出温润的光泽。

刘贺一见到这些珍稀宝玉，眼睛便笑成了一条缝，这些宝玉使他飘飘然，渺渺然。他快乐地搓着双手，目光盯着一只紫檀木盒。刘代宗将它送到他手中，只见他双手颤抖着将它打开，从中取出一枚龟钮玉印。

代宗探头一看，玉印上面篆刻着"大刘记印"四字；还有一枚刻有"刘贺"大名的私印。这是刘贺被废后，在昌邑王宫期间所使用的印信。刘贺嘻嘻笑着，把它捧在手中，揣入怀里，深情地叹道："呵呵，卑下姓刘名贺……为了它，啊不，为了我们刘氏家族祖上的荣耀，也为了我大汉江山社稷，我已死过二十七天了！"

刘贺将玉印塞入口袋，又走到堆摊在书柜、几案和层板上的竹简、竹策和竹牍前，从几案上捧起一沓竹简摊在桌案上。竹简是用削成长度一样的竹块，精心串联起来的。若把它舒展开来，就像纸张一样。那个年代还没有发明笔墨，汉人便使用刀片把文字刻在竹块上。刘贺面对竹简，喃喃自语："二十七天，二十七天……那是我终生难忘的二十七天啊！"

话音刚落，窗外又画过一道照彻天地的电光，一束强烈的白光照射在竹策上，一个醒目的标题映入眼帘：《惊心动魄的二十七天》。

刘代宗这才发现父亲一个从未泄露的秘密：原来，刘贺神不知、鬼不晓，平日竟然躲藏在玉库里撰写他的"生平实录"！

刘代宗双手捧起那沓竹策细细察看：这是一摞用锯断的竹子加工而成的竹片。工匠用刀打磨竹面一层膜儿后，再将其削成竹篾，最后用羊毛扎成束的笔，蘸上木炭水在竹篾上写字，这就是竹策了。传说这神笔是秦朝笔祖蒙恬发明的，用于书写那竹片上密麻蝇头篆字。

原来，前些日子刘贺想起了司马迁。当时祖父刘彻欲治李陵罪时，司马迁为之辩解，极言陵忠，得罪下狱遭受了腐刑，出狱后发愤著述，完成了《太史公书》，即《史记》。刘贺不想做什么史学家，更不想让自己芳名远扬，自那次生命垂危抢救过来之后，脑子里便忽然冒出一个想法：将自己当皇帝二十七天经历的那些事儿，如实记录下来，以传后世，让儿孙们走进自己坑坑洼洼的一生，让他们反思、醒悟。

刘代宗反复叨念着首页警语"千金难买亡人笔……",又发现竹简刻录的文字工工整整,清晰可见:"……二十七天,二十七天。那时我才十九岁啊,昏昏沉沉,荒诞不经。当时,还年轻啊,我真傻!在那些混账的日子里,我都干了些什么呢?"

刘代宗读毕,又搀扶父亲缓缓向床榻走去。走着,走着,忽然耳畔一阵嗡嗡作响,刘贺双腿有些站不住了,快到床头几案时,又吃力地伸出那双手,深情地轻抚着鱼雁灯下那块椭圆形卵石,他凝视着石面天然湖水的波纹,仿佛无边无际的浩渺直向他喷涌而来。卵石中,仿佛有一群仙鹤翱翔在浩瀚的湖面上,那个篆体"贺"字在波纹中隐隐荡漾……

猛然间,窗外惊雷把云层割裂,欲将天空劈成两半,一阵狂风把门窗掀开!室内的灯光全被吹灭,寝宫一团漆黑。托在刘贺手中那沓竹简啪嗒跌落在地。不知为什么,在这一瞬间,代宗忽然发现父亲不在自己身边,一时慌了手脚,便大声呼唤:"爹,你在哪里?在哪里?不要怕!"并无回应。许久,室外传来一个沙哑的嗓音:"苍天呀,为什么会这样?为什么这样折磨我?为什么,为什么?"

窗外,雷雨渐息,一股股热气如火浪一般,在湿润的地面扑腾。

在昏暗的窟窿里,茫茫之水来自八极之外。一瞬间,巨大闪电直上直下,犹如金蛇似的乱飞,撕裂了昌邑王城内外的黑暗。

空中划过一道闪电,骤亮间,代宗发现父亲木然地站着。电光映照着他那张瘦弱、苍白而忧郁的面孔。紧接着,一个霹雳炸响,轰隆隆的雷声在漫天施展开来。刘代宗不顾一切冲出门外,跺脚疾呼:"爹,你怎么啦?"正是:

喜鹊乌鸦同行飞,凶吉祸福难保全。

第一回 皇冠背后

第一天（六月初一）

玉玺烫手

汉昭帝元平年（公元前74年）农历六月初一，这一天对于第二任昌邑王刘贺来说，是他有生以来一个特殊、喜庆的日子。

宫殿内，宦官郭穰宣布上朝，群臣手捧笏板、璧玉，陆续依次入殿。霍光等大臣头戴三梁进贤冠，身穿朱色袍服，袍服外面还佩挂着二彩紫绶，鱼贯而入，从冠绶中可辨出他们的身份。百余诸侯站两侧。正是：净鞭三下响，文武两边齐。

汉武帝生有六子，长子刘据被立为太子，次子齐怀王刘闳早逝无子。然而一场莫名其妙的巫蛊案夺取了长子刘据年轻的生命；本来，第三子刘旦倒是个当皇帝的人选。刘旦为武帝妃子李姬所生，元狩六年（公元前117年）被立为燕王，长大成人后来到封国任侯王，善于言谈，有谋略，博学经书杂学，好星历、数术、倡优、射猎，并网罗术义士。但他私欲膨胀，太子刘据尸骨未寒，便上书请求宿卫长安继承皇位。武帝大怒，削其三县，便出现皇权交替的新格局。武帝驾崩后，最小的儿子刘弗陵继位，即汉昭帝。后刘旦试图谋反，却以失败并自杀而告终，史称"燕剌王"。

再说武帝第四子广陵王刘胥，也就是刘贺的四伯。他自幼顽劣好胜，长大成人后喜欢游乐玩耍，力能扛鼎，空手能与熊罴猛兽搏斗。他肆意任性，不守法度，刘彻始终没有把这个儿子放在眼里，更没有选择他为皇位继承人之意。在汉昭帝未登基之前，刘胥看到昭帝年少，便产生了夺取昭帝皇位的野心，绞尽脑汁妄想谋得皇位。汉昭帝驾崩后，霍光大权在握，皇太后才十五岁，幼小无知，且与霍光为甥舅关系，肯定一切由大将军说了算。在这挑选"由谁继承皇位"的关键时刻，霍光冥思苦想：汉武帝的长子刘据死于非命，次子齐怀王刘闳早逝无子，燕王刘旦自杀身亡，昌邑王刘髆病逝，只剩下那个妄自尊大的广陵王刘胥了。众臣对刘胥也很反感，记得有一次，昭帝一继位便加封刘胥一万三千户。昭帝元凤年间（公元前80年～前75年）刘胥入长安朝见皇帝，昭帝又加封他一万户、赐钱两千万、黄金两千斤,以及安车驷马宝剑。然而,刘胥对此并不满意,他看到的远远不止这些。他盯住的是皇位,日日夜夜都做着"皇帝"的美梦,众臣虽然嘴上不说,但都心照不宣,生怕他一上任便乱了朝纲。

汉昭帝驾崩后,本来按情理说,无论是从血缘关系上还是按顺序来说,这顶光芒万丈的皇冠本应戴在刘胥头上。可霍光怎能放心让他继位呢?于是思来想去,最后把视线落在了刘贺身上。霍光认为,刘贺头脑简单,一心贪玩,是个"乖孩子",若他登上皇位,不就是个"木偶"摆设,将来一切还不是自己说了算。同时,霍光一贯在群臣中留下"沉着、稳重、处事谨慎"的印象。此时,他若挑选了刘贺,就更进一步强化他"爱国爱家,忠于朝廷"的形象了。所以在选择"由谁继承皇位"的问题上,霍光最终决定把这顶光芒万丈的皇冠戴在刘贺的头上。

这是上天赐给刘贺的宏福,同时也是灾难降临的前奏。

刘贺在昌邑王府接诏书,并奉命乘坐"七乘传车"抵达未央宫。

这一年,刘贺十九岁。

在长安未央宫前殿内。皇太后上官氏坐在帏帐中,两边站着武士。隆重的继位仪式即将开始。各大臣与各路诸侯迎立两边。霍光立于群臣首席,仍保持着那个姿势:垂手而立,双脚像钉子钉在地上,一动也不动地凝视着皇太后。直至宣旨官唱喏"皇太后授玉玺、绶带",肃然起敬,皱了皱两道浓眉,那双锋锐的目光落在盘中黄绸托起的玉玺上,脸上表情错综复杂,令人难以琢磨。

刘贺头戴桂冠、身穿冕服,毕恭毕敬地站在那儿,如泥塑一般,等待着接受玉玺。站于刘贺身旁的则是皇后侯隐月,只见她头戴凤冠,身披霞帔,在群臣面前显得更加高贵、典雅。凤凰是万鸟之王,凤冠以凤凰点缀得名。故只有皇后或公主才配得上它。凤冠在一般情况下不佩戴,通常仅在隆重庆典,如婚礼上才戴,平民百姓一概不准佩戴。

这时,宦官郭穰率领几个臣仆,先后捧着有玉玺、信玺、行玺和皇冠的玉盘,小心翼翼地走了过来。群臣一齐凝望这象征着最高权力的圣物,胆战心惊,敬若神明。

在这霍光与皇太后决定宫廷重大决策的时刻,郭穰格外谨小慎微,迈着碎步向皇太后走去,忽闻太后一声咳嗽,他便立即上前为她撩开帏帐,供她缓缓步出。

只见她身着朝服，缀满珍珠的短衫，几百个侍御的武士威武地站立两侧。空气在刹那间变得紧张起来，置身这种氛围中的大臣也一个个诚惶诚恐，连大气都不敢出，生怕出丝毫差错。他们既不敢惹怒霍光与他背后支撑的皇太后，也没有摸清新皇帝刘贺的底细，所以只好露出讨好的笑容。

此刻，霍光的眉宇间浮现出几丝忧虑的神色，不经意的妒火也貌似在眼窝中熊熊燃烧。而群臣与各诸侯则是表情复杂，不知是畏惧、抗拒，还是仇恨？

在一阵阵激越、典雅的击乐声中，上官皇后伸出白嫩而纤细的双手，从玉盘上端起那顶皇冠。人们注意到，此冠唯一不同之点，便是桂冠前后各有十二旒，以别于诸侯之冕。《汉书·舆服志》中"上古穴居野处，衣毛冒皮；后世圣人见鸟兽有冠角胡，遂制冠冕"道出了冠帽的来由。

刘贺等待着皇太后赐予自己皇冠。当皇太后轻轻将皇冠托起时，刘贺干咳了两声，又整了整朝服，把头上那顶侯王之冕取下放在玉盘上，微微躬身，低头，准备接受皇太后手中那至高无上的皇冠。此刻的刘贺早已热泪涌眶，露出两排洁白的牙齿，那张稚嫩的脸笑了，笑得很灿烂，很坦然。他在心里叹道：今天，大王我终于当上皇帝了。

"长安"是楚汉相争天下时，刘邦敲定的郡名。公元前202年二月，刘邦即皇帝位于定陶附近的汜水之北，是为汉高祖，定都洛阳。五月迁都长安乡一带领地，便取其"长治久安"之寓意。

西汉时期，未央宫是皇帝听政和住宿的地方。周长二十八里，前殿东西五十丈，深十五丈，高三十五丈。龙首山居于前殿，建于长安城西南角，号称"西宫"。在长安城东南角，建有长乐宫，号称"东宫"，汉高祖刘邦定都长安时居住此宫，其下妃子后来也住在长乐宫。后移居未央宫。未央宫四面各有个司马门，东面和北面门外有阙，称"东阙"和"北阙"。当时诸侯来朝入东阙，士民上书则入北阙。东司马门为皇宫正门，诸侯朝谒天子、皇帝出入宫城均于北门；文武百官、达人显贵进出皇宫则由北司马门。东、北二司马门外修筑了高大的阙楼，史称"东阙"和"北阙"。

上个月，刘贺奉皇太后诏令从他管辖的昌邑国赶赴长安，便居住在长安未央宫。未央宫的四面城墙各开了两道大门。外为马殿门，内为司马门。二宫相隔不算远，虽尚有一段距离，但进出便捷。

六月初一，当远处第一声金鸡报晓，刘贺便在爱妃侯夫人的催促下起床了。侯夫人高洁文雅，自尊自重，平日以古琴音乐陶冶性情、养身取乐。刘贺在昌邑有十几个美妾，他最喜欢的有两个，一是侯夫人，二是严罗䌽。侯夫人年约十五六岁，你看她：

　　黛绿双蛾，鸦黄半额。腰脂似柳，衣着适体，那件蝶练裙不短不长。鬓发如云，耳环垂坠，玉珠搔头发拖碧，金步摇曳翠鸣珠。再看看这美人的肤色，红里透白，雪色依依，婉转轻盈，艳冶销魂，容光夺魄，恰似春山脉脉溢，回头一笑百媚生。好一个光彩照人的娇态。

　　侯夫人自幼酷爱读书，把《诗经》《孝经》与孔子《论语》《易》等书警句佳言背得滚瓜烂熟。至于音乐诗书，更是无不通解，高情逸态，事事过人。尤其是春和景明、花落莺啼，更牵动她的一片芳心，惹起千条愁绪。她唯一的追求是，尊严与人格受人尊重。

　　提起刘贺与侯夫人的第一次相见，还真有那么点传奇色彩呢。

　　七月十五日夕阳西下。刘贺从深山老林捕猎后打道回府，路过一个小山村，忽闻茅草屋内一阵呼救声，刘贺即命随行马夫寿成前去探察。当寿成跑至事发现场，得知当地一恶少欲强奸一少女未遂，便急急跑来向王禀报。刘贺立刻就把她救出并将恶少严惩法办了。

　　当时，刘贺被侯夫人的美色所动心。那天晚上，他与侯夫人坐在山间一清澈的湖边赏月，直聊至下半夜，圆圆的月儿足有脸盆那么大，且为红色，徐徐上升，渐渐又变成了橘黄，叠印湛蓝湛蓝的天空，最后隐藏在云堆里。忽然，一阵狂风吹来，乌云渐散，那轮圆月又从云缝里钻了出来，朗朗地悬挂中天，倒映在晶莹的湖面上，月影荡漾，仿佛在水中呼吸，有些胆怯似的颤抖、瑟缩。

　　这时，刘贺对侯夫人抿嘴一笑，念念有词："啊，月儿，月儿从云堆里钻出来了，出来了。月亮有圆有缺，却永远是个最善良、最伤感的姑娘！"刘贺一句话，打动了侯夫人的心，侯夫人却大感不解：他怎么知道我的小名是月儿呢？

　　侯夫人哪里知道，刘贺呼唤其名，是他面对云中月触景生情发出的感叹，是一种巧合。侯夫人脸色绯红，含笑应道："何止是巧合，还是一种缘分。"侯夫人嫣然一笑，应道：

皑如山上雪，皎若云间月。
闻君有两意，故来相决绝。
今日斗酒会，明旦沟水头。
躞蹀御沟上，沟水东西流。
凄凄复凄凄，嫁娶不须啼。
愿得一人心，白首不相离。
竹竿何袅袅，鱼尾何簁簁。
男儿重意气，何用钱刀为！

刘贺一听心里自然明白：这是汉武帝时，卓文君写给司马相如的一首《白头吟》。此诗使司马相如大为感动，想起往昔恩爱，打消了纳妾的念头，并给文君回信："诵之嘉吟，而回予故步。当不令负丹青感白头也。"此后不久，相如回归故里，两人安居林泉。这首诗虽表达的是卓文君使夫回心转意的哀怨之情，却暗示了侯夫人对他隐藏在心中深沉的爱。刘贺对此深为感动，连声称道："好啊，好啊！夫人有卓文君的才与智，我虽没有司马相如的襟怀与气度啊，但愿我们天长地久，白头偕老。"

侯夫人见刘贺性格开朗，纯真快活，还有那英俊、潇洒的身材与长相，将之奉若神明。就这样，他俩一见钟情，相识恨晚。真可谓"比翼连枝，萍水相逢"。后人有诗为证：黄金不惜买峨眉，拣得如花只一枝；歌舞慰夫心力尽，一旦跟准死相随。

刘贺与另一位爱妾严罗紨的相识，也颇具浪漫色彩，因为它涉及汉武帝晚年的一件大事。

话说太始元年（公元前92年）三月，刘彻东巡、封禅泰山之后，返回长安章建宫已疲惫不堪。一天中午，刘彻一倒在床榻便呼呼熟睡。醒来时忽见一彪形大汉携剑入室，刘彻惊起，喝令左右将其拿下。侍卫们环及宫廷内外，却并无踪迹。刘彻心想：难道是我的幻觉？明明看那带剑男子潜入室中，怎么一下就不见踪影了呢？于是感到十分惊异，怒责门吏失职，诛死数人。又命三队骑士大捕上林，四处抓捕毫无所获。再关上城门挨门稽查，尚无形影。刘彻积疑生嫌，日夜坐卧不安。他一贯信用方士，便下令把他们引入；无论男女巫师都得出入宫中，即使是自家贵戚也不许放过。顿时，长安城几乎变成了鬼魅世界，处处乌烟瘴气。又有一日，刘彻居住在宫中，忽又成千上万个木偶人在眼前晃动，它们一个个持杖进击，发出咯咯的敲木声，声势浩大，把刘彻吓出了一身冷汗。他惊呼左右抓捕木偶人。可侍卫四处搜捕却不见其踪影。

刘彻头昏眼花正在恍惚间，座上客江充入宫问安，刘彻便与他谈及所遇木偶人情况。

江充见刘彻神色紧张，琢磨他对此事定会追查到底；又见武帝年迈，神思恍惚，心中暗喜，机会来了。原来从前江充和太子刘据有些私怨，江充担心汉武帝驾崩后会遭刘据打击报复，便上奏诬陷太子刘据，说皇上的病是"巫蛊作祟"的结果。江充还把武帝梦境中的"带剑人"与"木偶人"起事根源直指"巫蛊"，说是皇上近来龙体欠佳全是"巫蛊"作怪。刘彻一听，便命他严厉查办。

那个时候，巫蛊巫术在长安城盛行，甚至在皇宫庙堂也请巫师"捉鬼"。武帝对神怪诅咒之说坚信不疑。当时，丞相公孙贺的儿子公孙敬声因挪用军饷被捕入狱。恰遇此时，武帝正下诏四处追捕阳陵大侠朱安世。公孙贺为赎儿子之罪，火速将朱安世捕获归案并押送朝廷。谁料，朱安世在上书中爆料了一个惊天秘密：揭露公孙敬声与卫皇后所生的阳石公主私通。武帝一听，十分震怒，继续刨根问底，追查此事的来龙去脉。朱安世和盘托出，说是公孙敬声与阳石公主请来巫师，在武帝赴甘泉宫的路上埋下木偶人诅咒他。汉武帝一怒之下，对公孙贺满门抄斩。阳石公主、诸邑公主、卫青之子长平侯卫伉都没能逃过这一生死关，相继被杀。被诛杀的后宫妃嫔、丞相、大臣和王侯约有几百。京师与郡国中受牵连被冤死的有数万人。这就是"巫蛊之祸"的源头。

若一旦被卷入了巫蛊案，就算是当朝丞相，甚至是皇太子也难以自保。此后，指认他人行巫蛊之事，便成了打击政敌的一大手段。

征和二年（公元前91年），汉武帝在甘泉宫养病。江充又前来觐见武帝，并指使胡巫说宫中有蛊气，还悄悄派人在太子刘据住所埋下木偶，诬告太子刘据使用巫蛊诅咒他人。太子刘据得知后惊恐不安，便找来少傅石德商量对策，派人捕杀江充与胡巫、韩说等人。而汉武帝回到建章宫，即命丞相刘屈氂派兵讨伐太子据。

刘据举兵反抗，激战五日，兵败逃亡。最后在湖县被迫自杀。

到了汉武帝征和三年（公元前90年），贰师将军李广利率领汉军征伐匈奴，丞相刘屈氂设家宴送行，送至渭桥与广利告别。李广利拜托刘屈氂早日向皇上谏言，立昌邑王刘髆为太子。刘髆是李广利妹妹的李夫人所生的儿子，广利的女儿又是刘屈氂儿子的妻子，二人都有立刘髆为太子的想法。当时，在汉武帝的几个儿子中，刘据、刘闳已死，刘旦、刘胥不为汉武帝所喜爱，而刘髆后援阵容颇强。然而在长安城中，因为巫蛊之祸人心惶惶。李广利出征后不久，就有宫中令郭穰告发丞相刘屈氂的夫人用巫蛊诅咒皇上，咒语恶毒。之后，刘屈氂在长安东市腰斩，其妻在华阳街斩首。贰师将军的妻子也因此被捕入狱。从此，刘髆后援全部覆灭。李广利在外出征，听到此消息立即投降匈奴。此案因涉及昌邑王刘髆，所以当时就有臣谏言，刘髆与贰师将军、丞相是同伙，有的甚至指责这一切，都是昌邑王背后策划。从此刘髆陷入困境。

在这生死关头，个性直率的严延年挺身而出，在众臣面前为刘髆申辩，众臣赞同连称言之有理。后来，武帝耳闻此事，也肯定了刘髆的忠厚、老实，从不计较个人得失。且因从前江充一伙炮制巫蛊案害死了太子刘据，刘旦也与此案有关，心中隐痛无言。加之严延年的一番心里话，也就没有对自己骨肉亲刘髆再追究下去，致使刘髆平安渡过了这个难关。

再说严延年有个宝贝女儿名叫"严罗紨"，明眸皓齿，举步艳冶，身姿妙曼，绝代未有。聪明伶俐，沉着果断。作为父亲的严延年一直把女儿视为掌上明珠，从小教她识字、背诵《论语》《孝经》。严延年赠她一把宝剑，令在山间攀缘，忽觉身轻如风，并教她骑马舞剑，练得一身高强武艺。罗紨也常外出游猎，与人交往，爽快大方，彬彬有礼。

一天早晨，刘贺赴终南山狩猎，路过山中一民宅窗前，偶见一少女正梳头，见她肌肤、仪仗、气质真可谓真天佳丽，便弥留于窗前，久久张望。本来，在一般情况下，被男子窃视的梳妆女，对这一放荡不羁的无礼举止，肯定会发作、怒骂，但严罗紨梳头时毫无羞涩慌张，反而从容自若，冲着刘贺头发一甩，嫣然一笑。

就是她这一甩、一笑的潇洒动作，便在刘贺心里留下了美好的印象，使刘贺主动上前亲近她，"黏糊"她，讨好她。接着是他俩结拜兄妹、骑马打猎，当二人得知双方身世，特别是故昌邑王与严罗紨之父在宫里宫外那段旧交之后，这对少男少女更是形影不离，最后终结良缘。正是：两厢不识天边鸟，一旦团圆镜里鸳。莫道安萍偶然事，总由阴德感皇天。

卯时。冉冉升起一轮骄阳，光环被雾气笼罩着。

未央宫内染上了薄薄的血色。前殿内，宦官郭穰宣布上朝，殿前东阙左右两侧走廊，并列着两支队伍：一队是群臣、诸侯，头戴贤冠，身穿朱袍，刘胥也立在其中；一队是男女老少混杂在一起的宦官、宫女们。他们默默地从侧壁长廊鱼贯而过，向承明殿走去，其间只听见一阵阵玉佩撞击的叮当声。

刘贺慢悠悠地走在群臣队列的最前头。群臣身穿冕服，头戴桂冠，桂冠一律外为黑色、里为朱色。冕顶有长方板，称为"延"，后高前低，略向前倾。延之前端缀有数串小圆玉珠，谓之"旒"。冕加在发髻上，并横插一长簪。刘贺微微弯腰，迈着细步，小心翼翼地往前走着，眼看就要登上皇帝的宝座，无法掩饰自己内心的兴奋与喜悦。一个月前，皇太后突然下达继位诏书，让他难以置信。他好像做了一场梦，在心里偷乐着：呵呵，这些天来，大风连吹不断，竟吹得这顶从天上掉下的皇冠，不偏不斜地落在我的头上呢！

刘贺昂首挺胸往前走着。时间一秒一秒过去，周围大臣的影子在他眼前晃动，各种不同身份的人、不同的面孔在他眼前闪现。其中，他的父亲刘髆仿佛正向他缓缓走来，点头微笑、亲切训导……

昌邑国纵横皆六里，外城周长三十余里。处于盛产五谷的富庶地，是当时的经济都会，北方的牛马牲畜、南方的丝茶竹器、东方的鱼盐海产品、西方的皮革羊毛齐聚于此，在这里都可以买到。昌邑国已有冶铁与专门管理冶铁的铁官，从事冶铁生产的工役就有成百上千人。因此昌邑国历代都是兵家必争之地。

高祖六年（公元前201年），朱轸起沛、灭项王、立汉王有功，被封为都昌侯。景帝中元年（公元前144年）分梁地，置山阳国，封梁孝王之子刘定为王，汉武帝划定昌邑国为王国之都。天汉四年（公元前97年）改山阳郡为昌邑国。那时，昌邑城外四周筑有城墙，分段板砌，分为"前昌邑"与"后昌邑"。后昌邑是刘髆新辟领地，建有后花园，且在东、南、西、北城角建置了四个村庄。值得称道的是，前昌邑是封梁孝王之子刘定为王时所居住的区域。自刘髆任昌邑王后，没有动前昌邑一砖一瓦、一草一木，依旧保持它原有旧貌。刘髆宽于待人的这件事，在前后昌邑国百姓中皆有口碑。

后来，刘贺父子两代居住的昌邑王府，三间兽头大门朝南开，门前列站着四五个卫士。正门悬有一匾，上书"昌邑王府"烫金大字。进入府门盘有九龙的玉石影壁。大门为五间启门形式，单檐歇山顶。檐下施五彩斗拱，绘龙凤彩画。这就是刘贺出生、长大的地方。

刘髆自幼熟读经史百家，尤爱孔子《尚书》《论语》《孝经》。虽不擅言谈，却无大王架子，臣民们唤他为"昌邑星"。百姓把"星"字释为"福"星。武帝天汉四年（公元前97年），刘髆被立为昌邑王。他到昌邑国后，为百姓修桥、铺路，灾荒之年还为穷人、乞丐施粥，或为贫困无助的八旬老者发放五铢钱，为蒙冤者抱不平，深受当地百姓的拥戴。

李氏是刘髆之母、刘贺的奶奶，宫内群臣、妃子都尊他为"李夫人"。李夫人与汉武帝刘彻有一段倾国倾城的爱情故事。这与刘彻爱好音乐有关。汉武帝喜好音乐，常以诗词谱曲表达心境。宫里有个乐师名叫"李延年"，能弹会唱，他创作的曲子委婉动听。因此，刘彻一有新词便命他谱曲，李延年便会连夜谱曲、组织舞女演唱，且在皇上最高兴时请他欣赏。有一次，他在侍奉刘彻时，边唱边舞，歌中颂唱到一个倾国倾城的美人。刘彻便问他世界上真有这样的佳人吗？一旁的平阳公主便告诉皇上，说李延年有个妹妹，武帝遂召见，见她确实美丽绝伦，故获刘彻恩宠。

其实，李延年这样做并非单纯请"赐"，而是想把自己的亲妹妹李氏推上皇后宝座，于是巧用心计自编词曲、自演奏。一天，李延年心血来潮：既然皇上欣赏我的歌曲，我何不试试词曲的作用呢？便试写了一首描绘天下绝世美女形象的词曲，待遇见刘彻心情颇佳时，故意边弹边唱："北方有佳人，绝世而独立。一顾倾人城，再顾倾人国，宁不知倾城与倾国，佳人难再得。"终于触动了皇上潜藏已久的心事，叹道："唱得好！可这人世间，哪能找到这样绝美的佳人啊？"李延年便拐了个弯，把他早已与平阳公主商量好的小计谋，对皇上说了："听平阳公主说，这人世间，确实有倾国倾城的佳人。"后来，刘彻果真打听到，这位绝世佳人就是李延年的小妹李氏。刘彻欲情似火，恨不得一口把她吞了，便决定纳李夫人为贵妃，把对卫子夫的爱转移在李夫人身上。正是：任君破网与吞舟，香饵投时自上钩。多少黄金移帝座，笑他四皓安白刘。

谁料李夫人红颜命薄，为刘彻生下儿子刘髆后不久，就患病卧床不起。刘彻是个重情之人，依然深爱着李夫人，便问李夫人有什么要求，李夫人苦笑道："皇上对臣妾如此厚爱，臣妾怎敢向皇上提什么要求呢？只是请皇上一贯看得起我兄李延年，开恩对他多多关照；再就是请皇上照顾好我们的儿子刘髆；若将来有了孙子，也请皇上赐恩培育。万一小皇孙顽劣不争气，也请皇上高抬贵手，放他一条生路。这孩子毕竟是刘家的血脉啊！"刘彻笑道："亏你虽在病中却一片痴爱。"当即恩准，还劝她安心养病，不要过于操心劳累。有一次刘彻想念她，亲自前来探望。李夫人心里很乱，照了照铜镜，发现自己面容憔悴，弱不禁风，便"以被覆面"拒而不见。而且让奴婢转告说她病了，容貌变得丑陋，难以面见皇上。刘彻无奈只有离去。事隔不久，李夫人便病故了。

汉昭帝刘弗陵为太始三年，即公元前94年所生，是刘彻最小的皇子，与赵婕好所生。说起刘彻与赵婕好的爱情，还有一段传奇的经历呢。

一天，刘彻巡猎经过河间国，有望气者说，此地有一奇女，自出生起就双拳紧握，从未打开，故人们称她为"拳夫人"。武帝好奇，便派使者将那奇女召宫内。武帝一见那女子，花容月貌，身材瘦削，柳若扶风。但她紧握双拳，刘彻亲自将她的手一掰，顿时那手便恢复正常了。且在她手慢慢展开之后，武帝等惊异地发现，其手掌里竟紧握着一只玉钩。因此后被称为"拳夫人"。

其实，拳夫人出生时就患有残疾，拳握不能伸展，这毛病也一直折磨了她十六七年。刘彻对这位奇女好奇，便把她带入宫中，经太医治理调养慢慢痊愈了，她的手便可以正常活动了。刘彻对拳夫人宠爱有加，每天都要她侍奉左右，很快拳夫人便有了身孕。于是，另一桩奇事又发生在拳夫人身上。常言道"十月怀胎"，而拳夫一怀就是十四个月，十四个月后生下了儿子刘弗陵，而这刘弗陵天生就是个皇帝命。武帝晚年，戾太子刘据因巫蛊案而败亡，又因为燕王刘旦、广陵王刘胥行为骄横恣肆，武帝后元年二月，武帝在病危期间诏命立刘弗陵为太子，当时刘弗陵才八岁。

刘彻确立刘弗陵为太子之后，当即诏命大臣辅佐。但辅臣选谁合适呢？刘彻一时拿不定主意，便在宫中对大臣们进行考察，最后敲定霍光。于是刘彻让黄门画工画了一幅画，画面为周公辅佐成王上朝，各路诸侯远远望见这位十三岁的成王，一个个毕恭毕敬，弯腰敬拜。在上朝时，刘彻亲自将这幅画交给了霍光，霍光双手捧画谢恩载德，心里自然明白，刘彻为维护汉家江山社稷，用心良苦：皇上是在暗示臣用心辅佐太子刘弗陵啊！

在朝群臣们一看便明：《周公辅成王朝诸侯图》说的是，周武王死的时候，儿子周成王只有十三岁，他就委托他的弟弟，也就是周公来辅佐他的幼子。周公便辅助他的侄子执掌朝政，朝见诸侯。周公辅助成王执政了七年，总算把周王朝的统治巩固下来，其间他还制订了周朝一套典章制度。到周成王满二十岁的时候，周公把政权交还给成王管理。从周成王到他的儿子康王两代，前后约五十年均为周朝强盛和统一的时期，历史上称作"成康之治"。

在刘彻下诏让霍光辅佐少主刘弗陵，并规定皇朝政务全部由霍光决断后，天下百官和百姓都在猜想，霍光是怎样一位贵人。然而，刘弗陵在位十三年，自十八岁成人冠礼，其实执政仅有三年，却英年早逝。令群臣为难的是，昭帝死后无子继位，也没有留下"传位诏书"。

"皇帝这把龙椅到底由谁来坐："惊动宫廷内外，成为宫中热门话题。上朝时，大臣们虽都在看霍光的脸色行事，但各方意见争执不休，有大臣奏请恩准刘胥，霍光眉头一皱，心里一愣，暗暗抵触道：庸才，怎么能提他呢？接着一臣说，广陵王不合适，怎么能把皇位当儿戏？最后，极具权威性的霍光拍板，广陵王不可！

广陵王刘胥品格如何？刘彻为何立刘弗陵为太子，而把他冷落在一边？为何在朝上一提到刘胥继位，大臣们便议论纷纷，最后霍光果断拍板认定，"广陵王不可"？此事还得从燕王刘旦说起。

刘旦是刘彻的第三个儿子，长大成人后被封国就任诸侯王。他个性开朗，善于言谈，博学经书杂说，喜欢星历数术并倡导射猎等事，且有谋略，喜揽各方士人游客。卫太子刘据因为巫蛊之祸而死，齐怀王刘闳又早夭，此时刘旦已是汉武帝最年长的儿子。刘旦认为，按此顺序，自己十拿九稳应是皇位的继承人，便上书皇上，请求担任皇宫宿卫。武帝大怒，认为这小子恋权心切，一气之下以刘旦藏匿朝廷逃犯为名，削去其良乡、安次和文安三个县。故武帝最后确立刘弗陵为太子，后继承皇位，即汉昭帝。

刘旦对此不服，便到处诉说吕太后驾崩后，大臣诛杀了吕氏家族，迎立文帝一事，传播谣言，说刘弗陵不是汉武帝所生。他愤恨自己年长却不能继位，便上书请求在封国为先帝建立宗庙，可他的谏言并没有被采纳。于是刘旦与另外一位刘氏宗室刘泽合谋，编造文书，指责汉昭帝不是武帝的亲生子，发动群臣起来反对，密谋发兵，打算造反。事情败露后，汉昭帝下诏赐死刘旦，刘旦自知死到临头，便用绶带上吊自杀。他持续长达三十八年的封国也被撤销。跟随刘旦自杀的有二十余人。燕王太子刘建则被赦免为庶人。

燕王刘旦自杀身亡，还有他的弟弟广陵王刘胥。可刘胥长大成人后恶心未改，迷恋游乐玩耍，不遵法度，导致刘彻未选择他继承皇位，而把目光投注到了刘弗陵身上。

刘弗陵为太始三年所生，是刘彻最小的儿子。前文说到刘弗陵即位后对刘胥大加封赏，但刘胥对此并不满足，他认为昭帝无嗣，这皇帝宝座终会是他的。可这顶皇冠，最后还是落在了刘贺头上。这就是刘贺的天命与宏福。

平元元年（公元前74年）端午节前夕，此时汉昭帝刘弗陵已经驾崩。上官皇太后在霍光的指使下，派重臣赴昌邑王府下诏，通知刘贺主持先帝丧事，准备继承皇位。

此刻，在一条宽敞平坦的官道上，前后奔驰着数驾马车。使臣少府史乐成、宗正刘德、光禄大夫丙吉和中郎将利汉作为朝廷派出的使臣，乘坐在马车上。他后面还跟随着一辆从宫里带来的七乘传车，远远看去，整辆车仿佛一尊白色雪车，给人以悲鸣与庄重之感。

此道俗称"驰道"，它穿越全国十四县，全长七千多公里，道宽三十至六十米，成为长安连接各地的主要交通干线。为迅速下达诏书，四位朝廷使臣奉皇太后之命，一路翻山涉水，日夜兼程，直奔昌邑国。

坐在马车中的丙吉心急如焚，一想到宫里正在焦急等待刘贺接受新皇帝的玉玺、绶带登基呢，就不时地撩开车帘，催促马夫："快，快！分秒必争，不得延误！"刘贺能否掌管朝政、治理国家呢？这是这位忠心耿耿的大臣最为担忧的事情。他又想到，自己什么时候能够到达昌邑王府呢？之前派出去通气儿的使者，又什么时候能到昌邑国传达消息呢？到达之后，刘贺在昌邑国干什么呢？想到这，他不断地探问车夫："还有多远啊？还要多久才能到？"车夫一面快马加鞭，一面应道："还早呢，就算日夜兼程，去昌邑国一路也需要好多天，大人还是好好休息吧。"丙吉知道自己实在是过于心急，从长安到昌邑国路途遥远，但仍说了句："快行！"车夫应了声"好嘞"便一甩鞭子。半空"噼啪"一个脆响，马儿便越跑越快。

在鱼山西麓另一条狭窄的小道上，还有一辆马车正顶着滂沱大雨向前疾驰，那饰有铜铆的木轮艰难地向前滚动，泥泞飞溅。渐渐地天气昏暗，雨点密急，几乎看不清车前马后。为了尽快把召刘贺进长安这一重要消息送至昌邑，朝廷还派遣了正好在长安的昌邑国中尉王吉打前站，向王府第二任昌邑王刘贺报信。

王吉字子阳，琅琊郡秉虞县人，此时任昌邑国中尉，办事严肃认真，一丝不苟。王吉年轻时努力求学，钻研经术，后通过举荐并担任朝中郎官。他继而担任若卢右承，又提升为云阳县令。他博学多才，刚义木讷，对学习、工作、生活执着、严谨，且性情温和，极有耐心，喜愠不形于色。王吉在昌邑王府只想着一件事：如何教导五岁的刘贺成材。当昭帝病情恶化，霍光已有"刘贺继位"的意向时，便召令他返回朝廷，随时待命。

此次王吉是为皇太后下诏打前站的。他心里当然明白，皇太后与霍光早已决定：昭帝皇位继承人是第二任昌邑王刘贺。

这时候，正是端午节前后。刘贺十分看重这个节日，因为他崇敬爱国诗人屈原。传说春秋战国时，楚国人舍不得爱国贤臣屈原投江死去，于是划船追赶拯救，他们争先恐后，倒追至洞庭湖时仍不见其踪迹，只得放弃。从此每年五月五日都要划龙舟纪念屈原，借划龙舟驱散江中之鱼，并同时往江中投食粽子，以免江中的鱼啃食屈原。竞渡之习，盛行于吴、越、楚。刘贺还从闲杂史书读到过楚国人伍子胥的故事，说的是他们父兄均被楚王杀害，后来子胥奔向吴国，助吴伐楚，吴军士气高昂，百战百胜，越国大败，越王勾践请和，夫差同意了。伍子胥又建议"应彻底消灭越国"，夫差听信谗言陷害伍子胥，赐他一柄宝剑逼他自杀。子胥视死如归，在死前对邻舍人说："我死后，将我眼睛挖出悬挂在吴京之东门上，以看越国军队入城灭吴。"便自刎而死。夫差闻言大怒，令人取子胥尸体装在皮革里，于五月五日投入大江。于是有了端午节是纪念伍子胥的说法。

端午俗称"恶月"，"阴阳争，血气散"，昌邑国尚有"避恶去毒"的礼俗。

这几天，昌邑王府内，臣仆们都在为迎端午而忙碌着：贴午时符、采集蟾酥和草药、悬挂菖蒲、艾草、石榴花、大头蒜和龙船花。祛除蝎子、毒蛇、壁虎、蛤蟆和蜈蚣五毒，饮用雄黄酒、朱砂酒和菖蒲酒，小儿涂雄黄、佩香囊、挂药包、系五彩丝、沐格兰汤。以驱恶魔，止病瘟，强身体。

刘贺与他的爱妾们也乐在其中。这天，他决定陪同严罗绔、侯夫人赴潍河龙舟赛，便命善仆把夫人请来，并安排好车马。

一位三十几岁的家奴向刘贺禀报说，赴潍河观看龙舟的车辆已经备好，就等着他下令出发了。家奴名叫"善"，大家都称他为"善仆"，是刘贺忠实的仆从兼管家。善仆性格粗犷，勇猛异常。曾为富家独子，后因其父陷害平民入狱，家道没落，便在昌邑府混口饭吃，刘贺对他的侍候，常用"善"一字称呼他，以示亲切。刘贺却见他性格豪爽、粗中有细，便把善留在自己身边。善仆跟随了新老昌邑王两代人，可以说是元老了。

刘贺天生是个"大玩家"，一有空就到山里狩猎。他下棋赋诗、古玩收藏、弹琴书画、设计制作、吃喝美食、骑马狩猎、舞剑击拳、喝酒划拳、打球赌牌、上树掏鸟、下水摸鱼、斗鸡耍狗……总之五花八门，无一不是他的拿手好戏，且会玩花样，与众不同。如按昌邑习俗规定，男子打猎时不能砍董棕树，不能打猴子，否则生下的孩子长得不漂亮；可他三四岁时不但砍了董棕树，还专门用弹弓用石球打猴子。有人痴笑他将来生的儿女比猴屁股还难看，他却笑道："猴屁股有何不好？节省胭脂不花钱。"又如妇女产前流行"求树保"，产妇兄弟姐妹要上山选择一棵果树，从树上折一树枝，由巫师用麻秆扎一个圆圈，然后把树枝插在麻秆圈中央，让巫师反复叨念："这种树，精壮结实，大雪压不弯，巨风吹不倒。现在作为婴儿的保护人，保佑他出生之后长命百岁。"最后把麻秆圈挂在住房附近树枝上。可他五六岁时，一天昌邑王府附近有家妇人生产后请巫师那样做了，他爬上树去，把一个个麻秆圈全揪下抛在地上，别信这骗人的鬼花招。他说，听母亲说，出生时就深受巫蛊之害，太子刘据就死于巫蛊案，说得大家心服口服。加之当时昌邑王府里里外外、大事小事多如牛毛，单本王下属二百多、奴婢一百八十九十个。这么多治国理家的杂事，他哪里顾得上管呢！

王吉劝谏刘贺："大王太奢侈啦！若是为理政闲暇，顺应天道，去玩玩，那是可以的。但大王沉溺奢侈淫靡，怎么为你的下属做出榜样呢？"可刘贺虽然当面认错，表示一定改邪归正，可事后却照常疯玩，毫无悔改。

就在刘贺兴致勃勃，准备节日庆典时。王吉终于赶回了昌邑王府，跪拜在刘贺跟前，把昭帝驾崩、没有选定继承人，因此大将军霍光决定征刘贺主持丧事的决定，简明扼要他传达了一遍。群臣自然明白：朝廷下诏安排刘贺主持丧事，这就意味着他是皇位继承人了。

刘贺惊问："什么？朝中下诏书，命我当皇帝？"在场的所有人都惊呆了！他们心里都有一本账：朝廷下诏安排大王主持丧事，这是让他当皇帝的意思。可刘贺却像是大风吹掉了斗笠似的，有点懵里懵懂，这样问道。昌邑臣仆自然是一个个点头称是，跪成一片，对刘贺齐声拜道："皇上万岁！"刘贺仍觉得这是一场梦，笑道："哎哟哟！我哪是当皇帝的料啊……"话音刚落，昌邑臣仆们又跪拜齐呼"皇上万岁"。刘贺连呼大家起来，哈哈一笑，朗声应道："感谢诸臣抬举。我刘贺，永远是昌邑国的大王。"

王吉对刘贺的任性与玩兴了如指掌，生怕他脱轨并与庶民混杂一起闹出丢人事，便提醒他说："大王，皇太后上官氏已颁发玺书，并诏命代理大鸿胪少府乐成、宗正刘德、中郎将利汉使臣前来征召，命大王尽快赶长安官邸。"刘贺又摆手笑道："这个不可能！先生你看，本王这么个傻模样，宰相这顶帽子戴在头上还嫌大，哪有当皇上的本领啊？"直至王吉再次把宫中昭帝病故、无嗣，以及皇太后与霍光等臣，一致推拥他继位的来龙去脉详细道来，他才知王吉所说并非戏言，便讨教自己该怎么做。王吉说："诏书大约明天送到，我们应做好迎诏准备，乘坐七乘传车，以最快速度赶到长安。"刘贺此次回京乘坐七乘传车，即用七匹驾的传车。

提及传车，必须涉及古人的联络方式：白天可以用旗语、烽火为号；夜间则用摇铃、号角或击鼓传递信息。早在西周便建立了"烽燧"制度，后来又出了驿站，一站一站地传递信息。西周已建立了相当完备的"驿传"制度。各大小诸侯在要道上设置驿站，专门传送官府文书。当时把轻车快传称作"传"。

在皇族与各路诸侯行旅中，也常启动"传"的方式。按西汉初《乘传制度》规定，"六乘传"为皇帝之礼待。军情紧急也可乘"六乘传"。昌邑王刘贺还不是皇帝，乘车赴长安是为了"接受皇帝玉玺、绶带"。霍光便示意皇后恩准他乘"七乘车"，已突破了天子之车"驾六马"的规定，正说明刘贺不是因"等级"享受这一待遇，而情况"十万火急"，特命他日夜兼程赶至长安官邸。

刘贺一听"七乘传车"，又推辞说："不行，不行！按照朝规，天子才有资格乘坐'七乘传车'，我一个小小昌邑王，哪有资格享用它呢？"王吉仍劝道："这'七乘传车'不是你要坐，而是皇太后赏赐你乘坐的，为何不可？"刘贺应道："本王有箭羽，那可是皇爷赏赐千里马。本王骑马前去。"

刘贺得知自己要主持先帝丧事的消息之后，在准备接旨迎诏的那天晚上，还发生了一件咄咄怪事。当时，刘贺睡得正香，忽闻一阵汪汪的狗叫声越来越近。刘贺心想：这是谁家的死狗啊，尽冲着大王我来？便不予理睬，蒙头继续睡。渐渐地，一阵狂风吹来，把窗帘掀得老高。刘贺望去，只见无数个影子时远时近，总在眼前晃动；还隐约听见谁在呼唤的声音："箭羽，快回来吃夜饭啊……"空气阴森，隐晦凄凉。刘贺浑身毛发倒竖，接着是一阵敲门声，"砰！砰！砰！"连响三下。刘贺心想：这半夜三更的，谁在敲门？又想到家奴和侍卫不在身边，若门外这群狗发起疯来，一起朝我扑咬过来，大王我还有命吗？便提着胆子站在室内门边，视探动静。又传来一阵急促的敲门声，刘贺喝问："谁？"门外没有回应。心里害怕，便返回床榻呼叫罗绔，共同对付门外的陌生人与疯狗，可转身一看，却不见罗绔踪影！刘贺一面呼唤罗绔的名字，一面满屋镜前柜后地到处寻找，还是不见罗绔，便提声呼叫侍卫，也无任何回应。

敲门声越来越激烈，仿佛要把门敲破。刘贺把房门打开一看，只见一奇异男子站在门前：他身材高瘦，像根竹篙，双目犹如两把锋锐之刀，直逼人心。

刘贺惊问："你是人还是鬼啊？"那人应道："如今这年头，人、鬼、神，谁能分得清楚？"刘贺听罢，愣住了；再仔细一看，只见他穿了件纱襌衣，用丝帛束着头发，手臂弯弯搭着宽大黑布，举止偶傥，叉开双腿，简直像个吊颈鬼。刘贺见了，瞠目结舌，探问："你到底是谁啊？"男子嘻嘻一笑，应道："在下姓江名充。"刘贺一听"江充"，立即惊出了一身冷汗。

刘贺从小就听父亲说过，就是这个宠臣江充绞尽脑汁，以"告密"为名，骗得先帝信任，害死了丞相公孙贺、诸邑公主、阳石公主，还企图栽赃我昌邑王府与巫蛊案有关，就连太子刘据也被逼"造反"。要不是先帝明察和霍光等贤臣的反击，恐怕我也会落得像太子刘据一样的下场。想到此，刘贺虽然害怕，但仍接着怒目而视，把手一挥，喝令他立即滚开。

可江充死赖着不走，先做了一番"变脸"游戏：忽变白面书生，忽变娇柔女性，忽而又成了凶神恶煞，然后向刘贺深深一躬，和颜悦色地说："听说大王官运亨通，将要登基做皇帝了。本使特远道而来，热烈祝贺。今天冒昧打扰，是为大王献礼而来。"说着把搭在手臂上的那幅宽大黑布"啪嗒"抖开，身子骨轻盈一转，哈哈！十几条大白狗从他的围裙下跳了出来，冲着他汪汪直叫！刘贺一看，好生奇怪：这些狗怎么全无尾巴啊？特别是其中一只大狗：身高三尺，无头、无尾，脸面像人，脖子还挂着一块精美玉佩，戴着一顶方山冠。此狗灵活，凶猛，率领大小狗儿，在江充那幅飞速旋转的黑布下狂叫乱跳。两只后脚踮地，前脚扬起，踩着乐声活蹦乱跳。江充向它们一跺脚，那群狗儿便张牙舞爪地扑向刘贺，胡乱撕咬，刘贺吓得脸色刷白，闪身躲开……

江充见刘贺狼狈不堪，仿佛心里得到了平衡，开心狂笑一阵之后，又给每一条大白狗扣上一顶顶小红帽，从腰间抽出一支短笛吹奏起来，那些戴帽小狗儿随着笛声，踩着节拍齐跳舞。刘贺也混在它们中间，跳着，唱着，十分开心，快活得几乎倾倒在地上……这时，传来罗紨一阵呼唤："起来，大王快快请起！"刘贺这才揉了揉眼睛，探头朝窗外一看：天已大亮。原来是一场噩梦。正是：时运未通亨，灾厄又害侵；云开不见日，福祸自天成。

刘贺迷迷糊糊一觉醒来后，心里还是有些后怕：这是怎么啦，这些日子本王尽做噩梦。难道老天认定我倒霉？想到这儿，他便横下一条心：不管了！把床幔垂下欲补回笼觉。可刚一躺下，敲门声又响了。刘贺开门一看，原来是许管家，毕恭毕敬站在门前。

许管家名"茂昌"，年约五旬，中等身材，虽仅读过几年书，却通达事理，办事利索。许茂昌跟第一任老大王刘髆有缘。那年八月，河南发大水，许茂昌逃荒流落至昌邑国无家可归，老大王不赐给饭吃，还留他在王府仆从柴火间住下。后见他忠厚老实，手脚勤快，既吃得亏又吃得苦，便把他留在府中，深得刘髆信任，几年后便让他当上了总管家。许茂昌是看着刘贺长大的。小时候，刘贺常称他为"茂昌叔"，对他很是信任。此刻，许管家先向刘贺请安，然后禀报说："赴长安的前期准备工作就绪，中尉王吉、郎中令龚遂命在下前来请大王巡视。"刘贺瞪了他一眼，埋怨说："屁大个事情，也来吵我！"许管家解释道："大王，朝廷派来的少府史乐成、宗正刘德、光禄大夫丙吉和中郎将利汉快到了,请大王准备迎接。"

刘贺这才慢悠悠起身,走到许管家面前下令道:"你下去吧。我待会儿过去视察。"想了一下又说,"把王吉、龚遂找来,有急事商议。"

龚遂字少卿,山阳郡南平阳县人,任昌邑国郎中令,通晓经学,满腹文才,性格直率,言词简当;为人忠厚、刚毅,常为弱者抱不平。龚遂既是刘髆最信任的属下,又是刘贺最忠实的辅臣。别看他平日沉默寡言,却坚持原则,尤其是涉及重大事件时,特别认真,寸步不让。他因而受到了王府上下的尊重。王吉也是个责任感极强的辅臣。他曾想尽办法诱导刘贺做个善政治国的人,曾用《诗经》中的故事劝谏刘贺:前人召公下去视察工作,若遇农忙时节,从不进老百姓家的门,而在甘棠树下休息,为民众在甘棠树下听讼断案,使百姓不误农时,各得其所,后世百姓感念召公的恩德,规定不准砍伐甘棠树,这才有了《诗经·甘棠》诗的吟诵。

许管家领命退下,前去寻找二臣。严罗紨考虑着:难道是刘贺一觉醒来,又改变什么主意了。她知道自己丈夫就这么个德行,坐一个主意,站一个主意,她心神不定。严罗紨在心里琢磨着:难道大王决定当皇上了?便走到刘贺跟前,夸道:"这才是我的好皇上!"刘贺却沉默不语,仿佛默认。然而,刘贺到底愿不愿当皇帝?这个秘密只有刘贺心里明白。

话说刘贺要去长安当皇帝的消息传开之后,仆从们则在总管家的指挥下,半夜就起床了,并风风火火煮了一头猪,烧了一只羊,还备了几桌菜蔬果品。伙计们在百味堂摆好食物、放好美酒,待皇后派出传递急诏的大臣一到,便先进行奏哀乐、接诏书仪式,然后共进午宴,宴后即向长安出发。

在另一处,有的竟把所有的箱柜抬了出来,翻箱倒柜,正准备装车启程呢。几个仆从把刘贺平日喜爱的玛瑙玉环、舞者玉饰、精美漆盘、提梁卣、鸟头酒器、棋盘,以及木牍奏折、竹简奏章等物件摊了一地。有个郎官从此经过,给管家泼冷水说:"哎呀呀,这么些破烂货色,还不如扔进垃圾堆去。明天大王当了皇帝,宫里什么没有啊。"忠厚老实的管家却笑道:"我了解大王。大王怀旧,其实他玩的就是个念想。这些旧玩意儿,都是大王叮嘱留下的啊。"说着吩咐手下将地上的旧家伙装笼入箱,准备跟随"新任皇上"赴长安东宫享福呢。而昌邑府内大小官员关心的，则是涉及各人安居乐业与仕途升迁。

汉初建国时，沿用的是秦代官职，设置丞相、御史大夫、太尉。在当时，御史大夫的府第，有一百多处官员使用的井水枯竭。而原来府中的一行行柏树上，有数千只在树上栖息、早出晚归的"朝夕鸟"，后在几个月里远走高飞，不再回来了。对此，人们都感到奇怪，后有人向皇上奏道："帝王治国之道，没有必要沿袭旧的制度，应该创新，按时移势易，酌情改变。"武帝便撤销太尉，设置大司马，前边以将军称号，不带授绶。至于王府的那些大小官员，自然是由诸侯王根据官职制度确定的。若刘贺当了皇帝，情况则不一样，将会有更高官位与丰厚俸禄的机会。于是，在众臣仆印象中"贪玩、好色"的刘贺，此刻威信陡增，被臣仆们视为"圣贤宝贝"。

眼下，在昌邑王府，刘贺即将赴长安主持先帝丧事的一切事宜，都已经准备妥当。在场地上摆着两架编钟，一架编磬以及青铜錞于、青铜铙，还有一整套琴瑟、排箫等乐器相伴敲击，发出雄浑悦耳之声。

刘贺拍手甩袖，放声唱道：

湛湛露斯，匪阳不晞，厌厌夜饮，不醉无归。
湛湛露斯，在彼丰草；厌厌夜饮，在宗载考。
湛湛露斯，在彼杞棘；显允君子，莫不令德。
其桐其椅，其实离离；岂弟君子，莫不令仪。

诗中以太阳比喻天子，以露水比喻诸侯。因露水见太阳而蒸发，以喻诸侯按天子的意愿办事。以示自己拥护、随从天子。刘贺唱毕，自己也戴上了一顶高高的、方方的仄注冠，命乐师把编钟敲得更响，在十几个侍妾的陪同下跳起了长寿舞，快乐无比。这些，早已成为刘贺日常生活中的家常便饭，不足为奇。

午夜时分，王府寝宫外面灯火辉煌，仆从把那悬挂在各处大小不一的灯调至最亮，把每一个角落都照得通明透亮。就连地上也点起一碗碗油灯，流光溢彩，犹如星花遍地。从上至下，大家都在通宵作赴长安的准备，人来货往，虽显得零乱，却依旧井井有条。王府中的官员，以及刘贺的妻妾都在窃窃私语，议论自己的去向与前途。刘贺那十几个侍妾不约而同,都聚集在后花园交头接耳,谈论的中心话题无非仅有一个:谁当皇后?

在刘贺心目中,皇后自然是侯夫人。昌邑王府内外,谁人不知刘贺在众妻妾中,最疼爱的是侯夫人与严罗紨。而且侯夫人还是他的首选。他俩情投意合,如胶似漆。

单说昨天晚上,仿佛有什么预兆。在昌邑王府寝宫内,铜漏壶循环的滴漏声,单调而清脆地回响着。这是灵魂的叩响,是生命的循环。

只见侯夫人吹灭了连枝灯,空荡荡的寝房里,仅剩下一盏鱼雁灯散发着微弱的光线。她把灯光调至最小,从她修长纤细的身上脱下衣裙,光艳夺目。她羞涩地低下头,静静地等待着。

刘贺沉迷女色,侯夫人却是他百看不厌的女人。透过鱼雁灯影影绰绰的光线,透过窗外草木湿润的灵气,透过博山炉飘散的奇香,他看到了她高高隆起的胸脯,还有那白皙、娇嫩的脸颊,以及那双水汪汪迷人的大眼睛。渐渐地,一丝丝快乐像风一样牵动着他的肢体,他有些站不稳,招架不住了,便悄无声息地走近她身旁,久久凝视着她那摇曳的风情与美艳。

此刻,似乎从远处传来阵阵敲击编钟的乐声,忽轻忽重,或强或弱,时隐时现,回响在他的心弦,使他沉迷于灵与肉的亢奋中。

窗外起风了,潍河之水,浩浩荡荡,直向刘贺潮湿的心田涌来,涌来。刘贺莫名其妙地兴奋着,难以遏制。他把鱼雁灯吹灭,猛地将她抱上床榻。他听见自己的心突突地跳着,她眼睛里含有温热的文火。二人坠入爱河,翻云覆雨,共度良宵。

早起之后,刘贺抑制不住心中的欣喜,洗漱后便大大咧咧地跨出寝宫。仆从们一个个点头哈腰向他打招呼,有的还故意问长问短,说些吹捧肉麻话。刘贺心想:人生贵得意,不必恨枯槁。都以为我在当皇帝了,还不一定呢。一贯没有官架子的刘贺,被臣仆这么一弄,显得很不自在,便故意绕过人群,甚至见人就躲。此刻,刘贺也不是布置什么"进宫方案",类似这类琐事他从来不操心,总是让下属去做。现在,他要命中书令王吉、龚遂讨教一件事,破解昨晚他做的那个"狗梦"。

当刘贺寻找辅臣经过马厩时,见马夫寿成正在给箭羽喂草料。

寿成是刘贺的马夫兼保镖,绛州翼城(今山西翼城东)人,身强力壮,二十几岁,单身一人,性直,豪爽,爱读书,善骑射,且胆力过人。他曾在长安当过小官。

因受主屈辱不肯低头被赶出门，刘贺见寿成智勇双全，便把他收留在昌邑王府，当他的马夫兼保镖。

寿成见大王来便上前招呼。刘贺疼爱地摸摸骏马箭羽油光闪亮的背毛，亲了亲它的头，又抚摸着系在它头部的饰件——当卢。当卢装在箭羽鼻革与额交接的部位，即它的眉目鼻梁之处。刘贺喜欢这玩意儿，铜质、叶状，纹饰中有白虎。刘贺每次出猎都要爱惜地摸摸它、整整它。因为，这黑底金色图案象征着理想与信念，刘贺始终把当卢甲、乙、丙三部分视为心中"三神"。当卢甲的主神是白虎，龙身形瘦长，如花茎，盘屈为三环象征再生，或生与死的关系，即"死亡、再生、不死"紧密相连的三件事；当卢乙的主神是凤鸟，象征着光明与自由，表达着人们对于仙界与东南世界的认识；当卢丙的主神为麒麟，象征着冥世的天空，以及轮回转世与修行降生。

刘贺就要出发了，他对他从小的玩伴箭羽兴奋地说："这一回，大王我要带你去一个万众敬仰的圣地——长安，或许就不回来了。路途遥远，一路翻山涉水，你小子可要为我争口气啊，千万别给我捣蛋！"

箭羽似乎听懂了主人的话，惬意地摇动着尾巴，把头亲近他。刘贺对寿成说："做好日行千里的准备。这一回赴长安，骑马射箭，我们可要耍它个痛快淋漓！"

寿成应道："好的，这匹快马有大王乘骑，定能穿云破雾，恭候大王平安登基。"刘贺听罢弯下腰，对寿成耳语说："当不当皇帝，还不一定呢。这一回赴京城，先探个虚实。"寿成听了，以为刘贺在跟自己开玩笑，开心地问道："好嘞，不管是大王还是皇帝，在下都跟着您走！"

正当刘贺准备离开寿成时，忽闻身后气喘吁吁跑来个郎官，乞求刘贺去看看他清点的古玩是不是都齐了，那组孔子立镜要不要运往长安。

此人姓毛名士博，中等身材，瘦削而精明，是昌邑国文物收藏博士。刘贺从小酷爱收集古玩，自武帝封他继任第二任昌邑王后，便把毛士博作为收藏古玩专业人才引入王府，专门为他收集、识别并保管文物。他严谨守信，洁身自好，忠厚老实，深得刘贺信赖。刘贺说道："其他就不用我过目了，相信你。至于孔子立镜千万不能落下，定要运至长安未央宫。"正是：人逢运至精神爽，月到秋来光彩新。

刘贺兴冲冲来到府中厅堂,所有文武官员都在这里等候,许多启程大事都等待刘贺拍板定案。群臣见刘贺来了,"唰"的一声挺身而立。刘贺随和地示意大家坐下,说:"杂务事情你们定了就行,本王只管两件事:一是以最快的速度赶到长安,二是随本王前行人马大约两百便可。"大家一听傻了眼,王吉惊道:"二百官吏随从?大王,路途遥远、艰险,一路上吃喝拉撒,臣以为不妥。是不是……"刘贺一听这话就心烦,说:"有何不妥?此次赴京,可是为主持先帝丧事,还要继承皇位,此事比天还大。想当年我皇爷爷武帝封禅泰山,前不见护卫队伍的头,后不见队伍的尾,奏乐吹打,浩浩荡荡,那才叫气派呢。"

刘贺心里不服,沉下脸争辩说:"从前元封元年(公元前110年)春天正月,我皇爷爷巡幸抵达缑氏县,一路巡行经过的地方,免除百姓田租和拖欠的借贷;赏赐年龄七十岁以上的老人和孤寡者布帛,每人帛二匹,且免除当年税赋。赐天下民爵一级,女子每百户赏赐牛酒。我这又算得上什么呢!"

刘贺滔滔不绝地说下去,显得神气而自信。二位辅臣知道,任性的刘贺如此一意孤行,已无法改变了他的想法,便没有再坚持削减赴京的随行人员。但让二臣高兴的是,一贯贪玩的刘贺,已经开始以养成爱民的优良品格为目标,准备在刘家政治舞台上初露头角。刘贺想了一下,又郑重其事地对二臣说:"本王还有一件事要与二位商量。"并把他们带至府中"仙人洞"密室。此密室为刘髆亲手建造,坐落于王府东南侧面一片茂密的丛林中。其实,也谈不上什么密室,说白了就是一个幽静休闲的石洞,其周围树木葱茏,奇葩烂漫,一带清流从花木深处泻于石隙之下。刘髆建造它仅为若有个知心好友叙旧或论国事,便来此喝茶、赏花闲聊而已。不过,一般小官员或仆从是严禁进入此地的。

郎中令龚遂并没有放弃对刘贺的劝阻,他以汉文帝为例劝导说:"从前吕后专权,吕家掌握国家政权。幸亏吕后一死,太尉周勃、丞相陈平等大臣把诸吕一网打尽,迎立当时还是代王的孝文皇帝入京为帝。当时,孝文皇帝对诏书犹豫再三,行而又止,反复探求诸大臣的真心实意。他仅带六人入京,夜拜宋昌为卫将军,领南北军,张武为郎中令,确保京畿安全后;益封太尉周勃邑万户,赐金五千斤。其他大臣也各封食邑,赐金千斤。这样一来,孝文皇帝方才安稳坐下江山。大王此次去长安,其实十分凶险,千万要谨慎从事啊。

这时,刘贺的老师、大儒王式也在场,他端坐在一旁倾听诸位的意见。当他见刘贺对他人的劝阻无动于衷，脸色不悦，便慢腾腾地站起身，询问道："大王，不知你是否记得，《诗经·大雅》有一句：'先民有言……'"念到此处，王式故意假装记不起来，刘贺立即接道："先民有言，询于刍荛！"王式又问他何意？刘贺又解道："这一警言在《诗经·大雅》的《板》中，说的是古人有这样的话，凡有疑难可请教割草打柴的人。"王式又诵读了半句："岂弟君子……"刘贺见先生遮遮掩掩，面呈难色，再次应道："《诗经·小雅·青蝇》曰：'岂弟君子，无信谗言。'"王式又问他何意？刘贺对答如流："平易近人的君子，不要听信谗言。"王式这才笑问刘贺："刚才郎中令所说是谗言吗？"王式假装糊涂的几句尖锐问话，使刘贺低头不语。王式便趁机应道："老朽教授大王的《诗经》三百零五篇，你篇篇都能背诵出来，说明大王学习用心，下了苦功。可到了实用之时，便变了调，完全不一样了。"

刘贺不觉脸上火辣辣地烧，不再那么神气活现了。他话里听音，当然知道王式是在对自己旁敲侧击，他觉得言之有理，便把之前"梦狗"的事对先生与郎中令说了：又是巫师又是无尾狗，还夹杂着一个巫蛊案光制者江充。龚遂一语道破，说道："大王倒霉，要遇麻烦事了。"刘贺问："此话怎讲？"龚遂郑重地应道："这是上天向大王发出的警告，意思是大王身边的人，都像戴着冠的狗。如果能够及时疏远他们，还有希望；若不疏远他们，最终死路一条。"刘贺问："有这么严重吗？"王吉脸色严峻地说："行为悖逆，就会有仆从戴冠，天下大乱。此梦在告诫大王啊，君不走正道，大臣就会篡位，妖狗就会戴着冠走出朝门。"刘贺继而探问："按先生说法，上天在说，本大王根本就不是'当皇帝'的那块料？"龚遂进而解道："刚才在下说，这是上天向大王发出的警告，警告并非事实，是预防。孔子曰，君子有三畏：畏天命，畏大人，畏圣人之言。"王吉接道："唉！人生如同树花同发，随风而堕。自有拂帘坠于茵席之上；自有关篱墙于粪堆之中。那就要看你坐在哪个地方了。"

刘贺如梦初醒，悟道："庄子曰：无以人灭天，无以故灭命。本王认为，人与天二者都重要，不要人为地排除天性，也不能用世事排除天命。还是把命根子握在自己手中吧。"王吉从刘贺回应中听出了"另一种声音"，便问："看来大王此次进宫心灰意懒，难道还有其他想法吗？"刘贺先借题发挥，说了些当卢甲、乙、丙三件饰品视为心中"三神"之类的话，进而说道："本王的想法仅有一个，进宫受绶，继承皇位。这是我祖父在天之灵的美意。皇冠，是本王前世的缘分。"龚遂鼓励他说："大王言之有理。可见大王登基之后，定能一心一意为国为民。"王吉心直口快："大王登基乃天大喜事。但在下还有几句话要说，不知大王愿不愿听？"刘贺应道："请先生明示。"王吉说："建议大王在接受皇帝的玉玺、绶带前注意以下几点：一是不扰民，在路上不与庶民混在一块游戏、打闹；二是不受礼，即不接受地方官员与平民百姓的财物；三是不贪色，若路遇漂亮女子不准拦截、抢夺；四是不沾荤，即只食素肴、不沾腥荤，且'必洁治素菜肴供奉，谓之摆供'，又称之'忌日'……"

　　刘贺打断王吉的话："这一点办不到。先生你是知道的，我从小喜欢吃肉，尤其是猪、牛、羊肉之类的，一餐也不能少。"龚遂解释道："这是'丧葬礼节'，大王必须服从。按照仪礼，奔丧者只能食素，不能食肉。"刘贺辩道："孔子曰：食不厌精，脍不厌细。没有酒肉，叫我怎么活？"王吉厉声斥责："孔子还说过'君子食无求饱，居无求安'。在这种非常时期，大王你怎么就不能忍耐呢？"

　　刘贺无奈，心想，既是向二师求教，为何不准人家把话说完，便准允他们继续往下说。当王吉谈到第五条约法"不快活"时，刘贺竟然火冒三丈，反问："我即将登基做皇帝了，为何不可快活？这一条，毫无道理！"龚遂耐心地补充道："这叫哭丧，不但不能快乐，还要哭，要嚎哭，哭得像真的一样。"王吉见刘贺有些不耐烦，便严肃地说："按我大汉丧葬仪礼规定，不要说是皇上驾崩，就是丞相、文武百官，哪怕是平民百姓死了，也要'车驾素服临之，望哭哀动'。"刘贺面呈难色嘀咕着："这个，本王做不到。"龚遂一听急了，苦口婆心地劝道："皇上驾崩，伤心痛哭。这是朝纲，必须遵守。"

　　刘贺以沉默对抗。龚遂则启发他说："不管怎么说，先帝是你小叔，都是刘家一根血脉啊，现如今他已驾崩，大王怎能不'痛苦流泪'呢？"龚遂不说则已，这么一说反倒把刘贺激怒了，他把满肚子委屈全都抖了出来："虽他的辈分大，我要称他为叔叔，可我只见过他一面啊。当时祖父赏赐宗室，我也去了。按规定，本王也应与各路诸侯一样，获'一千斤黄金、加封八百户'，但这些，却被皇爷爷一笔勾销，仅赏赐给我一组孔子立镜。"王吉耐心地劝道："大王啊，丢弃那些陈年旧事吧。在这么个节骨眼上，哭，便是上天交给你的神令。请记住，它将关系到大王命运与前程。"龚遂也补充说："河清不可等待，人命不可延长。人死，不！

先帝驾崩，大王你怎能不哭泣呢。"刘贺与二臣交谈后，心存负担：此次赴长安继位并非好事。自己虽然被内定为至高无上的皇帝，然而依旧步步为营，小心谨慎，见机行事。

这时，朝中少府史乐成、宗正刘德、光禄大夫丙吉和中郎将利汉乘坐的马车，已到昌邑王府半里之外的柳溪镇。府中大小官员及接旨司仪等，正在大门前奏哀乐、候旨宣诏。整个昌邑国沉浸在悲痛的氛围之中。临街王府大门洞开，王府内外一片素白。左右两侧点燃着两支白色巨烛，如同白昼。总管事方叔正在为不见昌邑王而焦虑，当他听到有人禀报大王刘贺到，人们转身望去，刘贺与王吉、龚遂正朝这边走来。司仪唱喏："昌邑王到！"大家都安静地在大门前等待京城使臣到达。

凌晨一时许，府中有人前来禀报大王："朝中使臣到！"使臣的马车停于昌邑王府大门前，刘贺率仪礼郎官上前迎接。人们纷纷抬眼望去，见朝臣乘坐的车辆中间，还有一辆七乘传车，它配有七匹精良骏马并装饰一新：有饰挂于马脸的当卢，上面饰有青龙、白虎、朱雀玄武；有刻有浮雕神马的错金银车马器，大小不一，形状各异。其中锈刻最为精致的两只，铸饰有飞马。在剑形错金银车马器上，还镶嵌着青铜蛟龙、凤凰、鱼与仙鹤、猛虎等浮雕图案，金灿闪亮。传车前后左右披上了一条条洁白素绢，就连车前的七匹马的颈脖与马背也佩挂上了素花、素带，在微风中飘拂，啪哒作响。

来往路人从车前经过，都要收起脚步多看几眼，为昌邑王刘贺赞叹一番。有些书生一看就明：大王要高升了；还有的讽笑道，像大王那忠厚、善良的脾性呀，受不了太高、太大之冠，即使是戴上了皇冠，迟早要被人夺去的——不知是褒还是贬。

哀乐渐起，四位使臣陆续下车，使臣、中郎将利汉宣读诏书。刘贺顿首百拜，准备迎接诏书。站在一旁的王吉与龚遂，生怕刘贺不哭，却又不便暗示，总在那儿提心吊胆。刘贺想到，孝昭皇帝前不久还下诏给昌邑王府呢，现如今这位活生生的英俊少帝，竟然突然辞世，只能叹息一声"生命脆弱，人生短暂"！不由落下了几颗泪珠。王吉和龚遂则暗暗为大王祝福。

昌邑王府前厅一块宽阔的场地上，仆从们撑着一支支火把，照亮了一张张神情复杂的面容。史乐成把诏书送到刘贺手中，刘贺用火烛照着打开玺书，细细地读着，脸上泛出了激动的红光。皇太后要求他立即赶赴长安主持先帝丧事，刘贺读毕，感言道："谢皇后赐卑臣一觐天颜，奉万年觞于左右；再瞻日月，献四海颂于庭帏。源源之恩，直铭佩于无涯矣。不胜惶恐赶赴长安，入宫祭奠昭帝。"

王吉等张罗仆从将马车侍从一个个加礼厚待，又吩咐总管事筹备入朝事宜。因时间仓促，刘贺无心陪客，仅向少府乐成、宗正刘德、光禄大夫丙吉等大臣敬了几杯酒，说了些忧国忧民、治家治国之类的话，便整理行装去了。

待大臣们吃饱喝足之后，刘贺又吩咐总管事方叔安排各使臣歇息，且向他们告辞，说是"长安主持丧事十万火急"，他必须争分夺秒及时赶到京城。使臣们见刘贺一片忠心抄办国事，都点头称赞霍大人高瞻远瞩，没有看错皇位继承人刘贺。

经各使臣研究决定，刘贺乘坐七乘传车奔赴长安，共率二百人随从行，其中包括随从、仆役、官奴及乐师等。安乐是昌邑国相，办事严谨，威信甚高，刘贺暂时指定他为旅途的总管。他年约三十，身材高大，浓眉短髯，是儒门后裔，虽仅读过些闲书，却满腹计谋，是看着刘贺长大的忠实之臣。总管事方叔年约四旬，个儿瘦小，但精明能干，为人倒也忠厚，对刘贺所言无论对错，绝对照办。此外，刘贺还指定方叔总管生活事务。龚遂、王吉继续跟随刘贺左右，监督并处理刘贺路途身边的政事；马夫兼保镖寿成则乘箭羽护卫刘贺，善仆等仆从跟随处理大王生活琐事。至于陪伴大王的妻妾仅选了两名，刘贺自然选中了罗紨和侯夫人。其他妻妾就算想争风吃醋也只有忍让。

其实，对于这一点，罗紨从不与侯夫人计较。她俩早有预约。一天，侯夫人试问罗紨：若大王当上了皇帝，谁做皇后呢？罗紨爽快应道：皇后的宝座当然属于侯夫人，原因有三：一是你比我早纳为大王的贤妻；二是姐比我聪明能干，对陛下的关照得体贴入微；三是臣妾不能永远陪伴在皇上身边，臣妾要当游侠，为四方百姓伸张正义。几句话，说得侯夫人心花怒放。从此，她更加敬佩严罗紨了。二人姐妹相称，相互尊重。

王吉等朝臣以上决议群臣均已同意，但对刘贺"率二百官吏随从"奔丧有异议。可刘贺依旧坚持，说都是昌邑王的忠臣忠仆，一个也不能少。丙吉与刘贺争论几番后，刘贺毫不动摇，丙吉无可奈何，只有保留意见。而少府史乐成、宗正刘德和中郎将利汉等，生怕刘贺登基之后记恨在心招来麻烦，也只有勉强附和，请大王刘贺自行决定。其实，刘贺坚持二百官吏随从随行，最多也就是图个人多热闹，好玩而已。

尽管臣仆们列出千条、万条理由，刘贺全然不听，最后坚持"率二百官吏随从"赴长安。既然刘贺一锤定音，龚遂、王吉等只能沉默不语了。大多数臣仆在心里都想着，可以跟着刘贺一起去皇宫了，享受荣华富贵了。

刘贺决定安排总管家许茂昌及几个仆从留守在昌邑王府，许管家二话没说立即答应。刘贺还指定奶妈苏红跟自己一道赴长安，享受宫廷鸿福。苏红却推却对刘贺说："孩子，你现在长大成人了，还要去京城办国家大事。这一回呀，奶妈就不去添麻烦了，决定回老家安度晚年。"开始刘贺不允，可苏红依旧坚持，刘贺只有恩准，当即赏赐她数斗金银财宝，叮嘱许管家派马车与侍卫一路护送。

这时，天边一阵惊雷，乌云从天边滚滚而来，接着铜钱大的雨点，铺天盖地地洒了下来。刘贺皱眉看看天色，心里埋怨：唉，天公不作美。本王赴京授玺，偏遇上这么个鬼天气！

顷刻间，昌邑国的雷雨越下越大，急雨夹雷像饿狼似的吼叫，到处一片白茫茫的水世界。

最后，果真，刘贺率领昌邑王府二百臣仆，浩浩浩荡荡地向长安出发了。

这时，又回到刘贺继位的时刻。刘贺即将登基，当他回忆起一路走来的这一串串趣事，感到一身轻松，不由笑了，叹道：呵呵，一国之政，万人之命，全悬于君王手中。他觉得"有权有势"还是好：如果我真的登基当了皇帝，要管的事，便不仅仅是昌邑国的事情了，而是我整个大汉的江山社稷。

或许是心情过于激动，马上就要登基了，刘贺他几乎彻夜未眠。他把目光停留在连枝灯下几案的铜漏壶上，浮箭正指着丑时凌晨三点。在洗漱完毕干咳几声后，对着那面昭明铜镜整了整衣领，一本正经地说："抓紧时间，修饰一下，今天举行隆重登基大典，至少提前半个时辰入殿。"侯夫人习惯地从抽屉里取出九子漆奁，漆奁工艺精美，各具形态，有三角形、菱形、正方形、长方形、椭圆形，精巧地贴合着圆形漆盒，故称"九子漆奁"。这是刘贺喜爱并随身携带的梳妆盒，里面存放着梳篦、脂粉、小铜镜及一些小物件，有时还会放点食物或书简。

刘贺平日注重仪表打扮，且爱整洁。打理完毕，侯夫人从漆奁中拿出一面铜镜让刘贺照照，刘贺觉得满意，对着镜子点了点头。侯夫人又给他换上紫红绸丝长衫，左玉佩剑、右挂书刀，又拿起那面昭明镜照了照。镜面映出刘贺那张英俊面容：鼻梁不高，秀而不弱，浓浓的眉毛下，一双细小的眼睛随时含笑，闪烁着纯真、好奇而敏锐的灵光。脸盘长有一簇胡子，约有一二分厚，远远看去，像倒挂在下巴的黑色小木鱼。厚厚的嘴唇一笑，给人以温顺、宽厚的感觉。虽有些大大咧咧，骨子里却洋溢着一股书生气息。侯夫人让刘贺一次次转过身子，她越看越喜欢，禁不住爱慕地赞道："哈，好英俊啊，我的皇上大人！"

在未央宫前殿，刘贺即将接受玺印，成为西汉的第九位皇帝。

此刻，阵阵鼓乐声一浪高过一浪。皇太后为刘贺佩挂绶带，又打开锦盒取出玉玺，郑重地递给刘贺手中。刘贺双手有些颤抖，如获重释地接过玉玺。面对太祖诵唱赞词之后，欢天喜地走下殿台。殿内外官吏异口同声高呼："皇上万岁！"

在朝堂上，霍光挺立于宫殿中央。这位前后在朝执政十四年的大将军，很少发言，沉稳如山，一直在察看刘贺接受玉玺的每一个细节。他注意到，刘贺接过玉玺后，并没有把它放回锦盒，而就那么双手捧着它；后来，在数位大臣的护送下走出了殿门。群臣与诸侯们也都看到刘贺"不封玉玺"的不规举止，纷纷在背后指指点点。威严庄重的宫殿一下被搅乱了，刘贺却毫无感觉。

霍光实在不忍看下去，却又不好触怒刘贺，便悄然走到刘贺跟前，指着他手中的玉玺严肃地问："请问陛下，你知道它有多重吗？"

刘贺见霍光突然对自己提出这么个问题，莫名其妙，便把那枚晶莹剔透的玉玺在手里掂了掂，笑道："大约半斤多吧。"

群臣大笑，笑他纯朴可爱，笑他幼稚可笑，笑他无知可怜。霍光在群臣的讽笑中，脸色变得阴冷、严峻，意味深长地说："这枚大印，系着千百万群臣百姓的性命，你说它有多重？"

这时，刘贺才发现刚才自己不假思索，脱口而出的回答偏了题。本想引用孔子警言"上者，民之表也。表正，则何物不正"，重新作答：表率端正了，还有什么不能端正的呢？可霍光闪动他那双狡黠而又锋芒毕露的眼睛，并不给他再次发言的机会，且堆满笑容，以呵护与关爱的口气解道："请陛下记住，'一言偾事，一人定国'，'上乐施，则下益宽'，'万民之主，不阿一人'，这枚玉印是先帝的重托，是皇太后赐予你的权力啊，重如千钧。"

刘贺忽然意识到，刚才，在霍大将军面前夺口而出的那句话，只是论事，没有说到点子，欲收回却又难以启唇，君子一言，驷马难追啊。霍光听罢，当着群臣的面训导他说："君子完善德行的努力，应从自己的童年开始，直至年迈力衰；坏品格，就像疾病一样，不断地克服它，才会一天天改正。反之，日渐厉害，直至死亡。"

刘贺愣愣地站在那儿像个傻子，无言以对。无形之中，大将军霍光剥夺了刘贺上朝的发言权。在朝堂，群臣却又难以察觉，一个个都在夸赞霍光不但对国事、家事与修身胸有成竹，眼光深远，严于律己，对刚继任的皇帝刘贺的辅佐，铁面无私。充分表现了霍光的老练与睿智。

刘贺面对霍光的挑衅，哑口无言。他被霍光那一闷棍狠狠敲来，显得战战兢兢，汗如雨下，却又有些不服气："大将军刚才满口孔言，谁又不知道呢，他老人家就是不让朕说话！什么'一言偾事，一人定国'；什么'上乐施，则下益宽'是《孔子家语·王言解》中的名言；仅有那句'万民之主，不阿一人'出自《吕氏春秋》……当朕刚启唇欲说时，你为什么强词夺理，不让朕说下去？"刘贺本想在朝廷上向群臣说明，但他扫了一眼群臣，心里有些惧怕，所有大臣都站在霍光一边，只有作罢。

群臣再一次把崇敬的目光投向霍光。霍光瞄了身边默立着的杨敞一眼，在心里揣摩着他的态度。

杨敞，华阴县人，曾在霍光军幕府担任军司马职务，后来霍光把他提升为大司农，现居丞相之位。霍光对他了如指掌，他为人处事谨小慎微、胆小怕事，如昭帝元凤年间，使者燕苍发现上官桀等人谋反，就此事禀报时任大司农的杨敞。杨敞知道此事后竟不敢搭理，称病卧床不敢出门。燕苍随即报告霍光心腹杜延年，杜延年知道此事后即刻向霍光汇报。后燕苍、杜延年均受封赏，杨敞却因身为九卿之一听到消息后却不向上报告，以至于未能封侯。但后来杨敞担任御史大夫，直至后来代替王䜣担任丞相，受封为安平侯。在杨敞升攀过程中，霍光一直在暗中提携、帮助他。因此，杨敞对霍光自然感恩戴德。

杨敞则再进一言："人和千里马一起走，则人不过千里马；如果坐在车上叫千里马拉车，那么千里马就不能胜人了。大将军把刘贺推上皇帝的宝座，就是举我大汉江山社稷，任人唯贤啊。"车骑将军张安世则持不同意见说："千里马并非只是在口头上说说，而是要看是否能真的贤明，能很好地治理国家。"二人把矛头直指刘贺。于是霍光再次在群臣留下"为人沉着、稳重，处事谨慎"的印象。

霍光目光咄咄逼人，忽迈开大步走至刘贺跟前，先掏出一块洁白的手帕，给他揩了揩额头冷汗，然后挖苦说："陛下年纪轻轻，这六月三伏天，竟也大汗如雨啊？是热得还吓得？请陛下注意冷暖，多多保重。"群臣听罢霍光带刺的幽默与调侃，禁不住哄堂大笑。笑声在宽敞的殿厅悠悠回荡。

刘贺的尊严受到了伤害，他顿觉自己在霍光面前那么渺小、无能。霍光这随和而狠狠的一"刺"，使刘贺无地自容。他紧捏着拳头，不满地白了霍光一眼，牙齿咬得响，却敢怒不敢言。最后还是委曲求全，低头不语。

刘贺在群臣的簇拥下乘舆行至前殿，升座暂息，接受各位大臣的跪拜大礼。刘贺高高在上，群臣们一脸严肃，按先左后右顺序"啪、啪"两下，放下宽袖跪在地上，上身挺直，臀部放在脚后跟上，磕头三次，起立；连做三遍，一气呵成。大礼作毕，刘贺悠悠走出前殿。

刘贺双手端着玉玺，心情兴奋而又冷静。在这个关键时刻，他望着走下的一级级台阶，悄悄地对自己说：步子慢点，慢点！当心啊当心，千万别摔跤，别摔跤。从前殿出来仅有几十步，但此时此刻对于刘贺来说，却感到如此遥远、漫长，仿佛永远也没有尽头，走得那么艰难、曲折……

当刘贺乘坐辇车回到未央宫中的居所，从原昌邑国携来的二百大小官员随从，一个个脸上笑容可掬，前呼后拥，几乎是把刘贺托起送到殿内。侯夫人给他摘下绶带，想把玉玺藏入锦盒。刘贺却摆了摆手说，先别忙。然后亲手将它捧至几案，让臣仆们尽情地欣赏，而自己则端坐在椅子上，久久地凝视着它，脸上露出了惬意的微笑。侯夫人见刘贺独坐发笑，便问："陛下想到了什么，竟然笑出了声？莫非是因为大王就要登基做皇上了？"刘贺没有作声，说是想起王吉、龚遂二位辅佐，在陪同他赴京的路上，一次又一次强逼他勒令痛哭流泪，故不由觉得好笑……

众臣齐夸刘贺生来一副龙相。侯夫人还端详了刘贺的面相，叹道："鼻高耳耸身长大，骨骼清秀眉明，陛下相貌'龙形'，天生龙命。"严罗紨还吟了一首小诗，赞道："体形飞朝宛若龙，美髯头 鼻高隆。威灵赫奕无人比，万国之从仰帝聪。"刘贺却挥了挥手，叹道："哪有那么俊气！单说我这双眼睛，细得像一条缝，丑也！"夫人们的赞美忽使刘贺想起自己那奇异出生的一瞬间，便笑问及此事对侯夫人说:"朕是从石头缝里钻出来的。"侯夫人以为刘贺在开玩笑,便说:"什么石头缝啊,陛下尽开玩笑。"刘贺却认真地说:"是的,这是爹娘亲口告诉朕的,一点也没有错……"侯夫人听不懂,不知道刘贺在说什么。于是,刘贺的脸色变得严肃起来,忧虑地叹道:"在朝堂,朕看到四叔刘胥那张阴沉沉的脸,还有霍大将军那双像刀子般锋锐的眼睛,朕有些害怕。"侯夫人听了,笑骂道:"大汉江山都是陛下的了,陛下怕什么!"还有昌邑大臣站在一旁附和说:"在未央宫,哦不,无论皇上走到哪儿,我们都永远跟着你。"侯夫人又补充了些吉祥话说,哄道:"陛下今朝登基当皇帝,自然吉星高照,万事如意,风调雨顺,天下太平。"可刘贺脸上阴云仍未消散。

　　之后,刘贺又携印玺,乘坐在昌邑国马夫寿成驾驭的玉辂马车,摇摇晃晃向宣宝殿驰去。玉辂以镂金为饰,车上插有日月大旗,随着玉辂的前行,无数串金铃发出丁零的清脆响声,威武雄壮。辂内刘贺双手捧着玉玺,满面笑容,感到荣耀与幸福。对于霍光挖苦与欺辱,他心里虽闷闷不乐,却宽大为怀,尽量去想大将军的好处:不管怎么说,大将军对朕还是不错的。老头就是刀子嘴、豆腐心,即使是话里带刺,也都是为了朕好啊!人家把我推上皇帝的宝座,郑重地把玉玺交给了我。下面这台戏就要看朕的了。刘贺总是这样,看人看事,从不记仇,更不坑人、害人。可他像大风吹掉斗笠似的,并无警觉,没有觉察到跟随在他辂车后面的,还跟随了一个神秘的身影……正是:天变不足畏,人言不可恤。祖宗之法不足守。

　　刘贺的忧虑是多余的吗?那神秘的身影究竟是谁?且看下回分解。

第二天（六月二日）

丝绸之路

刘贺登基了。次日一早，刘贺还没有起床，宦官郭穰就为他备好了御餐：

桌上摆着各式大小提宴饮器，有用于盛酒的青铜提梁卣、青铜火锅、青铜蒸馏器，还有各种盛装食物的青瓷双系罐、陶罐、陶鼎、陶盒、陶壶，上面印有质朴的花纹，雕有牛、羊、猪、狗的图案，有的还刻有文字。饮器内盛有牛肉、羊肉、猪肉和狗肉、烤羊肉串，还有山珍海味，以及板栗、荸荠、菱角、胡瓜、胡桃、胡荾、胡麻、胡萝卜、石榴等果实，还有半盘蒸过的冬虫夏草……五花八门，香气扑鼻。主食以小麦、水稻等细粮为主。桌案摆着一只青铜染炉，显得格外粗犷而别致：它由炭炉、装炉灰的盘底与盛放食物的杯三部分组成，用于温热肉羹、熏香与温酒。炉里的火烧得挺旺，杯里的汤烧得鼎沸，哗哗作响。

刘贺坐在桌前看得眼花缭乱。执事宦官郭穰躬身迈着碎步跟随其后，捧着香巾、绣帕、漱盂、拂尘等物。队队过完，便问皇上还要添点什么。刘贺一时愣住，不知说什么好。郭穰不等他想毕，便随口溜出一大串宫廷菜谱，他报得时而快，时而慢，极富节奏感，有时连大气都不喘一下。刘贺一道菜名都没记住，觉得心烦，便挥了挥手说："算了吧，朕已吃饱……啊不，听饱了。"一爱妃用香巾给他擦了擦嘴，另一爱妃给他揩了揩额头汗珠，刘贺却在想另一件事：朕虽在未央宫待了这么些天，却不知宫里有哪些好玩的地方。

郭穰闻毕默默离开，刻把钟后又前来奏报说："陛下，銮舆在外面候着呢。请皇上登舆游乐，去未央宫各处走走看看。"

这时，刘贺因吃得太饱半躺在坐榻上打嗝。侯夫人唤了一声"水"后，一女仆从便提来一只盛满凉开水的青瓷罐，另一女仆又把一只玉碗捧给侯夫人手中。侯夫人忙倒了一大碗凉水，一面数着"一、二、三"，一面让他"连吞三口不透气"，把皇上肚皮灌得鼓鼓的，胀得活像个大气囊。刘贺有些支撑不住，连连摆手说："好了，好了，停在咽喉的这个嗝，朕已吞下。"侯夫人这才舒了口气，随手将玉碗搁在桌上，笑道："可把臣妾吓死了！"接着，严罗紨一会为皇上拍背，一会为他抚胸，刘贺则把目光投在仆从提着的那只青瓷罐上，便命她把罐里的水倒了，起身接过那罐，并放在桌案上细细察看：只见它上方圈有三道曲线，周围绕青釉衬托着网纹，左右缀有两只耳环把手，釉色温润亮丽，犹如一个悬起的湖海，浩渺碧波。刘贺将它放在手里把玩了一会，叹道："好看，实用，且体现了一个正派人格的风骨。"又从桌案拿起那只玉碗，问二妃："这玩意儿，是不是和田玉？"严罗紾摇头说不懂，侯夫人则吟唱起"行步则有佩玉之声"。此言虽赞的是玉环，却道出了玉器的娇小可爱，温润柔美，"君子无故玉不去身"的道理。

刘贺从小爱好收藏，他认为文人雅士，集古搜奇，旨在"养德行，寿考百岁期"。他羡慕那些"身在江湖，心存魏阙"的隐士，能"封妻荫子"，光耀庭门。他身边的郎中令、收藏学士毛士博曾对刘贺的收藏评价说："大王对宫室、车马、衣服之嗜好，其实用之部分，属于生活之欲，而其装饰部分，属于权势之欲。至于大王驰骋、田猎、音乐、舞舞的嗜好，亦是权势的展示。对字画、书籍的收藏，才是对真善美真理的追求唉！"刘贺觉得毛士博的称赞说出了自己的心里话：古玩虽小，但内涵极其丰富，玩赏者必须有闲情逸致，有深厚学识，还要乐而好古，懂得优次。因此，刘贺收藏的玉器、金器、铜器，以及日常生活中的灯具、香炉、染炉、砚台、棋盘等等，样样齐全。他最感兴趣的乃为春秋以前的古物玩器，凡年代久远的，一律收藏。

当然，刘贺在"苦学博物"的过程中也出过几次洋相。有一次，朋友给他送来一件铜器，说是夏殷时的器皿，刘贺一看，铜器像觞两旁穿洞，色彩斑斓，心里喜爱，便花重金收购下来，并供在堂屋上方显目位置。逢人便夸，我近来得了夏殷宝物，请诸君共同玩赏。后有个名叫西哈的博物家一看，忍不住笑了起来，刘贺问他笑什么，西哈仍未止笑，半晌才笑应道："大王怎么能这样呢？这是铜制的护裆啊，角斗家用来护男子生殖器的！"刘贺听了满脸飞红，自觉羞愧，不但没有责怪西哈，反倒赏赐西哈，感谢他给自己上了一堂古玩收藏课，当即把那玩物撤下，不敢再看。更令他哭笑不得的是，刘贺曾得到一只像马蹄形状的器皿，颈上背上带有长毛，便请教周围朋友，却无一人认识。刘贺虽对它情有独钟，但心中无底，再也不敢把它放置醒目处。但他却到处张扬这是他皇爷爷用过的。大家听了，都夸赞他有福，收藏了一件珍奇国宝。刘贺便悄声探问一位藏物博士，它到底是什么玩意啊？那博士惊叹道："古时有牺尊，有象尊，这个跟牺象尊有点像，大概是马尊吧。"刘贺一听是"马尊",便两眼发亮,兴奋不已,双手捧着它叹道:"呵呵,马尊!本王最爱千里骏马,今藏此宝,是我和箭羽的福分。"便亲自给它系上扎有花结的黄绸,并大设宴席请来许多文人高士前来赏玩。刘贺还把它摆在祠堂高高的供桌上,香火不断,念念有词,求马神保佑自己飞骑箭羽,鹏程万里。

次日,西哈总领事再次登门拜访,刘贺谢过先生指点,又携手带他上祠堂欣赏马尊。西哈入祠一看,忍俊不禁:"大王怎能把它放在这里呢?"刘贺惊问:"又错了?"西哈笑道:"这是个尿壶呀!"刘贺一听满头雾水:"尿壶?"西哈这才揭秘道:"昨卑下又对它研究过,这确实是尿壶,古代贵嫔称它为'兽子',这是尿盆的雅号……"刘贺这才恍然大悟,垂头跺脚,悔恨莫及道:"该死!我怎么把会它供在祖宗台上呢。"说着把它弃入垃圾堆,又奖赏给西哈六十两金。这一回,西哈拒收金赏,却从垃圾堆拾起那个兽子,笑道:"大王,这个,卑下要了。"说毕扬长而去。

西哈先生走后,刘贺从西哈拾取陋物悟到老子警言:"贵以贱为本,高以下为基"。是啊,高贵以低贱为根本,高大以低下为基础。若失去了一方,对方也就不复存在了。从此,刘贺不但阅读面更广、更杂、更深、更渊博了,他不但钻研儒家孔子、孟子、荀子等书,还读墨家墨子,道家老子、庄子,还读阴阳家《易经》和天文地理学。知识丰富了,见识广了,眼光敏锐了,便什么"物"都"博",什么"器"都"藏",渐渐也就成了个名副其实的古玩收藏家。

刘贺悠然自得,暗自笑了:藏物,玩乐,肚子里也要有"货"啊!难怪《论语》中说,孔子和他的弟子子路、曾皙、冉有、公西华"侍坐问志",孔子并没空谈"辅千乘、足民生、相宗庙"之类的空话,而是通过游历、玩耍、逗趣等方式,与弟子们"浴乎沂,风兮舞雩,咏而最",朕收藏古玩也要如此"赋闲风范"。

郭穰见刘贺把自己所说"宫里好玩的地方"这句话忘至九霄云外,便提醒说:"陛下,銮舆在外面候着呢,请皇上、皇后登舆游乐。"刘贺这才放下手中的青瓷罐与玉碗说:"好,那就出去走走吧。"

当郭穰把手一挥,那八个小宦官拉着一顶金顶鹅黄绣凤銮舆,请刘贺与侯夫人上车。銮舆每停一个地方,臣仆们皆一一跪拜。当那銮舆抬入大门往东一所院落门前,有宦官请皇上、皇母亲下舆更衣。入门,宦官散去。一群奴婢先后向皇上请安,刘贺见了十分高兴,更衣过后,刘贺则换乘法驾,摆出皇帝出行的仪仗,在宫中驰骋、兜风。

接着,又打算赴上林苑看野猪、老虎表演;还要调出皇太后御乘的小马车,给昌邑国带来的爱妃使用,达在掖庭中聚众游戏,与孝昭皇帝的宫人戏闹几番之后,诏令掖庭令绝对保密:如果泄露,即处重刑。

正当爱妃们乘御车玩得开心时,恰遇丙吉从那儿经过。丙吉看了,不由大惊:陛下竟敢纵容妃子乘坐皇太后御乘在此游玩,岂有此理!

刘贺正玩在兴头上,忽闻宦官郭穰前来奏报:"陛下,特大喜讯啊,二十多个国家的使节听说皇上登基,都纷纷请求朝拜,还带来了大量珍奇贡品。"刘贺一听,眉飞色舞,激动的心情难以言表。可谁也没有料到,安排刘贺接见外使,却是老谋深算的霍光给他出的一道"考题"。此话的根源,还得从霍光迷恋"权术"说起。

在众臣眼里,大司马大将军霍光沉着稳重,作风正派,处事谨慎,刚正不阿。一心一意孝忠朝廷,因此深得武帝信任。他受遗诏辅少主,以"周公辅成王"的大家风度,把年仅八岁的刘弗陵推上皇位。然后急流勇退,让长大成人的昭帝掌管天下大事。

然而事实是,在霍光辅幼子、理朝政的过程中,他早已把持各政。在皇亲国戚的斗争中权倾一时,威震皇宫,把昭帝当作傀儡,使昭帝完全服帖听从他的使唤。昭帝在位的十三年,他大事小事都要听霍光的,就连他上哪儿去玩、玩什么、能否跟宫妃接触,都要经他同意、听他指挥。当年仅二十一岁昭帝驾崩,且昭帝无子,只有按惯例从血缘最亲的诸侯王中挑选继承人时,按情理来说,昭帝五个皇兄中,只有广陵王刘胥在世,理应他继承皇位。刘胥自幼顽劣好胜,性情粗野,骄奢淫逸;长大成人后更是游乐玩耍,力大如牛,肆意任性,不守法度。霍光生怕他坐上皇位后"变脸",不但把自己冷落一边,连自己的性命都难保。

因为以上种种原因,霍光最后便把目光落在刘贺身上,其缘由大约有三:一是从道理上来说,在群臣通得过,因他的祖母李夫人是武帝一生所爱,即使是其兄李广利叛国投敌、家族全被诛杀,但霍光仍看重这一点;二是霍光早就注意到了刘贺,这小子放纵贪玩,爱好游猎,年幼无知,没头没脑,即使是其父逝世后立他为第二任昌邑王,也从不过问政治,便于把控;三是刘贺祖母李氏家族被灭后,刘贺在朝廷没有根基,再大风浪他也挺得住。于是,他下决心拥立刘贺为帝。因此,霍光的篡权之心暴露无遗。

其实，霍光虽拥立刘贺为帝，却一直在试探考察着他。自征召刘贺从昌邑国出发入未央宫的那天起，他就派人在暗中监视他的一举一动。虽然王吉连夜上书告诫刘贺奉行大将军指令，一切国家政事全听霍光安排。可刘贺却把它当作耳边风，根本就不听。霍光听他派出的侍从禀报说，刘贺在接诏的当天中午就出发了，率昌邑国二百名旧臣仆从的大队车马直奔长安，半天工夫狂奔了一百三十五里，沿途随从人员的马匹累得死的死、伤的伤；而且在赴奔丧途中尽情地玩耍、取乐，寻找长鸣鸡、购买积竹杖，还命奴仆抓来美女藏在衣车中，等等。霍光面对发生的这一切，对在他印象中"年幼无知，没头没脑"的刘贺产生了怀疑，他最看重的一点便是："率昌邑国二百名旧臣仆从"赴长安。刘贺他究竟要干什么？是好玩还是预防，还是要监视我的行动？还有他放纵任性，连最起码的礼节都无视，哪里把我放在眼里？将来他江山坐稳了，还不知道会把我怎么样呢！对此，霍光心里十分警觉。

　　年轻稚嫩的刘贺听罢郭穰的奏报，春风满面，在心里叹道：好啊，朕昨天才登基，今日便有外国朋友上门朝拜。好兆头！我大汉江山社稷必将繁荣昌盛。

　　可头脑简单的刘贺却怎么也没想到，刚才郭穰奏报的所谓"外国使臣来访"是大将军霍光背后一手策划的。原来，外国使臣陆续来长安已有半个多月了，且一直在未央宫外等候大司马大将军霍光接见。这也并不奇怪，霍光毕竟是朝中德高望重的一员老将。霍去病去世后，霍光担任奉车都尉、光禄大夫，武帝出行为武帝驾车，回宫则随侍在武帝左右，出入宫中禁闼二十余年，小心谨慎，从没有出过差错，深受武帝信任。本想废黜刘贺的霍光，先给刘贺出了这么个"迎宾难题"，不足为奇，似乎全在情理之中。

　　刘贺初入未央宫，不知宫里的水有多深，更不知这次迎宾暗藏霍光安排的"试心陷阱"，便兴致勃勃把这件事揽下来了。当时，刘贺确实想道：此事涉及二十多个国家使节的礼仪，要不要给大司马大将军霍光招呼一声，或请他老人家"上台压阵"呢？正在犹豫不决，宦官郭穰走了过来，见刘贺六神无主，问道："陛下在想什么呢？眼看各国使节陆续前来，恭敬庆贺陛下登基。"说着细细察看刘贺的脸部表情。刘贺探问："接见外宾之事，大将军霍光知道吗？"郭穰连连摆手应道："不知道。"刘贺有些犯难地问："要不要通报他一声呢？"郭穰试探地说："陛下，这个……臣脑子笨，做不了主。"刘贺拍了拍自己的后脑勺，又搓了搓手，来回走动了一下。郭穰察言观色，补充说："孔子曰：不在其位，不谋其政。你现在是君王啊，一国之政，万人之命，朗朗乾坤，都在陛下你的手掌心。大上意请陛下你自己定夺。"

这时，刘贺脑子里第一个闪念是，若大将军果真到场，朕的一言一行、一举一动，全被霍光死死盯住，拘谨、死板，一点也不好玩。再说，若类似芝麻蒜皮之事都去请霍光，今后我这个皇帝还怎么当？便低声对郭穰说："就这样吧，此事不必惊动霍大将军，接见外国使节，有朕一人应酬便可。"郭穰又躬身探问一句："要不要向大将军禀报声呢？"刘贺决心已下，把手一挥，大大咧咧地说："不必了。这是朕理应承担之事，由朕拍板就行了。"郭穰又弯腰试探一声："这个……敬请陛下三思而行。"这句话可把刘贺激怒了，把脸一沉怒道："朝政大事朕难道用得着你来管教吗？"郭穰连忙伏首于地，磕头如蒜，连打自己的嘴巴："臣该死，在下该死！"

说实话，对于接见各国使者，刘贺心里确实没底。因他从没有跟外国人打过交道。但小时候父亲告诉他：早在三千年前，周穆王便从中原出发展，经甘肃、内蒙古和新疆，最终到达昆仑山西麓。当时还是母系社会的部落，其首领西王母，不仅热忱款待了周穆王，还赠他八车宝石，史上便留下一段佳话。周穆王返回途中，又在一些采玉、琢玉的部落获取不少玉石，满载而归。后来，先帝刘彻率先开辟了"丝绸之路"：把中国中原的丝绸、漆器、金器、银器、玉器等经由草原民族远播至新疆、哈萨克斯坦，以及更遥远的希腊，同时，将欧亚草原流行的动物纹样，由西至东，运至中国北方地区，被包括泰国工匠在内的中国工匠制作成兽纹样，用来装饰马具、漆器、腰带等；西方的玻璃制品、金银器等也由草原传入中国。"丝绸之路"也称作"玉石之路"。

刘贺还听父亲说，过去人们把阳关和玉门关以西，即今新疆乃至更远的地方，称作"西域"。自汉武帝时，中国开始与西域相通。西域位于匈奴之西，乌孙之南。总计有大小五十几个国家，都有自己的官员设置。皆有君长，军队民众性情柔弱，没有统一为一个国家。建元二年（公元前139年），刘彻派遣张骞率领一百余人，由匈奴人堂邑父做向导，从长安出发出使西域，从而打通了汉朝通往西域的南北道路，连接了地中海各国的陆上通道。张骞将中原文明传播至西域，又从西域诸国引进了汗血马、葡萄、苜蓿、石榴、胡麻等种到中原。汉使最远到了犁轩（今埃及亚历山大港）、叙利亚。后汉武帝以军功封张骞为博望侯。

当时，群臣心里都有一本账：外国朋友之所以对霍光敬若神明，并非霍光个人威望，全仗雄才大略的武帝赫赫功绩的影响。刘彻继位以来，改变了以往的对外政策，建元三年他派张骞出使西域，主动联合大月氏打击匈奴。建元六年，匈奴请求和亲。元光二年，武帝再次攻打匈奴，开始了与匈奴长达几十年的战争，收复了漠南、漠北、河西等大部分地区，制止了匈奴的野蛮掠夺，维护了汉朝边郡的农业生产，形成了沟通古代欧亚交通的"丝绸之路"。霍光是汉朝重臣，外国使臣自然心向往之。而他接见外国使节早已司空见惯。

昨天晚上，霍光为刘贺登基忧心忡忡：刘贺从昌邑国带来二百臣仆给他以致命的打击；再想想刘贺在朝堂上的那骄横，以及他头戴皇冠、手捧玉玺得意忘形的劲儿，这是霍光最不想看到的。

然而，泼出去的水是无法收回的。霍光只有忍气吞声继续暗察，伺机而动。当外国使节闻知新皇帝登基，纷纷请求朝拜庆贺时，霍光便让郭穰通知刘贺全权接待，企图借此机先给刘贺一个下马威，再试试他对自己敬重不敬重，并让他出尽洋相、引群臣而攻之。更为关键的一着棋便是，天子以能永保宗庙，以孝道、礼谊、赏罚为根本。服丧期间，先帝早就立下了种种清规戒律，若刘贺一旦行动，必将违法违规。若刘贺依旧我行我素，不把他看在眼里，到时做出对他"废黜"的最坏打算，则又增加了他一条罪证，且让群臣耳闻目见。于是，便把此项外事活动压在刘贺身上。

话说郭穰见刘贺正中下怀，生怕暴露天机，便又故意提醒说："陛下从未跟外国人打过交道，情况并不熟悉，是否把时间往后推一推，待明天再接见？"刘贺轻松一笑："外国人不也是一个鼻子、两只眼睛吗？只不过语言不通，但有翻译，我不怕。想当年，朕六岁时拜见皇爷爷，当时先帝刘弗陵八岁，朕才六岁。朕虽因贪玩失误，惹得皇爷爷生气，但在皇爷爷心目中，仍占相当重要的位置，所以先帝赏赐朕孔子立镜。"刘贺激动时，还手舞足蹈，完全忘记了自己的皇帝身份。

这时，郎中令龚遂闻声走了过来，见刘贺轻浮无度，夜郎自大虚骄恃气的毛病又患了，便冒死像连珠炮似的，向皇上一连提了几个问题："在先帝朝凿通西域，西域有多少个国家？后来又分为几国？西域中间淌着一条河，它叫什么河？东西宽多少里？南北多少里？"刘贺一下被他问懵了，一句也答不上来。刘贺反唇相讥："那你说给朕听听。"龚遂见他反问自己，以为皇上的主意改变了，便一气应道："开始，西域有三十六个国家，后来分为五十几个小国。西域中间那条河叫塔里木河，东西宽六千余里，南北长一千余里……"

刘贺不等他把话说完，喝令："不要说下去了！龚遂，你胆大包天，竟敢用这种口气对朕说话！"又命仆从花天酒地，侯服玉食，吹拉弹唱，及时行乐。龚遂急忙跪下，低头请罪。刘贺见龚遂战战兢兢怪可怜的，又令他平身，龚遂却长跪不起，放声哭泣道："陛下，陛下千万不能那样做呀。服丧期间，一切节俭！比如饮食，只能食素，不可沾荤食用大鱼大肉；先帝驾崩，停棺未葬，不可擅自动乐，击鼓、弹唱……"

龚遂见刘贺毫无改变之意，便顺水推舟说："若陛下一定要这样做，建议把宫中大学士孟喜请来，请他陪同陛下接见外宾。"说着告辞说："臣今天身子骨不适，先走一步了。"

孟喜字长卿，东海南陵人。别看他年约六旬，虽腰背佝偻，脸色枯槁，但深陷的眼睛却很明亮。他饱读诗书、《周易》，不但精通《易》学，还博识大汉历史、地理与物产。刘贺当即恩准，命郭穰传大学士孟喜进殿，共商落实以下大事：

一是抓紧准备馈赠的礼品；二是接见外国使节地点安排；三是宴后陪同外国使臣游上林苑，参观野猪、老虎表演，通知主管上林苑的水衡都尉做好一切准备；四是对外国朋友不卑不亢，展示我大汉国威、军威；五是立即把原昌邑国二百官员、随从调动过来，齐心协力，兵分三路：一路准备送给外国朋友的礼物，由安乐负责；一路筹办午宴；再就是郭穰说是外国人最喜欢古乐，敲打编钟必不可少。郭穰还提议乐人在刘贺陪同外国使臣共餐时击鼓吹拉弹唱，俳倡表演歌舞。刘贺点头称是，同意召进太庙演奏，与外国使者一醉方休，玩个痛快。

这时，一乐臣向皇上提出：若无陛下诏令，打不开乐府库房门。刘贺即下诏令，命打开乐府库房把乐器全拿出来，让乐人敲起来、唱起来、跳起来，为外国朋友接风。于是群臣分头操作，郭穰在心里幸灾乐祸：先帝灵柩停置在离未央宫中不远的前殿，好戏还在后头呢。

大约半个时辰后，郭穰奏报刘贺说，前殿已安排妥当，各国使臣即将进殿。刘贺头戴皇冠，身穿朝服，大开各营，乘舆前往。在辇道、牟首等地敲鼓吹拉弹唱，演奏各种乐器。原在朝中的杨敞、田延年、丙吉、张安世等臣瞠目结舌，不知这位新皇帝又要要出什么新招。

在未央宫的朝堂，刘贺坐于帐中，宣各国使节依次进殿。于是，大月氏国、大宛国、无雷国，以及休邑、女直、龟兹、伊吾、高昌、苏门答剌、撒马儿罕、波斯等二十余国，皆一时来朝贡方物。一路上，外使们见大汉兵甲意气风发，威武雄壮，敬佩得五体投地。刘贺慢条斯理地走出来，坐于堂上，使臣们已到达行殿，皆匍伏而进，拜于阶下。孟喜向皇上介绍了各国使节，刘贺满脸笑容，频频点头。

　　殿内寂静无声。众臣立于左右两边，排列整齐，无不神情严峻。

　　刘贺端坐于上方，多少有些紧张。但见昌邑国的二百臣仆，一个个挺身而立，忠贞不屈；再又瞄了一眼大学士孟喜，只见他唯唯诺诺，沉默不语。刘贺干咳一声，把目光打在孟喜身上，示意他开个好头。

　　孟喜机警聪明，精通数国语言。他抬头凝望着刘贺，感觉皇上的目光既不是利剑，也不是流水，而是一种希望。他既要谄媚讨好皇上，又不能得罪外国使节，便向使节们提了个问题："请问诸位使节，我大汉先帝尚主之义，筑城之恩，犹能记忆否？"刘贺在心里赞道：这个老滑头不卑不亢，这一问恰到好处。

　　大月氏国（今乌兹别克）有一位使臣马柯夫，年约三十几，大块头，深目、高鼻，络腮胡须，说话耸肩，摊手，连胡子都会抖动，一个"哇"字拖得很长。他耸了耸肩，上前应道："臣员外国，不敢悖德，欣悉圣上登基，继先帝、汉武大帝宏伟大业，可喜可贺！卑下大月氏国人，对陛下高山仰止，顶礼膜拜。"

　　孟喜向刘贺翻译后，又向陛下隆重介绍马柯夫，说："这位使节是个中国通，其父辈长期在西域做生意，说得一口流利的中国话。"刘贺忽想起那天乘辇车途经长安街时，听到乞丐们诵唱的《武帝谣》："三七末世，鸡不鸣，犬不吠，宫中荆棘乱相系，当有九虎争为帝。"便考问马柯夫，此谣唱的是什么？

　　马柯夫耸了耸肩应道："进贡汉武帝一只四足一尾鸡。"，还说了个"先帝刘彻在甘泉台把它与其他鸡种交配"的故事：太初二年，大月氏国向武帝进贡一只双头鸡，四足一心，鸣则俱鸣。武帝把宅置于甘泉故馆，更以余鸡混之，得其种类而不能鸣。谏者曰：有《诗》曰："牝鸡无晨。"还有一种说法，"牝鸡之晨，惟家之索。今日雄鸡不鸣，非吉祥也。"武帝便把那鸡送还西域，可行至西关，鸡反顾望汉宫而哀鸣。故谣言曰："三七末世，鸡不鸣，犬不吠，宫中荆棘乱相系，当有九虎争为帝。"

　　刘贺听罢脸上显出了惊愕的神情，眼睛眯成了一条缝，赞美的笑声从口中发出，然后波及至他那瘦小的脸庞上:"好,马柯夫连我先帝的轶事,都能破释得入木三分。可见我们两国之间的友谊源远流长。"马柯夫向刘贺叩了个大礼,恭敬地说:"是的!我受国王委托,不远万里朝拜陛下。大月氏国虽距长安一万一千六百里。但先孝武帝刘彻开辟的那条丝绸之路,却把我们的心紧密地连在一起。"

外国朋友这几句诚心诚意的话,犹如淙淙泉水流入刘贺心田。刘贺感动得热泪盈眶,却又无法用语言表达,结巴了半天,也说不出一句话。群臣望着他那副神态,一个个傻了眼,生怕皇上怯场,无言以对。这时,孟喜抚了抚他那长长的胡须,平静地应道:

"我们大汉在武帝朝,征伐四夷,彰显大汉功德。臣记得,从张骞开始凿通了奔往西域的道路。再后来,骠骑将军霍去病攻占匈奴西部右地,开辟了新的疆域。史实证明,大月氏国与我国的友谊源远流长。我国处在联结东西方和南北方的十字路口,邻近东海,是商队的重要汇合点,孝武皇帝创导的'丝绸之路'就是从这里通过的。"

群臣们听了孟喜这一番精彩的表述,很是高兴。刘贺脸上红润润的,亮得发光。一股青春的活力从眼睛里透露出来,自豪地说:"从我爷爷汉武帝开始,我们就多方利用南海,在南海诸岛创建寺庙,筑屋造桥,且在南海开辟了通往西域的航道。"刘贺说到这里有些兴奋,便向孟喜使了个眼色,孟喜从竹篚内拿出一幅丝绸制作的西汉地图,悬挂于上方墙壁。他手指地图介绍说:"我大汉开辟这条对外的航线,历代沿用。我中国渔民早就在此建房挖井,打鱼晒网。"

刘贺滔滔不绝地说着,那双细小的眼睛不停地活动着,目光一会儿落在地图的沙岛、礁岛、沙洲、礁滩,一会儿闪跳在使臣们的脸上,那只布满皱纹的手在地图上划动着,叹道:"南海,这可是一块风水宝地啊!"顿时,群臣外使对刘贺肃然起敬,纷纷走到大汉地图前,赞道:"中国渔民,勤劳勇敢,真了不起!"

群臣们与各国使节听罢刘贺的演讲,一个个无比震撼。那脸上的笑容好像都在赞美大汉。

接着,马柯夫讲述了最近大月氏国船队经过七洲洋(今西沙群岛)和昆仑洋(今南沙群岛)时,收集到了中国民谣:"上怕七洲、下怕昆仑。"遂将本国土产的貂鼠、银鼠、白翎雀、旱金花、青囊花、花羊角、沙鸡,并美玉、宝刀等各色珠宝物件一一献上,提声奏报:"谨敬陈微物,聊表臣伏之心。"马柯夫略思片刻,发出邀请说，"欢迎陛下赴南海时，去我们大月氏国做客。"刘贺心想，南海肯定是个迷人的仙境，不然，我们的先帝为何在那儿开发呢，便爽快地应道："朕若有闲，一定前往。"

这时，无雷国（今新疆塔库尔干）使节买卖提俯伏于地，向刘贺献上两大麻袋冬虫夏草，还有一对方圆兼备的玉璧。刘贺见美玉特殊，上前细察，只见它光可鉴发。圆者叫作龙玉，放在水中则虹霓散见，顷刻而雨；方者叫作虎玉，若以虎毛拂之，则紫光迸出，百兽慑服，晶莹剔透。

刘贺双手捧托，尚感觉阴凉清爽，爱不释手。随即吟唱一诗：

映水星晶莹，照月情茵茵。
身藏荷叶间，天下皆失明。

众国使节赏罢此诗，赞不绝口。买卖提双手捧出冬虫夏草，奉送给皇上说："冬虫夏草，简称'虫草'。乃我无雷国名贵滋补药材，它可以滋肺肾，对肺虚久咳、气喘、盗汗与腰膝酸痛有特效。食法可泡茶、煲汤、炖梨和蒸食。陛下不仿尝试？"刘贺对"冬天是虫、夏天是草"颇感兴趣，捧起一把闻了闻，笑道："这玩意儿又死又活，活了又死，肯定能起死回生。"买卖提点头微笑，算是认可。

接着，乌弋国（今阿富汗南部）使臣里希丁节献上两大箱钱币、八根用金银装饰的手杖。刘贺看该国献的是钱币，心中好奇：朕还没见过外国钱币呢，便命左右拿几枚过来看看。侍从遵命递过，刘贺看了看，只见正面文饰是人头，背面是骑马图，熠熠闪光。使节见皇上关注他们的钱币，便恭敬地解释道："我朝的风俗，不能肆意猎杀野兽。而这骑马图，象征着天人合一，爱护动物，保护生态。"

大宛国（今吉尔吉斯）使节艾特马托夫身材高大，肥得要滴出油来，连十个手指头都是肉鼓鼓的，颇像两串短香肠。他起身击掌三下，一内侍便牵着一匹骏马上场。刘贺两眼发亮：这马儿从蹄至顶，一丈余高，约莫一丈八尺宽，浑身上下，火炭般赤。你瞧它多好的尾巴，多好的鬃毛，这么密，这么长！还生有一双天鹰一般的眼睛呢，似乎在迷茫的浓雾里，也能看得清清楚楚。要是在往日，刘贺一定会激动得手舞足蹈，可现在忍住了，仅轻轻地抚摸着它那油光闪亮的鬃毛，在心里暗赞道：啊哟哟，天底下竟有这么漂亮的马。使节见皇上对马情有独钟，自豪地说："大宛国有七十多座城邑，每个城里的人都善于饲养马匹。这种马就叫'汗血马'。据说汗血马是天马的后代。"

刘贺也不示弱，昂首应道："想当年，张骞最初向孝武皇帝介绍天马，孝武皇帝派出使者带上千金铸的马匹，专程赴大宛国购买你们的良马。大宛王认为汉朝距离遥远，汉军不可能抵达大宛国，但最后我们还是用我们中国的特产，通过丝绸之路，购进了贵国一大批汗血宝马。我们汉朝有句古话：有志者，事竟成。在我们大汉人面前，从来没有办不到的事。"刘贺说着，吩咐左右抬上馈赠礼品，都是富有中国特色的瓷器、锦绣丝帛、琉璃、香料、铜镜、火炉、金银铜锡等器具、铁器、指南针，还有葡萄、核桃、胡萝卜、胡椒、石榴之类的副食品。当刘贺听说无雷国百姓上个月遇到百年难逢的水灾时，还给他们添赠衣物三百七十套，锦绣丝帛八千匹，锦絮一万斤。乌弋国、大宛国返回途中粮草不足，又给他们补充返回的给料。最后，刘贺挽留各国使节，在上林苑蒲陶宫居住，并款待他们在京城游乐三五天。各诸使节深受感动，齐呼皇上"万岁"。

受朝过后，刘贺在上林苑赐宴招待。

上林苑诸庙、章台皆在渭水南面，早在秦始皇年代就已建立。秦上林苑被废后，汉武帝于建元三年重建，广袤三百里，苑中有池十五所与楼台亭阁相连。苑内有漫无边际的森林，移植的奇花异草。苑中养有百兽，天子秋冬射猎取之，还饲养了白鹦鹉、紫鸳鸯、牦牛等珍禽异兽。还有离宫七十所，南有宜春苑、鼎湖宫、御宿苑、昆吾宫，紧邻南山。西有长杨宫、五柞宫；北有黄山宫，濒临渭河向东，风景如画。皆可容千乘万骑。外国使节乘车刚一踏入上林苑。掌管上林苑的水衡都尉武亚夫即率下属官员上林令、均输令等列队成行奏乐欢迎。一群群鸟儿飞来飞去，落脚于繁茂树枝间欢蹦乱跳。树枝架子上挂了一溜木架，鹦鹉见了人群，嘎的一声从架上跳下，好像在伸着脖子清脆地叫着"欢迎，欢迎"！

再往前走了一段路程，宦官郭穰前来奏报说："陛下，水衡都尉武亚夫在前面安排了野猪、老虎表演，要不要去观看？"刘贺恩准，便请外使们前去。在观看了人虎混合、老虎抢肉、老虎跳栏，以及野猪攀树、跳舞等节目后，外国使节们纷纷夸赞。而后客主们欢天喜地向宴会馆走去。

迎宾宴会设在望仙宫。宫内几案上摆着各式博山香炉，炉体呈豆形，上面有盖，盖子镂空，高而尖，呈山形，山形重叠，其间雕有飞禽走兽，因象征着传说中的海上仙山博山而得名。刘贺引导外国使者步入宫内,大家抬眼望去,只见左则木架上悬挂着三堵编钟,其中钮钟十四只,钮钟用以定音律,用以不走调;最引人注目的是,那十只硕大的甬钟,一齐面向东面;右侧摆放着编磬和琴、瑟、笙等。左右遥相呼应,端庄大气,尽显气派。

各国使节都好奇地走到那两堵编钟、一堵编磬前,一会儿用手抚摸,一会儿用手指弹敲,还有的使臣指着甬钟探问为什么是十只?宦官郭穰笑道:"按大汉仪礼规矩。早在周公年代,甬钟,王侯动乐仅用五件,即宫商角徵羽五音。今天,诸位是皇上亲自接见,帝王则要求在五音基础上延伸低音与高音部。你们享受到了最高的仪礼待遇啊。"外宾们听了连连称赞:"大汉仪礼,历史悠久,卑国望尘莫及!"刘贺忽想起自己学过的《论语》,便从中搬出了一条,通过掌管翻译的九译令对使节们说:"我们大汉的礼法,是指仪礼的程式,包括器物、服饰、宫室、人物、行礼路线等等;仪礼,是指人文内涵与道德指向,这是祖上孔子与其弟子制订的仪礼,学问大着呢。"

午宴开始,只见望仙宫宴会厅的餐桌上摆满大坛小坛各式各样的酒。刘贺与各使节同在和亲之列,遂赐坐于上面。其余各国,俱照大小坐在下面,各部落又列坐在下面。刘贺坐于上方,金围玉绕的另设一殿而坐。文官皆是公服,紧随左右;武将都全装披挂,燕翅般排在两边,各营将士,俱弓鸣剑响,一团团环绕于帐外。须臾之间,御酒分行,宸乐递奏。刘贺先演说了一番:"各位使节,薄酒一杯,聊表心意。朕愿信义为醇酒而醒,安康为佳肴而伴,庙中之乐雍雍,八仙之喜降临;歌曲奏响,雅诗合颂。殷勤备,此乃神灵赐予之祥瑞。祝红日普照天下,我大汉江山与诸国友谊万古长青!"

皇上话未说完,外臣们离席再拜,慨然齐赞:"大哉圣朝!这不是庸人所能窥视的。今日听君一席话,茅塞顿开。"

随着郭穰一声"动乐",乐人们用锤不断敲击编钟,顿时发出了忽强忽弱、忽柔忽粗、忽高忽低不同的声音,清脆悦耳;紧接着右边乐人也弹奏起琴、瑟,只见几位乐人以右手拨弦取音,其声刚劲雄厚;又以左手触触徵位,发出一种轻盈虚飘的泛音。那位从太一庙召来的大乐师也在其中,她左手移动按指改变音高,奏出滑音、颤音、揉音与涟音等装饰音,其音圆润细腻,如歌如泣,发出快速华彩的曲调。左边乐人打击编钟的声音越敲越响,与右琴瑟不同的音色混合在一起,这一刚一柔、一重一轻形成强烈的对比，把外国使节一会儿引入江河湖海，一会儿引入拼杀战场。

这时，刘贺并没有注意到，宦官郭穰趁人不注意时，已悄无声息地离开了宴会厅，神出鬼没地回到了未央宫前殿。

殿内庄严肃穆。连天接地的白色幔帐悬挂下来，阵阵低沉而悲伤的击乐声，夹杂着揪心的哭泣声，渐渐向殿门外飘散。在先帝的灵柩前，一支支巨型白色蜡烛依次亮起，发出幽幽微光。桌上摆着香炉、供果。一群道士正在念经，哼出各种不同的声调，或激扬，或雄浑，或弥留，或抑扬顿挫，令人揪心！

霍光端坐在灵堂前，嘴里正在默念着什么。郭穰走到他跟前，欲把刘贺接见外宾的所作所为向大将军禀报，但却见他明知自己来了，仍微闭双眼，连头也不抬起。郭穰便躬身弯腰站在那儿，一声也不敢吭。过了很久，霍光才淡然招呼了一声："来了。"郭穰点头哈腰，满脸堆笑，把刘贺在上苑林的所作所为，点滴不漏地向大将军禀报了。当听到刘贺"根本就没有把大将军放在眼里，且生怕他到场"，以及郭穰提及要不要向大将军禀报，刘贺把手一挥说"不必了，这是朕理应承担之事，由朕拍板就行了"，还训斥他"多管闲事"，霍光立即火冒三丈，突然站起身来，速度是那么快。他脸色涨红，渐而发青，有如雷电将作，像要立即爆炸的样子，把站在一旁的郭穰吓了一跳。但随后霍光却安静地坐下，反复叨念着一句话："我老了，眼睛出毛病了，认错人了……"接着向郭穰挥了挥手，悄声说了句"你去吧"，郭穰才小心翼翼地离去。

于是，霍光横下了心：刘贺绝对不能继承皇位，绝对不能做万民的皇帝，应该立即废黜。

当郭穰回到望仙宫宴会厅时，宴会气氛已进入到了高潮。

刘贺对"吃"颇有研究，他是个名副其实的"美食家"。这时，他忽想起他最喜欢的食器皿：便命仆从上菜，他们先将盛满各式中国菜肴与汤汁的青瓷双系罐、陶罐、陶鼎、双系陶壶等一一摆上桌面。外使细细察看，见每一件陶器上均有印纹装饰，显示出一种大汉王朝雄浑豪放的气势。当仆从将制作烧酒的青铜蒸馏器，还有调和酒与水的青铜提梁卣、铜皿摆上桌时，底盘的炭火烧得正旺，器皿的酒水沸腾作响，外使们一个个惊叹不已，有的耸肩探问何物？还有的搓了搓手赞叹："哈哈，这玩意儿，怕不是盛的是魔水吧？"有个乌弋国的使节俯身对着青铜蒸馏器闻了闻，兴奋地拍手喝彩道："酒，酒！香醇的好酒啊！"说着用汤匙舀了半碗，一饮而尽，皱了皱眉头。经翻译之后，刘贺笑了，告诉他，应该用青铜提梁卣与铜皿调和酒与水的浓淡后再喝。说罢，厅内荡起一片欢乐笑声。

最后刘贺又出一招：命侍从在每桌放上一只青铜三足器，上端肚大口小，便于盖盖子，下端连着一只火红的炭盘，并在每人面前罢上一个食案，放上各自的一份食物。大使们看了，一个个感到新鲜、好奇，有的还拿起两根筷子惊问这是什么玩意儿了？

刘贺见客人们目瞪口呆，心里乐了，便向身边的侍从使了个眼色，侍从便把此铜器的秘密揭开了，慢腾腾地说：这叫"染炉"。一外使听不懂，急问是染布的"染"吗？这么小的一个铜锅，怎么可以染衣物呢？刘贺笑了，便亲自向友人们介绍，它虽叫"染炉"，却既不染色也不染酒，而是一种专门温食豉酱的器具。染酱而食，味道极佳。不是"染"衣物，而是"染物"。起初，这东西名叫"烹炉""熏炉"，还叫"温炉"，作温热肉羹、熏香、漫酒之用，总之，它是一种烹食器。

宦官郭穰在获得刘贺的准许之后，阴阳怪气讲了个染炉勇士斗酒的故事。说的是春秋战国时，齐国有两个勇士，一个住在城东，一个住在城西。一天，二人偶然相遇约在店中饮酒，但他俩无钱买鱼肉。正在犯难，忽闻一只猫头鹰飞至桌面，让他俩把它杀了，供他俩解酒。二人见了，深为感动，谁也不忍心杀猫头鹰下酒。于是，围观者痴笑他俩贫穷可怜。二人的尊严受伤害，便商定若谁赢了，割对方身上的肉下酒。于是染酱而食，至死为止。大家为之感动，便丢给他们许多五铢钱，不一会儿便堆积如山。可这二位斗酒者却变成了酒仙，早就远走高飞了。

这一传说足以说明，其实染炉就是一种汉代的火锅，且传递着一个信息：在使用染炉时，可将杯盘放置于一边，抹上豉酱染一染，边烤边翻，待青烟腾起，滋滋作响，便会冒出一股股香气。可以半分熟、七分熟、八分熟或全熟。外国使臣听了，大长见识、大开眼界，开心极了。有几位外宾不会使用筷子，笨拙地像握棍棒似的，横七竖八，直往染炉与杯盘里插起大块大块的肉，把刘贺逗得哈哈大笑。

此时，编钟敲起来了，一阵阵雄浑高昂的打击乐声，铿锵有力，传向远方。林中有几只可爱的小鸟在枝头蹦跳着，欢唱着，刘贺更是开心，只见他与众友把酒临风，宫女们翩翩起舞，把宴会气氛推到了最高潮。各国大使热血沸腾，兴奋不已，宾主在乐声中相互敬酒。正是：酿成春夏秋冬酒，醉倒东南西北人。

上林苑内。烟笼凤阙，光摇袖拂。宾主一面欣赏歌舞一面喝酒。只闻天香乱袭，柳腰温柔。原昌邑国文官英秀，武官抖擞。刘贺大喜，乘酒兴看了看左右笑道："朕今为皇帝，要说的仅有一个字：和！"外国人见中国兵甲之胜，个个畏服；又见筵宴齐整，款待殷勤，又满心欢喜。畅饮了半响，刘贺又传旨道："各国远朝，其心可嘉。今日华夷一统，赐宴不必拘礼，务要尽欢，无负朕款待之意。"外使人闻旨，皆呼万岁。又饮了半日，只见苏门答剌走出位来，俯伏在地，献上一个金铜镶嵌的喜鹊奉酒。那金铜喜鹊形高七寸，能解人言，乃是西域中的异宝。刘贺受了，满饮三觥，立即馈赠宾客一对鱼雁灯。皆大欢喜。

外国宾客心情畅快，大碗大碗地喝酒、大块大块地吃肉。不一会儿，鱼肉鸡鹅等全都吃光了，酒席桌上显得有些空荡荡的，善仆焦急如焚，便跑去禀报主管后勤的方叔说："方大人，桌上的大菜猪肉、鸡肉、牛肉、羊肉之类全一扫而光，快上主菜啊！"方叔一听，皱起眉头，应道："没有原材料了。"善仆责怪说："为何不多准备一些呢？"方叔说："不是我不准备，而是宫里不让我买啊。"

按照传统习俗与仪礼：服丧期间，只能食素，不可沾荤，因此限制昌邑国人员购买鸡、猪、牛、羊等各类肉食品，连今天待客的肉食品，也都是近日剩下或悄悄在外购买的。在方叔为难之时，善仆忽然灵机一动，把长安厨放在冰盆祭祀用的三种太牢食具，放置在上林苑殿室，将祭祀用的祭品供外宾吃了个一干二净，却不想到会触犯了朝规。

刘贺为接待各国使节整整忙活了一天。刘贺回到寝殿，爱妃严罗紨正在宫中草坪舞剑。只见她转动着那轻盈的身段，手中的剑儿忽上忽下，忽左忽右，在刘贺的视线里，那在阳光下闪出的光点，犹如天上流星垂落下来，令人眼花缭乱。

"好剑！"刘贺喝彩道。严罗紨收剑向皇上请安，刘贺赞道："爱妃剑功熟能生巧，独擅其美，看你剑上变幻多端的形态，五彩颜色，恰似龙凤呈祥之气。"罗紨低头应道："臣妾不过玩玩而已，以便防身。"刘贺笑道："朕身边有的是宿卫，怕什么呢？别的不说，单说朕从昌邑带来的二百臣仆随从，日夜守卫在朕身边，二百人二百双眼睛啊，怕什么呢？"严罗紨却说："古人云，鸟集者，虚也。凡飞鸟聚集的地方，那里一定是空虚的。人多眼杂，嫉恨的人也会多。在陛下眼里虽然处处一片歌舞平升，但明枪暗箭，难以躲藏。陛下还是提防点好。"刘贺似乎从爱妃话中听出什么，便问："莫非爱妃探听到了什么消息？"

严罗紨没有马上应答。对刘贺走马上任的来龙去脉，以及其皇位能坐多久，她心里最清楚。昨天晚上，父亲严延年对她说，前几天连下暴雨，渭河的水陡涨。宫里虽说表面没有积水，隐藏的水还是很深的。其实，她是在暗示刘贺走路要瞻前顾后当心点，千万别摔跤。严罗紨知道父亲是在敲边鼓。严延年性格爽直，豪迈洒脱。平日从不与女儿谈论国事，特别是涉及自家的政务。他有句口头禅：要想站得稳，自己身要正。然而，人世间的事情并非事事公正。

原来，前天严罗紨就从父亲那儿，得知了一些刘贺在朝堂上受玺的情况。刘胥觊觎皇位，早已盯住了玉玺。当刘贺接过玺印时，出现一大过失：刘贺随意打开匣盖察看玉玺，又冒冒失失地盖上玉玺。众臣都发现刘贺这一重大失误：皇帝的玉玺与行玺，可是代表着国家的权力啊！刘胥再也忍不住了，突然发出愤怒的斥责："刘贺不封玉玺，不懂规矩，不把我大汉江山社稷放在眼中，这叫什么皇帝？"

当时，群臣一个个目瞪口呆，把关注的目光一起投向刘胥。唯霍光脸上露出了难以捉摸的笑意。他走到刘胥跟前劝道："古人云：有容，德乃大。广陵王啊，你不要太冲动，也不要太着急。"

刘胥早已把李女须接到王宫中，让她在宫中向神祷告。李女须装模作样地说："孝武帝附着在我身上。"于是周围人都拜伏于地。李女须继续说："我一定要让刘胥继任天子。"刘胥又赐给她很多金钱，让她在巫山祷告。那时恰遇昭帝驾崩，刘胥以为昭帝死于李女须巫咒，便四处夸道："李女须真是一位心神灵验的神巫！"便杀牛犒劳李女须。等到昌邑王被征到长安继任皇帝时，便封李女须为"神巫"，还多次赏赐她很多钱物，外加三升珍珠玛瑙。同时刘胥借机到处抱怨："太子的孙子怎么能安排在我的前边，被立为皇位继承人？"且让李女须诅咒刘贺，自己取而代之继承皇位。

刘胥此举并非偶然。本来，宫廷的"巫蛊案"早已平息，江充落得个"自杀身亡"的可悲下场。武帝将一腔怒火喷发在其他人身上：巫蛊之祸中协助江充的骨干苏文，被活活烧死。其他主要案犯如、御史章戆、邗侯李寿、题侯张富昌等，均被处决。

谁料十八年过去了，当年导致人人自危的"巫蛊"竟又再次被用起。广陵王刘胥即刘贺的四伯，在先帝刘弗陵驾崩后，对拥立为帝的刘贺恨之入骨，竟然指使巫师李女须在自己府上暗室内，设香花祭物，内外分布四十九盏大小油灯，日夜对刘贺进行诅咒、谩骂，其目的只有一个：谋得皇位。正是：怒从心上起，恶向胆边生。

然而，没有不透风的墙。刘胥调动女巫诅咒刘贺的动作越来越大，且此事渐渐传开了。当然，也传到了刘贺的耳朵里。

刘贺知道了四伯背后用巫术陷害自己，他将如何处理？大将军霍光对刘贺目中无人接见外国使臣怀恨在心，霍光将如何对待刘贺？且看下回分解。

【子时】（23时至次日1时）夜半，又名子夜、中夜：十二时辰的第一个时辰。

积善扬名　积恶灭身

豫章。昌邑王城。神爵三年（公元前59年）农历七月二十五日。

刚才雷电闪过，惊动了刘贺寝宫内外所有的人。侯夫人等妻妾与他的儿子及臣仆们纷纷赶来。仆从迅即点燃鱼雁灯与悬挂的连枝灯，顿时满屋通明透亮，但有些闷热。几个奴婢在大小盆、桶中加上冰块，给寝宫增添了几分凉爽。

铜漏壶的浮箭正指着子时。刘贺依旧安静地躺在床榻上。床头几案上，放着那枚刻有"大刘记印"的龟钮玉印，还有那沓"二十七天回忆录"的竹简。

代宗等儿女们泪流满面，默默地立于父亲床前。侯夫人和严罗䌷凝望着昏昏沉沉睡去的刘贺，心情沉重。侯夫人那长长的睫毛湿润了，面颊上留有泪迹，泪水一直流到她那略显苍白的嘴边。这些日子，她一直守护在刘贺身边，操劳丈夫疾病的诊治与护理，直至几位全郡最有名的老医匠结论"无药可救"；但又忙于为刘贺筹备后事，因此从未睡过一个安稳的觉。正是：风定始知蝉在树，灯残方见月临窗。

"醒了，他醒来了！"大家都把关注的目光投向刘贺。

刘贺慢慢地睁开眼睛，见床前许多影子在眼前晃动，问道："我死了？"众人应道："大王，你长命百岁，活得很好。"刘贺张开他那没有门牙的嘴笑了，眼睛又发出奕奕光彩，自嘲道："呵呵，刚才朕在阎王面前打了个招呼，阎王对朕说，还没到朕报到的时辰呢。"把大家都逗乐了。

刘贺见大家开心，便又支撑着那瘦弱的身子骨，吃力地坐起，示意老三刘代宗把"二十七天回忆录"的竹简翻开，刘贺伸出一只颤抖的手指着他那段赴京路上的趣闻……

第二回 生命奇迹

第三天（六月三日）

月食巫蛊

当夜，严罗紨见刘贺为接见外宾忙碌了一天，已疲惫不堪，便没有向他透露李女须之事。直至次日午宴时，刘贺半坛酒下肚，不觉欲心荡漾，便把严罗紨抱在怀中，感觉如软玉一般，不忍心放手。但见严罗紨心事重重，低头不语，便探问其有何心事。严罗紨便把自己对"刘胥诅咒"之事的担心对他说了。开始，刘贺并未动气，也没发火，而是命严罗紨与几个臣仆来到自己跟前，命善仆拿出一根尺把长的棍棒，示意他截取其一半，另一半却还存折，又命善仆不断地截取，几番轮回……刘贺这才询问善此举有何道理？善仆摇头不知，猜不透皇上的心思。刘贺笑道："《庄子·天下》曰：'一尺之棒，日取其半，万世不竭。'"严罗紨一听便懂得：这是庄子用一根棍棒，每日截取它的一半，永远也截不完。接着，刘贺心平气和地笑道："还是爱妾能读得懂朕啊！老子云：'正复为奇，善复为妖。'我看这人世间万事万物，就像这根棍棒一样，都有无限的可分性：有正就有邪，有善就有恶。我以为，四伯让女巫诅咒我，并不奇怪，也不用担心，因为，善有善报，善有恶报。不是不报，时辰未到。"严罗紨见皇上如此宽容大度，便也补充了一句："若按老子这种说法，正常的事可变成奇特的，善良又可变成妖孽。"站在一旁的善仆听了，连说言之有理，一听就懂。

这时，宦官郭穰悄然走来，躬身向陛下禀报一件异事，说是预测明天将发生月蚀，请皇上早点回宫。刘贺满脸不悦，质问是谁在造谣生事，朕走马上任的第三天，竟会有月蚀？郭穰说是大学士孟喜所测。刘贺心存疑虑：我出生时月蚀，明又月蚀。莫非有人制造假象？

明日月蚀的消息果真出自孟喜。

原来，大学士孟喜不但饱读诗书，博识大汉历史、地理与物产，还与梁丘贺在于田何的再传弟子田王孙处学《易》，以阴阳说解说《周易》，以此推测气候、节气的变化，判断人事吉凶，是西汉经学家。霍光从孟喜那儿得到月蚀消息，心中有数，便暗示宦官郭穰把这个消息传达给刘贺和刘胥。其目的有二：一是给刘贺敲警钟，告诉他苍天有眼，你的皇帝宝座坐不长了；二是转移"废帝"视线，证实是他四伯刘胥在背后咒骂。这个深层次的想法，使刘贺笼罩在霍光及他的随从的监视中。郭穰当然没有想到，刘贺竟然淡淡地应了声："月蚀，我不怕。听母亲说，朕就是在月蚀那天降生的。朕'哇'的一声啼哭震动天地，天边还降了一块陨石呢。"说着一身轻松登上辇车，大大咧咧地返回居所。

刘贺虽口上说不怕月蚀，听郭穰一提"月蚀"二字，心儿怦然跳到了咽喉，回想起自己出生的那一瞬间，刘贺不由毛骨悚然。

刘贺又悄然走到窗前，愣愣地凝望着窗外，只见那轮月亮影影绰绰，迷蒙、淡远而神秘。"难道朕与月蚀有缘？命当如此？"迎面扑过一阵凉风，刘贺从怀里掏出一块黄绢，淡淡的八卦图上，绘有"一只狗被挡驾城门外"的解象题识的图案。

此刻，连枝灯下那把铜漏壶：正指着晚上九时三刻。他静静地坐着待了一会儿后，对善仆下令道："给我把那块陨石搬上来！"善仆立即与寿成从库房搬来一块椭圆形的陨石，把它放在寝宫一侧几案上。

刘贺细细察看：它虽被风化却晶莹剔透。最大亮点则是，整块陨石均浮现湖水波纹，隐约可见一红点，恰似落日与仙鹤翱翔于湖面。陨石下方气印里，像是仙人按下个手印，天然合成个"贺"字，约拇指大小。

刘贺看着此石，叹道：此石仍朕之命根。

寝宫内，静，死一般的沉静。只有那把铜壶滴漏的叮咚声，单调而清晰，时间一点一滴地过去。

刘贺一面听乐一面远眺：月升中天，又圆又大。月光盈盈如流水一般，播洒在院子绿草与杂乱的竹木间。凉风习习，一片竹影投射在窗纸上，斑驳陆离，错乱不定，唯从枝叶间流泻出来的清澈光波，透映着刘贺那张愁苦的脸庞，还有那双单纯而敏锐的目光。此时的刘贺心里烦躁不安。而那远远近近的牛、羊、马、狗等牲畜，也好像在烦躁地叫唤着，连草丛里的蚂蚁、昆虫都在浮躁不安地蠕动着。月色暗淡了，那轮圆月钻进了云堆，远远近近的景致显得朦朦胧胧、混混沌沌。那月亮残缺地悬在低空里，橙红的颜色渐渐变得苍白了。

这时，家奴善仆悄然入室为皇上焚香。几案上的博山炉内，香球灼灼地燃烧着，满屋子烟雾缭绕。刘贺闻到了一股新奇的清香味。若是在平日，这小子定会感觉眼饧骨软，在心里叹道"好香"，然后去把玩他那些收藏的文物。但此刻他并没有这种心思，而是呆若木鸡坐于窗前察看月蚀：它一点一点地被天狗吃去。橙红的颜色渐渐转苍白了，向人间散布出一种枯涩暗淡的光，最后变成了一个残月，好似一面破碎的铜锣，高高地悬挂在灰蒙蒙的夜空。

这时，宫外一声惊雷"轰隆"炸响，一块陨石降落在昌邑王府附近，乱石缝伸出一株昙花。刘贺心里有些凄凉，叹道：呵呵，朕出生时，月蚀；朕登基后又是月蚀；这到底是怎么回事啊？他正想着，安乐匆匆前来向刘贺悄声奏报：这几天，他和他的侍卫发现，广陵王刘胥请来巫师，一直在诅咒陛下……

接着，宫外响起一阵敲锣与呼喊声："天狗食月！天狗食月了！"一时间，未央宫内外沸沸扬扬，一片混乱。

侯夫人见刘贺仿佛正融入这个阴森森的氛围中，他的眼眶湿润了，仿佛还在抽泣，便也没有多问，取过摆于桌案的那把古琴，抱在怀里弹奏起来。只见她全用轮指，忽大忽小，忽轻忽重，仿佛从湖底岩缝里发出，纵横散乱；旋即又变为"大珠小珠落玉盘"，如百鸟齐鸣，婉转啼唱在烟亭柳林之间，二人心声相和相应。渐渐地，乐曲声声，如行云流水，却又给人以一种舒畅、愉悦之感。

这时，窗外乌云遮住了半边月亮。

"月蚀！"他不止一次听母亲说，自己出生时也遇上了月蚀。此情此景，不是跟十九年前发生的"月蚀巫蛊"一模一样吗？当他登上皇位之后，竟又发生了月蚀。是自然巧合，还是老天爷有什么预兆呢？龙椅，不属于刘贺？

刘贺越想越心惊胆寒，呆呆地看着窗外那轮月亮，只见它影影绰绰，显得迷蒙、淡远而神秘。迎面扑过一阵凉风，刘贺想起了母亲对自己所说的奇异之事，陷入了深思。

征和元年（公元前92年），昌邑王府门外那条潍河哗哗奔流着。残月如刘贺苍白的脸色，倒映在缓缓流淌的波纹里，已经破碎。

潍河最早见于战国时期《尚书·禹贡》："潍淄其道"。沿袭《水经》说，它源于莒县箕屋山，干流全长246公里。上游流经莒县、沂水、五莲，从五莲北部进入潍坊市，流经诸城、高密、安丘、坊子、寒亭县境，悠悠涌入渤海山东半岛莱州湾畔。自古至今，传说中五帝之一的虞舜，经学家郑玄，文学理论批评家刘勰等，都出现在潍河两岸。潍河下游，有个赫赫有名的昌邑国。

汉朝建国初期，天下初定，刘氏宗亲人数很少，高祖深思熟虑，总结了秦朝灭亡的教训，认为秦朝孤立缺少外援是其病根的重要因素。于是分封疆土，确立王一、侯二爵位。开国功臣被封为王、侯，享有食邑的达百余人，受封为王的刘氏子弟，拥有九个诸侯国。

从箕屋山曲曲流下一条河水，雪崩似的重叠起来，卷起一个个湍急的涡旋，发出"哗啦、哗啦"雷鸣般的声响，但见，层层雪花浪浪拍长空，拂拂凉水掠水面。四周空阔，八面玲珑。隐隐沙汀，行行鸥鹭，悠悠撑来数只渔舟。好一幅无限壮观、绚丽多彩的画面！

农历七月二十五日，亥时，刘贺降生于潍河畔昌邑王府。

第一任昌邑王刘髆双喜临门：一喜贤妻十月怀胎，就要喜添贵子；二喜武帝召见诸侯王，刘髆对策时获得武帝与群臣赞赏：父王赐给他一匹汗血宝马，勉励儿孙继承儒学护卫江山社稷。

刘贺的母亲姓梅。梅氏身材修长，皮肤细嫩，丰姿窈窕，容貌淳朴，两眉似蹙非蹙、似喜非喜，真个沉鱼落雁之容，闭月羞花之貌。他喜爱梅氏心地善良，处事温俭，治家有方，是是非非，人莫敢犯。昌邑国无人不晓梅氏尚有冰霜之操，常关在闺房刺绣或读书，书琴诗画，无一不胜，且一心护卫昌邑家谱。其父刘髆虽有三妻四妾，对待爱妾梅氏却一脉情深，疼爱有加。梅氏还是个贤妻良母，记得刘贺四岁那年，父亲下乡巡视春耕，刘贺也嚷着要去，刘髆为让儿子增长见识便把他带上，让他亲身体验百姓的艰辛。

然而，梅氏一贯身体欠佳，弱不禁风。那一年，昌邑王刘髆正为此忧心忡忡，梅氏也心里不安。寒冬的一个下午，大雪纷飞，地上结了厚厚的一层冰。这时，梅氏与几个丫鬟说说笑笑，正要走出王府大门去赏雪，却见大门前有个女子在乞讨。梅氏侧眼一看，年约二十六七，一身破衣烂衫，却清秀异众，便引起了梅氏的关注，与她简单聊过几句后，发现这女子姿色与才智出众，心里便十分疼爱。

当梅氏了解到她姓周名苏红，其丈夫姓钱名愚溪，河南络阳人氏，出生于官宦世家，却是个风流才子。钱愚溪先在县里靠授课为业，后觉得教书没多大意思，便想起祖父身后留下的一笔丰厚遗产，与当地几个权势者合伙干起铸造业，当起了铁官。于是,"才貌、金钱、门第"合铸出了这位"公子铁哥儿"。

那一年,武帝在全国产盐铁的地方设立盐铁专卖署,任命当地大盐铁商担任盐官或铁官。国家垄断经营盐铁,禁止民间私自铸铁煮盐。

当时,汉武帝重用齐之大盐商东郭咸阳、南阳大铁商孔仅任大农丞,管领盐铁事;而洛阳贾人之子桑弘羊则负责算缗工作。朝廷规定,国家要向商人、高利贷者按产征税,他们则按缗向政府交一定数额的税金。如不按实呈报资产,经告发罚戍边一年,资产全部没收,一半赏给告发者。后由杨可主持算缗和告缗事务,算缗、告缗之风遍及全国,致使大多数中产以上的商贾破产。钱愚溪因私铸钱币破产并抓捕入狱。从此苏红孤寡一人,浪落他乡。梅氏出于爱怜及同情,便与刘髆商量收留了她。刘髆即同意,让她在昌邑王府管理一些生活杂事。

日子长了,夫妻俩发现苏红贤惠、善良,待人宽厚,便把她当作亲妹看待,苏红从而受到王府上下的尊重,被大家称为"红妹"。梅氏怀孕期间,苏红日夜陪伴在梅氏身边,精心守护着这位王孙平安降生。后来梅氏的奶水不足,苏红又主动提出弥补孩子的奶水,刘贺长至一两岁时,便叫她奶妈。

在长安未央宫的寝宫,刘贺站在窗前,饶有兴致地察看着月蚀的情况。窗外起风了,半轮斜挂着的月亮完全惨白,像一张妇人产后苍白的脸,在天空显出没有力气的神情……

刘贺回忆到这里,不由得抿嘴笑了,叹道:呵呵,要不是朕的命大,还险些丢命呢!刘贺又把那段回忆,定格在自己艰难出生的那一瞬间:

记得那一天很不寻常。当时,刘髆正端坐在书房读书。他读的是《齐论》。这是一部儒家学派的经典著作,是孔子《论语》的另一个版本。在古代,《论语》有三个版本,即《古论》《鲁论》和《齐论》,是孔子弟子及再传弟子的经典论著。《论语》是西汉安昌侯张禹的后人将《古论》和《鲁论》整理形成的版本。《齐论》与另外两个版本相比,增加了《知道》篇和《问王》篇。平日,刘髆最爱读的便是孔书,尤其崇尚《齐论》中的《知道》篇。今天一大早,他便关起门窗细细品读,十分投入,连外面发生的月蚀与宫里人们的骚动,也没有听见。刚才,有奴仆轻轻叩门向刘髆秉报月食,都被刘髆拒之门外。他苦读入迷,自然没想到此时此刻,还有一个小生命即将降生于人世呢。

昌邑王府喜添贵子,这对于刘髆来说,当然是头等大事。当时,刘髆一听说

第二回
生命奇迹

夫人怀上身孕，喜上眉梢，吩咐苏红负责召集十几个女仆，日夜守候在夫人身边，一刻也不离，端茶送水，服侍周到，体贴入微。

此刻，刘髆虽在聚精会神苦读《齐论》，但有时静下来，也会想起夫人生产之事："到底生男还是生女呢？"忽闻有人敲门，刘髆听到婢女七巧的声音，便准许她进门。七巧一跨进门，便向刘髆禀报"夫人难产"的情况。刘髆这才放下竹简，起身向寝宫走去。

寝宫内，苏红与接生婆及女仆们守护一旁，正在为梅氏助威。梅氏却使不上劲，呻吟不止，痛苦欲绝。刘髆焦虑不安地站在门外，正等候夫人的消息。一会儿，苏红走出来愁眉苦脸向刘髆禀报，王子生不下来，怕夫人有生命危险，怎么办？刘髆当机立断，即命龚遂快把告老还乡的廖太医请来，速去速回。想了一下又补充说，若廖太医不在，可另请高明。龚遂领命，管家与仆从忙去备车。

可龚遂奉命走至王府大门前，管家已备好车辆，正欲上车时忽闻不远处传来一阵铜锣声，抬头一看，却见一奇人招摇过市。此人年约四旬，身材敦实，颧骨高而突出，身着布袍草屦，腰系黄丝双穗绦，肩挎行囊。双眼明亮、锐利。他那悠闲的神态，似道非道的态度，那略带阴阳气的幽默与搞笑动作，立即引起了龚遂的关注。龚遂见他深居简出，手里摇着串铃随走随摇，将食指、中指与无名指伸入铁铃中间的孔内，小圆珠便发出清脆的铃声。龚遂认定他是个方士之类，便上前招呼一声："请先生留步！"

奇人闻声收住了脚步，口中念念有词，好像在说：祸福无门，唯人自招；披麻救火，惹火烧身。龚遂觉得此人怪怪的，似乎深不可测，便有意探问此话何意。那人应道，预测昌邑王府大难降临。龚遂惊异，探问此言何意。那人说当局者迷，旁观者明。明者未形而知惧，暗者患及而犹安。龚遂心想：好一张腐儒舌剑的利嘴，分明是心中有数，却仍在卖关子，便命管家赐给些钱币打发他走开，自己再另请高明。可他既不收钱，也不肯离去，就是死赖着不走，且反复念着《长安为韩嫣谣》："苦饥寒，逐弹丸。"

龚遂听罢此民谣，不由大惊失色，发现此人来头不小。因为，此谣之典，是影射先帝刘彻宠臣韩嫣生活放纵，挥金如土，爱用金弹丸打鸟，每天要用去金弹丸十多个，让贫苦人争先恐后去拾弹丸，以显示其豪富。龚遂怕惹是生非，便命侍卫把他轰走。可那人并不恼火，反而自报家门：在下姓檀名何，自号"上天仙禅"，

077

西域人。精通巫术，尤善治各种怪病，清除府内晦气。

昌邑襟海带河畔。饶五谷薪蔬。土重礼节，耻奔竞。民朴而愚，不见纷华藻饰之习，素称易治。而轻悍刁讼，尚鬼信巫者，亦强半焉。信巫者在当地已成民风。昌邑郡还有习俗，即在婴儿出生过程中，祈求巫术可保佑母子平安。龚遂心想：这个自称檀何的并非"道仙"，充其量也就是个"江湖术士"，便打探起他有何医术救治妇人难产之类的急病。檀何应道：进退盈缩，与时变化，圣人之常道也。刚柔相推，而生变化，还说他可治妇女怪病。龚遂听他在医术与哲理上头头是道，便把此人情况向刘髆禀报，最后决定让胡巫檀何试诊。檀何便彬彬有礼步入府中。龚遂请他从甬道行走，檀何坚持走旁阶，以示自己的卑微与谦让。来到梅氏寝宫前一块场地，他从行囊中不紧不慢地取出巫服，干脆利索地穿上盔甲，还在腰间扎上五彩条裙，裙上挂九面青铜镜、九个小铜铃。

刘髆闻声从寝宫走出，见檀何这身打扮，心中蒙生疑团。檀何并不见刘髆来了，一心只顾装饰自己：又在背面插上五彩小旗，然后手握羊皮鼓，那鼓柄上挂有许多小铁环，举步起舞。

在昌邑王府前院的场地四周，围观的臣相、郎官和仆从渐渐围了过来。顿时，鼓声、铜镜和铜铃的撞击声骤起。檀何满口念念有词："请神转世显灵，清除地狱附体，保佑昌邑王府婴儿平安降生。"他连唱带跳大约半个时辰之后，龚遂站在一旁显得有些不安：人命关天！这个胡巫可是我请来的，若他卖的是狗皮膏药，或心怀鬼胎，暗室欺心，我可是引蛇入室啊。想到这里他有些后悔，但在这人世间哪有"后悔药"呢？只有哑巴吃黄连，保持镇定，站在一侧细细察看着。

接着，檀何又把神灵面具及香果供品放在桌案上，口念咒语，手舞足蹈，做出一副鬼魂附体的样子，还做出各种奇怪的驱邪动作。最后捧出了个泥娃娃，一面拈香跪拜一面虔诚祷告，忽儿摸摸泥娃的小鸡鸡，忽而掐下一块泥团浸泡在一碗清水中。龚遂见檀何装神弄鬼，虽怕节外生枝，却不上前制止。待这一切完成之后，檀何用一块红布蒙住双目，请求入室。龚遂见他颐指气使，仪表不凡，做得丝丝入扣，有理有节，在征得大王刘髆同意后，也就勉强答应了。

王府寝宫内，梅氏正在痛苦欲绝地不停呼喊。檀何闻声走到床边垂帘前，冷不防大喝一声"咳"，同时在地上猛踩一脚，唬了梅氏一大跳，又用香火焚他画过黄纸符文，嘟嘟囔囔诵唱了一会儿后，伸出食指在她脸上画了几下，最后从怀里取出一颗药丸，在手中碾碎后，吩咐巧儿烫热小半碗温酒让梅氏服下。刘髃探问夫人为何要喝半碗泥水？檀何应道："泥娃娃发端于女娲抟黄土造人之说。夫人喝下这女娲圣水，就会赐大王一个白白胖胖的福娃了。"龚遂忧虑地盯着这碗"圣水"上，不知所措。

檀何解开蒙在脸上的红布，索取笔墨，从怀里扯出一块黄色锦绸，烧香拜过窗外夕阳之后，在黄绢上绘下一座城门，城门外静静蹲着一只黄狗。然后题识曰："一阴一阳，无终无始；终者自终，始者自始。"

刘髃默念了一遍，不解其意，便问何意。檀何应了声："卑下为王子卜了一卦，为第六十象。"檀何将那第六十签递给刘髃，刘髃读后仍不解其意，问此签何解。檀何叹道："这孩子生于亥时，亥时为'人定'，又名'定昏'。所谓人定也就是人静。此时夜色已深，人们也已经停止了活动，都安歇睡眠了。深夜盗贼狂，守门狗汪汪。故王子属狗。此象疑有出猎事，亦乱兆也。"

龚遂一听"出猎事"与"乱兆"，心里凉了半截。刘髃更是心有余悸，便想问个明白。檀何应道："世间万物，混混沌沌，说不清，道不白。总之卑下告诉您一句话，你这个宝贝王子呀，官至诸侯王则已，若要再往上高升，恐怕逃不过南边的兵、西面的火。望大王三思而行。"又扫视了一下寝宫四角，叹道，"灾从长安来。但也无妨，记住，让夫人身子骨多活动活动，也就平安无事了。服下此药，夫人病灾将烟消云散。"又将黄绢八卦图递给刘髃，刘髃接过那黄绢，即命许管家赏赐他一只马蹄金。檀何却怎么也不肯收受，欲告辞出门。

这时，巧儿又跑来禀报刘髃说，夫人服下檀何先生那颗药丸后，立竿见影，肚腹不再疼痛，脸色也恢复了元气。但不知为何，檀何一听此讯，脸色忽变得阴沉起来，上颚骨与下颚骨嘎嘎发颤，颠倒衣裳，手足无措。刘髃关切地问道："神医，你没事吧？"檀何镇静自若，又回至原先得意状态，彬彬有礼招呼"贫道告辞"后便匆匆而别。

刘髃品味檀何预言断定，先生学问渊博，来头不小。却觉得他一系列的言谈举止有些阴阳怪气，心里不禁又掠过一团疑云。

更为奇怪的是，在巫师檀何离府后约两个时辰，丫鬟巧儿跑来向刘髃禀报，夫人不行了，恐怕要大出血了。刘髃急忙命她回房关照夫人。进入寝宫大惊失色：床榻一片红色，直往床下流淌，巧儿不由呼喊："血，夫人大出血了！"薛姨面如土色，再细细察看，那并不是血，而是火，火光映照，红光盈屋。梅夫人眼前一亮，不由大惊失色：那片红光忽化作一条金龙，从窗口飞出，直冲云霄，如云霞般映得满天通红。

然而，几乎是同一时刻，寝宫窗外划过一道红光。东南面天上落下一块陨石！接着是"轰隆"一声，几乎是与那陨石降落的一瞬间，寝宫内"哇"的一声，传来婴儿的啼哭。巧儿喜盈盈地跑来报喜说："大王，大王！夫人生了，生了……是个带壶把的呢……"说着把小家伙出生的情景描述了一番，刘髆听说红光梦龙，知是人君之象，刘家吉兆，心中大喜。便命次日大摆酒宴，庆贺王子诞生。

谁料，檀何跨出王府大门，走至半里之外时，却用拳头死劲敲打着自己的脑袋，原来，檀何悔恨莫及，跺脚自疚："唉！我这个糊涂虫，怎么会干出如此蠢事呢？"

檀何究竟干何"蠢事"？为何一出府门便后悔莫及？原来，檀何哪是什么"神医""仙道"啊，他就是个胡巫，是"巫蛊案"制造者江充的打手。正是：本意伤母又毒子，制造巫蛊昏天地。谁料世间开功巧，善恶分明不可欺。

巫术包括诅咒、射偶人和毒蛊等。它起源于远古，以言语诅咒能使仇敌个人或敌国受到祸害。射偶人是用木、土或纸做成仇家偶像，暗藏于某处，每日诅咒之，或用箭射之，用针刺之，行此巫术者认为，经过这样的魔法，被诅咒者的灵魂便会被控制或摄取，仇人就会得病身亡。据史载，巫蛊源头出于远古。当时郑伯讨伐许某，颖考叔被本国大夫公孙阏用暗箭射死。战争结束后，郑伯为惩治射颖考叔的凶手，命军队出貆（公猪）及犬、鸡，诅而射之。后他撰写过一篇《祖楚文》流传下来，在民间盛行。汉武帝刘彻曾用法律规定诅咒者将处以死刑。谁料刘彻自己却也被卷入巫蛊祸案的旋涡中，且害死的是自己最宠爱的太子刘据。

刚才檀何在昌邑王府对刘贺出生时的一番表演，完全是江充在背后一手操办的。江充对一个刚出生的孩子及其母亲为何要下如此毒手呢？

原来，江充和太子刘据有积怨，害怕太子登基以后对自己不利，因此蓄谋已久，想对太子刘据下手。而刘髆素来行事低调，又受礼仪熏陶，虽然也生为皇子，却没有卷入皇位争夺中，比较支持大哥继位。江充暗想，若是能去掉这么个强势的太子的支持，自然是对自己十分利好，便想借巫蛊，陷刘髆于不义中。只是造化弄人，最后虽未得逞。在这里虽未得逞，但江充欺骗汉武帝，与案道侯韩说、御史章赣、黄门苏文，还有巫师檀何等得力干将，日夜穿梭于各大宫殿，把汉武帝的三宫六院七十二妃查了个底朝天，对巫蛊怀疑者全动真格：一是动刑，对巫蛊怀疑者一律严刑拷打，烧铁钳人、烙人；二是抓人审问，相互乱咬。一时间，长安城乃至全国笼罩于白色恐怖中。最终，将刘据也牵扯入其中，酿造了一幕幕悲剧。

在江充指派檀何陷害刘髆后不久，一天傍晚，霍光公务缠身忙碌了一天，脑子昏昏沉沉的，身子骨觉得有些累，便换了一身微服，闲游至这条繁华的大街，寻他个悠闲自在。眼前，一路市楼皆重屋，旗楼在杜门大道南。集市繁华，货摊五光十色，摆在路边的农具、糖饼、玩物，应有尽有。还有县令署，以监督商贾货财、贸易之事，均由三辅都尉管辖。

长安街头，一盏盏羊角灯布满街道两旁，直延伸到尽头足有半里多长。人们衣冠楚楚，纷至沓来，车水马龙，喧嚣鼎沸。一阵阵击壤而歌的笙箫之乐声，从百户千家窗口飘出，小贩叫卖声此起彼伏。

一溜大小尽是各式小吃。那油漆填花的餐桌又宽又长，有的还拐过一道道弯儿，直伸至巷子口，上面摆着各色杂烩火锅，咕嘟嘟地沸着香气扑鼻的滚汤，发出哗啦、哗啦的响声，热气四面飘散。

霍光走走看看，十分开心。当他走至一个小吃摊前，瞥见牛羊肉泡，香气扑鼻，兴头来了，便上前买了一大海碗，坐下品尝。传说，这牛羊肉泡是从古时"牛羊羹"演化而来的。西周时曾将它列为国王、诸侯的"礼馔"。霍光一面品尝一面赞道："好味道，好味道，再来一碗！"随即丢下个五铢钱，欲再品尝，忽见不远处有一方士从眼前晃过。他就是在昌邑王府炮制"西窗木偶"的那位仙翁。只见他依旧穿着肩袖打了补丁的粗布长衫，手里摇着串铃，眼观六路，耳闻八方地在街上悠闲逛荡，像是在寻找什么人，却又像在招徕生意。

霍光并不认识"此人"，却从他神思恍惚的目光里，发现他与众不同，便心存警戒，对他敬而远之。可当霍光转身离去，此人却主动上前与大将军打招呼说："呵呵，天庭饱满，地角方圆。大人好面相呀！"说着乞求给他看相。霍光不予理睬，可他拦住霍光喋喋不休。

霍光心想，你小子胆大包天，这可是京城啊，竟骗到老夫头上来了。于是，大大方方伸出手来，让他看了个够。仙翁左右察看之后，便高谈阔论一番。他从"老子著书十五篇，百有六十岁，或言二百岁，以修道而养寿"，说到武帝采纳董仲舒"独尊儒术"策论，然后延伸至大汉百姓和谐勤作、江山繁荣昌盛之景象；又从"皇宫'巫蛊案'波及上臣相、地方官员"，推至"天象阴气隐藏国之衰亡"。霍光装聋作哑，就那么迎风伫立，像木桩似的站着，久久沉默不语，心里琢磨着：看你究竟要干什么。仙翁望着霍光那双威严的目光，犹如两把锐利的刀子灼灼闪光，直插入他的心脏，摸透了面前这人沉府极深，支支吾吾闲扯了几句便溜之大吉了。

可由于转身太急，刚迈出几步，便从他腋下掉落一沓竹简。路旁几个过路人的好心呼唤："先生，你掉东西了！"可仙翁视而不见，加快脚步，如轻风一般往前直走，眨眼工夫便不见其身影。其神态举止，与在昌邑王府伪装探密时如出一辙。

霍光心里明白，掉在地上的那沓竹简，是那人有意落下的，便走上前弯腰将它拾起，一看，不由大惊声色：原来，这是一沓告发刘贺出生时制造"巫蛊"的恶状。霍光并不知昌邑府发生了什么，但他坚信，昌邑王刘髆一贯胆小、忠厚，决不会做干出这种蠢事；即使昌邑府出现此类现象，最多也不过是父母为新生儿"求个平安"，根本扯不上什么"制造巫蛊"。于是再细细观察周围动静，竟然发现江充出现在自己面前，二人寒暄一番之后，江充单刀直入，故意探问霍光手里拿的是什么。霍光一听，大为光火，把脸一沉，反问说："江充，你竟然盘问起老夫来了！有米一顿，有柴一锅。这是你管的事吗？"瞪他一眼，拂袖而去。

霍光回到府中，心生疑问：那方士与江充一唱一和，并把巫蛊案栽赃给刘髆父子，肯定别有用心。他便把这沓竹简在物里掂了掂，在心里冷笑道：呵呵，江充仍在表演，这竹简的字里行间，暗藏杀机，沾满血腥，好恶毒的心啊。霍光心中有数，便把竹沓收藏起来，准备设法应对。

而且霍光并非等闲之辈，他精明强悍，遇事不慌，无论碰到什么大小复杂事，他总是沉着冷静，理性应对。自江充混入宫中炮制"巫蛊案"的那天起，霍光心里就有一本账：刘彻年事已高，有时脑子会糊涂，加之这些年来，武帝巡幸过多，宫室建造华丽堂皇，为扩大地盘征讨频繁，老百姓的负担越来越沉重，一个个叫苦连天，怨声载道，农民起义不断暴发，如天汉二年（公元前99年），泰山徐勃起义，武帝虽用屠杀的办法把起义者镇压了下去，但小规模的起义仍在发生。内忧外患，连续不断，把武帝弄得焦头烂额，难以喘息。于是，江充便利用了这一点精心设计并导演了"皇上之病是'巫蛊'造成的"这场闹剧。

霍光虽明处不敢顶撞，却与江充暗斗，多以不欢而散而告终。但霍光不明白，江充为何要把矛头直指昌邑王刘髆父子？为何要扮演这出"双簧"呢？其根源深远。

原来，江充在与他的同伙苏文在调查"巫蛊案"时发现，刘髆与刘据来往频繁，他生怕刘髆在刘据面前暴露他的目的，怕兄弟二人联手揭发自己的罪行，便对昌邑王刘髆父子暗下毒手。当苏文在昌邑的"眼睛"檀何发现昌邑王府梅氏怀有身孕，便与江充导演了一出"西窗木偶"的闹剧，想以此蔑刘髆滥用巫蛊之术，从而让汉武帝疑心刘髆，达到"借刀杀人"之目的。正是：月黑灯下瞒天计，拨转寝宫匪石心。

回到现在。在未央宫内，侯夫人一曲弹毕。刘贺看看窗外，那轮残缺的月亮正随着时间的流逝一点一点地被天狗吃去，月亮的颜色渐渐苍白，向人间散布出一种枯涩暗淡的光。最后，竟变成了一个残月，好似一面破碎的铜锣，高高地悬挂在灰蒙蒙的夜空中。

刘贺命运如何？且看下回分解。

第四天（六月四日）

因祸得福

有人制造"昌邑国巫蛊案"以"借刀杀人"暂且不说，单说刘贺登上皇位、戴上皇冠也不太平的窘境。

此刻，刘贺忽想起母亲说过的一件事：刘贺出生时，江充与檀何表演的"双簧"被霍光识破之后，便觉自讨没趣，落荒而逃。霍光了无惧色，并没有放松对此事的警觉，使他感到为难的是：若奏报武帝，刘髆父子有可能大难临头；若隐瞒不报，江充反口咬人，自己也将不明不白卷入巫蛊案中，跳进大河也洗不清。

在对待昌邑王府发生"巫蛊"事件的问题上，霍光的眼光看得很远。他关注的并非芝麻蒜皮之情，而是掌管天下、光芒四射的皇权。大将军口口声声"天下仍民之天下"，强调皇位并非个人之事，保卫皇权是涉及大汉江山社稷的大事。在"做功"上却始终盯在侄子辈刘贺身上。谁料在此关键时刻，他的对手江充在汉武帝眼里红极一时，因此感到棘手。正在犯难之时，有人禀报上官桀、桑弘羊来访。

霍光心中暗喜，即命近侍泡茶供果，热情款待，并开门见山与二臣聊及"相面解命，路失遗状"之事，然后亮明自己的观点：即使刘贺出生时昌邑府西窗出现木偶人，单凭这一点，也不能认定刘髆父子有罪。在闲聊中，桑弘羊并不关心这些，而是讽笑霍光倒霉，这回可真遇上"对手"了，并以"祸莫大于无足，福莫厚于知止"的哲理，劝他不要跟小人江充较劲，以免惹火烧身。

霍光对商人出身的桑弘羊设了一道防线，认为他说话办事，老练圆滑，称其为"快刀切豆腐——两面光"。桑弘羊提声辩道，如今皇上正在巫蛊案的气头，若再火上浇油，必定惹火烧身。

而上官桀虽然与霍光、桑弘羊二人关系甚密，在权术上却与霍光分歧很大。他提出了"先下手为强"之计，即先把"路拾"恶状书成奏折奏报呈上，然后为昌邑王申诉"无罪"，请求皇上明察。霍光则坚持不做"海蜇头上的帽子——装滑头"，他要既为刘髆父子作"无罪"辩护，又要把江充"暗施巫蛊"的阴谋暴露在光天化日之下，并毫不手软。二位大臣并不赞同霍光一意孤行去冒险。三人因此争辩不休，但霍光仍不退让。上官桀、桑弘羊都为他捏了把冷汗……

　　再说现在。刘贺面对宫中发生的"月蚀"异象，忧心忡忡，刘贺无奈地叹了口气，从自己奇异出生，联想到入宫一个多月以来，接二连三发生的一系列异事，便有了一块心病：难道朕就是这个命吗？于是命宦官郭穰把郎中令王吉和龚遂唤来，欲策问"天命"的问题。

　　二臣领命来到刘贺屋内，见刘贺满脸的痛苦，就知道他心里有事。刘贺见他们来了，赐坐，问："如何从天命中寻找生存的启示？"王吉对策道："所谓'天命'，仍为自己的把握。"又问"如何把握"？王吉应道："善于总结古人的经验，并将现实中遇到的困难与其对比，便可得出正确的结论。"刘贺大感不解，龚遂补充说："臣听说天是世上万物之祖，可以包罗万象，不会有所偏爱。老天爷是最公正的。因此，天设置日月风雨，调和万物再通过阴阳寒暑，让万物经历磨炼。圣人效法天，建立道，倡导博爱无私；而圣人布施仁德厚爱，用以善待百姓。"刘贺心胸豁然开朗，笑着应道："因此，圣人设置礼义，用以引导百姓。"王吉见刘贺心灵开窍，甚为高兴，便叹了一声："于是才有春夏秋冬，才有天地日月。"接着引用大儒董仲舒与武帝对策原文，提声朗诵道："春天是生育的季节，仁要求君主爱护百姓；夏天是抚育万物的季节，德要求君主养育百姓；秋冬是肃杀的季节，君主用刑罚的形式来惩治犯罪。从这些来看，天与人的关系，从古至今，道理是相通的。"刘贺点头赞好，命二臣退出。

　　王吉与龚遂退出之后，刘贺想起了霍光十九年前处理昌邑王府"巫蛊"事件的经验，想到这位大臣无论他遇到什么复杂的案情，总是昂昂自若，把它弄得天衣无缝，最后化险为夷。

　　刘贺还听父亲说，霍光是他的救命恩人。事发之后，次日上朝，霍光把江充与檀何串通一气，捏造昌邑王府"西窗木偶"之事，并在朝堂上全盘托出。谁料恶人先告状，江充在长安街事发的当天晚上，就把霍光隐瞒昌邑"西窗木偶"的事情奏报了皇上。刘彻听后大发雷霆，认为此案竟然发生在王孙刘贺出生之时，甚感惧怕：不知是人为还是真有其事，一时难下结论。

　　面对江充的栽赃与诬陷，霍光并未退缩，他坚信：存亡祸福，其要在身。人的生存、死亡与祸福，关键仍在自己。于是，霍光向皇上详细诉说了"西窗木偶"

事实真相。刘彻听后，头脑似乎清醒了些，心里盘算：既然霍光隐瞒昌邑王府，为何敢当群臣面亮出事实真相？想着，便传唤江充入殿洽说此事。江充进入殿中，群臣不寒而栗。自"巫蛊案"发生后，大家对江充敬而远之，生怕因得罪他而丢了老命。在未央宫内，江充用眼角的余光观察刘彻。此时，刘彻的脸上冷漠得没有丝毫表情。宫廷上下静得出奇，空气似乎凝固了一般。

霍光挺身而立，两只脚入宫时怎么站着仍怎么站着，像铁钉一般，一动也不动。江充做贼心虚，心里胆怯，额头直冒冷汗，提着胆子揭发霍光隐瞒昌邑王府"西窗木偶"而犯下的"欺君之罪"。

刘贺从檀香木架上取下那沓江充"恶人先告状"的竹简，粗略读一遍，不禁心寒自语：呵呵，人生在世，祸福无门，唯人自招。大祸临头，你就是躲也躲不过呀。正是：闭门家里坐，祸从天上来。

时间推移至十九年前。征和元年（公元前92年）。此时朝堂上，江充一伙和霍光针锋相对，互不相让。霍光心里明白：皇上进退两难，只有"和稀泥"，双方各打五十大板。霍光理解武帝，断定他必然会这么处理。可当宣旨官正要宣布退朝之时，霍光又干咳一声道："陛下，臣还有几句话要说……"群臣又把目光投向霍光，都为他捏了把冷汗。

刘彻回转身恩准霍光把话说完。霍光顺水推舟，跪下对皇上应道："昌邑刘髆生的可是个小皇孙。听说小皇孙降生于世时，从东南方向降下一块陨石，在地上砸成无数碎石，从石头缝里长出一朵奇葩，光彩夺目，香飘十里。小皇孙出生为惊蛰亥时。这个喜日与时辰为最佳：惊蛰，春雷乍动，惊醒了蛰伏在土壤中冬眠的动物。泉萌动，草心苏；日长添得绣工夫，朵朵祥云皆入户。象征着我大汉江山一片祥和，万物复苏；再说说这个亥时，据八卦所说，此时出生的男子，性格朴实沉稳，心直口快，勤勉劳碌，追求享乐与幸福。"

霍光说得真诚，刘彻听得认真，不时点头微笑，恩准他继续说下去。

霍光又说道："'亥'为晚上九点至十一点，这个'九'字好啊，'九'为阳数的极数，是单数中最大之数。超过九，只是零的增加。在古代，多用九数附会帝王，常用'九五'帝王之位。如《易·乾》中称'九五，飞龙在天，利见大人'。故屈原在《楚辞·九辩》中称'君之门以九重'，它指的是'京师置九门'，也是这个意思。"

霍光几句警言，把刘彻说得满心欢喜，禁不住叹道："好啊，好啊，传说天与地还没有分开，还在混混沌沌的状态时，是我们的老祖宗盘古，他力大无穷，不知从哪儿抓来一把板斧，用力一劈，只听得一声霹雳巨响，便有了天和地。朕这个小皇孙呀，说不定就是盘古劈下的一块石头，智力无穷啊！"刘彻满心欢喜，主动恩准："朕赐给昌邑王府小孙儿一个名，就叫他'贺'吧。此外赏赐刘贺九只马蹄金。"

群臣听罢，一片哗然。于是，宣旨官随即宣旨："追赏昌邑府小皇孙马蹄金九只，赐名'贺'！"群臣跪在地上，齐声诵唱："皇上圣明，皇上万岁！"整个大殿，一片欢腾。

江充站在大殿一角，恼羞成怒，本还想再为自己申辩，刘彻连眼角都不瞧他一下，昂首阔步走出了大殿。

后来，汉武帝委派霍光给昌邑王送去九只马蹄金。霍光目光深远，办事稳重，他所做的每一件事情几乎点滴不漏。自他暗中保护过昌邑王府父子俩之后，仍有点放心不下，加之他曾冒死为老王爷说了话，也得让王爷知晓，总不能"一把粉搽到后颈窝"啊，便以"奉送皇上赏赐马蹄金"之名，专门指派田延年前往昌邑王府。

田延年，字子宾，是原齐国田氏的宗室弟子，后来迁至阳陵（景帝陵寝室）县居住。他身材剽悍，腰围膀阔，团团的一个白脸，弯弯两道卧蚕眉，长有几根黑胡髭髯。霍光十分看重他，让他做了自己的幕僚。此次霍光委派田延年作为使者，前往昌邑国。

当时，刘髆闻田延年驾到，亲自陪同他在秋声院歇息，以茶点瓜果热忱相待。田延年并未落座，却从行李囊取出马蹄金，小心翼翼地摆在桌案上，郑重地对他说："这是皇上赏赐给刘贺的。"刘髆一看，九只马蹄金金光灿烂，造型精美：底平作椭圆形，呈马蹄状，花丝镶嵌，刻有一个"上"字。"上"象征着祥瑞。这是汉武帝赏赐给侯王的上乘珍品。

刘贺见了田延年来，虽然他年龄尚幼小，但也起身行礼。站在一旁的龚遂面呈微笑，在心里赞叹：这小子礼贤下士，像个大王的模样。田延年见刘贺如此多礼，急忙弯腰呼唤免礼，笑道："呵呵，现如今，你可是昌邑国一郡之王呀，何必多礼。"

当时，刘髆大感不解，悄声探问田延年："皇上恩赐犬子九只马蹄金旨意在何处？"田延年说："或许是一种暗示，勉励小大王不负皇上之厚望，从现在起，人生百岁三万六千日，夜夜当秉烛。学好本事，护卫我大汉江山社稷。"刘髆心花怒花，当群臣的面夸赞道："孟子有'得天下而教育之，三乐也'。是啊，人生能得到国家栋梁之材，这是老夫的三种乐趣。父母俱在，兄弟无故，称之为一乐；仰不愧于天，俯不怍于人，二乐也。这第三乐嘛，当然是得天下英才而教育之……"又对郎中令龚遂说："关于犬子的教育，就全托付给你了！"龚遂应道："常年道，一年之计，莫如树谷；十年之计，莫如树木；终年之计，莫如树人。这是卑下应尽的义务。大王请别客气。"沉思片刻又补充说，"渔夫习水则沉，战夫习马则健。故孔子曰'性相近，习相远也'。若小王子改掉顽习，自幼养成勤勉好学习惯，定能长成栋梁之材。至于能否被皇上赐为太子，那就要看其造化了！"正是：请下烟花诸葛亮，欲圆风月玉堂春。

武帝征和二年即公元前 91 年秋七月，未央宫发生了"巫蛊案"。

按照道侯说、使者江充等谎称"在太子宫挖到了木偶人"；壬午，太子刘据与皇后共谋杀死江充，太子以皇帝符节征调汉军，与臣相刘屈氂在长安城大战，死者数万人。庚寅，太子刘据逃亡，皇后自杀。武帝便开始布置城门算不了屯兵。在符节上加上黄旄——改换符节。御史大夫暴胜之、司直田由于在巫蛊案中失职，造成混乱，被处死刑。八月辛亥，太子在湖县自杀。

征和四年（公元前 89 年）刘贺才四岁，巫蛊之祸的风波终告结束。正月，汉武帝刘彻东巡，求神仙；三月封泰山、石间。霍光从侧面打听到，刘据死后，刘彻晚年多病，十分思念自己的儿孙们，想起李夫人生前关于对昌邑王关照的交代，他认为机会来了，便又命田延年前往昌邑王府，顺便了解刘贺的学习、生活境况。

当时，龚遂正在向小刘贺讲述骑射知识。待训导完毕，田延年凑上前去试问刘贺说，你知道你出生的情景吗？刘贺应道，母亲对我说，那是惊蛰节气的亥时，当时正遇月蚀，狂风天黑，陨石从天降落；又问他知道李广是谁吗？刘贺自豪地应答："他是我的舅舅——贰师将军。"想了一下又接道："为得良马，皇爷爷曾命他征发属国六千骑兵，还有郡国恶少数万人前往大宛国……"田延年打断刘贺的话，一语双关地说："错了！我问的不是你舅舅，而是李广。"李广是将门的后代，世代传习箭术。文帝十四年（公元前 166 年），匈奴侵入萧关，李广以良家子弟身份随即抗击匈奴，以一当十，百发百中。后很快便升为中郎，又由郡太守调为未央宫的卫尉。

田延年向龚遂交换了个眼色，提示了"虎、石"二字，龚遂心领神会，向刘贺说了个"射虎入石"的传言。说是有一次，李广外出打猎，他看见草丛藏有一只老虎，便立即弯弓搭箭，猛射过去，一箭射入石缝里，陷没了箭头。再仔细一看，原来是块巨石。李广惊异，于是重新又射，却再也射不进了。刘贺眨巴着眼睛，似乎没有听懂，田延年便考问刘贺说，你从这一奇事悟到了什么？刘贺略思片刻，昂首应道："射虎入石，只不过是个寓言，不能当真。但这个故事告诉我们，无论办什么事情，都要全神贯注，一心一意把一件事情做好，这是一个人成功的关键。"田延年点头赞许："说得好！王子，你可要记住啊，什么时候办什么事，有时要把金子扔掉，有时要把石头捡回来。只要看准了目标，刻苦训练，持之以恒，就一定能够成功。"刘贺乖巧应道："我记住了。"

这时，有一位老先生走了过来，身穿便服。他姓王名式，字翁思，东平国兴桃县人。著名大儒，其弟子许多后来都成了朝廷的博士。他精通《论语》《孝经》和《易经》，性正直、豪爽、自尊、自重。喜爱骑马、打猎、下棋，是一位既古板又快乐的老先生。

刘贺早就听说过王式的大名。一见老先生过来，便热忱迎上去，向先生恭敬施礼、请安。王式在与他交谈过一段时间后，把王吉拽到一旁，笑道："小王子资禀聪明，爱好读书，尤其是孔书之类，可天生轻佻贪玩，猎奇好动。弓马娴熟，放荡不羁。"王吉说："所以，大王才点名把你请来，师出高徒啊！"王式恭谦地说："金玉不琢，美玉不画。刘贺本身就是个天才，再说有二位辅臣教导定能成大器。"说着便把刘贺"赶"回书房孔贤斋，监督他读书。可刘贺早已溜之大吉，不见他的踪影。

平日里，在昌邑国，刘贺确实贪玩。因此王式对他盯得很紧，一刻也不放松。王式教授刘贺《诗经》三百零五篇，早晚吟诵，让其学到忠臣孝子的篇章，还多次引导他学以致用；在讲到亡国无道的君王时，常常伤心欲绝，不止一次对刘贺痛哭流涕。王式见弟子每聆听一次教诲，都陪着他流泪。因此在王式的印象中，刘贺一直是块好材料，是个好学生，不会做出什么不忠不孝的"出格事"，便从未向上写过一份谏书。

然而，开始时刘贺与王式一起学习、生活，很是快活，但当摸透了老先生的"下棋套路"与"老式教法"后，便对先生不太感兴趣了。

孔贤斋左侧有三根大圆木柱子。刘贺每答对一次王式便用刻刀在木柱上竖划一下，于是木柱上密密麻麻、横七竖八留下了无数道刀痕。他这样做目的有二：一是"记功"，二是好玩。

王式对刘贺真可谓耳提面命，煞费苦心。刘贺晨钟暮鼓，择善而从。他颈项上挂着一把刻刀，用于记录刻字或修改文章。王式平日总监督刘贺背诵古训，尤其是强记孔孟警言，但大多是囫囵吞枣，并未消化。但刘贺聪明伶俐，一点就通。每日一入学中，王式或设言托意，或咏桑寓柳，增强了他对学习的浓厚情趣。如斗谜出自民间，且讲究诙谐、寓意。王式忽想起智臣东方朔喜欢与郭舍人斗谜，便从"田野无量猜天空，绵羊无数猜星星，牧人长角猜月亮"的比喻引入，与他来了个"猜谜有奖"活动。常以刘贺最熟悉的"人体"开始，如指着他的脸出题说"老大老大，大头朝下"，刘贺便能猜出"鼻子"；又摸着他的头出题"东葫芦片，西葫芦片，大大两眼看不见"，刘贺便可猜出"耳朵"。即使在平日也不放松，巧出谜面让他猜。如正月十五龚遂携刘贺上街观灯，又出谜说"稀奇事情多，纸里包着火"，刘贺应答不上，王式又出题"细细篾，打篱笆，篱笆里头开朵花"，刘贺应答："灯笼！"王式用这种方法引导刘贺"识字、想象、比兴与破谜"，渐渐地，昌邑王府内外，刘贺便成了"猜谜能手"。母亲对王式"形象传授法"很是赞赏。

王式主要引导刘贺初读《诗经》《论语》。刘贺年龄小，当然是先易后难，死记硬背，过目便忘，但刘贺却对《史记》发生了兴趣。《史记》成书于征和二年（公元前91年），此时刘贺才两岁。长大后在读《史记》时，唯一的收获便是认识了该书作者司马迁的大名及传奇故事。

刘贺七岁时，夏天的一个下午，他发现几个小乞丐，爬上昌邑王府后花园围墙偷桃子。被侍从发现便禀报了刘贺。刘贺随即赶到现场，见窃桃者身材高大，衣不蔽体，一股怜悯之心忧然而生，便充当起《史记》《淮阴侯列传》中那个施舍韩信的老太婆，命仆从连续几天施粥给乞丐，还给他们许多好吃的。偷桃者姓鲁名越，父母早逝，无家可归。可待鲁越吃饱喝足之后，刘贺忽又想起韩信的"胯下之辱"之典故，为了逗乐又恶作剧，命令鲁越从自己胯下钻过去。鲁越不从，但为了填饱肚皮还是向他胯下钻，可刘贺双腿跨度太小，乞丐怎么也钻不过去，刘贺干脆骑在他背上，打起"马马肩"来。刘贺跨在鲁越背上，禁不住哈哈大笑，十分开心。

提起刘贺的玩兴，即使坐在孔贤斋"苦读"，却是眼看书本，心却飞至户外，且最擅长断章取义，找到"玩"由。比如孔子在护卫"尊严"的《仪礼》中规定，君子就有"乡射"与"大射"的能力，就连"乡射"使用的箭耙、尺寸、耙心的大小、箭道长度等等，均有精确的规定。如骑马规定，"使者私下去见国君，要捧着五匹锦，一手牵着四匹马的辔绳，另有两人在两马之间协助牵马"等等，刘贺巧舌如簧，滔滔不绝，龚遂无言以对，便准允刘贺功课之余做些"骑射"之类的游戏。

久而久之，刘贺便没有这种耐心，有时他一跨在箭羽背上，箭羽便烦躁不安，胡奔乱跑，刘贺便操起鞭儿狠狠抽它，有时还把它训个半死不活。刘贺越是这样，箭羽越是跟他作对，待他一上马，便弓起背或扬蹄乱蹦，把他从马背上摔下。刘贺也不示弱，拉住缰绳欲与它斗到底。

龚遂便考问他说："孔子在《论语》中有句警言，'怎么才能说自己是好学'，你还记得吗？"刘贺应道："一个好学的人，没有时间去寻求安闲。符合正义的事就迅速行动，而言谈要谨慎。谁有高尚品格就向谁请教，使自己能分清是非。能这样做，就可以称自己好学了。"龚遂继而说："是啊是啊，正如这箭羽，它本是一好马，你要它跑得快，却并不是要你用鞭子抽打它，若它对你好，它只要闻到你身上的气息，就知道你是它的主人；你骑它时，它只要听到你的甩动的鞭响，眼见你甩鞭的模糊影子，它便知你心里想什么，听从你的指挥，遵照你引导的方向前行。"

刘贺这才大悟，乖巧地应道："我明白了，因为骏马也有灵性，不待驱策，只要它眼前出现浮动鞭影，便可认准方向疾驰如飞。"

小小的刘贺对眼前这匹好马，既喜爱又畏惧，便远远地站在一边，那股子"打破砂锅问到底"劲头又上来了，探问："先生，这是一匹什么马啊？"龚遂笑道："它叫汗血宝马。它出自西域地区，那儿大多是沙漠地带，气候干旱炎热，牧草生长不良。正因这种马生活在这样恶劣环境里，因而培育出它吃苦耐劳、跑得快、持久力强的个性。故它以短距离速度快的优点，闻名于世。"小刘贺又问："为什么称它为'汗血'呢？"龚遂见刘贺对"汗血马"饶有兴趣，便示意刘贺走至箭羽跟前，一面用手指轻轻梳理着它的鬃毛，一面笑道："这种马皮肤较薄，这家伙在奔跑时，可以看到它的血液在血管里流动；此外，汗血马的肩部与颈部流汗流得厉害，马在出汗时，往往'先潮后湿'，若是枣红色或栗色的马，出汗的那部分颜色就变得更加鲜艳夺目，更显出汗血宝马的富贵与帅气。"

"我姓刘，是皇家的王子。"小刘贺挺起胸膛，大声应道，"我也要像汗血宝马一样，日行千里，永不停息。"龚遂高兴地赞道："好啊，好啊，我们的昌邑国要出千里马了！"刘贺沾沾自喜，也笑了，笑得很甜。正是：心猿意马驰千里，浪蝶狂蜂闹五更。

从此之后，刘贺便按龚遂"天人合一"之法培训箭羽，渐渐摸透了箭羽的脾性，当它发脾气时，他便一面抚摸它的鬃毛一面哄它爱抚着它，顺和着它；若它烈性暴性、犯了错，他便大声吆喝，拉马缰或用腿夹马、用马镫触马，让它知道主人对它的处罚之意。他还训练它用灵敏的耳朵，聆听主人口吹呼哨。只要听到刘贺猛吹一声呼哨，箭羽便闪电般地飞奔过来，乖乖甩动着尾巴，等待主人发号施令。渐渐地，箭羽便被他整得服服帖帖，与他形影不离。

龚遂见刘贺越来越有悟性，甚为高兴。却又发现刘贺有个毛病，即大小道理一点就明，且示"坚决改正"，事后却全丢到九霄云外，施行它比登天还难，龚遂想了个法子，把那支马鞭儿悬挂于孔贤斋窗前，使刘贺抬头便见马鞭，以鞭策他勤奋苦练，博古通今。龚遂则以儒家思想为主，向刘贺传授"六艺"，即"礼、乐、射、御、书、数"六门课程。刘贺很有兴趣，十分投入。

说起刘贺的"玩兴"，与众不同。即使是"玩"，刘贺也要玩出个名堂。比如骑马，平坦大路他不走，偏偏要选那些坑坑洼洼小路跑。人家日行八九十里就很吃力，他却"半日行一百三十五里"，哈哈，速度比飞箭还快。又如驾车，常常卧立于马车前板，紧紧抓住那根驾驭箭羽的缰绳，向前疾驰，车后扬起尘埃。口中还声嘶力竭呼喊着驾车口令，不停地调动奔马驰骋的方向，在旷野中驰骋不止，王吉见了便劝他说："大王，你这不是在保养身心，不是在延年益寿，更不是在提高品德修养，而是摧残自己啊！"

王式又教他如何在紧张的学习中放松、休闲，珍惜时间和生命，引导他说："大王可以在学习休息的间隙，俯仰屈伸，锻炼身体，步履进退，充实下肢，吐故纳新，练习肺腑，养息调神，涵养精神。人注重了养生，不比在旷野中恣肆更好些吗？大王如果能够留意这些，心中就会有尧舜的志向，身体也会像乔松那样健康。这样，你自然就会得到福禄的享受，使得社稷得以保全。"刘贺刚开始觉得好玩，但做到半个时辰就厌烦不愿做了。

有一次，王式考问刘贺："你知道天有多大？地有多宽？我大汉江山社稷有多少人？多少物产？"这可把刘贺难倒了。王式便命善仆抱着数捆竹简走了进来，往地上一堆。刘贺傻了眼，惊问："这是先生给我加的功课？"王吉说："我大汉地大物博，祖上给后人留下了丰富的文化、物资遗产。竹策所书，是全国各地特产名录。请大王过目。"刘贺问这也要记？王式点了点头。刘贺问他为什么。王吉应道："今天你是诸侯王，将来你做了皇上呢？孔子曰，'学之之博，未若知之要；知之知要，未若行之之实'。学习不取系实际，学了也无用；再说，将来你若当了皇上，对我大汉江山社稷，胸中要有一本账啊。全国各地出产什么，若外国人问起，你一问三不知，那怎么行呢？"刘贺这才点头悟道："行生言之有理。好在脑袋瓜子灵，对于全国及主要地名及产物，背得滚瓜烂熟。"

在王府孔贤斋，龚遂遵武帝"以仁治国"遗志，向刘贺传授礼、乐、射、御、书、数"六艺"。刘贺日渐成熟，辅臣监督弟子苦读孔子《论语》《春秋》和《诗经》《尚书》与《孝经》，刘贺虽没花太功夫，却能背诵孔圣警句名言，但大多为囫囵吞枣，不解其意。

光阴荏苒，捻指之间，刘贺渐渐长大成人。始元六年（公元前81年）刘贺十三岁，每当他面对"孔子立镜"，却又是一番感叹："《诗经》曰：巧笑倩兮，美目盼兮。有了这面立镜，我能看到自己美好笑颜，良好的心态！镜子，这是个好玩意儿！"

不知为什么，这一年，他似乎懂事多了，且对孔子立镜产生了一种特殊的情感。此镜镜架主体为方框形，以稍厚实的方木合围，中间嵌置镜面和镜背。镜架四周或有雕饰漆绘。镜架稳稳当当地立于镜座之上。硕大的镜面呈方形，以铜铸磨成型，高约八十五厘米，宽约五十厘米。镜背为漆木材质，绘有孔子及弟子画像，书写着孔子及弟子的生平事迹。四周镶有外框，漆屏上面绘有孔子画像，足有九尺六寸。孔子、颜回、叔梁纥等响亮的名字令人心驰神往。七行隶书文字记载着孔子"字中（仲）尼，姓孔，子氏"。立镜第二列文字"鲁昭公六年，孔子盖三十"可推算孔子出生年为鲁襄公七年（公元前566年），比《春秋公羊传》《春秋谷梁传》

中的记载早十四年，比《孔子世家》中的记载早十五年。刘贺面对这段文字沉思：呵呵，孔圣一路走来，虽经坎坷，却活到了八十又七岁，真是一位值得我们敬仰的大智者、老寿星啊！

更令人耳目一新的是，此镜别出心裁：镜架上装有活页，是镜面附加的开阖遮盖设计，遮盖体也是漆木材质，其上依稀可辨认"衣镜""佳以明"等字样。汉代铜镜，多兴加铸铭文，寓情喻义。刘贺这一方镜，出有铭文，镜掩上刻有"衣镜""佳以明"等字样。

刘贺最感兴趣的是，衣镜背面的那首《衣镜铭》。每当他照镜子的时候，都要放声朗读衣镜铭：

新就衣镜兮佳以明，
质直见请兮政以方。
幸得降灵兮奉景光，
脩容侍侧兮辟非常。
猛兽鸷虫兮守户房，
据雨蜚雾兮匮凶殃，
傀伟造物兮除不详。
右白虎兮左苍龙，
下有玄鹤兮上凤凰。
西王母兮东王公，
福憙所归兮淳恩臧，
左右尚之兮日益昌。

每当刘贺读到《衣镜铭》第一、二句，心里便快乐起来：是啊是啊，这是哪一位开工巧匠，为我制造了这么一面好铜镜，既漂亮又明亮！

当他读到《衣镜铭》第五、六时句，心里便有一种更是勇敢无畏，脚踏实地的安全之感：呵呵，这是我的保护神，有了这面大镜子，那些伤人之物就进不了我的房间，它既可护身又可守宅，是我最贴心的保护神。一天后半夜，有一只老虎欲闯入刘贺宅地，抬头一看，发现了锈刻镜子上的朱雀，转头便跑开了。于是，刘贺心胸开阔，浑身上下都涌起一股青春的子活力。

还有一次，他一个人待在书房死啃书本，已经十几天没有外出狩猎，心里闷得慌，便向母亲提出休假两天，外出游玩，却遭王式与母亲的严厉拒绝，心里愤愤不平。王式便引导他反复背诵《衣镜铭》中的两句警言："心气平和兮顺阴阳，千秋万岁兮乐未央。"刘贺在默读至第十九遍时，忽联想到《孟子·告子上》一则有趣的故事：有个叫弈秋的，是全国最好的围棋手。父亲请他教授两名学生下棋。其中，甲生读书心平气和，全神贯注，一心一意听从弈秋的教诲。乙生虽也坐在那里听讲，却总在思谋着天鹅就要飞来，想准备弓箭去射猎。因此，乙生虽与甲生在一起学习，成绩却相差很远。

于是刘贺突然醒悟：心平气和，快乐永远。刘贺从《衣镜铭》中不但读到了做人做事的道理，还读到了孔子其人：呵呵，孔子，圣人！他先后到过卫国、曹国、宋国、郑国、陈国、蔡国、楚国。这期间，他曾经在陈国与蔡国之间受困，七天没有吃上饭，但孔子依旧不改初衷，坚持讲诵弦歌，表现了他乐观豁达的人生态度。

而真正使刘贺醒悟的，还是他十岁、其母梅氏身处生命弥留之际时。当时，梅氏迷迷糊糊躺在床上，有一种超脱尘世之感，便请龚遂把儿子唤到床前。刘贺见母亲脸色蜡黄，身子骨瘦得脱了形，便问她有什么话要说。母亲勉强一笑，连连摆手。

此刻，她没有忘记对儿子的训导，先对刘贺说了些"国之本在家，家之本在国"之类的话，又把儿子搂在怀里说："记住，玩人丧德，玩物丧志。"说着又昏迷了过去。待御医抢救苏醒之后，吃力地对刘贺说："记住母亲一句话：善御者不忘其马，善射者不忘其弓，善为上者不忘其下。"刘贺听明白了，这是母亲临终前的遗言，母亲是在训导自己：善于驾驭车马的人，不会忘记他的马；善于射箭的人，不会忘记他的弓；能把君主的事做好的人，不会忘记他的百姓。刘贺听到这里，禁不住跪拜在梅氏跟前，声泪俱下，应道："请母亲放心，孩儿记住了！"

忽然，母亲感到心脏被一只铁手掐住，血向头部涌上来，耳内嗡嗡地响。她对儿子微微一笑说："孩子，我要走了……"声音微弱，几乎叫人听不见。她微闭双眼，觉得自己正在死去。那个无情的、冷漠的、永远流逝而又莫名其妙的东西，像一团吉祥之云，正在天堂等候着她。刘贺紧紧抓住母亲的双手，生怕她离去。他声嘶力竭地呼唤着："母亲，母亲！你怎么，怎么啦……你醒醒，醒醒啊！"而后失声痛哭，泪水沿着他的面颊流了下来。

母亲之死给刘贺以沉重的打击。在守灵的日子里，他茶饭不思，常常失眠。几乎每天晚上都在恍惚中梦见母亲；他有时浑身发热，无精打采，困眼蒙眬，独坐房内打盹；或又一头撞在墙壁上，号啕大哭，呼唤道："五年前，父亲走了；现在，母亲也走了……今后我应该怎么办？怎么办啊？"

当即，刘贺走到孔子立镜前，反复品悟着孔子《论语》"人之将死，其言也善"之警言，暗下决心：修身养性，做个有识之士。

在未央宫寝宫内，刘贺回忆至此，不由眼睛湿润了，对严罗紨、侯夫人说："当时，我怎么会不理解父母遗愿呢？"侯夫人说："陛下，你现在不是明白了吗？你已继承了皇位。"刘贺却深恶痛绝地说："晚了，晚了！十几年的光阴都浪费了。"侯夫人严罗紨劝道："千金难买亡人笔。哎，一个人的生命是如此脆弱而短暂啊。"

在人世间，有些事说来也怪。本来，刘贺并不想当皇帝，他觉得自己根本就不是当皇帝的料，打算一辈子做个平常人。而且在昌邑国自由自在，活得很是快乐。就这样，已经足够了。再就是父亲生前给他灌输：人呀，赤条条来，赤条条去。"唉，若本王真的要挑起君王这副担子，还真有点难啊。"刘贺这不愿称君当皇帝的思想，一直藏在他心里。当时，侯夫人心中不悦，探问道："你不是不想接受绶带、玉玺吧？"刘贺苦笑道："不是不想，而是我无能啊。"侯夫人听到这里，心里凉了半截：这个傻子，他怎么会有这样的想法呢？

本来，刘贺心里有事从不瞒侯夫人，总是与她商量对策。侯夫人常常给他出主意、讲道理，一些重大难题便迎刃而解。可有时候刘贺并没有把藏在自己心里的真实想法对她说出。他觉得在这即将赴长安授受玉印的前夕，应该把那个"独自隐学"的秘密向她公开。于是在赴长安之前，刘贺便把侯夫人引到室内东侧，掀开悬挂于墙面的一幅孔子彩漆圣像，然后将藏在孔像后面的那扇小门打开。侯夫人探身一看，只见室内黑洞洞的，便疑惑地问："这是什么鬼地方啊，什么也看不见！"刘贺诙谐地说："老子曰：'人法地，地法天，天法道，道法自然。'室内虽无，无中生有。顺其自然。出神入化，造化在心。"侯夫人并未回应，而把目光投向室内，决意要探个究竟。刘贺爬上木梯将悬于屋梁的八盏连枝灯点燃，整个室内刹地亮堂起来。

侯夫人环周一看：哈！除了一张书桌外，四周堆满了一卷卷大小不一的竹简、木牍，以及有文字的漆筒和耳环等。桌上放有一盏鱼雁灯，还有一圆一方两块砚台，和青铜鹿状镇纸。侯夫人这才恍然大悟：原来，刘贺长大成人后，常常躲在这个隐秘之处读圣书、悟道理。顿时，刘贺"贪玩、恋色、敛财"及"糊涂、懒散、无能"的印象，从她心里一扫而光了。

在柔和、明亮的光线下侯夫人叹道："啊呀呀！大王啊大王，你竟然还留有这么一手！"刘贺嘿嘿地笑着："孔子曰：'逝者如斯夫，不舍昼夜。'在下迟钝无知，关在此处读书写字，修身养性，仅为消遣而已。"顿时，侯夫人面对刘贺肃然起敬：过去，刘贺留给她的印象就两个字：贪玩。可现在浮现她眼前的却是另一个人，另一张面孔。

刘贺叹道："人嘛，本来就有两张面孔，一为善良，一为邪恶。有这样一种人，他出现在公众面前时，温柔敦厚，笑容可掬；而背地里却是阴险毒辣、张牙舞爪。但这种恶者极少。在人世间，和谐、善良、美好还是绝大多数的故《周易》有句警言：'善不积，不足以成名；恶不积，不足以灭身。'我不想成名，也不想灭身。"侯夫人问他何意？刘贺笑道："我就是不想继位去当那个皇帝。"侯夫人简直不相信自己的耳朵，惊问："你疯了！你这是为什么呢？"

刘贺说罢，又从竹简堆里取出一沓《纪事》摊于桌案，意味深长地说："你看，这是前人记载以前皇帝的功过是非的竹简：有勾践卧薪尝胆，有尧舜禅让、大禹治水、周公辅政，有忠臣被诬陷致死等等。"当他说起禹的父亲鲧被杀的历史事件，不由有些心酸。当时，尧传天下于舜，鲧谏曰："不祥哉！孰以天下而传之于匹夫？"尧不听，举兵而诛杀鲧于羽山之郊；又说到周厉王时，公子山杀胞兄胡公，自立为齐献公，胡公子出奔。后献公孙厉公即位，胡公子回来夺位，杀厉公，胡公子也战死。

刘贺说到这里停顿了一会儿，又把话题引至那段活生生的西汉早期历史：

西汉高帝一死，吕后便先将戚夫人囚禁服役，剃去头发，穿上赭衣，犹如犯人，不许其母子相见；陈皇后十多年无子，便用巫蛊术陷害武帝宠爱的卫夫人，谁料施巫术者被抓住把柄，结果陈皇后被废、女巫服被杀；太子刘据被人陷害，无辜落下个"造反"的罪名，刘据带着两个儿子走上逃亡之路，最后在湖县泉九里自杀……

侯夫人耐着性子听着，见他对这些事情如此熟悉，甚感惊讶，这使她看到了刘贺的另一面，也理解了刘贺为何要"打退堂鼓"：原来，他从史书里找到了另一种活法：保存生命，品赏古玩，做个自由自在的人。

但当她发现刘贺藏于心中"不当皇帝"的底细后，却忍不住骂道："大王你疯啦！眼看皇帝宝座就要到手了，你却放弃？这是为什么？"

刘贺正要与侯夫人争辩，忽听敲门声，声音很轻，话音柔和而甜美，刘贺知道是另外两位宠妾来了，便让准许她俩入室。

二妾身材妖娆，如花似玉。一个是舞女崔倩云，出身于官宦世家，以身体轻捷、舞艺伶巧博得刘贺喜爱。她虽个性内向，但有见识、有胆量，对爱情忠贞不渝，为求得刘贺真爱甚至可以以命殉情。但负心的刘贺使她大为失望，并陷入极度痛苦之中；另一位名叫刘梦莺，是刘贺欣赏的歌女。梦莺父母早逝，是个孤女。姿容妙曼，歌喉婉转。性格开朗、大方。她常与刘贺你贪我爱，亲密无间。但这个女子并不平凡，她看破红尘，厌恶人世间的一切男人，对刘贺之爱时隐时现，始终把爱情当作儿戏。她俩是来探问大王"何时动身"接受符节、玺印的。眼看刘贺就要登基当皇上，争宠竟做皇后又成了她们的热点，刘贺早就预料到了这一点，便保持沉默，倩云和梦莺也只有不欢而散。

待二爱妾离去后，刘贺才向侯夫人坦露隐藏在自己心里多年的真情："不管是君主还是百姓，灾难一到，便难以逃脱。"侯夫人顺从地应了声："关键是'防'。圣人把无缘无故获得的利益，看成是灾难。"刘贺应道："夫人不是在说我吧？那都是过去的事。现在，我不会。"又叹息一声，"唉！谁不想做皇帝呢？皇帝万人之上，吃喝玩乐，随心所欲。"侯夫人见刘贺回心转意，便冲他嫣然一笑问："这是你的心里话吧？"

刘贺见侯夫人有当皇后的心愿，发现她在向自己探底，便对她说："本王对天发誓，苍天在上！诏书一到，我将携夫人乘坐七乘传车赴长安，亲自主持先帝丧事，接受皇太后颁发的符节、玺印，继位登基。"侯夫人见刘贺并不放弃皇位，且十分看重自己，异常高兴。

侯夫人当然知道：只有皇后才能统领后宫，只有皇后才有权利册封升降所有除侧皇后以外的妃嫔。想到这里，压在她心中的那块石头终于落地。而严罗紨却对此不感兴趣，她从不向刘贺提任何要求。即使是她看出了侯夫人隐藏在心底的想法，也恭谦地表示，无论才貌与品行，臣妾都不如侯夫人。这一点，侯夫人十分感动。

然而，其实刘贺对侯夫人所说并非真话，只不过"蒙混过关"而已。现在，侯夫人终于如愿以偿，她怎能不高兴呢。正是：只为夫妻情爱重，一心想做白头人。

在未央宫内，刘贺回忆到这里，又想起了自己惊天动地的出生时的情景，不知从哪儿摸出一只马蹄金、一个陀螺，把它放在手里玩弄了一番，叹道："元风生宝玉，大海出明珠。大鹏虽不鸣，一鸣则惊人。当时，朕也是一鸣惊人啊！"记得刘贺出生的第二天早晨，刘髆刚一觉醒来，善仆便匆匆跑来禀报说，小王子出生时的那块陨石，恰好降落在王府后院的潍河滩。陨石已摔成碎片，更为奇怪的是，从陨石碎片缝隙里竟钻出了一朵奇葩。刘髆让他说得具体一些。善仆却摸摸后脑勺说不清楚。正是：开天辟地罕曾闻，从古至今希得见。

善仆所说的那朵"奇葩"，究竟是什么？刘髆为何如此忧心如焚？且看下回分解。

第五天（六月五日）

陨石异事

　　记得当时，次日一早，刘髆便邀中书令大小官员与随从，赴后院潍河滩察看现场奇景，果真如此，那朵昙花足有尺把长，花下部分有一长筒，好像女人长裤一条腿，花瓣雪白晶莹，素净质朴，飘逸出醉人香气。可不久它就凋谢了。"这究竟是怎么回事呢？"刘髆回到府中，坐立不安。想想儿子降生时陨石垂落，碎石缝里竟还长出一朵昙花，心里的疙瘩怎么也解不开。龚遂笑道："我虽没有亲临现场查看，但有与无是相互对立产生的，难和易也是相互对立而形成的。这世界的人和事呀，既相互对立，又相互依存。"

　　刘髆知道，这是老子名言"有无相生，难易相成"之意，便笑着叹道："先生言之有理。古人云，功名之处，不可久留。昙花一现，或许预示孩儿将来长大，无论取得多大功名，都不能长久。"龚遂见老大王心理负担颇重，便向大王敲"警钟"说："我以为这有两个含义：一是昙花一现，小王子将来长大成人，无论是官衔多大，均不能长久；二是即使是他当上了皇帝，也是在夹缝里生存。若老大王觉得它无，昙花一现之意便销声匿迹。"刘髆将信将疑，没把它太当作一回事。

　　关于刘贺降生时"陨石垂落""昙花一现"的异象，这里暂且不说。

　　单说那天一早，刘贺从东阙缓缓步入灵堂准备为昭帝守灵，却遇刘胥也在。刘胥来此目的很清楚：一是表明他对昭帝的感情和孝心；二是取得霍光百分百的信任。刘胥一入室便在昭帝灵位前号啕大哭，哭得撕心裂肺，差点昏厥，但眼眶里却没有一滴泪水。刘贺站一旁看着，在心里说，四伯也是假哭呢。他只见刘胥烧纸、焚香、跪拜，然后面对帝灵放声悼念：

　　天神登上高坛，众神围绕四周，谨慎于奉承圣旨，听候发下德音。天地四方汇聚，后土制数为五。海内祥和安宁，重视察修文偃武。后土之神富庶，三光之神昭明。众神端庄优游，黄帝嘉服尚黄。

　　刘贺一听便知，刘胥唱的是刘彻《郊祀歌》中的《帝临》，并非刘胥所作。本来，这位不可一世的广陵王在刘贺心中占有一定的位置，听罢这首"炒现饭"祀词，威信陡然一落千丈，刘贺在心里痴笑道：嘿嘿，原来这位叔伯的肚子里也就那么半桶子水啊。刘贺虽然这样想着，对这位叔伯的兄长却从不记恨，依旧向他投以和善与友好的目光。

刘胥盯了刘贺一眼，内心充满嫉妒，两眼冒出仇恨的火光。但在大将军霍光面前，他还是忍住了，伪装"失去皇帝"极痛苦的模样，把"哭丧"的戏做足，于是跺脚哽咽，泪如雨下，痛苦欲绝地对霍光说："皇帝驾崩，臣心如刀绞。骨肉之亲，义如手足，难舍难分，怎不叫我难过呢。这些日子，本王茶饭不思，度日如年，不知多少回在梦里遇见我的好兄弟孝昭皇帝啊。"说着又跺脚捶胸，号啕大哭……

霍光席地端坐，沉默不语。在他周围还有几个大臣跪坐于地上。霍光看不见他们的脸色，只能听见呼吸声。刘贺和刘胥也跪坐在那儿，心儿跳得厉害，连脸上的肌肉都在跳动。刘胥身子骨宽大，占了大半边的席位，把瘦小的刘贺挤到一侧，使他显得格外软弱、无力。霍光用眼睛瞟了刘胥一下，用心察看着他如何表演。

关于"哭丧"，霍光早已注意到了，刘胥是"光打雷、不下雨"，只听见他号啕的哭声，却不见眼泪。至于那一连串"心如刀绞""难舍难分"的空乏之语，霍光越听越厌烦。因此，大将军既无赞语，也不恼火，而是安静地等待他表演完毕。

其实，老谋深算的霍光在心里琢磨刘胥来此"哭丧"的真正目的。

刘贺跪坐在先帝灵前，哭丧着一张苍白的脸，下嘴唇颤动着，欲哭却又不然。他的想法十分简单，他对霍光那脸上沉稳与悲伤的神情，除了感动更是敬佩，对这位忠臣爱国爱家、辅佐孝武皇帝幼子的敬业精神，崇拜得五体投地。而对广陵王刘胥"虚假哭丧"并不反感，他心里想：关于哭丧，其实是孔子论著的一大失误。孔圣在"礼"中提倡"先殡后葬"。周代规定天子七日殡，七月葬；诸侯五日殡，五月葬；大夫三日殡，三月葬；葬后还要服丧三年。这些都勉强说得过去，就是这个"哭丧"有点荒唐。什么"丧主哭拜，叩首，哭时捶胸顿足，还要泪流满面"等等，以示丧者悲哀至极。可刘贺心想：面对死者，没有真实的情感怎么哭得出泪呢？本王这次为孝昭皇帝奔丧，若不是朕胡思乱想，联想到恩父慈母的仙逝，我怎么哭得出来呢？至于刘胥背后隐藏的暗枪明箭，以及霍光大将军对皇权的隐秘谋划，刘贺依旧一概不知。

然而，霍光对刘胥的"哭丧"表演却看得一清二楚。刘胥"哭"毕，轻松地站了起来,脸上绽出了几分满意的神色。霍光安抚道:"请广陵王节哀。古话说:'其生也荣,其死也哀。'其实,人都是要死的,这是必由之路。若这个人活着的时候,行善积德,光明磊落,留下芳名,后世者谁都会仰慕他、敬重他、记住他。丈夫之事,盖棺而论。"

刘胥接道:"大将军慧眼如炬,看得深沉、远大。生者为过客,死者为归人。卑下一贯把生与死看得淡如水,若与护卫我大汉江山社稷联系在一起,卑下又把生看得比山还重。俗话说,人为财死,鸟为食亡。人生在世,不就是追求个名和利吗?"

刘贺听罢,忽想起孔子关于对"仁义"的解释:天人合一,天人感应,无论对人、对事,都应亲近它,关爱它,怀一颗善良的心。想到这,便开口反驳广陵王说:"大王此话不妥。在人世间,无论人与鸟,都是为追名求利而生存的吗?"刘胥一听便上火了:嘿嘿,无论辈分、能力还是威信,你一个小小刘贺算得上什么,竟胆敢在大将军面前教训起我!便怒形于色,反问:"刘贺小侄你想想,从昌邑至长安奔丧的路上,你都干了些什么?"刘贺睁大眼睛应道:"没什么呀,除日夜兼程、赶路、吃饭、睡觉就是哭丧,还能有什么呢?"刘胥翻了翻自己连夜赶写的奏折,气愤地往桌案一摊:"你看看你都做了些什么?"

刘贺见竹简上涂涂改改"一二三四五……",也看不清上面写的是什么,便付之一笑:"大王在练字呢,这字写得漂亮,就是显得有些零乱。"霍光扫了一眼竹简的标题"谏昌邑王十大罪状",先是惊愕,后来声色不露,从中委婉地劝道:"广陵王,一笔难写个'刘'字,都是宗室,有话好好说。"

霍光这才了然于胸:刘胥是为诛谏、弹劾刘贺而来。霍光对刘胥并不反感,因刘胥此举正中霍光的下怀,因为在此之前,他对刘贺一路奔丧的种种表现早有所闻,他关注的根本并非刘贺的无能与劣迹,而是他登上皇帝宝座后,对自己的态度,自己能否控制他手中的皇权的问题。但在尚未下决心改变之前,他这一心理状态丝毫不露,而是以"有话好好说"的口气,欲套出刘胥诉求刘贺的关键事实,以便更好地把控刘贺,也摸一摸刘胥的底细。至于"刘胥是否继位",这位深谋远虑的老臣早已下定决心:此人不可称帝。

刘胥察言观色,知霍大将军久经沙场、城府很深,已从那"有话好好说"中发现,霍光是在诱导他在昭帝灵前指责刘贺,将来两败俱伤,如何收场?即使是揭发、弹劾刘贺罪状，也不能在皇帝尸骨未寒的灵堂上，而是在上朝时。刘胥虽压着满腔怒火，却又忍住了，对刘贺说了声"望多保重"，便拂袖而去。霍光却叹了声"好汉"，后又席地而坐，微闭着眼睛。大将军这句"好汉"，显然是对广陵王的讽笑。

然而，刘贺主持先帝刘弗陵丧礼，不知怎么他在灵前，忽想起小时候母亲讲述的自己出生时的情景：

记得那一天，刘髆来到梅氏暖阁。阁内几案那只博山炉燃得正旺，香气满屋飘溢。梅氏和衣半卧于床榻，怀抱宝宝，面带微笑；几个婢女正在忙碌，忽儿递上香料毛巾，忽儿端去莲子参汤，还有的在窗前几案摆上古筝，正准备为夫人弹上一曲礼乐。刘髆性情随和，连忙招呼女琴师为夫人奏曲，可夫人却吩咐奴婢们都下去，要跟大王谈谈话。

俗话说：不孝有三，无后为大。刘髆疼爱梅氏，还有一个重要原因：她为刘家添了个小宝贝。只见他长得活泼可爱，粉粉的脸蛋儿略带黝黑，那弯弯的秀眉，直挺挺的黑发，眼睛细小却有神。刘髆从妻子手里接过儿子，嘻嘻地笑着，哄着，快乐得像个孩子："呵呵，这就是我的儿子，未来太子！"梅氏笑骂道："哼，大王尽做皇帝梦，依臣妾之见，还是做个平民百姓好，省心，无忧无虑。"刘髆虽然心不在焉，却盯了妻子一句说："择子莫若父，择臣莫如君。"前几天，皇上亲自赐给小王子"贺"名，还赏赐了九只马蹄金。这个特大喜讯传至府中，王府内外喜气洋洋。锣鼓鞭炮齐鸣，大红灯笼高高挂起。刘髆由此联想到理政，情不自禁地吟诵着孔子警言："君子的道德像风，小人的道德像草。风吹向哪边，草就倒向哪边。"其寓意为，孔子不同意用杀戮的方法理政，而主张用道德感化老百姓。梅氏听大王警言串串，又笑骂一声"书呆子"，便给宝宝喂奶去了。其实在刘髆心里，除了孔书便是贤妻，王府内外无人不知。现在还要加上一个小王孙。梅氏的眼睛笑得像桃儿，满面泪光：大王的愿望终于实现，我怎能不开心呢。

这时，许管家拎了个布包儿，从外面匆匆走来，脸色一阵红、一阵白，像丢了魂似的。许管家把大王拽到室外，刘髆把眉头一皱，惊问："茂昌，你这是干什么？"许管家禀报说："这是在梅氏寝宫西窗发现的。"苏红接过一看：这是个用桐木雕的小木偶，背上画着写着一婴儿之像与生日，胸前还钉上钉子并用麻绳捆住木偶双手。

刘髆一看到这些，霎时脸上变成了灰色。他的眼睛同火一般红了起来。再也站不住了。许管家立即搀扶着他，劝道："大王可别动气，千万别发火。或许……或许，这是什么人恶作剧，闹着玩的……"

"胡说！"刘髆再也沉不住压在心头的火气，追问事情的来龙去脉。许管家如实相告：这是在夫人寝宫西窗下发现的。刘髆一听大惊失色，立即由月蚀、陨石联想到这"西窗木偶"，在心里默念道：难道这是有人使用巫蛊之术？想到这儿，连身子也站不住了。许管家立即搀扶着他，安慰说："或许……或许是哪个恶作剧、闹着玩的？"刘髆瞪了他一眼，便走开了。从此，他茶饭不思，彻夜失眠。可母子平安，安然无恙。加之苏红的精心照料，孩子长得白白胖胖，真讨人喜欢。可刘髆心里却一直有个疙瘩，怎么也解不开。

这些日子，刘髆胡思乱想：难道是这个"贺"字不吉祥？便把王式和龚遂、王吉找来，欲探讨个明白。龚遂和王吉都谈了自己的看法，可刘髆对他俩的解释都不满意，说只解了字面没有说到本义。

王式沉思片刻后解释道："其实，名就是个记号，也象征一种意义。春秋的命名法大致有五，一信、二德三义、四象、五假、六类，即'以名生为信'、'以德命为义''以类命名为象''取于物为假''汲于父为类'；还有六项规条：不以国，以国则废名；不以官，以官则废职；不以山川，以山川则废主；不以隐疾，隐疾避不祥；不以畜牲，以畜牲则废祀；不以器帛，以器帛为废礼。"王式就那么一口气说下去，说到最后"废礼"二字，有点喘息。刘髆生怕先生出事，急忙亲自上前给他捶背、抚胸。王式摆了摆手，脸上皱纹绽出微笑："就这么些。"龚遂赞同地说："如'女娲'名，'娲，古之神女，作万物者也'；如炎皇为'太阳'，'尧'指的是'高'，含量有鸟的形象，尧加'日'为'晓'，含有'日出鸟喧'之义，'舜'则为'大'也，有正面大隼，即'图腾神'之义。"刘髆听后，觉得先生虽说得在理，却仍没有点在"贺"字上，依旧不满意。

次日晌午，刘髆心里闷得慌，便出门散心，却在王府门前望见一辆破旧不堪的牛车慢慢驶近。那牛车车篷前身窄、后身宽，是用稻草席栅搭起的，左右两侧开有窗洞，仅用草席垂下，便算是车帘。四面透风，给人一种凉爽的感觉。那头拉车的老牛儿显得有些悲怆，它虽瘦得皮包骨，却有着宽宽的背，四条壮实的腿，眼睛滴溜溜直转，是一条驯良的老牛。而车主长得很是古怪：浓眉掀鼻，黑面短髯，牙齿像城垛参差不齐。唯有那双灵活锋锐的眼睛，活像神秘的火炬闪着光亮。他穿一身粗布长衫，肩背、袖口和衣领都打了补丁，靴底开裂着缝，渗出泥浆在牛车踏板上留下水印。他驾驭牛车慢悠悠从王府门前辗过，挥动着牛鞭儿纵情唱道：

都荔芬芳，桂花飘香。
孝行奉天，如日月光。
四龙盘旋，昂首北游。
羽施华美，乐章缤纷。
尊崇孝道，华彩文章。

驾乘牛车者姓章，名子玄，豫章人。年约四十。章子玄是章文的后裔。秦汉期间，颍阴侯灌婴渡江定吴国豫章五十二县，这一年，灌婴着手在南昌建筑城池，并指派章文负责高计，初定城名为"灌婴城"。城广十里八十四步，辟六门，南曰南门、松阳门，西曰皋门、昌门，东曰东门，北曰北门。城墙为夯土所筑，是一座土城。从此，章文便在豫章生儿育女，繁衍后代。章文死后豫章人为其立祠于城北。

章子玄虽相貌丑陋，却通读四书五经，尤对儒学研究颇深。他从小敬仰孔子的弟子澹台灭明。澹台灭明，字子羽，春秋末年鲁国武城（今山东平邑县南）人，子羽随孔子学习三年之后，因长相丑陋被孔子遗弃。子羽便南游至江，率弟子三百，注重自学，后名声大振。孔子闻之感叹不已，说"吾以言取人，失之宰予；以貌取人，失之子羽"。后子羽游至豫章郡讲学，弟子数百。子羽病逝于豫章，葬于东湖之滨。后人在豫章为他修缮树立了"先贤澹台子羽之墓"。章子玄以子羽为榜样，除钻研读孔书外，还像子羽那样喜爱游历山水、寺庙、道院与书院，且广交民间有识儒士，在一起探讨儒学思想。"读万卷书，行万里路。"这些年来，章子玄春夏秋冬，早出晚归，出游祭孔、拜庙，收集民俗风情，撰写天下奇文。有诗云：

吟诗作赋般般会，打诨猜谜件件精，
不是仲尼重出世，定知颜子再投生。

最近，章子玄游学至济阳县，得知鸡鸣仙舍有一位儒学高士，年过七旬，姓颜名高，为"孔门七十二贤"之一的颜回的第九世孙。

颜高自幼博览群书，儒家仪礼，兵法武艺，无所不通。奉母尽孝，郡人敬之。后为武帝初年郎官，因为一个受冤者鸣不平而得罪朝廷某臣，被免职告老还乡。之后便在此兴建鸡鸣仙舍，传播儒学，树立德风。但他虽常在仙舍落脚，却居无定所，有时独自一人，来无影去无踪，神秘兮兮的，不知是游学还是办差。当地人又称他为"游侠"。颜高喜爱大自然，尤爱养鸡、戏狗、玩鹤，故给他的住处取名为"鸡鸣仙舍"。颜高一有空闲便坐在屋后山顶，遥望那一碧如洗、深邃无垠的苍穹，看那野鹤悠闲自在地翱翔，听它们时而低啼，时而齐鸣。

章子玄是澹台灭明代代相传的弟子，他驾着牛车来此地求学，颜高见他出口成章，便收他为关门弟子。

此刻，章子玄驾着在牛车扬鞭歌唱，虽嗓音沙哑，却精神抖擞。刘髆一听便知，这是父皇御笔撰写的《安世房歌》，曲子却是章子玄自己所谱。刘髆见这位驾牛车者长相奇异，便命家奴把他叫住。子玄停住了牛车，向刘髆施了一礼，问他有何见教。刘髆便把心中烦忧大致说了一番，并请他入府中喝茶指点。子玄见他面呈微笑，一番诚心诚意，便随他进入府门。

客主在镜湖洗心亭坐下，仆从在博山炉里焚上香烟，并生好小炉火，煮沸了泥壶香茶，二人边喝茶边闲聊。子玄自报家门后，刘髆才知道此人姓章名子玄，豫章郡人，其父章文是建筑设计师、画家。高帝五年（公元前202年）颍阴侯灌婴渡江定吴豫章五十二县，章文为灌婴出谋划策，建议"豫章当以诸道之术请筑城郡"，灌婴赏识章文，采纳了他的高见，便命他任筑城总指挥，并请他绘制郡图组织施工。咸德年章文卒于豫章，灌婴念他建郡有功，为他立祠于城北江浒。父亲死后，章子玄继承父业，博览群书，尤其苦读孔子儒学，擅长建筑、园林设计、绘图与施工，漆器、木雕、天文历法、禅理道术和诗琴书画样样精通。他豪迈洒脱，散金结客，颇有侠风义骨。章子玄崇尚孔子，坚持"读万卷书，行万里路"。

刘髆在与子玄边喝茶边闲聊中了解到，章子玄真不愧为大贤大儒。他在得势之时，能顺势施展胸中之才气，而在失势之时能伸能屈，待机而动。即使在避难穷困之际，也不苟且偷安，为权势折腰。他心目中唯一崇拜的便是儒学——孔书。

他不迷恋权术，却把《尚书》《论语》《孝经》研究得十分深透，并从中悟到了许多做人做事的道理。在章子玄心目中，董仲舒有"王佐之才"，而商代的伊尹、周代的吕望也不过如此。至于管仲、晏婴，也只能辅佐春秋五霸，与董仲舒相差还有一段距离。孔子视才如命，他的弟子颜渊死后，孔子痛苦地叹道："唉！天要亡我啊。"意思是说颜渊有"王佐之才"，其他的弟子宰我、子贡、子游、子夏都不行。董仲舒恰逢汉朝，继秦朝毁弃百家学说之后，《六经》遭遇厄运。而大才董仲舒发奋读书，潜心钻研，为以后的学者奠定了儒学的独尊地位。因此，子玄认为，董仲舒才是儒学的领袖，若没有董仲舒，武帝事业难以成功。因此，章子玄把董仲舒视为自己心中的偶像。最近，子玄登泰山祭天、采风返回途经昌邑王府，恰与大王刘髆相遇。

　　刘髆与子玄越谈越投机，便命巧儿把刘贺抱来，请子玄为儿看相。子玄从口袋掏出一块龟占，给刘贺看过骨相后，先说了些"贵贱贫富，命也。操行清浊，性也。非徒命有骨法，性亦有骨法"之类的话，又说："一个人的骨骼生成什么样子，与他的吉凶、祸福、贫富、夭寿关系密切。"在察、摸、揉、捏、搓刘贺骨相之后，章子玄让刘髆伸出一只手来，神秘兮兮地在他手心画了个什么符号，问他画的是什么，刘髆自然知道是"贺"字。章子玄点头称是，然后说了些他在泰山修道雾海神仙幻事，又针对这个"贺"字道："你看这'贺'字上为'加'，下为一个'贝'字，其本义为'礼尚往来''以礼相奉庆'。是说庆贺不是空手的，而是需花钱买礼物的。故有一则谜语'添钱'，谜底为'贺'。"刘髆侧耳听得仔细，探问此话怎说。章子玄品了口香茶，应道："十种之地，膏壤虽肥，弗耕不获。千里之马，骨法虽具，弗策不致。古人云：善败由己。再请大王细品这'贺'字上的'加'字，它由'力'与'口'组成，其寓意一目了然：人生在世，只有努'力'耕耘，'口'里才有饭吃，才会金玉满堂，享不尽人间富贵。毛羽不丰满者，不可以高飞！"又掐了掐指头，沉重地说："小大王与一个数字无缘。"刘髆急问："哪个数？"先生应答："二十七"。刘髆又问为什么？那先生一笑，神秘兮兮地说："天机也，不可泄露！"老大王觉得先生所说尚有道理，便命仆从赏他一些碎银，章子玄分文不取。刘髆又问儿子与什么有缘，章子玄说了个"马"字，便转身欲走。大王默念着"马"字，大感不解："不是有'千里马'之说吗？有何不好？"章子玄笑道："常言道：人有七贫时，七富还相报。人的贫富并非固定不变的啊。"想了一下又说,"大王,你把这有命无运、累及父母之物抱在怀里作甚?还不如早早舍弃!"

刘髆对章子玄这番刺耳之言胆战心寒,但赞赏他的直率与渊博学问。章子玄虽仅是句戏语,却引起了刘髆的关注。这些天来,他满耳听到的,全是"恭喜发财"之类的套语,唯子玄说了句真话,便请他继续往下解说。子玄却卖了个关子,谦虚道:"小巫见大巫,痴人说梦话,让大王见笑了。"说着拱手告辞。刘髆大为扫兴,便追上前去,敬请贵客留下一诗联之类。家奴备好笔墨绢纸砚,章子玄提笔略思,提议他与老大王共书一联。刘髆欣然同意,章子玄出于礼节请刘髆题上联。刘髆挽袖提笔,挥笔写道:

留黄鹤偶乘沧海月

子玄接过笔随即续对下联:

贺白云常带楚江秋

龚遂等臣品赏后拍手称妙。大王与子玄赏过一遍之后,也禁不住开怀大笑。于是,老大王把这幅趣联留存下来。章子玄离开后,刘髆珍藏此联。章子玄虽懂得一些五行、道法、相术,却从不信妖魔鬼神之类的巫术、邪道,刚才为大王解释"贺"名那一番言谈,虽说得有条有理、神秘兮兮,但乃出于爱好戏说,或出于儒家"仪礼"或"上者,民之表。表者,则何物不正"的传播,以提示大王对王子的教导之方,也算是一种"施善"吧。

俗话说:人不可貌相,海水不可斗量。章子玄虽长相不佳,却是个正直、乐观的儒生,若遇人世间一些奇异怪事,他也总会穷究不止。子玄与刘髆喝完茶后,主人留他午宴,子玄却以"从不沾荤"婉言推托。

当章子玄驾着牛车离开王府大门之后,又独自来到陨石降落之地,在那儿看了个明白:原来,就在刘贺出生的那一瞬间,有一块陨石降落在王府附近,但乱石缝伸出的那株昙花却是丝绢糊扎的,真假难辨。他拨动那堆破碎的陨石,从中发现一块被风化的石卵:呈椭圆形,约莫陶罐那么大。表面有层黑色熔壳,呈颗粒状，犹如玉球，晶莹剔透；整块陨石均浮现湖水波纹，西边尽处点缀着一个红点，恰似落日。昏沉夕阳下，隐约呈现几颗灵动的黑点，恰似仙鹤翱翔于浩瀚湖面。再仔细察看，禁不住令他惊得倒吸口冷气：陨石下方留有许多气印，像是仙人按下的手印，手印上有个篆体"贺"字，约有拇指大小。他出于好奇，便把这块奇石搬上牛车，并将那株绢扎的昙花放入袋中，乐悠悠地离去。正是：合意客来心不厌，知音人听话不长。

刘贺回忆至此忽然悟道：原来朕这个"贺"名，竟与自己的命根子联系在一起，还隐藏着月蚀的流光。故民间有民谣称：三五明月满，四五蟾兔缺。神话传说，月中有蟾蜍、玉兔。蟾蜍就是蛤蟆，哈哈哈，原来朕胆小如兔，命运还与蛤蟆有关啊。难怪母亲说，朕在出生的那一刻，山崩地裂，陨石落地，那破碎的陨石堆里竟然"昙花一现"。其实，这一切都不重要，《诗经》云：如月之恒，如日之升；《尚书》云：日月之行，则有冬有夏。在人世间，冷暖善恶，真假美丑，不足为奇矣。人生地根蒂，飘若微灰尘。关键是如何玩得痛快，活得开心。

刘贺正想着，不觉夜幕降临。未央宫却是另一番灯海风景。

刘贺心里高兴，便陪罗䌷与侯夫人在未央宫中随便走走、看看，只见花园内外星光点点，白石甬道灯火通明，势若游龙。两边石栏上，皆系水晶玻璃各色风灯，在微风中轻轻摇曳。那灯光如银光雪浪，上下翻腾。上面柳杏诸树虽无雪梅，却用各色绸绫纸绢及通草为花，粘于枝上，每一株均悬灯万盏；更兼池中荷荇鸟鹭诸灯，亦皆系螺蚌羽毛做的，上下争辉，水天焕彩，真是玻璃世界，珠宝乾坤，辉映着各式大小盆景，珠帘绣幕，桂楫兰桡，自不必说了。

刘贺叹道："太奢华破费了！"侯夫人却笑道："皇上登基，千载难逢。也并不过分。"略思片刻又为霍光点赞道，"多亏了霍光大人一番苦心。"刘贺点头应道："大将军，好人啊！'人有德于我，不可忘也；吾有德于人也，不可不忘也'。这一点，朕心里明白。"

是的，刘贺登基的第五天这番夜幕奇异灯景，霍光确实亲自派人精心布置"灯海"。其真实原因有三：一是表现自己诚心辅佐；二是在群臣中留下良好印象：霍光无私无怨无恨，忠实于武帝；三是给刘贺布下迷魂阵，使他坚信不疑：若发生政变废帝，与霍光毫无干系。

　　刘贺无忧无虑地想着，心里轻松而快活。可他并没有察觉到，从他迈入未央宫的那一刻起，已经如履薄冰，步步艰险。

　　当刘贺接了玉玺，回到宣室殿兴冲冲地跨入殿内，有大臣正在宫中等候了。龚遂发现刘贺怀里抱着玉玺走来，便急忙上前，双手托住他手中的玉玺，提醒他说："哎呀呀，陛下，千万要当心啊，千万要护好，可不能出丝毫差错啊！"刘贺这才发现自己只顾乐活，却粗心大意，又把霍光皇权"重如千钧"的嘱咐丢到了后脑勺。于是他干脆将玉玺交给龚遂，托请他帮着保管。龚遂却吓出了一身冷汗，连连摆手，婉言谢绝道："使不得，使不得！陛下，这可是皇上的命根子，情系天下啊。"说着命左右送上玉玺盒，请皇上亲自把它封存起来。又问他信玺、行玺呢？刘贺说："大概都在那儿。"龚遂见刘贺那懒懒散散的样子，又命左右呈上玉玺盒，小心翼翼地将它装入盒中，封存起来，妥善保管。刘贺虽不把这玩意儿看得多么严重，但还是慎之又慎地叮嘱左右说："保护玉玺，不能丢失。"

　　在先帝孝昭皇帝的灵堂内，刘贺并没有察觉有多少臣子、诸侯盯住了这枚玺印。而广陵王刘胥就是其中一个。然而，刘贺每每回忆起这些，心里总有一种说不出的滋味。记得当时，他望着刘胥酸溜溜地离开灵堂，凝视着刘胥远去的背影，触景生情，想起人生如此短暂，便鼻子一酸，热泪盈眶了。他想：亲人走的走、离的离，都离自己远逝而去，一切都化为灰烬，我再也见不到了。他不由得打了个寒战，又想起自己幼年时见到八岁的刘弗陵的时候，那情那景历历在目，不由血撞心头，眼角湿润，跪倒在昭帝灵前，哭得昏天黑地……正是：黄花饲雀非图报，一片慈悲利物心。累世簪缨看盛美，始知仁义值千金。

　　霍光对广陵王刘陵胥表现的假哭丧、真诛谏、弹劾刘贺的行为，对刘贺之哭有何看法？刘贺真正的想法是什么？且看下回分解。

【丑时】（1时至3时）鸡鸣，又名荒鸡：十二时辰的第二时辰。

五寸之矩 正天下之方

豫章。昌邑王城。神爵三年（公元前59年）农历七月二十五日。

远处传来第一声鸡鸣。接着是许多雄鸡的唱和，彼此起伏，忽远忽近，忽高忽低，一个个啼鸣上升了高八度，渐渐汇合成一曲和谐的天然大合唱。

这一声清正而圆亮的啼唱比漏壶还准，它的浮箭正指着"丑时"。

紫金城寝宫内，被家人和臣仆误为昏迷中的刘贺即将仙逝，谁料刘贺忽然从昏迷中苏醒，调侃一句"阎王说时辰没到、拒收朕"的戏言，使寝宫气氛又活跃起来。

代宗问："爹，你累了，是否要再躺一会儿。"刘贺摆了摆手。鱼雁灯下，他那张苍老的脸像个香炉盖，凹下去的地方现出条条阴影，唯有鼻子突起，像平原上的一座飞来峰。

侯夫人仍劝道："大王，你还是躺下歇会儿吧。"

"不！"刘贺把手一挥，一本正经地吩咐道，"备车，朕要上朝！"

刘贺其他的四个妹妹面面相觑，明知他是糊涂了，却不知他到底是何用意。还是老三刘代宗脑子灵光，立即拿来那沓沉甸甸的"惊心动魄的二十七天"竹简，翻开其中"登基"那一卷，双手捧至父亲面前。

顿时，刘贺两只眼睛睁得大大的，细细地读了一会儿，铅色的面孔显露出深邃隽冷的思想，一脸后悔莫及、欲哭却又哭不出来的模样，只是直勾勾地凝望着前方。霍光、张安世、杨敞、田延年、丙吉和龚遂、王吉等人，交替出现在他眼前的泪光里，表情复杂。刘贺忽想到警句"五寸之矩，正天下之方"，又念念有词："呵呵，乱了朝纲，乱了朝纲……"

第三回 崇尚孔圣

第六天（六月六日）

孔子立镜

话说刘贺在昭帝灵堂前哭得昏天黑地后，他在回居所路上时，昌邑相国安乐向刘贺禀报说："广陵王恶习不改，还在请巫师诅咒陛下，陛下切不可掉以轻心。"刘贺一脸严肃，斥责安乐道听途说。安乐辩道："确有其事，丝毫不假。"刘贺追问："谁让你探听广陵王私宅隐秘的？"安乐诉道："自陛下一入宫，臣就发现广陵王行踪诡秘，便派人暗中监视，并通过内幕得知此情报。"刘贺把眼睛一瞪，责道："《诗》曰：道德行为像羽毛一样的轻，但是一般人很少拿起来身体力行。你这种偷鸡摸狗的行为，是君子做的事吗？"安乐却说："古人云：居安思危。"刘贺又严厉叱责道："善之家，必有余庆；积不善之家，必有余殃。这是自然规律，再说，朕忧国忧民，诚心从善。善有善报，恶有恶报。这是必然的结果，谁也逃不过这一关。"

刘贺到寝宫，爱妃严罗紨发现刘贺满脸忧愁，试问他为何如此伤感。刘贺便把刚才昭帝灵堂哭丧的情景说了。严罗紨听后笑道："真没想到，陛下竟是如此重情之人！"刘贺应道："其实，朕在哭丧时，心里想的并非昭帝，而是我的父母大人，还有小时候，爷爷亲手赐赠我的一件宝物。"严罗紨问什么宝物，竟会让他如此动情？刘贺应了声："我有点累了。"便躺在床上，不一会儿便呼呼地睡着了。

当夜，严罗紨睡得并不安稳，心里想着：皇上定有什么事隐瞒着自己？次日一早，严罗紨就问："陛下，先帝送你的那件宝物究竟是什么啊？"刘贺便把严罗紨带到书房孔贤斋，指着那面孔子立镜说："宝物就是它。"严罗紨笑道："我当是什么呢，原来是这个玩意儿啊。"

刘贺见严罗紨把孔子立镜说成"玩意儿"，心中不悦，训道："圣贤孔子，他是我心中的神帆。"严罗紨见大王对自己随意说的一句话，竟然那么较劲，不由感到奇怪。但刘贺只是不安地在房内踱了一会儿，又如泥塑般端坐在那儿，久久地凝视着那立镜上的孔子像发愣，不一会儿，他的眼角竟噙着泪光。罗紨知道夫君在想心事，便掏出手绢抹去他眼角的泪花，然后静静地坐在他身旁，怜惜地凝视着他，耐心地等待着他的回音。

这种温柔与体贴，这种理解与关爱，已经成了她的习惯。每当刘贺烦恼时，她总是以一种无声的爱呵护着刘贺。这种爱犹如一团团火焰，渐渐化成一股股暖流，融化刘贺心头的冰块，便转忧为喜，或转苦为甜，或转危为安，使他发出爽朗的笑声，然后掏心窝地向她倾吐心中的一切。

可这一次，却出乎她的意料，刘贺的脸部神情，恰与平日相反——

刘贺后悔莫及，突然起身，猛一跺脚，大吼一声："皇爷爷，是我错了！孙儿对不住你啊……"说着便跪倒在孔子立镜前大哭起来。罗紨不知所措，急忙上前搀扶。刘贺慢慢起身，一步步走向孔子立镜，伸出双手抚摸着立镜，叹道："这是皇爷爷赐予我的啊……立镜上还留有他的余温呢。"

关于孔子立镜，说来话长。元鼎五年（公元前111年）十一月冬至，武帝抵达雍县祭祀五帝庙之后，翻越陀山，登上崆峒山返回长安，在甘泉宫设立泰一神庙。从此，天子亲自郊祀，早晨祭拜太阳，晚上祭拜月亮。武帝下诏说："朕以微渺之身，居于诸侯王、列侯之上，感到德能还不足以安抚天下黎民百姓，百姓中仍然有饥寒困苦的人，诚恳地祭祀后土，祈求来年丰收。在冀州的高坡上，得到刻有铭文的宝鼎，朕将把它供奉在此庙之中。在渥洼水中出生的神马，现在作为朕的御马。朕战战兢兢，常担心不能胜任帝位，向天地表白，时刻提醒自己。"

武帝后元元年（公元前88年），发生了一次地震，震后有泉水从地底涌出，仿佛已有预兆。此时的武帝身体一天不如一天，但仍下旨在甘泉宫朝见各路诸侯王，赏赐宗室。这时刘髆已去世，因此，刚接位第二任昌邑王的刘贺要前往长安拜见皇上了。

刘贺才五岁，头一次入宫，心里自然激动。当他与王吉乘上马车穿过东西城墙，经过未央宫、长乐宫、建章宫和太液池时，禁不住放声赞叹："哈哈，这是多么好玩的地方！"且暗自思量：难怪谁都想当皇帝啊！霍光吩咐王吉陪同刘贺在宫中随便走走看看，熟悉皇宫环境，以便日后入宫办理昌邑国的大事。刘贺一听欢喜若狂，早把父亲病故的悲伤丢到九霄云外，立即应道："好啊，好啊！"霍光瞪他一眼，怒斥道："这是你玩的时候吗？父亲去世不久，亏你还乐得起来！"不过在霍光第一次刻下一个印象："幼稚无知，头脑简单。"之后便遵照武帝旨意，随着桑弘羊、上官桀、金日䃅等大臣，缓步来到甘泉宫。霍光心里明白，武帝此次朝见诸侯，并非仅为"赏赐宗室"，而是与"继承皇位"的重大决策紧密相关。对此，霍光再一次琢磨武帝复杂的心理状态：皇上在考虑自己的后事，高瞻远瞩，他在为大汉江山社稷作铺垫啊！

这些天来，刘彻心胸烦闷，懒得动弹，茶饭不思便昏沉睡去。李御医再三请求为皇上把脉问诊，均被宦官挡驾回绝，说是皇上太累，需要休息。这时，恰遇霍光率众臣入宫，走至寝门前询问此事，宦官以"皇上太累"解释一番，霍光怒斥一声"荒唐"即请李御医入室。

此刻，刘彻已经醒来，面如白蜡。当皇上见几位大臣跪拜跟前，苦笑一声，支撑着身子坐起说："快快起来吧。"众臣叩首谢恩后，一一起身，一个个哭丧着脸，垂手而立。李御医给皇上把脉、问诊、下药之后，躬身离去。刘彻服药后精神好多了，便诙谐地说："刚才朕在阎王面前打了一转，见到许多鬼判持牌而来，他们问我为民办了几件好事？还有哪些大事没有办完？于是我想到病已成势，再撑也无用，便把诸位爱卿唤来，有些话对大家说说。"

霍光眼里早已沁出一眶泪水，跪下叩首，竟伤心大哭起来。桑弘羊、上官桀、金日䃅等臣，也先后跪下呼唤："皇上万岁，万万岁！"刘彻望着这几位忠心耿耿跟随自己多年的老臣，哽咽地叹道："呵呵，哪能活到一万岁呀！都起来吧，起来……"说着霍光扶他下榻，走到窗前，宫外传来阵阵鸟鸣声。

刘彻触景生情，叹道："河清不可等待，人命不可延续。朕忽想起司马迁一句话：人固有一死，死有重于泰山，或轻于鸿毛。此时此刻，朕想到孔子家语：上恶贪则下耻争。务必记住，君臣的表率是何等重要啊！"众臣齐声应呼："皇上英明！"霍光察言观色，知道圣上这一训诫，是留给众臣的遗言，便含泪探问："如果陛下病有不测，谁可以继承皇位？"武帝说："你还没有明白我此前赐予你画像的意思吗？"略思片刻又对霍光说："立最小的儿子。这件事就交给你了，你要好好履行周公的责任。"

霍光泪流满面，匍匐在地上连连叩头，谦让地说："臣不如金日䃅。"金日䃅接道，"臣是外国人，不如霍光，霍光为人沉着稳重、办事谨慎，处理朝政事务周到、果断。"二臣相互谦让，武帝为此颇为感动。最后，刘彻毅然决定：由霍光、金日䃅、上官桀和桑弘羊共同辅佐皇太子。四位大臣拜伏于武帝面前，接受遗诏，辅佐少主。

此刻，刘贺还在甘泉宫中花园玩耍呢。刘贺对龚遂毕竟是初识，有一种陌生感，于是，他趁龚遂与宦官谈话之时，溜之大吉，自由自在地在这块仙境东游西逛了。他首先来到宫中花园中心，那碧波荡漾的湖海是从宫外引入的一汪活水，湖中大小活鱼跳跃，溅出一朵朵水花儿；而湖海四周尽是奇葩异草。

　　刘贺一眼瞄准了湖中三座人造奇山：一为蓬莱，二为方丈，三为瀛洲，恰似海上的三座仙山。山顶高出百丈，山间筑有楼台亭阁。苑墙均以琉璃作瓦，紫脂泥壁。山上长峰怪石，叠得嶙嶙峋峋，台榭尽是奇材构成，天然工匠，珠玑造就，浑如锦绣裁成。

　　刘贺大喝一声："哈哈，我昌邑王来了！"便一口气爬上山顶阁楼。举目眺望，湖水在他那辽阔的视野中，一览无余。刘贺欢喜若狂，叹道："哎哟哟，天底下竟有如此好的地方！"

　　刘贺正陶醉在这奇妙的美景之中，忽闻山下有人喊他："大王，你在哪里？"刘贺正玩在兴头，非但不回应，反而闪身躲藏在西苑密林里，逗弄着那群从湖滩飞来的野鹤。刘贺见它们长得稀奇古怪，有的红头红腿，有的黑头黑腿，一个个伸长头颈在水草里乱捣，那长长的嘴儿如同矛刺一般，把水草里腾空跳出的小鱼细虾，仰头接住，一口一口吞入。刘贺玩兴正浓，又闻一阵急促的脚步声，回首一看，王吉正急匆匆地走来，怒斥道："我的小祖宗啊，可把我找苦了！"刘贺若无其事，睁大眼睛问："王大人，找我有事吗？"王吉一跺脚，喝令道："皇上唤你过去呢！"刘贺这才猛醒过来，抓了抓脑袋："小人并不知晓，请老师原谅……"说完还愣头愣脑地站在那儿，一动也不动。王吉一把将他拽住，下令道："还不跟我走！"刘贺心里一阵惧怕，跟随王吉直向寝殿奔去。

　　原来，霍光向皇上奏报时，刘彻向他问及小孙子刘贺，霍光自然说了一番好话，夸他如何如何聪明、倔强、好胜、有志向，就是有一点不足，贪玩、任性、静不下心苦读。刘彻点头赞道："好，这小子有点像我，不，他像风！秋风起兮白云飞，草木黄兮雁南归。那倔强、好胜的个性，就是朕童年的影子呢。"可当问起刘贺他现在哪儿，霍光说他在郎中令龚遂的带领下，来未央宫了。于是命近侍通知龚遂传刘贺觐见皇上。可龚遂得旨后却不见刘贺踪影，幸好王吉最后找到了他，将刘贺带至龚遂面前。

刘贺跟随龚遂来到刘彻寝殿前，却又被一宦官挡驾说："皇上正休息，请留步。"龚遂又问霍光大人，侍卫回应"已离开。"龚遂这才意识到，刘贺闯下大祸了。便又携刘贺去找霍光探听虚实，试问刘贺此劣举是否触怒武帝。可当他携刘贺来到霍光私宅，仆从也把他俩拒之门外，拒绝打扰，且把大门关上了。刘贺这才知是自己犯了大错，便向先生赔礼道歉，发誓下次一定改正。然而，事已至此，悔恨又有什么用呢？

掌灯时分。龚遂携刘贺来到霍光府上，却又被侍卫操戈挡住。龚遂和刘贺只好站在门外，等待霍光开恩接待。

刘贺蜷缩着身子凝望远处山坡，那一堆堆积雪尚未融化，寒气凛冽，一股股刺骨北风直往他俩颈脖子内钻，冻得他俩直打哆嗦。刘贺早已疲惫不堪，便问龚遂："先生，难道今天我们要在此站着过夜？"龚遂冷冰冰地应道："何止'站着过夜'？若是触怒了皇上，我们能不能打道回府都成问题！"刘贺心里惧怕，深感愧疚，只能在屋檐下搓着冻僵的手，在厚厚的冰层上跺脚取暖。

直至二更时分，风越来越大，雨夹着冰雪呜呜地吼叫起来。龚遂把外衣脱下披在小刘贺身上，自己则紧裹着身子站在雨雪中，一动也不动。大约又过了半个时辰，只听"吱呀"一声，大门开了。有侍从提着灯笼出来招呼说："请二位进去。"龚遂这才拽住刘贺跨入大门，直奔霍光寝宫。

仆从门外禀报："他们来了。"在获得霍光准许之后，张安世引龚遂和刘贺入室。室内灯火通明。霍光并未入睡，仍坐在灯下啃读《孔子家语》。

刘贺直冒冷汗，提心吊胆站在那儿，愣愣地瞅着霍光，等待他开口。龚遂慌忙携刘贺跪拜请罪说："霍大人，都是在下的错，我没看管好小大王……"霍光把竹简往桌上重重一摔，喝道："这是看管的事吗？"本想冲着这位昌邑国中尉发火，却又忍住了，仅在心里叹息：虽说师道尊严，却不能在一个五岁孩童面前指责其师。于是走近龚遂责备一声："为师者，在于胜理，在于行义。师者，人之模范。你怎么能这样呢？"转而冲着刘贺厉声责道，"这难道是看管的事吗？"刘贺不觉簌簌泪下，泣声自责道："这……这不能怪先生，是小人瞒着先生，独自跑到三仙山玩去了。"

其实，"刘贺开溜"确实不能全怪龚遂。当时，龚遂正在给刘贺谈诗、论道，恰遇一位宦官走来，就在他与宦官闲聊的瞬间，这小子不翼而飞，龚遂四处寻找却不见其人影。

面对一个五岁孩童,还有这位忠于职守的中尉,霍光的心似乎软了,并没再追究下去,反而宽慰地说:"剖开顽石方知玉,淘尽泥沙始见金。刘贺这小子将来能否成材,就看他自己的造化了。"转而又命把中尉王吉唤来,郑重地对他训导说,"仙鹤的那双翅膀,并非天生就有,它是经过孵化后天长出来的。王吉,皇上赐予你肩上的担子,神圣而繁重啊!"王吉感恩领命,与龚遂一道携刘贺退出。

然而,事情并未结束。皇上"朝见诸侯,赏赐宗室"之日即将临近。

王吉带着刘贺居住未央宫附近的私宅,哪儿也没有去,每天只做一件事:死死盯住刘贺苦读"孔子",准备随时应答皇上接见时之问策。刘贺虽贪玩,却是个聪明的孩子,知道自己闯下"失礼皇上"之罪后便一心想补救。

刘贺记得,当时王吉曾给自己讲过一个"趋"字,即趋向、趋势、趋之若鹜,均含有奔赴、归附之意,即快步行走。也就是用快步走的方式向尊者、贵者、长辈、宾客表示尊敬。有一次,孔子应鲁君之召去接见外邦的贵宾,神色庄重,不但拱手弯腰,且"趋进,翼如也",再退归班位。何况那天面对的是皇上啊,他不但行动慢,且不见人影!

在宅厅内,王吉正在训练刘贺朝见皇上的礼节,先重复一遍龚遂讲述的"拜见礼节",并对其约法三章,给他三点提示:一是记住管仲"为君不君,不臣不臣,乱之本也"的训导,在叩拜皇上时应像孔子那样彬彬有礼,"趋进,翼如也";二是第一任昌邑王刘髆仙逝,要求在情绪上要低落,以示哀悼之孝;三是皇上问策学习,回答时应着重强调孔子传授的"六艺":礼、乐、射、御、书、数。总之,刘贺从王吉的全部训导中,悟到了一个核心内容:学好本领,自强不息;淡泊名利,内心安宁。人生之道,自身修养排在首位,这就是孔子的教诲后,又强记背诵孔子警言,王吉心里总算踏实了。

第三日清晨,朝霞融融,群雀出没林梢,上下啄食,争报新曙。武帝在甘泉宫接见诸侯,颁布几项重要诏令并赏赐宗室。

王吉五更起床洗漱罢,给刘贺换了一身大王必备新装,携他来到大殿侧厅等候。这是个宽阔明亮的大厅,九面朱门一一敞开,可见高峻楼台,岷峨叠石,潺潺流水,势若游龙。烟迷翠黛,鸟声啼鸣。

此时，各路宗室陆续到齐，三五成群，七嘴八舌地猜测、议论皇上这一回召见的原因。霍光身在其中，却沉默寡言，很少说话。刘贺规规矩矩端坐在角落，一动也不敢动；在大厅另一侧，一位七八岁的孩童，衣冠整洁，面若秋月，鬓如刀裁，眉清目秀，手里捧着一本《论语》，默默端坐于一旁品读着，一看便知是个读书郎。

这时，宦官郭穰宣布上朝，群臣陆续入殿。霍光、金日䃅、桑弘羊等均站在前面，百余诸侯站在第二排。

武帝扫视众臣。众臣与诸侯中，刘贺年龄最小，且头一回参加如此隆重的典礼，故悬心吊胆，战战兢兢。但他心里最害怕的却莫过于皇爷爷那锋锐的目光了。他躲闪在王吉身后窥视着：只见祖父衣冠整齐容貌轩昂，虽然须发斑白，脸色蜡黄，两只眼睛陷了下去，显得苍老，眉宇间却透出一股俊爽英气。刘彻命宣旨官宣布诏书：霍光任大司马大将军、金日䃅任车骑将军，上官桀任左将军、桑弘羊任御史大夫。授权大臣跪伏于武帝跟前，齐声谢恩。

接着，刘彻下令赏赐各宗室诸侯王黄金一千斤、加封八百户。诸侯们一个个喜笑颜开，刘贺也春风满面，把今早出门前王吉的嘱咐丢至后脑勺，在心里揣摩着："这都是皇爷赏给宗室弟子的。作为第二任昌邑王，自然也少不了我这一份啊！"

刘弗陵年少老成，用视角的余光察看着大司马大将军霍光，只见霍大人垂手而立，双脚一动也不动，毕恭毕敬站在那儿。刘弗陵也学着他的模样，挺身而立，两只脚就像钉子钉在地上，连眼睛也不眨一下，久久地凝视着武帝。

刘彻注意到了刘弗陵，欲上前夸赞几句，却又忍住了。随即与霍光耳语几句。霍光心领神会，旋即向宫殿外走去，众臣不知所措。刘贺心里不解，傻乎乎地站着，悄声探问王吉："先生，祖父分给我的那份呢？"王吉瞪了他一眼，示意他不要乱说乱动。

这时，刘彻又把目光落在刘贺身上，脸色一沉。刘贺心里惧怕，鼻翼张得大大的，额头冒出豆大的汗珠。小皇孙的所作所为，他都全部收入眼底。想起刘贺之前的行为，便厉声喝道："刘贺，把头抬起来！"众臣百官，大惊失色。刘贺面对皇爷爷的怒容，自是直打哆嗦，连脚也站不稳了。

接着，郭穰向殿侧招呼一声："皇上诏令，赐赏皇子刘弗陵、皇孙刘贺。"话音未落，乐鼓齐鸣。霍光命郎官捧出赐予皇子、皇孙的礼品。众臣举目望去，仆从列队抬出一笼笼黄金、玉器、彩帛、珍珠、玛瑙,另一郎官小心翼翼地捧着一个红漆托盘,慢悠悠地走了出来,众臣察看,只见盘内摆着孔子《尚书》《论语》《孝经》,不由大惊:这可是汉太始四年(公元前93年)十二月,祭拜孔庙时,皇上在孔宅所获的稀世珍宝,传说书简上还存有孔子手指的余温呢。此刻,皇上将其如此心爱之物呈现在众臣面前,其深刻寓意,昭然若揭呀!

郎官将礼品送至刘贺跟前,郭穰当众宣布圣上旨意:财宝与孔书,不可全得,只能二者取一。刘贺面对这一堆堆璀璨的宝物,看得眼花缭乱,摩了摩手掌,随意从盘中提起一串玉带钩与玉环,浅浮雕蟠螭、凤鸟等纹饰,晶莹剔透,绿光青泛;再细细琢磨那精雕工法,刀法简练,质量上乘,不由爱不释手,便把孔书放在手中,漫不经心地翻了翻,又放在原处。刘彻紧皱眉头,脸上微露几丝不悦的神色。霍光心里烦躁不安,加之刘贺选物时磨磨蹭蹭,禁不住上前低嗓音催促道:"快点,果断决策!"王吉更是心急如焚,却又不敢明示,额头憋出了几颗汗珠。最后,刘贺毫不犹豫地指着宝物,笑道:"我要这个。"想了一下又说,"子曰:不义而富且贵,于我如浮云。此财宝乃是皇爷所赐,小人获取,甚感不安。"说罢,向皇上跪拜谢恩。郭穰当即宣布:"昌邑王刘贺选中财宝。"

郎官将同样两种礼物送至刘弗陵面前,任其挑选。刘弗陵虽然年少,可早就熟读过《诗经》《尚书》,加之生得活泼可爱,并深得皇上宠爱。他以目视之,不动声色。略思片刻后,决定二物全都放弃。

众臣大惊,议论纷纷,自大汉以来,儒术盛行,谁人不知其事始于武帝。如今人人能言之岂能放弃?都说比刘贺还犯傻:一个在皇上面前表现得贪图钱财,一个既不纳、也不继承孔子学说,这不是与皇上唱对台戏吗?都为小皇子捏了把冷汗。刘贺怎么也不会想到,这位小叔竟做出这一举动。

面对众臣的不解,刘弗陵更显得格外懂事,彬彬有礼,先向皇上施礼谢恩,再向众臣躬身应道:"臣拜见陛下,本来就甚感愧疚。古人云,聪明而私,不如愚昧而为公。眼下财物虽是陛下恩施,但无功不受禄,臣怎敢收取呢?不如待臣长大成材,自食其力,率郡城百姓兴修水利、扩大生产,为我大汉江山社稷共同造福。"

众臣赞叹不已。霍光笑道:大贤秉高论,公烛无私光。好一个财物、孔书皆不取。"有容,德乃大";上官桀夸道:多见者博,多闻者智。这是皇子所长,小小年纪,难得啊难得；金日磾与桑弘羊则从"举才"与"治国"角度论述道：火种因为吹风助烧而产生光焰，立镜因为打磨拭尘而能照人。刘弗陵，人才也！还有一些诸侯将刘贺与小皇子一同称赞，反倒使刘弗陵不安起来，使他满面羞惭地低下了头，谁也不敢见。

刘彻两眼放光，把赞许的目光投射在这个小皇子刘弗陵身上，一种纯然的快乐情绪在他血的管里涌动，使他饶有兴致地走下殿台，指着托盘上几本孔书，考问刘弗陵说："这几本孔子经典，可是朕在曲阜孔居奇树洞里所获得的啊，你为何拒收呢？"刘贺一听武帝此问，几乎吓得"晕"了过去，不觉心里好笑：哼，看你怎么应答皇爷爷！接着，刘弗陵又向刘彻跪拜，朗声应道："书不论大小、不论贵贱，经典道理均藏于书中。子曰：知之为知之，不知为不知，是知也。学习之法，奇妙在人。孔子所说道理，只要融会贯通，在心里记住了，便可运用在理政实践中。"想了一下又补充说：荀子曰，"不学问，无正义，以富利为隆，是俗人者也。再则，听母亲说，孔子《尚书》《论语》《齐论》《孝经》这四部经典，是皇爷爷祭率臣祭拜孔庙时，孔家后人敬献给皇上的。您将它奉若神明，它将是陛下治理国家的指南，臣怎能接受呢？"

刘弗陵早就听大人们说过：早在文帝时，刘彻便以韩婴为博士解《诗》，景帝时设有《诗》博士、《公羊》博士，增设了董氏之《书》、后氏之《礼》、杨氏之《易》、公羊氏之《春秋》。刘彻继位之后更加推崇儒学，坚持用"仁义乐礼"治国。然而，刘彻开创了西汉最繁荣的鼎盛时期。他接受了董仲舒"罢黜百家，独尊儒术"的思想，主张勤政爱民，以仁治国，集权中央，一统天下。为推动农业生产与航运交通，他先后兴建了漕渠、龙首渠、六辅渠等水利工程，同时，在与匈奴进行了长达数十年的战争之后，又派遣使臣出使西域，主动联合大月氏，打击匈奴，收复了漠南、漠北、河西、河南等地区，开拓了汉朝的疆土。他还知道，此事与刘彻赏识董仲舒关系密切。建元元年（公元前140年），刘彻下令"举贤良方正直言极谏之士"。承相卫绾奏称："所举贤良，或治申、商、韩非、苏秦、张仪之言，乱国政，请皆罢。"武帝听罢即批"可"。这年五月，武帝又下诏给贤良们，问"古今王事之体"，于是谋士董仲舒、公孙弘等人出来对策。董仲舒提出的"三纲""五常"体系受到武帝赞赏，被任命为江都相。后来设置"五经博士"并在全国兴建太学，广招贤臣，以仁德治理天下。

武帝太始三年（公元前94年）正月，刘彻巡幸抵达甘泉宫，设宴招待域外来客；二月诏令天下百姓举行宴会五日。武帝巡幸抵达东海郡，弯弓神射，捕获赤雁百只，作《朱雁之歌》。他到琅琊郡登上成山头祭拜太阳，所经过的县城，赏赐百姓五千钱，赏赐孤寡老人布帛每人一匹。

这时，众臣见皇上对刘弗陵格外器重，一个个赞叹不已，使他脸上热烘烘的，有些不自在地低下了头，不知如何是好。

众臣对刘弗陵的诚心夸赞，却无形地给刘贺一种心理压力。他怎么也弄不明白：那些财物不是祖父恩施的吗？我作为堂堂昌邑王获取了，为何遭到冷遇？难道我错了吗？而其他王、侯索取为何心安理得呢？正是：阿谀人人喜，直言个个嫌。万般皆是命，半点不由人。

刘贺耳闻目睹眼前这一幕幕，并没有生气，反而打心眼里敬佩小叔。他觉得皇爷爷忽儿考这，忽儿问那，挺好玩的。唯让他不可理解的是：刘弗陵为何财物和孔书都不取？直至后来，汉武帝颁布"立刘弗陵为皇太子"的诏令，他才醒悟，原来这样做才能当皇帝！不过，当时他还是被刘弗陵满肚才学与机敏所折服，并在他心中冒出一朵小火花：不管怎么说，祖父恩赐的一千斤黄金、珠宝，还有皇上加封的八百户，我是稳拿到手了的。

这时，宦官郭穰宣布："赐赏昌邑王刘贺！"接着几个仆从从殿侧"搬运赏物"，刘贺喜不自禁，笑眯眯地准备上前受礼，一看，却瞠目结舌：祖父赐给自己的，并非一堆堆珍珠财宝，就连各路诸侯加封的"八百户"也被抹杀了，仅赐他孔子立镜。

郭穰命仆从把从殿侧搬来的笨重立镜立了起来。众臣围在立镜前察看，议论纷纷。有臣说，这面铜镜谈不上什么珍贵，最多也就是个二等货色；有臣说：皇上为何不赏给昌邑王金银财宝，而赐他这一立镜呢？难道刘贺果真惹怒了皇上？一位老臣摸了摸胡须，意味深长地笑道："皇上把这个赏赐给昌邑王，真可谓煞费苦心，寓意深远啊。"另一臣则补充说："古人云：镜有四用，一整衣冠，二知兴替，三避妖邪，四照人心。皇上对昌邑王所赐，何止是一面铜镜，是梦想与希望，是兴家强国的重托！"还有臣猜测说，价值连城的宝物还在后头呢。

众臣都在谈论、琢磨着，宦官郭穰突然宣布："赏赐礼毕，退朝！"众臣唯唯而散。

汉武帝刘彻拂袖而去。霍光瞪了刘贺一眼走远了。刘贺傻乎乎站在那面立镜前，搔了搔后脑勺，唠叨了一声："呵呵，千里迢迢！这么大的家伙，怎么运回昌邑国啊！"

回到此时此刻，刘贺凝视着立镜镜背上孔子那双炯炯有神的眼睛，似在微笑，却又像瞳仁中掠过几丝忧色，似乎在深思远虑着什么。刘贺来回走动了一会儿，自语叹道："呵呵，先生，你就是圣人。是的，你做出了一番大事！可这与我又有何关系呢？我读书，静不下心来；写字，坐不安稳，这是事实。可我祖父赐予我的这面立镜，却又把我死死困在这里，照得我双眼模糊，心境不定。我就像一只笼中鸟，飞也飞不了，唱也唱不出！"诉说于此，他委屈得差点哭出声来。于是推开窗户，让微风扑面吹来，他呼唤道："我要阳光，我要新鲜的气。而这面该死的穿衣镜，却把我与室外的世界隔绝了。"于是又冲着衣镜发泄压抑在心中的不满情绪。

再说刘胥已回到寝宫，家奴匆匆跑来禀报说李女须在诅咒刘贺呢。刘胥听后异常高兴，夸奖说："干得好！事后有重赏。"又咬牙切齿地说，"非把昌邑王咒死不可！"正是：虎狼巫女活骷髅，作怪成群山上头。一自真人明断后，行人坦道永无忧。

刘贺面对这一窘境如何应对，且看下回分解。

密室洞天

在未央宫内,对于四伯、广陵王刘胥的无端忌恨与陷害,在背后诅咒也好,谩骂也罢,刘贺装聋作哑当作耳边风、全当没听见。他静静地端坐于寝宫内,又伏案翻开《论语》,在竹简上抄下了几句警语:志士仁人,无求生以害仁,有杀身以成仁。

这是刘贺在昌邑府孔斋密室里常读的一本书。他细细地咀嚼这句话的深刻含义,心里叹道:

人生祸福无常,谁也不知会活多久。对于不好的人,你不要太介意。在你一生中,无人有义务对你好;对你好的人,你要珍惜、感恩;对你不好的人,你不要太计较、太苛刻。人世间,没有什么人不可取代,也没什么东西必须拥有。如果看透了这一点,无论我四伯如何做,我都不会在意,也不是什么大不了的事情。留得青山在,不怕没柴烧。只要生命存在,只要长命百岁,你就什么都有了。你可以要求自己守信,但不能强求别人也守信。他又翻开《孔子家语·王言解》,朗读出声:"上者,民之表也;表正,则何物不正。"意思是国君为百姓的表率,表率端正了,还有什么不能端正的呢?

刘贺决心做个好皇帝!他越来越明白,皇爷爷为何一登上皇位,便接受董仲舒"罢黜百家,独尊儒术"的思想,主张"勤政爱民,以仁治国,集权中央,一统天下"的决策。在这方面,作为君王的刘贺也丝毫没有放松,他是一心想要治理好这个国家啊!

然而,刘贺力不从心,在行动上也违背了把控宫中全局的规律:

刘贺接诏书后,于次日中午出发,下午哺时赶到定陶(今山东定陶县西北)。经过弘农县城时,他就掠民女强载于车;至京城东郊灞上,郎中令龚遂劝他遵礼制哭泣而行,他却以喉咙疼痛拒绝;六月一日,刘贺在灵柩前接受皇帝玺印的那夜,竟与昌邑二百多仆从嬉戏无度……

这一切,把宫中礼仪程序全部搞乱了却不自知。由此可见,刘贺暗暗苦读全是脱离实际,纸上谈兵。

然而,当刘贺回忆起在昌邑国的那段时光时,仍是觉得津津有味,永不忘怀的。

开始,刘贺被关在孔贤斋孔子立镜前苦读,当时他哪有心思苦读啊,不是钻入树林逗鸟学唱，便是沿那条曲曲清泉捕鱼捉虾。或见佳木葱茏，奇葩闪烁，心血来潮，摇头晃脑来几句应景小诗。或吟桃：花飞莫遗春流水，桃花又是一年春，或吟梅：枝枝倚槛照池水，粉薄香残彩蝶追；根本没把心思放在正规儒学上。郎中令龚遂见刘贺学习，便与王吉商定，把他送至公学馆去学习。公学馆名叫"余雅堂"，离昌邑王府仅里把路。执教先生名叫"余梦樵夫"，年约八旬，个儿瘦小，是一位从皇宫太学馆退休的太师。传说樵夫亲自为太子授过课，大家都尊称他为"樵夫先生"。别看他年事已高，讲起课来却滔滔不绝，神采飞扬。他性格开朗，颇具幽默感。虽对其弟子要求严酷，却爱讲个小段子或开个玩笑什么的，当逗得弟子哄笑不止时，自己却板起面孔，一本正经。

一天，刘贺上课心不在焉，余梦批评了他几句，刘贺当场出丑，心里憋着一股怨气。次日早晨，余梦上课"讲周公"时打瞌，先生醒后不好意思，便对学生解释说："刚才我睡了……是梦圣贤周公去了。"学生们听后不敢作声，算是默认。刘贺忍俊不禁，心想先生不说真话，便也在上课时假装打瞌，渐渐鼾声如雷。同学抿嘴而笑，老先生一怒之下，把刘贺叫醒，质问他为何上课打瞌？刘贺打了个哈欠，伸伸懒腰应道："小人梦圣贤周公去了。"先生问周公对他说了什么。刘贺认真应道："周公说，刚才他没有见到先生。"众生哄堂大笑。

余梦樵夫受到顽童刘贺这番奚落，怒不可遏却又不好发作，便又给他出了一道难题问："你知道天下有几个圣贤？"刘贺面呈难色。先生又追问："怎么，回答不出来？"刘贺反问："老先生是要弟子说真话，还是说假话？"先生厉声："真话！"刘贺心平气和，伸出了五个指头，应道："小人认为，自古至今，天下圣贤只有五人，伏羲自作八卦，穷尽宇宙间的道理，为第一圣贤。"说毕举起了一个大拇指，接着又说："神农氏种植百谷，救济万人生命，为第二圣贤；周公制礼作乐，百代常行，为第三圣贤。"说罢，又举起了第三个手指说："孔圣对以前知道得无穷，对以后预测得无尽，南斗一人，林下风气，应是第四位圣贤吧。"又举出了第四个手指。先生见刘贺颠倒衣裳，手足无措，急问："还有呢？还有一个呢？"

刘贺装着一时想不起来，叹道："从此后，好像便没有什么圣贤了。"余梦樵夫并不放过他，继续追问："天下圣贤明明是五人，你为何只答四个？"刘贺这才一拍大腿，惊呼："啊，还有一个，总算想起来了！"先生急急追问："是谁，快说！"刘贺把头一昂，应道："连我刘贺凑合在一起，大约总共五位吧。"最后伸出了第五个指头。课堂内又荡起一阵欢笑声，都说刘贺太逗了。可刘贺却没有笑，竟然放声大哭起来，跪倒在老先生跟前，乞求道："请先生开开恩，放小生回府吧！"先生问其原因，刘贺泣声道："这儿没孔孟堂好玩。"余梦樵夫无奈，只有把他"请"回王府。

今晚的月亮像把梳子一样挂在天边，梳理着人间的恩爱与幸福。

刘贺安排与二妃在天然温泉洗浴。横石缝宽宽地泄出一些大水帘，直冲下来，落在山根石头上，摔得粉碎，仿佛千百珍珠四溅。

刘贺与侯夫人、严罗紨来到上林苑温泉浴池。在一个峭壁乱石的岩洞，热气腾腾的流水从悬崖哗哗地流了下来，弥漫着一片蒙蒙的雾气。

侯夫人端坐在悬崖飞瀑下弹奏古琴，只见她纤纤手指悠悠弹奏着，轻巧而灵活。琴音伴随着哗哗流水声，渐渐扩散，延绵不断。

刘贺与罗紨赤身裸体下至温泉齐腰的浴池，用洁白、光滑、细腻双手泼着温热的水浪，哗啦、哗啦尽情地擦洗着。古琴声声优雅，百鸟尽情欢歌。刘贺淌下温泉池水走近了她。只见她微闭双眼，那束又黑又长的头发湿漉漉的，虚掩着她那丰满的胸部、乳峰与光滑的肩背，一股股春潮在他周身涌动。刘贺愣愣地凝视着她那柔软、苗条的身段，有一种江海波涛般的曲线美，那么妩媚，那么诱人，不觉周身春潮涌动，飘飘然地向上飞腾起来……

罗紨在戏水中叹道："浮生若梦，人生几何。活着，真好！"刘贺却叹道："生命是脆弱的。它就像一根小草，若遇风暴，随时都有被折断的危险。"罗紨却劝解道："陛下，记得孔子《论语》有一句警语：苗而不秀者有矣夫！秀而不实者有矣夫！"刘贺应道："是啊，是啊，庄稼出苗而不吐穗开花，这是有的，吐穗开花而不结果实，也是有的。"罗紨接道："陛下要当好这个皇帝，就要为民为国认准目标，决不能半途而废，否则就永远不会成功。"此时此刻，刘贺不但获得了温泉的温暖，还在自己深爱的女人身上，悟到做人的道理。于是，他把她紧紧地搂抱在怀里，感觉到她像一颗明珠，有一种无穷无尽的智慧光泽，她像火凤一般，在他心宇间高高地飞翔、燃烧……正是：好将花朵比颜色，预酿醇酒待美。

刘贺还将遭遇什么？且看下回分解。

第七天（六月七日）

孔庙拾遗

然而，刘贺早已大权旁落，如履薄冰。虽略显稚嫩，毕竟出身于皇氏家族，他决心恪守节操，秉持道义，维护汉室宗庙安危。在他接受皇帝玉玺、绶带之后，便安排祀拜孔庙。

孔庙坐落在长安郊外，离未央宫大约二十四五里。这天一大早，祭孔的队伍便出发了。在长安城那条宽阔的御道上，马车队伍正浩浩荡荡地向前行进。在祭孔的队伍中，有车骑将军张安世、丞相杨敞、大司农田延年、光禄大夫丙吉和昌邑王的中尉王吉、郎中令龚遂，以及方叔等等。大司马大将军霍光告病请假。

这时天空飘起了零星小雨，把地面浇得湿漉漉的。刘贺身穿朱红色袍服，袍服外面饰有四彩黄赤绶。坐在辂车内，刘贺一路心平气和。可当巡视车马行至郊外十几里时，忽闻道旁有人在唱一首民谣《接舆歌》：

风兮，风兮！何德之衰！往者不可谏，来者犹可追。已而已而，今之从政者殆而！

歌声忽高忽低，铿锵有力。这是一首嘲笑"孔子为老夫子"的歌谣。此歌谣的背景为：春秋战国末期，社会已面临土崩瓦解的境地，财主与奴隶正你死我活进行较量。歌谣讽刺孔子鼓吹"礼治"，而那时，孔子见机不妙，只能到处游说，因此百姓以此歌谣来讽笑他。当时，孔子在刘贺心目中可是神明啊。再想到先帝刘彻以孔子思想治国，才使大汉江山繁荣昌盛，人们安居乐业。所以刘贺一听，觉得不对头，便下命停车，长长的队伍临时停靠田边。刘贺见孩童们围坐在路边一边击鼓，一边传唱此谣，便走下车辂，询问他们唱的是什么。孩童并不知惊动了皇上，便一哄而散。

田延年怕刘贺轻举妄动，会对唱谣的孩童开刀，造成不良影响，便上前向刘贺施礼劝道："陛下，童谣唱的是些老掉牙的往事。何必追究呢？"

田延年继续为孩童们解释道:"臣以为光孝武帝登基以来,效尧舜之道,以山川社稷为业,德布四方,仁及万物,越古超今,上合天心,下合民意。"说着,又察言观色,随机应变,凭着他那三寸不烂之舌,挨风缉缝,把刘彻辉煌功业夸得淋漓尽致,滴水不漏。而他以上深论,旨在请刘贺放过唱谣者。

杨敞则怕刘贺任性,轻举妄动,伤害唱谣孩童,立即补充道:"大司农言之有理。墨子云:天下兼相爱则治,交相恶则乱。人们互相爱护,天下就会太平;相互憎恨,就会混乱。"刘贺在心里讥笑道:这个滑头,脑子转得比车轮还快!

丙吉和王吉、龚遂等也赞同田延年的见解,从中帮腔维护说:"天与地结合,然后就能生成万物,就能营造良好的政治局面,天下就会太平。皇上此次巡视曲阜,祭拜孔庙,正是施仁以天下的善行。听到了民众的心声,正是大汉的福分。"话音铮铮作响,落地有声。

刘贺听完群臣的陈述,没有吱声。群臣在心里嘀咕着:在这关键时刻,刘贺身为皇上举棋不定。刘贺虽面呈怒色,仍是如风过耳,视若无睹。看这情况,众臣都为田延年捏了把冷汗。忽一臣提声赞道:"田延年爱民如子,对陛下耿耿忠心!"

"好个耿耿忠心!"刘贺语气略带几分讥讽,背手而去。

田延年是个倔性子,并不退缩,当他再欲为唱童谣者申辩时,刘贺忽然仰天大笑,接着对群臣和蔼地说:"民谣乃民心。民心在,江山在。难道朕连这一点都分辨不出吗?"想了一下,又吟起另一首民谣《涓涓不塞》,"涓涓不塞,将为江河。荧荧不救,炎炎奈何。"并向群臣解道,"此谣说的是,大小流水如不堵塞,与光微弱貌、荧烛般火灾如不及时扑灭一样将无可奈何。这说明老百姓在民间的各种说法都是有道理的。身为君王怎能不听从百姓的呢?"

刘贺公正、合理的几句警言,一下把大臣们镇住了。这时,田延年恍然大悟,别看刘贺贪玩,看问题却入木三分。其实,刘贺是在考验群臣会不会坚持仁义道德,敢不敢为民申冤。刘贺从众臣赞美的目光里,看到了自己掌管皇权的信心与希望,并命方叔赏赐唱民谣的孩童纹银一百二十两,随即命队列继续前行。

辇车驾至长安城南门,此门与孔庙遥相映对。不论孔子殿堂、奎文阁、御碑亭,还是圣坛、寝殿与道观等,均有读书声与朝拜者。庙主告诉刘贺,每逢孔圣祭日,钟声、磬声、木鱼声传出正殿,给人以置身于清静圣人地之感。

门外神道两侧,古柏丛列,老干虬枝,气象森严。胡县令早已率领地方官员、绅士在城门前迎候。皇上一到，城门大开，众官簇拥相迎，锣、旗、伞、扇、吹手，一队一队都过来了。百姓观者，堵街拥巷，好一番热闹的平和气象。府县文武官员置酒，宴会群臣。祭孔是民间对先贤的一种尊敬仰慕典礼。祭典中陈设音乐、舞蹈，并呈献牲、酒等祭品。宴席散后，传出皇上诏命：祭孔仪式在大成殿举行！

刘贺礼服着毕，有些慌张，不知身坐何处。王吉示意龚遂上前，即引导刘贺端坐在大成殿前甬道上方，对他耳语：这是孔子弟子读书、夫子弦歌鼓琴之地。于是，左右两列臣相与文武官员一身鲜服，向孔子画像祭奠。祭拜时，刘贺忽想起父亲给自己讲述过的一件事：

太始四年（公元前93年）三月，武帝东巡，封禅泰山、石间。十二月，武帝西巡，在曲阜祭拜孔庙。这一年，刘贺还未出生。

前方是由宫廷臣相与文武百官组成的仪仗队，旌旗遮天蔽日，车、鼓、马啸之声直冲云霄，侍卫们催马扬鞭来回奔走，簇拥着一辆玉辂马车，那镶有金铆的木轮如团扇一般，向前滚动。前后十一匹五彩革带随风飘逸。

六十四岁的皇帝刘彻，头顶天冠，威风凛凛，在辇车内正襟危坐。那双皎皎双目，闪烁着莫测高深的光芒，令人不寒而栗。只是髭须轻盈，腰背微弯，略显几分老态。刘彻是景帝刘启的第十子、汉太宗文帝刘恒的孙子，也是汉太祖刘邦的重孙。他七岁被册立为太子，后继位，成为大汉朝的第五位皇帝，第二年创年号"建元"。武帝志气高远，开始了他的雄图大略。秦始皇曾作阁道，至骊山八十里，这时，他从长安出发，目旷神怡，一路无拘无束，风光潇洒。众臣一呼百应，在这几位大臣中，除霍光外，刘彻最看重金日䃅与上官桀。

当刘彻率领臣相与文武官员在孔庙跪拜时，用目光扫了祭拜者一眼，神情凝重，忽问"怎么不见昌邑王刘髆？"丞相禀报："臣清点过人数，昌邑王未到。"刘彻追问他是否告假，丞相应"没有"。刘彻把脸一沉，怒责道："身为昌邑王，毫无礼节！祭孔仪式不可不严肃，对无故缺席者，必须严惩。"群臣交头接耳，议论纷纷。刘彻一贯把儒家诸君礼制视为治国之根。而刘髆恰在这隆重的祭孔盛典缺席，刘彻怎能不动怒呢？

忽然有人奏报"昌邑王刘髆到！"刘彻抬眼一看，只见刘髆两足红肿，满脸污浊，那件象征侯王权威的礼袍上下沾满泥泞，心中不悦。且不说昌邑王刘髆为赶上武帝祭拜孔庙的队伍，车行半途遇到暴雨，陷入马车搁浅的困境。刘彻对刘髆怒斥道："治理拥有千辆兵车的国家，必须做到谨慎处世，敬其职责。"又引用孔子"居家孝敬父母，处世敬重尊长"之言，指责他身为昌邑王"失职、不忠、不孝"三罪并犯，说罢便命侍卫将刘髆捆绑，听候处置。

群臣纷纷为刘髆求情，太仆上官桀婉言刘髆衣衫不整，暗示他途中定遇不测或为难事。桑弘羊则直截了当要他说明迟到缘由。

可刘髆是个慢性子，有些呆板，且不善言辞，即使受了委屈也自己忍着，从不申辩。霍光则从昌邑王苦读孔书，深究儒家礼制，在昌邑百姓中皆有口碑等方面，设法为他解脱。刘彻虽见群臣为皇儿"护短"，但仍铁面无私地训道："今天诸臣千里迢迢从长安而来，为的是祭拜孔子，这是仪礼制度。仪礼制度是国家的法度，不能有半点含糊。礼的实质在于严君臣、笃父子、彰孝悌、显仁义。它的存旨在建立国家的法度秩序。身为昌邑一国之王，为何不守约自律呢？"来回踱了一会儿又突然收住脚步，斩钉截铁地说，"谁敢为刘髆求情，一律按刑法处之！"

其他大臣本也想继续为刘髆进言，但他们知道刘彻执法严厉，爱用酷刑，只要他敲定之事，从不反悔，于是一时间都犹豫不决。

在这一关键时刻，从杏坛外走来一个人，额阔顶平，天庭饱满，身材清瘦，脚步轻盈，飘飘然大有神仙之气。但他那身长袍脏兮兮的，手里还拎着一筐鲜嫩蔬果。他就是西汉文学家、太中大夫东方朔。

东方朔，字曼倩，少好读书，又善诙谐、善辞赋，著有《神异经》《海内十洲记》等。东方朔性诙谐、滑稽，在政治、思想、军事、文化诸方面卓有见地，人称"仙人""文侠"，深受武帝厚爱。刚才，他站在殿外察看了好一阵子，眼前发生的一切全然知晓，便挺身而出为刘髆说情。武帝对东方朔虽未当众动怒，目光里却也隐含了几分不满情绪。刘髆感到惊异，这位大文豪是从哪里钻出来的啊。霍光却在心中暗想：哼，油腔滑调，又要在皇上面前耍何花招！

原来，在宫廷安排此次祭孔大典之前，东方朔也曾受刘彻之命派往外地办差，他出发前有言在先，若因途中山高路险或特殊情况，不能按时返回长安，便也没与朝廷仪仗同行，直接赴曲阜祭典，但要他准时抵达曲阜。东方朔见皇上满脸不悦，并无畏惧神色，而是不慌不忙地将蔬果轻放置于地，然后摘下头上桂冠右又手托着，恭恭敬敬跪拜于皇上，自责道："皇上！臣罪该万死，求皇上罢免官职。"刘彻莫名其妙，探问他"何罪"。东方朔呜咽坦言："卑臣与昌邑王同罪"。刘彻不知他葫芦里卖的什么药，便恩准他平身，追问他所犯何罪。东方朔这才把他迟到缘由诉说了一遍。

原来，东方朔办完差后立即赶往曲阜。当马车行至离曲阜二三十里时，发现在路旁有个农妇提筐跪献蔬果，东方朔探问她怎么知道自己要途经此地，农妇回答："贫妇并不知大人要从这里经过。只是昨天听到本县胡县令要来，胡县令爱民如子，从不收受馈赠。我想，采摘点自己栽种在田园的蔬果，聊表我们的一番敬意，总是可以吧。谁知来的不是县令而是朝廷的大人啊！"那妇人又说，"我看你的服饰与气度，定是个大官。县里的清官必是大人所赐。再说大人一定又是皇上提拔的人，所以小妇人有一件事拜托，想请大人你将这些蔬果转送皇上，以表我们老百姓对皇上的感恩之情。对于县官的回报，我们以后再补吧。"东方朔便问那县官尊姓大名，那妇人立即相告："姓胡名利斋。"东方朔给那妇人下了赏钱，收下了她所献蔬果。令东方朔感到奇怪的是：一路上，此类之事络绎不绝，至少有十几起之多。东方朔心里自然明白，只是一笑了之，继续前行。

东方朔娓娓道来，群臣听罢，无不为当地百姓对皇上的一片忠爱所感动。刘彻则笑颜大开，朗声赞道："乃知国家事，成败在人心。有这么好的清官，这么好的良民，我大汉天下怎能不繁荣昌盛呢？"

谁料好戏在后头。东方朔见时机确已成熟，便顺水推舟将那蔬果奉献给皇上，忽将话锋一转："天道悠悠，世道如此。凡事不论初衷如何，总会出现不同的揣度。这是不可避免的。皇上一贯待人公正，处事公心。定会恩准昌邑王说出此次祭孔迟到之由。"

这时，刘彻心中对刘髆的气已渐平息，便让他说明原因。刘髆心知肚明，东方朔与群臣都在全力呵护自己，于是眼噙热泪，感激地看了东方朔一眼，而后才将"妻怀身孕、临行前肚腹疼痛"，以及"半途遭遇大雨、马车滑入泥坑"耽搁时间的实情，一五一十向父皇诉说了一遍。刘彻对什么都不太关心，唯对儿媳妇梅氏身怀孙儿关怀备至，问他"梅氏身体如何"，刘髆受宠若惊，跪谢父皇。

田延年奏曰："古有训言：不孝有三，无后为大。昌邑王妃在今年三月皇上亲率群臣封禅泰山之时怀上儿孙，这是吉祥的好兆头。封禅源于伏羲以前的无怀氏。无怀氏曾封禅泰山，禅云云山。传说夏、商、周三代，均有封禅之说。禅与封一般同时进行。封，都在泰山。据说这是因为泰山是东岳，东方主生，是万物之始，阴阳交替的地方；也因为泰山有金箧玉策，可知人的寿命长短。臣以为，皇上应对昌邑王刘髆给予奖赏。"刘彻欣喜之余，连称言之有理，即命侍从当即赏给刘髆四只麟趾金。

自文帝时期开始，汉代实行酎金制。规定按照封地的大小和人口给封地侯王封赏，而封赏的王侯每年八月进奉宗庙时献上黄金。皇上对黄金的分量与成色严格规定，一旦发现不符，就依法严惩，王削县，侯免国，严重的还将关进监狱。因此，从汉武帝开始，侯王一级的高级贵族都会储备大量优质黄金。按西汉皇帝历来对各路功臣赏赐的惯例，汉武帝赏刘髆四只麟趾金并不算丰厚，在此之前，文帝赏过周勃黄金五千斤，赏过灌婴黄金千斤；武帝赏过卫青千金，还赏过有功骑士黄金二十万斤。

其实，武帝赏给刘髆这四只麟趾金，价值不在财物的轻重，而在于麟趾金的深远含义。武帝太始二年（公元前95年），武帝在西部登陇山祭拜天帝时捕获白麟贡献给宗庙，忽发现天马在渥洼水中出生，还在泰山挖出可化为黄金的宝物。于是霍光上奏，提出将黄金名称更改为"麟趾金"，以符合祥瑞。武帝恩准并用它赏赐给有特殊贡献的侯王，以此引导儿孙世代不忘"三皇五帝治国理政之道"，以孔子思想管理天下，使政令畅通，政治开明，刑罚减少，奸邪绝踪，草木向荣，百姓和谐，维护大汉江山社稷甘露普降，五谷丰登，德润四海。

刘髆双手捧着四只麟趾金叩首谢恩，却怎么也不肯收受。群臣大惑不解，刘彻也有几分猜疑。这时，刘髆一脸苦相，局促不安，额头冒出一串串冷汗。刘彻追问皇儿为何不受。刘髆这才战战兢兢把藏在心里的话全盘托出："皇儿是怕……怕生的并非皇孙，而是公主……"群臣哄然大笑，齐声暗赞昌邑王傻得可爱。

刘彻也忍俊不禁，动情地说："吾儿无论生皇孙还是公主，只要是刘家宗族的血脉，朕都喜欢，一律封赏。"想了一下又说，"若生的是皇孙，朕将额外加赏九只马蹄金！"刘髆的眼睛又湿润了，长跪不起，再次向父皇叩首谢恩。刘彻轻松地走上前去，恩准他快起，诙谐道："不要再叩头了，若把这杏坛地上的砖块叩碎了，那你可赔不起啊！"说毕，群臣间又荡起一阵欢笑声。

这时，刘彻又忽地想起了什么，便对刘髆警示道："子曰：吾未见好德如好色者也。"沉吟一会儿后，又郑重提醒他，"性相近也，习相远也。苗不正，根不稳，父之过。要重视对皇孙的培植与抚育。这四只麟趾金象征千里马四蹄，定要把我孙儿培育成千里骏马。"

刘髆手捧四只麟趾金，跪拜不起，泣声应道："父皇金玉良言，儿臣铭记在心。"大臣们纷纷见风使舵，捧道："恭喜皇上，要抱皇孙了！"刘彻心里像沾满了蜜，乐滋滋的。

刘彻见群臣相互敬重，心中甚喜，又引用孔子圣言叹道："好一番'德不孤，必有邻'的景象。"接着令搜粟都尉桑弘羊宣布祭孔典礼开始。

"出发！"随着桑弘羊三遍唱词，悠远浑厚的背景乐声响起，群臣穿过杏坛，步入孔庙大成门，在大成殿露台两侧静立。随着三通鼓起，大成殿殿门缓缓打开。刘彻率群臣佩戴绶带，默念着"人无德不立，国无德不兴""学而时习之，不亦乐乎"，沿神道缓缓步入大成殿。殿内，烛光通明，乐舞翩起。刘彻赞诵祭词："德星光明，报来喜祥。寿星频现，光耀天际。仁义乐礼，天下太平。土星昭示，朕敬拜孔子祝享祭。"最后在"礼成、阖户、卷班"的宣读声中结束。

礼毕，刘彻率群臣祭扫孔墓。孔氏家族的守墓人孔儒翁引刘彻及各大臣绕过一条泗水与洙水相汇的河流，并向皇上禀报说，孔子弟子三千，其中贤者七十二。当年他们就在此地听孔圣讲学。刘彻率臣行稽首大礼，以示敬仰。刘髆在行礼中深受感染，目光里透出自信神色。

孔子故宅坐落在孔庙东路承圣门内，刘彻携群臣入门。这是一个古朴的院落，丛林里隐隐露出一带黄泥墙，墙上皆用稻茎干掩护。院中有井，井周绕以雕花古栏，旁立"孔宅故井"石碑。

这时，霍光在一棵千年梧桐树洞口发现个竹筒，内存厚厚一卷泛黄的书籍，翻开一看，竟是孔子《尚书》《齐论》《论语》《孝经》，甚喜，急忙将这件奇事奏报皇上。刘彻如获至宝，爱不释手，当即赏赐孔氏家族金银珠宝九斗九升。

刘彻为答谢天神，亲自带头身着尚黄衣服，命群臣、诸侯穿上锦绣紫衣，用一茅三脊的席子作垫席，五色土掺和，祭日以牛，祭月以羊，并放生奇禽异兽。刘髆提着长袍，小心翼翼地行走在群臣的长列中，心里虔诚地默念着：臣将向子孙后代传承"仁德治国"之方略，永保我大汉江山社稷繁荣昌盛。霍光注意到了这一点，脸上的笑容好像在他瘦削的脸上，点燃了一盏充满暖意的神灯。

各州府县地方文武官员汇聚码头，护送刘彻与群臣返回未央宫。吹箫、敲锣、打鼓，百乐齐鸣，好不热闹。群臣正要动身，霍光暗自清点人数，却不见东方朔的身影，便悄声奏报刘彻："唯太中大夫东方朔缺席……"刘彻不听犹可，听了此语怒不可遏："这个刁臣，太不像话！"正要下旨惩罚，忽闻远处传来一声呼唤："太中大夫东方朔到！"

群臣抬头望去，只见东方朔命侍卫官押一小吏，正向皇上匆匆赶来。那小吏年约五十，骨瘦如柴，衣冠不整，宽大的七品长袍罩着他干瘪而衰朽的身体。此时的小吏声嘶力竭，连呼冤枉……

东方朔沉默不语，等待小吏回答。小吏见了皇上浑身瘫软，再也不敢喊冤，仓皇跪倒在皇上脚下，而如枯槁，直呼罪该万死。这小吏就是胡利斋，是曲阜县名声极坏的贪官。当时，一路上妇人跪献蔬果之事发生了十几起，引起了东方朔的警觉，于是连夜调查，才证实"农妇提筐跪献蔬果"为胡利斋背后策划。原来，这个小县令利令智昏，为骗取皇上的晋升重用，便送银牌百面买动当地农妇，导演了这么一幕丑剧。

刘彻得知实情，怒不可遏，当即下令以欺君之罪将胡利斋斩首。这时，东方朔却又为小吏求饶，请求皇上高抬贵手，放他一条生路，仅对其作"削职"处置。皇上追问东方朔原因，他道："孔子曾训导说，若有人掉入井中，我们当然要去救他，因为救人为仁德之行。虽为救人，实则也在拯救自己的仁德，从而使自己不陷入'私'井。井中之人犹可救，'私'井之念无可涤。"

待东方朔说完，刘彻又把眼睛盯在刘髆身上，问他对此贪官如何处置？刘髆面呈难色，应答不上；又试问霍光，霍光则泾渭分明，且不赞同东方朔的做法，辩道："臣以为，太中大夫对孔圣警语断章取义，只解了一半。人而无仁，何谓德行？但仁者可欺不可辱啊。胡利斋以金钱为手腕，捉弄、愚弄别人，尤其狗胆包天欺骗圣上。他别有用心，旨在谋取更高权力、夺取更大利益，再变本加厉去欺诈更多百姓。孔子耻，之曰：不在利病，其在宰予。皇上，像这种小人，定要慎而戒之啊，决不宽恕！"群臣一致赞同。东方朔欲再申辩，但刘彻已做出"对县令胡利斋斩首"的决定，并押送当地郡衙执行。

刘彻率领祭孔人马返回长安。一路上虽跋山涉川，备尝辛苦，但因孔圣敬语悟到"出征施教，赏善罚暴"的道理，心境异常愉悦。

刘髆乘坐马车打道回府。一路上，但回顾自己的亲身体验，耳闻目睹父皇与群臣在曲阜的游历，感悟颇深，从中悟到了"为政者不赏私劳，不罚私怨"的道理，不由叹道：难怪荀子曰：无功不赏，无罪不罚。父皇对待我，就是这样做的，所以我才由祭孔迟到之罪，化为受恩四只麟趾金之功。说到底，不就是为刘家喜添个皇孙嘛！

在长安孔庙的祀拜中，以及从父亲随武帝赴曲阜祭孔的故事中，刘贺顿悟，明白了当年祖父为何把"千斤黄金、八百户加封"换为赏赐他孔子立镜。顿时，孔圣在刘贺心中占据了重要的位置。于是，他在大成殿点燃了三支香，虔诚跪拜孔子。

初夏的雨水容易降落，也很容易收场。这时雨停了。孔庙丛林里，那带着湿润水珠的树叶，在微风中轻轻摇曳。在饱饮水分后，它们变得更加生气蓬勃。刘贺深深地吸了一口雨后的清新空气，来到孔庙门前杂货摊前转悠了一会儿。

这是一条古老的村街，街上的人形形色色，三教九流，很是混杂。茶馆酒肆很多，十分热闹。这时，刘贺发现一个卜卦摊子，便走过去看看让他吃惊的是，摊主居然是他在赴京路上，打过交道的那个阴阳怪气的李女须。不由得唤起了刘贺亲身经历的另一段回忆：

当时，身为第二任昌邑王的刘贺。正乘七乘传车赶赴在长安奔丧的路上。当经过一个古镇时，刘贺遵循孔子仪礼风俗，与严罗紨一起到曲阜孔庙附近走走看看。保镖寿成紧随于后，刘贺驱赶他走开，寿成只好离去。

那天，按照当地习俗，各村群趋赛会。演戏五日，远近妇幼儒士纷纷前来赶会。有拈香者，有褒物者。愚夫村妇，贩夫走卒，奔走喧扰，大有人山人海之观。有一村一会者，有数村一会者，每会都用"姥姆驾"，异腾将军神位，驾之周围遍挂纸宝，旗锣伞扇为驾前驱，巡行各村。村民们敲锣打鼓，热忱相迎，神威凛凛。还有道士击铙鸣钹，名曰"接神"。刘贺就爱凑这个热闹，便与侯夫人来到孔庙附近的丘山镇。在古镇街上路边有一块场地，周围一片密林。在此，他俩发现一个卜卦摊，摊前垂挂一块脏兮兮的白布，上书"上天阴阳仙"五个大字，在微风中飘拂。桌案上还放着几个竹筒，筒内大小竹签，颜色各异，还有些龟壳，大小不一。首先映入刘贺眼帘的是，桌案立有一只黄黑交白的杂毛鸡。只见它精神抖擞，昂头踏脚，惊异地朝四周察看着，还不时地伸长脖子啼叫，叫声又爽又脆，像唱歌一样，十分好听。

只见摊主那身不男不女的打扮：身穿玫瑰紫长衫，下着葱绿短裙儿，脚蹬一双大红绣花鞋。一头青丝黑发，油搽得雪亮。头上梳有一盘鬏儿，鬏边缀有串串珠儿，耳坠八宝金环，银光闪闪，叫人眼花缭乱。还有他的一双玉手，十指尖尖。两只眼睛，清水汪汪。两道高高的蛾眉抹上厚厚的脂粉，嘴上却是一撮络腮胡须。

刘贺在心里盘算着：此人到底是男还是女啊？因实在难以辨识，也就没去管他了。但最吸引他视线的，却是站立于桌案上的那只鸣叫不止的杂毛鸡，还有摊主那双紧盯着自己的眼睛，便上前探问道：这只鸡怎么会不停地啼叫呢？它是哪儿的神种？摊主捋了捋胡子，应道："它叫长鸣鸡。一天十二个时辰，每个时辰鸣叫一次。"回话的是个男性，却是个女人腔。刘贺听其阴阳怪气的腔调，又看看他那身打扮，便探问他到底是男还是女啊。那人哈哈一笑，应道："管子曰，阴阳者，天地之理也。在下又阴又阳，刚直兼营，是个把握天地之首的圣人。"刘贺对他这几句话挺感兴趣，却未听见杂毛鸡的啼鸣声，便又把目光逗留在那只鸡上，那毛色为红黄蓝白紫，非常好看，便试问："它怎么不打鸣了呢？"摊主冲他一笑，顺势打了声呼哨，那鸡又伸长脖子啼鸣起来，啼声委婉，拉得很长，犹如弯弯小溪，悠扬婉转，逗得刘贺拍手称好。特别是那最后一啼，铿锵有力，竟还踮起脚尖，昂起脖子，把尾巴翘得高高的，仿佛一位从前线凯旋的大将军。

刘贺见这长鸣鸡可以不断长鸣，仿佛在提醒他的臣仆们加速度赶路，便试问说："这鸡卖否？"侯夫人拉拉他的衣角，示意他不要与庶民混杂一起，做出违背奔丧规矩之事。但摊主应了声"此鸡不卖"，又向围观者游说起来，招来许多行人围观。刘贺看着、听着，觉得摊主虽是巫婆穿着，言谈举止却与众不同。"仪礼，由此起源！"刘贺忽想起《尚书》西周政治家周公创导的礼乐制度，认定此鸡长鸣是一种礼节，便打听摊主尊姓大名。那摊主谦道："浅女姓李名女须。今在丘山镇摆摊施展巫术，一不求名、二不谋利，在下心愿只有一个，传播孔子文化与民间风俗，让先帝刘彻以仁治国的儒学思想代代相传。"

李女须冠冕堂皇几句话，使刘贺肃然起敬，忽想到在巫蛊灾祸中出生以及母亲难产的那一刻。记得母亲曾不止一次对他说过，有个叫檀何的胡巫，曾用一颗药丸救过母子之命，想到当时母亲留给他的那块黄绢八卦，他还理解不透，便把它从袖口抽出，在李女须面前抖动了几下，试察她对此绢的反映，然后请她解释字画含义。

　　李女须探头一看，只见那绢上绘有城门及门前黄狗、题识等，猛一跺脚，沉下脸喝道："这是我的！"刘贺觉得莫名其妙，辩道："这明明是母亲传授于我的，怎么会是你的呢？"侯夫人见刘贺动怒便劝说李女须，但李女须始终不让，双方为此争执不休……正是：黑白难分妖气盛，是非混淆风雨惊。

　　刘贺又把那块黄绢掏出来，凝视着绢上的八卦图，那图上究竟藏有什么秘密？与李女须又有什么关系？且看下回分解。

第八天（六月八日）

占卜皇位

话说在赴京的路上，刘贺正与李女须为那块黄绢八卦图争执不休。

这时，有个人影远远站在路边的树丛中，那双锋利的目光正紧紧地盯住卜卦摊，便欲操戈跃起，但想了一下却又忍住了。至双方争夺"黄绢八卦"，肯定事出有因。

汉武帝后元二年（公元前87年），武帝驾崩，临死前立八岁的少子刘弗陵为皇太子，却压根没想到他的第四个儿子广陵王刘胥是个"权利狂"。

这些日子，当刘胥得知霍光立刘贺为帝，火冒三丈，又把矛头直指刘贺，暗中指使李女须祷告诅咒刘贺。刘胥为何指派李女须诅咒刘贺呢？原来，这与刘贺出生时发生的"西窗木偶"事件密切相关。当时，江充曾派檀何潜入昌邑王府，制造了"西窗木偶"案，旨在把昌邑府母子俩陷入巫蛊案中，妄图将刘家父子斩尽杀绝。若不是霍光等大臣挺身而出为刘贺辩解，想方设法从中呵护，刘贺早已命丧黄泉。

"六月六"，雨后天晴。潮湿的树叶黏在一起，比平时更显绿意，树叶在清晨的微风中摇晃，瑟瑟作响，便四周散发出一股股浓厚的香气。

昨天晚上，刘贺在未央宫观看月蚀回忆往事，多少有些心酸。

昌邑国有"六月六回母亲家"的风俗，故称"六月六"为"姑姑节""望夏节"；民谚也有 "六月六，挂锄钩，叫了大姑叫小姑""六月六，走麦罢"的说法。刘贺自远离昌邑国来到长安，自然把亲情看得更重。

在长安未央宫内。霍光垂立于庄严肃穆的昭帝灵堂。正面是连天接地的白色幔帐，上部书有一个斗大的"奠"字。灵堂上方的供桌上，摆着各色果品、香炉。烟雾袅袅，意外静寂。宫殿内外挂满无数白绢、素灯、白联、白衣、白帽、白鞋，顷刻间，犹如下了一场茫茫大雪，铺天盖地。不断有王侯与各路官员前来祭拜，上下哭号，声震屋瓦，整个灵堂完全笼罩在一片浓重悲哀的气氛中。

晚些时候，霍光脸色阴沉，身后那把系有白绸的大铜壶，发出一阵"叮咚、叮咚"

的计时滴漏声，单调无力。此刻，霍光心如热油煎熬。他已经三天三夜未合眼了，正谋划着如何从刘贺手中把皇权平稳夺回，又把它平安交到刘病已手中。

时间一分一秒地过去。大小官员与仆从来回走动，正在默默地忙碌着。宦官郭穰走到摆在四周的博山炉前，查看炉中的香珠或香饼是否烧尽。霍光久久凝视着香炉上雕饰的云海、瑞兽，以及含有"升仙得道"意义的手拄积竹杖的仙翁。霍大将军一直紧皱眉头，心急如焚，一动不动地坐在此椅上。窗外风吹梧桐树叶的响声，分外作响。他有些乏困了，微闭双眼闭目养神，人们来回走动的脚步声，不时地融入他的梦乡，化作车马飞转的车轮向前滚动，惊魂扰魄。在纷纷前行的杂乱的脚步声中，他听到一阵阵战栗的哭声，以为听见鬼声，不由得惊出一身冷汗。他睁眼一看，却知是一场梦。便又派出一拨侍卫前去郊外打探消息。

从汉昭帝驾崩以来，霍光从未睡过一个安稳觉。前天，他让张敞率手下侍卫，一直在未央宫转悠，生怕在这皇位交接的关键时刻出差错。

这时，张敞从门外走了进来，向霍光通报一个新动向：最近，刘胥活动频繁，紧盯皇帝宝座，曾派李女须诅咒、跟踪赴京路上的刘贺。霍光听罢怒形于色，却未发作。仅如木雕一般端坐于榻上，微闭双眼，念念有词，悄声应道：有风方起浪，无潮水自平。

一会儿，车骑将军张安世和宦官郭穰也来向霍光禀报，说是刘贺在接见二十多个国家的外使，神气活现，目中无人，只字不提大将军的大名；还说了刘贺率领外国使者游上林苑，参观野猪、老虎表演；让昌邑国带来的乐人击鼓吹拉弹唱，俳倡表演歌舞的事。不仅如此，刘贺还下旨把太一庙的乐人也召进去共同演奏等等。霍光在听到刘贺的种种劣迹时，一直微闭着眼睛，当听到外国使节给刘贺送来许多珍贵礼物时，忽然睁大了眼睛，探问什么礼品且问其被放到哪儿去了？郭穰应道："宝物多着呢，单是一对方圆兼备的玉璧，紫光迸出，晶莹剔透。"霍光又坐下，依旧闭目聆听。

再说，宣室殿内，几案、桌上和地上，堆满五光十色的宝物。方叔正在率臣仆们清点、登记。刘贺从外面走了进来，眉开眼笑地看了看这些外国朋友送来的礼品。善仆笑嘻嘻地说："还登记什么！这可都是外国珍稀珍宝，等下都把它们搬到陛下寝宫去。"说着把那支巨大的玉璧送到刘贺手中，这可是正宗的和田玉啊。刘贺却拒收说："先登记入库，以后再说。"又走至盛满冬虫夏草的麻袋前，"这半死不活的冬虫夏草，倒可以抓一点，熬给朕尝尝。"善仆立即遵命，命仆从提起整整一麻袋冬虫夏草，正欲向寝宫走去。刘贺却把仆从唤回，说是不要那多，给昌邑国臣仆每人分一份。他想了一下又叮嘱给大司马大将军霍光送去一袋，就说是他赏赐给霍光的。善仆应声照办。

然而，刘贺仍未忘记赴京路上李女须的那番"精彩表演"。

他并不知，李女须对刘贺及其王府状况早已摸透，刘贺迎诏之后赴长安接受绥带、玉玺的日程、线路以及一路上的活动安排，她一路跟踪、背后察看，了如指掌，并把刘贺一切行动完全在她的掌控之中。当时，她之所以抓住黄绢八卦与刘贺争执，缘由有二：一是试探刘贺是否知晓檀何当年对他们母子俩暗下毒手的事，还是在把巫师檀何认作"恩人"；二是视情况再对刘贺实施第二步谋杀计划。

当李女须见刘贺仍不明真相，便笑容可掬地对他说："巫师檀何是我表叔、恩师，我自幼跟随表叔在外闯荡。行医施善，居无定所，行迹无踪，常出没于深山老林。"李女须见刘贺认真倾听，便又以"李树无根须，终日倒于地"之义，解释自己的大名"李女须"。李女须说着，竟然抱头痛哭，动情地说："十八年前那个月蚀之夜，大王在惊天动地的陨落中出生，我表叔檀何见故昌邑王面相和善，必有后福，便推算、挥笔书写了这一黄绢八卦，呈送给他。"接着，李女须又把当时檀何为梅氏治病、刘贺出生的具体情景描述一遍，还说出了刘贺出生时，陨石缝中长出的那朵昙花。刘贺见李女须所说与母亲所述情景同出一辙，便完全相信了她。

但刘贺并不知十九年前，檀何是江充手下的巫师。当时，江充发现刘髆与赵国太子刘丹来往密切，且对江充密谋杀害刘丹行动有所察觉。这对江充生死存亡造成威胁，便派檀何对梅氏与刘贺母子暗下毒手。更为可怕的是李女须是广陵王刘胥夺皇权的一颗棋子。刘胥因不满武帝未立自己为太子，就派她诅咒昭帝，结果昭帝死了，刘胥将此举视为"上天显灵"。后又听说昭帝死后，霍光又把皇冠戴在刘贺头上，于是嫉恨在心，又花更多财物花在李女须身上，让她对昌邑王刘贺诅咒，为刘贺继位设置种种障碍，以夺取皇位。

从此，刘胥一直盯住了刘贺，并暗使李女须跟踪到了孔庙附近的丘山镇，让她以摆摊卜卦之名，对刘贺实施第三次巫术。他们知道，要阻止刘贺主持先帝丧事、放弃皇位，那是不可能的，且若"谋杀刘贺"之事一旦失误，那刘胥夺位也就露了马脚，于是决定让李女须误导刘贺，使其在霍光与群臣中造成贪色、贪财、贪玩、贪乐的劣迹，致使刘胥乘虚而入，轻而易举地把"皇位"夺到手。

当时，李女须见刘贺迷上了长鸣鸡，便有意抚弄了几下鸡毛，那鸡便又拉开嗓子啼叫一声。刘贺觉得它很神，便向李女须提出求一签。李女须对他画了道符，唤一声"贵人卜卦"，那鸡便从竹筒中啄出一签，李女须持签一看，上上签！便对刘贺娓娓道来：

"大王卜得此签不说吉凶，先得从楚灵王说起。当年楚灵王'卜天下'，那倒霉的卦中曰'余尚得天下'，不吉。楚灵王是个狂妄之徒，年轻时雄心勃勃，到处张扬'我可得天下'！可他命运不佳，用龟占卜为'下下吉'，便扔掉龟甲咒骂老天：'连个小小天下都不给我，我定要亲自夺取不可。'后来他当上了楚王，却被国人怨之、诸侯恨之、众叛亲离，最后被活活饿死。"

李女须口若悬河，滔滔不绝越说越起劲，围观者也越来越多，有富人、穷人，有种菜的、耍灯的，还有官人、学士。其中一位儒者年约五旬，头戴包巾，脚蹬麻绳草鞋，身着粗布长衫，双鬓稀疏朗朗，神色饱满和畅。他沉默寡言，目光如炬，他就那么静静地站一旁侧耳细听。李女须并没有注意到这位儒士，关注更多的却是刘贺的反应。当发现刘贺完全被自己摄住，便对他述说了些"郑子产徙大龟"、"蔡观从求为卜尹""齐晏子称卜宅"等卜命之例，核心话题仅有一个：无论在此所卜的大卦、小卦均为上天所施，不容更变。刘贺为之折服。可那旁听的儒者却冷笑一声，继续静观。当他听到李女须再次提及"楚灵王卜卦得天下"时，那儒生才反问一句："这天下是'卜'来的吗？"一反之音，如铁似钢，把李女须问得哑口无言。

发声者不是别人，正是刘髆喜获皇上赐予"贺"名，曾用龟占为刘贺剖析过"贺"名的章子玄。

李女须瞄了章子玄一眼，只见他衣着质朴，掀鼻丑陋，黑面短髯，额头却像岩石一般冷峻，眼神里透出一种冷静的刻板。李女须心中有鬼有些畏怯，知子玄仅吐一言，却掷地有声、气度非凡，便不敢再往下说。谁料刘贺又向李女须问及关于功名、皇位、风险，还有如何在赴京城路上做好继位准备的事情。李女须趁机解道："人的命运高悬于天上，命运的征兆浮于形貌，看一个人的命运，只要察看他脸上容量几斤几两便可。"刘贺又问："你看看我脸上容量有多少？"李女须用手捏着他的下颚，又看看他的眉宇、眼神与颚骨，惊叹道："生燕颔虎颈，飞而食肉，动而食色，静而食情，大王此乃帝王之相也。"刘贺看李女须这么一惊一乍，振奋不已。

李女须发现刘贺好奇之心被花言巧语迷惑，又怕章子玄从中打岔，便把黄绢八卦图铺于桌案，指着上面蹲在城门外的一条狗说："若卑下没记错的话，大王你是属狗的。"又顺势说道，"属狗，与鸡狗有缘"，刘贺本属马却故意谎称："我不属狗属猪。"李女须又把狗与猪连在一起述说了一番，随口胡诌了些"黄帝之时，以凤为鸡""楚之凤凰，乃是山鸡"之类的吉祥话。刘贺一听"偷鸡摸狗"的甚为反感：堂堂大丈夫，岂干此事？荒唐！

李女须痴笑刘贺小家子气，并非干大事的顶梁之才，又向他列举了战国四君子之一孟尝君"偷鸡摸狗"的事迹：

说的是孟尝君手下食客数千，以好养士著称。有一次，孟尝君入秦被囚，派人向秦昭王的幸姬求救。幸姬提出条件，命孟尝君献给秦昭王一样的白狐裘。孟尝君没有白狐裘。门客中有"能狗盗者"入宫偷出白狐裘满足了幸姬，幸姬向昭王说情放了孟尝君。可孟尝君正要连夜逃出秦国，秦昭王却又突然反悔，派兵追杀孟尝君。孟尝君来到函谷关前，关门紧闭。有"能为鸡鸣"的门客便又学鸡叫，引起周围鸡啼，骗开了城门。

最后，李女须为刘贺总结了三条经验：一是与鸡犬有缘；二是名下食客数千；三是贪玩好色，享受生活。且建议他说，一路玩耍，消除疲劳，还要他抓些长鸣鸡奉献皇太后。

站在一旁的侯夫人见李女须越说越离谱，忍不住说："天下并非哪个人的天下，而是天下人的天下。作为君王，有多少与人民利益相关的大事要做啊，这些你为何都不说，偏要纵容大王'偷鸡摸狗'呢？"李女须辩道："不是'偷鸡摸狗'，而是要像孟尝君那样，学会自我保护。一国之政，万人之命。君是国是民的，而不是某某爱妃的。要说鸡与狗，那可是神啊。不然，从前孝武皇帝为何要在长安西面建个上林苑，在那里专门建个犬台宫、斗鸡场呢。按照我大汉的惯例，每个月的第一天朝廷都要举行一次赛朝会，斗鸡、赛狗，皇上还亲自参加呢！"

刘贺一听李女须说，皇爷爷也斗鸡、赛狗，便探问李女须在赴长安的路上，应抓什么鸡、捉什么狗。李女须见刘贺正中下怀，便先不把话挑明，而是提起一笔，说我给你题写两首"鸡与狗"的诗吧。

话音刚落，章子玄又从人群里挤出来。

他并不在意，先招呼了声："女巫大师，刚才你滔滔不绝说得太累。这即兴诗还是让我来吧。"说着从李女须手中夺过笔，在白绢上撰写一"鸡"诗：名参十二属，花入羽毛深。守信催朝日，唯有长鸣鸡；又写了一首"狗"诗：昼驯识宾客，夜悍守门户。鹰眼似刀剑，无尾最勇猛。然后一针见血地说："看来，你在暗示大王去济阳县抓鸡捉狗啊？"

李女须与子玄针锋相对，势不两立。李女须见子玄虽长相丑陋却能说会道，笔下诗句警言行云流水，且一针见血，切中其弊，便低头不语。章子玄将手中之笔一丢，斥道："管子曰：为君不君，为臣不臣，乱之本也。可你这一派胡言，害的可是一国之君啊！"

李女须生怕暴露李胥与刘贺争位的隐情，便赔笑道："真理越辩越明。这样没有什么不好。"又提笔书写了第三首《劫美》诗：粉脸霞生一缕，红杏白梨肌理，秋波荡漾云水，罗袜新月半钩。并告诉刘贺："济阳县有长鸣鸡，日夜长鸣；弘农县出美女，大王不妨去看看，好为你登基后选妃做准备啊。"

侯夫人把刘贺拽到一旁，悄声说："这个巫婆东扯葫芦西扯瓢的，不可信。"催促他离开。刘贺却把目光投在章子玄身上，略思片刻后，忽由孔子立镜联想父母亲与爷爷奶奶之死，想起自己的天命，便向章子玄躬身一礼，问其如何理解"天命与善性"？

章子玄满腹经纶，侃侃而谈："天命即是天的命令。人生下来就有性情，人的性情即是人的欲望。或夭折或长寿，或仁厚或鄙陋，经过陶冶，才能够完善；尧、舜实行德政，百姓自然仁厚、长寿；桀、纣实行暴政，百姓自然夭折、鄙陋。百姓接受教化，就如同用泥巴制作陶器，制造器皿，全在于陶工的修饰加工；又好像在熔炉中冶炼金属，而后铸成器物，全在于冶铸者的模型。就是这个道理。"

围观者听了章子玄深入浅出的讲解，一个个点头称是。李女须也向他投以敬佩目光。刘贺听后，心里像点燃一盏明灯，豁然开朗。可当他还要向先生再提第二个问题时，章子玄却拱手告辞，飘然而去。刘贺望着他远去的背影，在心里叹道：将来大王我登基当上皇帝，定坚持"有能则举之，无能则下之"，定把你召入宫中挑重担！

在返回孔庙的路上，刘贺见路旁树荫下，有个老汉在卖积竹杖，一大捆竹杖靠树而放，长短粗细不一，地上还摆十几双草鞋，便上前探问："老人家，为何称它'芒鞋竹杖'呢？"老汉笑道："大人，'芒鞋竹杖'也称'积竹杖'，芒鞋是我们穷苦人穿的草鞋，竹杖是竹子做的手杖。此杖含义在于'积'。积为'积德累善'之意。大人穿上此鞋漫游四方，积德行善，必有后福。"

刘贺笑道，像我这样的年龄，用得着积竹杖吗？忽想起救命恩人霍光，想起自己出生时遭到巫蛊案诬陷，转而又应道："嗯，积德累善，此杖名好！"樵夫见刘贺夸赞急忙磕头央求道："这位大人，我们家一贫如洗，无米下锅，老汉我年过八旬的老母亲卧病在床，求大人买一根竹杖，让我能为老母亲尽一点孝心。"又磕头打躬，呼天抢地。刘贺忽想起帮助过自己的霍光与车千秋，便买了两根积竹杖。老汉感激不尽，跪拜不止。刘贺丢给他几串五铢钱。老汉说钱付多了，便追了上前，嚷道："大人，积竹杖只需十几个五铢钱，大人多付了，多了……"刘贺哪里能听到，早已消失得无影无踪。

这时，不远处传来一阵脚步声。刘贺转身一看，寿成领着王吉、龚遂等正朝这边赶来。刚才那个藏在路边树丛的人影，就是刘贺的马夫寿成。原来，寿成被刘贺驱赶之后并未走远，一直尾随他身后，暗中保护着他呢。当见刘贺平安无事正要返回，又提前禀报安乐找到这里来了。

当王吉、龚遂与寿成等赶到时，李女须早已收摊走人，不见踪影。其实，刘贺也对李女须极为反感，心想：李女须充其量也就是个低下巫师。然而，他虽从未见过章子玄，却对他很感兴趣。简洁数语，至理绝言，还有他那耿直神态、那谦恭风度都给刘贺留下了深刻的印象。

关于章子玄为何不自报家门认刘贺，因为他想，刘贺即将继位，周围有多少贤士辅佐，我何必多此一举呢？但出现李女须这种人物，纵容刘贺去干那些"抓鸡摸狗"勾当，这是必然的。司马迁曰：功名之下，不可久留。关键还在于刘贺自己啊，于是叹了声"何必杞人忧天"，向刘贺告辞，向停于树丛的那辆牛车走去。

刘贺远远望着章子玄那辆久历风尘的半篷牛车，讥笑道："无识无修养者，皆乘牛车。"直至章子玄坐在牛车在前板上，一甩牛鞭儿，听到牛车轮子咯吱滚动声，屁颠屁颠地离开了丛林，才想到子玄"毫无伤害他人"之意，又在心里赞道：此人善良、正直，敢说敢为，真不愧为一位儒侠啊！正是：两叶浮萍蹄大海，人生何处不相逢。

　　在赴京奔丧的路上，刘贺正在遐想，侯夫人却发现不远处，昌邑相国安乐率领人马正朝这边赶来。安乐老远就兴冲冲地呼喊道："大王在那边！找到了，找到了！"跨至刘贺跟前埋怨道："大王啊，你可把我们找苦了！"刘贺见昌邑相安乐等大臣、郎官，一个个满头大汗，神色紧张，感到莫名其妙。刘贺没有想到，原来安乐发现刘贺失踪之后，一直在找他，他们寻遍孔庙的每一个角落仍不见其踪影。正在犯愁时，寿成气喘吁吁跑来，提醒他们去附近的丘山镇看看，在此地找到了刘贺，总算松了口气。

　　这时，中尉王吉、郎中令龚遂终于在此见到了大王，无奈地摇了摇头，长叹一声。王吉欲冲着他发火，痛痛快快训他一番，却又忍住了，无奈，只有"扑通"一声跪在刘贺跟前，痛哭流泪，乞求说："大王，先帝龙骨未寒，皇后与群臣都在盼着你奔赴长安主持丧事呢，臣求你一路上千万不要耽搁时间，一定要守矩矩啊！"龚遂也诚心恳求说："王中尉说得有道理啊，请大王一路上多多保重，千万不能节外生枝，出半点差错。"刘贺见二位辅臣一片忠心，似乎有些感动，一口答应下来，连忙搀扶他俩起来。

　　然而，令刘贺没有想到的是，张安世受霍光指派，一直派人悄悄跟踪在他身后监视。当他发现刘贺浩浩荡荡携带二百官吏随从，一路上毫无礼节的一举一动之后，连夜返回长安向霍光禀报。霍光听后，简直不敢相信刘贺胆大妄为，竟然会干出这种事来，便对张安世产生了怀疑。因张安世在霍光心目中虽办事果断，见机行事，有时也有些草率了事，因粗心大意常出差错。当张安世提到至两百人马时，霍光听罢不敢信，反问："你平日办事毛糙，不会有误吧？"张安世却斩钉截铁地说："错不了，是臣安插在郡中特使快马前传报的。"霍光又踱了几步，突然收住脚步怒斥："主持国丧，十万火急；接受皇帝印玺、绶带，此事比天还大，本该轻装上路。刘贺擅自做主，携带二百人马，简直乱弹琴！"想了一下，又问，"刘贺一路上还干了些什么？"张安世摇头说不知。霍光把脸一沉，脸上的皱纹扭曲得像裂开的树皮，像是自言自语，又像是在教训在场所有守丧人："若有违纪违法者，就地惩罚，重者斩首处置！"正是：蝮蛇口中草，蝎子尾后针；两般犹未毒，最毒负心人。

　　群臣仆听罢面面相觑，不寒而栗：面对这位高深莫测的大将军霍光，待即将登上皇位的刘贺姗姗来迟，他究竟将会有何看法？会做何种处理？且看下回分解。

鸡鸣仙舍

　　话说刘贺赴长安奔丧、接受玺印的路上，昌邑王府的相国安乐等人，是在济阳县丘山镇找到刘贺的，便匆匆返回孔庙。总管生活内侍的方叔早已为大王备好午宴。二百多臣仆则在附近乡村简单，为马喂足草料后，安乐即下令抓紧时间，准备出发。

　　龚遂和王吉再次把刘贺请来孔庙诗礼堂，心平气和地为大王赴京"约法三章"。请求大王严遵"三要三不要"：一是乘坐的七乘传车速度不要太快，要注意安全；二是在旅途中不要扰民，要关心百姓疾苦；三是不要寻欢作乐，快到达长安时要哭丧。刘贺听了心烦应道："类似这样鸡毛蒜皮之事，你们颠三倒四已经重复多遍。若我登上皇帝宝座，你们还这样婆婆妈妈的，朕还怎么管理这个国家？"说着说着，登上七乘传车，其他人马随即跟上。

　　此时，忽闻孔庙钟鸣鼓响。不知怎的，附近村落百姓纷纷从四面八方赶来，围观这位即将继位的新皇帝。随即，当地文武官员、卫队、幕僚、财主与仆从络绎不绝，前呼后拥于传车前，摆出"接驾"派头，都想瞻仰一番新皇帝的尊容。

　　原来，刘贺在李女须摊前卜卦的消息，一下子在古镇内外传扬开来。有的说：昌邑王即将继位，还在卜卦算命呢；有的说：他叫"刘贺"，平易近人，亲近百姓，将来准是个贤君；有的神秘兮兮地对上士说：刘贺长相英俊，一表人才；还有的窃窃私语说：巫婆对刘贺说了些鸡呀、狗呀之类的禅语，刘贺洗耳恭听，分别时还向巫婆拱手道谢呢。一老夫子赞道：万民之主，不阿一人。上施善，下益宽。好君，好君！

　　于是，当地百姓闻讯，不约而同地赶来为"皇上"送行。还有的地方官员命仆从抬着丝绸、古玩，从老远赶来为皇上献礼。一时间，车辆纷纷，人马簇簇，呼的一下孔庙门外的车、马、轿，像赶集似的，簇拥着七乘传车，昌邑国文武臣仆等各色执事人员也招架不住。刘贺坐在传车内，耳闻车窗外的一片杂乱的谈笑与议论声，垂帘不语。渐渐地，围观者越来越多，把七乘传车围了个水泄不通。王吉、龚遂不知所措，安乐策马上前，命寿成等武官骑马向前，欲从挡道的人缝里杀出一条路来。

　　刘贺撩开车帘缝隙查看，见传车外自己的部下对围观者称王称霸，跋扈飞扬，立即大声喝道："且慢！"突然撩开帘子，从车内钻出个脑袋，大大方方立于传车前板上，先向大家拱拱手，然后温和地说："诸位，站在这里的就是刘贺！刘贺不是皇帝啊，而是昌邑王。"当见百姓们欢呼喝彩，高呼"万岁万万岁"时，干脆朗声说道："大家不是要看吗，本王其貌不扬，就站在这儿让大家看个够！"几句诙谐的话，把大家逗得哄然大笑。刘贺自己却没有笑，而是风度翩翩地站在传车前板上，优雅地转动着他那干瘦的身躯点头微笑。大家见了，禁不住又荡起一阵轻松的欢笑声。

王吉和龚遂见刘贺与庶民混杂一起，怒形于色，却又不好当众制止。刘贺对二臣视而不见，最后还问："诸位都看够了吗？本王我还要赶路呢！"于是，大家纷纷为七乘传车与大队人马开道、让路。刘贺不慌不忙地钻入车内。马夫"噼啪"甩了个响鞭吆喝一声"驾"，马车便沿着崎岖小路疾驰而去。其他车马应声跟上，一路烟尘滚滚。

此刻，长安未央宫天愁地惨，月色无光。

未央宫亭台楼榭，山水沧池，位于长安城地势最高的西南角龙首原上。它建于汉高祖七年（公元前200年），是西汉帝国的皇宫。未央宫是刘邦重臣萧何在秦章台的基础上监造、修建而成的。因地处长安城安门大街之西，又称"西宫"。宫内建筑雄伟，金碧辉煌，树木林荫，鸟语花香，宫中包括前殿、宣室殿、温室殿、清凉殿、麒麟殿、金华殿、承明殿、高门殿、白虎殿、玉堂殿、宣德殿、椒房殿、昭阳殿、柏梁台、天禄阁、石渠阁等建筑共四十余座。

汉昭帝灵堂处，群臣与宫中大小官员更衣发丧，扬幡举哀，有的跺脚哭泣，有的默默流泪，还有的焚香操琴，正为筹办皇上的丧事忙碌着。大司马大将军霍光自始至终都给群臣留下一个"忠臣"的好印象：沉着稳重，处事谨慎，以仁治国，公而忘私。此刻霍光来回走动，在宫中徘徊了许久，他在想：迎接刘贺的群臣离灞上还有多远？刘贺何时到达长安，他接到诏书会怎么想呢？霍光并不放心，总觉得他太嫩、太憨，好动贪玩且迷恋女色，有时还会干出一些荒唐的冒险事来，令人哭笑不得。但在继承皇位的人选中，霍光看中的正是这一"弱点"中的"优点"。当他想到一些功臣举止粗豪，全然没有礼法；有的把眼睛长到头顶上，虽表面奉承，在心里却是反对的；还有的我行我素、独断专行，把权力看得比命还重。此类人一旦登上皇位，他不但控制不了全局，连老命都要丢掉。于是刘贺便成了他的"最佳人选"。

霍光为人处事有奖有贬，一紧一松，无论办何事都能把握好一个"度"。

记得汉武帝刚刚去世不久的一天晚上，霍光生怕符节、玉玺出现意外，便将掌管符节、玉玺的郎官召来，命他把皇帝的玉玺交予自己，郎官拒交，霍光火了，即想抢夺，郎官手按宝剑，厉声喝道："臣的头颅可以给你，但玉玺不能给！"霍光听到此话肃然起敬。次日，霍光便奏请下诏，给这位郎官增加俸禄二等，群臣心服口服，无不称赞。霍光在群臣中的威信就是这样一步一步建立起来的。

话说在赴长安的路上，刘贺乘坐在七乘传车上，心里惬意：他从刚才"民为官让路"的场面中，悟到了《孔子家语》一道理：上乐施，则下益宽。若国君乐施恩惠，在下位的人就会更加宽厚。想到这里，刘贺心里充满阳光，于是情不自禁地唱起了《郊祀歌》中的《青阳》：

青阳开动，根荄以遂。
膏润并爱，跂行毕逮。
霆声发荣，壧处顷听。
枯槁复产，乃成厥命。
众庶熙熙，施及夭胎。
群生嗌嗌，惟春之祺。

刘贺得意扬扬地唱着，渐觉有些倦意，便微闭双眼打起瞌来。此刻，他听不见簇拥在传车的欢呼、喧嚣，只有车轮向前滚动单调的"嘎吱"声。刘贺迷迷糊糊发出鼾声，在甜蜜的梦乡里，刚才官民簇拥传车的热闹场面又在他眼前浮动、耳畔萦回。于是，刘贺想起祖父刘彻十六岁继位，年少气盛，志气高远，开始了他"以孔治国"的雄才大略。作为祖父之孙的我，为何不可以呢？

刘贺醒后，忽由章子玄所解"天命与善性"，联想到自己研读的《春秋》，便在心里琢磨道：臣在探求王道的开端是在正月。它的排序是正次于王，王次于春。春天，这是一年的开端啊！是正道，是王道追求的目的，即君王要对上接受天命，对下端正行为，君王要想有所作为，就要向天寻问做事的目的。天道的根本又在哪里呢？刘贺仍依旧模糊不清。但有一条他心里清楚：有了皇权，就能够为民做主、打抱不平。于是他暗下决心：皇帝，我当定了！

这时，刘贺忽振作精神，一脸严肃，正襟危坐，仿佛自己现在已登上皇帝宝座。刘贺不时撩开车帘向外张望，一片片金色田野、山峦，一排排树丛往后闪退，车马正以日行六十里的速度疾速前行。可刘贺仍觉车速太慢，不断催促马夫，命以半日行一百三十五里速度飞驰。

车前七匹马扬蹄长嘶，一声又一声。因七马速度过快，在滚滚烟尘中，车身上下颠簸，东倒西歪，向一边倾斜。龚遂从后面急急追了上来，厉声呼唤："大王，危险！马车不能跑得太快！慢点，慢点……"可刘贺哪里肯听，仍一个劲地催快，车马如飞箭一般直向前狂奔。

赤日炎炎。太阳像个火炉子，树叶晒得发白，没有一丝风透出，像蒸笼一般。途中，由于人马没有水喝，杨树上的蝉发出不耐烦的噪音。到了定陶县，一匹匹快马又渴又饿，陆续累死在途中。侍从不停地换骑快马，渴死累死在路上的马儿首尾相望。

龚遂见人疲马死，情况严重，便上前请求刘贺暂停，要求就地歇息。刘贺跳下马车前后回张望，见一匹匹马儿累倒、渴死在相隔不远的道路上，有的马儿已经死亡，不能动弹；有的躺在草地奄奄一息，张开大嘴透气；还有的仅剩下一口气，四只马蹄儿仍在抽筋……

寿成骑着箭羽飞奔而来，他跳下马咐吩十几个兄弟，用大刀在土中刨了个坑，把累死的几匹马掩埋……箭羽见此场面悲痛地仰天长啸，把尖尖的双耳向埋着马尸的方向转动了几下，昂头长嘶，四周山谷响起了萧萧的回音。马儿用雄壮的鸣声互相召唤，都不禁相视而泣。

箭羽的泣鸣长啸，像一把把锐刀扎在刘贺心上。刘贺瞥见这一悲惨情景，立即下令救马。于是，寿成等马夫与仆从立即行动，给料的给料，送水的送水。还有的用手捋着马儿的背毛，小心翼翼地呵护着。

龚遂和王吉则从远处走来，对刘贺劝谏道："看来，人马还是带多了。"并建议派几位随行郎官向昌邑国撤回五十人马，可刘贺哪里肯听，有些冒火地冲着龚遂说："先帝驾崩，天大丧事，五十个郎官、谒者并不为多。"仍坚持原班二百人马前行。

王吉却坚持原则央求说:"臣听说在上古时,军队行军,日行三十里,有了紧急情况,需要急行军,也只能日行五十里。《诗经》中说:飙风呼啸,战车飞奔,环视道路,内心凄凉。意思是说,耳边呼啸的风,已经不再是殷代的风,疾驰中的战车,也不再是殷代的战车,为此而感到凄凉哀伤。而今不到半天时间就急驰二百里,百姓为此要放下农耕,为大王引马修路啊!臣以为,为了大王的游乐,不应该让百姓耽误农时。"

刘贺听后,再看看眼前的马儿,也有些心疼,自知自己错了,便应道:"好吧,通知前后人马,不要跑得太快。"安乐立即传达大王的命令。这二百车马的速度总算放慢下来了。

刘贺率领的人马奔驰大约两三个时辰后,来到一个山清水秀的地方。刘贺望着车窗外:山不高而秀雅,水不深而澄清;地不广而平坦,林不大而茂盛。溪涧两边,古藤垂挂。猿鹤相亲,松柏交翠。刘贺见眼前奇景,便问寿成到达何地。寿成说是"济阳县"。

刘贺一听"济阳"二字不由心动:济阳县,长鸣鸡!顿时把武帝在《郊祀歌》中所唱的《青阳》,以及孔子家语的警言,忘得一干二净,急忙命传车停下,发出一道命令:"人疲马倦,在济阳县找个驿站歇息。"又奔了大约半个时辰,车马终于在济阳停下。

于是前后马蹄声渐渐消失,人、马儿均停歇在一个山谷里。在迷茫的雾气里中显得格外寂静,只听见茵茵草地旁潺潺的流水声,偶尔传来随从们的询问声。刘贺从传车上跳了下来,对大家说:"人马都累了,放马吃草,大家也歇息一会儿再走。"说着又把寿成叫到自己跟前,悄声命他把箭羽让给自己。寿成有些担忧,提醒他眼下赶路时间紧迫,不能骑着马乱跑。刘贺听后把眼睛一瞪,喝道:"这话是你说的吗?我就在这附近走走看看,关你什么事?"说着从寿成手中夺过马鞭,刘贺跃上马鞍抓住缰绳,吆喝一声:"宝贝,走!"箭羽便一跃而起,向前奔去。寿成却未放弃对大王的保护,而从自己身边的善仆手中夺过马鞭,跳上善仆之马鞍扬鞭欲前,善仆却嚷道:"哎哎,这马是我的!"不管三七二十一,善仆也跨上了自己那匹马,二仆便同骑一马,尾随在刘贺身后,眨眼工夫便不见他们的踪影……

再说安乐在赴京途中，始终提心吊胆，生怕刘贺出事，因此除了睡觉、吃饭，他一有时间便来回巡视，关注的目光主要是盯住刘贺的七乘传车。此刻，当他发现前面七乘传车停下，便奔上去察看，却在车厢内不见刘贺，便追问众仆："大王呢？"有人说，刚才乘着箭羽向左边方向跑了。安乐骂了声"蠢猪"便立即策马扬鞭向前左方向追去。

其实，刘贺先是向前路左行，后见左边悬崖挡路，且羊肠小道难以行走，便调转马头向右边一条小路行去。刘贺飞骑箭羽，沿一崎岖小路疾行，那路时断时续，蜿蜒而下。忽闻长鸣鸡阵阵长鸣之声，便下马，牵着箭羽向鸡鸣处寻去。走到一悬崖前一座山峦处，抬眼一看，哈！满山坡尽是活蹦乱跳的鸡，黄的、白的、黑的，还有五颜六色杂毛鸡，一只只精神抖擞，不停地蹦跳，拥挤着，每只鸡都不时地伸出长颈，喔喔长鸣……

刘贺见长鸣鸡出现眼前，乐得手舞足蹈，不停地跺脚呼唤："呵呵，长鸣鸡，长鸣鸡！原来你们都躲藏在这儿……"

寿成与善仆闻声赶来。刘贺见二仆在关键时刻突然出现，把刚才所思所想全都忘了，便冲着二仆下令："捉鸡！快，给我抓住，抓长鸣鸡，给大王多抓些！"主仆三人向山坡冲去，手忙脚乱抓起长鸣鸡来。顿时，满坡骚动。大小鸡儿拍闪着翅膀，东躲西藏，"叽叽、啾啾"直叫唤。这时，几只狗闻声窜了过来，刘贺定睛一看，发现是全一色大白狗，一只只灵秀而凶猛，脑袋各垂一片挺大的耳朵，滴溜溜的眼睛闪着寒光，直向刘贺直冲过来。刘贺又惊又怕，唆使寿成与善上前护驾，可二仆也吓得屁滚尿流，畏缩不前。那只无尾大白狗正张牙舞爪，欲向刘贺身上扑来，刘贺躲闪不及，翻倒在地。二仆惊呼，却也不敢上前营救……

忽然，山坡飘来一阵悠扬笛声。它时高时低，忽而似行云流水，忽而如珍珠落玉盘。刘贺越听越有滋味，只见那些鸡儿闻见笛声，不再惊慌失措，胡乱奔跑，一切都恢复至原始状态：长鸣鸡仍在欢跳鸣唱，那群狗儿乖乖地蹲坐在地上，半张的嘴拉出粉红、柔软的舌头，和平地望着刘贺，悠闲地甩动着尾巴呢。

呵呵，和谐，宁静；呵呵，青春，啼唱。

更为神奇的是：正在狂奔乱跑的箭羽听见这悠扬的笛声，四条长长的腿儿也停歇下来，在草地上跟着笛声的节拍，甩动着尾巴，悠闲自在地嚼着青草……

刘贺如梦初醒：这是哪位神仙下凡啊，竹笛一鸣，刚才这混乱的局面，竟然顿时安定了！刘贺心里好生奇怪，便顺笛声寻去。刘贺走了一会儿，笛声戛然停止，雾中小路却又不见了。抬头望去，只见几堵石墙、草舍和村前几泓弯弯溪水。上方悬崖半峭的红石，锈刻着"鸣鸡仙舍"四个大字，格外显目。只见那鹤发的道者颜高骑牛而来，身材瘦削，面若明月，睛似秋波，穿了件淡蓝、洗得泛白的旧布短衫，腰系酒葫芦，脚蹬一双轻便的麻绳草鞋，尚有几分仙风道骨。五六只野鹤紧随其后，鹤红头白羽，迈着细而高的双腿，昂起头，显得傲气十足。

颜高虽悠闲自在，却对抓鸡的刘贺视而不见，随口吟诵出一首诗，便放开嗓音铿锵唱道：

一上一上又一上，
看看行到岭头上。

颜高唱得一本正经，字正腔圆，抑扬顿挫。可马夫寿成、善仆听罢，却觉得它俗气，刘贺更在背后痴笑颜高无才，心想：这也算诗？平庸，白话，毫无意境，细细一读，连狗刮味都没有。刘贺心里乐滋滋的，若与大王我相比，差距甚远！本王虽不是诗人，《诗经》《楚辞》《孝经》还是啃读过的。那《大雅》《小雅》三十一篇，赋、比、兴，风、雅、颂，抑扬顿挫，含义深远，多好……

可当刘贺一听颜高接下吟成的以下两句——

乾坤只在掌拿中，
四海五湖归一望。

刘贺不由心里折服，拍案叫绝，在心里夸道：诗言志。这乡间老翁，诗仙下凡也；不，他简直就是"鸡狗诗国"里的君王！于是向颜高投去无限敬佩的目光。寿成与善仆更是望尘而拜，羞愧地低下了头。

颜高对他人对自己的褒与贬，似乎全然不知，他仍骑于牛背，悠闲前行。刘贺盯住了颜高身后那群野鹤，它们高傲地昂起头，扇动着翅膀，往前走着。刘贺追了上去，心中不禁叹道："呵呵，鹤是君子，诗圣也！"颜高对周围人的种种目光，冷嘲热讽的，五体投地的，咬牙切齿的，还是凶神恶煞的，皆视而不见，置之不理。只见他扬鞭赶牛，随口吟唱着自己编排的小诗，一步一步地向山坡那排屋舍走去。那么悠闲自在，那么快活。

刘贺率二仆紧随跟上。只见村落屋舍，东一家，西一户，仄仄斜斜，均为茅草搭建，坐南朝北，门窗洞开，光线温柔，疏实有度，冬暖夏凉。唯有一溜砖瓦平房，黄泥粉墙，绿荫环抱，隐隐传出一片琅琅书声。更令刘贺震惊的是，围墙下置有一辆破旧的牛车，与孔庙丛林章子玄那辆一模一样。他心里闪过一个问号：难道那位"多事儒生"也在此地？他是颜高的弟子？也没有多想，仍去追随颜高而去，决定把颜高与大儒的关系，弄个水落石出。善仆与寿成把马拴在树下，也随主人一道向"鸡鸣仙舍"寻去。

没走多远，一排茅草搭建的书舍便映入眼帘。窗开风细，帘卷烟茫。虽略显简陋却融入天然景色：白色甬道，两边皆是青青杨柳，燕群飞来飞去，传来一片啁啾声。舍后则是悬崖，蓬蒿没人，似绝行踪。舍前湖水，那白的波纹，一层层叠着，前推后涌过来。刘贺自然心中有数：原来"多事儒生"居住在此。

刘贺命二仆上前先向主人打个招呼，随后自己跟上。可当他俩刚一跨上山坡石阶，七八条猎狗便冲了过来，汪汪直叫，向他俩扑咬过来。刘贺见状吓住了，不敢上前。在一片慌乱中，一童仆骑牛从后舍出来，年约十几，短发齐眉，粗犮短衫，腰间斜插一支竹笛。他转动着那双滴溜溜的俊眼，横笛一吹，狗叫声便静止了。

刘贺上前施礼，自报家门说明来意。童仆姓花名果，是仙舍的一位小茶童。花果见刘贺与二仆来了，笑脸相迎，叮嘱了一声"请贵客稍等"便转身向书舍走去。不一会儿，章子玄回来了。

刘贺抬头一看，又惊又喜，发现主人正是长相丑陋的章子玄。只见他一身布衣，正赶着牛车，一颠一簸地朝亭子赶来，牛车上放着一块怪石，那石约有陶罐那么大。章子玄把牛车停靠在棋亭边，先向仙舍颜高施礼问候，颜高淡淡瞥了刘贺一眼，应了声"我先走一步"便离他们远去。章子玄与仆从把牛车上的"宝贝"搬上石桌。刘贺满脸愁云，在心里问，这个老夫子，是搬石头"砸客出门"，还是"指石骂人"？

刘贺与子玄对坐，喝茶闲聊。当刘贺得知子玄就是为自己破释"贺"名的哲人后，肃然起敬："啊，原来你就是那位父亲常提及的大儒！"刘贺从袖口抽出一块白绢铺在桌案上，子玄见上面写道：留黄鹤偶乘沧海月，贺白云常带楚江秋。不由得惊叹："呵呵，十八年前的旧联，昌邑王还保存着？"刘贺笑道："这是我父亲交给我的。听说父亲生前对先生很崇拜，老人家不止一次向我提过你。"子玄笑道："大王你看我这个样子……"笑得露出了参差不齐的牙齿，却并不介意，而是爽朗地说："这人世间上的事呀，从无十全十美。好了，你不要得意；坏了，你也不要泄气；不好不坏，你不酸痛。因为山外有山，天外有天。夏季按时来到了，千百条河流灌注到黄河中，黄河水流大大加宽，两岸之间，河中小洲之上，远望过去，连牛马都分不清楚。这个时候，黄河之神喜不自胜，以为天下的美丽尽属自己了。当他顺河东流，到达北海，向东望去，望不到水边际，这个时候，它开始收敛自己的神采。当他赞美海神的时候，海神却称自己是井底之蛙。四海处在天地之间，不就像大泽中石头间的小缝隙吗？"

刘贺心想：先生不是在说我处在天地之间就像一棵小树、一个小石块吧？

章子玄似乎猜透了刘贺的心思，便指着那块陨石探问："大王见过这块石头吗？"刘贺摇了摇头。子玄说："这可是块仙石啊，它与星月为伴，来自天宇。"刘贺心生好奇，正欲打破砂锅问到底，茶童花果又跑来禀报，说老仙翁请他走一趟。刘贺有些失望，只有再等。半个多时辰之后，刘贺还不见子玄过来，只能不辞而别。此时，他觉得心里烦躁不安，总感觉有什么事情要发生似的。正是：冤家不可结，结了无休歇。侮人还自侮，说人还自说。

此刻，刘贺为何忧心如焚？且看下回分解。

【寅时】（3时至5时）平旦，又称黎明、早晨、日旦等，寅时是夜与日的交替之际。

问策良药：冬虫夏草

豫章。昌邑王。神爵三年（公元前59年）农历七月二十五日。

此刻，铜漏壶的浮箭正指着寅时。紫金城寝宫静悄悄的。

刘贺望着那沓"二十七天"竹简，读着读着，不知怎的就入睡打起呼噜了。那呼噜声忽高忽低，有时还会尖叫拐弯，令人忍俊不禁。代宗欲把他推醒但又停下了动作，并喃喃自语："爹太累了，让他多睡一会儿……"话音刚落，刘贺却转过身子揉了揉眼睛，道："朕没有睡，正在唱歌呢。"说自己似醒非醒，在梦里唱歌。

代宗故意问："爹，你唱的是什么歌啊？"刘贺听儿子的提问，忽然感到自豪，把头一昂，嘻嘻傻笑道："想当年，朕风华正茂，何止爱好唱歌，饮酒作赋，骑马舞剑，狩猎射禽，还有文物收藏、琴棋书画，哪样拿不出手？"他说到这里，忽地又焦急又悔恨。

这时，一奴婢给他端来了一陶碗"仙汤"，其实是什么"仙汤"啊，就是冬虫夏草泡茶水。刘贺自贬为海昏侯之后，身体就一直很虚弱。但他喜欢喝这种"仙汤"还有一个原因：想当年他在登基的第二天，无雷国送来名贵药材冬虫夏草，告诉他"泡茶、煲汤、炖梨和蒸水"的食法，刘贺便称之为"仙汤"。刘贺一回忆起这美好时光，仿佛立即年轻了十岁。

这时，侯夫人用汤匙喂他喝了几口，刘贺叹道："孔圣曰：良药苦于口，而利于病；忠言逆于耳，而有利于行。此药虽苦，却可滋肺、对肺虚久咳、气喘、盗汗有特效。还可延年益寿呢。"

侯夫人夸他言简意赅说在点子上，便又让他再喝了几口，刘贺竟然呼唤起王吉与龚遂的名字，叹道："冬虫夏草，良药！由此，我想到了二位忠实辅臣为让我醒悟'民为天下'之道，何等用心良苦！"

第四回 民为天下

第九天（六月九日）

寻贤问策

未央宫，刘贺在寝宫窗前察看着，月亮渐渐从云缝里钻出来，又升起来了，日蚀总算挨过去了。刘贺迷迷糊糊地睡了，睡得并不安稳。

这是刘贺登基的第九天。早晨，刘贺一觉醒来，心里仍笼罩着一团迷雾。他回想起入宫以来发生的种种怪事，犹如惊弓之鸟，惶恐不安：朕出生时月蚀，天崩地裂掉下一块陨石；朕现在登基才几天，又同样发生月蚀，加之胡巫李女须在刘胥操纵下诅咒。这一切的一切，是天意还是巧合？忽想起鸡鸣仙舍大儒章子玄对自己"贺"名的破释；还有颜高透视"鸡狗"鞭辟入里的道与法，对善与恶含义点石成金。"对于朕的处境与命运，只有二位贤士才知也。"于是，决定再访颜高和章子玄。但鸡鸣仙舍还在济阳县，离长安实在太远，一时半会儿难以见到；又想到二贤常常外出游学，即赴济阳也不一定能见到，心里正为此事犯愁。马夫寿成便对刘贺说，陛下，二位大贤经常外出游学，我去长安城城外看看，或许有幸能遇上他们呢。刘贺没有作声，也就算是默认了。于是，寿成便抱着试试看的心境，策马扬鞭向城外巡视。

无巧不成书，当寿成寻至近郊之时，果见一辆牛车从眼前闪过，颜高和子玄正乘坐在牛车上！寿成简直不相信这是真的，用袖口擦了擦自己的眼睛：不错！活生生的两个人怎么会看错呢。便向前叩拜探问，二师抬眼一见便认出了寿成。寿成开门见山，把皇上日夜思念二贤、急于求见的事情说了。二贤表示欢迎，还告诉他，前几天他们游学至长安，现居住在城郊丰、镐双子城。

原来，最近他俩从济阳县鸡鸣仙舍出发，一路游学落脚于双子城。

双子城坐落于长安城西南三十里，在沣河东西两岸。据《诗经·大雅·文王有声》载：文王受命，有此武功。既伐于崇，作邑于丰。考卜维王，宅是镐京。维龟正之，武王成之。记的是武功指伐四国及崇之功。约公元前11世纪中期，周文王（姬昌）接受了古公稟父之命，征服了西北和西南诸小国，在沣河东西两岸营建了沣、镐两京，便有了沣、镐双子城。直至公元前777年平王东迁以前，双子城一直是西周的郡都。二贤之所以游历至此，除这里有迷人的自然风光外，还为了追悼先帝，并在祖先周文王早年耕耘的地方赏读《诗经》。

寿成得知二贤踪迹，立即打道回宫，向刘贺奏报。当时，刘贺正在品读《诗经》，听说天底下还有这么巧的好事，便从桌案前一跃而起，拍手称道："天意，缘分。天助我也！"立即换上布衣，脚蹬草鞋，乘骑箭羽准备奔出宫门。

可寿成提醒说："陛下，皇宫人多眼杂，守卫甚严，你就这么个穿着打扮出宫，是不是有点儿……"还有一臣仆帮腔说："若被霍光发现了，他老人家又要……"不等那臣把话说完，刘贺面呈怒容，骂道："左一个霍光，右一个霍光，难道我这个皇帝是为霍光当的吗？"沉吟一会儿，挺胸昂头，依旧我行我素地说："一国三公，君王为大。古人云：政令不统一，能以介于大国，能无亡乎？在未央宫，朕是皇上，一切朕说了算！"说罢，扬长而去。宦官郭穰闻讯追了上去，探问皇上匆匆忙忙去哪儿。刘贺如实相告，郭穰应道："哎呀呀，皇上可别乱跑啊，在下这就去把车骑将军张安世请来，护卫你一道前去。"刘贺跃跃欲试，等得有些不耐烦了，说了声"不必"便亲自策马扬鞭直奔双子城。

大约半个时辰后，刘贺来到了双子城灵囿附近。一路百鸟啼鸣，奔鹿哞哞，花香四溢。此处正是周文王当年放鹿、驯鹤与养鱼之圣地。《诗经·大雅·灵台》与《诗经·小雅·鹿鸣》均有记载：沣水东岸的镐京宫城旁，灵囿中有高台、池沼及伏卧的母鹿。刘贺放眼望去，只见谷地、草坪宽阔，野鹿四跑，昂天长鸣；沼池鱼跃、鳖游，千百只珍禽异鸟在密林中飞鸣。

刘贺心情极佳，放声朗诵《诗经》中的《灵台》：

> 经始灵台，经之营之；
> 庶民攻之，不日成之；
> 经始勿亟，庶民子来；
> 王在灵囿，麀鹿攸伏；
> 麀鹿濯濯；白鸟翯翯；
> 王在灵沼，于牣鱼跃。

刘贺眼看就要见到二贤，心情愉悦，远远发现一座高高的灵台前。灵台旁设有一间无遮蔽的茅草亭，四周群树环抱，溪水环绕，潺潺流动。茅草亭横梁上悬挂着一块腐朽的木匾，上面刻有"天下第一棋手"的篆字。刘贺叹道：呵呵，天下第一棋手？再看看那棋盘：木质构造，约二十厘米见方，底色为蓝色，仿佛是一片蔚蓝色的天空。

刘贺不由得叹道：此地可真是藏龙卧虎啊！这位围棋高手究竟会是谁呢？刘贺望着此匾，不禁回想起一个多月前在赴京受玺路上，经过济阳县鸡鸣仙舍那段有趣的经历：

当时，刘贺再次到鸡鸣仙舍欲拜访章子玄，却不见他的身影。他在亭子里等了半天，却闻亭边书舍传出一阵朗朗授课声，声音别致，娓娓动听。便走至书舍窗前窃听。当他探头向舍内望去，只见颜高站在一个高高的草台上，台下一条条板凳上坐满了他的弟子，"多事儒生"也在其中。刘贺见颜高讲着讲着，突然发现窗前闪出三张面孔。颜高察看刘贺，见他双眼灼灼闪光，流露出纯真、信任与服从的神情，好似恳求。刘贺好奇地看着、用心聆听：颜高正在向弟子们讲述"桃林打鸟"的历史典故。

只见老先生讲到半途，忽手持一只弹弓，用力拉弓，只听"嗖"的一声呼啸，一颗石弹从窗口飞出，将窗外枝叶间那群蹦跳的小鸟惊飞了；接着，颜高又侧身，瞄准室内一侧的稻草人，击瞎了它的"眼睛"；又去用弹石击中它的耳朵……最后颜高竟然泪流满面，对弟子们呜咽叹道：

晋灵公长大了，就知道变着法儿地胡闹。他把国家大事一股脑儿地推给赵盾去办。赵盾一心想恢复文公的霸业，对灵公"恨铁不成钢"。灵公又恼又怕，巴不得赵盾离开课堂，省得一天听他三通训。只有一名叫屠岸贾的大臣能让他喜上眉梢，精神百倍。屠岸贾可把晋灵公的性格摸透了：贪玩、好色。屠岸贾对于晋灵公唯命是从，又善于奉承，因此得到晋灵公的信任和宠爱。

屠岸贾给晋灵公造了个豪华的桃花园，在桃园里有一座耸入云霄的高台，四周围着栏杆。站在台子上放眼望去，全城房子和街道都能瞧得见。屠岸贾陪着晋灵公老在这儿玩，有时拿着弹弓打鸟，攀比谁眼尖、手快。有时候还唤宫女到高台上跳舞，一起喝酒、唱歌。他俩就这么玩下去。

园子外面的老百姓发现，晋灵公在台子上打鸟，都在外面瞧着凑热闹，围观者越来越多。晋灵公见园子外面的人比园子里的鸟还多，一兴起来，便向屠岸贾提出变个花样玩：用弹弓打人。比如打中眼睛十分，打中耳朵八分，打中脑袋五分，打着身上仅记一分；打不着则罚酒一杯。屠岸贾自然答应。直打得老百姓乱叫、乱跑，各自逃命。晋灵公一瞧，哈哈大笑，拍手呼道，打人比打鸟好玩！

晋灵公玩疯了心，变得得意忘形，任性妄为。厨子犯了错没把熊掌烧透，竟被他处死。赵盾也因为劝谏他而被陷害，不得不逃亡。

终于，赵盾的堂弟赵穿支开了屠岸贾，为晋灵公设下美人计，假惺惺地向晋灵公建议，精选两百名武士保护桃花园。晋灵公也爽快答应了，并在高台上与美女们一面喝酒，一面观赏歌舞。

在晋灵公醉心于游乐时，赵穿趁机一声令下，武士们上前把晋灵公杀死。赵盾闻知此事，立即驾车来到桃花园，装成悲痛欲绝的样子，扑在晋灵公的尸体上放声大哭。大家都夸赵盾是个忠臣，谁也不关心晋灵公之死是否和赵盾与他的堂弟赵穿有关。

刘贺听罢颜高的讲述，不由得一阵揪心的痛。晋灵公桃花园高台之死，在刘贺的脊梁骨重重敲了一棒：贪玩好色，死路一条。他似乎忽然明白了，我决不可走晋灵公那条路。

刘贺完全被颜高的授课声吸引，正在思考时，却不料被铜钟声打断。

这是下课的钟声。过了些时，当刘贺在附近树林子里转悠时，却见颜高独自一人端坐于石桌前，石桌上铺着一盘围棋，黑白棋子各分两边。刘贺看了好生奇怪，便躬身向先生招呼说"下棋呢"。颜高不应答，连头也没抬起，刘贺再问："先生，下棋呢。"颜高这才皱着眉头，低头苦叹一声："天下太小，惜无对手。"

刘贺一听浑身来劲，立即应道："找对手？我可否对弈？"颜高这才抬头打量了刘贺一番，反问："你会下棋？"刘贺把袖子一卷，冲着颜高一笑："不瞒先生说，小人家住昌邑国，要论下围棋，还是来得两下子的。不称'天下第一棋手'，至少，在昌邑国也可独占鳌头吧。"想了一下，觉得有点自吹自擂，便又谦虚地说，"若老先生准允，我们杀他一盘，与先生当个配角，还是可以的。"说着跃跃欲试，欲与颜高对弈。

原来，刘贺也是个棋迷。他从小受皇家琴棋书画的熏陶，下围棋是他一大爱好。

相传围棋是帝尧所置，以围棋教育其子丹朱。此谈荒唐，难道仙人也会下棋？不过，围棋乃天河图之数：三百六十一着，合着周天三百六十五度之一，黑白分阴阳两汉，立四象以按四象。其中千变万化，藏有神鬼莫测之机。

说起下棋，刘贺与他的爱妻侯夫人真可谓天生一对。记得在昌邑国时，有一次刘贺连输三盘于侯夫人，自觉得不好意思，便随口吟唱了一首诗，双手奉送给夫人，以示服输，诗曰：

世上输赢一局棋，谁知局内有夫妻。
大王当日曾遗语，胜固欣然败亦宜。

之后，刘贺刻苦学习棋艺，不但跟随侯夫人学，还与昌邑国臣仆、士夫与王府之外的公子，甚至深入民间，在游民之中寻找围棋高手。无论年龄大小，也不管职务高低，只要棋艺高明，便与他挑战、对弈。渐渐地，他手头饶裕，礼度熟娴，性格高傲，成为昌邑国第一围棋高手。

当刘贺听颜高这么一说，棋瘾上来了。手心有点发痒，便决定与老翁杀几盘。颜高淡淡地瞄了刘贺一眼，笑道："小子，既然如此，那就杀几盘吧。"刘贺也不客气，在石桌前与老人对弈起来，周围人听说围棋手高手对弈者是个毛头小卒，便纷纷前来围观了。

刘贺持黑，颜高持白。颜高并未动那棋子，一直在观察刘贺的脸色，老人家反映似乎有些迟钝，半天才把手中那颗白子落下。刘贺焦急地等了许久，埋怨了声"先生动作也太慢了"，干脆利索落下那颗黑子。颜高一听黑子扣压棋盘的声音，一时像失了神似的，又慢腾腾地把那颗白子放下。接着颜高慢条斯理地放下一颗颗白子，刘贺手中那些黑子如雨点般地落下，把颜高杀得昏头转向，措手不及。就这样，刘贺仅与颜高对弈三盘，三盘连胜。

最后，刘贺毫不客气，昂头笑道："老仙翁，你这块匾额可以卸下了。"老翁甘愿认输。刘贺则以胜利者自居，把头高高昂起，向老翁拱了拱手，招呼一声："胜负乃兵家常事。先生，输了一盘，您老也不必太难过。"便昂首阔步地离去。

眼下，刘贺当上皇帝了，又在双子城灵台茅草亭遇见了贤士颜高。他见了石桌上那木质棋盘，不由抿嘴笑了："论棋，老仙翁毕竟年纪大了，眼花耳聋，肯定是赛不过朕的。可这一次，朕并非求教棋艺而来，朕要向高人子玄与颜高求教朕出生时的奇异怪事；还有如何管理天下的一盘'国棋'。"

刘贺和他的侍从终于在崖石下面的宅院前，找到了章子玄。子玄坐在那块宽阔的场地上与颜高品茶。一泓清溪绕过清雅的院落，篱笆上挂满了丝瓜、豆荚。长满青苔的墙上爬满了绿油油的叶子，给人一种幽美、恬静的感觉。那溪水像流动的水晶向前涌动，阳光把水底的细黄沙和白石子照得一清二楚，像筛出的珍珠玛瑙一般，发出哗啦哗啦的响声。子玄与颜高一见刘贺等，便请他们坐下品茶。二师似乎不知刘贺已当皇帝，仍以平常一般礼节接待。当随仆正要向他俩介绍声明"刘贺现是皇上"时，却被刘贺制止了。颜高见了哈哈一笑，道："刘贺虽戴上了皇冠，却一身微服，从没有皇帝的架子。这个，老朽十分赞赏。"说到这里，颜高探问刘贺，"陛下来此，不会是下旨发号施令的吧？"

刘贺谦虚道："不不，朕自在赴京途中在鸡鸣仙舍遇见二位先生之后，先生的言谈举止使朕印象颇深，终生难忘。朕听说先生来长安且隐居此处，故特登门拜访。"颜高见刘贺比一个月前成熟多了，非常高兴，便笑道："善于总结古人的经验。一定会在现实中找到对比。"

刘贺并没有领悟此话含义，便探问其何意？颜高笑道："天是世上万物的祖，可以包罗万象，不会有所偏爱。天设置日月风雨，调和万物再通过阴阳寒暑，让万物经历磨炼。因此，圣人应效法天，建立道，倡导博爱无私。"刘贺接道："先生，朕明白了，从今天起，朕也要像圣人那样，布施仁德厚爱，用以善待百姓；设置礼义，用以引导百姓。"

刘贺心里像点亮了一盏明灯："朕还有一问，朕出生时天崩地裂，从天上掉下一块奇异的陨石，还遇上了月蚀，这究竟是怎么回事呢？"

子玄平静地应道："这是一种天象，是巧合并常见。"

原来，章子玄是在述说先帝一件轶事：征和四年（公元前89年）正月，武帝东巡求神仙；三月封泰山、石闾。向东巡游达东莱县，驾临海边。这一年，雍县在晴天的时候突然打了三次响雷，天上出现彩虹，气色苍黄，好像有飞鸟聚集在域阳宫的南边，声闻四百里远。此刻，天上忽落下两块陨石，石偈玉一样黑，有官员认为这是吉祥征兆，还有学士说是天上巨仙的脚印，故武帝便把它供奉于祖庙。同样是陨石，在不同人的眼里，福与祸，天上地上，完全不同。刘贺又提到陨石下方留有的气印，像是仙人的手印，手印上竟隐约有个篆体的"贺"字！

刘贺又问:"这个'贺'字,是先生你刻上去的吧?""不,不!"子玄摆手应道:"毫无雕琢,天然自成。"说着又从袋内取出一枝绸绢精制的"昙花",双手递给刘贺看,虽因时间久远,昙花颜色有些褪脱,但其形状仍犹如十八年前,没多大变化。刘贺不解地问:"'昙花一现'假象的制造者,为何要这么干呢?"章子玄眉宇间掠过几丝讥笑:"唉,人世间,假亦真来真亦假,真真假假多变化。贫者日为衣食所累,富者又怀不足之心。纵然当上了皇帝,三宫六院七十二妃,悠然自在,又有贪淫、恋色、好财之事,哪有闲空去修身齐家治国平天下呢?"

刘贺脸上火辣辣的,愣愣地望着子玄。子玄是在给刘贺敲警钟说:"修身齐家治国平天下,请大王记住,安不忘危臣所愿,常思危困必无危也。"刘贺细细地品味着,知道这是"居安思危"之意。

接着,子玄与颜高陪同皇帝刘贺亭中品茶,告诉他说:"这是从益州(今云南)野生大茶树摘下的上等茶。当年神农上山采药,坐在树下休息,几片树叶飘落在他面前,他习惯性地捡起那树叶放入口中尝试,觉得清香、解渴。这叶子又经历过做药用、酒食用,工艺也日渐成熟,终于有了茶叶。"

刘贺听得很认真,应道:"何止是茶叶的成长过程有个序,这人世间,何事不如此?"

子玄笑道:"陛下言之有理。但请记住一点,木头折断了,必定是有蛀虫;土墙倒塌了,必定有缝隙,便有了腐蚀。万事万物均有序,不能乱套,打乱次序使之发生变化,是它的内部原因。"

其实,刘贺最关心的是与他出生相关那块陨石的"秘密",便迫不及待地问二位先生那石含义何在。

颜高先叙说了一番女娲补天的故事:往古之时,四极废,九州裂,天不兼覆,地不周载,火灾蔓延不灭,水灾浩洋不息,猛兽扰民,天上大鸟扑抓老幼。于是女娲炼五色石以补苍天,断鳌足以立四极。女娲补天之意为,救时匡世,挽回世运。传说娲皇氏补天时,在大荒山无稽崖,炼成高经十二丈、方径二十四丈顽石三万六千五百零一块,她老人家仅用了三万六千五百块,单一块未用。只要君王不是这遗弃的这一块,不是"另类"便没事了。

刘贺恍然大悟:原来子玄大师引经据典,是在引导本王继位之后,该怎么挑起君王"为民治国"这副重担啊!

原来，章子玄与刘贺论石之事，早就与他的恩师颜高商量过。颜高对子玄说，这个赴长安继承皇位的刘贺太单纯、稚嫩，已经被巫师李女须的花言巧语所迷惑。便让子玄以他出生陨石与女娲补天之典，引导他做个明君，以仁义治国，造福于民。

他们闲聊着，忽闻远处几声鸡鸣狗叫，它们又啼又叫，十分得意。刘贺抬头一看，颜高正向这边走来，身后跟着几只鸡、几条狗，还有几只白鹤穿插在其中。

此刻，颜高见刘贺十分愉悦，便停下脚步说："孩子，你不是喜欢鸡和狗吗？老翁给你带来了几只，那就看你与它们有没有缘了。"

刘贺一看：鸡是健美的长鸣雄鸡，长着青色乌鸦一般的毛羽，它拍闪着翅膀，用谨慎的眼光窥看一下刘贺，颜高告诉他，此鸡名叫"黑鹰"；可不知为什么，颜高把黑鹰一送到他手里，它就不再啼叫了。狗是红毛狗，它身高三尺，浑身精瘦，长腿，垂耳，色如红炭，闪耀着火焰般的光泽，两只眼睛恰似灯光一般。它威严、老练，性情急躁，如狮子一般，但能解人意，故取名为"红狮"。红狮狗见到陌生的刘贺，两只耳朵尖刀般地直竖起来，冲着他汪汪直叫。刘贺吓得魂不附体，不觉失声地"咳"了一声，躲闪在一旁。

颜高引导刘贺说："透视这鸡、这狗的性情，我们该如何理解孔子主张的仁与义呢？老夫以为，人类生存在同一环境，都在阴阳五行，即水火木金土的运行。故有天人合一、天人感应的说法。比如你对鸡、对狗，对待一切动物动不动就大发雷霆，或者欺侮它、虐待它，它就会视你为敌；若你亲近它、爱护它，它就会听你的话，服从你的管理。"刘贺由此想到"龙文鞭影"的那段经历，便应道："小人驯养箭羽也是如此。所以我能驾驭它，与它和谐相处，形影不离。"

颜高见刘贺悟到了仁慈之道，便把黑鹰和红狮狗交给了他。说也怪，它们仿佛听懂了主人与客人的对话，鸡也长鸣，狗也服帖，似乎在表示愿跟新主人回家。

那几只白鹤又拍扇着翅膀，朝老人飞了过来，轻盈地落在他身后，伸长头颈唧唧鸣唱，颜高则悠闲地吟唱着一支歌儿：

鹤鸣于九皋，声闻于天。鱼在于渚，或潜于渊。乐彼之园，爰在树檀，其下维谷。它山之石，可以攻玉。

刘贺知道：老仙唱的是《诗经》佳句，意思是：白鹤鸣叫在深泽，鸣声响亮上云天。鱼儿游到小河边，时而潜游在深渊。那个可爱的园林，种着高大的紫檀，树下长的是楮树。其他山上的石头可用来磨玉石。呵呵，老人是在告诫我：博采众长，吸取他人的智慧和力量，方可立于不败之地！

此时，刘贺忽觉得那块陨石与自己骨肉相连，便请求先生能否把这块仙石赠给他。章子玄爽快答应说："若君王喜爱，就拿去吧。这本来就是上天赐给你的，在下可不能夺人所爱啊。"刘贺喜形于色，躬身道谢。子玄想了一下又提醒说，"玩物丧志，千万莫步晋灵公的后尘。"颜高则走到刘贺跟前，语重心长地说："陛下，你是老百姓的父母。应该做到老百姓喜欢什么，当官的就喜欢什么；老百姓厌恶什么，当官的就厌恶什么。只要陛下关心百姓的疾苦，百姓就会相信你，拥戴你。"

刘贺应道："民不富，士不荣；君不胜，国不壮。人民不富裕，君臣哪有脸面呢？君王不强大，国家哪能昌盛呢？"子玄点头称是，补充说："是啊，是啊，强国富民，关键在于君臣的能力与责任心！"

刘贺与二贤问策至此，心胸豁然开朗。当即赐给二贤各一玉佩：章子玄得到的是玉人。玉饰雕刻着一位正在舞蹈的女子，身着汉服，左手高过头顶，右手落于腰间，腰肢曼妙，身盈款款，晶莹剔透，栩栩如生，似乎你一眨眼间，舞者便会向你飘然旋转一般。赐给颜高的是一只玉神兽，玉佩雕有一只头有棱角的怪兽，且成蹲状，正朝你睁眼、吐舌、狂笑，仿佛它为人类驱除了邪恶后向你报喜，给人以沉稳、宁静与吉祥之感。开始二贤不肯收受，后刘贺说是让它们保护二位贤士幸福平安，且以礼尚往来之由让他们收下了。

接着，刘贺命二仆把颜高赠予的长鸣鸡与红狮狗一起搬上车，满载而归。当时，章子玄哼唱起《安世房中歌》，与颜高一道驾着牛车，乐悠悠地离去。

刘贺率二仆离开长安郊外双子城，策马扬鞭沿田边小路飞奔而去。一阵阵初夏的南风迎面吹来，仿佛花草、树叶纷纷飞落，那微风清凉凉的，令人心旷神怡。

"好香的酒味啊！"忽然，善仆骑在马上呼唤一声，刘贺也觉酒气扑鼻，便拽住缰绳吆喝箭羽停下，探问哪家的酒，醇香四处飘溢。二仆下马四处查看，只见一片片绿油油的庄稼地里，一股股渠水潺潺流淌。寿成不由大惊失色，叹道："哎哟哟！我的天呀，这不是渠水，是香喷喷的酒啊！"正是：麦穗雨歧，农人难辨。

这人世间只有水渠，哪会有什么"酒渠"灌田之理？究竟是怎么回事？且看下回分解。

第十天（六月十日）

赌酒赏民

刘贺正为酒田惊叹，二仆一看，哪是什么酒田，而是当地大家族谢家修筑了大约三四亩酒田，酒田底部与四周均用陶土与陶瓷混合砌成，紧紧连接谢家数百里稻田。谢他天为摆阔气炫耀谢家财源滚滚，便处吹嘘谢家"十里酒田"。久而久之，这一带百姓也就这么叫开了。

刘贺在双子城寻贤问策，却在返宫途中闻到这一股股浓郁的酒香，再细细一察，却发现一道奇景：不知谁家大摆阔气，钱无处花，竟然以美酒作水渠，便决定把这件异事探个水落石出。

天色渐暗，寿成提醒说："陛下，怕宫有事，明天就不要再来吧。"刘贺却坚持说："孔子曰：民不富，士不荣；君不胜，国不壮。朕微服私访，调查民情，有何不可？"其实，刘贺此举并非完全体察民意，还出于他好奇、好胜之秘。

然而，刘贺自登基后的一举一动，均在霍光的绝对掌控之中。

昨日一早，刘贺飞骑箭羽出宫赴双子城寻贤问策，其实，这一动向霍老早已从郭穰、张安世与宿卫者传至霍光耳畔。

此刻，在昭帝的灵堂内，霍光正坐守于此。张安世正站在霍光身后，弯下腰探问霍光："大概情况就是这些。大将军，你看怎么办？"

霍光沉吟许久后探问："刘贺为何赴双子城拜访鸡鸣仙舍二贤？"张安世应道："寻求治国之策。"霍光冷笑一声：哼，可笑至极！刘贺果真把自己当成皇上呢。想了一下说："浮躁性急，执己避见，一条小鱼掀不起大浪。随他去吧。"张安世听了心中有数，欲退出灵堂。霍光又补充说，"利益所在的地方，虽然是在千仞之高的巅峰，也没有人们上不去的地方；虽然藏在深水下，也没有人们进不去的地方。"张安世心领神会，悄然离去。

次日清晨，刘贺身穿粗布衣衫，独自策马向十里酒田奔去。善仆发现皇上独自出宫，急忙跑去报告马夫寿成。寿成眼看事情严重，立即追去。善仆急了，一把揪住他的缰绳求他把自己带上，寿成不从，善仆一急之下跨挤在一匹马，向刘贺追去。当二仆共骑一马驰出宫门，恰遇张安世、杨敞、田延年等臣，一个个怒形于色，纷纷贬议：全乱套了，成何体统！二仆终于追到了皇上。跟随刘贺在十里酒田转悠了一会儿，并不见酒田主人的身影。却在附近谷场上有很多人在把玩着陀螺，只见眼前堆满各式陀螺，有陶制的、木制的、竹制的、石制的，以木制的居多。木制陀螺为圆锥形，实心无柄，上大下小，锥端还以加铁钉或铜珠儿。

抽陀螺俗称"抽贱骨头"，是一种古老的民间传统游戏。玩耍时，以短棍系绳索绕陀螺使其在地上旋转，当它缓下来时，再用绳子抽它，使之旋转不止。开始，皇家贵族认为抽陀螺低贱，仅在民间孩童戏耍，贵族、王侯总是避开它。后来都觉得它好玩，便贵贱不分都来耍。说起"抽贱骨头"，刘贺浑身是劲，在他那美好的童年时光里，陀螺就跟他结下了不解之缘。

其中，有个耍陀螺的少年姓谢名他天，年约十五六岁，号浪士。他肤色白皙，穿着华丽，眉如墨画，睛若秋波，穿金戴银，腰系美玉，显出一副阔佬少爷的气派，是长安大盐商谢瑞昌之子。谢瑞昌酷爱喝酒，酒兴上来，喝起酒来不要命，故号"酒泉公"。他是郡中最富有的大盐商。然而谢他天却从小娇生惯养，性情顽劣。虽读过些闲杂书有些智略，眠花卧柳，吹笛拨筝，无所不为，却赌博喝酒，还爱干些偷鸡摸狗、嫁祸于人的勾当。但他素性爽快，刺枪使棒，骑马射击，以石击鸟，百发百中。他腰间吊着个鼓鼓锦囊袋，袋内装的是些卵石飞弹。人们便把他"谢"姓左边的"言"去了，送他一个绰号"射塌天"。虽书本上没下什么功夫，却还可胡诌些诗词之类。至于抽陀螺、推铁环之类的玩意儿，他更是玩得转，单说马上踢球，竟能闭起双眼同时玩转三个，自称"马球王"。

这些年来，谢家盐业生意越做越大，腰缠百万贯，房屋良田不计其数，府上家丁上百，娶妻十二个。因钱财太多无法花用，谢瑞昌便想出了"以酒灌田"这么个烧钱主意，其旨有二：一是打出"酒泉公"的金字招牌，招揽更多的盐生意；二是标榜自己财大气粗，谁也不敢欺负。

到了目的地，刘贺翻身下马走至田边，抬头眺望，只见那酒浪翻腾，一片汪洋。一股股酒香扑面而来，令人陶醉。刘贺正想捧酒尝一尝，几个农夫荷锄下地从此经过，劝道："这酒喝不得。"刘贺问他为什么。他们说这酒姓谢，谢老财宁可让它白白流掉，也不准任人喝。去年有个乞丐喝了一口酒，结果被捆绑吊打半死不活；还有个酒鬼半夜用陶罐窃装了他一罐酒，谢老财就唆使他家养的瘟狗咬掉了那酒鬼半边嘴巴。从此，过路者谁也不敢沾此一钱酒。面对好奇的刘贺，大家问："你没有听说此地流行的一首民谣吗？"刘贺摇头。大家便参差不齐地朗诵起来："渭水清，谢氏宁；渭水浊，谢氏族。"刘贺一听便明，这是百姓对谢氏豪门大族的"诅咒谣"。说的是渭水不能长清，谢氏也不能长势，终有一天要灭族。

　　刘贺心想：谢家仗"财"欺人，也太吝啬、太嚣张了！一气之下，便躬下身捧酒喝了一口，忽传来一阵狗叫声。只见一条凶猛的大黄狗拖着个扫帚尾巴，从谷场那边猛然窜了过来，刘贺吓得连连后退。汗血宝马箭羽闻声，用铁蹄腿朝那恶狗猛踢一下，吓得那狗不敢靠近刘贺。谢他天冲了过来，不许刘贺站立于酒田边。双方对峙，互不相让。刘贺想起了二贤所示：民不富，士不荣；君不胜，国不壮。品悟孔子此语，并非空话。古人云：上枉下曲，上乱下逆。上面不正直，下面就弯曲；上面混乱，下面就叛逆。作为国君，这件事朕一定要管。

　　刘贺并没有发火，先命善仆付给他五铢钱，然后对谢他天心平气和地说："这位谢公子，刚才我喝了你一口酒，我付了你五铢钱，我们两清了。"围观的农夫们都说刘贺通情达理，认可"两清"。可一贯专横跋扈的谢他天把刘贺的二百钱往地上一摔，怒斥道："你给我死远点儿。"刘贺问他为什么，谢他天说："我们谢家的酒池在这儿。"又问他为何不能站？谢公子说这田里的酒姓"谢"，刘贺闻也不能闻。

　　刘贺戏谑道："你说它姓谢，我说它姓张，你有何证据？若你喊它一声，看它会应吗？再说，这酒即使是你的，酒香在空气里飘，你家的酒香气占据了百里方圆百姓的空间，当地老百姓还没有向你索要'空气份子钱'呢。论理，你应该付'空间占有'钱。"谢他天并不服气，忽而眉头一皱，计上心来，悄悄从锦囊袋中摸出一颗石弹，冷不防飞了出去，那飞弹恰好从箭羽的尾巴的鬃毛上穿了过去，箭羽似乎有什么感觉，仰头灰灰嘶叫了几声，纵身蹦跳起来……可刘贺寻了半晌，却不见石弹从何处飞来。谢他天出了口恶气，总算找到了心理平衡，刘贺强忍怒火，他冲着谢他天辩道："你击的可不是一般的马，而是孝武皇帝赐赠的汗血宝马啊！"谢他天哪里会相信，讽笑道："呵呵，汗血宝马！谁相信呢，你这匹病马！"

　　刘贺命他睁大眼睛看看箭羽。谢他天这才发现这马浑身上下，火炭般的赤，无半根杂毛，从头至尾，足有一丈多长；从蹄至顶，高有八尺。听刚才它那一声嘶喊，犹如腾空入海之状，对此骏马挑不出丝毫疵点。面对这匹千里骏马，他心服口服，且又打起了这匹武帝赐予的汗血宝马的主意，他把刘贺引至树下那些摊在地上的陀螺前，试问刘贺："哎哎，你会玩这个吗？"刘贺不知对方要的什么花样，但当他一见陀螺，便双眼发亮，热血沸腾。

提起刘贺少年时代的"玩"，他不但玩出花样，还玩出勇与谋、善与义。

那一年，刘贺才三四岁。昌邑街坊有个阔少爷姓乔名力，乔力十几岁，酷爱斗鸡。其父是个富商大贾，家累千金，坐不垂堂。乔家财主把儿子捧为掌上明珠，特在乔府后花园造了个饲养斗鸡的"鸡坊"，养了上百只斗鸡供他耍乐。乔力常以斗鸡为由仗势欺人，扬言"谁是斗鸡场的赢家，谁就是爷"。大家对他敬而远之，谁也不敢招惹。刘贺决心为伙伴们出口窝囊气。

斗鸡活动源于西周，春秋战国时，斗鸡游戏开始流行。故齐都临淄人"无不吹竽鼓瑟、击竹弹琴、斗鸡走犬"，每年清明为最盛。汉高祖刘邦便是其中一个。他当上太上皇从乡下徙居长安后便以此为乐。刘贺也醉于斗鸡走狗，游猎博戏。

小小刘贺十分机灵。他先不惊动对方，而用两只马蹄金从博鸡者手里买到一只九斤黄鸡，取名为"鸡神"。鸡神冠压群雄，无论是体力、足力、耐力、智力、猛力，均比一般斗鸡强十倍、百倍。刘贺获得此鸡后，命手艺高超的老工匠，给它装上金爪子。在培训半个月之后，清明节快到了，而清明斗鸡风气最盛。于是，刘贺派出仆从通知乔力清明当天与他摆擂台拼杀一场。乔力当即应战，地点就定昌邑斗鸡场。游戏规则是：若刘贺获胜，高府便宰杀府中鸡坊百只斗鸡，为街坊邻居举办百鸡宴；若乔力赢了，则由昌邑王赐予乔力"昌邑鸡圣"的称号，并赏十足纯金的金匾一块。双方确认，铁板钉钉。当时，善仆在一旁提醒刘贺说："大王并不知此事，会不会惹是生非。"刘贺嬉笑道："我包赢，没问题。"

昌邑百姓与远近门客得知昌邑王子刘贺与乔力斗鸡，纷纷赶来观看。当时，斗鸡场车水马龙，挤得水泄不通。当裁判长宣布斗鸡开始，更是人声鼎沸。

刘贺的鸡神上场了，乔力出手的名叫"狮王"。只见狮王面对鸡神的挑衅，毫不示弱，它的颈毛一下子张了起来，奋起迎敌，直向鸡神的脑后蹬腿进攻。相互撕咬、冲杀，几个回合下来，双方皮毛略有损伤，各后退几步，再度冲了过去，越斗越激。最后乃以鸡神胜、狮王失败而告终。鸡神闪动着两只宽大而壮实的翅膀，把头高高昂起，在台子上走了几圈。斗鸡台四周欢声雷动。

刘贺乐得摇头晃脑，跳上斗鸡台宣布："我赢得高府的百只斗鸡，全部献给昌邑国的街坊邻居，请诸位上乔府参加百鸡宴会！"说罢便打道回府，使昌邑街坊邻扬眉吐气。

当时刘髆卧床不起，见天色已晚儿子没有回家，便对仆从追问其因。苏红则帮腔说，刘贺斗鸡不单纯是玩耍，而是惩恶扬善。刘髆也就睁只眼、闭只眼，没有追究下去，同时叮嘱苏红从中教育诱导他走正道。之后，苏红给刘贺讲了个"皇帝与童子"的故事：

一天，黄帝要到具茨山拜见大隗仙。方明驾车，昌寓陪乘，张若和折朋在马前做向导，来到了襄城的原野，他们都迷失了方向，又无处问路。正在犯急时迎面走来个牧马童子。皇帝喜出望外，亲自上前问路。童子告诉了他们具茨山的方向。接着又指明大隗仙住的地方。皇帝好生奇怪，便说："你这个小牧童，好精明啊！"便向他讨问怎么治理天下。童子说："治理天下并不难，像我这样就是了，又何必多事呢！我小的时候，自己在尘世之内游玩，恰好生了头目晕眩症，有一位长者教导我说：'你乘上日车到襄城原野上去游玩。'现在我的病好了一些又到世尘之外去游玩。治理天下就是这样。我又何必去多事呢？"皇帝说："治理天下，确实不是你的事情，虽然这样，还是要向你请教，怎样治理天下？"童子说："治理天下和我放牧马群又有什么不同呢！也就是除去害马罢了。"皇帝叩头再三拜谢，称赞童子是自己最好的老师，然后告退。

刘贺听了这个故事后，便问苏红说："奶妈，那个乔力不就是害群之马吗？我在斗鸡场把他斗倒，有何不好呢？"苏红应答："人生在世，谁都有犯错之时，怕就怕只接受批评，事后却不肯悔过自新。"刘贺忽想起中尉王吉、郎中令龚遂多次指出他的错误，自己虽口头认错，事后却忘得一干二净，毫无悔改之意，不觉脸红。次日，苏红把刘贺带到宽阔无边的湖畔，要他正视前方，问他看到了什么？小刘贺说："我看到了湖、浪和奋飞的鸟。"又让他站得高一些，看得更远一些，再问他看到了什么？刘贺又说："还是看到了湖、浪和鸟，又加上一句，还有大片大片的芦苇。"苏红这才笑着告诉他，条条江河流至湖中，湖水又滔滔滚滚涌向大海。这时，刘贺心胸豁然开朗："奶妈是不是在指责我，眼皮底下只有陀螺、马匹和射具？"苏红抿嘴一笑："是的。你是王子，是皇帝的血脉。应该具有这样的梦想与追求，胸怀容得了大海，装得了天下。"刘贺甜甜地应道："孩儿记住了。"

此刻，刘贺由自己少年的那段有趣的经历。联想起刚才在酒田边遇到的那个农夫，听他说谢家父子是本地的地头蛇，且"最抠门"，若有谁路过此地渴了喝他"酒田"的几口酒，谢家便让他"一赔罚百"，有时还遭一顿毒打。刘贺对此愤恨至极，同时童心焕发，想起少年时代与昌邑富家小子乔力斗鸡大获全胜的情景，显得十分快活。刘贺心想：这一回，大王我快马加鞭，赶赴长安，是为先帝主持丧事的，途经此处，为何不教训那个害群之马呢？同时，为追回自己那段值得回忆的童年时光，也为了给当地百姓驱愁解恨，刘贺便把矛头直指谢他天，并提出本次比赛不是"一马换一马"，而是若自己输了，箭羽归对方；但对方输了，刘贺则不仅能获得谢他天的马，还能占有一口酒田。双方同意，两人便开始比赛抽陀螺。比赛规则是：一比时间长短，二比花样多少；直至双方无论谁的陀螺"死"了，即停止转动为止。最后双方确认：裁判是附近村里一位老族长，姓孟名简，年约八旬，长有一把稀疏的花白胡须。他曾是西汉一重臣的马夫，便以"嘚嘚"马蹄声自号"得得闲翁"，办事公正，德高望重，村里外大小事宜均由这位闲翁主持决定。

比赛开始了，孟简老人拄杖而上，在一块平整、光滑的大理石平地上，老人猛敲一声铜锣，宣布陀螺赛开始。双方同时转动陀螺。谢他天一个劲地埋头抽打陀螺，使之平衡、飞转；刘贺"陀螺开转"便有独创，他把袖子一挽，用绳子绕好陀螺边缘，猛地拉开绳索往半空一抛，陀螺便在地上呼呼地旋转起来。刘贺一鞭一鞭地抽着它，让它在地上不停地转。他忽儿踮脚尖旋转半圈后，又转身接着抽；忽儿把手中的绳子在半空甩了几个炸响，又翻个跟头双脚落地，扬鞭继续抽打着快要"死"的陀螺。抽打陀螺的动作，五花八门，变幻无穷，博得一阵又一阵的掌声。最后，刘贺以三比一战胜谢他天，赢得了谢他天那匹白色的骏马。

孟简红光焕发，那小胡愉快地颤动着，他觉得刘贺不但脑袋瓜子灵活，陀螺摔得转，还讲江湖义气呢。于是当众宣告："胜者为王！过路客赢，谢家大白马，还有这片酒田统统归胜者。"刘贺补充说："这酒是大家的，无论远近村庄的父老乡亲，还有过路的远客、游者及乞丐，都可以在此喝个够！"众人又在起哄，欢声雷动。

寿成得意扬扬地说："好啊，白马公主归我了。"便上前去牵谢他天的马，可它双眼燃烧着勇士拼杀的火光，冷不防弹出一蹄往寿成身上踢去。寿成眼尖手快，猛一躲闪，跨上马背熟练地扬起鞭儿，三下五除二便把它征服在双腿之下。善仆补充说："这'酒田'归乡亲们的，诸位都来喝酒呀，我们大少爷请客。"刘贺站在一旁，抿嘴笑了。正是：当将冷眼观螃蟹，看你横行得几时。

这时，几个壮实青年闻到一股股酒香气迎面扑来，连称好酒，且从旁边一栅舍抬来桌椅板凳，又从酒田提来一桶酒，给大家各倒上一大碗，请刘贺坐在上方喝酒。刘贺肚子饿了，便毫不客气地坐下，尝了几口酒叹道："再来几块卤肉就好了。"话音刚落，一个小牧童便立即送几块卤牛肉，说是喜肉，昨天他姐姐结婚，他在厨房灶头切了一块存放于此。刘贺见肉大喜，喝了一碗酒便大块地吃起肉来，十分豪爽痛快。然而，谁也没注意到，从陀螺比赛一开始，身后就有几个人的影子，在场地林中死死地盯住了刘贺。

话说谢他天恼羞成怒冲着刘贺挑战说："再来！"众人喝彩："再来，再来！"这时，刘贺忽想起要去找双子城抓鸡、捉狗，便从寿成手中接过白马缰绳，将它牵到主人跟前，和气地说："谢他天兄弟，刚才是跟你闹着玩的，这马物归原主。"可谢他天满脸通红，跺脚吼道："打陀螺，本爷我服输；不过，骑马我是能手。再来一次赛马。不来，我不走！"说着往地上撒腿一坐，又哭又耍赖的！

二仆见谢他天赌红了眼，便劝陛下不要再玩了。刘贺也觉得无趣，转身欲走。谢他天却再三请战——再比一盘赛马。刘贺显得有些为难。这时，孟简挺身而出，抚着他那稀疏胡须，严厉地喝训："常言道，君子一言，驷马难追。谢他天，你作为堂堂大少爷，怎能出尔反尔呢？"谢他天哑口无言。

这时，孟简走到刘贺跟前，问道："请问公子，你知道你这鞭下的陀螺，为何飞转不倒吗？"刘贺不知其中原理。孟简解说："《周易》曰：刚柔相推，而生变化。进退盈缩，与时变化，圣人之常道也！"说毕，满脸笑意，拄杖离去。

刘贺话里听音：原来孟简在以"刚柔相推，而生变化"之道，提醒他"进退盈缩，与时变化"，见好就收。

其实，这一场恶作剧的陀螺游戏赢不赢，对刘贺来说并不重要，关键是这位新上任的皇帝在民间体察到了民间的疾苦，听到了百姓的声音，且在高人的指点下变得聪明睿智起来。

　　刘贺决心听孟简老人的提醒，见好就收。可谢他天却怎么也不肯退让，把双手一张，竟然拦住不让刘贺离开。这一下可惹怒了马夫寿成，便冲着谢他天说："你知道站在你面前的是谁吗？"正要把天机泄露出来，却被刘贺制止了，且和颜悦色地对谢他天说："谢公子，有何要求，你尽管说，别耍孩子气了。"谢他天仍一口咬定说："赛陀螺，我认输。可你总不能赢了就开溜呀。"正是：善聚庭前草，能开水上萍。唯闻千树吼，不见半分形。

　　谢他天几句话理直气壮，说得刘贺进退两难。刘贺下一步将如何动作？且看下回分解。

第十一天（六月十一日）

英雄救美

话说刘贺与谢他天赛了一场陀螺，独占鳌头。谢达天死皮赖脸不肯认输，死活缠着要与刘贺再比拼一次赛马。刘贺本想作罢，却被谢他天几句话难倒，心想：唉，就为这小子做一件善事吧：朕输了，成全他；朕赢了，让他心服口服。便决定与谢他天再赛一回马。

六月十一日。正值北方金黄的麦收季节。

刘贺撩开窗帘放眼望去，麦子都弯下了盈实的腰儿；农夫们也正忙着收割，一派祥和殷实的景象。刘贺一身便服哼着民间小曲儿，飞骑箭羽行进在赴酒田的小道上，心情格外愉悦。可走到半途，只听前方传来一阵哭泣声。刘贺命二仆前去探察，原来是有人抢劫民女。

刘贺一听面呈怒色，跃马扬鞭，闪电般地向民女呼救的方向奔去。二仆追上前去劝阻道："陛下，发生在庶民中的小事与我们无关，不要多管闲事啊。"可刘贺却偏要去管。

再说霍光心里早就有一本账：废帝，这就是老夫我关键的第一步。他之所以要让张安世说出来，那是说给他身边群臣听的，向他们吹吹风啊。

霍光接受刘彻遗诏，与金日磾、上官桀和桑弘羊共同辅佐少主刘弗陵，这是皇上的遗愿。加之刘弗陵冰雪聪明，勤奋苦学，且斯文好静，对大将军霍光言听计从，霍光所说的大小事情，他都一丝不苟，坚决照办。

刚才，霍光听罢车骑将军张安世与臣相张敞的禀报，心里很不踏实。认为刘贺自入宫以来，放荡不羁，擅自做主，于是，更坚定了他"把刘贺拉下马"的决心。上官皇太后年幼，且是霍光的外孙女啊，所以一直是霍光在背后操纵大权。但国有国法，家有家规，要废黜刘贺，也不是件容易的事啊。至于广陵王刘胥活动频繁，妄图夺取皇位，霍光早有思想准备，并已设防线，所以构不成什么威胁。

刘贺想得却没有那么复杂，他头脑简单，仍像个孩子，只是觉得：为穷苦百姓赚得一口酒田，皆大欢喜。而且当皇帝就要有这样的傲骨与志气，要有责任、有担当,为民除害,激浊扬清。

其实,在谢他天与刘贺赌酒的陀螺赛活动以及即将开始的赛马活动中,李女须一直在背后插手。

原来,谢他天之父谢瑞昌的盐业生意,靠的是刘胥背后支撑。后来盐、铁全由政府垄断,私制盐铁的人将受到严刑惩罚。于是,谢瑞昌便通过关系与刘胥暗中联系,半公半私制作盐铁,从中获得暴利。原来,什么赌酒、赛陀螺,什么赛马,全是李女须与谢瑞昌串通一气,诱导刘贺在奔丧途中做出违反朝规行为,并暴露在霍光幕后指派监视者眼前。说到底,就是为刘贺增加一条条罪状。单纯而贪玩的刘贺,并不知道他们葫芦里卖的什么药,便不知不觉滑入了他们暗设的陷阱。关于最后的这一场"赛马",也是谢家父子布的局,于是刘贺中了他们的美人计。当刘贺再次返回现场,抢劫者和受害女子都不见了,便向当地百姓打听,他们都说那个女子被人带走了,刘贺扑了个空。

此刻,刘贺在谢他天的引导下来到赛马场地,抬眼望去,见这是个方圆半里的赛马场。周围流水潺潺,绿茵环抱。阵风吹来,蔓叶轻摇,响声窸窣。再细察看,场地架起堆柴火,尚未点燃。场地周围一溜彩漆桌案。摆有十几桌丰盛宴席:觥筹交错,糕点缤纷,大鱼大肉,卤鸡卤鸭,色香美味,应有尽有。

十位娇柔的美女端坐在桌案前,年约十四五,最大芳龄也不过二十。一个个生得十分俊俏:腰肢柔媚,似风前垂柳纤纤;体态风流,如春后梨云冉冉。金莲款款,而行不动尘;玉质翩翩,而过疑无影。刘贺见了眉开眼笑,欢喜若狂,叹道:"莫言婉转都堪爱,更有销魂不在容。"恨不能即刻上前把她们搂在怀里。但此刻,他忽想起了小时候奶妈的教导:你是王子,是皇帝的血脉。应该具有这样的梦想与追求,胸怀容得了大海,装得了天下。再说,我是赶赴长安为先帝主持丧事的,千万不能轻举妄动。于是,刘贺便咬咬牙隐忍住了,骑在马上转悠了几圈,只见美女们有的呜咽对泣;有的含羞垂泪;有的愤怒无言,把拳头捏得紧紧的,眼睛哭得通红,好像随时准备与作恶者拼命。

刘贺用爱恋的目光瞟了她们几眼,心里乐道:若把她们都带进宫里,全都给朕下当宫女,那该多好!但是,刘贺又想起这些天来,自己至少违反了三条禁忌:

一是在奔丧为皇上守灵期间,只食素不沾荤;

二是无论办何丧事只能痛苦哭泣,不能击乐歌舞,寻欢作乐;

三是作为君臣，即使是在平常的日子，也绝对不能与庶民混杂一块，丢失皇家的尊严等等。

于是，刘贺收回了那双欣赏美人儿的目光，抖动缰绳，催马绕着圈子飞跑起来，以分散自己的胡思乱想。就在这时，忽从场地侧面麦地旁传来咴咴马叫声。刘贺转身一看，谢他天正骑着马朝他飞驰而来，只见他身挎箭袋，腰挂弹囊，趾高气扬。唯一不同的是，此刻他骑的是一匹高头大马，那马膘肥体壮，长长黑鬃毛披在背上，精神抖擞，昂头咴咴长啸如雷鸣一般。那架势，那风度，简直压倒一切！

原来，这是李女须为配合刘胥夺取皇位的又一阴谋。昨天，李女须离开丘山镇之后，见谢他天因输了酒田垂头丧气，便与他商定，大摆酒宴诱导刘贺大坛大坛喝酒、大块大块吃肉，劝他自违"奔丧禁酒、忌荤"的禁规；再看看他能否闯过"美人关"。

李女须心中有鬼，当然不敢对谢他天说出刘贺的身份，更不能说出他很可能就是刚刚登基的圣卜。如果全给谢家父子交了底，谢家人当然不敢这样放荡不羁，更不敢不把刘贺放在眼里。而刘贺一贯就没有把自己看成皇帝，连"大王"二字也都不愿别人提及，他只图个玩得痛快；再就是以勇敢、智慧与马技斗倒对手，为老百姓出一口大气，整整这小子也就罢了。

这一回，谢他天可是有备而来。为确保这位大少爷"必胜"，李女须通过刘胥在当地的关系，不知从哪儿调来一匹剽悍的汗血马，这马儿鬃毛全为黑色，狂奔起来快如闪电，勇猛赛虎。谢他天获得宝马后，临时给它取了个名儿：黑旋风。

这一切，刘贺自然全不知晓。得意扬扬地策马绕场一圈。只见谢他天在地上放着十捆松枝干柴，也不知他葫芦里卖的什么药。心想：莫非这小子惨无人道，要把这十个美女点火葬身？

"刘贺我虽不是江湖好汉，但人命关天啊，我定要英雄救美！"刘贺甩了一鞭让箭羽绕场快速跑了一圈后，向寿成与善仆下令："听我调遣，快救良女！"话音刚落，远处传来一阵马蹄声，谢他天飞骑黑旋风奔了过来，大声吆喝道："昨天那酒、那马我输了。本爷虽已认输，心里却不服气。今天，我还要跟你决一死战！"并当场宣战道，"看！这场地上十堆火柴代表十个美女。谁人不知弘农县山清水秀，盛产美女啊。故兄弟在此安排一场'跳火夺美'赛。"

刘贺骑在马上来回跑动，大声询问对方游戏规矩。

"让我来说！"不等谢他天露面，一个青年彪汉从人群中跃了出来，那汉子五大三粗，穿一身光溜溜的绿色宽松长衫，尖角而耸立的眉毛下，目光凛凛。他说话时有点结巴，且不时哼哼，他就是谢他天的仆从兼保镖铁榔头，也是个酒囊饭袋的凡夫俗子。铁榔头说着，大大咧咧走至刘贺跟前，一面哼哼一面说道："在这个赛马场地点燃十堆火焰，每堆火焰代表在座的一位美女。你与我们谢爷各骑一马，分头往火上拼跳，看谁闯过的火焰堆多，这些美女就归谁所有；谁若全部跳过则为胜者。这十个美女便是属于胜者的。"

刘贺一听赌的是美女，玩兴又起，便把当皇帝的事儿忘得一干二净，跃跃欲试地反问："若我输了呢？"谢他天死死盯住刘贺那充满灵性的箭羽，指道："你这匹宝马便归爷了！"

刘贺当机立断："可！本赛场见分晓。"马夫寿成担心输掉宝马，又上前劝道："我们人生地不熟，先说对方不暗设陷阱，我们怎能丢掉宝马呢？"善仆却反对寿成观点，纵容道："皇上不是要选妃吗？若在此选几个，不是一举两得吗。"说完又盯着对方那匹雄壮的黑旋风，暗自思忖那时，谢他天这匹汗血宝马不就归我了？刘贺大声应战道："是骡子是良马，拿出来遛遛！"铁榔头一声令下："点火！"

顿时，"嘭！嘭！嘭！"，一侍从把铜锣敲得个震天响。一会儿，马场附近的男女老幼都从四面八方赶来，凑热闹的人越来越多。

烈日高照，地上十堆干燥的松枝被晒得一点就着，噼里啪啦，越烧越旺，浓烟升腾，火光冲天。

比赛开始。裁判铁榔头当众宣布谢他天首先登场。只见谢公子骑着黑旋风，趾高气扬地出场了：黑旋风面对眼前十堆扑面燃烧的火焰，畏缩不前。谢他天拍拍它的马屁，不停地叨念着："英雄，为我争一口气，冲过去，冲过去！"说着一鞭甩了过去，黑旋风猛然跃起两只前蹄，跳过了前面三个火堆，谢他天得意忘形，连甩数鞭，待它奔至第四堆火焰时，黑旋风急了，突然扬起前蹄，"咴咴"嘶叫了一声，纵起马背，把谢他天摔了个扑地吹灰！在场百姓早就恨透了眼前这坏事干尽的阔少，一个个拍手称快。

接着，裁判铁榔头命仆从在烧过一半的十堆干柴上添柴、浇油，把火焰烧得又大又旺，火花爆跳，烟尘随着火焰冲上了天。观众都在为刘贺捏了把冷汗。随后，刘贺上场，场地掌声雷动，围观的群众连连发出"加油，加油"的欢呼声。

181

刘贺猛吹一声呼哨，箭羽便闪电般地飞奔过来，乖乖地站在主人跟前，甩动着尾巴待命。他心平气和地骑着箭羽，缓缓地围绕场地转悠了半圈，一手牵住缰绳，一手轻轻扬鞭叨念着："小乖乖，我的箭羽啊，别怕！冲过去，冲过去！"说着蹬上马鞍，猛在半空"鞭噼"甩了一鞭，箭羽眼前闪出一道鞭影，耳朵抖动了一下，四条壮实的腿儿，从十堆火焰上轻巧、快速地跃了过去，动作优美而轻巧，那腿儿，仿佛弹奏着古琴之弦。

　　正当刘贺策马惬意地跳过一堆堆火焰时，铁榔头忽在箭羽前方的几个火堆撒下一把把盐，火星四爆，越烧越旺，但箭羽仍轻巧地跃了过去！百姓们先为刘贺捏了把汗，接着又一齐为刘贺鼓掌、喝彩。

　　待第二轮比赛开始时，谢他天气急败坏，把浑身怒气全都撒在黑马身上，拼命甩着鞭子，狠狠地抽打黑马。黑旋风也被激怒了，四腿颤动，仰天长啸，冲至第三个火堆之时，猛一纵身，熊熊火焰燃着了马屁股的鬃毛，马儿四脚朝天地倒在地上，谢他天也重重地摔在熊熊的火堆边。刹那间，腾腾火焰熏黑了谢少爷的锦绣衣衫，裤子也烧起了火，咪咪冒烟。谢他天光着腚儿连呼救命，众人大笑。就连围坐在桌前的十大美人，也羞涩地低下头，忍俊不禁。铁榔头冲过去为少爷扑灭身上的烟火，可水火无情，一团火星儿恰好落在眉毛上，痛得他跺脚直呼："哎哟哟，我的眉毛……"仆主落荒而逃，谢他天屁股那未熄的火星还在冒烟呢。

　　这场跳火赛马的游戏就这样草草结束。刘贺走到露天宴席前，见那火腿烧得油津津的，伸手钳了一块尝尝，连称"好香、好吃"，又请围观的男女老幼都来喝酒品食。父老乡绅们纷纷上桌大吃大喝。正是：三棵竹叶穿心过，两朵桃花脸上来。

　　刘贺用爱恋的目光扫视着十个美女，一个个含羞微笑，排列两边，等着向刘贺谢恩。刘贺英雄救美，倍感自豪。他反剪着手，悠闲自在地走到她们跟前，一个个美人亭亭玉立，苗条、挺秀，腰肢细嫩，胸部隆起，且长得水灵灵的，更带着性感的诱惑。几个单纯活泼的美女冲他一笑，把本无意选美的"未来皇帝"的心中欲火，呼呼燃起，便对家奴善仆说，让她们跟随人马同赴长安，将来统统都做朕爱妃。

　　刘贺语出惊人，美女们转喜为忧，低声哭泣起来。寿成、善仆听了也都傻了眼，善仆悄声劝道："身为一国之君，你不理国家政事，怎能在民间'选妃'，违反朝纲，那可是要治罪的啊，请三思而行。"

刘贺无奈，只能忍痛割爱。他微闭双眼，向她们挥了挥手，驱促她们快快走开。美女们如惊弓之鸟，一哄而散。

刘贺这才想起治国大事，便向二仆下令打道回宫。可刘贺正准备跨马离开之时，却发现一个单瘦美女愣愣地站在那儿，一动也不动，哭得像个泪人。刘贺好生奇怪，便回头瞥了她一眼：娇小玲珑的身材，穿了件淡蓝色的粗布衣衫，朴素无华的衣着，怎么也遮掩不住那张美丽绝伦但挂满泪珠的脸。刘贺心里乐道：花动仪容玉润颜，温柔袅娜趁清闲。哭比笑好看！这位美女含羞的面庞略带几分胆怯，唯有那双聪慧而深湛的眼睛，似在顾盼，又似在乞求。正是：几声娇语如莺啭，一串珍珠落线头。

刘贺便走到她跟前，深情地为她壮胆说："小妹，别怕！无论何时何地哪怕是天塌下来，遇到危险，大王我都为你扛着。"

刘贺怎能不动心？这女子到底是谁？为何迷恋刘贺、死活赖着不走？且看下回分解。

【卯时】（5时至7时）日出，又名日始、破晓、旭日等：指太阳刚刚露脸，冉冉初升的那段时间。

君子之言 信而有征

豫章。昌邑王城。神爵三年（公元前59年）农历七月二十五日。

紫金城寝宫内。刘贺刚刚睡醒，听到窗外树丛鸟儿叽叽的欢叫声。刘贺先看到窗纸泛白，曙色苍茫。天上的那层灰气渐渐散开，不很闷热。

刘贺欲坐起来，两只颤抖的手吃力地撑着床榻，嚷道："我要起来！"这一回，他头脑似乎清醒了，不再称自己为"朕"。侯夫人问："陛下要去哪儿？"刘贺瞪了她一眼责道："谁是陛下？哪有陛下？我，刘贺，被废的海昏侯一个！"他那一本正经的模样，把家人都逗乐了。

古代凡是被废的王侯，必须"屏于远方，不及以政"。据雷次宗《豫章记》云：昌邑王刘贺既废之后，宣帝封为海昏侯，东就国，筑城于此。

太阳还没有出来。朦朦胧胧依稀可见：紫金傍湖而建，粉墙青瓦，飞檐立柱，亭台相同，雕梁画栋。或许是强盗的侵袭，城之四角，皆高于土墙堆了厚厚一层土，呈圆锥状的土墩，角楼建有碉堡之类的建筑物。可见当时刘贺生活窘迫，朝不保夕。

爱妾严罗紨走来招呼他用餐。刘贺把手一挥又任性地应道："不吃，不吃！我要上湖边看日出！"于是三个儿子搀扶父亲走出宫外，来到彭蠡泽水畔。

刘贺抬眼望去，叹道：君子之言，信而有征。而我信口开河的一句话，犹如湖中落石无响音。正是：一朝身显贵，万姓仰威仪。

欲知后事如何？且看下回分解。

第五回 颠倒次序

第十二天（六月十二日）

易节变色

先不说赛马中的十大美女，其中一美女赖着不走。单说次日一早，刘贺还在寝宫睡梦中，便被一群乌鸦吵醒了。推窗一看，只见一群乌鸦飞过，它们不停地叫唤着"苦呀、苦呀"，刘贺心里顿起烦恶情绪。嘈杂的乌鸦叫声也把侯夫人吵醒了。刘贺觉得兆头不祥，便问爱妃这是怎么回事。侯夫人笑道："大家都把乌鸦比作凶与恶，其实不然。臣妾以为，乌鸦是常见的鸟类，它本身并无吉凶、无善恶可言。乌鸦之所以给人留下'凶恶'印象，那是人们的旧习惯、老眼光造成的。"刘贺对侯夫人这种颇新的说法很有兴趣，夸道："说得好，有道理！请爱妃说下去。"可侯夫人却应道："没啦！"侯夫人好不容易调起刘贺的关注，刚开了个头却又戛然刹住，使刘贺有点失望。提起"乌鸦叫不是好兆头"的迷信，确实有点儿灵。

原来，事发的当天晚上，张安世就把刘贺赌酒赏民的全部经过，一五一十禀报了霍光。当时，霍光正在朝堂训导群臣，霍光听了，怒道："一国之君，万人之上。岂容他与庶民在一起鬼混！"群臣见大将军突然发怒，一个个局促不安。霍光想了一下，又和颜悦色地说"子曰：知者不惑，仁者不忧，勇者不惧。原来，刘贺根本就不是当皇帝的料。想当初，老夫头昏眼花，竟把一个如此庸才推上皇位。"

有大臣问道："大将军，要不要阻挠刘贺与庶民混杂一起，劝阻他回头。"霍光摆了摆手，看似宽容实质贬低，叹道："俗话说：江山易改，禀性难移。生成的骨子化成的水，随他去吧。"霍光周围的大臣们听了深受感动，齐赞霍大将军的宽大襟怀与度量。

在未央宫内，刘贺虽听到乌鸦的叫声，但一想起玉玺心情渐佳，他又从柜子里取起玺印、绶带；又捧出那顶皇冠把它放在靠窗几案上，一束微微闪亮的晨曦从窗口射入，洒落在冠冕上，给人以庄严肃穆之感。

刘贺与侯夫人细细察看着皇冠。顿时，一股快乐之感涌入刘贺全身，他似乎与此冠合成一个机体，自言自语地叹道："啊啊，本王已经是皇上了！"还情不自禁地吟唱起武帝亲笔所作的《朱明》之歌：

盛夏万物竞争，生命勃发茂盛，幼小茁壮安康，不屈不挠竞争。果实接受阳光，营养饱满充实，庄稼丰收在望，献于百神品尝。扩大宗庙祭享，神灵护佑不忘，迎来福祉祥瑞，传递万世无疆。

刘贺一面吟诵、一面领悟那诗中的内涵，仍坐如云雾，不知所以，便探问侯夫人说："爱妃，作为帝王，朕应该如何治理天下呢？"侯夫人应道："坚守大道，顺其自然，而不要主动施为，也不要求成功，不求名利，不求智慧，而求糊涂，难得糊涂，超然俗世。"刘贺仍不解地问："糊涂真能够治理天下吗？为什么呢？"侯夫人道："臣妾的理解是，你是帝王的身份，这是改变不了的，而你这个帝王又能够无私无求，为百姓树立一个良好的榜样，影响民风，宽容并引发臣民心中的良知，纠正臣所犯的错误，激起有良知的臣民的力量，从而主动去铲除邪恶的力量。"

刘贺悟道："帝王，只有顺应大多数臣民的意见，然后去铲除邪恶势力，他的力量才会强大起来。否则留下后遗症，欲速则不达，最后好心没好报。"侯夫人点头称是，并开导他说："如果帝王无为导致臣民欺瞒陛下，其实也不要怕，因为社会是大家的社会，四面八方都是人，都是势力，帝王不过是站在中央而已。"

刘贺听罢侯夫人这番话，心里忽然亮堂。一国之君，孤掌难鸣。只有聚集君臣与广大百姓的力量，才能治理好这个国家。

刘贺与爱妃聊到这里，眉宇间又掠过阴云。侯夫人探问："陛下想起什么？好像心情很沉重的样子？"刘贺掩饰说："没什么。"侯夫人应道："人无远虑，必有近忧。陛下头上有几根发、心里有几多事，唯臣妾皆知。"刘贺笑道："我的爱妃啊，拿绳子逮风？什么时候把风逮住过？举大刀砍水，什么时候把水砍断过？"掩饰积压在心中的困惑，示意她不要追问。

其实，聪明过人的侯夫人早就猜测到了：皇上是在担忧从昌邑国带来的那两百官吏随从，他们中有受过教养的高官贤士，有出身寒苦的平民百姓，还有流落他乡甚至犯过罪、痛改前非的庶民。但都是跟随第一、二任昌邑王的忠臣良仆。刘贺担心他们在皇宫不慎闹出事来。当刘贺双手将几案上那顶皇冠捧起，吹了吹上面的灰尘，又放在手里掂了掂，笑道："大将军霍光训语犹如警钟，那玉玺何止半斤？这皇冠情系千百万群臣百姓的生命，生死攸关，重如千钧。"

侯夫人见刘贺从心窝子里掏出了真情，应道："陛下无时不在担忧从昌邑国带来的两百官员随从，是吧？"这时，刘贺已把手中的皇冠放回几案，不由惊问："朕藏于心中的隐秘，爱妃是怎么会知道呢？"

侯夫人嫣然一笑，并未正面应答，反倒夸赞皇上说："千丈之堤，以蝼蚁之穴溃；百尺之室，以突隙之烟焚。陛下不但情系百姓，且高瞻远瞩，想得周到。"刘贺这才讨问爱妃："朕该怎么办啊？"

这时，侯夫人脸色严肃地应道："想当初，二位忠实辅臣向陛下指出，阻止携带二百官员随从，可陛下不爱听啊。"刘贺仍无动于衷，顶撞说："这个，朕仍不后悔，朕不愧于人，不畏于天，再说，这二百臣仆跟随朕这么多年，如今朕当了皇帝，怎能把他们扔在昌邑国呢？"侯夫人恭敬地说："陛下仁慈，必有善报。"刘贺急问她面对此困境，如何应对。侯夫人仅送给皇上四个字："堵穴补隙"。

刘贺觉得侯夫人言之有理，便下令左右命昌邑臣仆在未央宫前殿集合，等待皇上训话。前殿坐落于未央宫东南角，壁砌生光，雄伟壮观。它高达八十余米，是一座南北长达四百米、东西宽二百米的殿堂。楼阁高下，轩窗掩映，幽房曲室，玉栏朱杆。相互属连在一起，回环四合，金碧辉煌。原昌邑二百臣仆三五成群，有说有笑，踏过九曲汉白玉拱桥，向未央宫前殿簇拥而来。

殿内显得有些乱哄哄的。臣仆们陆续到齐，正热切期盼皇上驾到。王吉、龚遂、方叔等臣仆，马夫寿成、皇后侯夫人、爱妃严罗绔，还有那个刘贺策马跳火英雄救美，对刘贺爱得死去活来的歌女张修，也以妃子身份排在其列。大家一个个面呈喜色，窃窃私语，或谈哪个会升贬、去留，或论皇上赏赐等好事。

昌邑相安乐见皇上朝这边走来，招呼群臣与大小官员分立两列跪拜，高呼"皇上万岁"！刘贺眉开眼笑，双手捧着玉玺只顾一个劲地往前走去，一路上连称"免礼，免礼"。走定后，随意将那枚玉玺放在床头柜中。王吉急忙上前悄声提醒："陛下，玉玺不能放在这里，应立即封存，指定人保管。"刘贺若无其事，应了声："不急，现在朕有重要诏书颁发，等下再封吧。"然后端坐在上方龙椅上。

在刘贺的龙椅背面，挂有尧、舜、禹、汤、桀、纣等古代帝王画像。这是刘贺在受绶之前煞费苦心，专门命郎官与画师从未央宫画室取下移至此处的，以彰显自己对祖皇的崇敬。刘贺巡视了臣仆一番，训道："你们都听着，现在，朕不是诸侯王，而是皇上了。国有国法，家有家规。你们绝对不许乱来，无论做什么事情，都要按规矩办。"说到这里起身踱了几步，便从抽屉里取出一叠简策，把关于治国平天下的雄心壮志与实施计划，有条不紊地讲述了一遍，臣仆们感同身受，茅塞顿开。唯辅臣龚遂兴奋之余，脸上掠过几丝忧虑：皇上能够做到吗？王吉心里则闪过一个问号：一贯稀里糊涂的刘贺，怎么突然醒悟了？

原来，自刘贺在拜见颜高及其弟子章子玄之后，一直在思考"如何当好皇帝"的问题。昨天，他几乎彻夜未眠。他想，现在我大汉天下太平了，社会稳定，百姓安居乐业了，孔子主张这句话含义之根，便是修身，也就是如何做人。

刘贺从群臣那一张张敬佩、喜悦的脸上，察觉到自己的宏伟计划深获群臣拥戴，便又兴致勃勃颁布了三道口头诏令：一是二百昌邑国官员随从均已入宫，并宣布歌女张修为夫人；二是命侍从在玉玺台取出至少十六以上符节；三是二百余昌邑旧部辛苦了，应该奖赏，决定购买鸡肉、猪肉供大家一起享用。

刘贺在下诏令时，随意讲"受易节上黄旄以赤"。王吉吓出了一身冷汗，斗胆阻止说："陛下，这样不妥。"刘贺问何故？王吉答道："节信是皇帝授权传令的信物。汉朝节信本来是纯赤的。当年，因卫太子作乱，手中执有节信。孝武皇帝急中生智，将节信上的黄旄改成黄色，使卫太子手执节信失效，从而稳定大汉政局。"龚遂补充说："陛下变易节信，显然是在收回权力。但陛下这样做，皇太后、大将军霍光会怎么想呢？"刘贺坚持说："我是皇上，一切皇上说了算。"刘贺不等王吉把话说完抵制道：以上三条，铁板钉钉，不可违抗。"王吉和龚遂并不退缩，依旧主张撤销三诏。刘贺忿然作色，怒道："有何不可。孔子曰：君子之德风，小人之德草。草上之风，必偃。"想了一下又对二师厉声训道，"今后朕的旨意，你们不要过多干预。"王吉和龚遂无奈，只有摇头叹息。

就这样，君臣双方僵持着，整个寝宫空气紧张。谁也不敢吱声。站在一角察言观色的张修，忽然说话了，她先向刘贺谢恩，然后引用《易经·系辞》中的警句，声色柔和地说："臣妾以为，君子藏器于身，待时而动，有何不好？以上三旨，是皇上积累才智的闪光点，以智为器，随时防身，所言极是。"侯夫人本来就对张修有意见，此时见张修如此说，便道："皇上刚刚继位，权力并不稳固，你为何纵容陛下做那些冒险之事呢？难道这就是你对皇上的爱吗？"二人你一言我一语，争风吃醋，不在话下。

臣仆们见刘贺的二位爱妃相互顶撞，更是不敢吱声。正在为难时，宫门外传来一阵悠长而清脆的鸡鸣声且离寝宫越来越近，臣仆们面面相觑，好生奇怪。刘贺一听，眼睛笑成一条缝："呵呵，长鸣鸡！"接着，善仆怀里抱着那只从鸡鸣仙舍抓来的长鸣鸡，喜盈盈地嚷道："皇上，喜事，天大的喜事，从天而降啊！"群臣不明所以，刘贺急问喜从何来？

喜朴子一手抱鸡，一手从袋子里摸了个鸡蛋，先把它呈到皇上面前，然后转身让群臣欣赏，嬉笑着嚷道，这是长鸣鸡刚下的宝蛋，还热乎着呢。有臣追问："公鸡下蛋？这恐怕不是好兆头。"

刘贺由此忽想起那只红狮狗呢？善仆又笑道："它在门外等着呢。"说着"汪汪"学了几声狗叫，那狗便从寝宫门外一蹦一跳，纵身向刘贺扑了过来，两只眼睛恰似灯光一般，踮起前腿脚，摇动着尾巴，亲昵地围绕着刘贺又蹦又跳的，又亲昵地用身子靠在他膝下，汪汪叫了一阵。刘贺伸出双手轻抚着那狗的头，命仆从赏肉，仆从即从冰窟里取出几块猪肉丢在地上，它便津津有味地大吃起来。

刘贺开心，随即又下了道诏令："这鸡与狗，是朕从济阳仙道颜高那儿求来的宝贝。"并重复一遍李女须先前所说"黄帝之时，以凤为鸡""楚之凤凰，乃是山鸡"之类的吉祥语，还搬出了鸡鸣仙舍老道关于"天人合一，天人感应"等说法，然后赐长鸣鸡为"楚之凤凰"，红狮为"天狗"。方叔认为"天狗"之名不妥，会使人想起天狗吃月，怕招来不祥之祸。刘贺又为它改名为"神狗"，并命善仆精心照料，不可虐待。

刘贺连下几道诏令，算是过足了皇帝瘾，之后，他觉得有些疲倦，打了个呵欠后，道："朕有点累了。"臣仆们听罢，熙熙攘攘，陆续离去。最后留下侯夫人与二妃。

夜幕降临。窗外湖面那如镜似的水玻璃中央，映照着月亮的清影。水中之月在呼吸，神经质地颤抖、瑟缩，它似乎显得痛苦与不安。寝宫显得格外宁静。

寝宫内。几案上那把漏壶正指着：戌时。侍女入宫为皇上焚烧了博山炉内的檀香，点燃一盏灯便悄然出宫了。

刘贺与张修、侯夫人谈笑风生。她俩一会儿弹琴，一会儿献舞，把刘贺弄得神魂颠倒，快活极了。直至夜深人静，漏壶指着亥时。侍女又送来一坛美酒、几盘美味菜肴。

张修端坐在一侧弹奏古琴，那奇妙的琴音如行云流水，从她灵巧的手指下淌过。侯夫人陪着刘贺喝酒、赏乐，不一会儿，刘贺喝醉了，他微闭着双眼，透过一线微弱的灯光，模模糊糊望着两张臣妾美丽绝伦的面容。唯张修那张慑人心魄的脸刻在他的灵魂里。在刘贺的目光中，她弯弯的细眉，有时微皱，有时舒张，蕴有无限幽怨，动人怜惜；细巧挺直的鼻子鲜艳红嫩，仿佛在悄声低语，在招呼皇上，臣妾在这儿呢，把刘贺的魂都勾去了。醉醺醺的刘贺向侯夫人挥了挥手，示意她离开寝宫。侯夫人心中嫉恨交织，狠狠白了张修一眼，便只能含泪离去。

然而，帷帐内。刘贺与张修翻云覆雨之后，已是寅时三点。刘贺睡得又沉又香，正做着黄粱梦呢。一阵微风掀起窗幔，飘入一个苗条白净的女子身影，头发凌乱，惊慌失措。接着，黑暗中伸出一只纤细而光润的手，渐渐地，抽屉轻盈地拉开了，那只小手又向那枚晶莹的玺印伸去。

就在这一刻，忽传来手按动宝剑的哐当声。窗前纱缦前出现了一个身材魁梧的男子，那影子探身一看，丧魂落魄，战战兢兢，消失在迷雾之中。

午夜时分，半轮斜挂的下弦月悬在中天，月光是惨白的，显出有气无力的神情。月光下，未央宫一角的密林中闪过一身影，那影子伸出手，将一块竹片塞进了树洞，然后悄然离去。正是：鹿迷秦相应难辨，蝶梦庄周未可知。

那窗幔前晃动的那个魁梧男子是谁？那潜入寝宫窃取玺印，然后塞入树洞竹片的身影又是谁？且听下回分解。

第十三天（六月十三日）

捕风捉影

自刘贺登基之后，宫里群臣都把目光盯在了那枚玺印上。

原来，李女须一返回长安，便把她从昌邑出发跟踪刘贺奔丧违反朝规之事，全部向刘胥详细禀报了。刘胥命人点滴记录在案，连夜赶写了一份千字奏折，打算通过霍光呈皇太后上官氏。刘胥十分关注皇太后是霍光的外孙女这一点：上官皇太后年仅十五，年幼无知，皇宫实权完全掌控在霍光手中。不仅如此，刘胥早就知道：霍光之所以竭尽全力把刘贺推上皇位，主要原因有三：一是刘贺在孔孟之乡昌邑国长大，接受过《诗经》《论语》《孝经》等教育，躬行节俭，乖巧听话；二是他性格懦弱，仁慈爱人，从不争强好胜；三是他贪色好玩，放荡不羁，没有头脑。加之皇太后既未怀上龙种，又无能掌管刘家天下。

在刘贺继位前，广陵王刘胥心里却是另一打算：既然刘弗陵无嗣，燕王刘旦又自作孽自杀了，汉武帝的儿子就剩下本王了。横算竖算，轮七轮八，这皇帝的宝座也该是我的。可刘胥做梦也没想到，霍光对刘胥早就设下了一道防线：此人居心叵测，泥古不化，骄横残暴，贪得无厌，绝不可用。刘胥也不是傻子，这一点，他心里早就明白，且恨透了大将军霍光，恨他一手遮天，大事小事都要管，只是敢怒不敢言，只有耐心地忍让着，等待时机，独揽大权。于是，刘胥在刘贺上任之前，在未央宫活动频繁，到处散布昌邑王刘贺的流言蜚语，罗列他与违背朝廷三纲五常与陈规旧习等方面的罪状，其意只有一个：废黜刘贺，自己稳稳当当地登上皇帝宝座。

话说刘贺登基的第十三天，黄粱美梦睡得正香，对寝宫窃取玺印与窗幔前出现的神秘男子浑然不知，一觉睡到大天亮。

次日早晨，窗外枝头百鸟欢唱。帷帐中，刘贺醒来觉得身体清爽，便微睁双眼，见臣妾张修仍在浓郁的熟睡中，便欣赏起她柔静、秀美的睡态来：她侧身卧着，睡得极其安静，丰腴的脸庞显出端庄纯净的美，甚至听不清她的呼吸。那稍稍隆起的鼻梁与轮廓分明的嘴唇，还含着浅浅的笑意。刘贺禁不住兴叹起《诗经·卫风》中的《硕人》："手如柔荑，肤如凝脂，领如蝤蛴，齿如瓠犀。"只见她手如始生的白茅嫩芽，肤如天牛白丰洁的幼虫，那洁白整齐的美人之齿啊，犹如瓠牙的籽儿。此刻，刘贺完全陶醉在美色之中。

寝宫外，一排奴婢早已在那儿候着，有的双手端着洗脸、洗脚的铜盆，有的手捧盛有五色果品、点心的托盘，还有的提着一桶桶冰块。当她们听到室内传出一点动静，领班便小心翼翼地问候："皇上早安！奴婢侍候你来了……"

刘贺闻声，连睡衣都没有穿好便开了门，探头一看，不由得惊讶："啊哟哟，这么多奴婢，就侍候朕一人？"刘贺又喜又烦，喜的是皇权大无边，有了它，什么都有了；烦的是，像这样下去，他连走路吃饭都不用动脚、动嘴了。他准许她们入室忙活，于是奴婢们一个个忙碌起来。刘贺仍觉得不习惯，吩咐她们快点了事。可奴婢们不从，忽儿给皇上洗脚、着衣，忽儿给张修梳理、打扮，体贴入微，一丝不苟。刘贺今天安排许多事，直在心里嘀咕着：做个皇帝，可真累啊！

一切整理完毕，刘贺忽想起自己的书房孔贤斋。"孔贤斋"这个书房之名，是昌邑王府书房的旧名，刘贺之所以延用它，是因为它是老大王亲自所取，以示继承刘彻乃至父辈以仁治国的决心，便命人唤来方叔，陪他与张修去孔贤斋看看。

孔贤斋设在东宫，离寝宫仅一二百米远。刘贺与张修步入，室内引人注目的仍是那立镜，书柜内外到处堆着书简，连桌椅、茶几和墙脚都堆满了，几乎没有空闲的地方。东面墙边放置着一个巨大的钟架，钟架底座有不同动物的造型，架上悬挂着两堵（架）编钟、一堵编磬，还有琴、瑟、笙等，显得端庄雅致。立镜的另一侧则放置着一张宽大的樟木书桌。

"好！"刘贺站在立镜前叹道，"朕翻遍了古代书传，发现孔子弟子三千，其中贤人仅有七十二。那个被孔子嫌弃长得丑的澹台灭明，他是否在七十二人之列呢？"张修应道："无论他在不在其列，只要品格与名声在，他的生命就将永存于世。"

方叔又把他引至紧靠书房的古玩室。在这间约二三百平方米的古玩储藏室，四面檀香木架上存放着各种大小古玩，错落有致，有裸体人像的彩陶壶，壶上绘有半男半女的人像，表现远古图腾的青铜人头像，铜鼎、铜染炉、铜鼓、孔子立镜，铸钱石范，各式大小漆器，以及刘贺赏赐的麟趾金等等，五花八门，目不暇接。

193

挂在墙上的那件素纱单衣薄如蝉翼，轻若鸿毛，折叠后可尽握于手掌中。可以想象，若穿上这样的素纱单衣行走，仿佛轻烟袅袅，如雾里看花。靠墙的几案上还放着一把琵琶。这些都是刘贺从昌邑王府运过来的，为收藏这些玩意儿，刘贺可真煞费苦心啊。

一束阳光从窗外射了进来，孔贤斋内亮堂堂的。刘贺站在孔子立镜前整整衣衫，转悠良久，禁不住诵唱道：

抚恤百姓，奉天承运。
宏运长远，光耀四方。
施惠万众，感悟美德。
宽恕仁和，永享福祉。
巍峨高山，雄伟挺拔。
崇孝贵仁，安抚外邦。
蛮夷愉悦，竭诚来献。兼爱为民……

刘贺叹道，今天六月十三日，朕入宫已上个月了。这些日子，朕都干了些什么呢？我对得起先帝吗？对得起我的父母、爷爷奶奶吗？呵呵，朕虽在宫绞尽脑汁思这想那，却未干一件实事啊！

"朕要上朝！"刘贺说干就干，立即吩咐左右唤来宦官郭穰，一本正经地说："朕要上朝。明天一早，朕要上朝！我要把这些日子想到要干的许多事情写成一份宏伟的行动计划，向我的臣子们宣告。"

郭穰虽哈腰点头，表示服从，却斜视着皇上，在心里痴笑道：嘿嘿，看他那副神态、语气，那一举一动，怎么一点也不像至高无上的皇帝啊？刘贺见郭穰嬉皮笑脸愣在那儿，不由火冒三丈，拍案喝道："怎么还不走呢"郭穰在心里暗笑不止：哼哼，孩子，完全是个孩子。看你小子明日上朝，面对霍光，怎么收场！想着，便躬身弯腰退出了寝宫。

刘贺把郭穰打发出去之后，便端坐在桌案前，开始撰写诏书。张修见皇上要写诏书，起身告辞说："陛下为安定天下，公务繁忙，臣妾告辞了。"刘贺却搁下手中之笔，抬头看了她一眼，心想：哈哈！昨夜风花月色，一醉方休，是她，就是她冰姿玉肤，风情万种，把朕弄得神魂颠倒，这么乖巧的美人儿，怎么能让她离去呢？想到这便说："爱妃别走，就陪在朕身边写诏吧。"张修领悟刘贺之意，也不多问，悄然从几案提起那把琵琶，坐在刘贺一侧弹奏曲儿。琴声悠扬，忽远忽近，使刘贺陶醉于迷幻的乐声中。

刘贺一面翻阅着自秦汉以来未央宫建筑的各种资料，一面欣赏着张修弹奏的琴声。张修弹奏的是当年汉武帝怀念李夫人的曲儿，歌词是刘彻亲笔所书。琴声把刘贺的回忆引至甘泉宫内，使他想起父亲常对他讲述的：汉武帝关心爱护奶奶李夫人之事。

原来，李夫人逝世后，武帝常常思念她。有个名叫"少翁"的方士，齐国人，说是他能够把李夫人的灵魂招回。刘彻好奇，探问是真是假。少翁轻松一笑："谁敢对陛下说谎？"于是，刘彻坚信，便恩准他试试。

在冬夜晚间灯烛的影绰下，少翁设置帷帐，陈列酒肉，让武帝远远地坐于帷帐外，朦胧间似乎有一位美貌女子，身材苗条绰约，好似李夫人的容貌。但按少翁规定，武帝不能靠近李夫人之魂。这使武帝更加悲戚思念，便为此作诗叹道："是邪？非邪？立而远眺，为何姗姗来迟也！"于是，刘彻让府中的乐师谱曲、配弦，跟着歌唱。武帝又亲自作赋，悼念李夫人。张修一面弹奏弹琴一面轻轻地吟唱着：

"美婵娟以修容兮，命逝去而不长，新宫装饰愿再见兮，何不重返回故乡。影哀愁其芜秽兮，隐处哀而忧伤，释车马于高山兮，夜深沉叹其未央。秋风酸眸凄泪下兮，桂叶落而销亡……逝者已去，托以守信兮。路途迢迢，归隐幽冥兮，既下宫圹，不复故庭兮。呜呼哀哉，魂灵来享！"正是：一首新词吊丽容，贞魂含笑梦相逢；谁为宫中名贤事，敢闯明朝皇帝中。

张修追寻以上意境与少翁的踪迹，把琴声弹得越来越低沉，琴音溅血飞泪，歌声如诉如泣。刘贺听着，忽想起父亲给自己说过奶奶临终前的情景：她没有忘记对儿子的训导，先对刘髆刘贺说了些"国之本在家，家之本在国"之类的话，又看着刘髆那张瘦弱的脸蛋，郑重地诱导说："我走之后，将来我有了孙子，一定要让孙子记住玩人丧德，玩物丧志。"说着便昏迷了过去。待御医抢救苏醒之后，老人又吃力地对儿子重复说："将来让孙儿记住'其身正，不令而行；其身不正，虽令不从'。"刘髆在母亲床前声泪俱下："请母亲放心，孩儿记住了！"

刘贺出生时，李夫人已仙逝多年。他一生都没有见过奶奶。但当刘贺回忆到奶奶临终前对父亲的嘱言，不由精神振奋起来：是啊，玩人丧德，玩物丧志，朕已经登上了皇位，还再"玩"吗？不，朕要正身，令行。只有自己身正，朕下的圣旨才会在全国上下令行啊！他一面提笔书写，一面泪如泉涌。只见张修那纤尘的手指下，回荡起清澈的泛音，犹如淙淙铮铮，幽间的寒流。忽儿又似松根无数潺潺涌出的细流，息心静听，愉悦之间情油然而生。

当张修琴音戛然停止，刘贺叹道："乐止，心不能止；心不止，行也不能止。朕要像海浪一样，永无休止地运动下去。享受祖宗功德，继承祖宗留下的圣业。"便又向爱妃使了个眼色，张修又在古琴上弹奏起来，刘贺在桌案铺开一小幅精致的锦绸，伏案书写一道道诏书：

秦承周末，为汉驱除，自以德兼三皇，功包五帝，故并以为号。汉高祖受命，功德宜之。我大汉先帝早在建元二年（公元前139年）卜诏，在秦朝阳旧苑的基础上扩建一座雄伟的园林。整个园林地跨长安、咸阳等五个县，纵横三百里，泾水、渭水等八条河水流入其中。规模雄伟，令世人钦佩至极。朕既已继位，将发扬光大，为祖上再创辉煌。特下诏做出以下宏伟规划：

一是在长安西面的上林苑西侧加建一座犬台宫，为赛狗场所；

二是在大林苑东侧重建一座斗鸡场，以供民与官共同戏耍；

三是在未央宫盖一座耸入云霄的高台，四周围着栏杆。理由充分，合情合理：当年晋灵公建过类似这样的台子，那是好色、贪玩。朕今建造它想到的是百姓，是便于高台俯视全城，视察房屋与街道的火情，为百姓防火避灾；

四是在宫中挖一道水渠，把宫中太液池之死水变活水，以供朕与群臣垂钓，使君臣打成一片，共商修身齐家治国平天下之大计；

五是同时在上林苑中模仿滇池，挖掘昆明湖，修建章宫、凤阙宫、神明台、马娑宫，在湖中修筑渐台，在太液池中修建方丈、瀛洲、蓬莱三座仙山，湖水环绕。修建的宫观奢侈淫靡，穷奢极欲。

刘贺写到这里，略思片刻，忽想先帝武帝为国为民所办的好事，便诏命在场的所有官员说：凡是可开垦的土地，一律开垦为农田，让百姓耕种，拆墙填沟，还山川湖泽于百姓。开放陂池，任由百姓捕捞，关闭宫馆，解放宫馆中的侍女仆役。

开放仓廪，以赈济贫苦百姓。损有余，补不足，恤鳏寡，存孤独。发布诏令惠民，省刑罚，改制度，易服色，改正朔，与天下百姓重新开始。

于是，又在拟定的诏定的"一、二、三、四、五"的诏令基础上，提笔添写了一旨：以上诏令下发之日起执行，以示朝廷之圣意。

刘贺在这美妙的琴音里，妙笔生花，写得很轻松、顺畅，那些诏令几乎是一气呵成。这时，张修忽然停止弹唱，起身对刘贺夸奖说："哎呀呀，写得这么快！陛下才华横溢，功德无量。神笔也！"说着，又捧起墨迹未干的简策朗读起来，仿佛要把每一个字都完全咀嚼、吞入肚中。刘贺见爱妃如此看重，便兴致勃勃地对她说，明天上朝，朕要向群臣诏，立即执行。

张修嫣然一笑，应道："陛下执政，有魄力，有气派。臣妾敬佩。"刘贺却说："都是你的功劳。若不是你弹奏我祖父所书的圣词，使朕想起我仙逝的奶奶，触动了朕的灵感，朕下笔恐怕不会这么快。"又请她对诏提出建言。张修含羞不语，半天才应道："奴婢见识短浅。陛下这么高深的学问，奴婢哪里听得懂啊？"正是：雪隐鸳鸯飞始见，柳藏鹦鹉语方知。

在未央宫寝宫内，刘贺正与张修开心畅谈，忽闻远处传来一阵骏马的呼啸声，其叫声凄怆悲壮！这究竟是怎么回事呢？且看下回分解。

第十四天（六月十四日）

汗血宝马

在未央宫刘贺正想着，忽闻远处一阵马啸声，叫声凄怆悲壮！刘贺不由惊呼：箭羽！它怎么发出如此悲凉之声？正欲朝宫外奔去，马蹄声渐渐临近，正朝这边奔驰而来。

刘贺推门一看，果真是箭羽。只见它两眼闪光，两只前脚不时地交换敲打地面，那长鬃随风飘曳出王子般潇洒的风度，却又感到茫然若失，它在寻找自己的主人啊！刘贺凝望着箭羽浑身充满野性与灵气，甚感自豪。再看看它身上所配的马鞍、马蹬等均为质地黄金，加上那根长长的绳索，和套在马背上那根红绸儿，更显得喜庆而勇猛。若在千里窄道奔跑起来，将如英俊王子一般，既稳又快。只要轻轻把镫子一磕，它便立刻像箭一般向前飞去，足可以看出它的身价百倍。于是，才有了前面"英雄救美"的奇迹。

刘贺看见箭羽为寻找主人而来，深为感动，急忙迎上前去，抓住缰绳，轻轻抚摸着它的鬃毛，然后翻身跃上马鞍，驾驭着它在宫中任意狂奔！箭羽四蹄扬起，嘚嘚嘚地在未央宫禁闼区域内玩耍、嬉戏。从此路过的臣相们看了，一个个惊得……有的摇头躲闪一边，有的摇头叹息：成何体统。这时，恰遇文学光禄大夫夏侯胜路过此地，见皇上竟在宫中试马，便打趣地迎了上去。

夏侯胜字长公，鲁（今山东曲阜一带）人。他中等身材，面若寒冰，清秀异众；性格爽直，幽默风趣。夏侯胜初为仆臣，西汉经学家。他从小失去父母，是个孤儿，然而喜欢学习，曾跟随从族父夏侯始昌学习《尚书》和《洪范五行传》预言灾异，对礼服学等方面也很有研究。各种学问烂熟于胸，学问源于各种流派。被朝廷征为博士，继而担任光禄大夫。自刘贺入宫以来，夏侯胜多次劝谏。刘贺从来不听，却也不记恨，最多也就一笑了之。

刘贺骑在马上见夏侯胜迎面走来，一时慌了手脚，立即勒马收缰，停了下来。夏侯胜急忙跪下，连呼"臣罪该万死"，低头不起。刘贺满脸怒色，却没有责骂他，反倒冷笑一声，挖苦道："什么'罪该万死'？你有几条命啊，只要'一死'，你就没了。宫里少了你这位博士、光禄大夫，那可是一大损失。"

夏侯胜知道自己刚才冒失一举，完全出于戏谑，试一试这位新皇帝对自己怎么样。这一切，都在他的预料之中：这个皇上，很好说话，便又瞄了一眼他那"汗血宝马"，再进一言："人逢喜事精神爽。皇上登基，开心啊。"刘贺随和地应道："入宫以来，天气闷热，朕出来遛遛马、散散心。"夏侯胜却又不痛不痒地顶撞了一句："陛下操劳国事、民事、天下事，或许忘了，这可是宫中禁闼，不能有马与车辆来往。"刘贺怒形于色，喝问："夏侯胜，此话何意？"夏侯胜又把刚才的话重复了一遍。

刘贺脸色一冷，对夏侯胜训道："朕在宫中，随意走走，有何不可？"想了一下又冲他吼道："这，是你过问的事吗？"夏侯胜又跪了下来，连呼"臣罪该万死"，仍长跪不起，还连打了自己几个嘴巴……刘贺哼了一声，调转马头欲走，那支马鞭不慎掉落于地，夏侯胜急忙起身，拾起马鞭追了上去，呼唤："陛下，陛下！你的马鞭。"刘贺实在舍不得那支从小就陪伴过自己的马鞭，便让马儿停下，夏侯胜装着可怜巴巴的样样，慌忙跪下将马鞭高高举起，刘贺俯身夺过马鞭，噼里啪啦地朝他脸上狠抽了一道虚鞭，飞骑箭羽一溜烟地跑远了。

夏侯胜等马蹄声渐渐消失，凝视着刘贺乘骑的那马蹄声消失在视线里，才吃力地爬了起来，抹去了马鞭沾在脸上的尘土地，摇头笑道："皇上，好一个神鞭骑士！"又摸了摸自己的脑袋，暗想，跟陛下调侃了一回，能保住这个，臣也就够了。

提起刘贺与这匹汗血宝马箭羽的缘分，还有一段他与爷爷、父亲的传奇故事呢。

后元元年（公元前88年），刘贺年仅五岁。这年正月，昌邑王刘髆仙逝，他在位十一年。正月，刘贺继承第二任昌邑王。当时，恰遇先帝刘彻召见各路诸侯。刘彻恩准刘贺以昌邑王身份赴京，自然是想考一考这个小孙子忠与诚、智与勇。刘贺在中尉王吉与郎中令龚遂陪伴下，踏上了奔赴长安的道路，刘贺见马车跑得飞快，突发灵感，随口吟唱起了一首自己即兴自编的民谣：

健儿须快马，快马须健将。

武帝红日下，有我昌邑王。

不知怎么，此谣竟然在长安百姓中传唱开来了。几天后解这个乖巧的小孙子的实情之后，武帝对霍光赞道：我儿视民如天，我那个小孙子出口成诗，不可小看。说着诏令刘贺进宫，皇上决定赏赐给刘贺一匹汗血宝马。据《韩非子·五蠹》载：弃私家之事而必汗马之劳，家困而上弗论，则穷矣。汗马，顾名思义，战马疾驰疆场，冲锋陷阵，每战都要出很多汗。战斗次数越多，战况越激烈，出汗当然也越多。因此形容有战功，就叫"汗马"。

几天之后，刘彻命霍光牵着一匹马入宫，指着那马儿说：这是一匹来自外域的汗血宝马。今天朕有几个与治国、爱民有关的问题考问众侯，若谁令朕满意，朕就把这匹宝马赏赐给谁。结果刘彻连提五问，均把群臣拦倒，唯刘髆答对了四问，在众侯应答武帝最后一道策题"如何看待君臣关系"之时，众侯虽也答上了一些，却尚不明确，唯刘髆打了个比喻，从容不迫地应对道："儿臣以为，君与臣，好比奔马与行舟。马在奔跑之时，全身没有一根毛不振动；船在倾覆之后，船上的东西没有一样不沉没。父王，国君对于百姓、国家来说，起着举足轻重的作用啊！"

刘彻闻之，惊叹不已，暗想：儿臣出口不凡！是啊，善御者不忘其马，善射者不忘其弓，善为上者不忘下。便当着群臣之面，伸出一只手在空间单拍了一下，叹道："一只手单独拍，虽然快捷但没有响声。君与臣，君臣与百姓，应上下相互配合，才能奏效啊！"接着，刘彻又考问刘髆为何这样做，刘髆应道："国之兴也，视民如伤，是其福也；其亡也，以民为土芥，是其祸也。"

群臣一听便明：昌邑王说的是国家兴起，看待百姓就像看待受伤者，十分爱护，这是它的福德；国家灭亡，把老百姓当作粪土，这就是它的祸根了。刘彻点头称是。群臣这才发现，平日刘髆虽寡言少语，却是满腹才学啊。从此，武帝对刘髆刮目相看。

于是刘彻面对群臣，饶有兴趣地叹道："晏子有警言曰：苦身为善者，其赏厚；苦身为非者，其罪重。其他各位当然不罚。"又用锐利的目光扫视一下群臣，几乎是命令的口气道"子曰：吾尝终日不食，终夜不寝，以思，无益，不如学也。你们记住啊，圣人之于天，耻在一物不知！"当即在朝宣布：将汗血宝马赏赐给昌邑王刘髆。大家一致拥戴。

说起刘彻赐予刘贺的汗血宝马，还有刘贺的奶奶李夫人的一份关爱。李夫人是刘彻的宠妃，她二哥名叫李广利。太初元年（公元前104年），刘彻任命李广利为贰师将军，征发属国六千骑兵，还有郡国的恶劣少年数万人前往大宛国，此行目的是为了夺汗血宝马。可李广利来回两年大败而归，抵达敦煌时只剩下十分之二人马。一年后，汉军从敦煌再次出征，派出汉军六万多人，大获全胜。大宛国献出了他们的数万匹良马，汉军从中挑选了四十二匹优等汗血宝马；还有中等以下的母马、公马三千余匹。汉军与大宛国结为盟友，终于凯旋。这匹良马，是从四十二匹汗血马中精选出来的马驹。这匹马才四岁呢。当时，刘彻曾考问孙子说："朕为何赏你这匹汗血宝马？"刘贺摇头不知，刘彻并未责备孙儿，而给他讲述了一段汗马之劳的故事：

战国时有个晋文公，名重耳，是晋献公的儿子，故又称"公子重耳"。重耳曾流亡国外达十九年之久，后来回国做了国君，而且称霸一时。当他回国之初，即位为晋文公时，对于随从他流亡的人员，一一论功行赏。有个小臣名叫介子推，没有提出自己有什么功劳，也不求赏赐，而是在山里隐居起来。另一个小臣名叫壶叔，见三次行赏都没有他的份儿，便对晋文公说："君行三赏，赏不及臣，敢请罪！"晋文公当即把行赏的标准向他说明："引导我懂得仁义道德，怎么做人的，应受上赏；辅助我推行仁政的，应受次赏；与我出生入死，立下了汗马之劳，应受次赏；若只是出力帮我的，则受次次赏。"刘贺想了一下，向皇上恭敬跪拜之后，伶牙俐齿地应道："皇上英明！照此看来，首赏应是我爹，是严父引导小人懂得仁义、怎么做人；其次是我母亲，是她教我遵孔子道德准则行事；这第三嘛，当然就是皇孙我了，小人虽然贪玩，可我已拿出了吃奶的力气孝敬过父母大人啊。"

刘彻哈哈一笑，赞道："孙儿说得在理！"便对近侍下令说，"把朕那匹汗血马驹转赠给刘贺吧。"小刘贺乐得一蹦三尺高，想了一下跪倒在武帝跟前，"拍马屁"说：祖父，这个，小人不敢收受。武帝问他为什么，刘贺伶牙俐齿地应道："这可是皇上心爱的千里马啊，小人怎么敢骑呢？"刘彻又哈哈一笑，感到孙子非常懂事，便意味深长地说道："孙儿，你今年四岁，这匹宝马也四岁，你们可是同龄人啊。朕把它赐赠予你，希望你们兄弟俩一起成长，做匹千里马，奔赴疆场，捍卫我大汉的江山社稷！"

刘贺向先帝叩首谢恩后，牵马出宫，欢天喜地打道回府。刘家父子获宝马后回到了自封地，昌邑国臣民敲锣打鼓，接武帝赐赠的汗血宝马，还在府门前的场地摆了几桌酒席，将宝马系于一侧柳树下，奏起管弦乐曲，与周围邻里、乡亲庆贺一番。刘贺暗视宝马，只见它似乎也有感应，四腿踏着轻松的音乐节拍跳动。

自刘贺获得皇上惠赠的汗血宝马后，见人就夸，这是我皇爷爷赏赐给我的，并决心征服它，驾驭它。开始，刘贺不敢碰它，总是躲闪得远远的；后来见父亲骑它在场地奔跑了十几圈后，它那长鬃随风飘曳出王子般潇洒的风度，便尝试着接近它，乘骑它。有时还冷不防冲上去，伸手去摸马的屁股。当时，要不是马夫寿成眼尖手脚快，猛一把将他拽到一边，还险些出事呢！

从此，刘贺与箭羽朝夕相处。开始，因刘贺年幼不能骑乘，他便常牵它在外溜达，让它吃到最鲜嫩的青草。有时还神不知鬼不晓，竟独自钻入马厩，忽儿摸摸它的背毛，忽儿亲亲它的头颅，结成了好兄弟。待刘贺长到七八岁时盼望乘骑宝马箭羽，可当他一靠近它时，箭羽便敏感地弹跳起来，伸出一腿，把他弹踢得老远。在驯马场地试骑，他不止一次从马背上摔下来，跌得鼻青脸肿，但仍坚持跨马扬鞭，把马夫寿成弄得哭笑不得。

直至十二三岁，刘贺才获得驯马自由。

记得刘贺小时候，奶妈苏红见刘贺玩疯了心，便与龚遂商量说，树木有所培育，就会根底牢固、枝繁叶茂，才可长成栋梁之材。龚遂同意苏红的看法，说是水有所贮存，它就会泉眼粗大、源远流长，灌溉之利就会广大。龚遂感谢苏红的提醒。那些日子，刘贺除被龚遂紧闭于书房孔贤斋，强行命其死记硬背孔书经典外，还准许他遛遛马，有时也骑一骑。刘贺每天都围着它转悠。

有一次，刘贺见箭羽不听使唤，便用鞭子使劲地抽打，马背上被他抽出条条血痕。还有一次，刘贺为催促马儿飞奔的速度，竟然规定马儿半天跑二三百里，使箭羽累得疲惫不堪，一怒之下，把头撞击在墙头而负重伤。每一次寿成在场地遛马，刘贺总要命寿成准许他独自骑马。寿成不从，刘贺便伸出双臂挡马前行。寿成好话说尽，央求他闪开，刘贺竟在地上打滚胡闹，寿成只有照办，但答应两点：一是不许他单独骑马，而是要由他护卫在自己怀抱中；二是绕场遛一圈后就下来。刘贺当即答应，可这小子骑在马上跑过十几圈之后，仍赖在马上不肯下来。于是，寿成携带他再次骑马绕场奔跑。只见黄沙腾飞处，刘贺从马夫怀里挣脱出来，独自站立在马背上，伸开双臂做飞鸟状。昌邑丞相安乐和王吉、龚遂和苏红赶到现场，吓得脸色煞白，苏红呼喊："当心，别摔下来！"可刘贺哪里肯听，他依旧我行我素，立于马背，向前飞奔。

刘贺立于马背的冒险动作，把龚遂吓出了一身冷汗，急忙命左右拽住那狂奔之马，把这小子从马上揪下来。可刘贺天不怕、地不怕，始终快马扬鞭，向前飞奔。眼看刘贺就要从马背上摔下来，寿成不顾一切冲了上去，腾身而起，一把抓住缰绳，几声严厉吆喝，再加上一阵阵温柔呼唤，便把箭羽制服了。

安乐把这一切都看在眼里，对寿成训斥道："你怎能拿大王的生命开玩笑呢？"大家都纷纷指责寿成。安乐责令惩治寿成，刘贺双臂一伸，挡在寿成跟前嚷道："不可！这不能怪寿成叔。是小人，是小人命他这样做的。若要治罪，就治了大王我吧。"说着死死抱住寿成双腿，哭闹着向安乐等几位大臣求情。最后，还是王吉过来解围说："人从虎豹健，天在峰峦明。今天小大王这惊险一举，令下官大开眼界。刘贺年纪虽小却表现出两大优点，一是有志，二是取善，实在令人感动与钦佩！"

王吉一番赞美，说得刘贺乐滋滋的，先乖巧地应了声："谢臣鞭策。"然后辩道，"己所不欲，勿施于人！"众人一听，都向刘贺投以惊异的目光：因这一警言出自孔子《论语·颜渊》，说的是自己不愿意的事物，不要强加给别人。王吉睁大眼睛探问："我的小大王，此言是谁赐教的啊？"刘贺把头一昂，从身后亮出一本《论语》应答："先生在这里呢！"刘髆点头微笑，却又怕儿子翘尾巴，训道："别得意得太早，功劳并不在你，而是奶妈教导有方。"说着便让刘贺向苏红深鞠一躬。

苏红见刘贺既聪明又捣蛋，便对大家抱歉地说："这孩子，太稚嫩，真对他没办法。"王吉却说："墨子曰：士有百行，而行为本焉。这孩子虽小，他身上却有一股子精诚所至，金石为开的锐气。"他沉思片刻后又进言道，"然而，这是一把双刃剑。染于苍则苍，染于黄则黄。若一不谨慎，则会误入歧途。"

一天，刘贺挑灯夜读孔子叔孙车夫伤害麒麟的故事，说的是叔孙有个车夫，名叫钼商。一次钼商在大野湖泊附近砍柴，捉到一只麒麟；钼商打断了它的前左脚，然后乘载回来。叔孙氏以为是吉祥的动物，便抛弃在城外，同时命人告诉孔子说，有一只麇，头上生了角，会是什么呢？孔子前往观看，说它是麒麟啊，重复叹息了两声，"它怎么会出现呢？"孔子反转衣袂而抹面，涕泪已经沾湿了衣襟。叔孙氏听闻了，取回麒麟埋葬。后来孔子的弟子子贡知道了这件事情，便问孔子他为什么哭？孔子说："麒麟的来临，因为有圣明的君王出现。但这个时候出现，不是恰当的时机，所以它被害死了。因而使我伤心啊。"

刘贺读到这里，禁不住热泪盈眶。自他获得皇爷恩赐的那匹宝马之后，完全把它当作玩物，或作为赶路的工具用。若它不听话就用鞭子抽打它、虐待它。有一次，他发现宝马对自己不友好，只要他一骑上去，马就猛烈抖动把他从马背上摔下来，他恼羞成怒，便用三根绳索把它绑在树干上用鞭子抽它。再跳上马鞍吆喝它前行，于是马儿扬起四蹄，浑身上下披散的鬃毛，像头凶猛的狮子，疯狂乱跑，一连四五次把他摔倒在地。刘贺仍不服气，跨马再骑，刘贺摔在一条深深的水沟里。刘贺右臂摔伤，裂开了个口子，鲜血滴落于沙地上。刘贺却并不服输气，跨上了烈马，把鞭儿一甩，它便顺着主人所指的方向奔跑起来。只见它摇着尾巴，直起脖子，绕圈奔跑。马蹄下尘头滚滚。刘贺手中的鞭儿仅"噼啪"连着空甩，却从不落在马背，宝马抬头只见鞭影，一个劲地向前进奔驰。刘贺轻松地驾驭着它，要它快就快，要它慢就慢，把它驯服得像个乖乖的王子。真可称是"奔腾千里荡尘埃，神骏能空冀北胎。蹬断丝缰摇玉辔，金龙飞下九天来"。马儿奋力奔跑起来，犹如一条游动的火龙腾跃。于是刘贺给它取了个响亮的名字：箭羽，快如箭、腾如羽！

几个月后，刘贺伤势渐好，回想自己驯马过于严厉，自觉内疚。就这样，箭羽在主人精心护理下，身上伤痕全然不见，重又恢复它本来的朝气；就连它臀部左边的疤痕，也被丰厚的鬃毛掩盖了。

从此，刘贺与箭羽形影不离，真的成了一对好兄弟。有时他给箭羽套上笼具，它那两只耳朵便竖了起来，亲昵地对主人打着响鼻，咴咴地叫唤着，刘贺便把它引入场地，一面牵着它溜达，一面把它最喜欢吃的胡萝卜送到它嘴边，箭羽一面细嚼一面蹦跳，刘贺趁势飞身上马，猛甩一鞭，它便扬起四蹄，飞腾起来。只见它鬃毛乱舞，凌空飞奔。四只蹄儿像击鼓、像弹琴。就连做梦也与箭羽在一起呢。更为神奇的是，箭羽身上还有一种灵气。比如它饿了，便会用前蹄敲地；渴了，便会用舌头咂嘴；不见主人了，便会仰天长啸；当有人欺负它，它便会抖动背上的鬃毛，用蹄乱踢对方。

一天晚上，刘贺睡得正香，梦中有一位老翁向他招手，说："孩子，你跟我来。"刘贺跟随老翁翻过几座山，涉过几道水，来到了黄河边。龙门之水从悬崖峭壁飞流直下，流过一片青青草地。再细细察看，跛足老黄牛青青正在山坡吃草，它摇晃着尾巴，十分惬意。渐渐地，它变成了一条火龙。刘贺跨上它，耳畔升起了一阵仙乐。刘贺骑上它飞腾起来，伴随悦耳的仙乐在蓝天白云间自由飞翔……

当刘贺从梦中醒来，天已大亮。不知此梦是凶是吉，便去请教龚遂先生。龚遂笑道，这叫"礼乐"。老仙翁在提醒你，应懂得孔圣的礼乐。有了高尚的琴韵，便有了圣人的境界；有了高尚的礼节，便拥有了无穷的力量。刘贺心里像点燃了一盏明灯，诵唱了一段孔子被鲁国乐军尊称为"文王操"赞语："君子圣人也！其付曰：文王操。"又跑进府中花园那片茂密的竹林，砍下一截翠竹，自制了一支笛，还在竹端系有一块合适的红绸，请琴师教自己吹起竹笛来。同时用它驯马。久而久之，那竹笛被热汗与污垢磨耗得油黑锃亮，唯有系在短端那根细紫绸丝在微风里飘逸。每当箭羽一听到主人的笛声，便如蛟龙一般，围绕主人奔腾起来；每当箭羽焦躁不安时，刘贺便吹一阵"志长"，它便乖乖地安静下来，四蹄在原地踏步。刘贺还别有情趣地站在它跟前有节奏地拍手数着"一二三，三二一"呢，可真好玩！

当然，刘贺如此驯马，还与他平日的读书修养有关。比如他读过一本闲书，书中说有个将军从军获得一马，色纯黑、高五尺，甚瘦。主人虽饲它豆食却怎么也长不肥大。但其力气与精力却坚韧旺盛，日行百里却不知疲倦，且性情极为灵敏。上坡下坡，忽左忽右，无人牵绳，也不必主人召唤。主人累了坐在草地上歇息，此马便侍立一旁，对主人或以眼相视，或以颈相依。待那匹马长到三十岁时，主人想把它赠予朋友，可此马舍不得离开主人，主人为试探它突然跑远，那马竟然仰天咴咴长啸，跪于地上求情。最后马儿与主人亦同日而死，人与马都成仙了。虽是一段美丽的传说故事，刘贺却把它当真呢。

刘贺也同样有这样的体验。一天中午，刘贺做完功课后骑着它去野外观景、散心。人轻马快，跑了离龙门四十余里地路程，那儿人烟稀少。箭羽忽见前面有一山坳，突然缓缓地停息下来。刘贺在半空甩了个响鞭，催马前行。可那马儿却上前一步、后退三步。刘贺好生奇怪：难道前面发生了异事？便跳下马牵它前行一段路，果真，远处前方传来一片哭泣声，甚为凄凉。再骑马奔过去一看，果真前方有个村庄死了一位老人，正在筹办丧事呢。从此更加爱惜箭羽，每当天边露出一线鱼肚色，鸟儿叽叽地叫响了，刘贺就牵着它在山坡吃草。

龚遂和苏红见刘贺进步了、成长了，分外高兴，夸赞刘贺驯马有理有节；王吉则笑道："还有一点值得赞许，小大王悟到一个道理，把圣书上的条文融会贯通在实践中，如此学习，可称得上一种独创啊。"龚遂点头称是，二师便放手让刘贺苦学仪礼与骑射。记得在昌邑王府时，刘贺爱与家奴、马夫和奴婢一起玩耍，寻欢作乐。一次，刘贺忽想起个游戏，还设计了许多大小不一、各种款式的帽子，派中大夫到师京长安去，订制了很多多侧注冠，用来赏赐昌邑国的大臣。邀请国中大臣与仆从、伙夫，前来参加自己十三岁生日庆典宴会，让他们一面敲钟，一面玩游戏，玩得不亦乐乎。

在未央宫内，刘贺回忆起小时与箭羽这段难忘的交情，十分怀念。

然而，刘贺自入宫以来，因公务繁忙很少陪伴箭羽玩耍，就连"每天遛马"也取消了。箭羽极通人性，几乎每时每刻都祈盼着它的主人，便从马厩冲了出来，奔到刘贺身边，亲昵地靠在他身边，咴咴地呼唤着。刘贺抱着它的颈项，亲了又亲，眼泪都快涌出来了。于是，刘贺决定骑马出宫郊游。刘贺这样做还有个原因：亲近平民百姓。在昌邑国时，他仿效父亲，乐善好施，如遇灾荒便给穷人施粥、乞丐撒钱。农忙时还亲自下田为村民助耕，还做些建桥、修路之类的活儿，有时路见不平拔刀相助，乐在其中。

但刘贺并没有想到：皇上要出一次宫，并不那么简单：若是朝圣，前呼后拥的仪仗队就有数千人甚至上万人；若是祭祖，卤簿仪仗会就有几百人之多。还有各色各样的云彩旗，上面绣的云纹，有红、黄、白、蓝、绿五种颜色；皇后、皇太后称之为"代驾"，皇贵妃、贵妃称之为"仪仪"，妃、嫔称之为"彩仗"等等。

这时，侯夫人提着刘贺的皇服追了上来，呼唤了一声：陛下，若要外出，换上龙袍。龚遂得知刘贺出宫，施礼劝道："陛下出宫，应有侍卫保驾护航，请陛下三思而行。"王吉也对他劝道："若陛下在庶民间放荡不羁，怕在群臣里引起非议。"刘贺却辩道，"上古时，皋陶回答禹帝策问就说过，贵在知人，知人则哲。作为帝王能够做到这一点，那是很不容易的。孝武皇帝也说过，君王，好似一个人的心脏，民众则是肢体，肢体受到伤害，心脏就会疼痛。朕出宫与百姓打成一片，错在哪里呢？"他似乎没有听见，爱怜地抚摸着箭羽的鬃毛，然后翻身上马，辩道："不就是出宫遛遛马，有何妨碍？"安乐闻讯也走过来劝阻，刘贺犹豫不决，正准备下马返回，可这箭羽却焦虑不安，仰天长啸一声，在扬起马蹄原地跳了几下，刘贺知道这家伙生气了，欲拽住缰绳把它控制住，不让它乱来。可此刻它哪里会听主人的，只见它打了个响鼻，高昂起头，四个蹄子轻盈点地，如飞箭一般，轻轻地跃了起来，渐渐地冲出了未央宫，直向城郊狂奔而去！

刘贺身不由己地被箭羽带出了未央宫，穿过几乎通贯全城的香室街、夕阴街、尚冠前街、华阳街、章台街、蒿街等八街，来到一条专门供皇帝通行的御道。此道中央三丈，两边则是普通百姓行走的旁道。

刘贺策马简单易行，守卫道路的侍卫们操戈动刀，粗暴行武，欲强行把他们从御道上轰走。刘贺唤马停步，喝道："谁敢挡路！"后来不知谁惊叫一声"皇上"，连魂都吓掉了，臣民欢呼"万岁"，叩拜不止。刘贺并不计较，快马扬鞭，继续前行。背后那片"万岁"欢呼声久久回荡。

刘贺策马前行，一路上扬起一片尘土。当奔到一个偏僻的村庄，只见竹篱密密，茅草重重。野树参天迎门，河水潺潺映户。树丛里露出一堵堵黄泥墙，佳蔬菜花，一望无际。箭羽远远望见流水，便长啸了一声，刘贺唤马停下，跳下马鞍，箭羽正在饮水，迎面走来一位老翁，年约八旬、白发苍苍，却精神抖擞。

刘贺向老翁打听了一下村里的状况，得知此处名曰"白水村"，老翁姓白名义天。白义天并不知道刘贺真实身份，只见他身躯凛凛，一双眼睛射寒星，两道细眉黑如漆，且彬彬有礼，天真活泼，断定是个官宦人家出身的公子哥儿，十分喜爱，便示意身边一小伙把竹屏篆刻的对联撑了起来，请客人欣赏白水村一穷秀才拟写篆刻的上联：

贫穷饯尔一坛酒——

众人鼓掌，拍手称妙。

刘贺不知主人何意，便有个孩子告诉他说：今天是"送穷节"，当地有一种"送穷"的习俗。巧对竹联是此节日游戏活动的一项。还有"送五穷""送穷士""送穷灰""送穷媳妇出门"等。各家各户把用木头或竹片制作的人物，身背草袋，将屋内秽土扫置袋内，送至门外燃烧，然后浇水灭火，把"穷灰"扫入田里，肥苗助长财神爷，故称之为"送穷回金"。

刘贺心想，今天恰遇白水村"送穷灰"游戏，大王我还从来没有见过呢，真是太好了!

刘贺赏罢上联,心血来潮,本想夺口而出,巧对下联:富贵于我千朵云。谁料几乎与他朗读的同时,一年轻人举出大地大儒白义天早已篆刻好的下联竹板,众人齐声念道:

富贵于我千朵云。

白义天反剪着手慢悠悠地走了过来,念毕上下联摸了摸胡须,乐呵呵地对刘贺解道:"这叫送穷联。"又看了看刘贺那匹汗血宝马,只见它浑身上下无半根杂毛,四条腿如琴弦一般直,那四只蹄子宛如金碗,踏在地上,厚实有力,犹如一匹马驹腾云驾雾,便对刘贺试道:我们白水村的穷苦百姓呀,一不贪财,二不乱来,图的就是个快乐。今天,特邀与你一起欢度"送穷节"。村里男女老幼,热情鼓掌,异口同声:欢迎,欢迎!

村民们简单、质朴的几句话语,使刘贺深为感动。他在心里应道:多好的臣民!质朴、善良、无忧无虑,即使是贫苦也在困苦之中寻找快乐,并从中悟出了生活哲理。富与贵,是人之所欲也;不得其道得之,无处也。呵呵,人生在世,各有各的活法,便情不自禁地对白义天说:"送穷节,好哇!正如大儒董仲舒所说:人有义者,虽贫,能自乐也;而人无义者,虽富,莫能自存。你们白水村的百姓,个个有义。"想了一下又说,"依小人之见,虽孔子云:不义而富且贵,于我如浮云。无论'穷'与'富',都应'仁义'在先。但,还是要靠自己的智慧与勤劳,让自己先富起来。"

白义天听罢刘贺一番鞭辟入里的说法,大加赞赏。百姓们更是对他刮目相看,都说这位小先生满肚子的学问,对穷与富剖析得头头是道。于是,大家共同唱罢"清风细雨飘香去,土上出金火照台"之歌后,便邀请他参加"飞马跃穷火"的游戏。

刘贺察看周围,只见,衣衫破烂的村民们,赤着脚还有几个光着屁股的孩童,围着刘贺的汗血宝马又唱又跳,随着一阵"七个隆咚锵"的锣鼓声敲响,白义天吆喝一声:"点火!"几个壮实的青年便点着了地上的木竹堆。瞬间,"穷木竹"噼里啪啦炸响,火星四溅。围观者欢腾跃起呼喊:"看,那位官人就要跃穷火山了!"

这时,刘贺"噼啪"朝空中猛一甩鞭,驾驭着箭羽朝火堆腾飞起来!

围观者把目光都投向刘贺乘骑的箭羽:只见它威武雄壮,遍身红色鬃毛如烈焰细卷，四条腿像琴弦一样直，软骨里面的鼻孔扩大起来，显出一副柔和的神情，唯那双明亮、突出的眼睛富有生气，又隐藏着一股子勇猛。像发疯似的，快如闪电。

村民们呼喊"加油，加油"！只见刘贺乖巧地跨过一堆堆"穷火"，随着锣鼓点子，跃过一堆堆烈焰。顿时，全场欢声雷动，热气腾腾。

"飞马送穷灰"游戏一结束，大家便与白义天一起，将木竹烧化的炭火扑灭，把灰烬扫入竹筐、麻袋，有的村民眉开眼笑，感恩叹道：这些"穷灰"，可是贵人宝马踏过的，价值千金啊；还有的说把它倒入田里沤肥，或许会长金化银。白族长厉声责道："富贵本无根，尽从勤里得。在田间不洒热汗，能获得金秋实果吗？"老翁却乐得像个孩子，又兴冲冲地率领村民们，把"穷灰"播撒于田中，唱喏一声："与人臣者，以富乐民为功，以贫苦民为罪。"

乡亲们热忱似火。刘贺跨马扬鞭，深感自豪，小步绕场奔跑了一圈，神气活现地向大家挥手致意。刘贺听得出来，刚才村民们唱喏的歌谣，是对他这位最尊贵客人的最大赞许。刘贺心想：做君臣的把使百姓富裕的快乐作为功劳，把百姓贫穷痛苦视为罪责。这是多么深刻的道理啊！

刘贺与村民们玩得正开心，忽闻身后传来一阵急促的马蹄声。有人惊喜地呼喊："大王……啊不，是陛下，他在那里啊……"说着飞马扬鞭，一起往这边奔来。

村民们一听"大王""陛下"二词，一个个惊得目瞪口呆。

刘贺跨骑着箭羽，抬头一看，只见安乐率一群侍卫，正策马朝这边而来，看一个个行色匆匆，后面还跟着是一辆大辇车，不知发生了什么大事。正是：一心办道绝凡尘，众魅如何敢触入？邪正尽从心剖判，西山鬼窟早翻身。

安乐行色匆匆寻找刘贺，究竟是凶还是吉？且看下回分解。

【辰时】（7时至9时）食时，又名早食等：古云"朝食"时，也就是吃早饭时间。

民以食为天

豫章。昌邑王城。神爵三年（公元前59年）农历七月二十五日。

刘贺在儿子的搀扶下走出宫外，坐在彭蠡泽水畔观赏日出。

在那天水连成一片的艳红深处，一轮太阳冉冉升起，越来越圆，越来越大。此刻，光亮不仅是太阳、云与水，连刘贺自己也光亮起来。那张干瘦、粗糙的脸庞充满朝气。

刘贺忽想起自己十多年前在未央宫接见各国使节的情景，仿佛就在昨天，不由得笑了，笑容含蓄在嘴缝之间，皱纹波及于面颊，那脸上高凸与低陷几乎全被笑容掩盖。仆从忽来请大王用早餐。刘贺深情地瞥了那轮火红的朝阳，双腿颤巍。自言自语："呵呵，朝食的时间到了。"

刘贺进入宫中餐厅。餐桌虽无大鱼大肉，却很有特色。唯那只类似火锅的青铜三足鼎格外引人注目，它下有三足，支撑稳定。上端肚大口小，上有盖子，下端连接着炭盘，上下之间并不连通。盘中炭火正灼灼燃烧，火星飞溅。火锅内的鲜汤哗哗鼎沸。这是昨晚刘贺点食的。当时儿子提醒他说："这可是盛夏啊，还吃火锅？"刘贺应道："火锅不但鲜美，还挺好玩呢。"快活得像个孩子，亲手抓了把刚洗净的冬虫夏草撒入火锅。侯夫人从锅里舀了一小碗吹冷后喂给他品尝，刘贺连赞鲜美。

此处，桌上还摆着一只青铜蒸馏器。它外形浑圆如桶，底部菱形镂空，设有双足，只见它浓酒与糟，蒸馏器上，用器盛取滴露，把酸坏之酒蒸烧，并用以酿制果酒、白酒。

刘贺回忆起那天胡乱下诏的有趣经历，不由得痴笑道："呵呵，我就是个吃货！"又反思道：当时，我怎么会那样呢？

第六回 谦抑自损

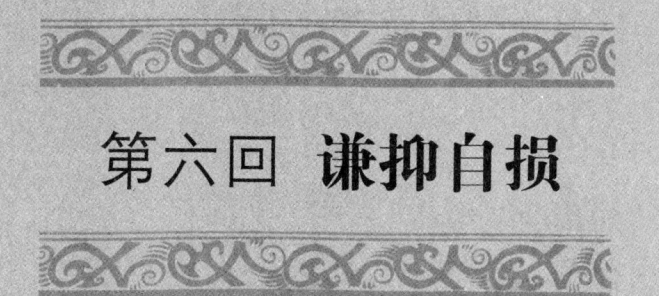

第十五天（六月十五日）

朝堂角逐

话说昌邑臣相赶到白水村送穷节的现场，安乐等臣在甘泉宫等候刘贺接见诸侯，颁布几项重要诏令并赏赐宗室。

张修五更起床洗漱罢，给刘贺换了一身皇上必备的新装，携他来到大殿侧厅等候。这是个宽阔明亮的大厅，九面朱门一一敞开，远远可见高峻楼台，巍峨叠石，潺潺流水，势若游龙。烟迷翠黛，鸟声啼鸣。

自登基以来，刘贺对自己的表现是满意的。如在朝堂接见过外国使节，如深入白水村与百姓一起过送穷节等等，井然有序，算是成功。

今日上朝，是要向群臣颁发他的各项圣令，商议国家大事啊，心里难免有些激动。张修为皇上肃衣整冠之后，刘贺一面用餐，一面审阅昨夜草写的诏书。张修在一旁为他鼓劲，谨慎地叮嘱他在朝上遇事不慌，并为他宽心说：霍光大将军为人正派，秉公办事，一定会率群臣拥戴他，支持皇上这一系列爱民、治国的诏书。刘贺在张修身上获得宽慰，甚感幸福，并欣赏张修的品格与见识。

然而，刘贺怎么也没有想到，昨日午夜时分，月悬中天。月光下，密林中闪过一个黑影，伸出手，把一份记录刘贺入宫前后违反朝规的事实全部列出，塞入一棵大榕树的洞穴，此人就是刘贺爱得死去活来的爱妃——张修！

原来，张修是刘胥指派胡巫李女须安插在刘贺身边的暗探。她在从李女须手里获得重赏之后，从刘贺英雄救美的那天起，就一直埋伏在刘贺身边，观察刘贺继位后的一举一动。刘贺却被张修的花言巧语所惑，自始至终把她当作最柔顺、善良的美人儿，并成了他心中最宠爱的妃子。当然，他更没有想到自己中了美人计，不知晓宫廷上下关系，像一袋乱麻，怎么也扯不清、理不顺啊。

宦官郭穰前来奏报：侯夫人请求晋见皇上。刘贺恩准。侯夫人入室，先向皇上请安，又礼貌地向张修打招呼。二妃目光碰撞在一起，多少有些尴尬。侯夫人一眼瞄见摊在书桌上的诏书，大略浏览了几行，面呈惊异神色，关切地问：“今日上朝，霍光大将军知道诏书内容吗？”刘贺一面更换朝服一面反驳道："不在其位，不谋其政。这是朕自己分内的事，还要向他请教？"侯夫人是个聪慧、深邃的女子，她博览群书，善于独立思考，知道这皇宫内外的水的深浅，且明白皇太后其实是个空架子，皇宫大权，其实独揽在霍光手中。她生怕刘贺陷入困境，便提议今日上朝，此诏书内容先不公布，还是把它送交霍光先审一下，或让群臣提出后再定。

俗话说，一日夫妻百日恩。侯夫人对刘贺所说完全真实。

开始，侯夫人从获悉皇太后深夜下诏，征召刘贺赴长安主持丧事，接受玺印、绶带，作为第一爱妃，自然欣喜若狂，祈盼自己做帝妃，登上皇后宝座。从她随刘贺入宫的那天起，侯夫人感到宫内虽一片祥和，却又察觉到宫廷内外，处处隐藏着刀光剑影，便想起老子所言：祸兮福之所依，福兮祸之所伏。是啊，灾祸里面有幸福的因素附着，幸福之中也有灾祸隐藏。当她忆想起自己十三岁时流落他乡乞讨卖唱，当地一恶少欲强占她为妾，若不是巧遇刘贺打猎路过深山，把她从火坑里救出，哪还会有今天呢？至于刘贺在赴京途中，半途杀出个张修，侯夫人心里虽有些吃醋，却并未计较：男人嘛，谁不会这样呢？更何况他是皇上，便不存在嫉恨之心。但对来历不明的张修，却是设了一道警戒线。

这一日，天将亮而未亮时，当刘贺乘坐车舆来到未央宫，发现宫中戒备森严，充满异常气氛：由掌宾赞受事的谒者治礼，依次导引；当朝见者入殿门，廷中陈列车骑、戍卒、卫官，并置放兵器、张竖旗帜。又见刘胥缓缓随群臣默默往前走着，面呈不满与怒色。宫殿之下，掌宫殿掖门户的郎中，站于台阶两旁，每一台阶数百人。功臣、列侯、诸将及军史次陈列于西方，东向而立；文官丞相以下列于东方，西向而立。掌宾客礼的大行，设九宾之仪，以序诸侯王及归义蛮夷，并负责上传语告下，下有事告上。

随着宦官郭穰一声唱喏："皇上驾到！"皇帝才坐辇出房，百官执戟仪声而唱警。接着，导引诸侯王以下至六百石吏，依次奉命祝贺皇帝登基。

殿内，刘贺端坐在中央，群臣一个个脸色庄重立于两侧。面对如此庄严的场面，刘贺心里难免紧张。

霍光站在前面，眉尖紧蹙，等待着刘贺在朝上的所作所为。而刘胥则是死死地盯住刘贺，好像随时准备对他发起攻击。

刘贺命宣旨官宣布诏书。当群臣听到在上林苑西犬台宫、斗鸡场及未央宫盖

213

高台时，一个个哑然大笑。王吉和龚遂也在其列。不过，二位辅臣并没有想到，刘贺头次上朝，竟会别出心裁，做出如此轻率的决策。

群臣点头赞同，霍光两只脚并拢，泥塑般地站立，脸上毫无表情。打头炮的是田延年，他性格直率，声音洪亮。任河东郡太守时，曾因镇压郡中强豪传为佳话，在臣中说话很有威信。

刘贺正期待这位老臣如何评价并夸赞诏书，同时补充与完善实施方案，便恩准他发表高见。田延年把目光盯在刘贺身上，凝定不动，慢条斯理地讽谏道：

"老臣以为，陛下诏书中所议，无一可取。在上林苑加建一座犬台宫、斗鸡场，以及在未央宫盖一座高台，开挖宫中水渠，全是空中楼阁。武帝扩建上林苑、尽管将上林苑的三陲割让予百姓，以弥补百姓损失，然而狩猎中使用的车骑、戎马、器械、宫墙、营建的花费，奢华的程度，还是远远超出了尧、舜、成汤、文王狩猎时的规模。陛下如此铺张奢侈，好像要与先帝孝武皇帝攀比高低！"

刘贺听到这里有些不安，忽想起世人对先帝伏羲、神农的赞词，辩道："伏羲、神农是对后世帝王的奢侈吗？时移势易，各得其所。朕以为，上天既然对人类如此厚爱，赐予我们山水大地，万物资源，朕为什么不可以享受呢？"

这几句话很有分量，似乎压倒了全场的贬责和异议。

然而，谁料丞相杨敞又谏言奏道：

"治理国家，不能只顾享乐，而要兢兢业业，日理万机，以史为镜。记得商朝的箕子曾告诫周武王说，作为人臣，不能作威作福，不能锦衣玉食；君臣一旦作威作福，锦衣玉食，一害家，二害国，百姓没有效仿的榜样，就会胡作非为。总之，如果陛下这样做，将会违逆尊卑次序，乱了阴阳和谐，即危害到君王本身，也危及国家与百姓啊。"

刘胥正准备张口发言，但见群臣对刘贺群起而攻之，新皇帝威信已一败涂地，便把原备好的重型炮弹压下，见机行事，等待在节骨眼上轰出。

刘贺见群臣脸色复杂，有些惶恐不安，他心中没有底气，双脚似乎有些站立不住，便下意识地把目光投在龚遂和王吉身上，希望他俩站出来为他指点、撑腰，可此时二臣一动也不敢动弹。是啊，这一被动僵局，木已成舟。他俩无奈，只有低头避开陛下求援的视线。

刘贺在朝堂有些难堪，却又不肯示弱，便想方设法抛出一个理由，为自己申辩道："朕若登上高台，环顾四周；宫馆错落有致，跨沟连谷，低阁高廊，重桅垂堂，雕梁画栋，辇道路相属，长廊环绕，中亨阔绰。山间筑室，亭台楼阁，歌舞楼榭，廊柱错落。俯临万丈深渊，昂首攀缘军扪天。晨星摇曳闺闼，霓虹悬于阑干。青龙委蛇东厢，乘舆碾过西殿。众仙绸缪于闲馆，屋仝沐浴在南苑。那是一件多么美好的事情啊！"

刘贺说毕，张敞则冷冷一笑，挑毛拣刺，抨击道："这些赞词，可不是陛下的啊，那是楚国使者乌有先生的辞赋。"刘贺并不认错，却坦言道："朕引经据典，欣赏此段！"群臣哄笑不止。刘贺并无怒气，而是眯起眼睛，自言自语：又错了？不由自己也觉得好笑，便悄然命监郭穰宣布退朝。

刘贺回到书房孔贤斋满脸犯愁，心里发虚：为什么群臣对朕在诏书提出的策划，一个个都持反对态度呢？他反剪着手，围绕孔子立镜走了一圈，苦苦思索了许久，怎么也找不出正确答案。刘贺苦苦思考了许久，诸如眼光短浅、脱离实际，甚至为君私欲而忘治国等问题都想到了。唯一没料到的是：那位睡在刘贺身边的美人儿，竟然是巫师李女须通过盐商之子谢他天花钱买动，安插在刘贺身边的暗线，她奉命监视新皇帝的一举一动。

刘贺正独自呆坐书房琢磨心事，侯夫人与张修走了进来，都是来探听刘贺今日上朝情况而来。二美女一真一假、一善一邪，是是非非，难以分辨。

当夜，刘贺心情烦躁，坐在孔贤斋发愣，侯夫人、罗紑和张修跨入室内，见刘贺脸色难看，便问起皇上为何扫兴。刘贺如实相告；又问起上朝时大司马大将军霍光的态度，刘贺说他自始至终没有吭声，说田延年夸大其词，很不够意思；还有太仆臣张敞，播糠眯目，对朕引用乌有先生的辞赋警句抨击了，要不是朕应对得快，朕差点下不了台，如此等等。

张修先是侧耳聆听，一言不发。侯夫人话里听音，从刘贺的言谈中发现：是霍光与臣联手从中作梗，若是诚心辅佐年轻的皇上，为何不先让刘贺过关，然后暗中辅佐呢？便提醒刘贺说："陛下，你一碗水没有摆平。"刘贺不解，探问此话怎说？

侯夫人随手捧起一只硕大厚实的陶碗，并盛了满满一碗水，小心翼翼地端到刘贺面前，先把那碗稍偏左一点，碗中之水便向左边溢出，又把它往稍偏右一点，水便向右边溢出。刘贺追问:"此举何意?"侯夫人见刘贺饶有兴趣,便从檀香木架的琴盒中取出古琴,试问:"陛下,如果说琴声发于琴上,那么,琴放在琴盒里,为什么它就不鸣了?若言琴声在指头上,不何不从你手指上倾耳啼?"刘贺话里听音,连夸言之有理:"人世间的任何事物,相互依存。父亲生前对我说一警言:孤掌难鸣。"侯夫人进而深入点拨说:"陛下得罪了霍大将军啊。"刘贺明月入杯,否认道:"没有哇,朕对霍大将军一贯尊重,心里总惦记着他的好。"说罢从墙角拿出两根积竹杖,笑嘻嘻地说,"这是那天朕赶赴长安经过济阳县时,为他和田延年大人购买的。"

罗䌽则引经据典说:"汉光和三年(公元前180年),代王刘恒入京为帝,他就是先帝孝文皇帝。当时,二十三岁的刘恒对诏书犹豫再三,行而又止,反复探求诸大臣的真悃实意。于是,他心态挂重,仅带六臣入京,夜拜宋昌为卫将军,领坍塌北军,张武为郎中令。为确保京畿安全,益封太尉勃邑万户,赐金五千斤。其他臣相分别为三千户、金两千斤,两千户、金额千斤。他硬是以智慧把握了时机,用权与钱调整了朝廷与各重臣之间的关系,保持了政治格局的稳定。"然后劝道:"陛下与刘恒的能力相比,却差那么一着棋。"

侯夫人仍在论她的那"一碗水",继而叹道:"水满了再加,就会溢出来;人累了再撑,会垮;我们能够活着,这就是一种幸福。但别把自己逼得太紧,要留给自己一些快乐空间。"正是:在他矮檐下,怎敢不低头。

刘贺悟道:"是啊,人生在世,一半糊涂,一半明白;一半回忆,一半继续。"侯夫人又接道:"陛下,还有一点是不能忘记的,对人对事,一半包容,一半责任;一半容忍,一半体贴;一半珍爱,一半陪伴。就是不能半心半意,半真半假啊。"

刘贺听了侯夫人这番富有哲理的警言,心里豁然开朗,连声叹道:"呵呵,朕懂了,懂了!"说着摇头晃脑地自吟道,"侯夫人金灿灿,挂朕心里边。雾浓光若昼,水满无限圆。风吹寒云千万朵,藐视万里一毫端。"

张修见侯夫人几句话把刘贺哄得团团转,醋意大生,便讥笑道:"不就是根拐杖吗?二位大人会稀罕吗?小题大做!"侯夫人却坚持说:"千里送鹅毛,礼轻情意重。"刘贺补充说:"其实,给二臣赐赠积竹杖并非竹杖本身,而是它积德累善的内涵与朕对二位老臣一片关心的诚意。"侯夫人也应道,并催促他快点送去。

张修主要担心的是：刘贺与霍光关系若是密切，自己就会露马脚。

傍晚时分，郭穰入室奏报："王吉、龚遂求见皇上。"刘贺许多事正疑惑不解，有些难题欲求教先生，即命请进。

王吉和龚遂是有备而来的。今日上朝，刘贺下诏让群臣抓住笑柄，使二位辅臣心存不安，他们生怕刘贺再惹麻烦，连夜商量对策，故当夜二臣便上门了。二臣一跨进门见二妃均在，便向皇上与二妃请安。刘贺却随和地说："不必客气，一切礼都免了。朕正有许多事情向先生请教呢。即赏座、赏茶。"

二位夫人向辅臣王吉与龚遂施礼告辞。刘贺见她俩走远，便把刚才与侯夫人从上朝聊至琴声，又从琴声谈至积竹杖等趣事，一五一十地对二臣说了。

龚遂伸手拨弄了一下琴弦，叹道："侯夫人聪明伶俐，是陛下世上难寻的贤内助啊！"王吉则补充说："这世界上的事情，好与坏、是与非，有时候是说不清楚的。依臣之见，百姓没有好不好的问题，政治本身也没有好不好之事，关键还在于君主贤不贤、善不善。"

"要说贤与善，我这里有一样东西。"刘贺举起他在赴京途中所购的两根积竹杖，借题发挥说："这叫'积竹杖'，含积德累善之意。朕打算把它赠给重臣霍光和田延年。你们看怎么样？若可以赏赐，朕又该怎么个赐法？"二臣听罢，都暗自为刘贺日渐成熟而高兴。他俩交换了一下眼色，心照不宣地默认："才当了几天皇帝啊，就能够运筹帷幄了？"

二臣在肯定可赐之后，谈出了三点可赏的理由：一是月满则亏，水满则溢。陛下已是至高无上的皇帝，但应切记一点。事物达到顶点便走向衰败；二是辅车相依，唇亡齿寒。君臣关系密切，利害相关，所以，陛下这碗水一定要摆平；三是古人云：大德灭小怨，道也。陛下应站在圣上高度看待臣子与臣民，以大的恩德消除小的怨恨，这才符合明君办事的大道理。

至于论至怎么个赐法，二臣则有分歧：若皇上亲自送积竹杖上门，颠倒了君主臣辅的关系；若召二位老臣来承接，无论从年岁上还是资历与威信上均说不过去。

此刻，王吉想起孔子回顾的一段有趣的学说：

"欹"是古代一种很有知能的器具，是用作警惕劝诫的工具，非常有启发性，当中所盛载的水，更令孔子推崇水性圆善，满招损，谦受益。不论自己有多高的才学，对他人都要敬重，因为一山还有一山高。大智若愚，大功则让，大勇若怯，大富则谦，就是自保身心的要诀。

孔子听闻君主在座位右边放着一个劝诫的器皿，见它没有水便倾斜，水不多不少便端正直立，满载了会倾覆反倒。弟子便问孔子，这一现象说明什么？孔子便对弟子说："英明的君王用它来作为最好的警诫，把它时常放置在自己身边。"说着示意弟子试着放水进去。弟子遵旨把水放进去了，便出现了一个奇异的现象：器皿里的水中度分量时，器皿端正直立，满载之时，那器皿便倾覆反倒。

这时，孔子叹息说："啊！哪有事物满了而不倾覆呢？"

子路上前请教孔子说："要保持住满的状态，有什么更好的办法吗？"孔子应道："聪明睿智，守之以愚；功被天下，守之以让；勇力振世，守之以怯；富有四海，守之以谦；此所谓损之又损之道也。"意思是聪慧而又恭谦，居功而不自傲，勇武而示怯懦，富有而不夸显，谦虚谨慎，戒骄戒躁，才能保持长久而不致衰败。"

刘贺听王吉说完孔子这段经历，恍然大悟：孔子推崇水性圆善，满招损，谦受益。不论自己有多高的才学，对他人都要敬重，因为山外有山、天外有天。

王吉叹道："一个好的君王，应用圣人的智慧思考问题，就没有不了解的事情；用众人的力量治国，就没有不成功的事业。用这样的智慧和力量推动国事，就能安身逸而多得其福了。"

刘贺接道："霍大将军就是朕身边贤者、忠臣，无论从他的年龄、修养、品格、阅历上还是学问上，朕都应上门拜访。这是礼节，不存什么卑与尊。"辅臣在心里明白：刘贺这样做，旨在谦抑自损，把登上皇位这碗水摆平。暗自赞道：皇上长大了，成熟了。不在话下。

当天傍晚时分。大将军霍光宅邸的延凉室内，灯火通明。

这几天，霍光心里烦闷不安、过于操劳，终于病倒。他不吃不喝，整天卧病在床。一连三次请来御医给他诊治。御医给他把脉、观舌，见他舌苔微黄，尖红，便断定说："大将军火浮于上，清肃不行，豁痰润燥，心中有火。"便给他开了七包清心火的处方，叮嘱他为国家大事操心忧虑，千万不可操之过急，要多多保重啊。霍光却苦笑道："年龄不饶人呀。孟子曰，生于忧患而死于安乐。都这么一大把年纪的人了，死对于我来说，是一种安乐、一种享受。"御医见将军如此悲观，也不知何因，又好言细语叮咛了几句，便离去了。

提起霍光之疾，果真是心病。自刘贺入宫以来，他一直忧心如焚。老人家并非忧国忧民，而是想着如何无声无息，干脆利索地废黜刘贺，最后把朝政大权牢牢掌握在自己手中。霍光日夜苦思冥想，始终没有拿出个完整的方案。这一天，霍光带病在与田延年商议治国平天下的天大机密。话题自然是从刘贺说起的。

这些日子，大将军一直在观察刘贺的一举一动。最为他忌讳的是，刘贺奉命从昌邑郡出发，直至抵达长安、登上皇帝宝座之后，根本就没把他这个大司马大将军放在眼里：如他刘贺赴长安途中的情况，以及他主持丧事、擅自做主下诏书等等，从不向自己请示报告，也没有与他商量，而把皇权紧紧抓在手中，好像这朝廷政事，完全与霍光无关。昭帝驾崩后，霍光之所排斥广陵王刘胥，就是因他眼睛长到头顶上，独断专行；而刘贺在他的印象中，贪玩、懦弱、没头没脑，毫无主见，本以为若让他继位，这小子肯定像团泥巴可捏在自己手中。现在看来，与他想象的完全相反，连昌邑国二百多文武官员及仆从都带入长安了。这不是向老臣示威吗？哼，还仅是刚刚开始，等他翅膀长硬了，还不要把老臣吃了，把霍家吞灭？好在霍光深谋远虑，早就派人对刘贺周围布下暗哨，并利用刘胥一心夺取皇位的心思，对刘贺进行了严密监视。

今日上朝时，刘贺下发诏书，霍光早有先见之明，且对田延年、杨敞等心腹打过招呼，才使自己处于绝对主动地位，为趁热打铁，又找来亲信、原幕僚、现在的大司农田延年密谋一件天大的事情：废帝！

话题是从诏书谈起的。多位大臣在朝上的高见，落地有声，句句敲在点子上。田延年应道："独王之国，劳而多祸。像刘贺这种庸才，安插在我大汉皇位上，就是个祸根！"霍光叹道是他才疏学浅，识君用人的失误，看走了眼。当霍光提及废帝的敏感话题，田延年有些忧虑地探问霍光还了解刘贺哪些罪状？霍光直截了当地责道："至少有八条违法乱纪：一是赴长安主持丧礼不哀痛，毫无悲伤心情；二是在旅途中不顾礼义，拒绝素食；三是让随从官吏抢夺民女，把一个叫张修的歌姬置于随行的衣车内，以供自己淫乐；四是接受皇帝的玉玺不予以封存；五是率领昌邑国来的随从、仆役、官奴二百官吏随从进入宫廷，在禁闼内随意游玩、嬉戏；六是先帝的灵柩刚刚下葬，便在书房孔贤斋弹琴拉唱；七是抵达济阳县购买长鸣鸡；八是第一次上朝时，只顾自己享乐擅自下诏，提出不利于治国的荒唐主张。"

田延年见霍光一口气点出刘贺一大串劣迹，顺势应道："将军是国家柱石，认为此人不能继承皇位，为什么不向太后禀报，再选择贤者，重立皇帝？"霍光见田延年首个表态废黜刘贺，干脆把隐藏在自己心里的想法亮出来："臣是有这个想法。"略思片刻又问，"但不知在古时候是否有这样的先例？"田延年立即应道："伊尹在殷商时，担任丞相，为了宗庙安危废黜太甲，后人均称颂伊尹为国忠诚。将军如果这样做，也就是汉室的伊尹。"

霍光听罢心里发热，脸上放出光彩，赞道："田大人目光深远，说得真好！《尚书》有句警言：商罪满盈，天命诛之。我借用《左传》警言评价三点：临患不忘国，忠也；思难不越官，信也；图国忘死，贞也。谋主三者，义也。"田延年听大将军用"患、越、死"三字暗示自己，觉得它分量很重，更坚定了他弹劾当时仅当了十五天皇帝的刘贺的决心。正是：青龙共白虎同行，吉祥与凶恶未保。

刘贺的命运究竟如何？且看下回分解。

第十六天（六月十六日）

夜访霍光

　　霍光对于在未央宫废黜刘贺的周密策划，可以说是绝对机密，滴水不漏。刘贺完全蒙在鼓里，更不知自己的命运结局如何发展。但有一条是可以肯定的：他虽然在政治上不够成熟，但为了弥补霍光的心理不平衡，也是极尽自己的一切能力。

　　关于上门拜访霍光之事，刘贺也在思考：朕是君，他是臣，哪有君上门看望臣的道理呢？便再次命臣仆把龚遂和王吉叫来，商量"夜访霍光"这件事情。二臣跨入门之后，共同谈了一个充分的理由，这就是恰遇霍光生病了，再说刘贺毕竟是个新帝，且与大将军年龄相差甚大，按照礼数，还是说得过去的。于是，他们便这么决定了：夜访霍光。

　　刘贺遵辅臣旨意，由昌邑相国安乐携带一盒千年人参、仆从善手持两根积竹杖，由保镖兼马夫寿成赶着辇车，在手提灯笼的宦官郭穰的引导下，来到了霍府夜访霍光。

　　霍府坐落于东宫，坐北朝南。刘贺乘坐的辇车缓缓前行。

　　他们穿过一座玉石牌坊，上面龙蟠螭护，玲珑凿就。再进入庭院，柱灯高照，犹如星光闪烁；地灯莹莹，霍宅轮廓清晰可见：崇阁巍峨，层楼高起，面面琳宫合抱，迢迢复道萦纡。青松拂檐，玉兰绕砌；金辉善面，彩焕螭头。刘贺一边欣赏一边赞叹：呵呵，这就是霍大将军的住宅？好气派啊！

　　刘贺下了辇车，命善仆提着两根积竹杖，沿着灯路向霍宅大门走去。透过朦胧灯光，只见一侍卫护在门前。侍卫隐约发现前面在几盏灯笼晃动，警觉地大喝一声："谁？"迎上前去，抬头一看，见是刘贺的辇车，立即跪拜迎驾。点头哈腰，陪同皇上入府。

　　此刻，霍光坐在清凉室内闭目养神。臣仆报唱"皇上驾到"后霍光急忙起身施礼，欲跪拜陛下。刘贺急忙弯下腰让霍光免礼。霍光敬请刘贺坐于上方，命仆从奉茶、献果，且站在一侧窥视了刘贺一眼，见陪同的大臣手里拿着两根积竹杖，心中便有数了。但他始终不作声，一直在等刘贺开启金口玉牙。刘贺并不介意，向霍大将军问候一声："听说大将军身体欠佳，朕晚上出来散步，顺便前来看望。"霍光躬身行礼谢恩说，"陛下英明。微臣感恩不尽！"说着又要跪下，刘贺连连摆手说，让霍光坐下。霍光并没有落座，仍保持着上朝时那个姿势站着：两手下垂，双脚像钉子钉在地上，一动也不动，凝视着刘贺，探问陛下亲自光临寒舍，有何旨意。

不知为何，霍光越是这样，刘贺心里越是畏惧；他察言观色，只见大将军威严的脸上掠过几丝愁云，有些说不出的滋味，便赔笑搭腔，说了些客套话："先帝驾崩，朕悲痛万分。此次进京接受绥带、玉玺，继承皇位，全仗大将军栽培与辅佐。"然后把话题转至积竹杖，说："此次赴长安奔丧途中，朕遇见一位卖积竹杖的老汉，听那老汉年过八旬之母卧病在床，求朕买积竹杖，我就买了两根，一根赐予大将军，一根赐予丞相田延年。朕对二位大臣敬重如山，想当年朕出生的时候，有人将木偶人放在昌邑府西窗，妄图把朕置于死地，是你刚正不阿，维护了我们；大将军又派我主持丧事，把皇位放在我肩头……"

霍光见刘贺谦逊下士，滔滔不绝诉说了半天，说到关键处还有些动容，热泪盈眶，但他看在眼里，洞若观火，漠不关情，却从刘贺手中接过积竹杖，双手捧着，放在手里掂了掂，老泪纵横地谢恩说："两根竹杖，犹如千钧。陛下是在把重担压在臣的双肩。可臣老了，老了，只剩下一把老骨头了，挑不起这个重担啊！"

刘贺听了有些坐不住，起身应道："今后，宫中还有许多国事、天下事，要请大将军出谋划策啊！"

霍光一听"出谋划策"四字，心中恼怒却忍着，而是毕恭毕敬站在那儿，一动也不动。霍光心里盘算着：无须再试问了，只要刘贺留在宫中一天，我就永远是个配角，待这小子的翅膀长硬了，还有我霍光的位置？

刘贺感觉室内的气氛有点儿冷场，似乎再也无法谈下去了，便向安乐使了个眼色，安乐立即向霍光奉上千年人参，霍光根本就不看礼物，而是扫视一眼站在跟前的两个臣仆，探问："这两位是……"刘贺把昌邑相国与仆从介绍给霍光。霍光忽从二臣仆想起，他从昌邑浩浩荡荡带来的二百官员、随从，顿时心中怒火腾腾，一语双关地挖苦道："陛下，你可真是一位识贤之君呀，你从昌邑国带来的这些臣仆，又年轻、又壮实，个个都是精兵强将啊。相比之下，老朽也就更显老了。"

刘贺仍没有从霍光的话里听出"弦外之音"，单纯而快活地对霍光说："大将军就因为考虑到这一点，朕才在赴京的路上，为你捎来了一件小小的礼品。"

说着从仆从善手中送上两根积竹杖。霍光双手接过，放在手里掂了掂，探问："陛下，这么贵重的东西，是赏给老臣的？"刘贺笑着点了点头。

　　霍光又由积竹杖联想到前几天张安世向自己禀报的，诸如刘贺一路上吃喝玩乐之类之事，心中自然有数。但大将军面无表情，没有透露丝毫不满情绪。

　　刘贺见霍光严肃的脸膛微露笑容，便心安神泰，继续与大将侃侃而谈：先说了些挂积竹杖之人"积德累善"、"必有后福"的话，后说这是在赴京路上，专门为他与田延年购买的，祝二位大臣"健康长寿，一路走好"。霍光一听"一路走好"，诙谐地反问："一路走好？老夫死了？"要去见阎罗王了？刘贺一听，慌了手脚，急忙把话收回，解释道："朕不是那个意思……"霍光又对皇上一笑："老朽所说，也不是那个意思。"说着这一君一臣面面相觑，尴尬地笑了起来。

　　刘贺从霍光这冷落的笑声中，听出了愤怒之气，生怕大将军误会，又纠正道："积竹杖是吉祥之物，朕的意思是，祝愿二位大臣活到千岁。"此时，霍光才从骨子里觉察到，刘贺太稚嫩了，根本就不值得一击。从这一点上来说，霍光心中有数了。刘贺却以为，霍光被自己上门奉送千年参与积竹杖精神所感动，便坦率地说："大将军与皇太后拥立朕为皇帝，朕心中有数。父亲教导我说，滴水之恩当涌泉相报。朕决不辜负将军的期望，牢牢掌好皇权、用好皇权，要像我祖父汉武帝那样，文治武功，下诏推举贤良方正之士，在全国举办太学，扩大设立五经博士，实现朕治国、齐家、修身平天下的宏伟大志……"

　　霍光在与刘贺短暂的交谈中，发现他口口声声不离一个"朕"，越听心里越不是滋味，便忍不住盯了他一句："陛下连珠炮似的用了十几个'朕'字，看来，陛下把这个'朕'字看得很重啊？"刘贺心无防线，昂首挺胸应道："大将军高见，神算也！是的，朕有远大抱负，把这个'朕'，啊不，把朕头上这顶皇冠看得很重。身为一位君王，朕将改变先帝的一些不妥政策，采取与民休息、思抚养民的安抚政策。朕将通过不懈的努力，让社会趋于安定，开创媲美文景的繁荣盛世。朕要像武帝一样，威震四方……"刘贺滔滔不绝地述说着，霍光一面听一面数着：哼，这小子短短两三句，竟又一连吐出了六个"朕"，每一个都像重槌敲在他心上。

　　这一串串"朕"字，像一只只死苍蝇飞进了霍光嘴里，霍光在心里骂道：你以为皇位就是你的了吗？便和颜悦色地敲了他一下说："陛下，你以为皇帝那么好当吗？"刘贺虽稚嫩，却听出了大将军的弦外之音，探问："大将军有何想法，请明示。"

　　霍光万万没有想到，一贯在自己心目中不学无术、稀里糊涂的刘贺，竟不再狂妄与对抗，而采用一种不卑不亢的反问式，使他有些心畏。霍光碰了个软钉子，暗自思量：呵呵，如何掌权、用权的计划考虑得如此周密，便又探问了一声："陛下，你打算如何实现它呢？"刘贺毫无保留地应答道："首先要搬掉那些阻碍朕勤政爱民、以仁治国的绊脚石……"然后字斟句酌，把自己进京以来耳闻目见、亲身体验的正反面案例，就那么绘声绘色地说下去，说到激动时，还手舞足蹈，挥动拳头，直言斥责。可霍光一句也没有听进去，心里却凉了半截：刘贺的野心真够大的啊，待他江山坐稳了，首先要搬掉的这块"绊脚石"，不就是我吗？虽心里明白，但表面上却仍像一泓沉静的湖水，处之泰然，丝毫也不发作。

　　刘贺知道自己求美若渴、贪玩无度的缺点，但他自认为自己善良正直，从无害人之心。对他人的攻击与漫骂，从不计较，但刘贺并不傻，至少明白霍光并不喜欢他，也不想与他磨牙，便告辞说："大将军，朕有点累了，要回宫休息了。"霍光也不客气，生硬地应道："臣不远送。"二人不欢而散。

　　刘贺走至门前，忽想起什么："既然大将军拒收薄礼，朕也就不勉强了。"转身欲取回积竹杖。霍光却按住他的手，笑道："这玩意儿，陛下不是赐给老臣积德累善的吗？怎么又收回呢？"

　　刘贺见霍光对积竹杖感兴趣了，也没有多想，脸上又泛出单纯的笑容说："大将军喜爱，朕就高兴。"霍光接过积竹杖，把刘贺送至府门口，在心里说：孔子云，上医治国，其次疾人。我泱泱大汉之国，劳而多祸。又一语双关地对刘贺说："老臣不远送了。这黑灯瞎火的，陛下一路走好！"刘贺并未琢磨霍光话外之音。其实，霍光在说：你小子就那么去瞎碰乱撞吧，最终仍为死路一条！刘贺在安乐、寿成与宦官的引导下登上马车。霍光心里烦躁，只见刘贺跨出门外，一溜烟似的消失在迷雾之中。

　　夜色深沉。霍光一动也不动地迎风站立门前，微闭双眼，像是被一股炽烈的光晃眩了头。正是：上不至天，下不至地；躲得过安稳，逃不过陷阱。

　　霍光矛头直指谁？难道他老人家要立即在刘贺身上"开刀"？且看下回分解。

第十七天（六月十七日）

精心谋划

话说刘贺离开霍府返回寝宫，心里虽不好受却也没多想，一觉睡到大天亮。

刘贺就是这么个脾性，活得简单、明白，轻松而愉悦，从不算计别人。他即使是登上了皇帝宝座，也没皇上的架子，始终保持一种平和的心态。

次日清晨，风和日丽。侯夫人上门向皇上请安。入室一看，见刘贺睡得正香，便蹑手蹑脚走了进来，生怕搅醒皇上的"黄粱美梦"呢。

自刘贺昨晚赴霍府赐赠积竹杖之后，侯夫人一直在为他担忧，生怕霍光给他小鞋穿；或是与这个幼稚的新皇帝暗斗赌气，惹得大将军大发雷霆。昨天晚上，刘贺睡得很香，侯夫人却彻夜未眠。她先跪在蒲团上拜了先帝，再回寝宫点燃博山炉香饼，神色肃穆，在心里祈祷上天保佑皇上"一碗水"摆平成功，平安归来。

此刻，侯夫人步入寝宫，见刘贺睡得正香，便端坐在床前察看他的睡态，她觉得这是一种享受。自从昌邑国出发，一路风风雨雨走来，能够走到刘贺登基这辉煌的一步，没有摔跤，没有变故，也没有出现什么意外，已经很不容易了。她珍惜刘贺给予自己的这份恩爱，感到是那样幸福，那样心满意足，嘴角绽出了几丝愉悦。

窗外，一缕曙光映照在刘贺的脸上，使他显得更安详。侯夫人聆听着他均匀平静的呼吸，见他忽儿鼻孔微微扇动，眉毛抖动了几下，瞬间又把眉头皱紧，嘴唇嚅动着正在说梦话。她欲让他多睡一会儿，怎么也不忍把他碰醒。

是的，此刻刘贺正在做一个奇怪的梦：他梦见两只白色大鸟飞入宫中，拍扇着翅膀从他头顶飞过三圈之后，轻盈地落在他的肩膀上；接着又梦见青蝇拉的屎，堆积在西边的台阶东面，达五六石之多，屋上的大砖瓦覆盖着，揭开一看，都是青蝇的屎，臭气冲天。刘贺看了，心里厌恶，转身欲跑。可他两耳忽响起嗡嗡嗡的响声，睁眼一看，一群又一群青蝇正朝他飞来，压在他头顶上，他气喘吁吁地拼命往前跑着，妄图挣脱那群青蝇的追击，可一点用也没有，青蝇越来越多，最后黑压压一片，犹如乌云一般，仿佛要把他包裹、吞灭……刘贺心里畏惧，狂叫一声："哎哟哟，我的天呀！"从噩梦中惊醒。

刘贺醒后脸色发黄，显得有些憔悴，眼睛枯涩无光，一副迟钝的样子，额头还渗出几颗豆大的汗珠。侯夫人见他这副模样，急忙把他搂在怀里，急问："陛下，你怎么啦？怎么啦？"侯夫人惊慌失措，一时不知怎么办才好。刘贺愣了好一阵子才渐渐回过神来，苦笑了一下说："没什么，刚才做了个噩梦。"侯夫人松了口气，才露出了笑容。刘贺望着她，发现她的笑容虽妩媚柔和，却有些勉强、很不自然。刘贺便安慰她说："不就是个梦吗，梦并不是现实。不是有句俗话，噩梦醒来是早晨，吗？呵呵，天快亮了。"

话音刚落，窗外传来一阵脚步声。宦官郭穰前来向皇上奏报，辅臣龚遂、王吉到。刘贺想：啊，来得早不如来得巧，朕刚才那个青蝇屎梦，正要请他们破解呢，便准允他们进来。

龚遂是为探问刘贺昨晚拜访霍光而来的。其实，他一夜也未睡好。作为辅臣，他与王吉一直在为刘贺皇位能坐多久而担忧。他们对宫廷上下了如指掌，对霍光的为人更是一清二楚：这位老臣爱国爱家，德高望重，无论处理宫中大小事情，从来是严谨果断，点滴不漏，从无丝毫差错；但他却是个权力狂，凡涉及皇权之事，他始终咬住青山死不放，寸步不让。刘贺这么个毛孩子，怎么敢得过他呢？龚遂怎能不担忧呢？

此刻，刘贺喜闻二位辅臣来了，自然高兴。何止是昨晚的屎梦，还有自他入宫、送杖等一系列怪异象，他都积存着种种困惑，有许多事情都要向他们讨教。刘贺命人给泡茶、备果，与他一面喝茶一面闲聊。话题自然是从昨晚他做的那怪梦聊起的。

当龚遂听刘贺绘声绘色地描绘一番后，道："陛下读过《诗经》，那诗中不是有所描述吗？"刘贺立即背诵："营营青蝇，止于樊。岂弟君子，无信谗言。"龚遂点头赞道："陛下好记性！但陛下千万要小心啊，皇上身边的谗人如此之多，就像青蝇一样缠绕在你身边，令人厌恶却又驱赶不散。"刘贺并不在意，慢悠悠地品了一口香茶，探问何意。

这时，龚遂忽想起刘贺自继承皇位以来，围着他身边转的，全是从昌邑国带来的臣仆，已洞察到刘贺用人失策，并越过包括霍光控制皇太后在内的大权，刘贺前进的每一步，均暗藏杀机，便提示刘贺说："陛下，臣以为，日月运行，一寒一暑，这是自然规律；日往则月来，月往则日来。日月相推，而明生焉。臣以此给陛下敲一回警钟: 秋后的微弱的小草，在强暴的狂风面前，是很难得以生存的。"

刘贺越听越感到含义模糊，便命他别拐弯抹角把话挑明，说得具体一些。龚遂单刀直入，奉劝道："陛下应该多接近先帝留下的大臣，以及他们的子孙，把他们当作自己的辅佐，求得他们的帮助。"

刘贺只听懂了一半，又命他再说得具体深入一些。龚遂接道："问题就出在陛下周围的那些人。"刘贺应道："先生是说，朕从昌邑国带来二百官吏随从，都是'青蝇臭屎'？这岂不是包括先生你与王吉呢？"

龚遂见刘贺愿意听下去，轻松一笑，应道："臣不是苍蝇，臣是帮陛下拍打苍蝇的助手；昌邑国二百官吏随从也不是苍蝇，苍蝇并非具体指哪个，它是缠绕在陛下周围的恶者、嫉者、奸者，是积存于陛下心中违反朝规的不法行为，这些丑陋行为，均为'青蝇臭屎'！"刘贺探问："那我要怎么摆脱，让自己身上清爽干净呢？"

龚遂苦口婆心，炳炳凿凿指出道："陛下必须像驱赶苍蝇、蚊子那样，摆脱、远离那些不守信用、诌媚阿谀的小人，这样陛下才能避灾躲祸。再说，陛下上朝颁发的三道诏令，诸如从昌邑王府接来十六位臣妾、娶歌女张修为臣妾，及从玉玺台取符节与打开乐府库房搬出乐器赏乐等等,均颠倒次序、违反朝纲,绝不可行。"刘贺辩道："天下的人都知道，美的东西是美的，丑便产生了；善良的东西是善的，恶就产生了。赏以劝善，罚以惩恶。作为一国之君，若自己身边没有得力的将相，如何为民激浊扬善呢？"

龚遂一听便知，刘贺仍在坚持自己的错误，认为从昌邑国带来的二百官吏随从，不是为了好玩，而是在皇宫为自己设置一道防护墙，便再进一言："陛下若不把二百官吏随从退回，仍坚持这样做下去，等于在刀尖上跳舞，随时都有被扼杀的危险。"刘贺对龚遂的劝说仍无动于衷，顶撞说："古人云: 心之忧危，若蹈虎尾，涉于春冰。是说管理国家大事的人，处理每一件事情都要兢兢业业，应有揪住老虎尾巴和走在即将融化的冰河上的危机感。朕从昌邑国带来二百官吏随从，完全是出于朕与国家、人民的安危；再说，朕可是一国之君、万民之主啊，难道连这么屁大的事情都做不了主吗？"龚遂道："霍光大将军忠诚正直，宣德明恩，恪守节操，秉持道义，维护汉室宗庙安危，他是先帝最为信赖的忠臣，宫中重大事情均由他掌管，他是宫中宿卫，关于'防卫'之类的事情，何必要陛下操心呢？"刘贺听罢有些愠怒，说："《诗经》云：济济多士，文王以宁。士人，是国家的重器；得士则重，失士则轻。朕从昌邑国带来的二百官吏随从，无一不是贤士、忠仆，他们从小看着朕长大，辛辛苦苦跟了朕这么多年，有的还是朕父辈一代的遗老臣仆，现如今朕当了皇帝，怎么能抛下他们不管呢？"

龚遂见刘贺执迷不悟，"扑通"一声跪在他跟前，痛哭呜咽，劝道："庄子说：临祸忘忧，忧必及之。陛下三思而行啊。若一意孤行，将大祸临头！若现在猛醒还来得及，即可化险为夷，转祸为福。把陛下身边的虎狼赶出去，远远放逐。卑下我愿意先被放逐！"

刘贺见辅臣和盘托出，如此动容，有些感动，没有反驳。侯夫人的心却被二位辅臣一片真诚所打动，便引用《孔子家语》劝道："良药苦于口利于病，忠言逆于耳而利于行。陛下就听大臣这一回吧。"

刘贺正要暂时作一番口头让步，宦官郭穰入室奏报："陛下，从昌邑国接来的夫人们快到长安了，请皇上下旨。"刘贺一听，满心欢喜，完全把龚遂解梦与乞求之事抛至九霄云外，对左右下令："备车，朕亲自前往灞上迎接。"龚遂闻讯，跪拜劝阻说："陛下，即使你从昌邑迎妾入宫是对的，也不能亲自赴灞上迎接。若网在纲，有条则不紊啊，陛下不能去。"刘贺哪里肯听，转眼间早已离开了寝宫。郭穰催侯夫人随即跟上，并提醒龚遂随同前去。龚遂从跪处立起，没有前去，自嘲地叹道："桀骜不驯，我行我素，故态复萌，有什么法子呢？"

果不出龚遂所料，自昨晚刘贺夜访霍府之后，霍光发现刘贺对涉及朝纲重大政事擅自做主，由此联想到，若他一旦江山坐隐，必将把自己抛弃一边，或许还有整个家族都倾覆的危险。因此对他忌恨在心。

这些日子，霍光本来身子骨犹不适，但不知为何，昨天晚上经刘贺一番不着边际的游说之后，更加精神抖擞，他的病反而烟消云散了。是啊，霍光患的是心病。他骨子里的想法，并非刘贺可否善政，是否有驾驭全局的远见与谋略；更不在乎他所谓荒淫无度、利令智昏的品格，想得更多的是皇权旁落。

其实，霍光虽是宫廷重臣，虽大权在握、老谋深算，但要废除一位已登基的皇帝，谈何容易。可见，霍光是提着脑袋，甚至准备遭灭族风险去干这件事的，他知道，在这个生死存亡的关键时刻，必须在每个细节都做得天衣无缝，让群臣看不出丝毫破绽。关于废黜刘贺，拥立新帝，自刘贺初次上朝后，霍光就暗自与田延年密谋过。田延年察言观色，发现霍光心存废黜刘贺的想法，便连夜来到杨府与杨敞密谈，希望把他拉过来作为合谋同伙。可杨敞闻言惊恐不安，不知所措。田延年见他汗流浃背，唯唯诺诺，又发现他那位聪慧可人的贵夫人在室内窥听，惘然有失便借机起身对杨敞说上厕方便，以回避与杨敞的正面尴尬与冲突。

田延年离开之后，杨敞夫人从东厢房出来，对丈夫劝道："妾以为，这是国家大事，现在大将军他们已经商定，让九卿来通报君侯。君侯不即刻答应，此时此刻若不与大将军同心同德，还在犹豫不决，或许首先掉脑袋的，恐怕就是你这位丞相。"想了一下，又补充说，"上次上官桀等人谋反，你按兵不动，结果落得个不能封侯的下场。"杨敞听后似有醒悟，待田延年从厕所出来，杨敞应道："臣支持大将军。"随即同夫人与田延年三人一拍即合，做出了坚决拥护大将军，共同废黜刘贺，拥立刘病已继位的决定。

田延年把他探听到一切，全都向霍光禀报了。霍光听后心中有数，又派他从广陵王刘胥那儿刺探到情报，罗列了刘贺赴京路上奔丧不哭、抢夺民女、官奴二百、弹琴拉唱、买长鸣鸡、擅自下诏等十几条罪状。田延年听后大怒，当机立断：私下召集几位可靠大臣一起，拿出个废帝的周密计划。田延年的提议正中霍光下怀，二臣一拍即合。

次日一早，霍光便把车骑将军张安世、丞相杨敞、大司农田延年、光禄大夫丙吉，召入霍府密室，共谋"国家大事"，核心话题乃为：废黜刘贺，拥立新帝。几位大臣均为霍光"一盘棋"上的"车马炮"，个个都可派上大用场。

在霍光官邸密室内，霍光正在与杨敞、田延年、丙吉与张安世品茶，共谋废帝大事。开始，霍光脸色凝重，保持沉默，始终不把话题切入废帝。四位大臣都很精明，在对待废帝这一尖锐、敏感之重大政治事件，若霍光不开口，也不轻易介入，只是一个劲儿地品茶。

于是霍光急了，即命仆从室内捧出《周公辅成王上朝图》请他们欣赏、品悟。霍光面对此画颇显伤感，热泪盈眶地叹道："周公背辅三岁的成王上朝，朝见诸侯。周公辅助成王执政七年，巩固了周王朝的统治地位，制订了周朝一套典章制度。从周成王到他的儿子康王两代，前后执政五十多年，这是周王朝统一、强盛鼎盛时期，在历史上传为佳话。可我呢？当年武帝赏赐予臣此画，用心何等良苦！这些年来臣奉诏辅佐昭帝，尽到了老臣护卫大汉江山社稷的职责，尚可告慰先帝在天之灵。但在推举刘贺主持先帝丧事，授命其继位的问题上，臣看走了眼，有愧于先帝啊！"

霍光说到这里，面孔像石膏一样僵硬。接着又命仆从拿出两根积竹杖，往桌案上一摆，哭笑不得地对田延年说："这是那天晚上，刘贺给我送来的积竹杖，说是我年纪大了，要送我'一路走好'。"大家哄笑起来。霍光却没有笑，进而郑重其事地说："关键是昌邑王赴长安是主持丧礼的，可他都干了些什么呢？他并不哀痛，没有悲伤的心情，在来长安的路上不顾礼义，拒绝素食，让随从官吏抢夺民女，置于随行的衣车中，以供自己在驿站中淫乐……"霍光说着说着，竟不禁泪如泉涌，呼唤道："是老朽辜负了先帝期望啊！责任在我……"

四位大臣见霍光如此伤心，都劝他不要难过，于是在肯定霍光为治国大事操碎了心等功绩之后，张安世把积竹杖往地上狠狠一摔，一口咬定："刘贺是怎么违背皇太后旨意的，他在赴京路上究竟干了些什么？这就是铁证！"

此时，一贯胸有成竹、遇事不慌的大将军心绪纷乱，六神不安。动兮静所伏，静兮动所倚。霍光每当遇事进退两难之时，总会这样冷静地思索：运动中隐藏着静止，静止是运动的依托。万事万物都有对立面，动与静相互依托存在。

在这关键时刻，身佩宝剑的田延年冲到霍光面前，义正词严地说："先帝把辅佐重任交给忠臣你，可现在刘贺是个昏君。废帝，这是大将军的责任，也是我们义不容辞的神圣义务。若今天在继承皇位上没有结果，谁也不能离开！"听这强硬的口气，简直就是"命令"！

霍光却没有应声。他来回走动了一会儿后，决定先按兵不动，视情况发展变化再做决定，但必须把握内情，以便对刘贺与刘胥随时采取行动。他便再三叮嘱张安世和杨敞说："多派些侍卫明察暗访，发现情况，及时报告。"二臣异口同声地应道："请大将军放心，立即照办。"田延年觉得言犹未尽，又深沉地对霍光说："先帝之所以把年幼的刘弗陵托付大将军辅佐，至少可以肯定两点：一是将军忠实、可靠，二是有能力、有魄力，完全可以驾驭天下。"说到这里停顿了一下，静静地等着其他二位接话。紧接着，张安世便把刘贺奔丧途中违背礼制之事又添油加醋地诉说了一番，将刘贺贬成酒瓮饭囊，一钱不值。

丙吉见二臣向霍大将军"一边倒",便也站出来说话了:"霍大将军从守护我大汉江山社稷出发,征昌邑王刘贺来长安主持丧礼,刘贺并不哀痛,且没有悲伤的心情,还在赴长安的路上不顾礼义,拒绝素食,抢夺民女,寻欢作乐,成何体统!"丙吉是皇太后亲自派赴昌邑迎接刘贺赴京主持先帝丧事,接受绶带、玉玺的臣使之一,在略述过耳闻目睹刘贺放荡不羁的种种表现之后,结论说:"事在四方,要在中央。圣人执要,四方仿效。若让如此昏君坐上皇帝宝座,我大汉江山终究要断送在刘贺手中。"张安世还补充说:"臣亲眼看见,刘贺还在赴京的路上还要来了一只长鸣鸡、一只红狮狗。听说他还梦见过戴着方冠的无尾狗。狗无尾巴,这是妖服,也是犬祸。"

于是群臣达成一致决议:废除刘贺,另选新帝。霍光期待的正是这句话,便叹息一声自责道:"唉,都是臣在看人用人与治国决策上的失误啊。"张安世手按腰间宝剑,果断地说:"欲胜胜人者,必先胜。我们先下手为强,如何?"霍光制止道:"不可!孔子曰:小不忍,则乱大谋。眼下时机尚未成熟,切不可轻举妄动。"霍光想得更多的是,在这更换新帝的关键时刻,绝不能添乱,应按照他策划的部署,一步一步进行。最后共同谋划出一套完整的废帝方案:

一是群臣议政于未央宫,让杨敞慷慨陈词,列出刘贺"十大罪状",若有非议,田延年离席按剑,群臣叩头拥戴大将军令。并安排刘贺只身接皇太后诏书,由皇太后宣布刘贺罪责并将他废黜,另筹备新皇帝人选。

再说,刘贺喜闻宦官郭穰奏报,他十六位臣妾已从昌邑国到达长安,刘贺仍不知天高地厚,决定亲自临现场去看看。刘贺乘坐辇车沿专门供皇帝通行的御道——"中央三丈"前行。

中央三丈两边是普通百姓行走的旁道。他们经过长安城内九市,与香室街、夕阴街、尚冠前街、华阳街、章台街、蒿街等八街。街上,时有一些高髻、大眉,广袖的时髦女子来回走动,她们与街上过往的郎官、卫士、百姓们擦肩而过,显得长安街头的繁华昌盛。

当辇车经过十字街时,忽传来一阵歌谣声。刘贺好奇,掀帘朝外张望,只见衣不蔽体的乞丐光着脚丫,三五成群,疯疯癫癫聚结在一起,一面敲打着竹筒、竹瓢,一面唱着当地流行的《长安城中谣》:

  城中好高髻，四方高一尺。
  城中好大眉，四方且半额。
  城中好广袖，四方全匹帛。

  此谣唱的是京城女性时髦打扮，描述了赵王喜欢宽阔的眉毛，赵婕好好好为石华广袖。

  前方一队队卫士气势汹汹，鸣锣开道，把围观挡道的人们吆喝到一旁。刘贺从车窗探出头叮嘱他们，对待百姓，和气一点，不要凶神恶煞。卫士们便变得温和起来。

  当刘贺的辇车一驾到灞上，昌邑王府原班人马组成的幕宾、卫队、仆从前呼后拥；各色车、马、轿与兵丁和仆从像赶集似的停置一旁，还有远近大小官员也都赶来朝拜皇上。刘贺脸上笑容可掬，频频点头，无限开心。他望着那些多日不见的心肝宝贝，爱怜不舍。妻妾们见了皇上，一个个乖巧地跪拜于地，高呼皇上万岁，万岁，万万岁。刘贺一眼瞄见舞女崔倩云与歌女刘梦莺，命她俩坐在辇车内，左右两旁各坐一妾。随着宦官郭穰一声唱喏"启动"，宫中欢迎的人群便跟随辇车向前驶去。

  辇车内，刘贺因身边的二位爱妃皮肤柔滑如脂，抱在怀中，就如软玉一般，不忍放手。倩云道："臣妾蒙万岁收录，少不得时时随侍。若垂爱太过，恐怕皇后怪罪。"刘贺道："放心吧，皇后在皇宫开阔了眼界，她不会吃醋的。"梦莺道："虽不吃醋，也要各尽其礼。"刘贺道："说的也是。等下见了侯夫人要懂礼节，这是皇宫，可不比王府啊。"刘贺越说越高兴，把原先决心修身齐家治国平天下的宏伟大志，又全丢到九霄云外。不停地与她俩亲吻、作乐。

  在返回未央宫的路上，当辇车行至十字街时，刘贺又听见那群乞丐敲打竹筒在唱另一首《涓涓不塞》：

  涓涓不塞，将为江河。
  荧荧不救，炎炎奈何。

这首民谣很富于哲理性：广大人民在劳动中，对各种事物的观察比较，以小见大，防微杜渐。刘贺听罢心想，这是百姓深爱、拥戴国君的表现，百姓是在提醒自己"以小见大，防微杜渐"。他觉得眼前的乞丐既可怜，又可爱。作为一个君王，如何改变他们的命运呢？他说的话谁也没有听到，可有一个人的影子，紧紧地尾随在这支杂乱的迎妃队伍后面，那双狡黠的眼睛，锋锐的目光犹如两把刀子，死死盯住了刘贺的辇车。正是：剑气分还合，荷珠碎复圆。万般皆是命，半点尽由天。

　　此人究竟是谁？为何紧紧跟踪于皇上辇车之后？刘贺回宫后将做出什么冒险行动？且看下回分解。

第十八天（六月十八日）

尺蠖之屈

　　那个跟踪在刘贺迎妃队伍后面的不是别人，正是车骑将军张安世。

　　原来，昨天在霍光府中密室"谋划废帝"结束后，霍光单独把张安世找到自己身边，指定他从现在起，负责收集刘贺违反朝规的种种劣迹，并密切关注其行踪。

　　其实，从刘贺一踏入未央宫的那一天起，霍光就指使张安世在背后监视，那天晚上，刘贺一面听张修弹琴一面撰写诏书时，孔贤斋窗口晃动的那个头影，就是张安世。

　　然而，怎么做"造桥虫"，怎么造这座桥，刘贺心中无底，只从前人"尺蠖之屈，以求信也"的警示中，知道自己刚登基千万不要太狂、太傲，而应能伸能屈，却没看到霍光背后的阴影，也没看到广陵王刘胥对他的威胁，更没有想到自己已卷入了一场权力角逐的风口浪尖。当得知刘贺初次上朝时刘胥就十分关注，得知霍光排斥"刘贺称帝"的结果后，便以为胡巫李女须巫术果真显灵。于是再赏给李女须许多珠宝，李女须更加谄词令色，不分昼夜地诅咒刘贺马上退下皇位。

　　这天早晨，刘贺又要乘舆出宫，却又与文学光禄大夫夏侯胜相遇。

　　刘贺有点心烦：上次朕外出郊游，他不讲礼节不把朕放在眼里，阴阳怪气，而且从中阻拦，朕还没来得及惩治他呢。夏侯胜却毫不介意笑脸迎上，招呼一声："陛下早安！"车舆渐渐停下，刘贺撩开车帘，沉默不语，看看他又要作一番什么表演。夏侯胜关切地探问："陛下又要出宫了？"刘贺训道："这是你问的事吗？"即命马夫继续往前行。夏侯胜见车轮滚动便追了上去，招呼说："哎哎，陛下莫走，千万莫走呀，臣有话要说啊。"

　　刘贺心里明白，夏侯胜对各种学问烂学于胸。心想：看你个小小臣子，究竟要在朕面前玩什么花招。便又示意停下车舆，追问："亏你还是个博士兼光禄大夫，吞吞吐吐，前言不搭后语。夏侯胜，你到底要向朕说些什么？"

　　夏侯胜慌忙迎上前去，指了指天色，把眉一皱，叹道："陛下，你可要当心啊！""当心"二字把刘贺吸引住了，刘贺便耐着性子听下去，探问何意？夏侯胜摇了摇，卖了个关子，慢条斯理地应道："天久阴而不雨，预示着朝中有大臣，对皇上怀有预谋，陛下还敢出宫吗？"

刘贺闻言，昂首大怒："夏侯胜，你……妖言惑众！"从车舆内走出，对身边侍卫下令："来人呀！把夏侯胜绑缚起来，交予属吏惩办。"几个侍卫立即上前，把夏侯胜五花大绑，夏侯胜见皇上动真格的了，连呼："臣说真话，为何缚我？"这时，恰遇车骑将军张安世从此路过，出面恳请刘贺息怒，为他求情解围，夏侯胜才算过了这一关。

其实，夏侯胜身为博士，说起话来文绉绉的，有时还带点含蓄常让人猜测。这已成了他的习惯。夏侯胜对刘贺这一劝阻，全出于一颗好心，向这位幼稚的皇帝吹吹风，提醒他当心有人背后陷害。刘贺却没有听懂这意味深长的话外之音，反把他的好心当作了驴肝肺。这人世间的好人还是多啊。夏侯胜从小失去父母是个孤儿，懂得人世间的甜酸苦辣，便想给刘贺敲个警钟，谁料碰了一鼻子的灰。

刘贺不等张安世把话说完，便怒气冲冲喝令马夫赶着辇车，快马加鞭飞驰而去。眨眼工夫便不见踪影。正是：事非干己休多管，话不投机莫强言。

话说刘贺怒斥夏侯胜，从灞上把十位臣妾接至皇宫，即命昌邑国主要臣仆在大殿集中，安乐、方叔、龚遂、王吉、毛士博等君卿，以及侯夫人、崔倩云、刘梦莺和张修等十几位妻妾等，还有马夫寿成、家奴善仆等臣仆都来了；他们在皇上面前跪成一片，刘贺望着他们心里感到踏实，似乎觉得有一种安全感。于是说了声"平身"，大家陆续站起来，毕恭毕敬地站着。由于久旱未雨、天气闷热，一个个汗流浃背。

刘贺是个懂得爱的男子，他很持重，也自制。他深深，这一点，昌邑国的所有臣心里都明白。刘贺望着昌邑国的忠实臣仆，满脸是笑。他以前虽是昌邑府的大王，却平易近人。有的家奴跟随新老昌邑王，陪伴刘贺长大，感情深厚。

这时，刘贺忽听到一阵咳嗽声，便走上前过，咳嗽者是个上了年纪的仆从，腰背有点弯曲，站立的两腿微微颤动，脸上堆满皱纹，唇边点缀着几根白须。刘贺对他虽有些面熟，却叫不出名字，便关切地问起他的姓名、高寿，家奴见皇上问话受宠若惊，两只眼睛放出光彩，又指了指自己的耳朵，嗓子沙哑地应道："老奴耳背没听见。"然后扑跪于刘贺跟前谢恩。刘贺大声重复问他一遍，老奴这才应道："在下姓周名扶，今年六十四，号酒壶。"刘贺不由得笑了："号酒壶？啊，好名字！"刘贺命周扶平身，周扶吃力地站起，笑得露出几颗残牙应道："此名乃在下老爹所取，老母亲说为我做满月酒时，让在下连喝三口酒仍哭闹要酒，便为老奴取下这么个贱名。"

刘贺听罢颇感兴味，又问："父母健在？"周扶应道："回皇上话，他们都健在，父亲八十四，母亲八十六。"刘贺忽想起自己已故的父亲刘髆，心头一酸，满眼噙泪，转而又笑着说："好好好，周扶，那明天团聚时你多喝几壶酒。"周扶受宠若惊，又欲跪拜谢恩，却被身边臣仆扶住，周扶感动得老泪纵横，压低嗓子磕头谢恩。

再说自龚遂对刘贺无情谏策之后，刘贺虽未当即表态认错，却从心里确定辅臣言之有理，并把它铭记在心。于是他先向官员随从训导礼制，叮嘱未央宫不是昌邑国，一定要懂礼节、守规矩，不许乱来，并下了一道诏书，为问候宫中侍从君卿，命宫中御府令高昌，携带黄金千斤，赐予各位君卿所娶的十妻。又温和地看了周扶一眼，另命高昌赏赐老奴一些钱币买酒喝，周扶乐得合不拢嘴。

刘贺训过话之后，觉得有些累，欲回寝宫休息一会，便探问群臣仆还有何事。这时，张修想起李女须的盼咐：把刘贺引入违反朝规的陷阱，把事情闹得越大越好。便柔声奏道："陛下，依臣妾之见，今日二百昌邑国臣仆欢聚一堂，不容易啊。应大开禁戒，从乐府库房里搬出各式乐器，击鼓弹唱，载歌载舞，痛痛快快庆贺一番。"

刘贺拍手应道："爱妃聪慧，想得周到。是啊，我昌邑国二百官吏随从与妃子接头，好不容易头一回相聚未央宫，诗人屈原在《九歌》吟唱道：乐莫乐兮新相知，乐莫乐兮新相知。意思是，悲伤莫过于活生生的离别，快乐莫过于新结了好相识。"刘贺便轻松地对众臣说："不要太苦、太累，我们也该团聚在未央宫饮酒作乐，好好庆贺一番。"下令堂而皇之把张修纳入新相知之列。张修立即谢恩，并高呼皇上"万岁"，群臣也一齐跪拜应呼，顷刻间，"万岁，万岁，万万岁"呼唤声飘出窗外，在未央宫上空久久飘荡。

刘贺见新老臣仆喜笑颜开，心血来潮，又命御史赵甲领取十六枚符节，宣告他随时准备下诏书、办国事。赵甲奉命从存放皇帝玉玺的符节台，双手奉送刘贺手中。刘贺心满意足，赞叹不已。

这个消息一传出，二百名昌邑国随从、仆役、官奴又放声连呼"君皇万岁，万岁，万万岁！"刘贺蹈厉奋发，百感交集，激动之下当众宣布："打开乐府库房，朕要亲自赴乐府库房拿出乐器，与群臣仆共乐。"同时命从昌邑国带来的新老乐师，击鼓吹拉弹唱，表演歌舞，并可随意游玩、嬉戏，以驱散这些日子压抑在心中的忧伤与烦闷。刘贺说毕，与臣仆大步如流星地向乐府库房走去。

　　正当刘贺率群臣仆跨出殿门之时，忽闻一声呼唤："请皇上留步！"龚遂、王吉走到刘贺跟前，跪拜于地。刘贺收住脚步，忙将二臣扶起，可他俩怎么也不肯起身，刘贺问这是为什么？

　　龚遂说道："在广厦之下，在细毡之上，上至唐尧虞舜的德政，下至商汤周王的仪礼，先贤为我们研究治国的方法，树立了榜样。是卑职没有辅佐好皇上啊。陛下行坐端庄肃穆，平日为探求真理而废寝忘食，不断地获取知识，这种学习上的快乐，难道不比吃喝玩乐更高尚吗！"

　　此刻，刘贺心里只装着一个"玩"字，哪会听从二臣劝解，辩道："朕命御府令高昌携黄金千斤，赏的是善者啊，难道错了吗？古人云，乐者，天地之和也；礼者，天地之序也。和，故百物皆化；序，故群物皆别。朕奏乐，难道错了吗？"王吉并不退缩，声泪俱下，仍诚心劝道："可先帝的灵柩刚刚下葬，陛下刚刚登上皇位，便在灵前敲击钟磬吹拉弹唱，演奏乐器……陛下这样做欠妥啊。"

　　刘贺把此话当作耳边风，依旧大大咧咧向宫门走去。

　　宦官郭穰、张修等仆从随即跟上。王吉和龚遂大失所望，摇头叹息。侯夫人把刘贺的生死命运牵挂于心，不顾一切上前阻拦，跪下泣声道："陛下，不能这样做！"刘贺见状，停下脚步反问："为什么？"侯夫人说："先帝灵柩停置在前殿，御体未寒啊。你怎能开启乐府库房去拿乐器，击鼓弹唱呢？不合常礼啊！古人云：哀乐而乐哀，比丧心也。说的是，应该快乐的事却悲哀，应该悲哀的事却快乐，这都叫丧失真心啊。在已故的国君灵前，你怎能失去真心呢？孔子曰：刑罚不中，则民无所措手足。圣人可以生法，却不能废法而治国。从善如登，从恶如崩。这是个危险的游戏，望陛下三思而行。"

　　刘贺犹豫不决。张修眼看刘贺即将被侯夫人几句话劝服，旋即走到侯夫人面前，挖苦说："哎哟哟！侯夫人，照你这么说，刚才臣妾这番好心，全是驴肝肺了？都快要当皇后的人了，可不能鸡蛋里挑骨头，恶语伤人啊。再说，我也是……"

刘贺见二妃势不两立，心里烦躁，把手一挥说："这个，你们都不要管，朕自有主张。"他想了一下觉得自己去乐府库房取乐器有些不妥，便取出符节胡乱画了一道诏书：从乐府库房搬出乐器。还命善仆与马夫寿成等从乐府库房把乐器搬入未央宫思贤苑；同时命方叔安排在未央宫准备宴会。龚遂忍不住提醒皇上说此事应奏报皇太后，刘贺应道："不就是个办个宴会吗？还要惊动皇太后？在未央宫朕说了算！"又有一郎官趁机献议请大司马大将军霍光光临。刘贺忽想起那天夜访霍光，为他送积竹杖遭到冷遇的事情，当即否认说："大将军公务缠身，这一回就不惊动他了。"群臣听到了皇上的弦外之音：君臣不和。一个个惊慌失措，跪拜于地，齐呼："吾皇万岁，万岁，万万岁！"然而，唯辅臣王吉和龚遂一脸严肃，没有跪下。正是：插下蔷薇有刺藤，养成乳虎自伤生；凡人不识天公力，种就秧苗待长成。

刘贺心里窝火却无处发作，反而心平气和地说："君君、父父、子子、臣臣，这是先生口头禅，朕耳朵都听出茧了；可你们为何这样呢？"他俩为何抗旨拒跪？刘贺面对这一窘境，有何决策？且看下回分解。

【巳时】（9时至11时）隅中，又名日禺等：临近午时称为隅中。

贤君无私怨

豫章。昌邑王城。神爵三年（公元前59年）农历七月二十五日。

刘贺用过早餐后，回到寝宫歇息。仆从在室内每个角落都添加了一盆盆冰块，顿时，室内变得凉爽多了。铜壶滴漏嘀嗒作响，浮桥正指着隅中（11时）。一仆从又来请大王用午餐，刘贺心里有点烦，却快活地调侃道："再吃，我都快成吃货了。"一句话，把臣仆们都逗乐了。

接着，刘贺把侯、严两位夫人引入思贤斋，室内竹简堆积如山，约有五千二百余枚，其中有《论语》《诗经》《易经》以及医书、赋等，还有写给陛下为治国出谋献策的奏章。刘贺告诉她俩说："我给陛下写了一份奏折，提及罪犯中也有贤才，若启用那些悔改自新的，多好！"严罗紨笑道，宣帝已经下诏，他在诏中说：

"人们常说尧帝将九族亲人团结在一起，最终将全国百姓汇聚在一起。朕享受祖宗遗德，继承祖宗留下来的圣业，考虑到宗室间还有些亲属，虽然血脉未断，因为犯罪，而属籍遭到废黜。在这些人中，若有贤才，并表示能够改恶从善者，可恢复他们的属籍，让他们重新做人。"

刘贺听了自以为豪，手舞足蹈，口中念念有词："呵呵，贤君无私怨，贤君无私怨！"且觉得自己前进了一大步。

刘贺把自己的这段经历，写进了竹简《惊心动魄的二十七天》。他翻阅着，禁不住叹道："子曰：良药苦于口，而利于病；忠言逆耳，而利于行。这是多么简单而又深刻的道理啊！"

第七回 忠言逆耳

第十九天（六月十九日）

诏令如麻

话说昌邑国群臣仆跪拜于地，高呼皇上"万岁"，唯辅臣王吉和龚遂不跪。

刘贺心里虽然窝火却没有发作，心平气和地说："君君、父父、子子、臣臣，这是先生口头禅，朕耳朵都听出茧了；可你们为何这样对待朕呢？"王吉上前几步，申辩道："孔子曰，国君是百姓的表率，表率端正了，还有什么不能端正的呢？可陛下从昌邑赴京城路上，是否为百姓做出了表率呢？"

刘贺辩道："提及朕'奔丧'是不是还在责怪朕在赴京路上速度太快？"王吉接道："仅论这一点，陛下已犯规了。在上古时，军队行军，日行三十里，有了紧急情况需要急行军，也只能日行五十里。孔子在《诗经》中说：飙风呼啸，战车飞奔，环视道路，内心凄凉。说的是，耳边呼啸的风，已经不再是殷代的风，疾驰中的战车，也不再是殷代的战车，为此而感到凄凉哀伤。这是孔圣触景生情的伤感。而大王在赴长安主持先帝丧事，却半日行一百三十五里，累死、渴死了多少马匹！"

龚遂补充说："更不可理喻的是，陛下夺下马夫的鞭儿站在马车上，抓着驾驭奔马的缰绳，在旷野中驰骋不止，口中呼喊驾驶马车的口令，不停调动奔马驰骋的方向横冲直闯，身为大王，陛下错了；身为即将登上皇帝宝座的皇帝则错上加错；更不妥的是，陛下是赴京主持先帝丧事……"

刘贺一听傻了眼，心想：二臣把这些流水账全都记下了，欲制止他们当众谏策，却封不住人家的嘴，一时又想不出反驳之词，只有愣愣地站在，一声也不吭。

刘贺明白二臣的心意，故忍耐地听着，待龚遂说得差不多了，刘贺问："你说累了吧？"龚遂躬射身应道："不累。"刘贺便命宦官郭穰给他端上满满一大陶碗水，群臣仆吓出了一身冷汗：难道是辅臣激怒了陛下，皇上以毒赐他一死？龚遂一看，脸色煞白，有些犹豫不决，双手颤抖，不敢去接；站在一旁的王吉见了一气之下，从郭穰手里接过，咕咚咕咚，一口气喝下。群臣大惊失色，生怕王吉出事，急呼："你……不要紧吧？"

龚遂更是提心吊胆，站在王吉跟前，跺脚自责道："大王，你真不该……不该……"

王吉则毫无惧色，挺胸而立，对刘贺继续谏言："陛下在本该居丧的时候，还搞什么策马跳火、捉鸡摸狗等无聊的游戏，扰乱百姓。皇帝仁圣，至今仍然在思念着先帝，已经远离宫馆苑囿的享乐，陛下也应该这样行事，思考问题，体会皇上的用意。诸侯王与皇上的关系，没有超过陛下的。陛下与先帝是父子关系，其地位则是人臣，一身兼有两种责任，先皇在世时，对陛下非常慈爱，如果陛下行为稍有不慎，先帝的在天之灵就会知道。臣王吉愚戆，冒死劝告陛下能够认真思考。"

王吉滔滔不绝地诉说着，令群臣仆们感到奇怪的是，王吉喝过那满陶碗"毒水"后，不但没有倒下，反倒红光满面，精神抖擞，不由得好生奇怪。龚遂也眯缝着眼睛关注着他，心里也感到蹊跷。

这时，刘贺又走到龚遂跟前，再命侍郭穰给他一碗水道："郎中令，喝吧。"龚遂又不知刘贺葫芦里卖的什么药，便见王吉平安无事也咕咚咕咚喝下了。刘贺爽朗一笑道："朕喝的仙汤，全被二位忠臣盗去了。"

这时，郭穰才哈哈一笑，揭开了这两陶碗水的秘密：原来，刘贺很注重保养，对生活也很讲究。平日里，他最喜爱吃的并非山珍海味，而是五谷杂粮，如黍米、瓜子、芥之类，尤其对来自产于海拔三千五百米至五千五百米的高原出产的冬虫夏草，更是情有独钟。每年盛夏，便用它泡开水喝。刚才刘贺见二位贤臣对自己忠言劝告，深受感动，在这么炎炎夏日，便赐给了他们喝下冬虫夏草仙水。

群臣听了，终于为二位忠实的辅臣舒了口气，并打心里敬佩皇上的宽容与真诚。

然而，尽管刘贺对二臣的意见虚心接受，但坚决不改，并认为皇帝在宫廷击鼓弹唱，为跟随自己多年的昌邑国部下接风洗尘，说明他亲近民意，会有什么错呢？于是对二臣辩道："古人云：乐者，天地之和也；礼者，天地之序也。和，故百物皆化；序，故群物皆别；荀子曰：君子以钟鼓道志，以琴瑟乐心；明朝朕与昌邑臣仆欢聚一堂，这是朕入宫'礼'与'序'的开始，不仅是今天，就是明天、后天，朕还要这样做。"群臣仆听了，连连称赞他这个皇帝做得好：上下亲近，彼此互不抵触，且爱护臣子。

刘贺获得了群臣仆的肯定，浑身是劲，对大家训道："刚才朕已下诏，安排明日午宴，击鼓欢唱。皇上金口玉牙怎能改变呢？"二位辅臣旧事重提，老生常谈，让他心里烦躁不安，于是刘贺拂袖而去。龚遂无可奈何只有作罢，王吉却坚持原则，追上前去劝道："皇上，使不得，千万不能！"刘贺早已消失得无影无踪。

当天，善仆与寿成等仆从奉命从乐府库房把最精美的乐器搬至未央宫思贤苑，方叔率一帮厨子忙活明天接宴会，未央宫内外熙来攘往，一片忙碌。宦官郭穰也活跃在人群之中，可他早已把刘贺亲自操办为昌邑国旧臣接风事禀报给了车骑将军张安世。一直在未央宫监察的张安世闻讯立即禀报霍光，探问要不要采取行动。霍光冷笑道："不要打草惊蛇，让他表演去吧。"张安世心中有数，急忙退出。

次日午时，方叔与善仆、寿成等臣仆一切准备完毕。思贤苑各色齐全，焕然一新：从大门、仪门、大厅、暖阁、内厅、内三门、内仪门并内垂门，直到正堂，一路正门大开。

在未央宫思贤苑内，周围置有香炉几案，每只香炉内的香球或香饼均已点燃，烟雾缭绕，四溢飘散，让刘贺头脑格外清醒。

厅堂内，左两侧摆着两架编钟、一架编磬。思贤苑这套编钟由青铜铸造，有大小不同的扁圆钟。善仆、寿成与乐工们一起，按照音调高低次序排列，悬挂在一架巨大的钟架上，每个钟身都绘有精美的花纹，钟底还有各式人物与动物的精美造型；每个钟的音调不同，按照音谱敲打，可以演奏出美妙的乐曲。右侧还有一套编磬和琴、瑟、笙等，仆从们为让刘贺满意，几乎把乐府库房所有精美乐器都搬出来了，显得格外端庄、雅气。

刘贺再看看桌上的酒菜，全为一色素菜，心中不悦，便追问方叔怎么把酒宴办成这样。方叔为难地说："陛下，不是我不办啊，是宫中食监不让办，说是在服丧期间，不能享用平常的饮食，尤其不准大鱼大肉上桌。"刘贺一听火了，立即下诏："绕开食监，到宫外去购买鸡、鸭、猪肉。"当方叔派仆从照办时，并亲自下诏命殿门守卫不得阻拦。当有仆从奏报皇上祭礼时间已到，刘贺虽玩兴未尽，只有暂离思贤斋酒席，赴祖宗的寺庙、宗祠举行祭礼，当他发现宫中仆从清理昭帝灵案前祭品时，准备把祀奉完毕的供品鱼肉果品等扔掉，刘贺忽想起那天在十字街头心尼寺可怜的乞丐，突发慈悲，命仆从把祭祀用的三种太牢食具搬至殿室，派人分发给乞丐们享用。

第七回
忠言逆耳

直至酒宴齐整，檀木桌上尽现各种美酒与山珍海味，五颜六色，香气扑鼻。刘贺才端坐于上方，陪同昌邑府的臣仆饮酒作乐。

这时，刘贺忽想起鸡鸣仙舍儒学高士颜高，想起这位澹台灭明祖传弟子送给自己的黑鹰长鸣鸡与红狮狗，便下令把这两位特殊客人送上来，与臣仆们共享这团聚的快乐。可当善仆一手抱着长鸣鸡、一手牵着红狮狗上场时，大家都哈哈大笑起来。

唯有刘贺没有笑，他起身先向大家说了个有好鸥鸟者的故事，说是海边有个人，很喜欢海鸥，他每天早晨划着船到海上，跟海鸥戏耍，十分快乐。海鸥落在他船边来的，每天成百只还不止。他的父亲说，我听说海鸥很喜欢跟你玩耍，明天你抓几只跟我玩玩吧。第二天他再划船到海上，海鸥只团团飞绕在高高天空，再也不肯飞落下来。臣仆们听罢不再笑了，品悟到了刘贺的主张：去言，无为，不要绞尽脑汁动私心。安乐赞道："这才是陛下的超然智慧啊！"群臣不再戏言，反而对刘贺刮目相看。

六月十九日这一天，刘贺的皇事活动排得满满的。下午天气炎热。太阳施展了它最强的威力，把刺眼的光与热洒入未央宫。树叶卷曲，不透一丝风。只有树梢的蝉儿发出"知了——了"的焦躁声。当刘贺闻知姐夫、昌邑国关内侯都来了，刘贺便在温室殿单独设置九宾礼，在此召见他的姐夫。

温室殿内，热得像蒸笼一般，仆从们早已在殿内四周，摆放好了降温的大小陶盆冰块。刘贺的姐夫姓沈名仲伯，年近三十，中等身材，略显消瘦。因从昌邑关内赶来，一路翻山涉水行色匆匆，只见他汗流浃背，湿透了他那身褐色衣衫。

沈仲伯是关内侯，二十等爵位中第十九等，仅次于彻侯（即列侯，亦称"通侯"）。有其号，但无封国。一般乃对立有军功将领的奖励，封有食邑数户，有按规定户数征收租税之权。

沈仲伯还是昌邑国的半个郎中，善识民间花草，还能医治一些疑难杂症。在昌邑时，刘贺虽天生轻佻贪玩，猎奇好动。弓马娴熟，放荡不羁。但少年英俊，资禀聪明，逗得姐夫仲伯的欢喜。除此之外，姐夫心里还老念着这个内弟五岁丧父、十岁丧母，尚有一种特殊的关爱之情。记得刘贺十五岁时，一次，他猎奇从马上摔下右腿大出血，数天卧床不起，刘贺坚持不请御医而指定姐夫医治，就是沈仲伯来用红花草、十灰散活血化瘀，把大王的病治好的。刘贺高兴起来，还亲自在竹简上为他篆刻了三个字"半神医"。之后，仲伯的"半神医"便在昌邑国叫开了。可见他俩的关系如鱼似水，甚为密切。

沈仲伯一见刘贺，便不顾浑身热汗如雨，立即向皇上跪拜。刘贺连忙起身，摆手笑道："姐夫，免礼，免礼了！"仲伯不从，长跪不起，硬要向陛下设置九宾礼。开始，刘贺觉得不妥：先帝灵柩就设置在距离温室殿的前殿，朕怎能在此奏乐设置九宾礼呢？

当时，王吉、龚遂二位昌邑旧臣均不在场。正当刘贺犹豫不决之时，宦官郭穰凑在刘贺耳边说道："九宾礼仪式早已备毕，只等皇上下旨。"还有几个在场的昌臣仆劝道："这大热的天气，姐夫来长安一次不易，就依了姐夫吧。"刘贺看了看一本正经跪于殿上的沈仲伯，只见他满额头的汗水滴落下来，有些过意不去，便当即口御："设九宾礼！"

沈仲伯这才起身道谢，刘贺满意地点头微笑。九宾礼仪式主持者、宦官郭穰里外忙碌，张罗昌邑旧部臣仆与刘贺爱妾等陆续到场。

顿时，帘飞绣凤，金银焕彩，珠宝生辉。只见宫殿内外，人来车往，熙熙攘攘。鼎焚百合之香，瓶插长春之蕊，好一番热闹的景象。

温室殿内，天气异常闷热。仆从们不断在陶缸内添加冰块，略微带来几丝凉气。刘贺端坐于上方，汗流浃背，二妃立于左右两侧给刘贺打扇。随着一阵雄壮有节奏的鼓乐声，郭穰汗流满面唱报九宾礼节目单。先是沈仲伯向皇上跪拜，接着昌邑旧部各臣按礼节依次跪拜。九宾礼仪式紧张有序地进行着……直闹至午夜时分。

话分两头。刘贺在温室殿的九宾礼一结束，宦官郭穰就向霍光禀报了。原来，霍光一直在为废黜刘贺、安排新皇帝之事忙碌。这之前，丙吉还向霍光策报过刘贺在未央宫禁区胡乱游玩之事，请大将军示意，下一步怎么办。霍光沉思后应道："先放一下吧。"丙吉却秉公办事地说："现在群臣鼎沸，社稷将倾，还要等到何时？"可丙吉再聪明，也没有领悟到隐藏在大将军心底的秘密：想当初，本是霍光将刘贺推上皇位，现却又要把他拉下马，仅凭手头掌握这些证据材料，并不足以给刘贺定罪。丙吉为人豁达、宽厚，对霍光一策并未领悟。此时，在霍光心目中，已有了替代刘贺的人选。只是他之前认为时机尚未成熟。便吩咐丙吉去寻找流落于民间的刘病已。

　　刘病已是戾太子刘据之孙、汉武帝的曾孙。刘据纳史良娣生下了史皇孙刘进，刘进迎娶王夫人生下了这个皇曾孙。可刘病已生下后几个月，即遭遇巫蛊横祸，刘据、史良娣、史皇孙与王夫人均陷入巫蛊案并先后遇害，还在襁褓中的刘病已被关押在郡邸狱中。当时丙吉担任廷尉监，负责郡邸狱中的巫蛊犯。丙吉心地善良，可怜皇曾孙幼年惨遭劫难，便派女刑轮流乳养皇曾孙，用自己的俸禄为皇曾孙添加饮食、衣物，对他可有着活命之恩。可现在刘病已在哪里呢？大家都把目光望着霍大将军。霍光眉宇间流露出几丝笑容，看了看身边的光禄大夫丙吉。丙吉低着头，既不否认也不回应，而把话题转移至《孔子家语》"上乐施，则下益宽"上，以夸赞霍光大将军有眼光、有魄力，没有说刘贺一句坏话。霍光心里自然明白，丙吉虽从刘病已还在监狱的襁褓中之时起，他就冒着生命危险暗中保护了他，但从来没有向任何人提及此事。霍光决定安排丙吉寻找皇曾孙，便向丙吉使了个眼神，暗示他接受这一神圣使命。二人心照不宣，一拍即合。霍光布局缜密，环环紧扣，招招权术，天衣无缝。万事俱备，只欠东风了。

第二十天（六月二十日）

酒酣耳热

话说丙吉奉霍光之命寻找了刘病已，对霍光的旨意了然于胸。丙吉知书达理，深明大义，为人宽厚，此次赴命绝不是为讨好霍大将军，更不是给新帝刘贺过不去，而完全出于护卫大汉江山社稷的一片忠心。关于刘病已隐至何处的秘密，只有他与霍光心里有本账。

在刘病已入狱后，后元二年（前87年）春天，此时刘病已尚不满五岁。汉武帝病重，往来于长杨宫、五柞宫之间。望气者说长安监狱有天子气，汉武帝便派遣内谒者令郭穰把中都官诏狱的犯人一一抄录清楚，不分罪过轻重一律杀掉。郭穰夜晚到来，丙吉紧闭大门，说道："皇曾孙在此。普通人都不能无辜被杀，何况皇上的亲曾孙呢？"丙吉一直守到天亮，也不许郭穰进入，郭穰只好回去报告汉武帝，并趁机弹劾丙吉。幸运的是，这时汉武帝也醒悟过来，说："这是上天让这样做的吧。"因而大赦天下，刘病已才得以活命。丙吉便把刘病已送往外祖母家。

武帝对丙吉既不责怪，也不表彰，只是下遗诏将皇曾孙交予掖庭抚养，恩准其名籍登录宗正簿。当时的掖庭令是张贺，张贺曾侍奉过戾太子，感念旧恩，同情皇曾孙幼年处境，便竭力抚养皇曾孙，还拿出俸禄供他读书。

待刘病已长大成人之后，张贺又为他做媒，娶了暴室啬夫许广汉的女儿。皇曾孙在成长过程中，也依靠许广汉兄弟和外祖母史氏家族，并跟东海郡人复中翁学习《诗经》。刘病已聪明好学，喜交朋友，且爱斗鸡走马。因他曾经在民间生活过，对于基层的奸邪，宫史治民的得失了解、体验颇深。刘病已多次来往于长安周边的皇陵县，足迹遍布三辅，有一次他还被困埋于莲勺县盐池中，幸亏当地百姓营救才捡回一命。刘病已特别喜欢在杜县、零县间游玩，常在下杜城里逗留，还常常跟随宗室成员参加朝廷的祭祀仪礼。结婚后，刘病已将家眷安置在长安城郊尚冠里。

尚冠里是长安城中里名，西汉贵族聚居区之一，也是宗室成员朝会后休憩之处。

它位于未央宫与长乐宫之间，北邻京兆尹，南有霍光的大宅。刘病已婚后居住在这里。丙吉在此打听到，刘病已被掖庭令家奉养。丙吉走进一个种满桃、李、柚、榆等各色树木的院子内，见到了许广汉，年约四十三四岁，眉目清秀，他就是刘病已的岳父。许广汉因罪，在汉武帝刘彻时受过宫刑，后来任宫廷染坊下的一个小吏，其言谈举止大方热情，脸上一团和气，把丙吉请至加重，与掖庭令张贺喝茶、聊天。张贺是张安世的哥哥，张贺多次在张安世面前称赞过刘病已。但虽汉武帝的遗诏中提及将刘病已收养于掖庭，并令宗正著其属籍（录入皇家宗谱），这件事情群臣都已知晓，也没有什么秘密所言。丙吉与掖庭令张贺毕竟初次相交，但由于张贺的质朴与热忱，两人一见如故。

此时，有个年约十八的俊俏青年男子从九仙阁经过，听到张贺与客人的谈话有些好奇，便跨入仪门。丙吉抬头一看，只见他穿一身宽松的蓝绸短衫，身高八尺，面如冠玉，手中拿着一书卷，略有飘飘然神仙之感。

丙吉久久凝望着公子猜出八九分：他就是刘病已。丙吉曾经亲眼得见他自幼蒙受冤屈入狱，历经艰辛，竟然奇迹般地复活并生存下来，喜悦万分，却无丝毫流露。丙吉情不自禁地起身，欲说点什么，可不等客人开口，青年男子便向这位陌生客人作揖请安，随即欲转身离去。

"请公子留步！"青年男子转过身来，丙吉又把目光投向那公子，笑嘻嘻地道："若臣没有认错的话，这位就是刘病已。"

张贺不由得惊异万分："你怎么知道他就是刘病已呢？"

丙吉微微一笑，即把话题挑开："臣虽没见过公子，却知晓一个小小的秘密。"张贺知道对方来头不小，急问："什么秘密？"丙吉说："公子脚上长有长毛，睡觉会发出亮光。"许广汉与青年男子一听，大惊失色：这个秘密只有家里亲人才知，他怎么知晓。许广汉认定，来访者不凡。最后，丙吉仍未说出自己的真实身份与来意，但叮嘱近日病已不要外出，又单独向外祖父说了些"护外甥"之类的话，便起身告辞。

丙吉来也匆匆、去也匆匆，把许广汉二人弄得有点糊涂，不知这位朝廷大臣此次来访到底有何用意。许广汉生怕节外生枝、曾皇孙再次遭难，便千叮嘱、万叮嘱刘病已安身在家读书，不准随便走动。刘病已把手中的那卷书一扬，乖巧地应道："小人有这个呢！"

再说刘贺一心想玩乐器,欢迎昌邑大小官员与随从仪式,尚在紧张有序地进行着。十几个美女奏周人芳草雅乐。一阵阵敲击编钟的乐声,与歌女柔和唱词,混合在舞女们舒广长袖的舞姿中。刘贺身穿粗布褐衣,与美人儿一起欢舞歌唱,舞女歌伎逗得他心花怒放。

刘贺走到周扶跟前,见他开怀大饮,大碗大碗地喝酒,大块大块地吃肉,刘贺很是高兴,频频点头,叹道:"好啊,好啊,海量,海量!"略思片刻,即兴吟唱起《安世房中歌》中的《桂华》篇来:

都荔遂芳,窅窊桂华。
孝奏天仪,若日月光。
乘玄四龙,回驰北行。
羽旄殷盛,芬哉芒芒。
孝道随世,我署文章。

群臣仆赏罢,纷纷喝彩。善仆拍马屁拍到了点子上:"此诗虽极佳,可皇上金口玉牙,经你这么一诵,可是锦上添花啊。"并当场提出建议,请刘贺将先帝此诗作题在绢上。刘贺题即,将它赠予酒仙周扶。周扶酒酣耳热,把皇上赠诗捧于怀中,感动得痛哭流泪,伏于地上,"卟卟"作响连磕了十几个响头。刘贺弯下腰笑道:"好了,好了,请快快起来,头磕破了没关系,把铺垫在殿中地上的金砖敲破了,那可是要照价赔偿的啊!"皇上一句轻松的调侃把大家都逗乐了。

正在戏闹间,殿门外忽传来鸡鸣声。又一个时辰过去了。刘贺心血来潮,指那鸡、那狗对周扶下令说:"你年纪大了,朕照顾你,你老什么活也别干,就帮我看管好这我宝贝鸡狗,让它们快快活活与朕同乐。"刘贺这脱口而出的胡语,却把群臣仆逗乐了,殿堂又荡起一阵哄笑。

刘贺对善仆的工作最为满意,他为讨皇上欢欣,将刘贺喜爱的那只长鸣鸡呵护在高高的几案上,还从玉库取出一只玉环,把它佩挂在长鸣鸡颈脖上。这玉环可真漂亮:中间镶有红玛瑙,然后穿上根细细的红绸。长鸣鸡十分乖巧,随着铜壶滴漏的流水声,每过一个时辰,它就昂起头鸣叫一次。刘贺看着,听着,眼睛里燃烧着一种狂热的光,待长鸣鸡啼叫声一落,那只红狮狗便汪汪汪叫了起来,以示它与长鸣鸡和谐的回应。刘贺面呈笑容,赞许地点了点头。善仆便给它戴上了一顶黄色小官帽,以示奖赏。刘贺则一语双关地说:"此狗无尾,天生就是条狗命,戴再大的官帽也不顶用。"群臣听罢,齐赞皇上的话言简意赅。

酒至半酣,安乐又唤来一班歌女舞女应酬,刘贺醉眼模糊,见那些歌女舞女一个个明眸皓齿,黛绿鸦青,十分疼爱。有一队献歌的,歌一回便献酒一觞;有一队献舞的,舞一回便献酒三觞。这班女乐女舞轮流歌舞,次第献酒,把刘贺弄得个神魂颠倒,把持不定。

王吉见光景不雅,恐生不测,便向身边的安乐使了个眼色。安乐会意,便出位奏道:"陛下,陛下,乐不可极,欲不可穷。请陛下酌量而行。"刘贺这才停下杯盏,借助酒兴批诏。只见他挥动着手中御笔,在酒席桌案匆草以下诏书。一霎时笔墨纵横,珠玑错落,宫商递奏,鸾凤齐鸣,又接二连三发出了一道道圣旨,真是个一时之胜。

二位辅臣见了,深感忧虑。王吉激动地劝阻着,竟然号啕大哭起来。这下可把刘贺惹怒了,立即下令,将侍卫将王吉拉出思贤苑,接着喝酒行乐。龚遂见王吉无法制止刘贺的荒唐行动,闷闷地坐在一旁,滴酒不沾,心里却在思量着:如何以理服人,让刘贺认识到此举的错误。想着,他便走出这杂乱的人群,来到侯夫人身边嘀咕了几句,侯夫人点了点头,然后走到乐器边抱起一把古琴,对刘贺说:"陛下,臣妾想弹奏一曲,请皇上欣赏。"刘贺听罢立即恩准。侯夫人便怀抱古琴边弹边唱:

    五音六律,依韦飨昭,
    杂变并会,雅声远姚。
   空桑琴瑟结信成,四兴递代八风生。
   殷殷钟石羽籥鸣,河龙供鲤醇牺牲。

刘贺赏毕此曲,当众叹道:"它不但曲子好听,美妙的词句还把朕引入宁静、圣洁与高远的星空,歌中每一个音符都像满天繁星,在天宇间灼灼燃烧,也点亮了我的心头,使朕悟到一个道理,在宇宙空间,朕不过是一颗星星;在音乐的长河,朕也就是一个音符……"

刘贺话音刚落，龚遂向皇上一连提出三个问题，把刘贺身心引入更加广宽的天地间："陛下，你说这天上云彩、风雪雷电、暴雨等等，它们是否在运动呢？你说大地高山、江河、湖海与森林等等都是静止的吧？还有日月交替出，都在争夺舞台吧？臣请问皇上，到底是谁在启动、维持和管理着这些呢？"

臣仆们心想：这个书呆子，为何向皇上提这么个问题？这不是惹皇上生气吗？可刘贺并没有生气，而是信心百倍地应答道："是我，是朕维持和管理这一切！"

龚遂继续向奏道："臣愚昧无知，请问陛下，是有人静居无事，顺手一推启动了这些？还是因里边另有玄机而可能停止宇宙的活动呢？比如，乌云生成了雨水，还是雨水形成了乌云？谁在布置和发动这些？谁静居无事淫乐而引起了这些？"

龚遂此连串莫名其妙的问题，让臣仆们听得云里雾里。刘贺博览群书，对佛道、易经、天文、地理等早已精通，便接着应答道："是呵，风起于北方，一会儿西一会儿东，在天空中来来去去，是谁在吐气或者吸气形成了这大风？还是谁静居无事而拍击的？龚先生向朕问的这些仅为一题，这一切，究竟是怎么回事？"

龚遂跪拜称是。刘贺又喝了大半碗酒应道："来！龚先生，让朕来告诉你吧。上天有六极和五常，帝王顺应之就能平顺，违背了则会有灾祸，遵循上天给予九筹之纲，就会管理有成而德行完备。上天照看整个大地，全天下都会感受到，所以叫作'上皇'。"刘贺一口气说下去，群臣听得句句在理。龚遂不得心服口服：刘贺藏在昌邑国寝宫密室苦读，功夫果真没有白费啊！

刘贺在一片掌声中，忽想起先帝以儒治国，集思广益，启用贤才，便立即下旨说："今天这酒也不能白喝，朕命群臣为治国安民献计献策，以护卫我大汉江山社稷繁荣昌盛。"

群臣七嘴八舌，向皇上提出一条条建议，其核心仅有一个：如何让皇上过得快乐、长寿。刘贺命文官一一记录在案。想了一下又觉不妥，又命大家围绕治国议事。这时，宦官郭穰一手提着一条死鱼，急匆匆从外面跑来奏报说，最近天气炎热，太液池之水都快枯干了，池中死了好多鱼虾啊……

原来，汉武帝在长城外修建的建章宫，是诸宫群中最大的一处，并在城西开辟了上林苑，开凿了昆明池，宫北又凿太液池，在南庭承露盘，此为祭仙人之圣地，上有承露盘，有铜仙人，还有舒掌捧铜盘玉怀，也是专供皇亲国戚钓鱼之池。刘贺听了，心里一震：为何偏偏在此时此刻池枯鱼死呢，且发生在皇上经常活动的建章宫太液池呢？

龚遂借机大做文章，急忙奏道："陛下，这是不祥之兆啊！老子曰：水善利万物而不争。上善若水，鱼不可脱离深渊。神龙失势，与蚯蚓同类。鱼得水逝，而相忘乎水；鸟乘风飞，而不知有风。眼下这池水干枯，鱼虾皆亡，象征着陛下皇位危及重重，奉劝陛下，处处谨慎而为。"

刘贺在心里盘算：赶走了一个王吉，又冒出个龚遂，二人一唱一和，同出一辙，无非是劝止自己的言行，心中大怒，斥道："龚遂，东拉西扯，雌黄黑白。不要再说了！"

这时，爱妃张修插了一句："河源清则流清，源浊则流浊。这太液池的御水呀，只能清不能浊。依臣妾之见，不如在液池边开一条渠道，从宫外泾河引进一股活水注入池中，以洗涤万物，为皇上添福加寿。"还有大臣赞同说："开通的渠水越长越好，哪怕滔滔千里也不要紧，可以沿途浇灌良田，为民造福啊。"

"此言上上策，好！"刘贺一听便觉得这一建言富有独创性，令人耳目一新，便下诏恩准：为太液池开渠引天然活水，以救活池中万灵之物。

刘贺话音刚落，方叔却反对说："此策劳民伤财，为下下策，不可采纳！"刘贺问他为什么，方叔如实应答："开挖千里河渠引长安九水入池，至少选得开河丁夫数万人啊，在这之前还要沿河建造无数个开渠公署……现在，夜间又没个房屋居住，河边泥草地上，便是安身之处。晴天日晒犹可，若到了雨时节，就直立在水中开挖，就像泥拌干鳅。百姓吃尽苦头，换来的却是太液池的一池活水，这样做划算吗？陛下，如此劳民伤财之事，切不可行啊！"

然而，二位辅臣劝止皇上均以失败告终。昌邑旧群臣仆幸灾乐祸，在心里称赞刘贺：从今以后，谁还敢跟你作对呢。龚遂后悔莫及：怎知自己好心相劝，刘贺不但不听，反而变本加厉越陷越深。就这样，刘贺与昌邑臣仆直闹至深更半夜方才散去。刘贺喝得醉醺醺的，侯夫人搀扶着他走进寝宫，渐入梦乡。然而，刘贺这几天一举一动，全都被霍光纳入"刘贺罪恶录"。正是：春日春风有时好，春日春风有时恶。不得春风花不开，花开又被风吹落。

刘贺是否醒悟？霍光将对刘贺采取何行动？且看下回分解。

【午时】（11时至13时）日中，又名日正、中午等。

天子九鼎　一呼百应

豫章。昌邑王城。神爵三年（公元前59年）农历七月二十五日。

当刘贺发现自己一份"对罪犯改恶从善"的奏折，竟与皇帝刘病已——此时他已改名刘询——下达的诏书合拍，甚感荣幸。刘贺虽被废黜，却是从心里敬佩刘询的。他反思自己在皇位的二十七天里，礼崩乐坏，次序混乱，没有用心管理国家。

刘贺忽想起孔子《论语·子路》警语：其身正，不令其行；其身不正，虽令不从。是啊，君王本身言行正当，即使不命令，老百姓也会跟着行动；其言行不正者，纵使三令五申，老百姓也不会跟着行动。可见领导者的表率是何等重要啊！

此刻，他关注到了檀香木架上的一只铜鼎，刘贺忽想起商礼制九鼎：天子九鼎！他把它放在手上掂掂，叹道：这可是帝王权力的象征！

这时，有使臣送来一叠皇帝诏书副本。刘贺双手捧着细读——

本始元年五月，凤凰在胶东郡、千乘郡翔集。天子大赦天下。赏赐二千石官吏、诸侯国相、京师官吏、宦吏；

本始元年六月下诏：已故皇太子（即指刘据）在湖县世，没有谥号。每年应该按照时令祭祀，讨论谥号，为皇太子修建陵园；

本始二年（公元前72年）春，天子用水衡都尉掌管的皇室用钱为昭帝修建平陵，将百姓迁徙至平陵县居住；

本始四年（公元前70年）春，天子考虑到"农业是兴德之本"，此年收成不好，便派遣使者赈济困难的百姓。诏令太官减少膳食用费，减少肉食，减少乐府的乐人，让他们回乡安心生产。

刘贺手捧自己亲笔手写的《惊心动魄的二十七天》竹简，读到这里禁不住热泪盈眶，对刘询奉若神明，心向往之："呵呵，在管理国家、为民造福等方面，陛下要比我强十倍、百倍！"说着，让老三代宗把那只鼎捧在自己怀中，叹道："天子九鼎，一呼百应。"

第八回 诚信为金

第二十一天（六月二十一日）

开河问鼎

次日，刘贺一觉醒来，天已大亮。他睁眼一看，见侯夫人正在梳妆，笑问，昨天他是否喝醉了？侯夫人痴笑里带着几分关爱，应道："酒入口者，舌出；舌出者，言失；言失者，弃身。与其弃身，还不如与酒绝缘。"刘贺知道爱妃在暗责自己昨天喝酒失态，便应道："醉了，并非坏事。无思无虑，其乐陶陶；亦睡亦醒，这样更好。"侯夫人试问："陛下究竟是'睡'还是'醒'呢？"

刘贺笑道："当然是醒。"侯夫人说："陛下，你知道昨天击乐喝酒，已触犯了朝规吗？还有，陛下所下的那些诏令，与修身齐家治国平天下并没有多大关系啊。"刘贺听了，竟然记不起自己下了哪几道诏书，便问爱妃。侯夫人把昨天的情况述说了一遍，刘贺却不承认自己错了，反而辩道："记得孔子在《大学》中说过：得众则得国，失众则失国，圣人无常心，以百姓为心。朕昨下诏书，都是为百姓办好事的。即使是为昌邑国的臣仆举办宴会，也没有错啊。百姓用箪盛着饭，用壶装着汤，为他们的大王效劳，如今朕为天下百姓掌权，当然应该奖赏。"侯夫人知道刘贺脾气倔强，便不再与他争辩了。

这时，铜壶循环流水的"滴答、滴答"的响声，好像让侯夫人忽想起了什么，便问刘贺今天是什么日子，刘贺摇头应答"不知道"。侯夫人告诉他说，今天是夏至节。刘贺一听夏至节，浑身来劲了。

刘贺十分看重这个节日：夏至，古时又称"夏节"或"夏至节"。自古以来就有庆祝丰收、祭祀祖先的习俗。以求消灾年丰。因此，周代夏至祭神，意为消除害虫、荒年与饥饿死亡。夏至日又称为"朝节"，妇女进彩扇，以粉脂囊相赠。夏至这一天，日影最短，是白天最长的一天，因此民间便有"吃过夏面，一天短一天"的说法。于是刘贺笑道："呵呵，朕记起来了，孔圣在《齐论》中曾记载：夏至到，鹿角解，蝉始鸣，半夏生，木槿荣。因此，夏至又分为三候：一候鹿角解，二候蝉始鸣，三候半夏生。"侯夫人当然知道，刘贺博览群书，且记忆力极好，便称赞道："陛下，你是个读书人，不但勤读《论语》《孝经》，还喜爱《易经》

与天文地理方面的书籍，臣妾对你算是从心里折服。"

侯夫人又探问，"今日夏至，陛下打算安排做点什么呢？"刘贺应道："博物。"侯夫人笑问："博什么物，上哪儿去博物啊？"正说着，宦官郭穰进来奏报说，郎官毛士博求见。刘贺一听毛士博的名字便乐了："或许，今天夏至，将给我带好运。"便恩准他在寝宫外面的迎宾室等候。

当刘贺向他走来时，毛士博急忙起身奏报说："喜事！陛下，喜从天降啊！"刘贺问喜从何来，毛士博应道："有一方士寻到九个宝鼎。"开始刘贺无动于衷，因他收藏的宝物五花八门，实在太多，宝鼎之类的玩意儿在他眼中并不稀奇。但当毛士博悄声告诉他这九个宝鼎曾为孝武皇帝收藏后，便不一样了。

"见物思人！"自刘贺登基之后，他越来越从心底里怀念、敬仰孝武帝，先帝就是他心中的神。于是把关注的目光投向毛士博，探问此话怎说？毛士博便向他述说了这么一段传奇经历：

武帝元鼎元年（公元前116年）夏天五月，武帝大赦天下，诏令百姓大摆酒宴五日。这年五月，武帝在汾水河边获得宝鼎。武帝元鼎四年秋，有神马在敦煌郡渥洼水中出生，武帝作《天马之歌》。

武帝元鼎五年十一月辛巳朔旦，冬至。武帝下诏说："朕以微妙之身，居于诸侯王、列侯之上，感到德能还不足以安抚百姓，百姓中仍然有饥寒困苦的人，诚恳地祭祀后土，祈求来年丰收。"之后，武帝又在长安郊外获得了九个宝鼎，均乃春秋战国宝物，十分珍奇。武帝曾将九鼎供奉在长安郊外祠庙中。

刘贺对方士献鼎并不满意。他想：开始，你说先帝收藏了这一春秋宝物，后来又绕了个大弯，只字不提九鼎，说的全是空话。

其实，毛士博并非仅为说九鼎之事，而是想通过"说鼎"向皇上劝说"宝鼎视今"的道理。谁料，刘贺不等他把话说完便很不耐烦，摆了摆手说："切忌空谈，续说九鼎。"士博接道："后来，先帝还战战兢兢地对九鼎说，担心不能胜任帝位，向天地表白，时刻提醒自己。《诗经》中说：四牡翼翼，以征不服。因而先帝亲自巡视边境，履行职责，去了解还有哪些做得不尽人意之处啊。"

刘贺听着听着，热泪盈眶，悟道："先帝以身作则，一心治国，全心为民啊！"毛士博见刘贺触景生情悟到一些道理，便告诉他今天早晨出门寻宝，半途遇到一位方士，那方士名叫"甘忠可"，告诉他发现九鼎宝物。刘贺追问他藏在何处？

257

毛士博便把当年武帝曾将九鼎供奉于祖庙，可祖庙里的九鼎一夜之间去向不明之事告知。刘贺一听大惊失色，又追问九鼎现在哪里。毛士博请陛下先别着急，九鼎下落方士肯定明白，不然，怎么会惊动皇上呢。刘贺见有惊无险，便松了口气说，这个朕知道了。毛士博悄然退下。

而刘贺看重九鼎的真实想法，完全在甘忠可推测之中。他知道刘贺是个大孝子，而九鼎又与孝武帝密切相连。

果真，刘贺忽想起孝武帝御笔所作的《宝鼎歌》，想起那年先帝端坐于皇位，是何等英俊、潇洒！皇爷爷宽容、大度，雄才大略，文治武功，网罗了大批人才，推出了一系列新政与改革，打击了匈奴，开拓了大汉的疆土，开创了西汉最繁荣的鼎盛时期，使国泰民安，百姓安居乐业。他禁不住诵唱起了武帝的《天马之歌》：

　　天马徕，从西极，
　　涉流沙，九夷服。
　　天马徕，出泉水，
　　虎脊两，化若鬼。
　　天马徕，历无草，
　　径千里，循东道。

刘贺越是这样唱着，越在心里思念皇爷爷，越想越知道先帝收藏的铭文宝鼎是什么样的？宝鼎铭文铸的是什么？于是好奇地追问："我皇爷爷的宝鼎呢？那九个宝鼎在什么地方？"

午宴之后，刘贺由侯夫人、张修陪同向书房走去，老远便闻到博山炉散发的一股奇香，精神振奋。他站在书房门前扫视了一眼，门前上方悬有一匾，匾额有"慎思堂"烫金三字。室内宽敞明亮，书橱、书架上摆着各式儒家孔书竹简，桌案摆有一块不曾琢过的璞。

最引人关注的是摆在孔贤斋室内左侧的那尊青铜鼎，在窗口那束金色阳光照耀下，这一象征着天命与政权的器物，显得格外沉稳、庄重，神圣不可侵犯。

刘贺轻抚着那青铜鼎叹道："圣贤啊圣贤，从现在起，朕要在你的陪同下在此读书、治理国家大事了。"说着坐在自己的宝座上，一会儿审读竹简公文，一会儿走至摊开《孔子家语》细细翻阅，思考着这几天要办事议程。这时，宦官郭穰奏报："毛士博携献宝方士求见。"刘贺恩准入室。

毛士博把甘忠可引入室内，甘忠可显得有些高傲，对刘贺并未跪拜，而是作揖唤了一声："贫士拜见皇上。"刘贺并不计较，试看他下一步如何动作。只见他像捉鬼似的，微闭双眼诵唱："德星显现，镇星排列，有象昭示，载于阙宫廷，太阳运行，秋毫明察。阴阳开阖，纪元有序，汾阴获鼎，元始福祜。五音六律，和谐昭明，变声来会，雅声迎送。空桑制琴，琴瑟铮铮，四兴演奏，羽徵乐鸣……"

甘忠可就那么半睁半闭着双眼，犹如念经一般忽高忽低吟唱着。刘贺也没听清他唱的是什么，便打断他的唱词训问："都唱了些什么啊？"甘忠可直唱至最后一句"昊天布施，后土嘉成，喜获丰年，四季繁荣"，才缓了口气，一脸严肃地应道："请皇上不要胡乱指责，刚才所唱并非贫士言语，而是先帝孝武皇帝在天之灵发出的《宝鼎》圣音。"接着，他把武帝在长安郊外获得的一只刻有铭文的宝鼎，以及即兴所作的这首诗的经历，有声有色地述说了一遍；再击掌引入几个手拎大包小箱的随从入室，将存放于包箱内的古玩"哗"地满地摊开，刘贺见了眉开眼笑：哈哈，玉璧、玉剑、玉环、玉神兽等各式玉器，以及珍珠玛瑙，流光溢彩，满地辉煌。

甘忠可先从宝物中取出一块虫珀玉，奉献皇上说："这玩意儿千载难得，一只小昆虫趴于草丛玩耍，恰遇一滴松树油掉下将它的身体包裹起来，千万年之后松树油变得坚硬透明，保持原来模样，便诞生了这只虫珀玉。"刘贺双手捧着虫珀玉，如获至宝，赞道："哈哈，多么珍奇的宝贝啊，好玩！朕收下了。"然而，刘贺发现方士甘忠可又献宝又说事，弄了半天只字不提宝鼎，便追问他说："我皇爷爷那只铭文宝鼎呢？"甘忠可叹息道："卑下就是为此事而来的，奏报陛下，武帝供奉于长安郊外祠庙中的九个宝鼎突然消失，不知是被窃还是先帝显灵，也不知那九鼎在何方？"正是：树老抽枝重茂盛，云开见月倍光明。

刘贺心里凉了半截：是谁贼胆包天，竟敢盗取先帝遗留的九鼎宝物！事实真相究竟如何？且看下回分解。

第二十二天（六月二十二日）

惊魂再现

刘贺不等献宝方士甘忠可把话说完，便冷笑道："甘忠可呀甘忠可！初听你这个名字，倒还可以：'甘'是心甘情愿；'忠'是忠贞不渝，这个'可'字嘛，则是'可以，可以'。甘忠可，这就是你的'甘、忠、可'吗？"说着突然斥问，"你知道你犯的是什么罪吗？"甘忠可摇头晃脑，莫名其妙地："卑下不知。"刘贺提声结论："欺君罪！"甘忠可一听说"欺君罪"三个字，"扑通"一声跪拜于地，磕头如捣蒜，只听额头在地碰得咚咚作响，连呼皇上饶命，并说先帝九鼎宝物确实遗失，而且乞求刘贺亲临巡视，了解真情。

刘贺想了一下，觉得甘忠可的话不无道理，便决定下实地查个真假虚实。当即，皇上下旨命甘忠可引郎中令方叔与安乐，率丁夫刨土寻鼎。大约个把时辰之后，奇迹出现了：有个丁夫抡起一锄落了下去，土溅沙飞，在一堆松软的沙石中，只觉碰上一个硬邦邦的东西，甘忠可即命丁夫下锄小心，不可使出太大的力气。于是丁夫们屏气敛声，全神贯注探索着开挖，又过去了半个时辰，在三尺深土底部露出了一个锃亮的东西，有人惊呼："铜鼎！"接着挖掘出了三个、五个、七个、八个……共有九个，丁夫们把九鼎摆放在河边沙滩，刘贺走近鉴赏，哈哈！这些鼎均为汉式铜鼎。方叔认定，这九鼎大多为盛装食物所用，在金色的阳光下闪闪发光，彰显示出一股股至高无上的王气。

鼎，最初是用于食物烹煮的器具。传说丰禹曾收九牧之金铸鼎于荆山之下，以象征九州归一。于是，鼎的身价顿时由饮器变为传国重器。

天子九鼎！刘贺忽想起商礼制九鼎，那可是帝王权力的象征啊，欢喜若狂，脑子里闪出一个"九"字：呵呵，当年皇爷赐赏我九只马蹄金，现在皇爷仙逝，在九泉之下仍在牵挂着当上皇帝的亲孙子，又赐赏给我九鼎，难道朕果真与"九"有缘？刘贺围绕着九鼎转过一圈后，在心中叹道：九啊九，看来朕登上皇位，一定天长地久！

刘贺想到这里，发出了爽朗的笑声，笑声犹如激浪冲击岩石一样，充满一种无形的力量。面对九鼎，众说纷纭。后世帝王非常看重九鼎，因为它是皇权的象征、国家与人民的力量。当时，有大臣赞道，按照商周礼制，九鼎代表最高权力；有大臣说，先帝显灵，喜从天降。还有的说，陛下大汉江山坐定了……群臣们都说了些吹捧肉麻的恭维话，纷纷向刘贺祝贺，刘贺被赞词包围有些飘飘然。他望着浩荡泾水，河水浪花一朵朵、一片片，顷刻间化作了一个个山头。泾河之水洗涤着他的灵魂，河水有些混浊、黏腻，孔子的思想刻印在他的心灵，融入了他周身的血液："将九鼎运往东宫的书房孔贤斋！"可当刘贺登上辇车，臣仆们奉旨将九鼎搬至车上正要离开泾河之时，忽有人呼喊："请皇上留步！"刘贺回首一看，却见方士甘忠可跪拜于辇车前，又提及开渠引水之事。

原来，甘忠可眼看与李女须设下的陷阱就要泡汤，便探问此事何时动工？刘贺突然醒悟，便命仆从赏赐他两只马蹄金，生硬地应了声"是否开渠引水，这是朕的事情，你不必插手"，拂袖而去。甘忠可手捧马蹄金不知所措，也不敢强求皇上。他想，若他与李女须等勾搭一气，潜祠庙、盗九鼎、造假象、诱开渠的谎言一旦暴露，那可是杀头、灭族之罪啊！甘忠可有点后怕，便灰溜溜地离开了。

甘忠可遭刘贺冷落难以安宁，便冒死从祠庙盗出九鼎。把它埋藏在河边。可眼看刘贺即将落入开渠引水的陷阱，刘贺却突然改变主意，使他进退两难。

于是甘忠可面临窘境，坐立不安：如果我赤手空拳返回，怎么向李女须交代？心狠手辣的广陵王李胥，又会把我作何处置？想到自己若双手空空回去，李胥必把他置于死地，便通过李女须与她安插在宫中内线张修接头，以便设法逃过这一生死关。张修是后宫之人，要与甘忠可见面谈何容易：一是她出宫要避嫌，二是甘忠可也不能随意出入皇宫。两人即使是偷摸相见，也会被宫外的人发现。于是，张修便花金银珠买动宫中宦官，将记录刘贺违反朝规的事实，趁黑夜出宫塞入那棵榕树洞穴。

很快，甘忠可从宫外榕树洞穴获得张修提供的消息，得知刘贺在赴京主持先帝丧事途中，曾在济阳县弄到长鸣鸡、红狮狗，并将它交给仆从周扶饲养，便开始关注它们了。当张修把这鸡这狗的来历、特异与刘贺将它们视为宝贝之后，便立即决定对此鸡此狗大做文章狠下毒手了。

然而，张修并不理解：身为皇上的刘贺，为何把这鸡、狗奉若神明。一天午宴时，她便拐弯抹角向陛下探问此事。刘贺应道：爱妃，你这个问题提得好。张修问他好在哪里？刘贺却没有应答。

宴罢，刘贺命宦官郭穰唤马夫善仆备马。郭穰问："已经午时了，陛下要不要休息一会儿。"刘贺却毫无睡意，精神焕发，且忽然心血来潮，下了一道圣旨：今天朕毫无睡意……郭穰小心翼翼地探问："陛下不会是又要出宫门吧？"刘贺接过女侍递来的冷巾，揩了把脸后："朕要驯马。"臣仆们面面相觑，摸不着头脑：不知刘贺又要出什么新招。张修眨巴着那双大大的眼睛，心中有数，便催促道："还不快去把箭羽牵来！"

夕阳西下，鸟雀归林。一个铜盆大的落日，只留得半个在地平线上，那色彩像淡红的西瓜，回光返照。昌邑旧部的臣仆们得知陛下驯马，都陆陆续续赶来观看。刘贺乘舆来到驯马场，抬眼望去，善仆早已把箭羽牵了过来，它静静地站在树荫底下，摇动着尾马，正等待着主人驾到。

此刻，箭羽似乎闻到了主人身上的气息，仰天长啸一声，犹如离弦之箭，飞奔到刘贺跟前，把头亲昵地靠在刘贺身上。刘贺轻轻地抚摸着它的鬃毛，转身向张修招呼了一声："爱妃，你看——"说着，便闪身跨上马鞍，向箭羽吆喝了一声："宝贝，连绕三圈，飞腾起来！"箭羽便扬起四蹄，绕场飞跑了三圈后，渐渐停了下来，轻踏碎步，向主人走来。

接着，刘贺跳下马站在一旁，发出各种不同的口令，拍着手掌，忽儿命它踮起前蹄，蹦跳几下；忽儿命它四腿蹦跶；忽儿命它速跑、速回，最后还命它安静地躺在地上……箭羽竟然完全服从，每一个动作都做得灵巧自如。围观的臣仆看了，禁不住拍手欢呼：好乖巧的箭羽，全在陛下的掌控之下。

刘贺牵着汗血宝马走至张修跟前，开始讲述起来，一个多月，他在赴京奔丧的路上经过济阳县时，曾拜见过两位圣人：一位叫颜高，是孔子弟子颜回第九世孙；一位叫章子玄，豫章郡人。他在把二位贤士天人合一，如何养鸡、驯犬的述说了一遍后，再次称赞他俩"简直就是'鸡狗诗国'的君王"，并意味深长地对张修解释道：无论是鸡、犬、鸥、鹤，还是猪、羊、虎、豹，它们身上都有一种灵气。就鸡犬来说吧，老子有"鸡犬之声相闻"的警句；《尔雅》中也有"二足而翼谓之禽，四足而毛谓之兽"的说法。一曰象征爱情；如《诗经》开篇"女曰鸡鸣，士曰昧旦"；二曰象征光明，鸡鸣于晨，白昼开始，鸡鸣列成了夜、昼的分界线。

张修见刘贺把对于"鸡"的解释说得头头是道，便补充说明了"犬与是人类最忠实的朋友"，诸如"儿不嫌母丑，犬不见家贫"之类的俗话。这时，刘贺指着身边的箭羽说："先帝——我皇爷爷赐予朕的这匹汗血宝马，它永远是我的忠实朋友。"

　　"是啊，箭羽完全在陛下的把控之中！"众臣仆连连点头，应声附和说。

　　这时，刘贺便指了指天上那轮炎炎火日，借题发挥："孔子云：上者，民之表也。表正，则何物不正。这天上只能有一轮太阳，那就是朕也！"

　　刘贺话音刚落，众臣仆跪成一片，"皇上万岁"的呼声震耳欲聋。宦官郭穰朗声应道："皇上旨意，入木三分。在这人世上，有的人苟苟且且，有的人弹琴歌唱，以乐君王；有的人卑微低下，蝇营狗苟，平庸无事。孔子曰：三军可夺帅也，匹夫不可夺志也。而大丈夫活在人世，就应当像陛下一样，以扫除天下的污垢为己任，绝不可做打扫一庭一室之事。"最后又呼了一阵"万岁"。刘贺挥了挥手，诙谐笑道："朕不要活一万岁，有个一百二十岁，也就足矣！"

　　这时，西天挂上了黑色的雾幕，隐约可见几丝落日的红光。远处山谷，朦朦胧胧，把整个未央宫包围起来，显得更加神秘兮兮。刘贺站在泾河边，忽见远处一位过七旬老者走来，貌似神仙，却又似武帝再现，亦真亦幻。刘贺揉揉双眼，定神一看：呵呵，果真是皇爷爷！刘彻身穿龙袍，头戴皇冠，默默地站着，对刘贺说："呵呵，孙儿长大了。如今天下在你手上，希望你要管理好这个国家。"转眼间，却又不见了。

　　刘贺站在河边，愣了半天，只听白浪滔滔拍击河边礁石，脑子一片空白，只有一颗心脏，孤独而亢奋地跳动着。

　　"皇爷爷？皇爷爷来了！"刘贺惊叫起来，周围的大臣、仆从们闻声，一齐朝刘贺跑来，问长问短。刘贺站在雾气里，眼前幻影渐渐消失，可他仍愣头愣脑地站在那儿。

　　王吉生怕刘贺出事，摸摸他的脑门，又用手在他眼前晃动几下，说是他多喝了点儿，没事了，并安排刘贺乘辇车返宫。王吉的预测并没有错，确实因刘贺近日贪酒，加之为"谋划治国大事"疲于奔命，故头脑晕眩，双眼发花才便幻见了先帝刘彻。

　　刘贺在乘辇车返回寝宫途中，皇爷爷的影子仍在他的脑海中挥之不去。于是，他低吟"一言偾事，一人定国"警句含义：君王说一句错话，可以使事业失败，谨慎处事便可使国家安定。君子，一言九鼎。是呵，一国之政，万人之命，全都悬于我的手中。

刚才在刘贺眼前惊现的那一幕，仍在他眼前晃荡：难道这是朕的幻觉？还是先帝果真显灵了？为何在我产生"开渠引水"念头之时，祖父突然出现？他来回走动，突然顿悟：这是先帝给朕敲响的一次警钟啊：一个国家的大权，数以万计人的性命，全都掌握在皇帝手中。朕说话办事能不谨慎吗？他由此想起二辅臣对自己的提醒，还有其他大臣们反对"引活水入太液池"的声音，终于悟到自己"信口开河"的错误，彻底打消了"引水入池"的念头，同时决心一定要找回从祠庙消失的九鼎。

说起鼎，这可是大汉立国的重器，它象征着高大、显赫与尊严。鼎的起源可追溯到远古，早在七千多年前就出现了陶鼎。在商代，鼎为祭祀用的容器，直延续至汉代。故有"天子九鼎""诸侯七鼎""大夫五鼎"与"元士三鼎"的称誉；还有"一言九鼎""三足鼎立"的说法。常见鼎的器形有圆腹、两耳、三足，呈盆、盂状，也有少量呈斗状的四方足鼎。刘贺说着跨上马鞍，直向寝宫奔去。身后又响起一片"万岁"声，在云空久久回荡。刘贺乘的骏马后面，尘土飞扬。

一路上，刘贺心里一直在想：鼎的品种与样式很多，当年皇爷爷供奉祠庙的九鼎是何模样？刘贺怀着对祖父的敬重与厚爱，决心把先帝供奉在祠庙的九鼎弄个水落石出。

话说张修听罢刘贺驯马戏言，又抓住了他一条罪状：抓权、压臣。于是她把刘贺将鸡犬交周扶饲养之事，悄然告诉了甘忠可，甘忠可眉头一皱，计上心来，把鸡狗与禀报皇上与"九鼎"之事联系起来，再次混入宫中仆从周扶住处大做了一番文章。

当时，周扶正在荒坡野草地，只见他一面手握葫芦瓶，一面喝酒逗弄长鸣鸡，显得十分悠闲自在。甘忠可瞄了长鸣鸡一眼，先吟唱一诗《长鸣鸡》："东方欲明星烂烂，东宫神鸡登坛唤。曲终漏尽金岁月，千家万户迎华旦。"然后与周扶搭腔说，"好漂亮的神鸡啊，听说它是济阳县的特产，是皇上宠爱的小宝贝？"周扶一听，倍感自豪，说皇上把它视为心肝宝贝，自己正精心饲养它。甘忠可便问他怎么个养法。

周扶如此这般游说了一番，甘忠可听了却直摇头。甘忠可才高八斗，肚子里的"故事"可真多，又随意挑出了个"鲁侯养鸟"的故事，讲给周扶听。

说是春秋战国时，鲁国有个侯爷，他喜欢鸡狗飞鸟之类的玩意儿。一天，有一只海鸟从天边飞来，栖息在鲁国都城郊外。仆从立即把它捉住，供献给鲁侯。鲁侯便亲自在宗庙毕恭毕敬地设宴迎接，将它供养起来。他每天为它演奏虞舜的乐曲《九韶》，安排牛羊猪三牲具备的"太牢"给它吃。最后，它竟成了一只"神鸟"。

周扶是个粗人，他并不知道，甘忠可引用的是《庄子·至乐》中的一个典故。本来，这个故事的结局是：海鸟被鲁侯的这番好意吓得头晕目眩，惊恐万状，一块肉也不敢吃，一口水也不敢喝，过了三天就饿死了。可甘忠可为达到他不可告人的目的，便断章取义进行误导，还说了些诸如宫中马厩有只雌鸡变成雄鸡，羽毛变化还会打鸣；丞相府少史家中有一只母鸡孵蛋，而后变成公鸡会打鸣；还有臣仆向皇上献上一只公鸡，头上长角，结果皇上赏赐该臣十二只马蹄金；等等。周扶完全被甘忠可说服，特别是他听说，甘忠可是皇上信得过的大才，便决心按照他的旨意尝试一把，以求皇上赏赐御酒。正是：香甜美味酒为先，美貌芳年更为艳。积财千箱称富贵，善调五气是神仙。

那鸡与狗是死是活？酒仙周扶的命如何？且看下回分解。

【未时】（13时至15时）又名日跌、日央：太阳偏西为日跌。

为己"盖棺定论"

豫章。昌邑王城。神爵三年（公元前59年）农历七月二十五日。

刘贺读罢皇帝刘询所下诏书的副本，心里很感动。但今天他没有午休，现在觉得有些累，便回到寝宫躺了一会儿，渐渐地进入梦乡。

在睡梦中，刘贺忽听见母亲的呼唤："孩儿，你在哪里？在哪里？"梅氏那张慈祥的面容浮现在眼前。刘贺禁不住喊了一声："母亲！"梅氏见到儿子，脸上便浮现出欢愉的笑容，亲切地说："儿子，跟母亲走吧。你小时候不是贪玩吗？走，母亲带你去个好玩的地方。"刘贺正紧步跟上，几案上那盏鱼雁灯的灯光却飘动起来，刘贺见的火焰即将熄灭，便大声呼唤："母亲，灯！鱼雁灯……它快要灭了！"吓得整个身子蜷缩一团……

这时，刘贺从梦中惊醒，悄声对侯夫人说："刚才，我梦见母亲了。母亲要把我招去。"侯夫人瞪他一眼，含着泪疼爱地说："陛下，不许你乱说。"

说起"死"，刘贺并不害怕。他早在山阳郡当昌邑王时就曾为自己造过墓。流放到豫章郡的第一年，又继续为自己造墓。刘贺常对妻儿说："人总是要死的。但要生得其名，死得其所，身后不要留下遗憾。"从书桌上拿起一叠竹简《筑墓记》阅读起来，虽有些上气不接下气，脸上却掠过一丝微笑，读得津津有味；不知是在欣赏文章，还是在欣赏自己。

刘贺喜爱这篇纪实性的短文，它详细记录了自己墓地建造的过程、棺的形状、棺周围的装饰。文笔像屈原《离骚》那样，什么"兮呀兮"的。刘贺读着读着，显得有些疲惫不堪，却又爱不释手。他仅翻阅至一半，忽儿想起了什么，便探问妻儿说："我的坟墓，准备好了吗？我累了，要睡了……"大家泣不成声，沉默不语。

爱妃侯夫人、严罗紨背着刘贺悄悄抹着泪水，儿子低声抽泣不止。生死无凭说，君子要为自己"盖棺定论"了。

第九回 仁者无敌

第二十三天（六月二十三日）

鸡犬不宁

话说刘贺返回东宫孔贤斋，命寿成把九鼎放置在几案上，"一"字形排开。

他站在孔子立镜前来回走动，突然收住脚步，凝视着沾有泥土清香的九鼎，不由想起高祖刘邦。刘邦是沛县（江苏沛县东南）人，史载他旗开得胜返回故乡时，曾置酒于沛宫，召集故乡的父老兄弟纵酒，怀抱古琴，那琴状似瑟而大，顶头安弦，以竹击之，高唱一曲气势磅礴的歌："大风起兮云飞扬，威加海内兮归故乡，安得猛士兮守四方。"沛县一百二十余爱国志士跟随他奔赴前线，为之激战。刘贺浑身热血沸腾，决心管理好这个国家。

此时，刘贺看到皇爷爷留下的这九只鼎，心里很踏实：既然君子一言九鼎，朕怎能信口开河呢？刘贺静静地坐着，微闭眼睛，听不见窗外的喧嚣、欢呼与种种非议；又从抽屉取出那只玉玺盒，一看，盒盖子仍是开启的。对此，刘贺并不在意，又顺手把它放置在几案九鼎中。

他凝望着九鼎静静思索，想起了舜与尧的故事：

一天，舜对尧问："你当天子怎么用心的？"尧说："我从不脱离没有声息的人群，不遗忘穷困的人，努力处理好丧事，养育好儿童，同情抚慰妇女，这就是我用心所在。"舜说："很美了，但尚未广大。"尧说："你是怎么估摸的呢？"舜说："上天虚静而引来了安宁，日月普照（而没有用力）引来了四季的变换，就如昼夜交替，非常规律，乌云流动导致了雨润万物。"尧说："真是纠结浮躁呀！你，贴合了上天；而我，只是贴合了人世。"上天和大地，是古时推崇的，黄帝、尧、舜都认可。所以，古时候统治天下的人，有什么好去做的？贴合天地而已。人与天地贴合了，就懂得仁义，就会尊重他人与身外之物，兼爱而无私。知晓大道。对于知晓大道、善良无私的百姓，皇帝管理起来自然得心应手。

然而，事情并不像刘贺想象得那么简单。正如孔子说：富与贵，是人之所欲；不得其道之，不处也。自从他继位以来，霍光一直在背后频繁活动。刘贺的一举一动霍光均了如指掌。自丙吉赴长安城郊尚冠里调查摸底之后，一返回宫中便向

第九回 仁者无敌

大将军禀报请示过,霍光对丙吉的严谨答复很满意,于是同他一道拜见禀报皇太后。皇太后自然一切服从其外祖父霍光的。当丙吉把刘贺受玺前后,那一件件"不顾礼义,拒绝素食"、"抢夺民女"、"从昌邑带来的二百随从、官奴在皇宫禁区任意游玩",以及"开渠引水入太液池"、"与庶民在一起挖掘九鼎"等"大量罪证"一一罗列后,接着,又把在城郊尚冠里调查刘病已的情况说了,皇太后看霍光脸色行事,当即拍板定案:废除刘贺,恩准刘病已继承皇位。

次日,在霍光私宅密室内,大司马大将军霍光正与丞相杨敞、车骑将军张安世、大司农田延年、宗正刘德、少府史乐成等臣,商议"宫廷政变"的大事,讨论丞相杨敞撰写的奏折,此奏罗列了刘贺数十条违反礼制、朝规的罪状。

接着又把刘彻的曾孙、太子刘据之孙刘病已秘密接至未央宫,在霍光与丙吉的引导下,来到了皇太后上官氏寝宫,太后见他面如冠玉,言少善思,礼下于人,喜怒不形于色,待人接物,比刘贺成熟多了,很是喜欢。刘病已一出生就陷入巫蛊案,毕竟是在平民百姓中长大的孩子。霍光第一次见到刘病已,向他提出一连串问题,刘病已似乎什么都不懂,仅答一句话:一切听大将军的。但当霍光考问起他天下与国与家与个人的关系时,刘病已却胸怀大志地说:"孟子曰,人有恒言,皆曰:'天下国家。'"且阐述得有条有理。当霍光亮出刘贺送给他的积竹杖,考问说:"有人专程从外地为老夫购买了这个玩意,一定要把它赠送于我,你看如何呢?"刘病已应道:"送此不妥。"霍老问他理由何在?刘病已应道:"霍大将军精神焕发,并未衰老,要积竹杖干吗?若我办差在外,定送大将军长寿果。"霍光又考问他为什么,刘病已道:"将军是大汉江山社稷的柱石,群臣离不开将军,都希望将军活到千岁,永远之下本在国,国之本在家,家之本在身。"霍光脸上罩着兴奋的光泽,爽朗一笑道:"人世间,只有皇上万岁,老夫哪有这样的福气啊!"自然,霍光还叮嘱他说,此事乃为绝密,丝毫不能泄露。刘病已虽与刘贺是年纪相仿,他却因长期生活在民间,尝到了民间百姓的疾苦,加之他自幼聪慧,通情达理,只要有人一点拨,心里就明白三分。

霍光在未央宫对刘病已"秘密培训"几天之后,又连夜派车骑将军送回尚冠里,并叮嘱他不许乱跑,过几天会来接他入宫。刘病已心里自然明白,连连点头称"是"。

天热得发狂，窗前的柳树像病了似的，叶子挂层灰土在枝上打着卷儿，枝条儿低垂着，一动也不动。一株高树上，蝉儿一扬一顿地叫着，声音忽长忽短，虽含着音乐的节拍，但仍叫得刘贺五心烦躁，于是，刘贺走出孔贤斋，欲想呼吸一会儿新鲜空气。宦官郭穰急忙跟上，探问他要去哪儿。刘贺责道："这该是你问的事吗？"郭穰不敢吱声，刘贺站在树荫下看天：在灰沉沉的天空里，几片残云飘浮不定，有暗黑色，有棕色的，还有淡蓝色的，幻成各种兽形，中央却现出一把金碧辉煌的云椅，一个"云人"端坐在云椅上。渐渐地，四面八方涌现的云朵聚在一起，化作一堵笔直的高墙，从天边升到天顶，把云椅与外界隔开。

这时，刘贺想起了以前龚遂对自己的提问：天在运动吧？大地在静止吧？日月交替，在争夺舞台吧？是谁主宰和打开了这些？又是谁在维持和管理着这些？是有人静居无事顺手一推而启动了这些？或者是因里边有机关而可能停止？或者是它们运转着而无法自己停下来？乌云生成了雨水，还是雨水形成了乌云？谁在布置和发动这些？谁静居无事淫乐而引起了这些？

刘贺正在思索时，张修前来请安。这位被刘贺爱得死去活来的妃子，一直被李女须和李胥控制着，昨天她引甘忠可去见酒鬼周扶，给他传授养鸡的"三不三要"。现又来探听刘贺的境况。

张修笑盈盈地走到他身边，命仆从送上一只精致的匣子，然后亲手将它打开，从中取出一块马掌大小的美玉。这是一件做工极其罕见的碟形玉佩，质地上乘，造型精美，上面雕刻有龙、虎等图案，栩栩如生。刘贺看了，十分喜爱。张修亲自给他佩在腰间上，刘贺心不在焉，抬头凝望着天空。

"陛下在沉思什么呢？"张修关切地问。刘贺指着那天上飘浮的云彩，考问她说："风起于北方，一会儿西一会儿东，在天空中来来去去，是谁在吐气或者吸气形成了这大风？还是谁静居无事而拍击？请问这是怎么回事？"

张修见刘贺满面愁云，应道："陛下不是知道吗？上天有六极和五常，帝王顺应之就能平顺，违背了则会有灾祸，遵循上天给予九筹之纲，就会德行完备，管理得井然有序。"

张修见刘贺听得认真，全神贯注，便继续说道："如果陛下做到了这些，上天的太阳便光芒四射，把整个大地照耀得温和、湿润，全天下的人都会感受到，陛下才是名副其实的'上皇'。"

刘贺正要赞许爱妃一番时，善仆带着周扶忽然跑来，哭丧着脸奏报说："陛下，不好了，不好了！长鸣鸡死了，红狮狗跑了。"站在一旁的张修听说鸡死了，狗跑了，目的达到了，心里自然开心。但她始终保持沉默，一言不发。

张修站在一旁，毛骨悚然。她心里乱哄哄的。因这"鸡死狗溜"之事，她不但知道，还暗中插了一足。她的手有点发颤，脸色也很难看。

刘贺先关切地问爱妃："怎么啦？你作冷？"张修掩饰说："没什么。"刘贺又追问仆从怎么回事？对于昨天一方士来访之事，周扶自然丝毫不敢透露，因他或多或少觉察到：这未央宫之水深不可测，那方士的来头，他心中无底，生怕惹是生非，便只有自己硬着头皮扛着。因为他心里明白：皇上心善且看得起他，即使皇上发现鸡死狗飞是他造成的，也不会把他置于死地，便谎称由于自己对长鸣鸡过分溺爱，把它视为掌上明珠，便给它穿上锦衫，把它关闭在安逸的寝室内，供给它山珍海味，有时给它灌酒之后，规定它半个时辰鸣叫一次……后来，长鸣鸡便死了。红狮狗不知溜至何处。他一面跺脚悔之莫及地说："错了，都是在下一时糊涂犯下的错……"

刘贺果真没有责备周扶，他先是震惊，再是呜咽流泪，后悔前天不该把鸡狗交给周扶驯养。还说若死的是平常鸡，跑掉的是普通狗，也就罢了，可这一鸡一狗是老仙翁颜高所赠啊，还哭泣着诉说，在它们身上存藏着孔子的仁义道德啊，最后说出了自己真实的想法：欲通过红狮狗再次拜见鸡鸣仙舍二位恩师啊。自从他登上皇帝宝座之后，遇到了许多困惑的难题，还有应该如何当好国君，如何像爷爷那样施展雄才大略，文治武功，使大汉成为繁荣昌盛的国家，还有许多问题要向先生讨教啊！如果鸡也死，狗也跑了，我如何面对二位大师呢？二仆愣头愣脑地站在刘贺跟前，刘贺瞪了他俩一眼，喝道："还不快快给我把红狮狗找回来！"二仆奉命，慌忙离去。

刘贺虽生性贪玩、任性，感情却很脆弱。长鸣鸡之死深感愧疚，于是命宦官童备车，准备驱赴周扶住处为长鸣鸡烧香祭典，烧香掩埋。刘贺正准备出发，却遇龚遂走来。张修见辅臣来了，心虚退下。

刘贺见恩师在自己迷茫时刻驾到，十分高兴。便把龚遂引入孔贤斋，命仆从给他泡了一碗香茶，二人对坐，边品茗茶边聊天。当龚遂得知鸡死狗逃的大致情况后说:"臣以为,此事也不能全怪周扶。"刘贺追问:"此话怎讲?"龚遂应道:"陛下,这是天意啊。"刘贺心里一怔:命他继续说下去。龚遂走至孔子立镜前,指着孔子画像郑重地说:"先帝孝武皇帝继位后,曾诏令郡、诸侯国举荐良才士人,有一百余人作为贤能济济一堂。受到举荐,当时,贤才董仲舒受到武帝重用,采纳了这位大儒'罢黜百家,独尊儒术,勤政爱民,以仁政国'的政治主张。从此,百姓平安,我大汉江山繁荣昌盛。这是先帝上上之策。"

龚遂几句话犹如油灯光,在刘贺心里闪闪发光。龚遂从刘贺的眼神里觉察到,皇上正在用心听取其见解,却没有正面应答,于是把话锋一转,毫不客气地反问:"陛下自身又做得怎么样呢?如果臣没有记错的话,那天陛下请我们喝酒时,不是也给长鸣鸡佩上了一只玉环,玉环中间镶嵌有红玛瑙,还为它系上红绸佩呢。"然后一语道破天机:"鸟翼系上了黄金,这只鸟永远也不能再在天上翱翔。"

刘贺又问:这与鸡死狗逃会有什么联系呢?龚遂沉吟了一会儿,又说了个"纪渻子为齐王驯养斗鸡"的故事:

春秋战国时,纪渻子为齐王驯养斗鸡。十天后齐王问纪渻子:"训练成了吗?"纪渻子答道:"没有,现在这鸡张扬、高傲,自行其是呢。"十天齐王又问,纪渻子应答:"还没有,它对出现的事情会追逐、响应。"十天齐王再问,纪渻子说:"还没有呢。现在它仍目光炯炯、趾高气扬。"再过十天后,齐王再来问,纪渻子便回答说:"时间不多了,虽然有其他鸡鸣叫,可它并没有反应。看上去它虽像个木头鸡,但其能力已完美无缺了。但其他的鸡见我如此这般地驯鸡,没有一个敢应战的,一只只都逃了。"

龚遂引用"纪渻子为齐王驯养斗鸡"典故,把刘贺的心震慑了。一只活蹦乱跳的长鸣鸡被周扶驯死,这与齐王不守自然发展的规律、急于求成,又有什么区别呢?由此,刘贺想起他的汗血宝马——箭羽,想到原先它生活在陆地上,吃草饮水,高兴时颈交颈相互依偎,生气时背对背分开,相互踢撞,马的智力与勇猛之气,便发挥到淋漓尽致了。而当他箭羽套上了车衡和颈轭,戴上了月牙形的辔头,就会变得迟钝、呆板,还能为主人做些什么呢?这难道不是伯乐的罪过吗?

龚遂见刘贺听得认真,且对自己所说开始觉悟,心里高兴,进而解道:"上古赫胥氏的时代,百姓居家时不想要做什么,走动时也不想到哪里去,有吃的时候就兴奋,吃饱了就游玩,人们能做的也就是这些。等到圣人出现,用礼乐束缚来匡正天下人的行为，用仁义来安定天下人的心，人们便拼命去争取最大的利益，从而相互追逐，角斗、残杀，永无休止。这难道不是圣人的罪过吗？"

刘贺心想：人生在世，就这么平庸地活着？又如何理解高祖所唱"大风起兮云飞扬，威加海内兮归故乡，安得猛士兮守四方"呢？便策问辅臣道："先生对此有何高见？"龚遂的话柔和了些："治理国家没有固定的方法，只要便利治国，就不必效仿古代。"但刘贺策问"霍光大将军为何处处刁难，总是跟自己过意不去？"时，面对如此尖锐的问题，龚遂拒而不答。刘贺通情达理，完全理解龚遂，类似涉及皇权如此尖锐的问题，这叫辅臣如何应答啊？朕不是在给先生出难题吗？刘贺心存迷雾辨不明方向，仿佛一只断了线的风筝，在无垠的天空飘浮不定，不知如何是好。

正在苦恼之时，善仆与寿成牵着那只红狮狗跨入孔贤斋。刘贺一眼瞥见那只可爱的红狮狗，惊喜万分，脸上愁云一扫而光，笑道："呵呵！好，找到了就好！"是啊，二仆将了却皇上此刻的心愿：一向二师说明长鸣鸡死因并表示歉意，二向他们请教以孔治国许多疑难问题。正是：知音说与知音听，胜似流水不歇停，请下大儒高贤士，共圆风月玉堂春。

刘贺能否见到二位大贤？见到二贤又有何行动？且看下回分解。

第二十四天（六月二十四日）

围棋悟道

　　寿成与善仆见刘贺这些天来，虽为国事家事操尽心了心，却毫无成效。他俩正在为此而苦恼，便建议他再去双子城翰林坊拜见二贤。刘贺采纳了二仆的建言，便命马夫寿成备马。当时，寿成想到按照仪礼，皇上不能与庶民混杂在一起，恭请刘贺穿着整齐后乘辇车出宫，刘贺却淡然一笑，说："贵者虽自贵，视之若尘埃。贱者虽自贱，重之若千钧。你把自己看得很贵重，在他人的眼睛里呢？却也不过如此。皇上是什么？皇上也是人啊，为何不可骑马去亲近平民百姓？再说乘辇车出门太麻烦了，朕不如微服骑马便当。"于是轻松地跨上箭羽，在善仆和寿成引领下来到翰林坊。寿成在心里赞道：自大王入宫当皇帝以来，他懂事了，成熟了，便将箭羽系在河边草地槐树下，因此处景色实在太迷人，绳子还没再系紧便匆匆离去。

　　当刘贺来到双子城，却不见二位大贤：他俩会上哪去呢？

　　这时，有个八岁书童从书院走来问客人找谁？寿成并未暴露刘贺身份，而是简单说明了求学来由，书童应了声："请跟我来！"主仆三人跟随他经过曲水园，此处石墙一道道，小径迢迢皆为竹，竹尽而西，迢迢皆水。最后来到书院一片深幽的后院。此处滨水曲廊又再水，临水一廊又再曲，只闻松、柏、槐、柳、榆、枫，随风飘摆。刘贺再抬眼望去，只见：水田数十亩，湖水浩渺，堤柳行植，与畦中秧稻，分露同烟。风吹扬水歌，声哀随水转。门前四古木，近湖如玉亭。刘贺抬眼望去，只见湖心乱石丛中的亭子里，二人正对坐在圆形石桌前下围棋。刘贺拜师心切，急急向湖心亭走去。

　　刘贺悄悄走到湖心亭边，见颜高正在与章子玄下围棋。颜高身穿褐色长衫，一脸正气；章子玄身着玉色短衫，满面笑容。刘贺站在不远处张望。只见二位均为出手不凡。过了一会儿，双方陷入僵局，互不相让。颜高端坐在那儿，如雕石一般。章子玄却笑道："先生这两下子，真可谓百战百胜，天下无敌。弟子走到这一步，把先生围了个团团转，着实是费力了。"颜高沉默不语，心平气和，过了一会儿应道:"下围棋如同治理天下。"又指指棋盘上零散无序的黑白棋子,爽快地说,"你持黑子,我持白子。清油炒菜,各有所爱;你骑黑马,我乘白鹤;你在地上跑,我在天上飞,奔的不是一条道啊。"

刘贺悄悄地站立树丛中细细地看着、听着,唯令他感到困惑的是:那天与颜高下围棋,自己连赢三局,可今日"天下第一棋手"仍高高悬于上,便走近察看,他发现这已是第三局,前二局章子玄皆败,子玄求饶说:"先生棋艺果高,天下无敌。"摆下二子,请仙翁对下。颜高举起一颗白子道:"这下棋嘛,头一件,心要静。静则灵,灵则慧。"话音刚落,子玄复又低下头摆弄棋子,脸上的颜色渐渐发热,生怕再输。老叟便给他打气说:"别怕!下棋就像请客吃饭,你这么一吃我,我这么一应;你又这么吃,我又这么应,胜赢难辨。看来,先生棋艺高强,可见一斑唉。"说着又落下一枚白子,将章子玄"逼"至绝境。

刘贺面对此情此景,忽想起那天与仙翁颜高对弈,老先生连输三盘,便昂头痴笑道:"老仙翁,你这块匾额可以卸下了。"老翁甘愿认输。刘贺便因此引以为豪,禁不住上前施礼道:"弟子拜见二位先生。"老叟见是"忘年交"来了,甚为高兴。子玄命仆从泡茶献果,不在话下。

刘贺的目光却盯在那棋盘上:这是个二十厘米见方的棋盘,禁不住评论道:"凡棋有敌手,有饶先,有先两。受饶三子,厥品中中,未能通幽,可称用智。按得国手三饶的,也算是高强了。"

颜高淡然一笑,反问刘贺:"你能饶我吗?"刘贺笑道:"上次与先生对弈,先生三局皆输。若这一回朕与先生对弈,若朕像上次一样,对弈三盘连胜三局,陛下可让老先生你一盘,若老先生赢过朕一盘,也算是高手吧。"

章子玄见刘贺那飘然自得的样子,不由在心里好笑,探问:"陛下,你怎么能确保你百战百胜呢?"刘贺把头一昂:"试试看吧。"子玄便让刘贺与颜高对弈。仙舍颜高用目光对刘贺扫视一番,见他那身粗布微服,很是高兴,便答应再与刘贺对弈。二人在石桌前摆好棋子,开始下棋。双方黑白棋子摆毕,刘贺请颜高先下。颜高没有动手,而是先吟唱了一首小诗《助残局》:

　　黑白纷纷小战争,忘年交手斗纵横。
　　劝君随缘助残局,泥雪阴晴皆分明。

刘贺见颜高以诗助阵，像在求饶，便也宽容地和了一首《让几分》：

围棋席上笑谈兵，落子清美百鸟应。
足智神谋强必胜，海阔天空让几分。

接着，这对"忘年交"便真刀真枪你争我夺地杀起来。棋局一开始，颜高下手利索，在连杀几个"回马枪"之后，三下五除二拼搏过去，只见颜高手中白子索利落下，如纷纷雪花夹冰子垂于棋盘，杀了他个落花流水，把刘贺弄得措手不及。刘贺与颜高连战三盘，三盘皆输。寿成与善仆在一旁急坏了，连喊"陛下加油"，却怎么也挽不回刘贺的败局。刘贺急得直搔脑袋，两眼发呆，仍紧绷着脸蛋，毫无服输之意。

颜高目光如炬，瞄了一下刘贺那张气急败坏的脸，轻松一笑，鞭辟入里地说："世混浊而不清，蝉翼为重，千钧为轻。吞舟之鱼虽力大无穷，被惊浪冲至陆地，不如一只蚂蚁。请陛下莫烦躁。老朽让你两盘，怎么样？"刘贺心想，既然已经输定，不如先认输，再反戈一击，便接受了颜高的谦让，把袖子一挽，应道："谢先生谦让。好，再来两盘！"谁料刘贺再来两盘，两盘皆输。刘贺终于拜倒于仙舍老翁跟前，服输道："天下第一棋手，朕认了！"

然而，刘贺心里仍积存疑团：上次朕赴京路过鸡鸣仙舍，与颜高对弈，颜高为何一败涂地，朕为何三战三胜呢？

颜高透过刘贺写在脸上的疑云，又唱了一首《棋配方圆》之诗：

棋配方圆有始终，一著难收满局空。
柯山巧圆黄粱梦，可怜枉把心机用。

颜高唱毕，扬长而去。刘贺急忙追去，却被章子玄拽住，劝道："老仙的心已走了，即使是回来，老人心也无法留下。"刘贺却无法接受，诉道："朕面对一大堆国事家事，心乱如麻，心里还有许多问题要向先生讨教。"子玄听刘贺实话实说，便把那天刘贺在鸡鸣仙舍棋局中"百战百胜"的谜底揭开：原来，老人早已把陛下积存在心中的所有问题，全部圆满答毕。

刘贺探问此话何意。子玄应道："谁输谁赢，亦真亦幻，谁也说不清楚。比如上回陛下与颜高大师对弈，陛下以为自己果真三局三胜？错了！当时，颜高是见陛下兴高采烈，连夜赶赴京城接受绶带、玉玺，老仙翁为了不挫伤陛下修身、齐家、治国平天下的积极性，在三盘棋局上一让再让，那是为了让你信心百倍，再接再厉，当一个廉政清明的好皇帝；今日先生从陛下的骨相察觉到，你已一败涂地，却硬扛着一步登天的虚假气势，去当那个傀儡皇帝，老仙翁是怕你爬到高位，从半天云摔下来啊，到时，那粉身碎骨的滋味，多难受！故他在今日的棋局中，先请你尝尝棋败之苦、死亡之痛。"

刘贺并未完全接受，仍口气强硬地回敬道："朕从继位走至这一步，虽一路上坑坑洼洼不很顺当，但还是下决心，要像先帝祖父那样，志气高远，以孔学治国，造福于民，施展自己的雄才大略。"

章子玄见刘贺被"名利"二字冲昏了头脑，仍未醒悟，便鼓励他几句，又摆开一盘围棋，提出再与刘贺"杀"一盘，刘贺欣然应道："记得《论语》有'饱食终日，无所用心，难矣哉！不有博弈者乎，为之犹贤乎已'；《孟子》有'弈秋，通国之善弈者也'，可见围棋在春秋战国便有之。"子玄赞道："看来，陛下博览群书，可真谓警句佳言，倒背如流。"他一面摆棋子一面戏说："你看棋局纵横各十七道，合二百八十九道，黑白棋子各一百五十枚。"

棋盘上，双方棋子已经摆定，尚未对弈。子玄问："陛下是要我吃掉你，还是要你吃掉我呢？"刘贺果断地应道："强者为爷，胜者为王。当然是朕要吃掉你啰。"接着，二位对手落座，对弈起来。刘贺先落下一子，应道："万事离不开方法，世间离不开秩序。这个，我懂。"然后问策他说："请先生谈谈'人序'。"子玄也落下一子，继续言道："不同类型的人有不同的次序。比如说我，一介书生，次序简单、自由，一瓢水、一勺米，布衣遮体便足以矣；而你是皇上，皇上与庶民可不一样啊。王者，万民之主，不阿一人。孔子曰：'国君是百姓的表率，表率端正了，世间万物，还有什么不能端正的呢？'"刘贺策问："朕已经做得很端正了，比如在赴长安的路上，朕赌酒赏民之后，策马跳火，营救美女；再如端平朝正'一碗水'，我赏赐霍光大将军积竹杖；还与百姓打成一片，为昌邑国二百余臣仆接风，在宫廷击乐吹打，大鱼大肉，共进午餐；朕设法找回先帝赏赐祠庙的九鼎，并把它们存藏在我孔贤斋书房……"

子玄听刘贺说到这里，尚未答言，却把目光扫视在石桌的棋盘上，忽然哈哈一笑，禁不住伸出一只手，把棋盘上井然有序的棋子，胡乱一搅，刘贺唬了一大跳，问他何意？章子玄淡然一笑，指着棋盘上那七零八落的黑白棋子，意味深长地说："你看这盘围棋，本来黑白分明，井然有序。被我这么一搅胡便乱套了。在我们日常生活中，棋有棋序，时有时序，车有车序，人有人序。一年春夏秋冬，一天十二时辰。这是不可逆转的自然规律。每个人都是这盘棋中的一颗子，一步一步，顺序排列，疏而不漏，周密严谨。"

刘贺无言以对。心想，大儒子玄先生是否在以"乱棋"暗示朕：入宫为人处世搅了次序，乱了朝纲？他冷静一想，从最近以来发生的种种怪事中，感到自己在关键时刻确实没有把握准，于是脸上热烘烘的，起身赔笑道："先生说禅论道，旁征博引，入木三分。"又重新坐下，欲摆好棋子再来一盘，不远处忽传来一阵马啸声。刘贺一听便知是箭羽，便与子玄向书院后面一条小河奔去。正是：海龟曾笑井底蛙，大鹏扶摇九万里。为人第一谦虚好，学问茫茫无尽期。

刘贺与子玄来到翰林坊一条小河边，两岸是一大片绿茵草地。地上草色娇绿，在草棵子里，怒放着粉色的喇叭花，素淡的野菊花，还有挑起小旗的狗尾巴草，簇拥在杂草里点头哈腰，充满生气。草地边流着一条小河，河面不宽，水是绿油油的，发出哗哗的响声，浪花冲击着河边的顽石，溅起一片片雪白的浪花。

刘贺抬眼向对岸望去：开始，箭羽在河边痛快饮水之后，奔至绿茵茵的草地上，与一群吃草的马儿时而颈交颈相互依偎，时而相互踢撞，戏耍，然后竖起耳朵，孤零零地站在河边，任哗啦啦的浪花拍打着肢体。它似乎闻到主人身上的气息，突然仰面呼啸，声音悲痛……

箭羽在呼唤什么？原来，这几天箭羽被拴在马棚，很少在野外活动，吃的是马夫供给的草料，更没见到刘贺，便挣脱了刚才马夫寿成随意松松绑在槐树上的缰绳，奔到对岸草地寻找主人。这时，刘贺惊叫了一声"箭羽——我的宝贝！"箭羽闻声冲入河中，直朝这边游了过来。当它游至河边一跃而起，刘贺扑上前去，抚着它浑身上下湿漉漉的鬃毛，亲昵地抱住它的头颅亲了又亲，又打了一声呼哨跨上马鞍，在草地上绕圈狂奔起来！

第九回 仁者无敌

　　章子玄见刘贺把箭羽驯得如此乖巧服帖，便挥手示意刘贺停下，刘贺满头大汗，勒住缰绳骑马奔至子玄跟前，跳下马探问先生有何旨意。子玄触景生情，借题发挥，继续向刘贺传授"一盘棋"的儒与道，便上前摸了摸套在箭羽身上车衡、颈轭与镳头，叹道："马，生活在陆地上，本来，它们可以自由自在吃草饮水，高兴时与伴侣颈交颈，尾相依，相互依偎，生产时背对背分开，相互踢撞，这就是马的智力。然而，等到主人给它套上了车衡和颈轭，戴上了月牙形的镳头，马儿便学会了顺从柔顺的主人，缰起颈脖，硬撑轭木，当主人把它松开时，它便不顾一切向前冲撞，用力去甩它的勤口，或后退偷松马镳。从此后，马的智力如同盗贼，完全被主人控制了。这，完全是伯乐的罪过。"

　　刘贺并不同意子玄的说法，辩道："上古时代，老百姓居家时什么事情都不想做，走动时也不想到哪里去，只要有吃的就兴奋，吃饱了就去游玩。那时候，人能做的，也就是这些。等到圣人出现，用礼乐束缚来匡正天下人的行为，用仁义来安定天下人的心，于是人们便拼命追求和探索，争取利益最大化，而不能终止。这难道是圣人的罪过吗？"

　　章子玄见刘贺博览群书并融会贯通，且有自己的独立思考，心悦诚服便再进一言："孔子在《论语》中曰：君子坦坦荡荡，小人长戚戚。君子有远虑，使物而不为物使，君子修身齐家治国平天下。"刘贺从先生畅谈中悟到明君三要素：一是胸怀大局走好"一盘棋"，不可打乱次序扰乱朝纲；二是治国必治本，自身必正；三是国君好仁，视民如子。

　　刘贺在翰林坊与大儒章子玄论棋、论马、论政，收获颇丰。他微服私访后返回未央宫寝宫，见案上奏章堆积如山，便挑灯审批来自各地的奏章。他读至冤屈处低眉叹息："这份奏书没有意思，用《诗经》说，这种策略制定真可悲啊，既不遵守古代的法式，又不经营远大的计划，只是听信身边的亲信之徒。这是诗人讽刺那些既不懂为王之道，却又喜欢玩弄权势的人的下下策，决不可取。"又拿起另一份折子细读之后，显得有些兴奋："上古时期，国家管理得好，民风淳朴、重视农业、平静快乐、欲望不多。但道路稀少、田地荒芜，百姓衣不蔽体。可见不付出劳动就没有收获，不洒血汗就没有回报。建议大力兴修水利、发展家业生产，这样才能国富民强，安居乐业。"于是提起笔批了这份奏章。当他拿起另一奏章阅读之后，脸上流露出无限兴奋的神色，读着读着禁不住哈哈大笑起来，赞道："呵呵，好！经商高手不但要生产经营锅盆碗盏等日常用品，还要创研生产提供儿童玩耍的小玩意儿。"当即提起御笔恩准：可。

夜深了。当刘贺在未央宫一堆堆木牍中，发现一本关于记载先帝刘彻"征集贤良，以仁治国"纪事册：

武帝元光元年（前134年）五月，先帝下诏说，朕听说在远古时，唐尧虞舜时代，在罪人衣服上画特定图像为刑，而百姓不敢犯法，只要有日月照耀的地方，民风淳朴善良。在周代成王、康王时代，刑法不用，恩德惠及鸟兽，教化普成四海。在外之邦及遥远的异族都受到了感化，前来朝贡。于是，星辰运行正常，日月没有亏蚀，山陵没有崩塌，江河没有堵塞。这是怎样的德政，这是多好的吉祥。

当刘贺读到"武帝元鼎元年（公元前116年），孝武皇帝在处理济东王刘彭离杀人罪，亲自废黜刘彭离王位，将刘彭离贬谪至上庸县居住；武帝元鼎二年（公元前115年）冬天十一月，御史大夫张汤获罪，自杀；同年十二月，丞相庄青翟获罪被逮捕下狱，死在狱中时"，他禁不住拍手称快：天网恢恢，疏而不漏，我爷爷在皇位时，干得漂亮。

"孝武皇帝在此之后，设置五经博士，下令举良方正直言极谏之士。这年五月，下诏给贤良们，问古今王土之体，便有了董仲舒、公孙弘等人的对策；接着，诏令郡国举荐民众中熟悉管理的士人，通晓先圣治国理政的士人，由沿途各郡县供给饮食，与各部郡、诸侯国向朝廷许薄的官员一起，送往长安来。"正因为如此，便有了我皇爷爷用"仁义乐礼"治国的主张，便有了我大汉天下百姓的安居乐业，便有了大汉江山社稷的繁荣昌盛。刘贺读到这里，心里激动。他从这段史学者对皇爷爷如实记事与高度的历史评价，感到无上荣光与自豪。他来回走动着，越想越高兴，真想高声哼唱几句什么，叫人世间的人都知道，他是先帝的血脉，是皇帝刘彻的亲皇孙啊！

于是刘贺觉得自己要为国为民办几件"国家大事"，夜不能眠。然而，刘贺背后却是大将军大司马霍光啊，他老人家正在紧锣密鼓筹备"废除刘贺帝位"，可刘贺却还蒙在鼓里呢。

"朕要做一件事，一件惊天动地的大事情！"刘贺兴奋地对自己说。顿时，压在他心中的愁云烟消云散，觉得自己即将要干的一切，都很新鲜、很有滋味、很有价值。总之，他看到了自己的存在意义：我没有白活！是的，在刘贺登基戴上皇冠的这第二十四天，他又跨上了一个新的台阶，懂得了一个简单的道理：朕在皇位上，该怎么做、怎么活，怎么像他皇爷爷那样，如何用"仁义乐礼"治理国家。

当夜，刘贺立即命御史郎官找来汉史资料，翻阅、重温汉史，并决定仿照先帝，明日召开征集贤良，以仁治国的"渭水神仙会"。这个神仙会的构想，是刘贺从"盐铁会议"启发所得。当刘贺在一堆堆木牍中发现《盐铁论》记载：

汉昭帝始元六年（公元前81年），西汉政府下令郡国举贤良文学之士，"总参以民所疾苦，教化之要"，提出要"罢盐铁酒榷均输官，毋与天下争利"。当时桑弘羊驳，主张"以为此国家大业，所以制四夷，安边足之本，不可废也"。结果只罢了酒酤一项。于是刘贺决定召开第二次"盐铁会议"，命名为"渭水神仙会"，以先贤为榜样，力推长安城贤良文学之士。此举获得昌邑国方叔、安乐等大臣支持，辅臣王吉和龚遂则提出，一定要征得大司马、大将军霍光同意。刘贺辩道："朕是为政治国，也要禀报霍光？"本想顶撞却又想起颜高"连输三盘围棋"的谦让，便同意先通报霍光，并命龚遂上霍府送去诏书，请霍光亲自光临。但结果不妙，龚遂一踏进霍府的门，便碰了一鼻子灰：霍光以"身体欠佳"为由推脱。刘贺气急败坏，当即拍板第二日召开第二次"盐铁会"，力推长安贤良文学之士。下旨御宴排在船上，应邀贤良文士一面泛舟，一面喝酒对诗，并向皇上治理国事出谋献策。命御宴设在流动的大船上，"朕与应邀贤良文士一面泛舟，一面喝酒对诗"，还要求"向皇上治理国之事"出谋献策。顿时，宫廷内外大小臣仆，连夜挑灯拟写与会名单，打着灯笼纷纷出动车辆分送御柬，不在话下。

然而，真是防不胜防。刘贺刚一下旨，宦官郭穣即把所谓第二次"盐铁会"——"渭水神仙会"的消息禀报了霍光。霍光暗自盘算：哼，这小子还来真的呢。同时，十万火急秘密布局"废帝"方案。而刘贺身处险境却蒙在鼓里。

霍光对刘贺将采取什么行动？刘贺主持召开的"渭水神仙会"结局如何？且看下回分解。

第二十五天（六月二十五日）

巨鲤申冤

且说昨日刘贺与颜高、章子玄下围棋议国事后，心胸豁然开朗，高人简要指点，犹如在刘贺心里点燃一盏明灯，使他找到了"万民之主，不阿一人"的执政方向。

最近，刘贺从昌邑国至宫廷一路走来，二辅臣铁面无私多次劝谏，提醒他身为国君，必须牢记"天下是民之天下"——若国君厌恶贪财，臣民就会以争夺私利为耻，还警示他言谈举止不可随心所欲，信口开河等等。刘贺言行虽有所收敛，与霍光等臣僵局却并无多大改变。自他为一碗水端平夜访霍光送去积竹杖后，大将军对他始终冷若冰霜，从不过问他为国操办的事务，这使刘贺度日如岁，寝食不安，有时犹如无助的孩子，呆若木鸡地苦思冥想，仍找不出什么妙计应对。

次日一早，天气闷热。刚露头的骄阳像把火伞，把天空的云烧得像火炭一般。渭水周围的树叶晒得发白，树冠无精打采，缩成一团。一只宽敞、舒适的皇宫船停靠在河边，远远望去，像座灵巧的小皇宫，金碧辉煌，正在等候皇上及各位郎才光临。

长安共有泾、渭、灞、沣、镐、涝等八条河，号称"八水"。据后世《汉书》曰：鸟鼠同穴山在西南，渭水所出，东至船司空入河，过郡四，行一千八百七十里。因此，渭水浩浩荡荡，横贯关中平原，紧靠长安城北城墙流过，源远流长。武帝元光六年（公元前129年），武帝历时三年开凿一条三百公里的关中明渠，为百姓解决了粮食运输难题，写下了一首《秋风辞》：秋风起兮白云飞，草木黄落兮雁南归。兰有秀兮菊有芳，怀佳人兮不能忘。泛楼船兮济汾河，横中流兮扬素波。箫鼓鸣兮发棹歌，欢乐极兮哀情多。少壮几时兮奈老何！

提起刘贺安排泛舟议国事，自然也是受武帝爱国爱家的影响，他研读孔子《孝经》，明白了忠与孝的道理，认识到"身体发肤，受之父母，不敢毁伤"是孝之始；"立身行道，扬名于后世，孝经鼎以显父母"是孝之终。便把"渭水神仙会"作为行孝之举动，昨日与颜高、子玄下围棋之后，更坚定了他实现武帝这一遗愿的决心。

巳时，一队队排开仪仗，骑马簇拥左右而行。行至渭水畔时，只见人们早已陈列仪仗，卫侍张旗，郎中执戟，左右分站，夹迎皇上。卫士、侍臣、郎官，按序立东西两边，迎候皇上驾到。

在鱼贯而入的人流中，有一位布衣老者飘然而过，身后跟着个年约十六七岁的妙龄女郎，腰间系有舞女玉佩，脸色忧郁，楚楚可怜。人们并没有关注她的身份，却发现她身上的女人味更重，一举一动，那么柔和，委婉而令人陶醉。

宦官郭穰唱喏一声"皇上驾到"后，便见刘贺穿了件织万寿的衮龙袍，戴一顶嵌八宝的金纱帽，高坐一辆七香宝辇向湖边驶来。群臣与贤士们跪成一片。刘贺下车登舟一看，欣喜万分：哈！不但辅臣丙吉、龚遂等来了，就连宫廷几位重臣如文学光禄大夫夏侯胜、侍中傅嘉和博士孔霸、隽舍、德和也都来了，侯夫人也跟随于后。刘贺面面升坐，群臣一一拜贺，连呼皇上"万岁"，刘贺略略欠身，以示答礼"平身"，大家起身趋退，端坐于黄蓬下。

这时，刘贺忽想起了什么，便问跟前的仆从善："朕让你携带的东西，没有忘吧？"善仆急忙从竹箧里取出一只天平与砝码，应道："陛下，昨天就放好了呢。"刘贺放心地点了点头，自语道："关于钱币与度量衡器改革，也很重要啊。"

唯有那位老者端坐于船舱一角，视而不见，总侍卫安乐上前勒令他跪拜。这时有人便认出了老者，纷纷呼道："啊，颜高，义侠！"颜高无处躲藏，礼节性地微微起身招呼，哭笑不得。刘贺这才注意到了这位身穿布衣、敬佩得五体投地的老仙翁。然而，刘贺虽在翰林坊第二次见过颜高，却只知他精通儒学、棋艺高超，并不真正了解他的底细。

原来，颜高何止在鸡鸣仙舍养鸡饲狗、办学修身，还以侠义而闻名。他所掩护而活命的豪士数以百计，义救的百姓更是说不完。他性情豪爽，专门救济他人，先从贫贱的人开始。自己却穷得响叮当，没有余钱，衣无完采，食不重味，出门乘的是牛车，四海为家，常为穷苦百姓急难奔走。但他从不夸耀自己，还生怕碰上自己帮助过的人。这一点，连章子玄也不甚十分清楚。昨晚，颜高在翰林坊接到郡臣请柬，对参不参加此神仙会犹豫不决，最后决定参加此会。其缘由有二：一是为新帝刘贺一心治国的诚心所感动；二是他有一人命案的大冤奏报皇上，定要为那户受害人家申冤，讨个公道。

事情发生在两个月前的一天傍晚。颜高独自乘牛车行至渭河边，忽闻听桥头传来哭泣声，顺声望去，只见一位娇女以袖遮面，诉道：

"我姓乔名玉鸣，我妹乔玉凤。年幼丧父，母亲病危，哥哥抚养，嫂子不贤，从小把我们姐妹俩拒之门外，从此流落街头卖唱为生。那天午时，我俩桥头卖唱，不幸遇一恶少把我妹抢去，强占我妹为妾，我妹不从，跳河自尽。又逼奴婢为妾。我后半夜逃出虎口，在此呼救。现在我妹乔玉凤已死，我还有什么活头，故跳河自尽之前，在桥头暂留片刻，把这件冤事公布于众，以求哪位义侠之士为我们申冤鸣曲，死也死个清白……"说罢欲纵身跳河，颜高呼唤一声："姑娘，且慢！"跨下牛车迎上前去，问道："孩子，能随我回去吗？"玉鸣应答："只要为我妹乔玉凤洗净冤屈，贱女做牛做马也不后悔。"颜高道："老夫并非要你做奴婢，而要为你们洗净冤屈。"乔玉凤伏地磕头，感激涕零。

　　事后，颜高了解到：乔玉凤与乔玉鸣为良家同胞姐妹，姐妹俩为双胞胎，出生时父亲赐女儿一对相互对称的舞女玉佩：玉佩虽不足把掌大，却十分精致，双玉雕刻着一舞蹈女子，身着汉服，右手高过头顶，左手落于腰间，腰肢妙曼，身盈款款，栩栩如生，似乎眨眼间即旋转一般。姐妹俩之父曾为朝廷文史郎官，后因卷入巫蛊案而被杀害，此后姐妹俩便由兄嫂抚养成人，后被嫂子轰出门外。乔玉凤能歌善舞，苦读《九歌》《招魂》《九辩》等书，也常模拟《楚辞》写成哀怨的句子，其词丽绝。为求恶少饶过自己，姐妹俩曾拿出家藏之宝一部圣经，富人用千金买去，把千金全给恶少傅德远，傅德远扬言朝廷，终日斗鸡走马，游手好闲，常常恃强凌弱，仗势欺人，仍未放过姐妹俩。后来，颜高在深入调查中发现傅德远三件罪证：一是乔玉凤在与傅德远对抗时撕下他的一块蓝色衫绸片，二是散落于现场的一块舞女玉佩，三是乔玉凤挣扎时被凶手扯落于地的一束发丝。事发后，当地百姓纷纷为姐妹俩鸣不平，联名告至郡府却被堵了回来。这次，颜高便趁"渭水神仙会"之机，为乔家姐妹鸣冤叫屈，向皇上讨个公道。

　　刘贺先作简要圣旨："今天，我们开的是神仙会，大家边喝酒边献策，与朕一起共商治国谋略。"接着宣布第二次盐铁会议——"渭水神仙会"宗旨：坚持先公后私，以国家强大为最终目标。最后唱喏一声"启航"，笙歌四起，湖上飘荡，龙舟向湖心游去。然后坐下，二位御史端坐于刘贺左右，准备为皇上听取群臣贤士们意见时作笔录。

　　此时，龙舟已乘风破浪向前行驶。众船舸随在后面，一只只鱼贯有序。其余凤舸三五十只，群臣与贤良文士分开排坐。规定若是住了饮酒，龙舟却在中间，凤舸都团团地绕在四面。内侍一个个传茶送酒，群臣贤士一面饮酒，一面玩赏湖上山水之色：风并不大，烟波荡荡，巨浪悠悠。野禽凭出没，沙鸟任沉浮。眼前无钓客，耳畔闻鸟鸣。湖底游鱼乐，天边过雁愁，令人心旷神怡。正是：咚咚画鼓催征棹，习习和风荡锦帆。

群臣学士把酒临风，诗兴大发，开怀痛饮。接着是题诗答对，气氛异常活跃。须臾间，觥筹错落，音乐缤纷，群臣与民间学士尽情痛饮，你来一诗，我赋一词，对答如流，欢天喜地。刘贺喝到兴豪之际，请大家继续为君王为民治国出谋献策。

刘贺侧耳聆听，命身旁御史做好准备，把各位贤士的高策记录在案。于是，群臣与贤士们以"共商如何治国富民"为核心，开始了一场激烈的辩论：有的为刘贺点赞道：新帝登基，主张学术思想多元并举，这是从老百姓生计上考虑的，好得很；有的提出上古时教化民众，在乡间，尊重上了年纪的老人；在朝廷，用爵位赏赐有功之臣，引导民俗民风，这是多么好的一种善举啊！还有臣建议九十岁以上的老人，应免除家中一男子兵役，适当赏赐五铢钱，众说纷纭，各持己见。

刘贺命文官一一记下，等待命令。

酒至三巡，刘贺宣布"赋诗以纪"，众官俱各领旨，光禄大夫夏侯胜出位奏道："臣不才。谨在此借先帝孝武皇帝在汾阴县获得宝鼎一诗《斋房》，抛砖引玉。"诗曰：

斋房灵芝，九茎连叶，宫童谱牒。玄气精华，凝聚甘泉。月深日久，盈育灵芝。

刘贺赏诗大喜道："清新艳美，朕皇爷爷雄才大略也！"命赐酒三杯，自饮一大巨觞。酒未毕，博士孔霸见夏侯胜诵唱先帝之诗大加赞赏，便也跟随奏道："臣不才，在这欢乐的时刻，臣忽想起先帝狩猎时创作的大作《赤蛟》，以借花献佛。"诗曰：

缰绳赤红，乘舆盖黄，
雾气零落，暗夜晦螟。

众神飨宴，六龙归位。

舀取酒浆，神灵陶醉。

神灵飨宴，赐予吉祥。

刘贺赏诗后大喜，早把那天出宫时夏侯胜妖言惑众，多管闲事之事丢到后脑勺，便为夏侯胜赐酒三杯，又宽袖遮脸，自饮一觞。他虚心地听取群臣与贤士们的治国意见，不停点头、思索，有时还插话、交流自己的见解。可见，刘贺此次"为民治国"是较真的。

然而，刘贺并不知宫廷斗争的险恶。他见博士孔霸、隽舍、德和和文学光禄大夫夏侯胜、侍中傅嘉等，亲自光临"神仙会"，以为霍光宽宏大量，善待他人，虽口头怒斥，背后却在支撑自己治国，觉得错怪了这位大公无私的老臣。谁料事实完全相反：原来，他们均为霍光暗中指派而来。刘贺在此一举一动早在霍光掌控中。王吉发现苗头不对，便赶来欲从中帮刘贺一把。

夏侯胜诵唱先帝之诗，刘贺心存感激。夏侯胜又走到刘贺跟前，和蔼可亲地说："光禄大夫满肚子儒学文才，竟如此谦虚。先帝一贯主张'罢黜百家，独尊儒术'，崇尚董仲舒勤政爱民，以仁治国的大统一思想，光禄大夫也是这方面的大才啊！"

夏侯胜却不屑一顾，应道："孝武皇帝虽然征伐四夷。开拓疆土，拓展郡县，但武帝在世时，因为战争频繁，大量士卒在疆场战死，国家耗尽财力；还有，孝武皇帝奢侈无度，使天下百姓匮乏，老百姓流离失所，人口大量减少。在当时，蝗虫成灾，赤地千里，甚至有人相食的情况出现，国家储备至今还未恢复。武帝的功德，没有为百姓带来利益！"

刘贺闻言大怒，心想：小小臣子，得意忘形，不自量力，几次对朕指桑骂槐，朕一忍再忍，从不跟他计较。嘿嘿，现在他又得寸进尺，竟然点名骂到先帝头上来了，便严厉责道："夏侯胜，竟敢再次妖言惑众，攻击辱骂先帝。你先后两次妖言惑众……"夏侯胜心里不舒服，欲再申辩，刘贺早已下令把他绑缚起来，交于属吏惩办。一时间，龙舟渭水神仙会气氛紧张起来。

群臣对刘贺独断专行的做法不满，都背后议论纷纷。郭穰走到刘贺跟前劝道："光禄大夫可是有功之臣啊，陛下这样做，是不是有点过分。"刘贺不予理睬。夏侯胜申辩道："朝中大臣，敢于直言，臣死不后悔。"刘贺立即命侍卫把夏侯胜立绑缚起来，关押在后面船舱，等待后审。正是：看风帆百般助顺，新皇帝八面威风。

这时，颜高坐于一角没有发声，只顾埋头一心喝闷酒。刘贺为打破这一僵局，恩准郭穰引导宫娥、舞女献歌献舞。颜高便向玉鸣使了个眼色，玉鸣怀抱琵琶上场，紫檀木的琴槽，边沿上刻有"浔阳秋"三个字，端坐一侧，用纤纤玉手转轴拨弦，定下音调后，信手弹了一曲《汉胡怨》。玉鸣弹出的凄凉声音，犹如风扫竹枝，雨打竹叶，萧萧飒飒，分外感人。刘贺起身，长箫相和，声音清冗激越，好似黄雀在空中长鸣，从近及远，逐渐消失。玉鸣一曲弹完，已是日落时分。她收拨松弦，抱起琵琶退下。司仪与侍卫们才发现，这个琵琶女并非宫娥、舞女，一侍卫怒冲过来，欲抓捕玉鸣严惩。颜高起身大喝一声："住手！"将玉鸣呵护于在自己身后，首先奏道："贫士为愚才，亦有微言奉献。"说着念了一诗曰：

士有四五叹，怒潮起洪波。
舟底堵细漏，淫臣花柳坐。

群臣不由大惊：颜高词中"舟底堵细漏，淫臣花柳坐"到底指责谁？是指皇上刘贺还是其他重臣？刘贺心里明白，先生绝不会跟自己过不去，但肯定有所指。不等刘贺开言，颜高便将一份奏章呈上，先说了一番皇上主持"渭水神仙会"为民造福，功在千秋的话；然后开门见山，揭发一臣包庇其侄逼死玉凤一案，至今逍遥法外。颜高之语在群臣与贤士们中炸开了锅。

这时，颜高与贤士们一起为玉鸣辩理。刘贺手持奏章走到玉鸣跟前，追问是非真假。玉鸣便向皇上出示了三件证据：一是行凶者蓝衫绸片，二是受害者的玉佩，三是受害者的发丝。颜高与诸位正直贤士述说了事实真相：

原来，傅德远是傅嘉之侄。事发当夜，傅嘉出面买通当地郡府，掩盖其侄犯罪真相，叮嘱办案者不可张扬，并下令将此案搁起。当地百姓对此不满，纷纷告至朝廷为受害者乔玉凤鸣不平，却因傅嘉压制而毫无结果。傅嘉听后先是抵赖，说是根本就没有发生过这件事。当玉鸣为妹出示这三件证据之后，傅嘉在事实面前哑口无言，假装糊涂说："那是我侄儿之事，与臣无关。"

颜高奏道："陛下，此案人命关天，不可忽视！今日皇上亲自召集各方有识之士，在此召开'渭水神仙会'，谈的就是一个道理：为民治国。草民以为，君者，天臣民万物之主也。唯其为天臣民万物之主，责任至重。当官的手握大权，应先职守之正。九卿总其纲，百官分其按序遵守它，如天运于上，而四时六气各得其序，不得超导违抗。先帝掌管法制，从不漏掉一个坏人。明圣与圣人，决不会因一臣一官歪曲事实，从而破坏这个规律。傅嘉身为朝廷侍中，竟无视我大汉王法，串通地方官吏，庇护逼死民女乔玉凤的罪犯傅德远。人命关天啊，傅嘉该判死刑！"

颜高说到这里声泪俱下，跺脚呼唤："陛下，官不私亲，法不遗家；天网恢恢，疏而不漏。"

博士孔霸不等颜高把话说完，反驳道："刚才颜贤士把法律与百姓比作大自然春夏秋冬的规律，言之有理。臣以为，春夏秋冬，天地阴阳，相辅相成。陛下做任何事情都要秉承天意，注重德政，而不能仅用刑罚。不能用刑罚治世，如同不能用'阴'成为'一年成岁'命名一样，还是要宽以待人，特别是朝中重臣。"

傅嘉立即应道："治国理政，以刑罚为主，会悖逆天德，先帝不会这样去做。现在，我们不用先帝的德引导百官治国理政，而是以执法的酷吏治国理政，过多强调刑罚的作用。"

隽舍说："孔子曰：不教而诛谓之虐。以虐政手法治理天下，难以成功，德政也不会融通四海。上下不和，虽安必危。君主和臣属矛盾重重，表面上虽相安无事，最终必然出现危险。"

双方僵持，势不可挡，气氛显得分外紧张：一善一恶、一正一邪相互对抗，溢着一片浓郁的火药味。辅臣龚遂、王吉生怕刘贺把握不住这尴尬局面，便想做和事佬，正准备上前开口劝说，忽听得波心跳跃着一个响亮的水声！刘贺看时，只见湖中一条巨鲤翻波逐浪游来。起初它在湖心畅游，后来竟跟着龙舟游去。这是条巨鲤啊，约有一两丈长，浑身锦鳞金甲，在日光照耀下，犹如百万点金星，闪闪泛光。

龚遂见机行事，生怕皇上任性节外生枝，便转移话题唤道："陛下，你看，这条大鲤鱼，就好像认得皇上似的，既不避、也不沉，只管围绕龙舟前后游来游去。"王吉见了，借题发挥，随口吟唱道："非现非潜跃在渊，半波半浪戏长川，分明已具龙鳞甲，只待皇恩便上天。"刘贺探问郎中令，此诗何意？龚遂笑道："记得太始二年(公元前95年)三月,孝武帝在祭抵达回中地区时,曾捕获过一只白麟,贡献宗庙,后将黄金名称更改为'麟趾金',以示祥瑞。据史载,河津一名龙门,大禹凿开山门,宽一里余,黄河自中而下,而岸不通马车,有黄鲤鱼逆流而上,得过者便化为龙。之后,人们便以'鱼化龙'寓意治事成功或人才高低。故有民谣:三绣麒麟来送子,四绣鲤鱼跳龙门。还有人将'鱼化龙'喻皇上吉祥,流传至今。"

王吉接道:"这是天意,是上天赐予皇上之宏大福音。庄子曰:君子不为苛察。希望皇上论人之善,忘人之过;记人之长,忘人之短。还有臣以年年有余之语讨得皇上欢喜。"

更为神奇的是,那条金黄色的大鲤鱼竟然紧紧尾随于船后,久久不愿离去。过了一会儿,猛然使足了气力,跃上了船舶活蹦乱跳,扇动着尾巴,直望着刘贺张嘴,仿佛有话要说。刘贺乐不可支地凝望着它,戏言问道:"神灵,你究竟有什么冤屈对朕倾吐呢?"那鲤鱼又连跳了两下,接着又跳了一下。群臣见了,哈哈大笑道:"鱼儿离不开水啊,瓜儿离不开秧。我看这条鱼呀,是因为它从渭水误跳至船,犯了方向性的错误,后悔莫及,正挣扎着要回老家——这一大片辽阔的渭水呢!"

"不!"颜高闻声,不紧不慢地走了过来,对刘贺一本正经地说:"陛下,此鱼肚里有冤,刚才它跳了两下,是说姐妹俩乔玉凤、乔玉鸣被人欺凌;后跳一下是在向陛下诉说,姐妹中的乔玉凤死不瞑目,阴魂未散。有朝一日转世还生,她还要申冤报仇,而仇人就是侍中傅嘉之侄傅德远。"

刘贺听了,沉默不语,而把冷峻的目光投在鲤鱼上:那条鲤鱼又蹦跳了几下,摇头摆尾之后,"呼"地向渭水跳了下去。船上几个大臣齐声惊呼起来:"鱼精,鱼妖,抓住它,不要让它溜了!"

这时,傅嘉气急败坏,借皇上之语反唇相讥:"这个老怪物,妖言惑众!"

颜高面呈怒色,辩道:"法轻利重,安能治国?乱极则治,暗极则光。国家兴起,看待老百姓不像看待受伤者,十分爱护,这是国家积存的福德;国家灭亡,则是皇上把百姓视为粪土草芥,这是国家隐藏的祸根。陛下,人证物证俱在,傅嘉还有什么话可辩呢?"

此刻,刘贺望着渭水清清澈见底:那条巨鲤在不远处水面游来游去,它忽儿沉入水底,忽儿浮于水面,但始终围绕于龙舟前后,伸缩摆动,一次又一次把身子跃出水面。群臣仆拍手惊呼:"呵呵,这是条义鱼啊,它在等待陛下如何断案呢。"

刘贺禁不住叹道:"鱼沉秋水静,鸟宿暮避篙。"本来,刘贺并不想惹是生非,对傅嘉庇护的这桩人命案,开只眼、闭只眼,仅罚他责成凶手赔偿受害者一些钱财,从中平息、调和也就算了。

可傅嘉却满脸怒色,站立于船头,得寸进尺,不肯罢休。待龙舟游至湖心,那条巨鲤依旧跟随游来。傅嘉便命近侍拿过一张气胎雕弓、几枝赤茎羽箭。他按弓在手,引箭当弦,展起袍袖,瞄准了那条巨鲤,一箭"嗖"地放了出去。说时迟,那时快,那支箭刚一离弦栽落于湖面。陡然间,水面上卷起一阵狂风,刮得湖面波浪滔天,好像几百万条鱼龙在跃然于风口浪尖,直向龙舟猛扑过来,连刘贺与群臣仆的衣裳皆被打湿。刘贺大吃一惊。傅嘉等臣顿时变色,魂飞魄散,往后倒退,连呼救命……

颜高侧面察看傅嘉,忍无可忍,对傅嘉怒斥道:"巨浪翻腾,龙舟欲坠,苍天不服!蛀虫多,木头就会被咬断;船板缝裂,大船就会渗水;一国城墙空隙大,国墙就会倒塌。惹君臣违背民意,必然墙塌船沉。这是多么危险、可怕的事情啊!无辜少女乔玉凤被傅德远逼死一案不平,不足以平民愤。"

刘贺见颜高一身正气,也与傅嘉较起真来了。皇上初步认定玉凤之死,与侍中傅嘉的庇护有关。便背诵了一番孔子家语:上乐施,则下益宽。自叹道:"上梁不正下梁歪。"又斜视了傅嘉一眼,先自饮一觞,然后赐给颜高美酒三杯,饮完说道:"英雄,壮士!可吞没一艘船的大鱼,不在江河的支流中游动;鸿鹄翱翔在万里高空的,不栖止于污浊的水塘旁。颜高仙子,秉性高洁,志向远大。令朕折服,敬佩!"

刘贺又摆出了先帝铁面无私处理大臣犯罪的事实:武帝元鼎元年(公元前116年),先帝在处理济东王刘彭离杀人罪,亲自废黜刘彭离王位,将刘彭离贬谪至上庸县居住;武帝元鼎二年(公元前115年)冬天十一月,御史大夫张汤获罪,自杀;同年十二月,丞相庄青翟获罪被逮捕下狱,死在狱中。天网恢恢,疏而不漏。旨在给群臣敲敲警钟,引以为戒。

然而,当刘贺诏令一下,群臣议论纷纷,都跪下为傅嘉求情。刘贺则怒斥道:"上梁不正下梁歪。若君臣不以身作则,国家就会有灭亡的危险。作为万民的君主,待人应公正,处事应公心。朕绝不可等闲视之。"

刘贺扫视了傅嘉一眼，正色道："名分与实际相符，国家就能安定；名分不符合实际，国家就会混乱。傅嘉身为侍中，明知其侄傅德远逼死无辜少女乔玉凤，不但不查办，反而对他百般庇护。国家的安危在于国君能否依法治国。此祸不除，国将不国。"

光禄大夫夏侯胜见皇上果真要拿傅中开刀，急忙率博士孔霸、隽舍、德和以及宦官郭穰等臣跪下，大声疾呼："请陛下刀下留情。"这时，刘贺命侍卫从竹筐内，拿出天平，还有十二枚砝码，轻轻地放在几案上，群臣都在心里猜测：皇上究竟要干什么？

众所周知，秦汉以前的衡器，大多是两边等臂的吊杆式天平，以准确称测、校验钱币的重量。刘贺之所以携带这玩意儿，本来还想让各位贤士讨论"钱币与度量衡器改革"问题。谁料刚才突然冒出个光禄大夫夏侯胜为傅嘉求情之事，他便灵机一动，做出了这么一番动作。

于是，刘贺命侍卫取出此衡器，先在一头吊杆盘中放上一小块鹅卵石，再在另一头吊杆放上五铢钱，开始了他生动而精彩的演讲：

"诸位爱卿，请看清楚这把天平，若钱币这边是官员，卵石这边是百姓，哪边分量重呢？"

群臣一个个沉默不语。突然有臣应道："钱币这边重！"刘贺见自己锋锐的提问，击中了弊者的要害，显得有些兴奋，便提声大喝一声："错！"接着为受害民女乔玉凤辩道："孟子云，天下之本在国，国之本在家，家之本在身。国家兴亡，取决于民心。民心建立在公正的基础上；而朕与众臣则是国家的管理者，万民的君主，不偏袒某一人。就好像这把天平，无论是钱还是石，无论是官还是民，只要触及我大汉王法，一律照杀不误。"

一位老臣提声应道："皇上圣明！马之所以不敢撒开四蹄胡乱奔跑，是因为有嚼子与缰绳的约束；人之所以不敢任意妄为，是因为有法令制度的管制。"当即，刘贺下诏命左右侍卫，将傅德远处死、傅嘉逮捕入狱。

顿时，船舱臣贤一片混乱。博士孔霸、隽舍等臣反口咬人，竟然指责刘贺"荒淫无度"、"利令智昏"、"不顾身为帝王的起码仪礼"、"扰乱汉朝制度"，大帽子满天飞，夏侯胜还冲上前以死相拼，欲为傅嘉松绑。刘贺忿然作色，喝道："法律不应因为犯法的人地位高贵而加以歪曲，就像工匠手中的墨绳不能弯曲，从来就像不端正的材料一样。朕悬衡而知平，设规而知圆。把夏侯胜也关押起来！"当机立断，即命侍卫安乐将傅嘉捆绑入狱。同时下诏将凶手傅德远郡中就地惩罚。夏侯胜昂头挺胸，骂一声："哼！不知天高地厚，自讨苦吃！"傅嘉头脑嗡地变大，双脚颤抖站不稳昏厥于地……

此刻，龙舟已靠岸。刘贺草草命大臣宣布"渭水神仙会"结束。

刘贺"护玉洗冤"获得群臣称赞，乔玉鸣更是感动万分，双膝跪于皇上跟前，热泪盈眶，把蜷伏于心中的哀愁，全部发泄出来了，感谢圣上为自己洗净冤屈。

颜高见"双玉冤案"获得清洗，也向皇上深深一躬，警示一句："祸与福相贯，生与亡相邻。陛下一路回宫，道路崎岖不平，当心摔跤。望多多保重啊！"匆匆登岸离去。

刘贺听了大贤这几句话，脸上掠过阴云，那颗心沉了一下。

侯夫人在身后暗中呵护玉鸣，生怕有人使暗箭陷害于她。可说也奇怪，当玉鸣走着、走着，似乎发现侯夫人跟踪于后，便轻盈地蹲下，便从怀里掏出个什么东西放于草丛，便悄然离去。侯夫人心里好生奇怪，跨上前从草丛拾起一看，原来是那对"舞女玉佩"玉环。

然而，就在这一天，霍光周围已布下天罗地网。刘贺如履薄冰，每往前行走一步，都有落入万丈深渊之险！正是：月黑风高浪沸扬，黄天浪里鲸猖狂，平陂往复皆天理，哪见恶者寿命长？

刘贺涉水不知深浅，其生死命运如何？且看下回分解。

【申时】（15时至17时）哺时，又名日铺、夕食等。

不怕的人前面才有路

豫章。昌邑王城。神爵三年（公元前59年）农历七月二十五日。

刘贺为自己盖棺定论："我是君子，不是小人！"

这一评说，到底是对还是错？历史自有公认。

不过，对于海昏侯刘贺来说，则有词为证：紫泉皇宫锁烟霞，欲取金城作帝家。玉玺不缘归日角，锦帆应是到天涯。今天腐草化萤火，终古杨柳有暮鸦。地主若逢霍光主，岂宜重问庭院花。

申时为哺时。有说像闪电形，又说为神灵，十五点至十七点，风雨带着闪电和电鸣来了。古人不知闪电和雷鸣是何物，以为神在天上为之。

然而，"世间本无物，何处惹尘埃"？世界的大路是拥挤的。刘贺既不是神，也不是风雨雷电，他就是个普普通通、有爱有恨的人。

申时的太阳，也是时间的管理者和监守者，它建立、管理、规定并揭示出变迁和春夏秋冬四个季节；它照耀着我步入宫殿，也照着我走进草房。

刘贺想到这里，一身轻松，又回到那把横躺在几案上的古琴前，伸出他那只瘦得皮包骨、皱巴巴干枯的手，轻轻拨弄了一下琴弦，发出一声"叮咚"的响声，自嘲地笑道："刘贺啊刘贺，你神气什么呢？你与你的团队，无非就是一支管弦乐队，你无论是帝、王、侯还是民，说到底也就是那乐队里的一把乐器、一个音符。何必趾高气扬呢？"

他又转过身对三个儿子训道："人生没有宴饮，就像从长安未央宫到豫章郡，千里迢迢没有旅店一样。呵呵，前途很远，也很暗。但你们都不要害怕。不怕的人前面才有路。"

这时，窗外凉丝丝的风从湖边吹来，刘贺心里得到了一些慰藉，精神陡增，生命的尊严，顿时让他高大了许多……

第十回 生命尊严

第二十六天（六月二十六日）

大风悲歌

"渭水神仙会"一结束，刘贺便返回未央宫。刘贺若无其事，醉醺醺的，酒兴并未消散。他下了辇车，在善仆、寿成与几个宦官的搀扶下，一路哼着小曲儿向寝宫走去，口中念念有词："宝贝，我的张修在吗？"

严罗紨见刘贺满脸通红，一身酒气，兴奋得不能自己，便给他泼了一盆冷水，敲警钟说："这一路坑坑洼洼的，陛下走路要瞻前顾后，千万当心不得摔跤。"

刘贺却麻木不仁，又把眼睛眯成了一条细缝，眼珠在细缝里忽左忽右，他说："朕今日为乔家姐妹洗玉鸣冤，做了一件善事啊，为何不乐呢？"严罗紨却又提醒他说："陛下，最大危险就在那得意忘形的一瞬间。"刘贺脑子里嗡嗡作响，什么也没有听进，仍在重复着一句话："孔子曰：上者，民之表也。表正，则何物不正。是啊，国君是百姓的表率，表率端正了，还有什么不能端正的呢。"

严罗紨望着刘贺，想道：这是一张什么样的脸啊，好像变了形：像一朵怒放的鲜花；那双发亮的眼睛瞪得很大，却又带着几分忧郁。嘴和鼻孔张开着，像是内心压抑着一股股怨气、晦气与争强好胜的匪气。刘贺已下定决心，一定要治理好这个国家，为民多办些好事，却又显得那么无能，那么苍白无力！他逞强好胜，口中仍在叨念着："天下之治乱，不在一姓之兴亡，而在万民之忧乐……"当发现自己所爱的张修不在寝宫时，任性的脾气又发作了。他身上散发出一股股酒气，闭了一会儿眼，像是内心的光晕眩了似的，用低微而深沉的声音嚷道："快，快把张修，我的美人儿唤来！"他的脸扭曲了，神态可怕，一阵痉挛掠过他的身体，使严罗紨心里害怕起来。

本来，刘贺这一夜是想邀张修陪他度过良宵的。可张修是明明答应了他的，却不知怎么突然变卦，且连她的踪影都不见了。

这些天来，严罗紨心里惶恐不安，似乎周围处处是锋利如刀的眼睛，生怕皇上遭遇什么意外发生，不止一次在梦里听到刘贺的哭泣声；还有霍光那紧皱的眉头、威严的脸，以及枷锁、囚车、监狱、血光等等，都在她眼前一晃便消失了。一觉

第十回 生命尊严

醒来睁开眼来，血红的眼球定定地发怔，细汗布满额角。

严罗紃是个贤惠、聪明之人，知道刘贺采取抓捕夏侯胜与傅嘉行动过头，此举等于给霍光狠狠一闷棍：倒不是说夏侯胜是霍光什么信得过的人，而是他对二臣动这么大的刑，却不给大将军通报一声。别看他年纪轻轻，却是个货真价实的"权力狂"，这可是霍光大将军最嫉恨的一点啊。

次日早晨，刘贺一觉醒来，忽想到昨天在"渭河神仙会"上对夏侯胜、傅嘉惩处有些毛糙，便驱车来到监狱探望二臣。丁狱长听说皇上驾到，急忙跪拜不止，连呼万岁，刘贺恩准平身便直往狱内走去。

丁狱长提着灯笼探问皇上提审谁，刘贺并未应声，直往狱内走去。丁狱长只有弯曲引导刘贺走进一条狭长、阴暗的过道。刘贺抬头望去，只见壁上挂着一盏盏大油灯，火星暴跳。狱长"哗啦啦"把牢门一扇扇打开，微弱的光亮透入囚室内，那些受了烙刑的囚奴们横七竖八躺在地上。一个个似昏迷或昏睡中，却未发现夏侯胜和傅嘉二臣。刘贺把脸一沉，追问："犯人夏侯胜、傅嘉呢？"狱长支支吾吾，不知怎么回答。当刘贺再次厉声追问时，狱长突然跪在地上，磕头如蒜，道出真情："二犯关押入狱不到半时辰，就被车骑将军张安世带走。"刘贺追问去了哪里，丁狱长应答"不知"。刘贺怒责他抗旨该杀，丁狱长连声叫屈，进一步说出了事实真相，说张将军是手持霍大将军手令而来的。刘贺这才心中有数，旋即离开了监狱。

原来，夏侯胜、傅嘉被刘贺派吏绑缚入狱，丁狱长当夜就把消息转告了霍光。霍光大怒，他不但忌讳刘贺狠抓皇权，而且担忧由于刘贺胡闹乱抓人，夏侯胜在狱中受苦，以及夏侯胜是否向刘贺泄露了"废帝机密"。于是霍光把张安世叫来，追问他"废黜昌邑王机密"是谁传出去的？张世安说不知道。霍光又命侍卫把夏侯胜从监狱召来，当面询问此事。夏侯胜回答："《洪范五行传》中讲：帝之不极，其罚常阴，在此时，因有下人伐上。因为有忌讳，不敢明说，因此才说朝中有大臣，因此才说朝中有人怀有预谋。"霍光和张世安听了此话，大惊失色，他们特别相信术士的话。霍光认为群臣要向皇太后奏报，太后听政时该了解些经术。随后推荐夏侯胜教授太后《尚书》，参与废黜昌邑王刘贺。

与此同时，严罗绁获悉父亲严延年一个消息，说是刘贺在"渭河神仙会"上不该抓捕夏侯胜和傅嘉，暗示刘贺惹下了大祸。严罗绁听罢，心里凉了半截。她知道，父亲在群臣心目中是个酷吏。这是因为他仗义执言，敢作敢当。只有严罗绁了解父亲，他是识大体、明大义的人，却也儿女情长，生怕女儿受到刘贺的牵连。因此。他早就给女儿吹过风，提示她未央宫不是刘贺久居之地。罗绁探问为什么，严延年长长地叹息了一声，迈着沉重的脚步悄然离去。

　　严延年虽没有对女儿明示，罗绁心里却是有数的。这些日子，她一直坐立不安，总在为刘贺的安危担忧，便常在宫中转悠，总想得到一些关于刘贺前途命运的消息。

　　今日刘贺上朝前夕，严罗绁路过前殿草坪一条林中小路，恰遇其父与霍光站在那儿面面相觑，便慌忙躲闪在大树后面察看。只见二臣怒目相视，沉默了大约五六秒钟后，其父心直口快怒斥道："霍大人，你擅自决废，不遵循人臣应该具备的仪礼，犯下大逆罪。"霍光却付之一笑，回敬道："臣身负武帝嘱托，废的是刘贺，保的却是先帝的江山社稷。臣从不做亏心事。臣仰，对得起天；臣俯，对得起六百万平民百姓！"

　　当刘贺从监狱回到寝宫，仍不见张修的影子，便问爱妃罗绁张修为何还不来？刘贺此问目的有所改变，不再是要她陪自己过夜了，已由男女合欢的享受，转化成那份关爱与牵挂了。严罗绁见刘贺问得急，便安慰他说："张修大概是有急事吧，请陛下不要担忧。"刘贺越想越不对劲，便心急火燎地说："不对！快派人了解一下，张修究竟发生了什么事？"

　　这几天，宦官郭穰向他通消息说，霍大将军决定废除刘贺是事实，但皇帝继位人并非广陵王刘胥，而是在当年巫蛊案中，被遗弃在长安尚冠里掖庭抚养的刘病已。刘胥闻讯气得差点昏厥过去，怎么也咽不下这口气，他的手哆嗦起来，不停地咒骂：大权旁落，天理不容！天下不再姓"刘"，它姓的是"霍"啊。刘家皇权，已被老谋深算的霍光操纵在手。又冲进寝宫，把香炉和珍奇玉器摔在地上，仍压不住自己的心头怒火。

　　当张修来到广陵王府，正准备奏报刘贺"洗玉鸣冤"之事时，却见府中死气沉沉。而刘胥也不知去向，打听之下得知他已离开长安。张修只觉得天旋地转，不知该去往何处，只能慌乱逃离……

第十回 生命尊严

再说大臣夏侯胜与傅嘉下狱的消息一传出,把霍光激怒了。然而,在这个非常时期,大将军并未惊动刘贺,也没有过问夏侯胜与傅嘉下狱之事,但刘贺已经感觉到:朝廷内外笼罩着异常紧张的气氛,皇宫内外四十余座楼台殿阁,前后左右都加岗增哨,侍卫们矛在手、箭上弦,战战兢兢,只等一声号令。

当夜,霍光在未央宫召丞相、御史大夫、将军、列候、中二千石、大夫、博士在聚会商议。霍光说:"昌邑王行为淫乱,担心最终会危及社稷,怎么办?"在场的大臣们听到此话,心里完全明白:这可是宫廷政变啊!一个个胆战心惊,不敢发声,只是唯唯诺诺。室内空气有点僵固。然而,霍光并不慌张,身心泰然地坐在那儿,用手中那把折扇轻轻地拍打着手心,一声也不吭。

在朝堂上,群臣觉得四周恐怖重重,无人应声。霍光多少显得有些不安。在这皇位立与废的节骨眼上,丙吉奏道:"还有个重要情况,臣必须奏报。"说着从袖口取出一份奏折奉送霍光说:"这是臣打听到刘贺下诏令时,随意将'受易节上黄旄以赤'。"

群臣大惊失色。杨敞义正词严地接道:"节信是皇帝授权传令的信物。简直胆大包天,他怎么能这样做呢?"

顿时,朝堂有点混乱,群臣议论纷纷。有的用迟疑的目光望着霍光,还有的吓得双腿发颤。有的则告病在家,根本就想不卷入这场权力斗争的旋涡。在这生死存亡的关键时刻,只听"咔嚓"一声,田延年手按宝剑,继续说道:"昌邑王刘贺继位,因荒淫无度,利令智昏,使大将军为我大汉江山社稷牵肠挂肚,忧虑重重。大将军一忍再忍,没有追究。现在竟敢'受易节上黄旄以赤'。"满朝哗然。

严延年道:"刘贺任性,连'受易节'也玩。"在无奈的窘境下,把变"受易节上黄旄以赤"转移到"玩"字上。显然,严延年是在为女婿刘贺开脱。田延年则寸步不让,极力反辩道:"严大人把话说偏了,刘贺不是在'玩',而是'变'。"要知道汉朝建立以来,节信就是皇帝授权传令的信物。汉朝节信本来是纯赤的,汉武帝时因卫太子作乱手中执有节信,才把节信上的黄旄改成黄色,使卫太子的节信失效。而此次变易节信,显然是在收回先帝权力。

田延年冷冷地瞥了严延年一眼,继续慷慨陈词:

"大司马大将军对朝廷忠心耿耿,有目共睹。眼下,朝廷一旦不能确定合格的继承人,将军即使死去,在地下还有何面目去见先帝?今天的讨论,不能再有丝毫犹豫。在场的大臣敢有反对者，请允许臣用此剑，将其当场斩杀。"

顿时，严延年陷入霍光、田延年等重臣的包围之中，再一次亲身感受霍光势力的强大无边，只有忍气吞声，保持铁一般的沉默。

此时，在皇宫中的刘贺虽惶惶不安，却不再我行我素。他从容不迫，昂昂自若，然而在他眼前掠过一团不祥的阴云：霍光虎视眈眈，早已盯住了自己，我再吵再闹有什么用呢！他回到寝宫，独自一人坐在那儿喝茶，静思，心里琢磨：夏侯胜、傅嘉绝非等闲之辈，在他背后支撑的，更是霍光大将军。可此事还远远没有结束。于是命左右把爱妃侯夫人和罗紨唤来，想与这二位冰雪聪明、矢志不渝的心上人商量对策。

她俩来了，发现刘贺愁眉不展，再看看他飞沾在袍角上的泥泞，猜到了皇上无形中陷入了霍光的包围圈。待刘贺心境平静之后，侯夫人把博山炉内的香球点燃。香球灼灼地燃烧着，满室烟雾缭绕。他们坐于灯下谈心。

严罗紨从桌案随手拿起一颗宝珠，在手中指转动了几下，轻松地调侃："陛下，你看这颗宝珠，它本是用来装饰衣物、点缀美人的，若陛下用它去弹射千仞之高的飞雀，世人岂不要笑话？"

刘贺点头默认。于是罗紨接道："但若陛下面临强大的对头，只顾伸出雪亮的宝剑向对方刺去，眼睛却不顾及背后或左右射来的箭矢，戟肯定要飞快地向你的头部砍来，就连陛下十个指头也会断掉。陛下，处理任何事情都有个轻重缓急，千万不可急功近利，随心所欲啊。"

刘贺认真地听着，明白了一个简单道理：善战者不怒，善胜者不武。应学会冷静、沉着、思考。即使是手握皇权，为民办事，也要讲究策略。严罗紨见刘贺羞愧，不好再说便一笑收住。

侯夫人则抱起了琵琶，为刘贺弹奏了一曲《大风歌》。

《大风歌》描述而是公元前 196 年，汉高祖刘邦在镇压异姓诸侯王黥布叛乱之后，在路过家乡沛县时，约请父老子弟饮酒叙旧。刘邦在宴会上抚今忆昔，想到天下即定、大业已成，不禁手舞足蹈，亲自击鼓，引吭高唱道："大风起兮云飞扬，威加海内兮归故乡，安得猛士兮守四方。"虽只三句但气势磅礴，表达了刘邦平定天下后，急切希望有更多的将士辅佐、保卫国家的心情。刘邦死后，这首歌在郊庙祭祀演唱时，歌队竟一百二十人，气势非凡。

第十回 生命尊严

刘贺听罢《大风歌》，周身热血沸腾，探问侯夫人为何要弹奏这一曲。侯夫人笑道："陛下脸上的阴云告诉我，定是遇到了不顺心的事情。"刘贺便把刚探监的之事对她说了。侯夫人放下古琴应道："这样的结果是必然的，也是正常的。善与恶，本来就水火不容。善人为善，百善而不足；恶人从恶，不做手心就犯痒。因此，《易经》有'善不积，不足以成名；恶不积，不足以灭身'的说法，最后一句说的是恶者的结果。"

而刘贺此时想的是眼前发生的"乔玉凤被致死"案，上有皇太后，后有大司马大将军霍光，还有夏侯胜、傅嘉之类小人，今后朕这把龙椅该怎么坐啊？更让刘贺为难的是：夏侯胜和傅嘉二犯，是朕在"渭水神仙会"抓捕的，霍光却又把他俩放了出来，朕他妈这个皇帝，竟然当得如此窝囊！

严罗紨道："陛下如履薄冰，害怕了？"刘贺应道："管理国家大事的人，处理每一件事情都会谨小慎微，有一种踏着老虎尾巴，或走在春天即将融化的冰河的畏惧感。"侯夫人笑道："若要得知谋大略之士才，必须上门去求。"刘贺苦笑道："朕孤军奋战，上哪去求啊？"侯夫人道："再去求那位的颜高。他博览群书，儒家仪礼，兵法武艺，无所不通。或许能给你指出一条治国之路。"侯夫人劝陛下放下架子，微服私访。说着从袖内掏出一对舞女玉佩玉环，说这是在路上拾到的，并简略叙述了当时拾玉的经过，将它双手捧给刘贺手中说，或许人家是有意送给陛下的呢。刘贺无心听这些，将收起道："说不定玉鸣还有什么难言之隐呢。看来，这一趟必去不可。"将那对舞女玉佩收起，叹道："在这国事、家事错综复杂的关头，朕哪有心思寻花问柳、寻欢作乐？"侯夫人见刘贺一心在办正事，这才吃了一颗定心丸。

刘贺沉思良久做出了一个决定：明日上朝，将侍中傅嘉包庇其侄傅德远逼死民女案公开，并探听霍光大将军对此案审理竟见，让他看看朕是如何不徇私情、秉公断案的。严罗紨笑道："明君不做暗事，这样好。"转而又说，"若霍大将军否定你在龙舟'渭水神仙会'上的决定呢？"刘贺笑道："事实俱在，铁证如山。大将军不是那种小人。"

当严罗紨正欲申辩"人善伪装""知人知面不知心"之时，天真烂漫的刘贺却知恩图报顶撞说："大将军是个好人、善人，是他把我推上皇位、继承先帝大业的。常言道，投我以木瓜，报之以琼瑶；投我以桃，报之以李。朕虽然登上了皇帝宝座，但应知恩图报，这是先帝遗下的传家宝，不可忘记。"

这天晚上，刘贺并没有睡好。他在床榻刚刚躺下，便摇摇晃晃来到地狱见到了阎罗王。阎王不知为何大发雷霆，责备他不该要杀侍中傅嘉、关押光禄大夫夏侯胜，先命他睡在一张烧红的铁床上。刘贺不从，阎王便命以锯其体，二鬼便把他拉了过去，鬼脱席衣，掬置其上。二鬼正把脑袋锯下，就像真的一样。醒来时才知是个梦！正是：顶门上不见三魂，脚底下荡散七魄。便做了个噩梦。

当刘贺从梦中惊醒，当即再下诏令：命左右通知群臣：明日上朝。正是：昔日登基志高昂，今朝恰遇占山王。真才实学赛状元，功名迟早又何妨。

刘贺"明日上朝"将发生什么？刘贺命运结局如何？且看下回分解。

第二十七天（六月二十七日）

宫廷政变

次日天刚蒙蒙亮。刘贺起床洗漱毕，严罗衬正在为他更衣、梳妆，准备上朝，宦官郭穰突然前来禀报："张修夫人求见皇上。"刘贺心头一怔：此刻她来干吗？郭穰又补充说："臣见她脸色阴沉，好像有何急事奏报陛下。"刘贺有些愕然，便恩准她进来。

张修一踏入室内，只见她神色慌张，头发凌乱，衣衫不整，有些疯疯癫癫，她指着刘贺痴笑道："陛下，大祸临头了！"郭穰见她失态，急忙上前阻止说："你，你怎么能这样说皇上呢！"严罗衬挥了挥手，先让她坐下慢慢说。刘贺沉默不语，惶恐不安，等待张修的回答。张修呆然不动，嘴唇颤抖，面色苍白，却不敢吭声。郭穰急了，催促道："你……你究竟要说什么？"刘贺从她恐惧的眼神里发现，她心中一定有难言之隐，便心平气和地说："爱妃有什么冤屈？慢慢说来，不要害怕。"

原来，广陵王刘胥阴谋失败，畏罪潜逃之后，张修惊恐万状，不知该如何是好，同时又对刘贺深感愧疚，一大早便来向皇上请罪。

张修见皇上听罢自己的诉说，非但不动怒，反而好心相劝，便跪倒于刘贺跟前认罪，说是她欺骗了刘贺，求刘贺亲手杀了她。刘贺大惊失色，将她扶起，怒道："这个广陵王，如若不杀，朝廷无一日安宁。"张修又担忧地提醒刘贺说："陛下，未央宫处处陷阱，你每一步都要谨慎行事啊。"刘贺见自己深爱之人，冒死倾吐真言，深为感动，用手轻轻抚了抚她那零乱的发丝与云鬓，热泪盈眶地说："爱妾，你就放心吧。有朕在，就有你张修。你记住，我们死也要死在一起！谁敢再欺负你呢？"张修感恩戴德，泣不成声。她再一次双手伏地，向陛下叩了个响头。

宦官郭穰冷冷地白了张修一眼，对刘贺劝道："陛下，又一个妖言惑众，一大早就上门捣乱，皇上头脑可要清醒啊，切莫受骗上当。"

刘贺面无表情，果断地："上朝去！"

早晨的太阳像一团火球,红色光芒如亮箭辐射在地面上。地面仿佛起了火,反射出炙热的烈焰。黄雾一般的灰尘扬起,像翻腾着一条拉长的烟幕,炎炎赤热。刘贺却并不感到炎热,乘舆向承明殿驶去。

承明殿坐落于未央宫东南侧,是皇上与群臣上朝圣地。早朝时,群臣均按秩俸高低依次由近及远排列,文左武右。上朝规定,俸禄三百石以下的官员,不得擅自入内,只能候于殿外,等待皇上召见。

承明殿却冷冷清清,只有殿前一棵高树上,知了在吱吱吱尖锐地叫着,叫声一扬一顿,时长时短,叫得刘贺心情烦躁:上朝时间已到,怎么不见人影呢?便命善仆把辇车驶至温室殿歇息。

令刘贺万万没有想到的是,皇太后早已下了一道诏令:暗中命原昭帝宫中侍从、宦官守护着昌邑王。霍光交代左右侍卫:"小心宿卫,绝不能有死亡或者自杀的事情发生。一旦发生,我将有负于天下、有杀主的恶名。"侍卫们应声服从。

刘贺乘坐辇车向承明殿驰去,身后是昌邑国的群臣。刘贺抬眼望去,承明殿内外沉重而庄严,两扇朱红的殿门紧闭,安静得有些可怕。刘贺完全不知自己将被废黜。当辇车行至中宫黄门时,却见黄门被宦官郭穰等侍卫在两边扶着门扇,待刘贺一跨入宫门,郭穰立即将宫门关闭,刘贺带来的群臣被堵在门外。他望着郭穰平日温和、顺从的微笑,一下从脸上消失了,那张嘴半开着,露出坚硬雪白的牙齿,光彩奕奕,仿佛随时准备咬人。刘贺睁大眼睛,惊问:"你们……这是干什么?"

这时,霍光从侧门处出现了,他在旁边跪下道:"皇太后有诏,昌邑王带来的群臣,一律不能进入宫殿。"昌邑旧部群臣愣愣地站着,一时傻了眼。刘贺对侍卫说:"慢些来,干吗要吓唬人!"宫中宦官黄门手持门扇,待刘贺进入后立即将两扇沉重的宫门关上,把刘贺与群臣隔在宫内宫外。

刘贺如梦初醒,责问大将军"为何这样",霍光跪下说:皇太后有诏令,不让昌邑群臣进来,霍光速战速决又起身对左右侍卫喝令道:"将昌邑王带来的群臣统统押走,安置在金马门外。"

话音刚落,车骑将军张安世便率着羽林骑兵,抓捕了上朝的昌邑群臣,刘贺浑身上下凉了半截,面对眼前发生的一切,连心脏都掉到裤子里去了。他仿佛站在阴森森的树林里，浑身颤抖，欲哭不能。正是：万两黄金难买命，一朝红粉已成灰。

过了一会儿，皇太后诏命召昌邑王进殿。刘贺神色紧张地反问："我有何罪？为何召我？"侍卫们吆喝道："快走，入殿！"刘贺额头直冒冷汗，那颗悬着的心儿早已跳到喉头。无奈，只有跟随侍卫步入承明殿。

刘贺来到承明殿中，抬头一看，第一眼就望见皇太后身着缀有珍珠的短袄，身着朝服坐于帏帐，两边站着武士，几百个侍御的武士，手持着兵器；期门武士，手持长戟，一直排到殿下，群臣依次上殿诸臣均站立朝堂两边，一张张严肃的脸浮现出各种复杂的表情。再扫视了一眼群臣，只见田延年腰佩宝剑，威风凛凛，一个箭步至皇太后身边，以示护卫。氛围紧张，群臣惊异，不知即将发生什么事件。霍光、杨敞与群臣联名上奏，尚书令宣读奏书：

臣杨敞等人顿首死罪。天子之所以侍奉宗庙，统一海内，是以孝慈义礼赏罚为本。孝昭皇帝过早地抛弃天下，没有后嗣继承，臣杨敞等人商议，按照礼制：为人后者，即是他的儿子。昌邑王可以作为后嗣继承，派遣宗正、大鸿胪、光禄大夫持符节，征昌邑王前来长安主持丧礼，穿上服丧的祀哀，但昌邑王并不哀痛、没有悲伤的心情……

刘贺听罢很不服气，直在心里叨念：我哭了！虽我对孝昭皇帝没什么感情，当时怎么也哭不出声来，但当我一想到皇爷爷、父亲等亲人的仙逝，我还是哭了。不但哀痛，还哭得很悲伤……

尚书令继续宣读奏书，罗列出了刘贺"十二大罪状"：

一是在来长安的路上，不顾礼义，拒绝素食；

二是让随从官吏抢夺民女，置于随行的衣车中，以供自己在驿站中淫乐；

三是在服丧期间常私自购买鸡肉、猪肉食享用；

四是在先帝大行前，接受皇帝的玉玺包括信玺、行玺，打开玉玺盒，即不予以封存；

五是从昌邑国带来的随从官员，持皇帝的符节，带领昌邑国来的随从、仆役、官奴二百余人，进入宫廷，在禁闼内随意游玩、嬉戏；

六是从符节台取走十六枚符节，让他的随从持符跟从；

七是派宫中的御府令商昌,携带黄金千斤,赐予君卿娶十个妻子;

八是先帝的灵柩仍然停置在前殿,昌邑王即打开乐府库房,拿出乐器,让昌邑国带来的乐人,击鼓吹拉弹唱,俳倡表演歌舞;

九是先帝灵柩刚刚下葬,昌邑王返回后登上前殿,敲击钟磬;

十是把长安厨祭祀用的三种太牢食具,放置在殿室中,祭祀完毕,和昌邑国带来的侍从一起,将祭祀的祭品吃得一干二净;

十一是刘贺接受玉玺以来,一共二十七天,使者往来不断,他持符节诏令长安的官署,交代办理的事务,多达一千一百二十七件;

十二是文学光禄大夫夏侯胜等人,和侍中傅嘉多次劝谏,指出昌邑王的过失,昌邑王竟然派人审讯夏侯胜,将傅嘉捆绑,逮捕下狱……

当尚书令还要往下宣读奏书时,皇太后撩开帐帘,面呈怒色喝止道:"别读了!作为人臣、人子,竟敢如此狂悖淫乱!"

群臣吓得魂飞魄散。刘贺跪于地上,眉头紧锁,背上微微沁出汗来,向皇太后叩了个响头,然后站起身来,昂首辩道:"奏折与事实不符,有些纯属捏造。我不服!"霍光一脸庄重,见刘贺极力反抗并未动火,而是一直忍让着,并不吭声。这个即将被废的稚嫩皇帝,面对树大根深的霍光,首先想到的不是对立,而是感恩。他心里依旧想不管怎么,霍光都是辅佐重用我的伯乐,我对他首先是感恩。皇太后思量半晌后,对群臣训问:"奏书有什么与事实不符?"

接着,少府臣史乐成谏道:"文学光禄大夫夏侯胜和侍中傅嘉多次劝谏,指责昌邑王刘贺的过失,刘贺竟然派人审讯夏侯胜,还将夏侯胜与臣傅嘉捆绑,逮捕下狱,昌邑王对此又有何说法呢?"刘贺正要申辩"那是为还乔玉凤一个公道……"却又有大臣反驳他:"接受玉玺以来,使者往来不断,持符节诏令长安官署办理事务"。皇太后从张安世手中接过积竹杖,显得有些心累,过了好一阵,才长长舒了口气,似乎想让自己平静下来。

辅臣丙吉提声斥责:"昌邑王荒淫无耻,利令智昏,已不顾身为帝王的起码仪礼,扰乱汉朝制度。臣杨敞等人多次劝谏,均麻木不仁,不知悔改。日甚一日,照此下去,将危及社稷,令人不安。"

刘贺辩道:"赴京路上购买积竹杖,有何错呢?再说,我购的两根积竹杖,其意义并非物体本身,它可是含有'三纲五常'寓意。自先帝'罢黜百家,独尊儒术'之后，皇爷武帝把君视为臣纲、父为子纲、夫为妻纲，便有了'三纲'；而把'仁、义、礼、智、信'定为'五常'。我赠送给霍大人的积竹杖，物小情谊重，那可是小人实施'三纲五常'的具体表现，是我在向霍大人行大礼，也是臣对前辈的敬仰，此举怎么在某臣眼中便变成了一大罪状呢？"

刘贺引经据典、有条不紊，伶牙俐齿地申辩着，一时把众臣说得哑口无言。霍光心有余火却不敢言语。他心里明白：刘贺亲自登门送的这两根积竹杖，毫无恶意，充其量也就是个讨好、摆平关系而已，怎么也与不孝、不顾起码仪礼、扰乱汉朝制度等能扯上关系呢？

但在这个关键时刻，这个大权独揽。野心勃勃的霍光，并没有为刘贺说话，始终保持着一种沉默。

承明殿一片沉静，群臣面色如土，毛发直竖，只有屏住的呼吸。

刘贺沉思片刻之后，向皇太后低头认罪：臣从小娇纵，不顾仪礼，随意贪玩，喜爱淫乐，性子急躁，厌倦苦读，明知有错，无改决心……

刘贺在向皇太后承认以上错误时，谁也没有听，自己也觉得无趣。他跪久了，膝盖骨僵硬生疼有点受不了，便苦苦哀求道："臣跪着说话腰酸腿痛，能否请太后恩准臣起身陈述？"群臣见刘贺可怜巴巴的样子，都在暗地痴笑。太后毕竟年轻，脸色急速变幻着，到底是准与不准，她也拿不下主意，便怔怔地望着霍光。霍光向她微微点头。太后才发声恩准刘贺平身。

刘贺这才发现，原来皇太后要办的大事小事，均与霍光一唱一和，舅与侄女早已串通一气，太后完全在霍光的指挥棒下转啊。刘贺敢怒不敢言，一副小心翼翼的神气诉道：

"杨敞等臣奏折，真真假假瞎掺和，叫人黑白难辨，哭笑不得。比如奏章指责臣，赴长安路上不顾义礼，拒绝素食；打开玺盒，不予封存；带领昌邑国随从、仆役、官奴两百余人入宫，以及在服丧其间击鼓奏乐，吹拉弹唱等均为事实，但臣均有缘由，如昌邑臣仆两百人入宫，有何不可呢？他们一路辛苦，办酒洗尘，击乐歌舞，消除疲劳有何不可呢？至于抢夺民女，车中行乐纯属造谣，没有此事。"

车骑将军臣张安世言正厉色，打断他的话追问："在济阳县，刘贺曾与一个叫谢他天的庶民，飞马跳火，抢夺民女？"刘贺辩道："那不叫抢夺民女，臣是'英雄救美'呢。"正是：有理言自壮，负屈声必高。

群臣一听"英雄救美",殿内微微响起低声的哄笑声。霍光瞪圆了眼睛,威严责道:"名节重泰山,利欲轻鸿毛。刘贺身为昌邑王,与庶民一起鬼混,该当何罪!"田延年接道:"有个名叫张修的女子,是不是你从济阳在路上抢夺带入宫中?"刘贺听罢愣了一下,申诉道:"朕说的正是这个张修。她可以作证,不是我抢夺她的,更没有车中行乐的行为。"

在众目睽睽面前,霍光也不敢掩埋事实,他心里认定,一个水性杨花的女子,会为一个废帝作证?刘贺反正"死"定了,为保持自己的尊严,让众臣对他"废帝"决策心服口服,便下令传张修到场。霍光一声令下:宣民女张修入殿!刘贺这才松了口气,他相信张修绝不会撒谎。

这时,宦官郭穰便向承明殿黄中门前走去,恰遇张修正在与侍卫争吵。张修听说广陵王刘胥要抓捕自己,将自己处死才来晋见皇太后的,张修好说歹说,侍卫怎么也不肯放她入门,双方对峙。当郭穰走至中宫黄门前,传达了太后的旨意,张修才跨入了中黄门,在郭穰引导下跨入殿堂,与刘贺的目光碰了下,各自心中有数。群臣都把关注的目光投向张修,议论纷纷:有的说,就是这么个小女子,长得如花似玉;有的说,怪不得刘贺会看中。

霍光先让张修自报家门之后,单刀直入,追问:"张修,昌邑王刘贺在赴长安的路上,经过济阳县时,他是怎么抢夺你至长安的?还有刘贺把你置于随行的衣车中,在驿站淫乐的事实情况,如实说来!"

张修听罢霍光问话,莫名其妙,久久地凝视着刘贺,只见她脸色变成了灰黄,死了似的;瞬间又恢复了苏醒的生气。她嘴角留下几丝凄楚的微笑,心里涌上一种同情。加之自己曾被刘胥收买一直在欺骗刘贺,内心深处积存无限的悔恨,便跪拜在皇太后跟前,一五一十地应道:"大将军刚才所问,与事实不符。小民女是在济阳县,但昌邑王没有抢夺我。"说着把刘贺"赛马跳火""英雄救美"的经过述说了一番,还把刘贺把她"置于随行的衣车中",是为了"看管长鸣鸡与红狮狗",申诉自己根本就没有见过什么驿站,刘贺更无淫乐行为。

刘贺听罢眼睛红润。但他紧咬着嘴唇,一声也不吭。

群臣却一听哗然,霍光虽恼羞成怒,却未冲着张修发火,而是忍让着,保持着他那严谨、沉稳的重臣风度。

第十回
生命尊严

刘贺似乎从紧箍中解脱,把头高高地昂起,等待着皇太后与大将军的处置。霍光盯了刘贺一眼,面带微笑地对张修说:"现在,你可以走了。"可张修死活不肯走,声嘶力竭呼道:"广陵王!是广陵王刘胥勾结巫师李女须背后指使,从中嫁祸于昌邑王……"可话音刚落,侍卫早已把她押出了宫殿之门。

霍光向田延年使了个眼色,田延年即从殿门边捧出两根积竹杖,询问刘贺:此杖是你在奔丧的路上买的吗?刘贺承认,转而立即申辩:"积竹杖含有'积德累善'之意。这确实是我在为先帝主持丧事的路上,专门为大将军和大司农你购买的。当时我心里想,你老年纪大,再说我是想讨个吉利。"接着,田延年严厉指责刘贺在奔丧路上,不哀痛,无悲伤,寻欢作乐,不讲仪礼、不忠不孝等。刘贺则申辩自己对二位老臣的恩爱与尊重,殿堂内荡起一阵讥讽的笑声。

刘贺站在那儿,他的心是干燥的,无一丝润泽。在他愣愣地望着霍光那一瞬间,欲哭不能,脸上变得很平静,仿佛在等待一丝半点挽救的希望。当他下意识走到霍光跟前,发现霍光脸上的笑容凝固了,满是蛆虫似的熔岩一般;刘贺的脸色阳光、坦然。群臣都知道刘贺单纯并无心计,即使是有些事情做错了,也没有恶意,更未设下什么防线。

刘贺回敬道:"正如田延年大人所说,先帝之所以把幼孤托付予大将军辅佐,把天下托付予将军,就是考虑到将军忠诚、贤能,能够辅佐安定刘氏天下,然而,大将军既然早就发现小人所犯错误,为何不及时提醒呢?而等到臣罪恶累累、无法挽回时突然上奏呢?难道大将军早有预谋?"刘贺夺口而出的一句话,问得霍光说不出话来。群臣都把无限同情的目光投向刘贺,目光里带着一种情感:爱怜、担心、烦愁与悲痛。

接着皇太后下诏:"昌邑王起身接受诏命。"刘贺不从,申辩道:"听说天子有七位诤臣,即使天子无道,也不应该失去天下。"刘贺试图从典籍中"寻求不废自己"的论据,可霍光却痴笑他说:"皇太后诏命,已经将你废黜了,你还称什么天子!"说着扯着刘贺的手,将他身上佩带的玉玺、绶带解下,交予太后。

中午时分。刘贺乘坐副车离开承明殿,不出殿前数丈远路程,天上那轮太阳渐渐隐没有阴云里,陡然间,天昏地暗,刮起一阵狂风,呼呼作响,仿佛殿阁都摇动,天上的云气一片一片叠起,黑云在天空堆成了整片,像一块块铁,直往地面下沉……正是：无狂风不认人心事，六月红花被绰开；就地撮将绿叶去，入山推出白雪来。

这一天气异象究竟是什么兆头？难道刘贺果真大难降身？且看下回分解。

六月飞雪

刘贺刚刚被废，朝中就有大臣向皇太后奏道：古代凡被废的王侯，必须"屏于远方，不及以政"。霍光也奏明皇太后，将刘贺贬回其原封地昌邑续任昌邑王。皇太后立即同意，下诏表示"可"，并赐予刘贺汤沐邑二千户。昌邑国臣仆由于没尽到责任，使刘贺陷于淫乱，陷于不道德，把昌邑国二百余官吏随从全部处死。

话说乘坐着乘舆副车往前走着。刘贺沉默寡言。天气闷热，乌云翻滚，雷声从天边滚过，正向即将永别的寝宫驰去。车轮滚压在麻石裂隙，发出"嘎吱、嘎吱"声，像在哭泣，像在倾诉，给人以一种压抑感。

忽然，天边刮起一阵狂风，太阳隐没，黑云堆成整片像一块块厚铁，直往地面沉下，渐渐阴暗。古老树林子里有几只杜鹃（子规）在叫唤："归去了，归去了！"刘贺应道：是啊，我该回去了，回去了！

此刻，昌邑国二百官员与随从安置在金马门外。接着，车骑将军张安世率领羽林骑兵将这二百余臣仆全部收捕入狱。霍光还交代他们说："小心宿卫，绝不能有死亡或自杀的事情发生。一旦发生，将会有负于天下。"并奉命将他们立即处死。顿时，宫廷每个角落戒备森严，处处站满兵丁，一个个脸色阴森，来回走动，充满紧张氛围。

对于这个人命关天的消息，刘贺全然不知。此刻，他只想着两个字：生命。

是啊，生命！有了生命，我便可自由自在地敲编钟、听音乐、下围棋，观看美女那婀娜多姿的舞蹈；有了生命，我就可以去翻山涉水、骑马游猎，吃喝玩乐；有了生命，我便可生儿育女，享受晚年的天伦之乐，让儿女们为我养老送终；有了生命，我便可有一个幸福美好的家。因此，他现在追索的，便是如何寻找一种新的活法。正是：万般皆是命，半点不由人。

刘贺是个崇尚真实情感的人。在这时，他首先想到的便是寝宫的那些爱妃。

此刻，因两百余臣仆全部被关押，对于刘贺被废黜的消息已有耳闻。她们却仍抱有一线希望，正在寝宫等待大王平安归来呢。

刘贺一跨入寝宫，侯夫人、严罗紨等十妻妾早就在此等候，一个个哭丧着脸，情绪低落至极。刘贺强打笑容，劝道："庄子云：臭腐复化为神奇，神奇复化为臭腐。'万事万物，没有不变的，尤其是人。踩到了秋下的霜，冬天冰冻的日子即将来到，这就是规律。我的爱妃们，请不要难过。"

妻子们见刘贺锐刀扎心，却装出高兴的样子，心里越是揪心地痛啊。他声色不动，仍在叹息他心中的希望之花，苦笑道："春夏秋冬里的百花，哪有一年四季、永开不败的呢？"他略思片刻，诙谐地说："再说，我生来就是这个'昙花一现'的命啊！"

严罗紨、侯夫人从刘贺苦涩的笑影里察觉到：大事不妙。她俩强忍着不让眼帘的泪花滚浇下来，无尽的痛悔却灼灼燃烧着她们。

刘贺凝视着二位爱妾，唇紧闭，眼闭无光，只在嘴角留下几丝凄楚的微笑。

二妾默默相视，做出了她俩早已商量好的一件事，与爱妾们把刘贺引入庭院。严罗紨燃着了石桌上的博山香炉，侯夫人则抱起古琴弹奏起来，其他妻子则翩翩起舞，欲为刘贺驱散忧愁。

这时，一阵阵悠扬的琴声与烟雾混在一起，犹如渭水，一浪高过一浪，飘散在摇曳的竹影，透露出刘贺压在心中无穷无尽的忧伤。

周围寒风呼号，偶尔滚过几声惊雷。像是要下雨，却又好像要下雪。刘贺听着、看着，心中无限惆怅、悲哀。乐声低沉，像是哀乐，似乎在为谁送葬。这天气十分反常，刘贺心里觉得有点儿寒冷，把双臂搂住自己孤独的身子，每根骨头都在发抖。

黑乌乌的天空，赤炎的太阳钻进云堆，天色陡然暗了下来。西边刮起一股狂飙似的寒风。天空竟然飘起了细微的雪花……

"六月雪！"不知谁呼唤道，大家便一起朝天空望去，雪片像棉絮一般飘飞在她们脸上、身上。

侯夫人触景生情，两只纤纤手指拨弄琴弦，越拨越快：十个指头从高音区连珠式回落，仿佛大小珍珠落玉盘，渐渐地，那委婉的乐声流入泛音区，音势大减，势就徜徉，给人以青春向上、热血沸腾的快感。

泪水在刘贺心里滚荡。突然，他仰天长叹一声："父亲、母亲、爷爷、奶奶，孩儿有罪，对不住先帝！"说着，抱头号啕大哭。严罗紨急忙把刘贺搂在怀中，用手轻抚着他的胸口。

侯夫人心绪一乱，手下的那根琴弦"啪哒"一声，断了！

她把嘴唇咬破，掉下了一滴血，两颗泪珠却始终没有滴落下来，跪倒在刘贺跟前，大声哭泣。刘贺又像木偶一般立在那儿，一声不吭。这时，罗紨再也忍不住了，放声吼道："大王心里难受，你就哭吧，放声哭出声来！"

刘贺这才声泪俱下，泪如雨点洒落在他的脸颊、手背和衣襟上，打湿了一大片。于是，刘贺与众爱妻痛哭在一起，泪水不可收拾。

此刻，刘贺忽想起一个人，茫然若失，急问："我的爱妻张修呢？她在哪儿？"

侯夫人迟疑许久后，这才告诉刘贺说："车骑将军张安世率领羽林骑兵，已把张修与昌邑二百余臣仆全部收捕下狱，处以死罪。现他们或许在刑场。"

刘贺听罢大惊失色，怒吼一声："备车！"拂袖离去。严罗紨、侯夫人追了上来，刘贺一跨上车舆，就直奔刑场。

天上的雪花仍在飘落，纷纷扬扬，像芦絮一般，悄无声息地在天空盘旋，像幼小而不可名状的生命，在这沉闷的空气里沉浮、颤动。

在赴东市刑场的路上，一群群孩子正拍手欢唱："六月雪，六月雪！"车舆内，刘贺不禁打了个寒战，狂笑一阵，自嘲道："六月天，洒热汗；六月天，风喊冤。西边阴云卷，纷雪落心寒。"

刑场设在东市城郊，在一片荒无人烟的荒坡上。刽子手们五等三粗，满脸横肉，只见他们手握屠刀，身披暗红镶边号衣，号衣前后一个大白圆圈，老远便看得一清二楚。接着，侍卫们从廷尉署诏狱中，把昌邑国二百名臣仆五花大绑，押送刑场。刽子手总管是个彪形大汉，腰间胡乱系有根宽宽的玄色腰带，散着纽扣，坦露胸毛，一副凶神恶煞的神态，勒令囚犯背朝杀手并排而立。方叔、安乐与仆从善仆、马夫寿成等均押在其中。正是：刀过时一点清风，尸倒时满街流血。

当刽子手把最后一批囚犯押上刑场，忽传来悲泣呼号："当断不断，反受其乱！"刘贺一听这声音好熟！抬头一看，原来他就是那位号称"酒壶"的仆从周扶！

刘贺愤怒的双眼噙满泪花，他浑身颤动着，凝望着这位年过六旬的老汉。只见他衣衫褴褛，唇边那几根白须在阵风中抖动起来，好像一根细长的枯槁，显得格外单薄、可怜，那双本来温和、澄清的眼睛变得亮光闪闪，如钢铁一般。刘贺给他端来一大碗烈酒，周扶向刘贺深深一躬，轻声笑道："谢了，大王！"双手接过喝了个一干二净，粗声粗气地问："还有吗？拿酒来，老子要喝……"

刘贺正要上前再捧送给他一大坛烈酒，两个刽子手却不买废帝刘贺的账，一阵旋风似的把周扶推上了断头台。周扶仰头大笑，再一次呼喊，又掷出了落地有声的八个字："当断不断，反受其乱！"众死犯也一起随之疾呼："当断不断，反受其乱！"刘贺心头涌出一股酸楚可怜，自然知道"当断不断"，是暗示自己"谋变未成"，亦是说，我们这些昌邑群臣的意志，一个也没有改变！

这时，满天雪花轻轻落下，飘飘洒洒，纷纷扬扬。

刘贺无力反抗，欲哭不能。

然而，酒壶这一声声呼喊与满天风雪搅混在一起。那轮火球般烈日躲入云堆，天色渐渐阴暗起来。地面一股股干热的空气，如热浪从地面扑腾开来，又凉又炎，气候反常。在无数朵细微小雪花中，周扶像疯子般地手舞足蹈，嬉笑呐喊："呵呵，六月雪，六月雪！"

突然，刘贺听见一个熟悉的呼喊声："救命呀，救命！"

刘贺抬头一看，发现是张修。她嘴唇咬得发了白，只见一个刽子手把她从囚犯中揪了出来，正准备动刑。刘贺心如刀绞，想起自己在"飞马跳火"的游戏中，冒死把她从火坑里救出，并向她承诺："小妹，别怕！无论何时何地哪怕是天塌下来，遇到危险，大王我都为你扛着。"此诚信之言又在他耳畔回响，可现在，他不仅没有保护好她，连其性命都要丢了。

刘贺直向刑场堆满乱石的斜坡处奔去，不慎滑了一跤，爬起又往前奔去。对刽子手义正词严地喊道："墨子云：天子为善，天能赏之；天之为暴，天能罪之。你们怎能如此胡作非为呢？"

车骑将军张安世闻声上前，反唇相讥："刘贺，你现在是天子吗？冒充天子之罪，你敢担当？"刘贺反驳道："不管谁为天子，其结果必然是这样。"说着，他也顾不了"皇上"身价，上前与持刀荷矛的侍卫们扭打、拼搏起来，死活要把张修从死亡线上拽回。侍卫一跃而上进行阻拦。刘贺则挺身护卫，喝道："要杀要剐，冲着我来！"竟如此行事，只是因为冲着当初"跳火夺美"时，以及前些日子在寝宫对爱妾誓盟的一句话。

刑场左侧乱哄哄的。一个刽子手握屠刀紧紧跟上，在刘贺跟前晃了晃雪亮的大刀。被五花大绑的张修见了，嘶哑着嗓子呼喊："不许动他！"伸开双手护卫着刘贺。几个侍卫冲了上来，有的还扯她的头发，一把散发飘落于地。张修冲上去双膝跪地，面对刘贺哭泣道："大王，你……别这样，别这样！贱女一直在欺骗你啊！被大王所救也好，被刽子手杀也好，都是我在欺骗你啊……贱女罪该万死！"

在场所有的人都惊得目瞪口呆。刘贺，情绪像渭河之水变化多端：有时害怕，有时狂暴，有时平静。他踉踉跄跄面对苍天，声嘶力竭反问："这……这难道是真的？是真的？"这不仅仅是一种痛苦，也是一种对世俗的怀疑与鞭笞！

张修走到刘贺跟前，仿佛从头到脚都是空的，已经变成了一具徒有人类外表的易碎躯壳。她斩钉截铁吐出了四个字："这是真的！"顷刻间，刘贺耳膜里轰轰乱响，身子骨战栗起来，眼前浮出暗淡发花的阴影，茫然不知所措。他不再沉吟，不再哭泣，狂然大笑一声，自嘲道："呵呵，张修！原来你也是这台戏里的角色。"苦笑从他心里泡沫似的浮上脸庞，尖刻而又甜蜜，仿佛在啃一只酸苹果。

张修又悔又恨又爱，她发出了一声沉吟，用双手疯狂乱抓自己的头发，欲把积满心胸的苦闷发泄出来。冷静之后，她两眼泪汪汪，久久凝视着刘贺。她原先那"花动仪容玉润颜，温柔袅袅趁闲"的容态一扫而光，面对死亡倒退了几步，睁开双眼，睫毛眨动，犹如拉开人生舞台一道帷幕，向刘贺投下苦涩的一瞥，呼叫："大王……多保重，臣妾要走了！"双腿一软瘫倒于地……

突然，刘贺呼唤一声"住手"，跨上前用身子护卫着她。他捉住了刽子手的屠刀，声嘶力竭地呼唤："张修无罪，是我把她带进这皇宫的。要杀要剐，往我身上砍！"

这时，天气更加阴沉，滚过闷雷之后，又散落了一些雪花，渐渐地，雪花成团飞舞。随着远处一阵敲锣声，又传一阵孩童民谣《六月雪》：

一阵黄风一阵沙，长安酷暑蒸万家，
回头雪消不堪看，三眼和尚弄瞎马。

几乎在同一时间，刑场右侧传来了一阵哀求声。刘贺抬头望去，三四个儒生不断呼喊着死犯"王式先生"的名字，并要求拜见他最后一面，却受侍卫百般阻拦……

"王式？恩师！"刘贺不由得倒吸了一口冷气，又不顾一切地冲向王式，几个儒生也随即跟上。

此刻,年愈八旬的王式也被五花大绑,站在刑场一旁"等死"。只见他穿一件脏兮兮的褐色短衫,脸色枯槁,青筋暴露,一丝丝轻微的雪花飘落下来,粘连在他那花白胡须上,反衬出他佝偻的腰背,虚弱的身骨。唯有他那双深陷的眼睛发出光亮,显得很有精神。

"王式先生!"刘贺又"扑通"一声跪倒在王式跟前,自责道:"错了!先生,全怪我!是我当初没听先生的忠告啊。"王式并不生气,依旧诙谐地笑着:"呵呵,不是大王没听我忠告,而是未听《诗经》的警言⋯⋯"话音刚落,几个刽子手大大咧咧冲上来喝道:"时候已到,开斩了!"

雪花仍在青灰色雾霭中飘落着。刘贺和数儒生正与王式先生哭成一片。轻轻悠悠,像白鹤的羽毛,像失魂的蒲公英,飘得悠闲、舒缓,把王式的双肩、眉毛、胡子全都染白了。王式此时灵魂出窍,脸色骤变。

可正当左右两侧刽子手举起屠刀要对张修、王式同时开斩时,忽从远处传来一声严厉的呼喊声:"刀下留人!"

整个刑场闹哄哄一片混乱。立即停放下屠刀,大家都抬头望去:只见大司马大将军霍光快马加鞭向刑场中心来,向左右两侧刽子手摆了摆手,又厉声重复了一声:"刀下留人!"

霍光赶到刑场,肯定事出有因。原来,有臣向霍光禀报,说是王式关押在监狱中时,办理案件的使者责问王式:"作为老师,你是怎么教育自己的学生啊?明明知道刘贺无视礼仪,不忠不孝,先生为什么不写谏书呢?"王式委屈地应道:"臣教授《诗经》三百零五篇,早晚为大王吟诵,臣何不痛哭流涕,用以说服大王呢。臣用三百零五篇《诗经》劝谏昌邑王,所以没有写谏书。"王式与几个使臣说话时,双手不住地颤抖。使者听了这样的回答,看了看王式那连风都能吹得起的虚弱身子骨,还有他那眼神里悲哀的神色,曾申请皇太后与霍光作"减刑"的宽大处理。霍光审阅过监狱使者的"减刑报告",也觉有一定道理。但因这些天大将军公务繁忙,此事一直搁浅。这时有臣禀报说,著名大儒王式已绑赴刑场即将问斩,霍光便匆匆与皇太后商量批准:王式也曾耐心劝谏过刘贺,结论:作与中尉王吉、郎中令龚遂同样处置,免予死罪。若不是刘贺赶到刑场纠缠不休,王式人头早已落地了!

正是:远水不救近火,善者专为善人。

刘贺见恩师王式的性命保住了，心中千斤重担终于落地。忽又想起爱妾张修，又飞快地向刑场左侧跑去。这时，五花大绑的张修已苏醒过来。一个满脸横肉的刽子手把她抓了起来，得意忘形地举起手中那把雪亮的屠刀，在刘贺跟前晃了晃。张修虽被绑缚，却使劲挣扎着奔上前去，呼喊："不许动他！"在场的几个侍卫也冲了过来，张修再次双膝跪地，哭成泪人，对刘贺说："大王，你……别这样，别这样！是我欺骗了你啊……贱女罪该万死！"

张修身子倒退了几步，睁开那双深陷的眼睛，它亮得像墓里的长明灯一样。

车骑将军张安世悄然走来，看到了这一切，便上前对刘贺劝道："大王，你这样做不妥，一是违背法令，带头犯法，罪过也；二是大王与庶民混在一起，且护的是个歌伎，有何意义呢？"刘贺反问张安世："你是'君子'还是'小人'。"张安世应道："我是君子。"刘贺接道："君子却与一般人不同。君子心里存藏的念头，是'仁'和'礼'。仁爱之人爱别人，礼让之人受礼让。国君是人，臣子是人，歌伎也是人，也应受尊重。请将军记住，只有尊重别人，才能获得别人尊重。"

张安世见刘贺警句连环，恼羞成怒，却又无可奈何。正是：别人求我三春雨，我去求人六月霜。

天气更加阴沉，滚过闷雷之后，又散落了一些雪花，渐渐地，雪花成团飞舞。随着散落飘落的雪花，远处又传来一阵诵唱民谣之声：

　　长安有一官，六月飞霜雪。
　　天下有十昏，太平无休歇。

霍光听出了这首民谣，是讽喻朝廷所办冤案多如雪片，怕是指责"废帝"一案天公不忍，出现了"六月飞雪"的这一奇景，从而引起百姓混乱，百姓预测将不得太平、安宁。由此，他忽想起武帝时期发生的一件件与天气有关的异事：武帝元光四年夏天，下霜冷死青草；五月发生地震，武帝大赦天下。武帝元光五年秋天七月，狂风吹倒树木。乙巳武帝废黜皇后陈阿娇。逮捕制造巫蛊的巫师，一

317

律斩首。结果农田出现大面积暝灾。即使是刘贺出生时，也出现了陨石垂落、昙花一现之异事。

面对这一反常态的"六月雪"，霍光在心里叹道：二百活人纷变鬼，败鳞残甲满天飞。这怪怪的飞雪，下得不是时候啊！难道真的是本同末异，物极必反，苍天有眼，要找老臣算账了？

此时，霍光透过刘贺的声声呐喊，他得知在众妾中，张修是刘贺的真爱。于是，霍光心存忧虑，：："六月雪！"难道是老天爷对我掌管皇权的不满？还是天人不合"自然巧合"？他浑身颤动着，越想越害怕：尽管教臣机关算尽，把"宫廷政变"做得天衣无缝，却怎么也掩饰不了自己"迷恋皇权"的历史真相。

霍光正在疑惑之中，张安世走来禀报说："刘贺为救女囚张修闹事，怎么办？"霍光叹息一声应道："算了吧。何必跟一个废帝较劲呢。放张修一条生路吧。"张安世手按宝剑，警觉地说："就这么把她放了？"他本还想说"明正典刑"四字，却又忍回去了。张安世并不了解埋藏在霍光心灵深处的想法：皇太后下令对昌邑二百官吏随从斩首的处罚，已经过头了。霍光劝诫他道："天有所短，地有所长；圣有所否，物有所通。常言道，天地之道，极则反，满则损。"张安世秉公办事地应道："古人云：法不阿贵，绳不挠曲。将军为什么要这样做呢？"霍光宽容地说："一个面子、一个女子，比起护卫我大汉江山社稷，不过沧海一粟。"张安世心领神会：原来，霍光要的不是"明正典刑"，而是"一手遮天"的皇权啊。

然而，一贯为人沉着、稳重，处事谨慎的霍光，在这个把握生杀大权的关键时刻，也不会放弃丝毫被他人抓住把柄的空隙。于是，亲自来到事发现场盘问刘贺，一是将来与群臣有个交代；二是揣摩刘贺此刻到底在想些什么？于是，他来到了刑场左侧，远远就望见刘贺与张修正抱头痛哭，几个刽子手站在一旁，不知所措，似乎也被这对生死之恋的情人所感动。当有人唱喏："大司马大将军霍光驾到！"一个个连魂都吓掉了，慌忙拨开刘贺，欲强行把张修送上断头台，刘贺欲哭不能，正要向张修扑去之时，霍光把手一抬，大喝一声："你们退下！"

刘贺抬起泪眼凝视着霍光。

霍光走到刘贺跟前，心平气和地问："大王，你为何冒死救这位水性杨花的女子呢？"刘贺毫不思索，朗声应道："君子一诺千金，绝不出尔反尔。"

霍光一听便明，刘贺在引用曾子"戒之戒之！出尔反尔，反乎尔者也"的警言阻止车骑将军，说是你怎样对待别人，别人就怎么对待你。所以对待百姓要仁政，劝说他刀下留人。继而霍光考问刘贺说："大王，你喜欢这个女子吗？"刘贺点头应道："喜欢。但今天我为她求情，并非占有她，而是为了诚信，为了实现我把她带到长安时，曾为她许下一个诺言。"霍光听罢，为刘贺一诺千金的坦诚所感动，心里多少有些动摇。周围人听了，也无不眼睛湿润。

霍光这才恍然大悟：刚才刘贺所求的一切，并非为自己，而是在施舍一种善与爱，是在实现自己的诺言啊！于是大将军嘴唇颤动着，抬眼看了看刑场被杀的二百多臣仆，心里惧怕起来，又伪装出另一张慈善的面孔，竟然做起月下老来，对刘贺说："大王，你把她带上吧，返回昌邑，平平安安过日子。"可刘贺耳朵里仍嗡嗡作响，仿佛什么也没听见，但突然回过神来，对张修招呼一声："走吧，跟我回昌邑封地……"声音像哭又像笑。

霍光对张安世使了个眼色，张安世终于释放了张修。

至此，"屠杀昌邑二百官吏随从"一案以悲剧宣告终：除昌邑中尉王吉、郎中令龚遂、老师王式与特殊关照的张修，还有留下照顾刘贺眷属的七巧之外，昌邑国二百官吏随从全部斩首。

然而，尽管霍光冠冕堂皇给了"刘贺救张修"的面子，刘贺心里仍是一片空白。他望着满面泪水的张修，有些喜悦、有些悲伤，还有点困惑与负疚。张修欲哭却怎么也哭不出来。刘贺心里打了个冷战，面对苍天飞雪，不知说什么好。无言以对。

刘贺头昏目眩，觉得心发沉、腿发软，口发干，差点瘫倒在地。霍光却立即命侍从把他搀扶起来，问长问短，俨然一副慈善家的样子。软弱无力的刘贺感激地看了霍光一眼，又振作精神走到张修跟前，深情地说："我的爱妻，霍大将军大仁大义，给了你一条活路。还不赶快谢恩……"

此刻，刘贺心中又恢复了以前的阳光。霍光见刘贺如此坦然、大度，胸口胀闷得像有人用手指压着似的，甚为难受。刘贺却比什么时候都快活，因为他终于实现自己的诺言：有朕在，就有你张修。你记住，我们死也要死在一起。

刘贺是个知恩图报之人啊！

张修勉强地向霍光和张安世一躬，却紧紧地靠在刘贺身边，怎么也不肯离去。刘贺挥手催说："走吧，早点回家去拜见父母。"但张修的双脚，一动也不动，半天才流着泪说："我哪儿也不去，就跟你回昌邑国。"刘贺默不作声，算是同意了。

一会儿，风停雪住，空气清新凉爽。一会儿，太阳又从云缝里钻了出来，积压在地上微弱的一层薄雪，眨眼工夫便无影无踪了。太阳依旧像火球一般，天气热得发了狂，蒸出了一股股腐臭的怪味。

东市刑场远处、近处，除那些横七竖八的尸体外，与乌鸦的叫声外，什么也没有。她像一只折断翅膀的小鸟，孤零零地站在秃树的枯枝上，翅膀沉重飞不起，即使有一点力气，不知往哪儿飞啊。

忽闻背后传来了一阵咴咴的马啸声，接着是奔驰的马蹄声，由远而近。刘贺禁不住惊喜地唤道："呵呵，箭羽！"抬头望去，有个陌生的马夫赶着箭羽拉住的马车，正朝这边疾驰而来。

刘贺兴冲冲地迎了上去，抱住箭羽的头颅亲了又亲，似乎从它身上找到一丝温暖。之后，刘贺和张修上了马车。可当马车奔至长安大街御道与民道之间时，后面又有人呼喊："停，停下！昌邑王……不准走那条道！"

原来，西汉交通管理沿袭秦制。按规定，"中央三丈"是专门供皇帝通行的御道，两边是普通人行走的旁道。当他们的马车行至长安大街时，张安世率兵追了上来，坚持要把刘贺的马车赶出御道。刘贺把头一昂，收住缰绳怒道："大王我走的是先帝遗留的正道，有何不可？"

侍卫们挡住了刘贺的去路，二人争吵，寸步不让。这时，忽从身后传来一声呼喊："让开，谁说大王不可行驶御道？"此人不是不是别人，正是大司马大将军霍光。

霍光命马夫把马车停在旁道上，冲着张世安责问道："车骑将军，你怎么能这样对待昌邑王呢。这条御道是皇家的，昌邑王为何不可以走？"

张世安站在一旁没有吭声。以他的身份来说，完全可以顶撞霍光，可他依旧忍让，那是为了从大局出发，不把这盘棋搅乱。

此时，刘贺心理得到了平衡，便在御道上飞速前行。几朵轻微的雪花一下就飘过去了。烈日又出来了，霍光额头依旧汗雨直冒。刘贺心里酸不溜啾的。张世安却在心里冷笑一声：哼，秋后蚱蜢，还跳呢。

霍光把刘贺与张修送到昌邑国在长安的官邸，已是下午时分。

此刻，霍光已备好了七八辆破旧马车，送刘贺和他的妻妾返回昌邑，同时向他传达了皇太后诏令：将刘贺废为庶民，赐予两千户食邑。前昌邑国的家财已由当地官员登记造册，全部赐予他，先帝刘彻赐给他的汗血宝马箭羽与孔子立镜等均纳在其列。刘贺四个姐妹也各赐汤沐邑一千户。其流放地为旧昌邑国，仍享受足够优裕的生活。正是：三十年河东，四十年河西。

刘贺与他爱妾们情绪低落简单用餐之后，便准备向昌邑出发了。但再也没有一呼百应、前呼后拥的臣仆，那十分壮观的热烈场面，也随行烟消云散，好不冷清凄凉。用餐时严罗紨、侯夫人见张修神情恍惚，便安慰她说："小妹，你别难过。一切都过去了。到了昌邑，我们跟大王一起过日子。"严罗紨说："若因富贵而屈服于人，还不如贫贱而昂头做人。"张修点头称是，调和了一下用餐的沉闷空气。

刘贺见此情景，心如刀绞，便独自走出门外，怅然若失地站在一棵树下，感觉自己来到孤礁，无情的浪花已把自己包围，他真想抱树痛哭一场，发泄自己的无限的悲痛，可他忍住了。

这时，忽见远处车马喧嚣，有的仆从前来禀报，说是朝宫来人了。刘贺一听，吓了一跳，还以为宫中侍卫来找麻烦呢。抬头一看，却见臣仆们纷纷乘车来到官邸，前来为昌邑王送行。霍光、张世安、丙吉等也在夹杂在车马人流之中。刘贺心中很不自在，像推倒了五味瓶，甜酸苦辣不知是何味。可当他发现几位忠实的老臣走出车内，艰难地向刘贺挥手走来，老远就用那沙哑着嗓音唤道："昌邑王……刘贺，你在哪儿，老臣来探望你了。"把刘贺的心都叫碎了。刘贺应声向老臣们走去。有个七旬老臣一步一颤地走到刘贺跟前，忍不住号啕哭泣，意味深长地劝解道："孩子，回老家昌邑去吧。走啊，像鸟一样突然飞起；到聚集许多鸟的地方去住，那里山好，水好，土地肥。"

刘贺从这位老臣的这番真话中听出了弦外之音：鸟突然起飞，这种迹象说明那里埋伏了敌人；飞鸟聚集的地方，说明那里不会有埋伏。他由此忽想起《孙子》，想道：这可都是大兵法家孙子所述的"鸟趣者，伏也"与"鸟集者，虚也"。我就是一只受伤的鸟，逃至偏远的地方，那里人烟稀少，不会设陷阱与圈套。

霍光目睹了这一切。他从群臣脸部表情与目光察觉到，虽然刘贺已被废黜，自己胜利了，但群臣无人不知刘贺被废的事实真相。霍光心中难免不是滋味。为了隐蔽这一疑点，霍光突然做出一个惊人举动，跪倒在刘贺跟前请罪道："大王行为自绝于天，臣等能力不够啊。臣胆小懦弱，不能报德。臣宁可负大王，却不敢负先帝，不敢负我大汉江山社稷。愿大王自爱。臣以后不再随侍在左右了。"刘贺不卑不亢，眼泪仿佛是一个不见天日的深井，却怎么也沉不出来，内心深处像针尖一样刺痛……

霍光的功夫可真是做到了家啊，就凭他丰富的脸部表情，还有他几句冠冕堂皇、恰到好处的忧伤之语，左右群臣无不感动，再一次加深了大将军为人沉着、稳重，处事谨慎的印象。同时也打动了刘贺那颗软弱而单纯的的心，他急忙把霍光搀扶起来，虔诚地向西面拜道：向西再拜群臣，自嘲地叹道："我愚蠢、鲁莽，我没有施政的能力，不配继承皇位啊。"

大家依依不舍地请刘贺坐上皇帝侍从的车辆，开始向昌邑出发了。车队过了金马门，群臣含泪随送，同声同气，挥泪分手。此时刘贺的心境更为复杂，他的脸觉得木僵，仿佛有什么痛楚，嘴巴在发酸，默默登车前行。

当这队破旧车马行至济阳郡时，刘贺不由得感慨万千地笑了：啊，济阳，这可是我去鸡鸣仙舍抓鸡摸狗的地方。就是那一只长鸣鸡、一只狮子狗，让我丢下笑柄、出尽风头。当时我真傻啊，怎么会那样呢？正想着，传来一阵猫头鹰的叫声，尖锐刺耳，一阵高过一阵。刘贺急忙闭住眼睛，慌乱命车夫停车，惊问："这是什么声音？好像鬼魂在叫！"

一仆从前来禀告说："前面树子里，有猫头鹰在叫唤。"刘贺坐在车上，吓得蜷缩一团，惊恐万分，指着那片树林子直叫唤："这……这里怎么会有猫头鹰的叫声？这是凶兆，这是恶征，我去昌邑到底是死还是活？难以预测！"

刘贺被废后不久，到了七月，霍光奏议说："礼制，人重视血统关系所以就尊重自己的祖先，尊重祖先就会敬奉祖宗的事业。昭帝无嗣，应选择支子孙贤德为继承人。孝武皇帝曾孙名病已，有诏令由掖庭进行照管。至今已十八岁。从师学习《诗》《论语》《孝经》，操行节俭、慈仁而爱人，可以作孝昭皇帝的继承人。奉承祖宗大业，统驭天臣民。"上官太后表示同意。

当即，霍光奉命派遣宗正刘德到皇曾孙居住的尚冠里，从家中把皇曾孙刘病已迎接至未央宫。刘病已沐浴过后赐予御衣。七月庚申日，太仆用皇宫中使用的伶猎车，载着新立皇帝来到宗正府，首先斋戒，然后进入未央宫朝见皇太后，先受封为阳武侯。而后霍光捧上皇帝玉玺、绶带，到商庙拜谒祖宗神位，即后世所称的孝宣皇帝。

刘病已于公元前74年登基，后于公元前64年，为方便百姓避讳，而改名为"刘询"，史称"汉宣帝"。当然，刘病已虽然戴着皇冠，但依旧被霍光手中那根绳索拴住，牢牢把控在他的手中。一切如愿以偿，他怎么不喜出望外呢？正是：亡命心如箭离弦，迷津指引始能前。无能称帝翻加害，折坠青春十九年。

此时，刘贺已重返昌邑，其心境与命运究竟如何？且看下回分解。

【酉时】（17时至19时）日入，又名日落、日沉、傍晚：意为太阳落山的时候。

君子使物 不为物使

豫章。昌邑王城。神爵三年（公元前59年）农历七月二十五日。

刘贺由生命尊严忽想到一件事，从他当皇帝那天起，他为此事憎恨、厌烦了十五年。于是命代宗从几案搬下那沓"我亲身经历的二十七天"竹简，又把目光扫视在那几行文字上：持符节下诏书多达一千一百二十七件，一笑了之。

"呵呵，儿子！太阳快落山了。扶我出去走走，看看。"儿子便搀扶着父亲，颤颤巍巍走出宫门。他迎风站在彭蠡泽水畔，眺望湖面渐渐下沉的那轮夕阳，在一束束怪异的光线折射下，半浸水中、半照西天，五彩缤纷的光线在他眼前交叉浮现，忽上忽下，忽左忽右，实实虚虚，真真假假，渐渐变成了一个怪异的凸字形。

刘贺回到寝宫，又命代宗从几案搬下那沓竹简，不由笑了：呵呵，我的昌邑国从那时起就改设山阳郡了。

他一面翻动着沉甸甸的竹简，一面回忆在故园——山阳郡度过的十个春秋：官场的监察，囚徒的窘境；昔日的往事，故里的乡愁；书海的醉浪，百鸟的鸣唱；智者的明灯，仁者的宽厚……每一页都燃烧真爱之火、每一步都留下君子之道。

这时，刘贺头脑渐醒，明白了个简单道理：伪善正如虚假的五铢钱，也许可以购买货物，但它从根本上贬低了事物真正的价值。突然，刘贺呼喊了一声："都过来吧，我有事要交代。"妻儿与臣仆们纷纷簇拥而来，急问他何事。刘贺一脸严肃，下令道："把在昌邑积存的五铢钱抬出来，统统装入我的棺材，以传后世！"

大家听了感到奇怪，不知大王是在说什么。

刘贺叹道："孔子曰：君子乐得其道，小人乐得其欲。"侯夫人应道："君子使物，不为物使。"罗紨说："大王远虑，就是君子。"刘贺喜形于色，仿佛看到汹涌的波涛向他倾来。一股温存的暖流从头流到脚……

第十一回 十年梦醒

重返故园

话说刘贺被废黜后，群臣纷纷来到昌邑在长安的官邸，含泪相送。

在返回旧昌邑的路上，刘贺心里琢磨着：旧昌邑王府会不会拆除？当时指派留守旧府的管家许茂昌还在吗？就这样，刘贺一路上想着念着，风餐露宿，坑坑洼洼，颠簸了半个多月，到达昌邑已是黄昏时分。

一队马车停在昌邑王府旧址。落日泼洒朱砂一般，洒在那黑色的瓦片上。刘贺抬眼望去，心里有一种压抑感：昌邑王府旧址虽存，周围却一片荒凉。王府一角已经塌陷，破碎砖瓦堆积如山，旁边长满杂乱丛生，油漆剥落散了的门窗、屋梁横七竖八地倒在草丛中。黑血似的阴影在庭院中渐渐转浓，回廊中的彩绘图案也显得有些阴森森……啊，刘贺还不知晓：昌邑国在刘贺被废黜前后，已撤销封国，改为山阳郡。

远处高树上，几只老鸦在秃树上叫唤着，把刘贺的心都叫碎了。

刘贺让妻妾们坐在车上，并通知侍从关照，然后骑上箭羽环绕旧王府察看，当他骑马跑至半途之时，箭羽突然扬起前蹄惊叫一声，不再前行。刘贺立即下马一看：原来，旧王府附近挖了个深深的大坑，有人欲从坑底打通一条地下暗道，潜入这个被遗弃的旧王府掏金盗银呢。

刘贺再走至那些倒在废墟中的圆木柱梁前，只见横梁上面密密麻麻、横七竖八地留下一道道刀痕，四周用泥墙与篱笆紧密围住，一般人难以入府。因许管家每天除简单两餐外，就吃住在被雷击倒的房屋边，一刻也不离开。但毕竟是他孤独一人，与几个仆从日夜守护着这么偌大个府城，怎么顾及得上来呢？

刘贺无怨恨，反倒觉得自己亏待了管家与仆从。他一动也不动地站立在这半个废墟前，像木雕泥塑一般，只有悲泣叹息，一句话也说不出来。他走到废墟那几根圆木柱梁前，凝视着柱梁上横七竖八的刀痕，叹道："这可是我过去勤读孔书的圣地啊！"

这时，刘贺发现几只甲虫在木柱隙缝边爬动着，显出一种顽强不屈的生命力，却又那么可怜巴巴。刘贺由此感叹：现在，我就像这只甲虫，谁都可以随时把我掐死，便又伏在那根木柱上，放声大哭起来。箭羽闻哭声，低下头颅依护在主人身边，仰天发出一声悲怆的呜咽。

第十一回 十年梦醒

旧昌邑许管家闻见门外的哭泣声，似乎有些耳熟，他便和巧儿从府中走了出来，走近一看，才认出是大王刘贺，许管家见刘贺离开王府不久，却面黄肌瘦，愁眉不展，一身脏兮兮的，不知在陛下身上发生了什么。七巧正要探问，却被许管家制止，也不敢再多问下去。但许管家却心中有数：肯定出事了，便压低嗓音招呼说："陛下，我们回家歇息去啊？"刘贺任性的脾气又犯了，"不许称'陛下'！陛下已经死了……"又坐在地上大哭起来。许管家见状，急忙弯腰把刘贺挽扶起请他回家歇息。刘贺却耍起孩子气来，死死地蹲在那儿，一步也不肯移动。是啊，过去是南面百城，金碧辉煌，可如今却满目疮痍、残息奄奄，这哪是我的家园啊！

天空滚过几声惊雷，车夫看了看天色说："怕是要下雨了。"

臣妾们闻声下车围了过来。接着，周围邻里三五成群地走来，对刘贺问长问短，友善亲切，关怀备至，有的送来茶水、瓜果，为"大王"降温解暑，刘贺似乎麻木，毫无反应。一位老者听人称他"大王"，白他一眼，训道："喊什么'大王'，现如今昌邑王当皇上了，衣锦还乡，该称他'陛下'才对。"不知这老头是讽刺、挖苦、还是奉承抬举，只见在场的所有人都跪成一片，齐呼"皇上万岁"。大家越是这样，刘贺心里越是犹如刀扎，简直无地自容。

忽传来一阵脚步声。严罗绔、侯夫人从车内走来，侯夫人首先对乡亲们关切关怀表示感谢，然后大大方方地对大家解释说："我们家刘贺不再是皇帝了。"邻里们为了不让刘贺心里难过，又一起附和着应道："是啊，大王就是大王，是我们昌邑国的大王啊。"侯夫人又解释说："'大王'也不是，他与大家一样，就是个平民百姓。"

侯夫人话音刚落，忽有个人走了过来，他就是十三四年前在昌邑斗鸡场上，惨败于刘贺手下的乔力。

这些年来，乔力随父在外地做生意，很少待在昌邑。前不久，乔力从传言获悉刘贺被废，和撤销昌邑封国改为山阳郡，他幸灾乐祸，兴奋得几夜都没有睡好，昨天一回老家，便在昌邑旧府遇到这个童年的死对头刘贺。刘贺抬头望去，只见乔力身穿锦衫，脚蹬绿靴，骑一匹卷毛赤兔马，优哉游哉地奔了过来。人们见乔力来了都一起闪开，谁也不敢惹他。

汗血宝马箭羽发现了少爷的赤兔马，警惕地蹦跳了几下，咴咴呼叫一声，以示护卫着自己的主人。乔力并不畏惧，跨骑在他那豪华的马鞍上，冲着刘贺挑衅地说:"哎哟哟!这不是皇上刘贺吗?怎么会变成这等模样了?"刘贺并不上火,沉默不语。乔力又讥笑他说:"怎么,害怕了吗?当年跟我斗鸡的神气,都到哪里去了?"最后,他竟又向刘贺提出骑射比赛。此时,刘贺心情复杂,说不出是寂寥、悲凉、可笑,还是别的什么。刘贺觉得乔力是个小人,不予理睬。

天气闷热。天边又滚过几声惊雷。几朵浓密的黑云横在远远的天边,像铅色的幕布一般。围观者都说要下雨了,正准备散场。可乔力对刘贺纠缠不休,当众欺侮他说:"从前,有一只缩头乌龟,从湖水里爬在沙滩上,恰遇一只雄鹰从天上飞下,勇敢地对那乌龟挑战说,来吧,我们来赛一赛,看谁飞得高?那乌龟听了,连忙把头缩起来,钻进了松软的沙堆里,再也不敢伸出头来……"几个邻里孩子听罢,哄笑起来,拍手吆喝:"乌龟、乌龟;雄鹰、雄鹰!"

刘贺一忍再忍,但当自己的人格受到了侮辱,突然,火冒三丈,挺身立起,一个箭步冲到乔力跟前,冷笑一声:"要比骑射?"乔力又讥笑一声:"敢吗?小龟崽子!"

刘贺一气之下,怒眼圆睁,大喝一声:"拿箭来!"乔力向他身边随从使了个眼色,那随从便把箭袋递给刘贺,刘贺把箭袋往肩上一挎,猛力打了一声呼哨,那箭羽闻声便闪电般地飞奔过来,甩动尾巴等待着主人的命令。刘贺灵巧地翻身上马,冲至乔力跟前,试问他怎么个比法?

乔力微微一笑,遥指前方……原来他早已令其随从,在一棵大槐树左右两边,各悬挂了九个橘子,以那树枝垂挂的橘子为目标,骑马绕场飞奔,飞马箭射垂橘多者为胜。

刘贺翻身上马一阵风,把鞭儿往半空一甩,箭羽便绕场狂奔起来。说时迟、那时快,只听马蹄嘚嘚作响,刘贺骑在马上张弓搭箭,围观者拍手称快,都为刘贺三下五除二的爽快动作喝彩。刘贺箭在弦上,只听耳边嗖嗖作响,那悬挂在槐树左侧树枝上的九个橘子全被他射中,一个个飞落于地!而当乔力上场骑马拉弓射箭时,却只射中了两个橘子。当他飞射第三个橘子时,因心里烦躁不安,用鞭子狠狠抽打他的卷毛赤兔马,那赤兔马一怒,纵身蹦跶乱跳,把乔力摔落在地上,乔力跌了个仰面朝天爬不起来。围观者对乔力呼了声"乌龟、乌龟",便一齐向刘贺簇拥而上,以示祝贺。

刘贺却又猛一甩鞭,如离弦之箭,向前方飞射出去!

顿时，闪电没能撕破浓重的乌云，惊雷在低低的云层滚过之后，滂沱大雨操天操地压了下来，直向刘贺猛扑过来。刘贺骑在马上，浑身上下都湿透了。然而，他仍不断地猛甩着鞭儿，催促箭羽一刻也不停地往前冲去。积在地面的深坑泥浆飞溅起来，瓢泼在他身上、头上、脸上，简直把他变成了个泥人，刘贺心里麻木，仍甩动鞭儿，催马直往前冲！

此时此刻，刘贺要把那长期积压在心底的忧愁、苦闷、悲伤与不满情绪，全都发泄在这狂风暴雨之中。

暴雨仍在哗哗地下，刘贺飞骑箭羽仍在雨中狂奔……

箭羽双眼燃烧出勇士拼杀的火光。只见它时而上蹿下跳，时而飞奔疾驰，仿佛它也在为主人发泄满腹怨气。

周围杳无人迹。前方就是悬崖！

刘贺似乎也有感觉，他突然猛拽缰绳，箭羽仰起头颅，咆哮如雷；它也察觉到了：冲天悬崖三面而立，直伸至万丈深渊的崖底，峭壁犹如刀砍斧削，上面铺满青苔如绿毯一般。四面静悄悄的，空无一人。由于它刚才冲力太猛、太急，一时停不下来，便扬起两只前蹄，后退几步，猛地把刘贺摔倒在地上。刘贺躺倒在烂泥坑中，一动也不能动弹。箭羽站在主人跟前，用脚轻轻挪动着他的身子，似乎感觉到他身上还有几丝热气，便低下了头颅呜咽着。

刘贺似乎听到箭羽的呼吸声，便吃力地挪动着身子，欲爬上马背，可他使尽了吃奶的力气，怎么也爬不上去。箭羽便跪下、侧身，最后，刘贺终于爬上马背，箭羽缓缓起身，驮着刘贺向旧府悠悠走去。

大雨渐息，只剩下一阵毛毛细雨无声无息地在天空飘洒着、扬落着。

全身湿透的刘贺，就那么吃力地趴在箭羽的背上，踏着那条雨后的泥泞小路，缓缓回到了昌邑故府。

刘贺回府之后，暴寒暴热，大病一场。经大夫精心治疗后，经爱妾侯夫人等半个多月的调养，刘贺才总算恢复了元气。许管家说："这是大王的最后一难。大难过后，必有后福。"

于是，刘贺便在旧昌邑府居住下来了，老管家许茂昌仍忠实地守护在主人身边。后来，许管家请来泥工、木工、瓦匠，把被雷击坏的那一角孔贤斋修毕。修复得与过去旧舍一模一样，就连他小时候使用小刀划过的圆木柱子，也原封不动地撑在原处。从此，旧昌邑王府大门每天紧闭，关得像铁桶一般。东边的门也关上了，亦不能开了；南北俱是大墙，要跳也无攀缘。若无特殊情况，平日只开小门。刘贺还选派了一个叫贾十朋的清廉官吏，采购生活必需品：早晨购食物，其他时候一律不得购入。另请一位叫史乐伍的担任侍卫，以防盗贼。就这样，刘贺把自己封闭在家，仿佛与世隔绝，很少与外交往。偶尔独自藏入密室，从孔书中寻找乐趣。

刘贺昌邑旧府宽敞。刘贺环顾四周：宫馆错落有致，跨沟连谷落低阁，湖边垂桅连草坪，九曲幽径接长廊。山间筑室听清泉，亭台楼榭，错落有致。层层绿荫绕环抱，天然温泉荡山庄。但这却怎么也无法改变他的心情。从此，侯夫人弹奏的古琴失灵了，严罗紨的调侃僵化了，即使是与他下棋，陪他骑射与游乐，也无法把刘贺的心态调整过来。

话分两头。再说自刘贺被废之后，汉宣帝刘病已在长安未央宫十分繁忙，但他的一举一动，都是在霍光幕后指挥紧张而有序地进行着。这些日子，汉宣帝刘病已处理了几件国家大事：

前不久，杨敞去世，谥号为"敬"。杨敞的儿子杨忠继承爵位，因杨敞安定宗庙的功劳，加封三千五百户；

九月，大赦天下；十一月壬子，宣帝立许氏为皇后。从诸侯王到官员以下，包括百姓中鳏寡孤独者，各有金钱赏赐，多少不等。上官皇太后归居长乐宫，安排长乐宫卫士守护；

朝廷招募郡、诸侯国中的百姓，拥有百万家族可到昭帝陵寝地平县居住。宣帝还派遣使者持符节诏郡、诸侯国二千石官员，要恪尽职守，在治理百姓时，要以德教化民众；

大将军霍光向宣帝叩拜，请求归还朝政。宣帝谦让，仍将朝政交还由霍光执掌。继而对他加封拥立皇帝的功臣，再加封一万七千户；

加封车骑将军光禄勋富平侯张安世一万户。宣帝下诏，已故丞相安平侯杨敞等人，恪尽职守，与大将军霍光、车骑将军张安世等人提出建议，为国家确立皇位继承人，以安定王权下，奉祀宗庙；

加封杨敞的嗣子杨忠以及光禄大夫丙吉、大司农田延年为阳城侯，少府史乐成曾爱氏侯，长信宫少府关内侯夏侯胜，光禄大夫丙吉食邑，以上等臣赏赐户数多少不等；

龚遂、王吉劝谏刘贺有功，未杀反而加封：王吉至博士谏大夫，龚遂官至渤海太守。同时下诏："已故皇太子刘据仙逝于湖县，无谥号。每年应该按照时令祭祀，讨论谥号，为皇太子修建陵园。"

众臣无不皆大欢喜，唯刘贺的岳父严延年心中不快。宣帝上任后，严延年弹劾霍光："擅自决定废立，不遵循人臣应该具备的礼仪，犯下大逆罪。"宣帝审阅过他的奏章深为感动，默默在心中赞赏这一位忠臣。但他知道，若这件事情被霍光发现，严延年肯定要吃亏，说不定还有生命的危险，于是他把奏章搁置一边。但没有不透风的墙，朝廷上下察觉到这件事后，对严延年敬而远之。

在刘贺废黜之后，严延年心想：在刘病已赏赐的群臣与官员中，诸如霍光、杨敞、张安世、丙吉、田延年、王吉、龚遂，甚至杨敞的嗣子杨忠等，都是废帝的"有功之臣"，却把严延年冷落在一边。他预料到自己的命运将遭倒悬之厄，危机四起。正是：分开八面顶阳骨，倾下半桶冰雪水。

果真，刘贺的老岳父出事了。自刘贺被废黜后，有臣弹劾严延年失职，让罪人私闯宫廷，并向宣帝严正提出，按照法律要判处死罪。严延年闻讯，连夜慌忙出逃。他严延年逃亡在外，可他命大，正碰上大赦令，丞相、御史府的征召信函同一天到达，严延年因为御史府的信函先到，便到达御史府，重新担任御史掾。后来，宣帝忽想起严延年当年弹劾霍光之事，认为他性格直率，忠于职守，又任命他为平陵（昭帝的陵寝）县令，因严延年滥杀无辜，又被免官，再后来朝廷给严延年定下死罪，以"怨恨朝廷、诽谤朝政"犯下大逆罪，杀头示众。朝廷以严延年定为"逆罪、杀头示众"的消息，刘贺与严罗紃均不知晓。

许久之后，刘贺的三位爱妾才明白过来：自刘贺从长安返回故居昌邑以来，他之所以日夜茶饭不思、沉默寡言，并非他名誉地位的丧失，而是失去了他旧部的那些亲密无间的下属。自刘贺从皇位的半天云跌至贫民窟之后，他完全变了个人。他们并不知刘贺为何常常独自来到孔贤斋，一进去就是大半天？原来，谁也不知，孔贤斋内藏有一个密室。此秘密久而久之，也就成了公开的秘密。

天气渐渐冷了下来。旧昌邑王府的孔贤斋的窗外，扬尘播土，风把残叶树枝吹得沙沙作响。那扇破烂的窗棂咣当咣当地响着，不断传来树枝折断的声音，给人一种单调而无聊的感觉。

这天晚上，被废黜的刘贺感到寒冷。他穿了件短衣大裤，戴着惠义冠，佩戴玉环，头上簪发的簪子，又在这儿苦读呢，不时地挥笔在素绢上撰写他的《惊心动魄的二十七天》。

刘贺之所以这样做，是因为他想起了司马迁。司马迁是西汉大名鼎鼎的史学家、文学家和思想家。他虽没有司马迁的才气大，也撰写不出像《太史公书》即《史记》那样的鸿篇巨著。但他决心把自己从"王"至"帝"，又从"帝"半天云里栽至"民"的过程记录下来，留给儿孙，引以为戒。接着刘贺又翻开竹简《孔子家语》，前前后后反复阅读，却发现此贤书中的一个秘密：此论所用"道"与"德"二字，总计三百六十一次，比"仁"与"义"二字的二百四十一次，要多三分之一啊。

夜深了。刘贺仍藏在孔贤斋苦读，似乎完全迷入了孔书。他在细细地琢磨着：孔丘大人在他同一篇著作中，为何把道与德看得那么重？是否仁与义就不排在其次呢？他百思不得其解，却又无处请教，便打了个哈欠，伸了个懒腰，坐在桌案前埋头攻读《孔子家语》。当时，他显得有些累，便拿出随身携带的九子漆奁，从中拿出梳篦，站在孔子立镜前梳理。他从镜前望见自己英俊、高大的身材，眉毛浓浓，眼睛细细，自我欣赏说："小子，说你漂亮谈不上，心地却永远善良的啊。你从不坑人、不害人，却常常犯规，经常是'别人求我三寸雨，我求别人六月霜'，可我并不在意。"说着干咳了几声，又冲着立镜叮嘱，"小子啊，现在你已经不是皇帝了，可见你并非当皇帝的料。千万别难过！"

话音刚落，忽从门缝里钻进一股穿堂风，风里带来一阵脚步声，嚓嚓、嚓嚓……刘贺转身寻去却又不见人影，只听一声叹息，臣仆们"当断不断，反受其乱"的临终哀号，反复不断在耳畔回荡。

刘贺再走至立镜前，只见无数个骷髅儿在立镜里攒动，把刘贺吓了一跳，使他急忙后退，指着镜子嚷道："你……可别吓我！"他想了一下，又向立镜认错说："我知道自己错了。当时，我真不该带二百臣仆赴长安，触怒了霍光，扰乱了朝纲，胡乱下旨，招致祸殃……"说毕，那立镜里的骷髅儿化作一个个美女，手舞宽大的袖子，直冲着刘贺狂笑。刘贺呼唤左右："快，快抓那妖精！"可没有回应。又呼唤他的警卫，依旧无声，便急忙提着灯笼跨出门外，立镜里又传来个声音："刘贺，请留步。"正是：尘随车马何年尽？情击人心早晚休。

孔子立镜里那攒动的骷髅儿从何而来？还有那个"请留步"的异声？刘贺是凶是吉？且看下回分解。

镜照月鉴

话说刘贺刚在立镜中见到无数骷髅的攒动，心里惧怕，正准备逃离时，却冒出个异声"请留步"。刘贺静心侧耳细听，发觉此声亲切、温柔，和蔼可亲，便不由自主地收住了脚步。走到孔子立镜前察看，令人惊讶的是：立镜里出现他日夜崇拜的孔丘。他脸庞神色平和，沐浴在朝阳微弱的光线下，皮肤灿黄，眼睛明亮，犀利神气。他的嘴唇厚实，天庭饱满，穿一身宽松黑色礼服，盘腿端坐在天然圆润的卵石上，犹如一团伏罩在大地的朝霞，显得格外沉稳、恭谦。

刘贺先向立镜中的孔丘深深一躬，拜倒在这位大师前，忏悔地说："圣贤的大名，如雷贯耳。当年我爷爷孝武皇帝下诏征集贤良治理国家，有一位叫董仲舒的大儒，主张'罢黜百家，独尊儒术'。我爷爷欣然采纳，大兴教化之事，才有了现在我大汉繁荣昌盛的江山社稷。可先生你的圣贤书，小人并没有学深学透啊，故万劫不复，山穷水尽。"

刘贺声泪俱下，又把自己从"王"至"帝"至"民"的坎坷经历，向孔丘述说了一番。孔丘耐心地听毕，笑道："这些，老夫都知道。"刘贺奇怪地问："你怎么会知道呢？"孔丘长叹一声，应道："孩子，是你把老夫安居在孔贤斋，我们可是忘年交啊，不是天天都在一起吗！"刘贺有苦难言，内疚地说："然在我失败了。圣贤，这可不能全怪我啊。在皇位的那二十七天里，我已做了最大的努力。为何小人我总是遭人践踏，抬不起头呢？"

孔丘没有应声，察看了一下刘贺的脸色：眼睛失神，像蒙上了一层黑纱，抑郁的情绪浮于眉宇间，知道他心里存许多解不开的心结，便考问说："刘贺，你知道儒学的核心是什么吗？"刘贺对答如流，背诵了《论语》的几大篇章，又漫无边际地诉谈了一番"高见"，滔滔不绝，犹如黄河决堤。孔丘耐心听完后，摇头叹道："锣鼓喧天，棒槌无一敲在点子上。"

刘贺恭敬地跪拜于孔丘脚下，虚心请先生指教。孔丘应道："儒学的核心思想仅为一字，即'仁'也。"刘贺大惑不解，探问："小人研读过大师的《孔子家语》，发现圣贤在此论中，所用的'道'与'德'二字，总计三百六十一次，它比'仁'和'义'二字的二百四十一次，要多三分之一啊。怎么会是一个'仁'呢？"

孔丘见刘贺不但能够大段大段地背诵《论语》，还能准确无误地记住"家语"中"道、德与仁、义"关键词的数量，说明这位在风雨冰霜里磨砺过的年轻人，是在用心苦读自己的论著，却事倍功半，毫无收获。他引导说："君子学以聚之，问以辩之。你遇到知己，敢于把学习积累的知识摊在太阳底下晒一晒，通过请教和讨论弄清道理。我曾在《齐论》中说过，善于请教问题的人，像加工木材一样，先从纹理疏松处着手，然后才去剖析坚韧的部分。从你的思考与提问可以看出，桧树、柏树、樟树虽然还是幼苗，但已显示出了它将成为造房的栋梁之气概。"

刘贺洗耳恭听，恍然大悟，应道："一个人，无论职位高低，也不管财富多少。只要有了'仁'，即便居住偏僻的陋室，也会为人所仰慕与尊重。"

孔丘听了，眼睛在眉毛下闪闪发光，正像荆棘丛中的一堆火，把刘贺那张脸照得通红。

最后，孔丘对刘贺学习方法上的提示，言简意深，深入浅出。刘贺把它牢牢地铭记心田，又把自己从长安到故里以来，烦躁、苦闷、彷徨的心结对大师说了。孔丘没有立即应答，而是向他招了招手，亲切地说："孩子，请跟我来。"

说也奇怪，孔丘话音刚落，刘贺脚生轻云，飘拂入镜，他轻盈地跟随孔丘绕假山，穿丛林，过小桥，引导他来到昌邑孔庙。只闻金钟猛烈撞击，钟声清脆悦耳，回音震荡，回旋不断，传向远方。刘贺也情不自禁地回应：礼乐，礼乐，礼乐……再看看前面的孔丘，只见他一步紧接一步，那寂静的脚步无比柔软，如同行云流水一般，身后留下一串串坚实的脚印。刘贺这才发现，孔丘的身影渐渐高大起来，而自己却十分拘谨，变得越来越渺小，最后竟成了一块微不足道的鹅卵石！

当刘贺再要转移提问时，孔丘的身影却不翼而飞。他愣愣地站在一个四面环水的孤岛上，茫然湖水烟波浩渺。极目遥望，只见远方白帆点点，轻舟若飞。鸟儿扑扑——扑——扑地扇着水花儿，忽儿掠过浪尖，忽儿振翅跃起；再看近处，水中那白鲢、鲤鱼、鲫鱼……有的摇头摆尾，有的飞梭而过。

刘贺望见此情此景，乐得手舞足蹈，禁不住叹道：人生在世，何必拘谨呢？你看那天上的鸟儿，你看这水中的鱼儿，它们自由自在，从不拘束，也不受人限制啊。

这时，忽从天上传来一个雄浑的声音："有欲者，则邪心胜。"

刘贺反省自问：这不是韩非子在《解老》所说的警语吗？是啊，人，一旦有了严重的私心,邪恶的心思就会占上风。是啊,贪欲者到头来,将一无所有。我的亲身经历,我现在的处境,不是印证了这一点吗?

刘贺红光满面,意气风发,在故土锁住的那个心结终于解开。正是:从来善人是神仙,孔丘下凡理当然。指点迷津仙鹤去,悟者心境宽无边。

当刘贺从梦境中惊醒时,天已大亮。

原来,昨晚在孔贤斋做功课实在太累,便迷迷糊糊地睡着了,并在梦中"孔子立镜"前遇见了孔子。

窗外,鸟儿开始啾唱,歌声清越而爽朗,从松柏的绿叶上流过。过了一会儿,庭院的整个树林子里的无数只鸟儿也鸣唱起来,四下的沉寂成了一片嘈杂的鸟语。

这时,传来一阵轻盈的脚步声。侯夫人悄悄推门走了进来,见刘贺脸上气色很好,便说:"人逢喜事精神爽。看来,大王大喜临门?"刘贺便把昨晚梦见孔子的事对她说了。侯夫人借机应道:"不是梦好,而是书改变了小人。孔子曰,善于回答问题的人,像敲钟一样。轻轻地敲,就小声地响;重重地敲,就大声地响。大王在梦中都在学习,所提的问题都是人生大问啊,很有意思。"刘贺应道:"是啊,时光就像流逝的河水一样,昼夜不停地向前奔流。现我无官一身轻,悠闲自在,在学习上还要抓紧啊。"

侯夫人见刘贺性格变得开朗、乐观起来,望着他甜蜜地笑了。

这时,许管家禀报,早餐已备好。刘贺便随同妻儿一起去用餐。只见远处笑声荡漾,约有十二三个妇人衣裙窸窣,渐入堂屋。爱妾严罗紃、张修、刘梦莺、崔倩云等陆续坐定,见两三个奴婢端着大漆捧盒,走进这边站在一旁侍候。听得那边说"开饭",人们才渐渐散出,只留下几个端菜的人。桌上陶瓷碗盘森列,乃是满满的鱼肉在内。刘代宗探头闻了闻油炸鸡翅,赞了声"好香",垂涎三尺,便欲伸出那只手去抓,刘贺却用筷子抽了一下他的手背,责道:"坐没有坐相,吃没有吃相,一点规矩矩也不懂!"

刘贺忽由昨夜的梦想起孔子,大谈起"食礼",如"尊卑有序的座次礼""祖辈、父辈、孙儿三代人依次排列""尚左尊东""面门为尊",以及双手捧住茶托或茶盘,举到胸前说"请用茶"的以茶待客的"茶礼"。这些基本规矩与道理,大家虽然都懂,但经刘贺这么一演示,一个个亲人、仆从更是牢记在心,表现得彬彬有礼。

膳毕，刘贺又约法三章，强调了从今往后，无论用膳、节俗、接待客人乃至婚丧嫁娶，都要讲究"礼仪"二字。从此，旧昌邑府中从亲人到仆从都懂得了一个"礼"，上下卑尊，有轻有重，循规蹈矩，和谐相处。于是府部井然有序，祥和安静了许多。

这天是七夕节。传说中的织女不顾天规的约束，勇敢地将自己嫁给牛郎，触怒了天帝，于是，天帝强行将她与牛郎分离。即使如此，织女也没有向天帝屈服。她的坚贞与真情感动了鸟鹊，众多鸟鹊每年七夕展翅搭成鹊桥，让她与牛郎相会。

最近以来，刘贺心情颇佳，想起了府中十六个妻妾跟随自己风风雨雨，一路走来，甜酸苦辣，担惊受怕，很是辛苦，便遵循传统礼节，命许管家与仆从在室外院庭摆上竹桌、竹椅，与侯夫人、严罗绔、张修和刘梦莺、崔倩云等妻妾端坐在一起喝茶、聊天。

天上的星星是蓝色的，布满了一张星星之网。它们尽着自己的力量，把点点滴滴的光交织在一起，播洒在桌面上。大家按卑尊次序而坐，无拘无束。刘贺品了口香茶，指着天空的星星叹道：

"天是世上万物之祖，可以包罗万象，不会有所偏爱，天设置日月风雨，调和万物再通过阴阳寒暑，让万物经历磨炼。圣人效法天，建立道，倡导博爱无私，圣人布施仁德厚爱，用以善待百姓，圣人设置礼义，用以引导百姓。春天是生育的季节，仁要求君主爱护百姓；夏天是抚育万物的季节，德要求君主养育百姓；秋冬是肃杀的季节，君主用刑罚的形式，来惩治犯罪。从这些来看，天与人的关系，从古至今，道理是相通的。因此，儒学大师董仲舒这样对先帝说：只有从天命中找到启示，才能够在人事中得到验证。善于总结古人的经验的人，一定会在现实中找到对比。"句句警言，扣人心弦，给人警示，让人深思。

刘贺接着又总结说："看来，我过去所做的一切，全都错了。最大之错，在于'礼崩乐坏'。比如我带领昌邑国来的随从、仆役、官奴二百余人进入宫廷，一路上游玩、嬉戏；比如在孝昭皇帝灵前不痛苦，不哭丧；在守灵期间，在辇道上敲鼓吹拉弹唱，演奏各种乐器，还把长安厨祭祀用的太牢食具放置殿室，祭祀完毕让外国使节与侍从们，把那些祭品吃得一干二净；还有，调出皇太后御乘的小马车，交给昌邑国的奴婢使用，并在掖庭中聚众逗乐……这些全都乱套了。"

侯夫人应道:"记得墨子有句名言:天子为善,天能赏之;天子为暴,天能罚之。看来,大王在回顾、反思自己啊。"刘贺一听,满脸不悦,警惕地打断她的话说:"不要提'天子'二字。我……在座的哪有天子,只有庶民,你、我、他,大家都是平民百姓!"

话说刘贺自在孔贤斋梦见孔丘之后,明白了爷爷刘彻为何要采纳董仲舒"罢黜百家,独尊儒术"的建议。但他虽啃读了大量的孔书,也初步懂得了一些"孔家学说"的道理,心里却是模糊不清的,心里十分烦恼,却仍未放弃对孔孟经典的苦学。

开春后四月的一天早晨,刘贺准备去圣贤斋读书。室内摆着严罗绁送来的几盆花儿,正灿烂地开放着。刘贺用铜壶为花儿浇完水,又习惯地站在孔子立镜前整整衣衫,然后坐在案前翻开竹简《论语》,一面把玩着漆笔,一面默默读着,他看着自己桌案前后堆积如山的竹简,像一座座小山堆积于心头。窗外,微风习习,传来一阵阵悠扬的笛声。那笛声里带着四月花草的香气。刘贺本来就心烦读不下去,可一听那笛声,心境渐宽。再侧耳细听,竟使他周身血液欢快地涌动起来。此刻,才发现这笛声与以往不同:在沉寂中,那一个个飘忽不定的乐思,不断在一个音节上进行着长短、强弱不一的变化,悠远悦耳,透出一股股鲜活的灵气。

刘贺不由自主地放下竹简,正起身站在窗前琢磨:这是谁吹的笛子啊,竟如此迷人?管家匆匆跑来禀报说:大王,你快去看看吧,大门口有个瞎子在吹笛子,还兼卖药、卖古物呢。那人怪怪的,说是卖物却吹竹笛,虽吹笛却摊了满地杂物,都是些破烂旧物,唯笛声令人陶醉。因笛声还在刘贺耳畔回荡不止,便同仆从跑去看看。

刘贺走到大门前见男女老少拥拥簇簇,围在一个地摊前。那块厚厚丝麻粗布摆着些破烂东西。摊位前立着一位吹笛者,年约三十几,眉目清秀,虽身材消瘦,却精神焕发。旁边还停着一辆牛车。

刘贺听毕管家禀报,便走了出去。此刻,他发现那横吹竹笛的曲子正告尾声,笛声犹如风荡峡谷,悲怆委婉,最后一声放浪豁达在尾声刹住,全曲皆收。

这时,刘贺发现吹笛者默然滴泪,自己也不禁热泪盈眶。刘贺在心里琢磨着:此人肯定是一位高人、哲者,他定有一段坎坷的生活经历,难能可贵啊。于是他又把目光投在那地摊的杂货上：琴、笛、剑、玉、灯、酒器、染炉等等，还有瓶装药末、药丸与膏药之类。最醒目的要数那块马蹄金。琳琅满目，五花八门。刘贺大惑不解：这个怪人，究竟是博物、卖药还是乐人？

刘贺混在人群中细细观察着，沉默不语。发现他从不胡乱吹嘘自己的货物，而出物的每一件货物均廉价，甚至无偿相赠。

有个六旬卖炭老翁走到他的摊前说是腰痛，那笛者从地摊拿起一块膏药，拽起外衣往他腰间肌肉上一贴，笑道："分秒见效。"不一会儿，那卖炭老翁摸摸腰部，赞道："阴凉舒适，药到病除，嘿嘿，果真好了呢！"可当他在口袋里掏钱时，掏了半天也没有搜出一文钱，显得有些尴尬。

吹笛者冲卖炭翁一笑："老人家，用我这药，分文不取。"

这时，围观者中有个富商慷慨解囊，命仆从从绸袋里掏出一个金饼，轻盈地放在地摊上，向吹笛者恭敬拱手说："老人家的药钱，我出！"众人惊愕。

吹笛者却拾起那个金饼双手捧还，笑道："不义之财，在下不要。常言道，贪怜琴为弦直，爱棋因局方。卑下之所以爱吹这管竹笛，是因为它正直，且因为它有七孔，制作规范，分布均匀。故可发出音阶，调音孔还可发两变音。"停顿一下，又昂头说，"常言道，怀必贪，贪必谋人；谋人亦谋己唉！"说罢向富商躬身谢道："苏世独立，横而不流。你是个好人，谢你一片善心。"急忙把卖炭老翁搀扶起来，从地摊拿起膏药无偿奉送予他，卖炭老翁感激涕零，跪拜不止。

这时，有个七八岁的男童身披半边麻布袋，虎头虎脑，那双眼睛滴溜溜转着，眼馋地盯住地摊那只青铜虎饰，蹲下伸手想把玩一下，却又把手缩回来。吹笛者发现这孩子的胆怯举止，便亲切地问："喜欢吗？"那男孩点了点头。吹笛者便将那只铜虎饰塞在他手中，大大方方地说："呵呵，虎娃！喜欢你就拿去吧。"虎娃把那只铜虎饰捧在怀中，如获至宝。当时有人问笛者："像你这样做生意，不是要亏老本吗？"吹笛者却笑应道："孔子曰：不义而富且贵，于我如浮云。一个仁义者，虽贫，能自乐也，而无仁义者，虽富，却不能永久保存。"

吹笛者好一番金玉良言，犹如大潮涌入刘贺枯竭的心田，顿时对吹笛者敬佩得五体投地。刘贺忽从地摊拾起那支骨笛，发现它与一般竹笛有所不同：一是骨质构造，比竹笛短且细，管径二十厘米左右；二是骨笛虽已断成了三截，却制作精良，折断处钻有四孔，主人仍未弃之并用细线连缀起来，可见主人对它十分珍爱，便探问吹笛者道："这玩意儿，卖不？"

吹笛者见刘贺对货摊什么都不感兴趣，却把关注的目光紧紧盯在那支破裂的骨笛上，在心里暗暗赞叹：好眼力。于是反问道："请问少爷，你出得起价吗？"

刘贺不卑不亢，指了指身后那幢旧府的建筑群应道：在下虽不是富人，但身后这幢陋室还抵得上几个钱吧？我用它换你这支破裂骨笛，怎么样？笛者这才猜到了一半：莫非他就是废帝刘贺？这时，虎娃把话题捅破说："他叫刘贺，原是我们的昌邑王，还当过皇帝呢。"

吹笛者对刘贺"王、帝至民"的身世早有耳闻，略知一二，便打量了他一番：身材魁梧，天日之表，飞鹰之态，细目浓眉，肃然起敬。于是向刘贺施礼道："大名久仰。"可当刘贺再一次向吹笛者提出购买那支骨笛之时，吹笛者却从刘贺手中接过骨笛握在右手，又打了个比方说："若我左手握的是骨笛，右手握的是'仁义'，你想买哪个呢？"刘贺十分尴尬，得知吹笛者引出孟子"鱼与熊掌取舍"警言，给自己出了一道难题。正是：秋菊春桃时各有，何须海底去捞针。

这时，不知从哪儿冒出个人来，他神气活现地骑在一匹大马上，抢先应道："骨笛与仁义我全不要，我仅购这只马蹄金！"那个骑马抢话者何许人也？这位吹笛摆摊者又从何而来？且看下回分解。

伶伦乐礼

话说刘贺煞费苦心盯住了吹笛者那支破裂骨笛，吹笛者却又死不肯松手。二人正僵持不下，又冒出了个骑马抢话者。

刘贺抬头一看，不由大吃一惊：此人就是大盐商谢瑞昌的花花公子谢他天。六年前刘贺赴京主持孝昭皇帝丧事、接受玉玺，刘贺曾与他比陀螺、赛马术，赢得了酒与马，为当地百姓出了一口气。谢他天一贯争强好胜，胡作非为。最近，当谢他天听说刘贺被废黜后，削为庶民流放在旧昌邑，便幸灾乐祸专程来到昌邑，总想找刘贺的茬子出一口气，却在旧王府大门前遇到此事。

这位吹笛者姓章名子义，豫章郡人，是大儒章子玄同胞兄弟。

章子义，豫章郡人，自号星囊，直率大方，滑稽多智，才思敏捷，像其兄章子玄那样。他遍读群书，见多识广，精通儒学，博览《墨子》、《孟子》及《易经》、音乐、算术、历法。他四海为家，传播孔子仁义与善德。梦想天下人都成为仁者。常以货物"买卖"与"交换"方式，现身说法，广为传授儒家思想核心，即"三纲"：臣以君为纲，子以父为纲，妻以夫为纲与"五常"：仁、义、礼、智、信。刚才刘贺与围观者在旧府门前亲眼看到的那一幕，便是章子义独特的教学方法。

章子义对刘贺经历的了解，是从其子玄兄那儿得知的。子义听章子玄对刘贺一番褒贬之后，心目中始终认为，刘贺虽存在这样或那样的缺点但人品本质优良可赞。于是决定与他深交。至于那个对章子义左右手的仁义与骨笛一概拒绝的谢他天，在章子义眼中就是个"下三烂"，他连眼睛都不看他一下，三言两语、一阵冷风就把"请"走了。

谢他天见机不妙，灰溜溜地离去，围观者也一哄而散。刘贺心境渐渐平静。他从吹笛者言谈举止、潇洒风度认定：吹笛者精通孔孟，学问渊博，诗琴书画熟能生巧。他性格直率诙谐，且为人智深而勇毅，是一位值得深交的哲人、高人。但当二人相互自报家门后，刘贺禁不住哈哈大笑，爽快地说："呵呵，有眼不识泰山！"又细细察看了子义身材英俊，相貌堂堂，与子玄旁若两人，探问，"二位不会是兄弟吧？"

章子义被刘贺这突然一问愣住了，略思片刻后，诙谐地应道："孔子曾感叹不已，说'吾以言取人，失之宰予；以貌取人，失之子羽'。故子羽游至豫章郡讲学，弟子数百。你又'以貌取人'了。"刘贺调侃一声："所以，卑下不是当皇帝的料啊。"说着二人哈哈大笑。子义余兴未尽，继续说道："我与子玄兄都是豫章郡人，均为祖先章文的后代，是章氏家族一脉所生。"刘贺一听便明白，因他曾读到过一本杂书《豫章志》，其书记载，秦汉期间颍阴侯灌婴渡江定吴国豫章五十二县，在灌婴建筑城池时，祖先章文功不可没。章子义接道："提及小弟与我兄长相差异，有一件事子玄可能没有告诉你……"刘贺急问："什么事？"子义说到这里，脸色灰暗，心中略有难言之隐。

原来，章子玄从十七八岁起就在外游历。一次他游至吴地，半夜里正在一庙宇禅房挑灯苦读，忽闻庙宇外民居传来一阵呼唤"救火"声，子玄立即放下手中的书卷，直奔起火地点，老远就听见一赵姓人家声嘶力竭地呼号"救命"，子玄慌忙推门而入，奋不顾身把母子俩营救脱险。自己面部却严重烧伤。章子义说到这里，禁不住热泪盈眶，又补充说："之后，被救的一家人感恩戴德，便将赵家唯一传家宝这支骨笛酬谢子玄，子玄坚决不肯收受。后来，当主人取出骨笛时，才发现它在混乱的火灾中被箱子压裂。赵家死活坚持把它送给子玄作个纪念，我兄才勉强收下。"

刘贺听罢这段子玄惊心动魄的感人故事后，禁不住叹道："救人一命，胜造七级浮屠。子玄兄从善如流，品格何等高尚也。"说着瞄了一眼子玄手中的那支骨笛，不再提起它了。

刘贺这穷达大度的神态，反倒让子义不好意思，又问："我地摊上那么多好玩的东西，你随便挑哪件皆可，为何死死盯住这一件呢？而且这骨笛是破裂的，有什么好玩的？"

刘贺意味深长地应道："周公制礼作乐，制定了许多礼术。孔子一贯强调乐礼。迎宾、车旗、宫室、晋见、射仪、饮食，以及婚丧嫁娶等等，都离不开乐礼。我从小喜爱音乐，尤其是编钟打击之类的。对音乐方面的知识积累也很关注。过去，我从一本闲散野书上看到，有一种用动物骨骼制成的骨笛，大约有八千多年的历史，被称为我大汉笛子的鼻祖。而先生你这支骨笛，可能是鹤骨或者鹰骨制作的。"章子义淡然地："这又怎么样呢？"

刘贺应道："据我所知，骨笛的发明者名叫'伶伦'。相传伶伦由陕西来到长江中下游的伏龙山（今南昌梅岭），地处你老家豫章郡郊外。当时，伶伦在那里选择了一个石壁峭绝、两峡对峙、飞泉迸溅、竹木葱茏的地方，凿井五口，一面采药汲水炼丹，一面断竹开孔而吹，制定了十二音律。后来游历至大汉中部（今河南舞阳）贾湖一带，当他发现一望无际的浩渺的湖面上，白鹤、雄鹰飞腾起来遮天盖地，便就地取材用鸟骨发明了鹤笛与鹰笛。"章子义说："我这支笛已经破碎，又吹不出什么好听的曲调来。"

刘贺坦然一笑，意味深长地说："我买它并非吹乐，原因有三：一是它是仙鹤傲骨所造；二是正因它已骨裂残缺，更显示了它的珍贵；第三，我若将它修补好，让它吹奏人世间最美妙的古乐声，便将再次出现生命奇迹。"章子义听到这里，恍然大悟；原来，刘贺在把我这支破裂的鹤骨仙笛喻为他自己被废的经历，且发出一个美妙的声音。他虽废黜却不泄气，依旧要在蔚蓝的天空高高飞翔。章子义深为感动，在心里赞道：言为心声，深知灼见。刘贺，真不愧为皇家子弟！

这时，许管家前来禀报说，茶水已在水乐亭备好。

刘贺热忱邀请章子义入亭喝茶。子义欣然同意。刘贺命仆从帮章子义收拾杂物，子义从杂物中取出那支骨笛，便随主人向水乐亭走去。

水乐亭坐落于旧昌邑王府后花园内。它山上山下，绿树成荫。不时地传来几声清脆的鸟叫声。水是从天然山顶部引过来的一活水。只见它从绝壁飞瀑哗哗飞流直下，弯弯曲曲绕过山坡，跨入院内，再从一个个石洞喷涌而出，流入亭边长长的渠道，犹如银龙一般，活灵活现涌入亭边那个宽阔的湖塘。

许管家煮茶用的是亭边的活水。二人在石桌前对座，悠闲自在地细品漫聊。话题是从"活水"聊起的。

章子义首先施礼道："今日，先生请我喝茶，有何见教？"刘贺也不隐瞒，开门见山地说："卑下自在宫中被废黜之后，日夜愁肠百结，寝宫不安。"子义并未应答，把目光投向那悬崖乱石中流出的那片活水问道："先生，你说水是什么形状？"刘贺应道："无状。如果把它盛在盘子里，若盘子是圆满的，就是圆的了。如果用盂盛水，盂是方的水也是方的。"子义接道："水因为无形，随方亦圆，善于变通，随机应变，它能根据不同的情况，用不同的方式转化出。"

与章子义闲聊之后，刘贺心里充满阳光。他在章子义的引导下，看到了孔子"仁礼"的阳关大道。刘贺叹道："孔子曰，吾十有五而于学，三十而立，四十而不惑，五十而知天命，六十而耳顺，七十而从心所欲，不逾矩。我还年轻，好日子还在后头呢。"于是，他决心一切从头开始，做个符合"仁、义、礼、智、信"的贤达之人。

章子义补充说："记得有一段时间，子贡陪着孔子周游列国时做过买卖，当时，孔子师徒被围于陈蔡之间断了粮。后来子贡卖了一些随行物品，孔子才总算填饱了肚子。子贡有一块上好的美玉，拿不定何时出手。孔子便对他说，当然应该及时卖掉它，但要遇上识货的买主。于是，子贡的经商和孔子的传道相结合，使他们得到了好处。由于子贡的经济资助，儒学派的政治主张广为传播，孔子名气越来越大。"

刘贺由此回顾自己走过的路，后悔自己为何不学子贡，像眼前这一股股活水那样，随机应变呢？当时，如果我听了郎中令王吉、龚遂二位贤臣的建议，不把二百臣仆与十几个妻妾带入宫中，不在赴京路上那么贪玩，不在宫中那么放荡不羁……章子义喝了口茶笑道："人生路上，没有'如果'，也没有后悔药。其实，我认为人生在世，当不当皇帝并不重要，而最重要的是，无论是当皇帝还是做老百姓，关键是做一个有道德、有情操的人。"刘贺问："这种人有何标准？"子义应道："孔子曰：生有益于人，死不害于人；《诗经》曰：不愧于人，不畏于天。也就是说，一个人活着，应有益于别人，死了也不要有害于活着的人。如果没有做亏心事，我们对上天也没有什么怕的。"

刘贺茅塞顿开，点头赞道："先生所说，入木三分。可见你在学习孔孟学说时，不读死书，方法灵活，并付诸自己的具体行动中。比如孔子在他的鸿篇论著中，强调一个核心字：仁。无论是'五常'的'义、礼、智、信'，都是为了实现这个'仁'字，这是做一个君子的最终梦想。但如何理解这个'仁'字呢？请先生赐教。"

章子义应道："温和善良，是仁的根本；慎行敬爱，是仁的基础；宽松厚裕，是仁的行动；谦逊待人，是仁的才能；仪礼恭节，是仁的容貌；言语谈吐，是仁的文采；歌舞音乐，是仁的和气；分物散财，是仁的施惠。所以，孔子在《论语》中有上百处提到'仁'。其实，这个'仁'在春秋前期就有，如尊亲敬长、爱及民众、忠于君主和仪文美德等等，这些都可称作'仁'。孔子继承了前人的观念，把它发展成为系统的'仁说'而已。"想到这里，子义又由"仁"与"善"想到了"丑"

与"恶":"真善美与假恶丑都是永远存在。记得韩非子在《解老》中有句名言,万物必有盛衰,万事必有驰张。我以为,当恶者攻击你或你遇到不顺时,你应该像水一样以柔克刚,进退盈缩,与时变化,这是圣人之常规也。"

这时,一群鸟儿在树丛间吱吱啾啾地鸣叫着,忽儿停在树顶,忽儿展翅飞向蓝空;那活水湖塘里的鱼儿在活蹦乱跳,游来游去。章子义见刘贺拘谨地坐在那儿,全神贯注,倾耳而听,便示意他看看天上的鸟,望望水中的鱼。刘贺赏过之后,心境更加开阔,叹道:"是啊,那天上的鸟,这水里的鱼,它们活得多么自由自在,无比快活。我被贬为庶民,这又有什么呢?最幸运的是,我保存了生命,我还活着。"

章子义与刘贺的谈论意气相投,乐不可支,便从怀中取出那支鹤骨仙笛,双手捧给刘贺说:"此笛虽已破裂,却有我兄章子玄身上骨气。先生你看上了它,大概也有这个意思吧?"

刘贺应道:"我与你兄子玄是在鸡鸣仙舍认识的,高山流水,旧情难忘。那时,我还拜见了年过八旬、孔子的得意弟子颜回的后裔颜高,他聪明睿智,南斗一人,杖义执言,敢作敢当。他不但养了一群鸡、狗,还养了一群鹤呢。我从心里敬重他,虽学不到他的情操与气质。当我看到先生这支骨笛,心里就闪出一朵火花:传说这支鹤骨仙笛出自豫章音乐大师伶伦之手,它将给我无穷无尽的勇气与智慧。我刘贺虽然被废,仍要保持圣洁之身,维护生命尊严。"

章子义深受感动,双手把那骨笛捧至刘贺,笑道:"鹤骨虽碎志气在,请先生笑纳。"刘贺双手接过那支鹤骨仙笛,放在手中掂了掂,不由得眼睛湿润了。子义随口吟成了一首《鹤骨》诗,放声唱道:

闲园有孤鹤,心危白露下。
笛声传万里,骨气托雾霞。

这时,许管家引侯夫人、严罗绀、张修和刘梦莺、崔倩云拜见过章子义先生,并随后共进午餐,从此,刘贺再也不躲避旁人,也不觉得削掉了"大王"与"皇上"的桂冠就没有面子,甚至抬不起头。

地节二年(公元前68年)春三月,前后秉政二十年的大司马大将军霍光病重,汉宣帝乘车驾到他家里探望慰问，为之痛哭流涕。不久霍光病故。霍光逝世后，孝宣帝和皇太后亲自到霍光家里来吊唁。太中大夫任宣与五位侍御史，持符节主持丧事，并赐予金钱、缯絮，仅绣被就达一百领，衣服五十箧，还有镶有美玉珍珠金缕玉衣，梓宫、便房等各一套。朝廷调集步卒，战车部队以及北军五个营校的士兵，排列军阵，一直排列到茂陵，为霍光送葬。汉宣帝还下诏免除霍光后代徭役、赋税，继承封爵享受食邑。封霍光的哥哥霍去病的孙子中郎将为冠阳侯。

从此，汉宣帝亲理朝政，他做的第一件大事，便是着手削弱霍氏集团在朝的势力，把大权收归己有。地节三年（公元前67年）汉宣帝立皇子刘奭为皇太子。而霍家子弟有的被调离，有的被明升暗降，有的被换岗，从方方面面架空霍氏家族在皇宫的实权，彻底扫清了霍家的军权与外围势力。地节四年（公元前68年），霍家谋反阴谋败露，除女婿金赏因告发被赦免外，霍氏家族全部被杀或者自杀。八月，废黜皇太后霍成君，十二年后她自杀。长安城里有数千人家被霍家牵连而族灭。

刘贺面对霍光遭遇的这一悲剧，几乎当即晕倒，禁不住泪流满面。此时，刘贺成熟了，他不再糊涂，明白是霍光曾用手中权术把自己废黜，诸如不够"忘年交"情，没有提前打招呼"辅佐"，反而暗中调查弄点阴谋诡计，并把他好心好意赠送予他的积竹杖，当作"罪证"弹劾他；加之他不调查、不核实就乱下结论，谏他"接受印玺以来，一共二十七天，使者往来不断"如此等等。这些，都是霍光做的缺德事。他刘贺并没有记仇，仅仅一过了之。刘贺却在反思自己的过错，下台主要根源还在自己。悔恨不该违反朝规，搅乱次序，把好端端的一顶皇冠丢了等等。同时对霍光感恩，牢牢记住他老人家的好处，例如他如何遵孝武皇帝旨意，热心辅佐孝昭皇帝；又如何把自己推上皇位；虽然自己在位仅为二十七天，前后经受种种挫折与磨炼，然而大长见识。若依以往的脾性，或过去的放纵、任性，他一定会稀里糊涂号啕大哭一场，但他并没有哭，面对霍光之死与霍家的灭族，反复思索古人一句警言：丧任保价欲贫，死欲速朽。琢磨此言所含的人生道理："丧"，这是指丧失官位的人，丧失官位的人，为何会迅速变"贫"呢？

刘贺暗暗笑道："人死万事休"。是啊，霍光两眼朝天这么一死，其再大的功绩也就烟消云散，不再回来，甚至他的霍氏家族便全面败亡了。哎！人生在世，谁又不是过往的旅客呢？钱财的多少，颜值的高低，为何斤斤计较呢？正是：势不可使尽，福不可享尽，便宜不可占尽，聪明不可用尽。

刘贺想到这里，不由得皱起眉毛，反问自己：人啊人，怎么会这样呢？刘贺带着这个问题在《韩非子·解老》中找到了答案：有欲甚，则邪心胜。呵呵，怀念过去的恩宠，就一定会贪婪；贪婪就一定会图谋别人；图谋别人，别人也会图谋自己。当然会祸起萧墙。

可喜的是，刘贺在生存认识上又踏上了一个台阶。正是：国正天心顺，官清民自安。

刘贺远离皇宫仍提心吊胆，面对困境生存？且看下回分解。

山阳之阳

然而，刘贺乃是重情重义、知恩图报的男子汉。自刘贺迁至山阳郡听到霍光病故、全家灭族消息后，好长一段时间，心情才平静下来。与霍光比较一下，也总算心满意足了。想当初被废时，皇太后在诏书中说："故王家财物皆与贺。"即汉武帝当年赐给李夫人即刘贺祖母的所有珍宝，全部归刘贺所有，其中包括金器、玉器、绢、漆器等。这可是一笔丰厚的财富积累啊！从物质条件来说，刘贺这一辈子乃至他的后代，真可谓吃不尽、用不完啊。旧府留下张修等十一名舞女，一有空便听乐、赏舞、下棋或把玩玉器，日子过得倒也优哉、滋润。

这些年来，刘贺只要一安静下来，就会回顾、反思自己走过的坎坷之路。

这一天傍晚，刘贺又端坐于水乐亭石桌边喝茶、读书。他望着身边那弯弯曲曲的潺潺流水，想到岁月流逝仅为一瞬间。自刘贺离开长安，以庶民身份返回旧昌邑，就好像发生在昨日的事。他反复默念着两个字：山阳，又想到，本来好端端的一昌邑国，怎么就变成了山阳郡呢？

刘贺当然知道，山阳一名早在汉景帝时就存在。汉景帝中元六年（公元前144年），梁孝王刘武病逝，景帝分梁国北部数县置山阳国，封梁王武之子刘定为山阳王，国都为昌邑县（今山东菏泽市巨野县前昌邑村）。汉武帝建元五年（公元前136年），刘定薨，山阳国除为郡，称"山阳郡"。这一切都是正常的。他想：无论地名、人名还是物名，不就是个符号吗？当年我"刘贺"之名，不就是孝武帝赐予的吗？

此刻，刘贺喝了一口浓茶，想到的远非这些，关键是昌邑国已被撤销，改由山阳郡监管了。昌邑国付诸东流，已经一去不复返了。他把自己的命运与"山阳"二字联系在一起，想到这"山"、这"阳"一层更深刻的寓意：这"山"，我就是这山中一介草民。俗话说，无官一身轻，又有什么不好呢？这"阳"嘛，今后我无论办何事，都要见得了阳光，绝不干损人利己的阴暗之事。

是的，刘贺又不止一次从侧面打听到的长安的消息，得知这些年来，皇帝刘病已所做的一切，均令他从心里钦佩：

本始元年（前73年）五月，凤凰在胶东郡、千乘郡翔集。大赦下。皇帝赏赐二千石官吏、诸侯国相、京师官吏、宦吏、六百石官员爵位，爵位品级不等，上至左更下至五大夫。赏赐天下百姓民爵一级，赏赐孝者民爵三级，女子每百户，赏赐牛酒。免除当年租税；

同年六月，皇帝下诏："已故皇太子刘据在湖县世，没有谥号。每年按照时令祭祀，讨论谥号，为皇太子修建陵园。"同年秋末七月，下诏立燕国刺王刘旦的太子刘建为广阳王、立广陵王刘胥的小儿子刘弘为高密王。

本始二年（公元前72年）春天，皇帝用水衡都尉掌管的皇室用钱为孝昭皇帝修建平陵，将百姓迁徙至平陵县居住。

本始二年（前72年）我21岁。大司农阳城侯田延年有罪，自杀。秋，以乌孙请救，大发关东轻车锐卒、选郡国吏三百石勇健者从军，遣五将军，率十万人分道西进，以校尉持节护乌耿兵，共击匈奴；

本始三年（前71年）我22岁。春天正月，皇后许氏驾崩。五位将军率令汉朝大军从长安出发征战，五月胜利归来。五月攻匈奴罢，五将军共俘七千余，乌孙兵俘斩匈奴名王都尉以下四级，畜口七十余万头；

本始四年（前70年）我23岁。四月，皇帝令三辅、太常内郡国举贤良方正各一人；

地节元年（前69年）我24岁。春天正月，有彗星出现在西方；三月向郡、国、贫民出租公田。六月，皇帝下诏：人们将九族亲人团结在一起，最终将万国百姓聚在一起。朕享受祖宗遗德，继承祖宗遗留下的圣业，考虑宗族间有些亲属，虽血脉未断，因为犯罪而属籍遭到废黜，这些人中若有贤才，也表示能够改恶从善者，恢复属籍，重新做人。

呵呵，见一落叶，而知岁之将暮；睹瓶中之冰，而知天下之寒。

这就是刘病已，这就是皇帝！

万民之主，不阿一人。与人民一起享受自己的快乐的，人们一定会为他的忧愁而忧愁；与人民一起享受自己的安逸，人民一定会在他困于危难的时候全力拯救。

这就是刘病已，这就是皇帝！

刘贺想到这里，羞惭地低下了头：无论在修身养性，为人师表，还是掌管国家大事，对待霍光等重臣的为人处事诸方面，我与皇帝相比，相差二万八千里。再想起在赴京路上，与旧部抓鸡摸狗，比陀螺赚酒田，骑马跳火赢骏马等那些无聊事，不觉心里好笑：脆弱的小鸟，怎能与鲲鹏相比呢？于是心里折服，叹道：小人根本就不是当皇帝的料！

然而，我不能躺下！庄子曰：人生天地之间，若白驹之过隙，忽然而已。

是啊，光阴迅速，人生短暂。

刘贺永远怀着一颗善心，时刻想着为民施仁、舍义。他就这么个脾性：凡自己想到要做的事情，便立马行动，十八匹马也拉不回头。昌邑民间有一年一度的喝插秧酒、过插秧节的习俗。在插秧这一天，乡亲们出于乡土人情，三家五家地相约在一起，先后把各家各户的秧栽下去。以犒劳泥里水里人们的艰辛，迎候丰收。

这天一早，刘贺起来便把侯夫人、严罗紨、张修和刘梦莺、崔倩云，还有儿子刘充国、刘奉亲、刘代宗等人叫到自己身边，先把从今天起，他为国为民多做善事、好事的想法说了。亲人们见大王精神焕发，跟以前完全变了一个人，心里十分高兴，都举双手赞同。

老大刘充国身体虚弱，是个"小药罐"，他见父亲一心为国、为民很是高兴，惭愧地说："只是因孩儿病魔缠身，帮不了什么忙啊。"老二爱好骑猎，也不关心父亲所做的事情，只应了声："只要不影响我骑马打猎，干什么都成。"唯有那个才五六岁的刘代宗懂事，眨巴着那双亮晶晶的眼睛，先劝刘贺不要太操劳，即使为社会多做益事，也切不可输了身体"老本钱"。老三的孝顺让刘贺心里舒坦，他关爱地轻抚三个儿子的头，关切地说："老三说得对，身体健康是本钱。你们年纪虽小，却都要学会好自己照顾自己。孔子在《论语》中说过一句话：君子有三戒，少年时，血气未定，戒之在色；及其壮也，血气方刚，戒之在斗；及其老也，血气概衰，戒之在得。色为女色，得即贪也。你们千万要记住，远离这两个字。"三个儿子异口同声，顺从地应道："请父亲放心，孩儿记住了。"

刘贺回想自己的大半生：权势、圈套、陷阱、恐惧、平凡，啊！现在好了，那日夜痛苦、猜疑总算从心头消失了。如今儿子、臣仆都亲亲热热围在自己身边，心里多么舒坦！他感到愉悦、幸福，便又说出了一个新想法："明天是插秧节。我决定去原昌邑国旧部家属助耕去。"他记得古代先帝继承"执杖鞭牛打春谷"遗风，旨在"五谷丰登，满地皆是"，讨个吉利。

次日插秧节，刘贺吃过早饭后，天上的太阳暖融融的，刘贺身穿旧服飞骑箭羽走在前面，仆从们则徒步紧跟于后，并遵刘贺旨意携带了些钱、物，准备施舍、接济一些昌邑旧部最贫困的孤寡老人。

车夫快马扬鞭向前行驶。他甩动着鞭儿吆喝着，"哟嗬嗬，哟嗬嗬"地往前赶路，

第十一回
十年梦醒

十分愉悦。一到达目的地，乡亲们便在村头敲锣打鼓，欢迎旧昌邑王驾到。

刘贺走访第一户，跨入一间低矮的茅屋中：这是一位胡姓的孤老，她年约七旬，两鬓内陷，白发苍苍，仿佛全身仅由骨头和神经构成。她的丈夫就是与昌邑旧部二百臣仆一起处死的"酒壶"——周扶。胡氏身边仅有个十几岁的女儿陪伴身边。

刘贺见到老人鼻子一酸哭泣起来，责备自己无能、对不起老人，还命仆从送给她三百余五铢钱、两袋白面。胡氏眼噙泪花，说是大王你也有难处，我们怎能收受呢。刘贺站在胡氏跟前，感到无奈与茫然。

刘贺走出旧部周扶茅屋，向随从仆人提出，我要下田尝尝插秧的滋味。当地百姓闻知心疼地说，"唉哟哟！看大王你这细皮嫩肉的，怎么能下田呢！快，快，请进屋歇息去啊！"可刘贺决心已下，哪里肯听？挽起裤腿，脱下鞋袜就下田去了，仍把脚伸至麦田的泥泞里，如同刀子一般刺骨的痛。他只有咬牙忍痛，抬头向前方望去：暖暖的骄阳下，那些槌草、麻雀草与麦子兄弟般地挤着、挨着，绵绵密密，仿佛一匹匹抖动的锦缎，心中十分快活。

此时，刘贺"学禅悟道"兴味又上，他察看着另一口田的草与麦夹杂在一起，辨不出哪是麦哪是草，禁不住感悟道：天下事，真亦假，假亦真，真真假假昏昏沉沉；人际间，理亦错，错亦理，鱼目混珠难辨清。点滴疑误积成过，淘尽泥沙始见金。

当刘贺一身轻松回到旧昌邑府时，已是黄昏。刘贺觉得这虽有些疲惫不堪，却心里踏实：今天，赏赐了已故昌邑旧部的家属后人，总算完成了一份心愿。次日，刘贺又走访了昌邑旧部十几户人家，在那里挑选了一群精通金、银、铜、铁、织、篾等工艺的工匠师傅，大多是昌邑国旧部的家属，均有一技之长；有的还是老师傅。刘贺正准备向他们训话，有个人物神神秘秘地出现了，他站在不远处的一棵大槐树后面，那双浑黄的眼睛不断地转动着，似乎盯住了刘贺的一举一动。刘贺并不知晓，便大大咧咧地对他旧部的子女说："今天，我刘贺不是皇帝，也不是昌邑王，我与大家一样，就是个普通百姓。但旧昌邑府是你们的家。你们只要有一技之长，都可以跟我走，我将助你们一臂之力。"大家听后深受感动，跪拜谢恩。

这时，躲在槐树后面的窥视者走了过来。他就是一个月前刘贺赴京主持先帝丧事，与刘贺赛过陀螺、飞马跳火的谢他天。谢他天神气活现，过来给刘贺招呼一声，然后刨根问底，问及"增收旧部人员、扩大势力"等之后悄然离去。刘贺望见谢他天远去的背影，心里闪过一个问号：他怎么会出现在此地呢？正是：树老抽枝重茂盛，云开见月重光明。

然而，"安危在是非，不在强弱"。

前些日子，刘贺又来到了当年建造的那座金山王墓前。此墓是刘贺任昌邑王时留下的遗迹。后元元年（公元前88年）刘髆病故，刘贺继任第二位昌邑王。刘贺便开始在自己的封地劈山修筑墓道、筑造墓区。后来，刘贺当上了皇帝，此墓修筑自然也就停止了。按照朝规，现在刘贺被罢黜既不是皇帝，也不是昌邑王，当然不可能继续在此造墓。此刻，他来废弃的金山王墓察看，纯属对往事的一种怀念。

记得当时刘贺封王建墓时，他还是个英俊少年啊。臣仆们听说他要建造"金山墓"，都很吃惊，说是大王年纪轻轻，也想得太远了。刘贺却轻松一笑，生老病死，是自然规律。皇帝也不例外。记得《左传》说，齐景公与臣晏子一起登高观游，郡城临淄的繁华尽收眼底。当时景公叹道，若得不死，便可永享受享富贵，那该多好！晏子马上正色回答：天底下若真有这样的好事，当然再好不过。可君王你再想想，若是这样，君王的祖父或父亲，现在自然不死仍是君王，哪有你今日齐王的富贵呢？齐王想了一下，哑然无语。

如今刘贺站在自己的坟墓的残碑破砖断墙前，一股股阴气扑面而来，几只小鸟栖在坟头枯树枝头唱歌，委婉而凄凉。刘贺叹道："这段历史令我反思，我以为，人世间从来就没有长生不老药。想当年，我皇爷爷晚年求仙，苦寻不老药，老人家想活到一万岁，结果还不是走了。孟子曰：生于忧患而死于安乐。我是个有福之人，定将死于安乐。所以，我想在我有生之年，先做一件事大事：即为自己建一座王墓。"

家人见刘贺决心已下，也就没有制止。从此，刘贺亲自与土木专家共同设计图纸，还为王墓取名为"金山大洞"；破土动工后，他亲临现场考察，王墓在山顶位置凿山开建，在离"金山大洞"数十米的更高一侧的山体上，还设有一条上百米长的墓道。如今刘贺观墓一举，无非说明一点：这些年来，刘贺成熟多了，不但学会了独立思考人生，还懂得了情与爱。他留恋山阳郡这块故土，因为这是他出生与成长的圣地。如今他削为平民百姓，却依旧热爱它，怀念它，永远也不想离开它。

第十一回 十年梦醒

此刻，刘贺站在金山墓前，遥望着前方红土山那一个个小山包，不禁怦然心动，热泪盈眶地叹道：这是第一代昌邑王、我父亲刘髆之墓啊！本来，他想走近父亲的坟墓前说几句心窝里的话，可刚欲移开脚步，脑子里闪过一念：向父亲说什么好呢？

记得刘贺刚返回昌邑，头一次为父亲扫墓时，哭得昏天黑地，几乎晕厥过去。晚上回家做了个梦，梦中玉箫轻吹，彩凤亦舒翼鸣舞，歌女、舞女唱和如一。这时，西南方天门洞开，忽传来父亲一阵爽朗的笑声。父亲轻盈地走到他床前，关切地问起儿子在昌邑当诸侯王时为百姓办过哪些善事、好事。刘贺十分尴尬，无言以对。当父亲得知他被废黜返回老将之后，竟然吹胡子瞪眼，大发雷霆，指着他的鼻子大骂："老夫早就看出你无知、无智、无能，是个不中用的废物！"刘贺吓得魂飞魄散，哭诉道："父亲，这不能责怪我，是霍光他……"不等他把话说完，刘髆连骂几声废物，拂袖而去。在幻觉之中，刘贺不见父亲的身影，却闻见满屋臭气熏天。低头一看，原来地上留下一堆蝇屎，刘贺心里厌恶，转身欲跑，却一不小心滑倒在蝇屎堆里……回到府中，他便一病不起，半个月后才恢复身体元气。从此，刘贺再也不敢走近父亲墓前。

刘贺经常会想起第二次所做的"蝇屎梦"，心想：我无官一身轻，已被废黜为庶民了，还会有什么灾难降临呢？

刘贺的担忧并没有错。刘贺被罢黜回到昌邑后，汉宣帝刘病已虽日理万机，但他一静下来便会思考：刘贺在昌邑的情况如何？他会不会心存不满，从中作梗呢？这是刘病已的一块心病。特别是前些日子，刘病已接一份来自民间的举报：说是刘贺被废黜之后活动频繁，还经常招兵买马，深入昌邑旧部视察。这份状子就是谢他天为报复刘贺，花重金买动朝廷官员呈上的。加之刘病已长期以来的重重忧虑，便决心从群臣中挑选一位得力的干将，去山阳郡任太守。这个人选最后落在张敞身上。

刘病已这一决策是经过深思熟虑的。在汉宣帝心目中，张敞能力很强，为官清廉，敢说敢为敢担当，曾多次勇敢直谏刘贺，微言大义，从不夸张，击中要害。张敞当然是最佳人选。在霍光把持朝廷期间，张敞还仗义执言，冒死向宣帝谈论霍光"霸道揽权"的私心，从而一直受到排挤，仕途很是不顺。而刘贺幸运的是，张敞对刘贺父子的为人都很了解，还有深厚的老交情呢。有两件事情对张敞印象深刻：一是老昌邑王刘髆忠实厚道。原来，张敞的岳父曾在其手下做事，曾得到过他无微不至的多方关照与帮助；二是刘贺单纯善良，在他当皇帝的二十七天里，对下士亲和，毫无皇上架子。张敞也曾总结过他的失败教训，主要是执政经验不足，有时不按规章制度办事，乱了章法。但其人品与本质是端正、良好的，绝无什么死灰复燃、东山再起的野心。同时想到刘病已也是巫蛊案的受害者，生下几个月后即遭遇巫蛊横祸，襁褓中便关押在郡邸狱中。他与刘贺一样，在人生道路上都有一段苦难经历。因此，张敞心里暗自盘算：刘病已明明知道臣与刘贺关系亲密，为何还宣我赴山阳郡任太守呢？在张敞心目中，宣帝是一位既讲原则又重情谊的皇帝。再从血缘与辈分上说，刘贺是刘病已的皇叔，宣帝对刘贺并无恶意。回顾宣帝登基以来颁发的所有诏令，无一不与"仁礼"相关。于是，张敞决定，在山阳郡处理刘贺的任何事情均三思而行，既谨慎又宽容，但不可违背原则。

地节三年（公元前67年）五月，汉宣帝正式任命张敞为山阳郡太守。张敞领旨接任，风尘仆仆地赶到山阳郡，开始了对刘贺的调查摸底。他了解到，前昌邑王刘贺住在昌邑旧宫中，共有奴婢一百八十三人。他还注意到，刘贺一直的生存方式与兴趣爱好，仍是天生轻佻贪玩，猎奇好动；弓马娴熟，放荡不羁；爱听音乐、观赏舞蹈；除爱好苦读《尚书》《论语》《孝经》之类的孔书外，还喜读《易经》五行、风水等杂书，精神状态颇佳。因张敞刚刚担任太守，事务繁忙，也就没有过多去管他。

再说刘贺得知张敞在山阳郡任职，心里自然高兴，因他了解张敞的品格与为人。爱妾们看得出来，这几天刘贺的心境好多了。这天晚上，侯夫人、严罗紨、张修、刘梦莺、崔倩云等爱妾陪刘贺来到后花园，围坐在小溪边的天然石桌前，一面喝茶一面聊天。

半圆形的月亮挂在天上，洒下一片洁白的清辉，在弯弯的溪上闪闪发光。刘贺长期以下压抑的心情也放松了，忽然问众妻妾：你们看那天上的月儿，它像什么？有的说像镰刀，有的说像银环，有的说像梳子。刘贺却摆手笑道："你们都说得有道理，但它更像……"刘贺说到这里卖了个关子，大家齐声追问刘贺下半句何意。这时，张修见天上一颗北斗星儿拖着长长的尾巴，上面长着闪闪发光的睫毛，正在天边浮动。刘贺这才露出了笑脸，指着那带有睫毛的星儿，俏皮地说："那根睫毛非同小可，它可是张敞为他爱妻描绘的眉睫啊。"逗得大家哈哈大笑，庭院的气氛又活跃起来。

原来，张敞虽然执政严明，廉洁奉公，但为人不拘小节，不摆官架子，往往穿上便衣，摇着扇子，在长安街上自由自在地溜达；有时早晨起来没有事，还提笔为他的夫人画画眉毛。张敞居住在长安章台柳巷，这一带是妓院云集之地。但张敞从不为美貌妓女心动，从无拈花惹草之事。有时他令人驾车因公暇走马章台，自己坐在车厢内，反觉不好意思，便用扇遮面，生怕别人看到。

张敞有个爱妻名叫何氏，长得娇小玲珑，肌肤雪嫩，鲜妍有韵，乌云挽髻。一双秋波水灵灵，两道细眉柳叶均，真可称得上绝代美人儿。

张敞对何氏甚为喜爱。虽然公务繁忙，但每天都要忙里偷闲为爱妻画眉。古代画眉十分讲究，有一位画工作过《十眉图》，尚有鸳鸯眉、远山眉、五岳眉、三峰眉、垂珠眉、却月眉、分梢眉、涵烟眉、拂云眉、倒晕眉。这些与画眉相关的名名堂堂，张敞长期为妻画眉，研究颇深。此刻凯旋，喜笑颜开，提起画笔试问何氏："呵呵，我的宝贝，今天，让我给画哪一种眉呢？"何氏朝丈夫莞尔一笑："随便！"张敞提起画笔应了声："好！贤妻，臣就给你画个随便眉！"便躬身弯腰，在妻子那两道柳叶眉上，描了一幅"拂云眉"。何氏凝视着镜子里自己的瓜子脸，一边一个酒窝儿。高高的发髻，把她长长睫毛上的那对眉儿，映衬得丰满均称，接近眉端处像弯月一样纤细，另一端刚用布抹过，犹如画家笔下雨后的水墨云彩。张敞也觉得满意，当即吟唱一首《画眉谣》：

彩笔穿花乐悠悠，撩开湖畔新垂柳。
嫦娥新月曲如眉，离愁别恨满轻舟。

后来这件事情传了出去，群臣在背后说三道四，有人夸他是个标准的模范丈夫；有人贬他身为大臣却是个软骨头，毫无尊严；还有臣在宣帝面前告他一状，斥责他有伤朝廷威仪，不足百姓表率。

一天上朝，宣帝刘询问起他画眉之事，张敞并不否认，平静应道："一是臣确实在闺房为妻画眉，不止一次，天天如此，且画得很漂亮；二是夫妻之间此类私事，与他人无关；三是臣听说在闺房中，夫妻之间亲昵的程度，远远超过画眉之类的事情。如果都要去管，皇上你忙得过来吗？"三言两语，理直气壮，把状告者驳得哑口无言。朝堂群臣听了，哄然大笑。宣帝便一笑了之，从此也就不再过问画眉之事了。

公元前68年的一天，张敞正在寝宫欣赏自己笔下的拂云眉，一小宦官前来张府禀报说，皇上单独召见张敞。张敞闻声乘车直奔未央宫，在宫中拜见宣帝。宣帝仅向张敞说了两件急事：一是告诉他大司马大将军霍光身体欠佳，要他前去探望；二是向他表示了对刘贺在山阳郡的忧虑。

张敞从刘询的谈话中，领悟到了隐藏在皇上心里的两个隐患：一是霍光虽然病了，但仍要维护他在朝中的地位与威信，绝对不可得罪；二是刘病已虽登上了皇帝宝座，且刘贺被削为庶民远离长安，连昌邑国的封号都没有了，但皇帝在心里仍在忌惮废帝刘贺，生怕他死灰复燃。

于是，张敞跪拜在皇上跟前直言："臣有几句心里话，欲冒死对陛下诉说。"刘病已恩准他说下去，张敞便抖胆谏道：

"孔子在编撰《春变》时，谈到王朝的盛衰，对朝中卿士重臣批评得最多。在此前，大将军霍光执掌朝政，决定废立，安定宗庙，稳定天下，功劳卓著。周公当年辅政只有七年，大将军前后辅政二十年，海内命运，掌握在大将军一人手中。"张敞躬身说到这里，用双眼余光斜视了汉宣帝一下，察觉他在认真地听着，便继续劝谏道，"在大将军兴隆时，可以感动天地，侵夺阴阳，月亏日食，昼昼夜亮，宇宙震动，烈火升腾，天文失序，灾祸频仍，难以胜记，这些现象全是因为阴过于盛，臣专权。然而，陛下知道朝中大臣在背后议论什么吗？"

此时，刘询心里一阵热，眼睛之间有星星泪光，既忧虑又感动，微微地点了点头，示意张敞继续说下去。接着，张敞说了些"陛下为向霍氏家族施予恩德，做了很多事情"，"现在朝中大臣仍然专权，外戚势力过于强大"，以及"君臣名分不分"之类的锋锐之谏。

刘询听罢张敞劝谏，却并不动声色，既不赞赏，也不制止，待张敞把话说完，突然板起面孔厉声喝道："你以为朕对宫廷内外的是是非非，全都看不见，吃不透？"张敞跪下应道："臣不敢。"刘询似乎胸中火气仍未消除，又从牙缝里挤出四个字："朕杀了你！"张敞并不退缩，不紧不慢地应道："那，朝廷上下，文武百官都会拍手称好。"话音里含有金属的铮铮之声。刘询追问原因，张敞平静如镜地应道："因为，在未央宫上下左右，都是霍光的内幕或眼线。而敢于站出来劝谏陛下的，仅臣一人。"

刘询冷笑一声，反问："那又怎么办呢？"张敞心知，刘询这么一问，是在暗示他出谋献策。于是张敞透了一口大气，又把自己的想法全盘托出："故臣奏请罢黜霍氏家族的三位列侯，让他们回老家休息。还有卫将军张安世，也应该赐予座几、手杖，让他回家养老。陛下是天子，只是偶尔慰问、召见一下便可。这样，天下人都知道陛下不忘大臣功劳，朝臣也会因此而被认为知礼。以臣揣摩，如果这样，大司马大将军和他的家属一定会有畏惧之心。接近朝堂的大臣也有畏惧之心，这，并非不是一件好事。"

刘询来回走动了几步，悄无声息。他觉得张敞真是个不怕死的大臣，竟敢在四面埋伏中狠狠给霍光背后一刀，从心里敬佩又感动，便恩准他平身。张敞抬起脸，满额汗水滴落于地。张敞望着刘询脸上为难的神色，继而乞求道："上古时伊尹五次被推荐给夏桀，五次返回侍奉商汤；萧相国推荐淮阴侯朝信，几年后才受到高祖重视。臣知道，陛下心里早有一盏明灯，臣就是那灯盏里的灯芯。臣愿意把自己烧尽，在朝中谈出以上看法，忠贞不渝为皇上……为我大汉江山社稷效犬马之劳。"

刘询对张敞的劝谏，既不肯定也不否认，而是从侧面赞道："子高，你博览群书，精通六艺，更难得浑身上下有一股子浩然正气。朕一直在观察你，觉得你是我大汉江山社稷不可多得的人才。关于霍大将军的事情，今天就说到这里为止。"他想了一下又说，"霍光接受孝武皇帝遗诏，辅佐孝昭皇帝，对朝廷一片忠心耿耿，出入宫中禁闼二十余年，是我大汉有功重臣啊。"刘询还暗示说："最近大将军身体不佳，有空你该去探望他。"张敞顺从地应了一声："稍后臣定拜访将军，同时捎去陛下对大将军的关怀与问候。"刘询微点头微笑，算是给了这位近臣的最佳评价。正是：西风昨夜过园林，吹落黄花遍地金。

话说刘贺自返回山阳郡后，心里茫然，对这里的人和事的处理，仍有些拿不准。总想找一位挚友聊聊。正在困惑时，又遇章子玄之弟章子义游学经过此地。刘贺喜逢知音，分外兴奋。二人便常常在水乐亭喝茶闲聊起来。

话题是从"万物必有盛衰，万物必有弛张"谈起的。当子义听完刘贺在山阳郡下田助耕、慰问旧部、搜罗旧部困难家属后代等作为之后，子义再次给他敲警钟说："我以为，做这些事情并不妥当。"刘贺不解地问："先生不是主张我振作精神，从苦闷中走出来吗？现在我……我又错了？"章子义并没有正面回答，而是忧心忡忡地问："你知道大将军霍光与当今皇帝刘病已，将你旧昌邑国改名什么吗？"刘贺说："山阳郡。"子义又切中要害地说："这个'阳'，不是你，而是当今皇帝刘病已！"刘贺这才听懂了一半，惊得睁大了眼睛，慌忙点头称是。章子义拍拍刘贺的肩膀，再进一言："贤弟，眼下你身上的'阳'气太重。"

　　刘贺不解，问："此话怎说？"子义应道："当恶者攻击你或你遇到不顺时，你应该像水一样以柔克刚，进退盈缩，与时变化，这才是圣人的所作所为之常规。"说毕，又丢给他一句警言"君子慎始，差若丝毫，谬以千里"，然后拱手告辞。刘贺听罢振奋不已，再三挽留他住几天再走，子义却以下次再来告辞离去。

　　刘贺凝望着子义远去的背影，反复琢磨着此言含意：君子对事情的开始很谨慎。因为开始产生了毫厘之小的偏差，其后果的差错就会有千里之遥。刘贺心想：子义先生为何对我说这些话呢？难道朝廷果真有人盯住了我？正是：树老抽枝重茂盛，云开见月重光明。

　　再说自刘贺发配至阳郡之后，渐渐变得成熟良好、老练起来，他遇事不再简单、毛糙，而总会在脑子里打上个问号，深思熟虑。他还养成了个良好习惯，一有空便独自坐在乐水亭，观水品茶，读书思考，追究个"为什么"想到背后有人监视、捅刀时，一股冷风使他全身收缩；想到有人吹他、抬他，把自己捧上了半天云，那种欢不再像火山一样在心里爆发起来，而是对自己发出警示：别让彩虹挡住了乌云……

　　是的，刘贺获悉大臣张敞调到山阳郡任太守，他对这位郡中最高长官并不惧怕，反觉一身轻松。刘贺对张敞印象颇深：记得他在当二十七天皇帝时，张敞为太仆丞，可说得上是自己身边的近臣。张敞也劝谏过自己，虽言辞锋锐，却证据确凿，切中要害，从不夸大其词，也不吹牛拍马，令刘贺心服口服。刘贺还认他张敞有胆有识，在大是大非面前，他决不手软让步。他甚至敢于顶撞当时不可一世的霍光。总之，张敞在刘贺心目中，绝对是条真正的男子汉！

第十一回

十年梦醒

　　话说地节三年（公元前66年）九月。一天下午，许管家在路上遇见山阳郡一小官吏赵长生，赵长生在与许管家闲聊中，提及张太守问起昌邑旧府地址及生活状况，还在言谈中透露，不但张太守，就连汉宣帝刘病已也在关心大王境况，还向他暗示：他或许会去旧昌邑府看看。

　　许管家一返回府中，便把从赵长生那儿获得的消息，如实向刘贺禀报。刘贺一听心里警觉：张太守为何上门探望？是他自己要来，还是汉宣帝派他来的呢？许管家一时拿不定主意，又觉得此事十分重大，便忧心如焚，唠唠叨叨提醒大王"多加小心"，因明枪易躲，暗箭难防。然而，刘贺一句也没有听进去，他打起瞌睡来。许管家站在一旁，笑眯眯地望着他那甜美可爱的睡态，仍像孩子一般。便站立于一旁，准备待他睡醒后，搀扶他去寝宫继续睡。谁料他越睡越酣，又打起呼噜来，那呼噜越打得越响，最后竟像打雷一般连天震响。许管家便没有惊动他，而脱下自己身上的外衣，轻盖在大王身上后悄然离去，一面走一面摇头叹息："太累了，大王太累了……"正是：仆从心焦好忧虑，主人大风吹斗笠。

　　张太守会不会下旧府视察？其目的意图是什么？刘贺又将如何应对？且看下回分解。

亦真亦幻

话说许管家向刘贺禀报山阳太守张敞视察消息，刘贺听着听着便进入梦乡，还打起了呼噜。大约半个时辰过去了，刘贺才睡醒坐起，许管家便又把昨天从小官吏赵长生处得到的消息，神秘兮兮地对他说了。刘贺睁开蒙眬双眼，似乎仍未睡醒，有气无力打了个哈欠，倒在床上又呼呼入睡了……

许管家觉得他不太对劲，愣愣地站在大王床前观察，只见他呼吸不畅，有时咽喉哽塞，憋不过气来，便有些紧张：难道大王身子骨不舒服？于是轻声呼唤几声，却也没有回应。许管家急了，生怕身体出毛病，便把大王爱妻严罗紨、侯夫人唤来。她俩察看刘贺脸上气色之后，故意与他闲聊几句，测试他是否头脑清楚，刘贺却言不搭后语，侯夫人眼泪汪汪地凝视着他，心里很是难过；严罗紨提出找个郎中为他看病。刘贺却摆了摆手推却说不必，还说没关系，死不了。

从这一天起，刘贺意志消沉，百事不问，一有空闲便独自一人关在孔贤斋把玩、鉴赏古文物鼎、缶、温酒器、铜染炉、青铜釜、青铜奁等；有时欣赏着各式精美的玉器，诸如人形玉佩、蝶形玉佩、玉璧、玉带钩、玉耳环等等。

更为蹊跷的是，有时他竟然独自一人下棋，玩得高兴时还拍手大笑，连呼"大王我赢了，我赢了"；有时神魂颠倒，别人说东他道西、指白他答黑；有时还手指身后惊呼："追兵抓我，逃也！"并做各种莫名其妙的惊恐之状。

刘贺平日大门关闭，只开小门，从不与外界陌生人接触。只派一个差役领取钱物上街采买，每天早上送一趟食物进去，此外不得出入。早晨购买食物，其他物品不得购入。安排一名负责防盗官员负责巡查，检查来往过客；还用宫里的钱雇佣士卒，负责宫中警卫，防备盗贼。

刘贺愁眉苦脸，垂头踱步，心里沉郁。宫中所有臣仆都察觉到，刘贺原有那股勃勃生机一扫而光。唯使刘贺感到慰藉之处是，父亲那座金山墓：他对父亲之墓不再惧怕了，反而经常呆坐在父亲坟前，昏昏沉沉，胡思乱想，幻想自己能与死者一起，时哭时笑，倾心闲聊，他在坟墓前一坐就是老半天，似乎在与父亲同享来世的生活。众爱妾发现一贯潇洒、大方的大王，完全变成了另一个人，便心存疑云，焦虑不安，断定大王一定有怪病缠身，或鬼迷心窍，大家都在为刘贺担忧。

一天早晨，忽有一人求见刘贺。许管家开门一看，此人好生面熟，一下便认出他就是老朋友章子玄，年约四十来岁，脚蹬草鞋，头戴青布道巾，身穿布袍草履，腰系两股黄绦。虽长相显丑陋，却身如松，声如钟，坐发弓，始终保持着一种高雅、睿智、沉稳的侠义气质。其实，章子玄已成为一位游侠，远游四方，轻财重义，一路乐善好施。最近，他游至济阳、昌邑一带，得知刘贺被废返回昌邑，便专门绕道上门探望。

从刘贺出生时为解"贺"名，许管家就认识他。当时刘髆还在世，许管家一见到子玄，倍感亲切。当他问及刘贺近况时，许管家便把大王身患怪病之事说了。子玄一听，感到奇怪。侯夫人、严罗紨闻声而来，犹如救星从天而降，便乞求子玄为丈夫看病。子玄入室时，刘贺还在昏睡。子玄示意不要惊动大王，便入室察看了刘贺脸上气色，然后轻轻为他把过脉，再出寝宫问明刘贺患病的前后经过。章子玄默不作声，欲悄然离去。侯夫人、严罗紨、张修等夫人紧随而上，探问大王到底患的是什么病？并请大儒子玄为大王下几副灵丹妙药。子玄面呈难色，沉默许久之后下了八个字："不治之症，无药可救"，拂袖离去。众妾吓了一跳，侯夫人急问："章大人，此话怎说？"

章子玄惆怅良久，先不说病情，而是述说了一段有趣的故事。

说是有一天，颜回对孔子说："我进步了。"孔子回他何意？颜回说："我忘记仁义了。"孔子说："好哇，不过还不够。"过了几天，颜回再次拜见孔子，说："我又进步了。"孔子问他："进步什么呢？"颜回说："我坐忘了。"孔子敬畏地问他："什么叫'坐忘'？"颜回答道："毁废肢体的健壮，消退耳目的灵敏，放下自己的形体，抛弃自己的认识，而合同于广大通达之境。这就叫'坐忘'。"孔子说："同一侧没有偏好，化解则没有坚持。你果真是个贤人呀！"

子玄说毕，匆匆离去。众妾与臣仆们面面相觑，对子玄所说这段话，捉摸不透。张修追上去急问："我们大王究竟患的是何病啊？"子玄不语，跨出门外。许管家已按侯夫人吩咐，拿出几百五铢钱追上前去欲奉送给子玄，可子玄早已消失得无影无踪。大家正在失望时，严罗紨却说："子玄仙者，为圣医也！"侯夫人点头赞同。众妾莫明其妙：二妾葫芦里面究竟卖的什么药啊？

原来，侯夫人、严罗紨出身书香门第，博览群书，对于章子玄所说的弦外之音，一听便明白：章子玄刚才所言意味深长，他在诊断刘贺之病后，并未就事论事，而是引用圣人对疾病、残缺、贫困的认识的名言，说出了这么一番人生哲理：贫困是命运的偶然现象，而并非天地父母的意愿，跟自己的努力没有什么关系。同样富贵也是命运的偶然。我们不能因为自己的贫贱而喜怒哀乐，也不能因为别人的贵贱而献媚或践踏，而是要淡定平和，安然处之，即一个人的身体残缺了，就安定于残缺，绝不能怨恨命运。当然，虽然贵贱不是努力而获得的，但千万要记住，不要因为自己的放任、骄横和杀伐而伤害自身。

侯夫人、严罗紃便凑在一起，读懂了章子玄为大王把脉的寓言：

大王并非身病，而是心病。你看，刘贺由富贵衰至贫贱，这是命运的偶然现象，而不是天地父母的意愿，跟自己的努力毫无关系。为何要为贫贱而喜怒哀乐呢？侯夫人解道："无论是身体残缺，还是精神残缺，都要安定于残缺，绝不能怨恨命运，大家不是责指大王被废黜吗？"严罗紃点头称是，应道："关键是最后一句：虽然贵贱不是努力而获得的，但千万要记住，不要因为自己的放任、骄横和杀伐而伤害自身。这是大王在总结自己一路走来的经验教训啊。"侯夫人这才恍然大悟：难道大王真的无病，而是在装疯作哑？可他为什么这样呢？二妾仍找不出缘由，心中大惑不解。接着，她俩又把这个结论推翻了，说是大王大事小事，对她们从来没有隐瞒过，他为什么要这样做呢？最后二人商定：此事仅为我们的胡乱猜测，切不可当真，更不能对外传扬，先观察一段时间后再下结论。

尽管二位贤妻对刘贺这样或那样分析、猜疑，但有一个关键事实，她俩却并不知晓：仆从许茂昌曾从郡中小吏赵长生处获悉："不但张太守，就连汉宣帝也在关心大王境况。"若这二位聪慧、灵巧的贤妻得知这一情况，肯定又要浮想联翩，推测出种种恶果。可许管家跟随大王多年，可以说是看着刘贺长大的，把刘贺的脾性全都摸透了，对他的心里所思所想，也了如指掌。对于类似"谁关注大王"之类的敏感话题，许管家守口如瓶，绝对不会轻易透露出去的。这是许管家一贯办事规矩。

话分两头。自张敞在山阳郡任太守以来，废寝忘食，忠于职守，日夜都在为郡中百姓操劳忙碌。他在山阳郡上任不久，政绩显赫。山阳郡有九万三千户人家，约有五十万以上人口，可以说是个思想活跃、经济繁荣的大郡，过去盗窃成风。经张太守惩治之后，仅出现过七十七个盗贼且抓捕归案，确保了地方百姓的安定。

这天下午，张敞正在书房处理公务。赵长生送了一大沓文案，张敞一面批阅文件一面问最近市面的治安情况。长生说了些"国泰民安、万事大吉"之类的套话，张敞脸色不悦，把眉一皱，再问："我是问你最近到过哪里，发生过什么事情？"赵长生这才应道："前些日子，我在路上遇到旧昌邑府的仆从许茂昌，臣给他聊过几句。"张敞连头也不抬，继续批文，随意问道："那又怎么样？"长生又把与许管家的谈话内容，一五一十地述说了一遍。张敞似听非听，仿佛把一门心思扑在公文上，瞪了他一眼，喝道："尽说些无用的废话。"便挥了挥手让他离去。赵长生不知太守究竟要他说些什么，便扫兴地走开了。

确实，赵长生摸不透张太守办理每件公事的目的与内容。

张敞是从底层一步一步"干"出来的。开始，他只不过是个乡官，后为卒史，为郡守属吏。深入基层，关心百姓疾苦，为官清廉，深得当时的太仆杜延年重用，先后补为甘泉仓长、太仆丞等职。在刘贺当皇帝的二十七天里，张敞从捍卫大汉江山社稷的高度与视野，不仅挺身而出进谏过霍光，且对于刘贺在宫廷任性、放纵、荒唐的行为，既十分关心又倍感忧虑，生怕大汉前程毁于一旦，因此不仅勇敢上书谏言，且旁敲侧击警示刘贺，但他完全接受、坚决不改，把这位良臣的忠告当作耳边风。在刘贺被赶下皇位以后，张敞还曾因谏言直切而显名，被擢为豫州刺史。

刘询之所以把山阳太守这一千钧重担压在张敞肩上，是因为张敞在霍光废黜刘贺中有勇有谋，秉公办事，他对刘贺行为无私劝谏，显露名声，从而获得宣帝的赏识与信任。虽然因为张敞刚直不阿，忤逆了大将军霍光，被派去了掌管军费支出，且一度被调出京城，担任函谷关都尉。但无形之中，张敞成了汉宣帝的一名得力将才，无论何时，他都能搬出且步步为胜。

更值得关注的是，刘贺虽被贬为庶民送回昌邑，但汉宣帝对刘贺这个人物仍捉摸不透，便做出了"撤销昌邑国，改由山阳郡监管"的决定，并指派张敞担任山阳郡太守，监视刘贺的一言一行。元康二年（公元前64年），汉宣帝在给张敞的玺书诏书中暗示：令山阳太守：要谨慎防备盗贼，注意往来过客，不要泄露这条诏令。张敞一看玺书，心领神会，一下就明白了汉宣帝隐喻的真实旨意。为了既不折不扣地执行皇上旨意，又暗中保护刘贺的生命及财产，便暗示小官吏赵长生，让他和昌邑王旧府"吹吹风"。此刻，张敞在心里揣摩：刘贺从赵长生处得知本郡"视察"信息，会有什么反应呢？

再说章子玄上门问诊之后，刘贺之病依旧那样，毫无转机。

两个多月之后的一天早晨，阴雨连绵。刘贺正独自一人坐在水乐亭把玩玉器。他凝望着石桌上摆满的各式大小精美玉器：人形玉佩、蝶形玉佩、玉璧、玉带钩、玉耳环等等，五花八门，琳琅满目，还放着几块木牍。此刻，刘贺心里美滋滋的，他搓动着双手，围绕着石桌缓缓走动，脸上微露出十分惬意的神态。忽然，刘贺把目光投射在一枚玉印上：这是一枚龟纽玉印，阴刻白文，晶莹剔透，此印十分讲究，玉印既不是"海昏侯印"，又不是"昌邑王印"，而是"大刘记印"，显然它不是官印，而是私印。显然，这是他惯用的一种爱称。

　　这时，许管家匆匆跑来，悄悄地走到刘贺跟前禀报说："大王，大王！张太守来了。"刘贺仿佛没有听见，仍在痴迷地把玩着玉印，当另几个仆从把山阳郡太守张敞和赵长生引至水乐亭后，说："大王，张太守看你来了。"刘贺这才回过神来一般，缓缓起身，又操起一块木牍就出来迎接了。

　　张敞不动声色，对刘贺察言观色。只见他肤色青黑，小眼睛，鼻子塌陷，有寥落的几根胡须，身材高大，但看上去患有痿疾，行动迟缓；穿着短衣大裤，戴着惠文冠，佩戴玉环，头上簪发的簪子，那是一支毛笔。看他那身穿着，实在有点儿怪哉！

　　刘贺并没有注意到山阳郡最高领导张敞，依旧低头把玩着他手中的玉印。许管家犯急，再次提声招呼："山阳郡太守张敞亲自光临。"刘贺目光呆滞，抬头看了一眼张敞，乐呵呵地应道："呵呵，张敞（唱），张敞（唱），把编钟敲起来。我们张开嘴巴，一起唱（敞），一起唱（敞）啊！"

　　张敞觉得不太对头，反剪着手这边瞧瞧，那边看看。询问跟前的仆从说："以前，刘贺都是这种状况吗？"许茂昌应答"是的"。张敞注意到，刘贺形似囚徒，感觉他生活卑微不堪，便问起他的身体、家庭成员、经济状况，要刘贺把困难说出来，他都会帮助解决。刘贺指指亭外，说是自己喜欢雨，但怕光、怕雷、怕猫头鹰，请求太守多多关照。张敞发现刘贺答非所问，并不恼火，心里一阵酸楚，眼睛有些湿润，默默反问："前昌邑王，怎么会变成这样呢？"

　　雨，烦躁不安、悄无声息地下着。如云如雾，如丝如烟。

　　张敞与刘贺面对面坐着，想与他倾心交谈，探探他心中的底细。刘贺心慌意乱，将摊在桌面的"心肝宝贝"，一件件收藏在他的丝绸锦囊中，仅留下一枚"大刘记印"在手中把玩着，口中念念有词："呵呵，我不是皇帝，不是大王，我就是一个平民百姓！呵呵，无官一身轻，一身轻啊……"张敞要他把玉章给他看看。刘贺双手捂着它，生怕别人夺走。张敞试问他为何看重这个印章？刘贺把它捧在怀中说："这是我的命根子。"张敞向赵长生使了个眼色，长生从袋中取出笔墨，准备伏在石案笔录。

这时，侯夫人等听说张太守来了，便跑出来迎候。其中，有个女子手中拿着一条辔绳，张敞试问了一下："她是谁啊？"刘贺心跳了一下，惊得每根骨头都在发抖，吓得急忙跪下来说："手持辔绳的，是严长孙的女儿。"张敞当然知道，严延年字长孙，他的女儿严罗紨，原来是刘贺的妻子。张敞从刘贺那惊恐万状的言谈举止中，已试探到刘贺是个重感情的人，对严罗紨的爱是真挚的，生怕她受到伤害。然而，张太守并没有追究严罗紨，反倒赞许这位贤妻，一笑了之。

严罗紨见丈夫在关键时刻冒死保护自己，十分感动，泪水在眼眶涌动，却不让它流下。她忽然对刘贺刮目相看，心里赞道：他是一座大山，他是一座大山……有胸怀，有气度，有担当。却又不敢流露这种隐藏在内心深处的复杂情感，只有低头不语，久久地凝视着张太守。正是：好花遭雨红俱褪，芳草经霜绿尽凋。

渐渐地，与刘贺交谈融洽觉得余兴未尽，便又坐下与他再聊。杨敞从猫头鹰挑起话头，观察他的心态，首先用恶鸟试探他说："昌邑这地方有很多猫头鹰啊？"刘贺缓缓应答："是的，以前我西行到长安，这里根本没有猫头鹰。回来时，东到济阳，就又听到了猫头鹰的叫声。"张敞又探问："猫头鹰是恶鸟，旧昌邑王不会害怕吗？"刘贺应道："我不是昌邑王，我是庶民。庶民害怕猫头鹰，官人不怕。"张敞觉得挺有意思，又问："为什么呢？"刘贺说："猫头鹰是恶鸟，常会啄人。官人有官帽，故他不怕。"张敞听到这里，微微点头，似乎明白了什么。便突然把话题一转，问起他家中的妻儿、仆从及女姬的情况。刘贺有些木僵，指了指自己的脑袋，摆手示意"记不起来"。

张敞又扫了许茂昌一眼，许管家立即作答："昌邑王有十六个妻子，二十二个儿女，其中儿子、女儿各半。此外还有歌女、舞女十一人。"张敞又让侯夫人拿出几本册子，张敞看了，对名籍与奴婢、财物簿册，并把数据逐个对照、核实，一板一眼，确认全部记录在案。完全一致，才放心地点头通过。

张太守是尽责而细心的长官。他在向刘贺和爱妾与仆从问话时，一直在观察刘贺的言行举止，并揣摩他的心理状态。因为，刘贺的脾性一贯无忧无虑，且顽劣活泼，他大惑不解，才到昌邑几年，怎么变成了这个样呢？张敞对此将信将疑，甚至怀疑他"装疯卖傻"。正是：真作假来假似真，亦真亦幻难辨明。

　　刘贺在昌邑旧府的疯癫病到底是真是假？太守张敞对刘贺将作何处理？且看下回分解。

第十二回 灵魂不死

昌邑城下

话说张敞深入昌邑旧府,观察刘贺,对其言谈举止将信将疑,甚至怀疑刘贺"装疯卖傻"。张敞推测确有道理,二十五岁的刘贺不再是公子哥儿、浪荡大王,也不是头戴冕旒、颈挂玺组,成天饮酒作乐、迷恋女色,驱车皇城,胡乱玩耍的帝王。他就是普普通通的老百姓。要不是皇帝宽宏大度与群臣怜悯同情,或许他早已成为阶下囚,哪还能重返昌邑过着如此富裕的生活。

对于这一点,谢天谢地,心满意足。他想到《周易·系辞》上的一句警言:乐天知命,故不忧。只有知命者,才为君子。因此,他认命了。他认识到了,只要保存生命,只要自己还活着,这就是福分。"不知命,无以为君子也。"他记住了孔子的这句话,把生命放在第一位。

"知人者智,自知者明。"刘贺回顾自己一路走来,悟到了老子这句话的深刻含义:真正的聪明人,能分析别人,也能解剖自己。再说,总结自己的成败之因,其中重要的一条,便是"凡事不密败害成"。过去,他对人对事,从不设防线。从来没有想到,人是万物之宝,可也是最为复杂的:霍光的老成与奸猾,刘胥的恶毒与凶狠,汉宣帝的忍让与智慧,还有山阳太守张敞的宽容与大度,"人心不同,如其面焉"。人们内心的差异,和他们的面目一样,存在千差万别啊!因此,当他从许管家处得到"张太守下旧府"的消息,立即由此联想到,这是汉宣帝旨意,他生怕自己说错一句话,犯下砍头之罪,便决定做出"大巧若拙,大辩若讷"的一举。这个秘密,只有他自己知道。

这时,雨后放晴,天际明朗,阳光熹和,旧昌邑故园显得更加翠绿。水乐亭边的弯弯溪流哗哗地流着,发出了淙淙的响声。张敞看看天色,叹道:"天晴了。我该走了。"刘贺的众妻与仆从都纷纷过来,挽留他用完餐后再走,刘贺视而不见,并未起身。张太守抬眼瞄了他一下:只见他提起那锦袋,从拿出玉器,一件件小心翼翼摆石桌上,继续低头入迷地把玩着。

然而,尽管刘贺的精彩表演完美无缺、天衣无缝,却怎逃得过章子玄、张敞的眼睛呢?张敞是从刘贺昏睡打呼噜时,"微露半只眼睛"识破天机的,故而得出了大王并非身病,而是心病的结论,并以庄子"富贵"衰至"贫贱"的自然现象,暗示刘贺挺身站起、不要倒下。猫头鹰是不祥之鸟,张敞仅从他应答,"西行到长安"

与"东到济阳"猫头鹰叫声的对比,他不是在说:进长安之前,这里是一派祥和气象,而他被废返回济阳时,却听到猫头鹰叫声,则是惨淡情景啊?还有他所说,庶民害怕猫头鹰,官人因有官帽不怕,他不是在说:有权有势的人可以胡作非为吗?还有他离开旧府之前,刘贺虽对自己视而不见,但他那"小心翼翼在石桌上一件件摆弄玉器"的细节,却告诉他:刘贺推究根本,寻求来源,明白事理:他知道如何缝制一件彩衣披在自己身上,以防护那些攻击自己的恶人。至于当张敞问及那个手中拿着一条綷绳的女子是谁,那是因严罗紨之父严延年是个酷吏,过去在宫里得罪了不少宠妃,生怕张敞重翻老账在他爱妻身上开刀……

张敞断定,事情真相大白:刘贺在山阳郡安分守己,一切安好,没有任何不满情绪,更无"造反劣迹"。当张敞把奏书十万火急奏报宣帝。宣帝读罢奏书,思索良久,从奏报中得出一个结论:刘贺不足忌惮。

善有善报。元康三年(公元前63年)三月。宣帝下诏说:"人们传说,上古时舜帝的弟弟有罪,舜帝仍然授予象封国,骨肉亲情,龃龉,但不能决绝。封原昌邑王刘贺为海昏侯,享受四千户食邑。"侍中卫尉金安在递交朝廷的奏书中说:"刘贺是上天厌弃的人,陛下仁慈,又将刘贺封为列侯。刘贺是一个被放逐的顽劣之徒,不应该再到宗庙来参与祭祀,朝见皇帝及其他皇家的礼仪活动。"金安上奏得到批准。正是:你向东时我向西,各人有意自家知。

元康三年(公元前63年)四月,刘贺奉诏率一家大小及其仆从与昌邑旧臣们,以及新老昌邑王积存的巨额遗产,还有他喜爱的孔子立镜、棋盘,以及"海昏侯"的名义,千里迢迢,来到彭蠡泽,再顺着水道沿赣江而上,从山阳郡迁徙到他封邑的豫章郡。至于他心爱的汗血宝马——箭羽,则指派一位忠实、老练年轻马夫飞骑而至。

眼下,箭羽虽已是一匹三十岁的老马了,虽不如以往"一声嘶喊,犹如腾空入海之状",也可以在它身上挑出一些"疵点",如它奔跑起来,鬃毛不如过去的那么密,那么长,那么帅气有力,也不是以前那样,只要"轻轻把镫子一磕,便立刻像箭一般向前飞去",却毫无"老态龙钟"之感,只要饱饱地吃完鲜草之后,蹄子如钢铸,胸膛呼吸起来像风箱,浑身上下又重新充满青春的活力。此刻,它又奉命直向豫章郡奔驰而去。

大汉有郡国一百零三个，县邑一千三百一十四个。郡是豫章地方上最高的行政机构，其组织仿效中央，郡守相当于丞相。海昏是其下辖的十八县之一，县令才是最高长官。而刘贺仅为海昏侯，无职无权，靠他四千户邑食与家中老底子过日子。

豫章郡地处偏僻、荒远。相传公元前202年，项羽兵败垓下而死。其中灌婴也参与了垓下之战。后来，刘邦命令颍阴侯灌婴率兵进驻豫章一带，用土夯成这座古城。豫章城内外盛产樟树，松阳门内有一棵樟树，它高达十七丈，大四十五周，枝叶扶疏，蔽荫十亩。豫章郡城周围计十里八十四步，辟有六门：南有南门和松阳门，西有皋门和昌门，东、北有东门、北门。豫章河网密布，丘陵起伏，水丰草肥，气候湿润。郡内有贯穿南北的豫章江（即赣江）。是原始先民们繁衍生息的好地方。

最初豫章郡下辖十八个县。刘贺定迁居点为豫章郡下的海昏县。汉初实行郡、国并行的政治制度，所谓"郡"，是指郡县，国是指封国，郡和封国均为地方高级行政区划分，郡直属于中央，封则由分封诸侯王统治。汉初王国实力强大，三分之二的国土为各王拥有。后来诸侯王实力不断削弱，除嫡子在原封国继承王位外，新封侯国不再受王国管辖，而属于中央政权由各郡管理，地位相当于一个县，封国只有租税收入，侯国内官员任免、盐铁等都收归中央。从此，大国不过十余城，小侯不过十余里。

据文献记载，公元二年全国郡国的总数一百零三个，其中八十三个郡、二十个王国、一千五百七十七个县（侯），海昏国位列其中。海昏县坐落于彭蠡泽以西，经历六百多年的风雨沧桑，由于地理变迁，海昏县渐渐消失。海昏县废于公元425年。当地有民谣称：淹了海昏县，出了吴城镇。

豫章郡太守姓廖，名景道，字文博。年约四十，中等身材，容貌甚美，性情温和，待人接物，小心谨慎。少时其母豫章郡郊外以织布为生，其父充当过办丧事的吹鼓手。但廖太守操办事务，左右逢源，聪明过人。自幼刻苦勤学，精通《论语》《诗经》与《孝经》，且略懂一些阴阳五行之说，深得郡中德高望重的老者赏识与推崇。

对于刘贺的来到，廖太守本不想亲自去码头迎接，但此人为人处事，瞻前顾后，生怕出丝毫差错。他想：刘贺虽仅当了二十七天皇帝，但他毕竟是孝武皇帝刘彻的血脉,是刘氏家族的后代。且头上戴了顶海昏侯的帽子,当然不敢怠慢。他还想到,若有朝一日,刘贺东山再起,他此次毫无表现,那可是永远难以弥补的重大失策啊,其损失不可挽回。他考虑再三,便亲自率领几个属下赶赴章江码头迎候,还简单筹办了几桌酒席,专门为刘贺一家接风。

次日一早,廖太守又派十几号臣仆,把刘贺等送至离郡城一百六十里之外的湖边盆地(今南昌市新建县游塘村)。领头的姓孙名万世,是豫章郡一位小吏。孙万世身边还有个随行者,姓蒋名冲,号蒋老大。是孙万世的内侍兼船工。孙万世对刘贺热忱地说:"廖太守再三叮嘱,君侯在此人生地不熟,记住,这里就是你的家。若君侯在此遇到什么困难,请通报一声即可,我将全力给予帮助。"几句话说得刘贺及其家人心里热乎乎的,感激地对家人说:"善人者,人亦善之。人世间,好人还是多啊。"

接着,孙万世又把几位他身边的内侍与老熟人介绍给刘贺,其中一名叫"丁子奇",精通《易经》,豫章赫赫有名的风水先生兼民间园艺设计师。他头戴道巾,年约五十以上,个儿瘦小,身穿布袍草履,腰系黄丝双穗条,手执龟壳扇,走路脚步无声响,来回飘然一阵风。另一位是民间画师河上公,眉清目秀,威仪凛凛。工书善画,巧于雕刻。曾主持过豫章郡尉府、城门、林苑和洗马池主要民居私宅的设计。孙万世说:"这两位都来自民间,你将来在此大兴土木、营造花园,都用得着啊。最后又推出在他身边工作的内侍兼船工。刘贺瞄了他一眼,身材高高大大,一看就是个爽快人。孙万世说,他姓蒋名冲,号老大,能听懂鸟语、学鸟鸣叫,还识别这彭蠡泽的各种花草,故有民间花鸟博士的称号。"说毕,孙万世又把目光投向远方说,"大王,宫里旨意,对你要特别关照,你看这大一片湖边领地,全归属于海昏国管辖。若大王有兴趣,可在此地营造城池,建造富丽堂皇的宫殿,再种上些花草树木,以享受安康生活。"

刘贺站在这个偏远而又荒蛮的地方,侧耳聆听那位地方小吏滔滔不绝地说下去,从北方到南方,一切都感到新鲜,却又茫然若失。孙万世忽然想到刘贺是皇家血脉,又赞美了一番汉宣帝的仁慈与宽厚,赞赏他皇恩浩荡、恩准刘贺四千户食邑,还羡慕地说:"反正君侯祖上积存的金银财宝、珍奇文物堆积如山,已够君侯吃几十辈子的了。"另一位上了年纪的老臣叮嘱说:"大王,这一带远离豫章郡,湖上常有强盗出没,你可要时刻加强警戒与防卫啊。"刘贺听后深为感动,命仆从在豫章郡临时为自己一家搭好的一溜简易房里，花钱请附近百姓杀猪宰鸡，抱来了大坛的陈酒，让客人们吃饱喝足后，高高兴兴地离去。

刘贺等一家送他们登上返郡的船只，心里又感到孤单，寂寞又向他侵袭过来。只闻远处湖面，激浪滔天，他浑身战栗，觉得发抖，同时感到一种豫章友情的温暖。他遥望那浩渺的湖水，自言自语地叹道：好心的朋友，你们何时再来啊。

从此，刘贺便在这里安居乐业。

刘贺在海昏县落脚之后，一切都感到稀奇：从北方到南方，从皇宫到荒地，从皇位到庶民乃至一个小小的海昏侯，这中间的落差有多大啊！然而，刘贺一不怨天，二不怨地，三不怨那些坑过、害过自己的小人。面对彭蠡泽湖滩那一望无际的青青草地，他很快就把心态调至最佳，还自语言自语地痴笑叹道：人生一世间，忽若暮春草。时不可再得，何为自愁恼？

在海昏县落户的头两天，刘贺精神倍增，亲自率领旧部仆从、警卫与内侍的几个头儿，搭着当地渔民的船儿，在他定点的周边居住环境游览、调查了一番。刘贺通过走访得知，彭蠡泽十分辽阔，它容纳赣、信、鄱、修、抚等江河汇入。想到这，刘贺心胸格外开阔："呵呵，我现在居住的这块真是宝地，难怪这里的百姓称赞，装不完的海昏，卸不完的大汉。"

真可谓"只因上岸身安稳，忘却从前落水时"。从此，刘贺精神好多了，想事、办事反应敏捷，完全变了一个人。当侯夫人探问大王智与力从哪来时，刘贺笑道："彭蠡泽，风水好！是石姑宫的大姑、小姑治好大王我的病。"

刘贺虽不在长安皇宫，作为一个平民百姓，面对自己周围接二连三发生的事情，他陷入了沉思：人啊人，为什么会这样呢？最后，他在《韩非子·解老》找到了答案：有欲甚，则邪心胜。

呵呵，怀念过去的恩宠，就一定会贪婪；贪婪就一定会图谋别人；图谋别人，别人也会图谋自己。当然会祸起萧墙。刘贺在"如何活着"的认知上，又登上了一个新台阶。正是：国正天心顺，官清民自安。

几天之后，刘贺聘请了河上公为紫金城的总设计，请丁子奇帮看风水并作园艺设计,还有那位号称"老大"的"民间花鸟博士"蒋冲,当然是刘贺最喜欢、最赏识的,也都加入了他的设计与施工行列。至于孙万世,当然是他最信得过的高参与后台。上门求教,理所当然。孙万世又从上百号臣仆们中挑选出了一些有用人才,在一起共谋建城的大事。刘贺亲自参与图纸的设计,实地考察、圈地、绘图。刘贺还给城池取了个名:昌邑王城。

刘贺通过考察了解到,此处为彭蠡泽西岸,地处低洼水乡,距郡城遥远。涨水时还会遭洪水侵袭。为阻挡鄱湖洪水淹没住宅,同时防患土匪强盗侵扰,因此,他在对昌邑王城总体设计上,曾用八字概括:奇特、坚固、实用、美观。刘贺早已一改浮华与虚假陋习,一看到那些虚幻的空中楼阁心里便有一种厌恶情绪,甚至感到恶心。而眼下他对昌邑王城的设计却很满意,当即拍板定案,同时花钱征集、雇用了大量本地百姓参与施工。

待民工到位之后,刘贺率领群臣与仆们齐心协力,做好后勤。在那些艰苦的日子里,刘贺废寝忘食,几乎全身心地投入,亲自监工,督促施工顺利进程。几位爱妃见刘贺日渐消瘦,很是心疼,劝他回家休息,可刘贺仍坚持下工地,与百姓们打成一片。侯夫人问大王为何这样做,刘贺笑道:"我爱上了彭蠡泽这块风水宝地。"严罗紨暗示侯夫人说:"随大王去吧,只要他活得开心,我们都依了。"

第二年三月初,一座独特的"昌邑王城"便建成,它屹立在彭蠡泽西畔,显得格外雄伟、壮观。当地渔民又为它取名为"石姑宫"(又作"石姥宫")。昌邑王城在州北,水路一百三十七里。按雷次宗《豫章记》云:"昌邑王刘贺被废之后,宣帝封为海昏侯,东就国,筑城于此"。明翰文学家万时华(豫章人)曾写《昌邑游塘城》,诗曰:"哀王今已矣,商号锡野村名。草际无遗殿,耕余见古城。栖栖怜暮雀,岁岁换春莺。过客休相吊,麒麟画亦倾。"充分表达了历代豫章人对刘贺的崇敬与怀念。

农历三月二十三日,是湖口鞋山庙会的朝拜日,香客们都要从四面八方乘船涌向皇后庙,盛况空前。刘贺把欢庆昌邑王城落成的纪念日,就选定在这一天。

远远望去,昌邑王城湖水环绕,花木繁茂,苍松数株,翠竹千竿。靠近湖边的楼台亭阁,四面皆是芦苇,微风吹来,窸窣作响。一只只水鸟俯贴湖面掠过,犹如蜻蜓点水,虽谈不上豪华气派,却好一块风水宝地。

刘贺随乡就俗命仆从们下去，把远近大小船舶、码头、渔村的水乡邻里请来；还搭船提前三天赴一百六十里之外，上豫章郡府请廖太守、孙万世等其他官员前来。廖太守等人满口答应，表示定会拜访。

落成典礼安排在紫金那块开阔的场地。场地左侧木架上悬挂着三堵编钟，还在场地中间用木竹搭了个临时大戏台。廖太守及其他官员在孙万世的引领下到达。万世的内侍兼船工蒋老大、民间画师兼土城总设计河上公、风水先生兼花匠丁子奇等也陆续来了。刘贺陪同廖太守、孙万世等在紫金城走了一圈，土城四周均为厚实的围墙，墙沿上面盖着粗绳纹的宽大板瓦。上层中有成叠的板瓦，呈灰色、红色两种，火候均很低，表面皆粗绳纹，里面素而无纹饰，有的并有子母口。城墙高约十米，宽约十二米。城之四角，皆高于土墙，皆呈厚基圆锥状之土墩，为角楼或碉堡之类的建筑物。在北墙正中有两个相距四米的驼形城门。

廖太守停下脚步问："昌邑王城的长宽是多少？"河上公应道："城东西长约六百米，南北宽约四百米。全是又高又厚的红泥砖墙。"他们再步入墙内。墙内盖有青色花纹砖，砖纹为对角几何纹和网线纹，金钉朱户，碧瓦雕檐；城内有兵器库，墙上还挂着铁剑、铜耕、壶罐之类的物器；再进去便是寝宫，幽房曲室，玉栏朱楣，三环四合，相互连属，千里鄱湖，云水茫茫，一览无余。刘贺悠闲之时，可从室内窗口伸出鱼竿，随意垂钓，别有一番情趣。

再绕过假山，步入回廊形的巷道内，穿过汉白玉小桥，便可见砌壁生光，周围置有武库、车马库、文书档案库，还有衣物库、钱库、粮库、乐器库、酒器库、厨器库。廖太守等参观完毕，赞许说："质朴中见豪华，坚固里藏骨气。"风水先生丁子奇补充说："君侯曾用八字概括设计总的指导思想：奇特、坚固、实用、美观。"廖太守微笑点头，赞道："草木有本心，君子有胸怀。刚贞有情操，玉石有气度。这个，跟大王崇高个性一脉相通。"

刘贺谦虚地说："诸位多提宝贵意见。再说，这都是诸位的功劳。"河上公建议："在紫金城转过一圈后总觉得缺少点什么。"刘贺急问："缺少点什么呢？"丁子奇应道："园林，树木，花草。"廖太守应道："对啊。这么好的一座王宫，若再配上园林、花木等，大王将长命百岁，活到千岁。"孙万世说："子奇，你是花匠兼园艺师。大王把这个任务，就给你了。"蒋老大也说："我也是花匠嘛，也可助一臂之力。"刘贺谢道："全拜托诸位了！"这时，许管家匆匆跑来向刘

第十二回
灵魂不死

贺禀报说:"大王,一切都准备好了。"于是刘贺引客人们向场地走去。待大家聚集于场地正准备观看演出时,孙万世把风水先生丁子奇叫到昌邑王城外,二人在围墙僻静的一角,神秘兮兮商议着什么。无人知晓。正是:你向东时我向西,各人有事自家知。

孙万世真有这般热心吗?他演的一场什么戏?且看下回分解。

不速之客

话说昌邑王城大功告成，刘贺一家及他远近亲朋好友，欢天喜地正在里外忙碌。孙万世把风水先生丁子奇唤至昌邑王城外僻静一角，神神秘秘不知谈论些什么。刘贺和他的爱妾侯夫人、严罗絒及仆从等，正在张罗招呼各方来客，无心管理这些琐碎闲事。

刘贺陪同诸位清客来回走动，指这指那，说这里该增添一副竹联，那里要种一片花草；还有的提出某处匾额、题联太密，应拆除一块放置东面；有的笑着应道，最好按景致之间距离，或多或少点缀，相隔平衡尚可；还有的说，君侯自幼喜爱下棋，最好从湖畔伸出一块较高地面，直延至湖心筑成小岛，再建一凉亭，摆上一张檀香木桌，以供君侯与挚友下棋、聊天，有时还可以伸出几支鱼竿垂钓。刘贺笑道："这种神仙日子，我喜欢。"张修见大家议得热闹，也带着几个婢女、奴仆走过来凑几分热闹。张修说："前几天，听几位当地老表介绍说昌邑王城这块地方并不安全，常有强盗出没。"

一位老渔民对刘贺提醒说："此话言之有理。君侯在此居住，可要当心啊。"要知道昌邑王城坐落在彭蠡湖以西，距豫章郡约有一百二十里，自古以来荒无人烟，早在上古周商时代，干越人由彭蠡进入中原。秦汉以来，中原连通的黄金水路便是长江沟通彭蠡泽的水系。昌邑王城虽是毗邻候鸟的天堂，却也常有土匪侵袭。刘贺却淡然一笑，自信地笑道："我从狂风恶浪中走来，什么大风大雨没有见过？区区小匪在我眼中，仅为几根轻轻鸿毛而已！"

这时，廖太守闻声走来。有一位清客接道："怕什么土匪强盗啊，你看，保护神来了！"还有的调侃一句说："有了廖太守，昌邑不必守；千丈铁臂堤，君侯乐悠悠。"廖太守却对刘贺笑道："韩非子曰：千里之堤，以蝼蚁之穴溃；百尺之室，以突隙之烟焚。大王可千万别掉以轻心，说不定隐藏之匪就在大王身边。"这一句诙谐的玩笑话，逗得大家哈哈大笑起来。

大家正谈笑风生，忽见一只小船从远处游来。有仆从跑来向刘贺惊喜地禀报说："有远方贵客驾到！"刘贺抬眼望去，只见浩渺无边的迷茫湖面上，远帆一点，渐渐移近。一群受惊的水鸟从芦苇里扑扇着翅膀，呼啦啦地飞了起来。

小船停泊在昌邑王城水岸边，待艄公抛锚小船定稳之后，大约四五位清客动作敏捷地从船上跳了下来。从那一个个五颜六色的穿着打扮可以看出，都有点儿公子王孙的味道。那个首先下船的领头，年方二三十，中等身材，清清秀秀，身穿绸缎长衫，腰系红色束带，面如冠玉，眼若流星，颇有一番文雅而仗义的侠客气质。他们下得船来，东游游，西逛逛，只见刚刚落成的昌邑王城前后左右，堆放着尚未收拾干净的横梁、砖瓦，在一间库房还置放着一堆堆五铢钱，犹如小山，见了眼馋。那个领头的还弯下腰捧起一把五铢钱，爱不释手，看了又看。

许管家走了过来，试问他们来此有何贵干？首领便抬起头来，笑脸相迎，回应道："不好意思！我们是君侯刘贺的客人，特远道而来，庆贺昌邑王城落成。"许管家警觉地打量了他们一番，将他们引向主人刘贺。

刘贺和廖太守均已发现了这几位不速之客，瞥见他们鬼鬼祟祟，本来廖太守欲派侍卫前去过问，却被刘贺阻拦说，来的都是客，不必如此。刘贺便示意许管家过去招呼一声。

那个头领走到刘贺跟前，其他几人仍在昌邑王城周围转悠着。头领走至刘贺跟前，客客气气地说了些客套话，诸如"大名久仰""恭喜发财"等，还说了些"大王"的"皇宫昌邑王城"胜利落成，特来府上"拜访"，若有冒犯之处，还望大王"海涵"之类的话，众客听了有些恶心。廖太守站在一旁，久久沉默不语。

接着，那人自报家门："贫生姓胡名墨，家住洪崖丹井。前几天听说君侯昌邑王城工程俱已告竣，专程前来恭贺。""糊麦？"刘贺有些莫名其妙，他愣愣侧耳听了半天，仅睁大眼睛回敬一句："这位兄弟，你到底是谁啊，我不认识你呀……"

"大王，可我认识你啊！"胡墨拱手解道，"贵人多忘事，正常，正常！君侯朋友遍天下嘛。"胡墨停顿了一下继续说道，"大王还记得吗？平元元年你才十九岁，在赴京主持先帝丧事的路上，大王你曾在济阳县与谢他天飞马跳火英雄救美啊。你还给大家赐赏了一坛坛美酒。哎，光阴如箭，岁月如梭，一晃就过去十一年了……"刘贺将信将疑，但得知此人所说全是事实，便勉强点了点头。

"今日高朋满座，大王你哪会记得我这无名小卒。没关系，没关系！大王新府落成，贫生慕名而来，特为君侯送来薄礼一份，不知大王是否肯赏脸？"刘贺满头雾水，看了看廖太守，太守点头，刘贺应道："千里送鹅毛——情谊重。"胡墨便命他身边的一随行，从船舱递上一副精巧竹联，双手捧送至刘贺跟前，谦道:"贫生自幼在豫章郡梅岭长大,酷爱山水湖色,但山水花鸟题咏水平没有长进,文笔腐蚀平平,便凑合了这么两句。"刘贺饶有兴趣地品赏着竹联:

天留海昏侯,能容四面彭蠡水心境高远;
地降昌邑城,得见千万真心客襟怀坦荡。

这时,赠联者终于向刘贺开口:"不瞒大王说,我们这次亲临昌邑王城,一是赠联,二是借钱。"刘贺心里一惊,探问:"怎么个借法?""那边地面撒下了那么多五铢钱,大概是大王钱财太多,能否求你赏给我们一些?"其他几个也齐声应道:"对对对,求大王给我们一些五铢钱。"其中一位同伙说:"不要多,哪怕小半船也行。"

众位宾客一听,吓得睁大了眼睛,叹道:"小半船五铢钱?这不是明借暗抢吗?"刘贺知道来者不善,却不动声色,等待着他们下一步究竟要干什么。廖太守面呈怒色,把脸一沉,狠狠盯了胡墨一眼,正欲下令"捉拿敲诈勒索者"——胡墨,却被刘贺阻拦住了。刘贺彬彬有礼地应道:"有朋自远方来,不亦乐乎。君子之交淡如水。"即命仆从备好笔墨,对眼前几位不速之客笑道:"我虽才疏才浅,诗文不通,却仍想回敬你们一副对联,好吗?"胡墨连应道:"可以,可以。求之不得。"刘贺大大方方地挽起袖口,向周围众友招呼了一声:"如果大家不介意的话,我就开写了?"众位宾客不知刘贺玩的是什么鬼把戏,便也连连点头,一团和气地应道:"可以,可以。"刘贺便站立于案前,提起大笔,在一幅素绢上书写了一副趣联:

海昏侯颇有几个五铢钱,
你也求,他也求,到底给谁是好?
不速客不作半点狗屁事,
朝来拜,暮来拜,怎么叫我开销?

众位宾客赏罢此联,禁不住哈哈大笑,齐声称赞:"好联,好联,上乘佳作。"接着你一言、我一语,七嘴八舌地评论其平仄、虚实、声律、对仗、含蓄与意境来。

唯有胡墨等几个不速之客像吃到了一只死苍蝇，不知是什么滋味。

这时，有一位身穿破旧长衫的老夫子走来，刘贺一下就认出他叫"孔子全"，他青白色脸，皱纹间略带些伤痕，一部乱蓬蓬的胡子拖在胸前。他不紧不慢走至案前，又品读了一番刘贺此幅歪联之后，补充说道："画龙画虎难画骨，老朽总觉得缺了点什么。"便也卷袖、提笔、神气活现地添写了一道横批：糊麦糊麦（胡墨胡麦）。昌邑王城场地上又荡起一阵讽辣的笑声。众客都把眼睛投向胡墨，他觉得无地自容，便率他的同伙，灰溜溜地划着小船，驾着那只小船，落荒而逃。

原来，胡墨确实是刘贺赴京主持丧事的路上，曾与谢他天赌酒田、跳火赛马打过交道的打手。当谢他天听说刘贺在未央宫摘下皇冠，先贬至山阳郡，后发配到豫章鄱阳湖西岸，便暗中指使浪子胡墨等一伙强盗，前来从中捣乱，同时冲着刘贺祖传宝物而来。其目的有二：一是出气、报仇；二是浑水摸鱼，抢劫昌邑宝物。

昌邑城落成大典庆祝会即将开始。廖太守与郡中几位官吏端坐于主席位置上。刘贺陪坐在太守左侧，孙万世站在一旁。节目内容并非什么高雅的宫廷戏，全是流行于彭蠡一带的民间地方戏曲、古音、渔歌、放排号子与山歌之类。演出开始了，第一个节目是"对歌"。只见一对渔家男女上场。男唱："隔山隔水隔口塘，别家女子莫乱想。自烧茶饭自烧汤，一夜划船到天光"；女对："钥匙短，钥匙长，荷包短，荷包长。有女莫嫁打鱼郎，昼守河风夜守船。"男唱："半夜三更补破网，补好破网又劈浪。浪恶碰到水强盗，一夜艰辛又白忙。"接着是"跳财神""跳麻姑""跳土地""跳无常"，还有旧戏《跳加官》，等等，逗笑而又好玩，全场传出一阵又一阵的欢乐声。

宴毕，廖太守从昌邑城回到豫章郡，心里盘算着：当初，本官低估了刘贺的智力与潜能，总觉他只会吃喝玩乐，什么都不懂，到了手的玉玺竟然会被霍光夺走，定认他不过窝囊废一个。可当他看到平地而起的昌邑城，以及井然有序的落成典礼，却对刘贺刮目相看。他发现昌邑城从设计、施工至最后顺利落成，道道工序，环环紧扣，从头至尾，全程跟踪。于是他断定，刘贺就是藏于彭蠡泽西岸的一条龙，不可轻视。渐渐地，他脑子里越发浮出这种感觉，这种感觉在一口口咬着他的心，然又渗透到的血液、骨骼，钻进到了心里，像无数只老鼠用牙齿在咬，他感到揪心的痛！这一夜，廖太守失眠了。

次日，廖太守把属下孙万世找来，要他谈谈对刘贺和昌邑城的看法。孙万世受宠若惊。平日廖太守清高、傲慢，走路总是昂首挺胸；而他却是郡中一名卒吏，这位郡中最高长官根本不把他看在眼里。他感到今天廖太守突然把自己喊去有些异常，于是躬身站在太守跟前，察言观色。

他知道，廖太守小肚鸡肠，从来也看不得别人比他强，更不能超过自己。于是孙万世只字不提昌邑城的"好"，闭着眼睛就连珠炮似的报出了其三大弊端：一是耗资巨大，炫耀财富；二是庆功摆酒，笼络人心；三是长久定居，隐藏野心。结论为海昏侯刘贺是个"危险人物"。

孙万世口若悬河地说着，廖太守哪有心思去听，当他听至"长久定居，隐藏野心"时，周身血液直往脑子里冲了一下，仿佛无数支冷鞭在自己的背脊猛抽了几下，使他心里难受极了。但在这个庸俗的卒吏面前，他不动声色，反而责道："孙万世，不许在背后说海昏侯的坏话。人家千里迢迢从北方过来，多么不容易。我们不应该拆台，而应伸出援助之手，为他补台。"孙万世听到这里，不知太守是"褒"还是"贬"，是"真"还是"假"，便真刀实枪地探问一句："大人，我是怕……怕……"廖太守只顾喝茶，没有回应。孙万世又凑近主子耳边，压低声音说："在下是怕刘贺在豫章郡的影响和势力越来越大，拥戴他的人越来越多，将来取代于你……"廖太守淡然一笑说："那就更好，无官一身轻嘛！"孙万世扑通一声跪下，几乎泣不成声："廖大人，廖大人！你……你千万不能有这种想法啊！豫章郡这把交椅，永远都是你的，谁也不能动它。"

尽管在汉代管理的政治架构中，豫章太守和海昏国属于两个平行机构，虽相近但管辖范围不会重叠的。刘贺只能管到自己封国所处的地区和食邑中的百姓，对地方其他事情无权干预。但廖太守依旧心存忧虑，因为，廖太守在豫章郡虽"稳坐钓鱼台"，但这种想法不无道理：一是刘贺虽仅当了二十七皇帝，但他毕竟是皇家血脉，盘根错节，底子深厚；二是旧昌邑国改成山阳郡，地节三年（公元前67年）五月，汉宣帝还亲自正式任命张敞任山阳郡太守，监察刘贺的一举一动，这说明刘贺内心强大，切不可掉以轻心；三是眼下刘贺虽贬为海昏侯，但从他建造的昌邑城规模与气派一看，远远超过了海昏的职权范围。因此，廖太守心里不免提防着刘贺。

然而，作为豫章郡的最高长官，这一复杂的心理不能对他的下属孙万世有丝毫流露。于是，廖太守对孙万世下逐客令说："你走吧，我还要处理些公务。"

孙万世嬉皮笑脸，躬身弯腰匆匆退出。正是：不劳钻穴越墙事，称作偷香窃玉人。

这些日子，刘贺心情颇佳。先想起自己的墓园，便把风水先生子奇找来，商量着在距昌邑城二十里的一块风水宝地，为自己建一座墓地，若有可能，还把自己的住处迁到了那附近去。于是，便与他们为墓室绘制规划图，子奇笑道："侯爷过于忧虑了。你这不是活得健健康康的吗，怎么又提及这些悲哀事呢？"刘贺坦然一笑，应道："人生在世，匆匆来、匆匆去，谁不是过客？孔子曰：生欲速贫，死欲速朽。对于死，我不怕。我怕的是死后有人骂。"

丁子奇知道，刘贺虽整天沉浸在繁忙之中，但他心里却很忧郁。刘贺少年天真无邪，风流潇洒，骑马狩猎，玩得痛快淋漓。汉昭帝病逝后，霍光选中了刘贺主持丧事并继位，他携带了臣仆二百号人赶赴京城，仅当了二十七天皇帝就被赶下了台，削为庶民，责令其返回昌邑国，赐他二千户食邑，并长期受人监视。后又由"民"至"侯"，迁至偏远的彭蠡泽西，过着孤独、不顺心的生活。加之江西是个潮湿之地，他已染上了严重的风湿病，行动起来很不方便。

丁子奇听刘贺这么一说，心里明白了几分，没有多说，便从袋子里取了罗盘，给刘贺之墓定位。在他用先天八卦测定为"离"位，后天八卦以东北为"艮"位，是山的象征，便确定了他墓室及床与回廊的方位。子奇预测完毕，即画好了一张图，奉给刘贺审阅过后，刘贺立即肯定，并下令按此图施工。

关于对墓地的命名，丁子奇建议还用"紫禁城"，他接道："此名好！一是与风水相应，二是接地气，三是合天意，四是……"说到这里，丁老先生停顿了一下，又端详一番刘贺的相貌，叹道，"大王乃龙相，神也！有诗为证：体势飞朝宛若龙，美鬓头角鼻高隆。威灵显赫人无比，万国云从仰帝聪。"

刘贺听罢此类肉麻的吹捧，有些心烦，便对丁某说："什么'龙相''帝聪'，我一路走来，跌跌撞撞，心里早就有一本账，卑下与皇帝无缘啊。丁先生可别胡编乱诌了。不过，"他想了一下，又心平气和地说，"我未来的墓地，确实是块风水宝地，此地就取名为'紫金城'吧！"众臣仆又是一番赞许，不在话下。

刘贺从为"紫金城"的命名中，又联想到先帝刘彻，从中又悟到了几分人生哲理，便性情开朗地对家人说："人世间从来就没有长生不老药。想当年，我皇爷爷晚年求仙，苦寻不老之药，老人家想活到一万岁，结果还不是走了？卑下几经磨难，是个有福之人，但还是难免一死。所以，我想在有生之年，为自己建一座墓。"

家人见刘贺决心已下，也就没有多劝、再制止了。大家都了解大王的脾性，凡他决定了的事情，十八匹马也拉不回。

刘贺为自己的新居与墓区选定在昌邑国范围内的墩墩山。此处临近彭蠡泽西岸，赣江从它的东面流过，滔滔滚滚直奔彭蠡泽。它的东南面是象山镇，南面是金桥乡，东北与铁河相连接，西北与永修县三角乡隔河相望。真可谓一块风水宝地。

刘贺造墓之事很快在紫金城内外传开了，远近邻议论纷纷：有的说，旧昌邑府阴气太重；有的说，大王与世无争，一切都想开了；还有的说，刘贺削官为民，旧府处处藏着聚宝盆，海昏、海昏，越来越"昏"，他是要把那些金银财宝带到棺材里去吧？

大约半年之后，恰遇大儒章子玄之弟章子义游学至豫章郡，子义听说刘贺大兴土木建造规模巨大的坟墓，也震惊不小，便专程来到紫金城登门拜访。二位兄弟此次见面不在客厅，也不在花园，而在刘贺设定的墓地。此时刘贺之墓已经初具规模。他俩在此转了几圈，一股股阴风扑面而来，子义不禁打了个寒战。"冷吗？"刘贺问。子义双手紧紧抱住自己的身子，提醒他说："你这座墓结构奇特，规模很大，但千万不可超过皇墓啊。"刘贺笑道："俗话说，人走万事休。人都死了，谁还追究呢？"

"不！"章子义把眉毛一皱，严肃地劝道，"不，这是礼仪！丧葬，从周代开始立制，就遵循贵贱有仪、上下有等的原则。"接着，他先述说了一番"复礼、招魂""为死者沐浴""大殓""小殓"等"先殡"，以及"天子七日殡、七月葬"，诸侯"五日葬、五月殡"，大夫"三日葬、三月殡"的规矩，然后推心置腹地劝导说："恕我直言，一山不容二虎，一天不容二日。贤弟，你是一位被废的皇帝，现在连王的帽子都被削处了，即使要为自己造墓，也只能按侯的规格来做。"

刘贺申辩道："那我已经规划并初具规模了呢？"

"拆！"子义毫不客气地提议说。"拆？"刘贺听子义这么一说，心里凉了大半截，压低嗓音抵触说，"拆墓？我自己为自己拆除刚建好的坟墓？"刘贺怒形于色，仍然坚持不肯退步。其实，章子义是在保护刘贺，生怕老朋友再次惹火烧身，可刘贺不从，也就扫兴离去了。

然而，刘贺不仅没有放弃造墓规划，还规划出紫金城的园林、树木与花草。半个月之后，丁子奇终于把紫金城花园图纸勾画完毕。刘贺等根据图纸实施建造，首先在城内园中周围编竹篱，篱上交缠有青藤、木香、棣棠、金雀，还有百合、剪萝春、美人娇、百合、牡丹等。只见：梅标金骨，兰挺幽芳，茶品雅韵，李谢浓妆。大门外，沿湖插遍芙蓉，遇斜风微起，白帆竞渡。柳下渔人，停船晒网。也有戏鱼的，撒网的，有道是堂堂金城花万种，主人日日对花眠。

这一年农历二月花朝节，他的灾祸再次降临。

花朝节又称"花神节""百花生日""花神生日"。这天又是惊蛰，春回大地，万物复苏。朝霞融融，群雀出没林梢，上下啄食，争报新曙。侯夫人和严罗紑等一大早就起床了，换花衣，穿花鞋，先命仆从插花簪花，灯作伞形，或以五彩吴绫折枝花灯，偶缀禽、鱼、蝉、蝶，飞舞玩耍。再去庭院或郊外赏花、护花。

按豫章郡传统习俗，花朝节这天还要吃百花糕，饮百花酒。刘贺热忱好客，仆从们按主人旨意，前后几天都在做喜迎花朝的准备，这天还要热热闹闹办几桌花朝酒，热忱款待手工作坊伙计、附近邻里及远近来往密切的老渔民。

正午时分，客人们陆续到齐。他的到来还有一层意思，即请他配合自己设计墓图，也在紫金城作坊做点临时工。另一位便是紫金城的常客丁子奇。此时，刘贺笑脸迎客，并命乐师奏禹打击乐器——编钟。木架上悬挂着三组编钟，其中钮钟十四只，还有十只甬钟，真够气派！刘贺站在上方，先发表一番演讲：

今日乃花朝节。当今世界，朝廷仁厚，圣上倡导教化，兼容经学，圣风祥和；英华浮沉，洋溢八区，普天所覆，莫不沾濡；士人有不谈王道者，贤士、工匠、渔民、樵夫笑之。大王我也十分开心。故备薄酒数席，敬请诸位赏光。

刘贺一声令下："起乐！" 乐人们把编钟敲击起来。顿时，钟声嘹亮，看仙女拂袖舞动，舞姿婆娑，无不笑逐颜开。

这时，一仆从前来禀报："大王,豫章郡官员孙万世来访。"刘贺一听,热情应道："欢迎，欢迎！"孙万世是豫章太守卒吏，刘贺平日与他来往甚密。刘贺听说这位曾关心过自己的官吏来了，急忙起身迎客。二人单独坐在一起一面品茶一面谈天说地，好不开心。

欣喜之下，刘贺提出与孙万世做投壶游戏。孙万世拱手笑道："这可是汉代儒士流行的一种游戏。孔子在《齐论》尚有'投壶'记载，书中曰：投壶者，主人与客燕饮讲论才艺也。大王出身于皇家贵族，受过皇家教育，在兴趣爱好、习性才情，跟别人不同啊。"刘贺见孙万世对投壶很感兴趣，便命仆从从酒具库中取出投壶，往左侧桌上一摆。那只投壶为青铜材质，锃亮闪光。大家从未见过投壶，都感到新奇、有趣。

于是，宾主对坐，旁边有几个侍者收捡落于地上的箭杆，准备侍候宾主。

这时，一群歌女站在一旁唱起雅歌，他俩便开始了投壶游戏。开始刘贺胜了第一局，孙万世后来居上，除弹箭复投外，还做了背坐反投、隔屏反投等几个高难动作，博得一番番喝彩。输者罚喝酒一大海碗。

大约一个时辰过去了，投壶结束，刘贺喝得醉醺醺，孙万世将刘贺拽至屋外，在河边一面散步一面闲聊。孙万世探问："大王在此生活习惯吗？"刘贺应道："还行。就是住宅靠近湖边，有些湿气。"说着拍拍自己的双腿说，"你看我这腿，都有些浮肿。"孙万世弯下身子看了，心疼地说："啊啊，果真肿得很大，大王可要多多保重啊！"

孙万世又问："想当初，你当皇帝那会儿，多痛快，多威风！"刘贺应道："其实，我把这个看得很淡。人生在世，祸福无常。谁也不知自己可以活多久。"孙万世又问："你难道不会恨大将军大司马霍光吗？"刘贺苦笑了一下说："这些，我都想开了。对你不好的人，不要太介意，在我的一生，没有人有义务要对你好。除了我的父母兄弟；但对我好的人，一定要珍惜、感恩。没有任何人是不可代替的，没有什么东西是必须拥有的。"

孙万世发现刘贺身上仍有一股仁义之气，便附和着他说："人生短暂，过一天，生命就将离你远一天，我们都要百倍珍惜。"又把话题一转，"此前你在长安被废时，为什么不坚守在宫中，拒不出来，然后命人斩杀大将军霍光，最终却听任他人夺走你的印玺、绶带？"刘贺说："是啊。当时我没有想到这些。"孙万世又说刘贺将会在豫章郡称王，不会一直是列侯。刘贺说："但愿如此，这不可随便谈论。"正是：二人衷肠事，尽在不言中。

孙万世来访有何目的？刘贺将如何对待？大祸果真再降刘贺？且看下回分解。

作坊匠心

先不说孙万世来访有何目的，也不说是否隐藏灾祸，单说刘贺如何为民办事。

这一年，刘贺已三十岁了。俗话说，三十而立。不知为什么，此刻，只要刘贺一静下来，就会想起时间过得很快，想起在他走过的三十年路程中，经历了从王至皇帝、至庶民再以列侯的大起大落；想起自己在别人的眼光里，昏庸无能的形象已经定型。但他仍对生活充满信心。

自刘贺移居至豫章郡昌邑城之后，朝廷仍没有放松对他的戒备。在豫章郡的这段时光里，刘贺虽心里有些压抑，但他总是把枯燥的生活调节得有滋有味。就拿他为自己造墓的这件事来说吧，正是他淡然面对死亡的心理反应：死亡并不可怕，可怕的却是，人还没有老，心却老了；人还没有死，心却死了。他默念着孔子的警言：有容，德乃大。大其心能容天下之物，虚其心能受天下之善。有了这样的气度，才会活得潇洒、快乐。因此，尽管有人把眼睛盯住他，或别有用心节外生枝挑起事端，刘贺都不把它放在心上。

汉武帝分封诸子为王。诸子血统纯正，无论贤庸，既可为帝，也可成囚，刘贺早已看破红尘。他觉得自己虽心地善良，却不是做君王的那块料，最多也就是干具体活的那么个头儿。于是，他虽削官为民，却很想为民干几件可圈可点的大事情。

一天，刘贺心中崇拜的大儒章子玄来访。在与他闲聊中提及灌婴在此建筑灌城之事，子玄夸灌婴率其部下挑黄土、筑城墙、辟六门，才有了这座豫章城。灌婴曾是一位贩缯（丝织品）的商人，秦末时跟随刘邦打败项羽立下战功，被项羽拜官为御史大夫，后封为颍阴侯。刘贺听后，振奋不已，叹道："原来，灌婴还与我们刘家有段老祖宗缘分啊！"

刘贺自然知道，子玄是豫章人，是当年参与建筑灌城设计者章文的后裔，所以熟悉灌城这段历史。刘贺由西汉豫章郡的建立想到：作为豫章郡里的诸侯，我该为它做点什么呢？子玄听说刘贺有这个想法，非常高兴，便对他说了一段豫章郡的手工业作坊的事："大家都说豫章是个愚昧、落后的荒蛮腹地。其实，我并不这么看。在商周时期，豫章人便开始制造和使用青铜工具，其中包括松土和起土的铜锸和铜铲印陶纹器等等。"听到这里，刘贺兴奋不已，当机立断：在紫金城创办手工业作坊。章子玄拍手赞道:"这个想法很好。春秋末期,孔子的学生澹台灭明,游至豫章传播孔子思想;如果君侯在豫章郡把手工业作坊办起来了,也功在千秋啊!"

刘贺说干就干。刘贺在调查中发现,海昏与彭泽、鄱阳、柴桑等县一样,紧靠长江、彭蠡泽,是丰饶的鱼米之乡,又拥有铜矿、黄金等矿物资源。当地人告诉刘贺,在县西三十五里的豫章山,为吴王濞铸钱之山,时有夜光,遥望如火,以为铜之精光。刘贺又在孔贤斋内的那间秘密书房内,在一部地方史料堆里查阅到一份史料,它记载了西汉文帝刘恒(公元前175年)时期,吴王濞就在铸四铢半两钱。当时,吴王是凭着豫章郡的矿产丰富才做出这一举措。刘贺由此想到,既来之,则安之。我要在豫章郡做点实事,把昌邑国先进生产技术、传统文化带到南方,为当地百姓造福。于是刘贺在自己的封地内,划出了一块宽大的空地,组织当地木工、泥瓦匠搭起了二三十间土屋作坊。他花高价从各地请来了一批金、银、铜、铁、织、染等能工巧匠,在紫金城内铸铁煮盐,烧陶制器。

首先,刘贺亲自指挥搭起铜、铁作坊。草茅栅侧面筑起了一座大炼炉。烈焰闪跳,发出蓝光,五六个铁匠汗下如雨,甩起粗壮的胳膊,抡起铁锤就在砧上敲打那块烧得红彤彤的铁块,四五把铁锤在铁砧上敲打着,一上一下,全都敲打在那块红铁块上,火星四溅,日夜不停地发出叮当叮当的响声。师傅们把风箱拉得啪哒作响,刘贺反剪着手,站在一旁观赏着,像过节一样,十分开心。

刘贺又走进一间铜匠作坊,见几个师傅正在铸造一个青铜火锅,这火锅有三只足,支撑稳定鼎;上端是一个肚大口小的容器,下端连着一个炭盘,之间没有连通。刘贺看了那火锅的形状,好生奇怪,便问那师傅说:"它为什么是三只脚,而不是四只脚或五只脚呢?"师傅憨厚地笑道:"三脚顶立。这鼎呀,不一定是三脚,也有四脚的。"刘贺微笑点头,应道:"呵呵,原来是为了省材料呀!这造型口小肚大,是为了好盖盖子,肚大是为好好盛物啊。"另一位年约七旬的孙姓师傅补充说:"关于鼎为三足嘛,也很有学问。从实物本身来看,这鼎最早是用来盛食物的,正如这火锅,只要三个足便足够唉;从广义上来说就不是这样的。"刘贺急问:"这三脚鼎的广义是什么呢?"那师傅应道:"从广义上有个传说。夏禹曾收九牧之金铸九鼎于荆山之下,以象征九州,并在上面镌刻魑魅魍魉的图形,让世人时刻警惕，防止铜鼎受人伤害。渐渐地，鼎的作用便由炊器发展成为传国重器了，象征着国家法律与皇权的威严，也是身份尊贵的表示。"刘贺听到这里，感叹不已："原来是这样！"

刘贺由此联想到自己的失败，感悟道："是啊是啊，三足鼎立，首先要自己站得稳；再就是在任何时候，无论是国、是家、还是个人，要站得住脚根，一定要设一道防线，用魑魅魍魉的图形，时刻警醒自己。"刘贺凝望着那盆盆烈焰腾腾的炉火，心血来潮下令道："这三足火锅，你们给我多造一些！"那师傅探问："侯爷是经商卖钱，还是自己用呢？"刘贺夺口而出："防身。"想了一下又补充说，"晚上睡觉的时候，我要在我的床榻四角，一处放置一个，让它们做我的贴身卫士。"一句调皮话，逗得大家都笑了。刘贺也笑了，却又一语双关地说："其实，最厉害的侍卫还是你们，你们是我大汉工匠。因为，忠实的卫士全都出自你们手中，是你们用心血铸造出来的。"刘贺说罢慢腾腾地离去。

次日，刘贺陪同各部门拔尖的高级工匠来回走动，巡视抽查作坊产品质量。有个姓钱的师傅神秘兮兮地把刘贺拽到一边，送给他两个铸钱的石范，试探地问："侯爷，我在路上捡到几个这样的玩意儿，喜欢吗？"

刘贺接过石范一看，只见上面刻有"五铢"二字，不由大惊失色，斥责道："你吃豹子胆了！朝廷明令禁止民间盗铸货币。若被官府发现，那是可要掉脑袋的。"

原来，当时用银锡造"白金"共分三种：一种铸龙纹，圆形，值三千；一种铸马纹，方形，值五百；一种铸龟纹，椭圆形，值一百。而用白鹿皮造"皮币"，缘以采绣之边，值四十万。销毁沿用的"半两钱"更铸"三珠钱""五珠钱"。若有私家铸造五铢钱，则犯杀头之罪。

钱师傅即刻跪下认罪，乞求大王饶命。刘贺把两只铸钱的石范收缴下来，叮嘱此事到此为止，不可传扬出去。依旧高价留下钱师傅，并作为作坊铸造铜铁器的专业技术工重用。钱师傅见刘贺宽恕自己，感恩戴德，磕头如蒜。刘贺却说："人谁无过？过而能改，这就好了。"钱师傅仍久跪不起，刘贺又引用孔子《论语》警言说："君子之过也，如日月之食焉。过也，人皆有之；更也，人皆仰之。"钱师傅听不懂什么"之乎者也"，却明白刘贺是个宽容待仆的好人，放了自己一条生路。

然而，钱师傅并不知道，刘贺从小就见过这种铸币石范，那是他祖上遗传下来的，他父亲也许就私造过钱币啊！刘贺之所以留下铸造钱币的石范，既不是捉钱师傅的错，更不是打算私造钱币，而是作为一个文物存藏入库。

但没有不透风的墙。刘贺隐瞒范石、善待工友的消息，不知怎的，渐渐在紫金城内传扬开来。当刘贺得知这一动向后，又为钱师傅捏了把汗，生怕钱师傅因此事遭难，便又连夜把仆从们聚集到一起，对他们严厉训话，命令他们关于钱师傅石范之事不准再传；还解释说，范石不是钱师傅的，是自己祖上传下来的。若由此造成的罪责，与钱师傅无关。钱师傅心里当然明白，刘贺是在保护自己，又悔恨莫及，痛哭流泪，再一次向刘贺磕头请罪……在场的所有人都为之感动，默默流泪。此后，再也没有人提及石范之事了。大家齐心协力，在手工作坊干着自己的那份手艺活儿。

刘贺来回走动着，看见木架上摆放着各种铜铁成品，有鼎、敦、壶以及豆、坛、钵、罐、洗、勺、盆、碗、盂、羽觞、盘、铜香炉、扁壶、耳杯、青铜剑、矛、戈等，便说："铜剑、铜钟，还有绘有草纹、花鸟的精美漆器，如盒、案、几、壶和漆盒等等，我心中十分欢喜。"他想了一下，便与师傅们商定，再多造些斧、锤、插、镰、铲、箩、箕、筐，明年春耕，给农夫送生产工具去。

这些器物在完成最后一道工序之后，犹如流水般从作坊里现出。刘贺站在钱师傅跟前，凝望着那一面面锃亮的镜子，从中挑出一面出自钱师傅之手的昭明镜毛坯，觉得十分满意，便提议在镜子内圈镌刻几行铭文。但铭文镌刻什么好呢？他想了一下，脑子里突然冒出"见日之光，长母想忘"的话，便命钱师傅在此镜外圈镌刻铭文：内清质以昭明，光辉象夫日月，心忽扬而愿忠，然壅塞而不泄。钱师傅点头同意，工匠拍手称妙，一一照办，夸奖刘贺有才学，是内行呢。

一天，刘贺拿着一张自己亲笔绘制的彩图绢，兴冲冲来到铜具作坊。钱师傅见刘贺手里拿着图纸，知道他又要出什么新点子，便与工友们迎了上去，探问君侯有何吩咐。刘贺先不作声，将图绢铺在桌案，试问这是什么。钱师傅探头看去，见这盏灯的图案设计独特，造型优美：它由雁体灯座、雁颈虹管、灯罩与灯盘四部分组成，且整体呈鸿雁回首衔鱼伫立状。钱师傅琢磨了一会儿，笑道："这盏灯的构想新颖别致，有鱼、有雁。"其他几位工友也夸道上乘佳作，非常好看。

刘贺这才神秘一笑："它还有个秘密，你们都没有看出来？"大家摇了摇头。

刘贺卖了个关子，乐呵呵地说："你们猜猜看。"

钱师傅与他的工友们对刘贺设计的那幅灯具图绢研究了许久，好不容易才揭开了此灯具构想的谜底：原来，这只灯具的雁嘴衔着两片弧形板为灯罩，可左右开合，既能挡风又可调节灯的角度与光线强度，油灯点燃后产生的烟气由鱼身收集，通过大雁脖溶消于雁体内灌注的清水中，巧妙化解油烟，清洁空气。

半个月之后，钱师傅和他的工友们日夜班加点，在刘贺的设计图的基础上，又进行了一番修改，终于完成了那盏青铜鱼雁灯。只见那灯体形态宽肥，灯颈修长，灯身两侧铸出羽翼且有短尾，双足并立，掌上有蹼，似乎托起一轮在湖面西沉的残月。

傍晚，当钱师傅双手把这盏别具一格的奇灯奉送到刘贺跟前时，刘贺立即让钱师傅把它点燃。顿时，刘贺眼前为之一亮，欣喜叹道："呵呵，钱师傅啊，你们不但是我大汉工匠，还是心匠！"师傅们应道："功在大王。如果没有大王精心设计的图案，我们怎么造得出来呢？"刘贺却说："你们看彭蠡这湖、这水，清澈见底，平静如镜，我怎么舍得污染它。"钱师傅这才明白：刘贺为保护彭蠡环境，用心良苦！

刘贺拈着他那几根稀疏的胡须，吟道："公输子那样灵巧，但不用规和矩就画不出方形和圆形；师旷有那样灵敏的听觉，但不根据六律就不能校正五音。"师傅们接着赞道："心匠！侯爷才是紫金城真正的心匠啊！"刘贺却摆了摆手，反剪着手，一面走一面叹道："虽有尧舜之道，但不施行仁政，也不能治理好国家啊！"

然而钱师傅并没有读懂藏在刘贺心灵深处的那本书：我一路走来，回首望去，在昌邑，在朝廷，啊，不不，在我所经历的每一块地方，要成功一件事、要造就一个人，必须循规蹈矩，严遵法则。呵呵，过去，我乱了，错了……

刘贺想着想着，又跨进了他那宽敞通透的陶瓷作坊，陶瓷师傅们正在和泥、拉坯、印坯、修模、雕塑、上色等进行着整套制陶工程。刘贺从木架上取出一只硕大的陶碗，那陶碗装饰花纹简单、质朴，仅有些弦纹、水波纹；又从陶具毛坯中捧起一只陶罐察看许久，赞道："胎质细腻灰白，火候恰好到位，施釉晶莹，釉色淡黄，色泽光亮，造型稳重、朴素，好！"他那股子高兴劲啊，真没法形容。

中午时分，刘贺正与陶瓷师傅交谈着，突然从作坊外面冲进一个六七岁的男孩，体瘦面黄，穿一身肮脏的破旧衣衫，只有两只大眼睛深深隐在一层阴影里，完全失去了光彩。刘贺一下就认出来了：这不是隔壁邻居渔家陶老大之子陶孩吗？陶孩手捧着几片摔碎的陶片，慌作一团，躲藏在作坊的茅草棚里。接着传来一阵咒骂声，陶孩之母追了过来，"跑？你好大的胆啊，竟冲进侯爷府上……"母亲追了上来，可陶孩十分机灵，又闪身躲藏在刘贺身后。

陶母见了刘贺，觉得不好意思，低头向刘贺请罪，怒责儿子不争气。可当刘贺问事发缘由，得知母亲是冲着这孩子吃饭时不慎打破了一只陶碗时，便呵呵大笑起来，和颜悦色地说："这个好办，这个好办！这碗，我代孩子赔了就是。"又探问其母，"不就是一只碗吗？老嫂子为何如此伤心呢？"陶母笑道："买陶碗，要跑到百里之外，多难！"刘贺一听，更是开心，因为他从陶嫂口中获得了"市场行情"呢，便命孙师傅从木架取下两只陶瓷碗，碗里碗外印有几条大小不一鱼儿的图案，釉厚明亮，质朴美观。刘贺把它赐予母子俩说："这是给你的，不要生气了。"陶母定要惩罚儿子，怎么也不肯收受。刘贺便拐了个弯子为陶孩解围说："好，让我来罚他，我罚他在我这陶瓷作坊做三天苦工。"于是，陶小孩便来刘贺的作坊玩耍，"侯爷长""侯爷短"喊得比谁都亲，逗得刘贺笑得合不拢嘴，还认他为干儿子呢。

这时，刘贺见陶孩跺着双脚，很不自在，便问他怎么啦？陶孩皱起眉说："我……我要小解。"刘贺又笑了，呵呵。说着又从货架上取下一只青陶瓷壶，那壶口微外移，长颈，肩斜鼓，还塑有人形纹对称双耳，圆足较矮，很是实用。刘贺指了指陶壶，又用手刮了一下他的鼻子，笑道："陶孩，送给你！这个鸡鸡也要小解，你带回去吧，陪着它一起拉……"逗得众工臣都哈哈地笑起来。刘贺沉思片刻，又对陶母叹道，"这孩子，很乖。比起我小时候的调皮劲呀，斯文多了！"

原来，自刘贺的昌邑城落成后，心境颇佳，完全变了一个人。本来心境压抑、整天愁眉苦脸的他，变得开朗起来了。他不但与左邻右舍和睦相处，而且欢迎八方来客，远近大小船只要从此经过，或在此歇歇脚，或讨一碗茶喝，有时还供给他们饭呢。从此，一传十、十传百，方圆几十里的人都知道彭蠡泽西岸有座昌邑城，还有一座石姑宫，宫里住了个当过皇帝的海昏侯，无不夸赞刘贺热情好客，平易近人，在彭蠡泽一带口碑很好。然而，只因身处水陆忧，招来南来北往贼。正是：闭门屋里坐，祸从天下来。

昌邑城发生什么？刘贺到底惹下了什么祸？且看下回分解。

夕阳西下

尽管刘贺自在昌邑城办起手工业作坊，一有空闲就到作坊走走、看看，心境不再压抑，整天乐呵呵的，仿佛什么忧愁都没有。

谁料"祸与福相贯，生与死相邻"。一天，彭蠡泽东岸的强盗得知，刘贺已将周围几千户人家上交的租税收齐，紫金宫积蓄金银堆如山，遂起抢劫邪念，便纠集了多名身强体壮的土匪，在同一时间划船前往"掠城"。当时，刘贺门下的侍卫官四处呼叫："抓强盗呀，抓强盗！"可刘贺无能为力，一面召集附近乡民护卫，一面请求派人乞求官府增援。后来，还是豫章郡廖太守立即组织数百官兵，与乡民们一齐上阵，奋不顾身与土匪强盗拼搏，将他们打了个措手不及，四处窜逃。

原来，这伙强盗就是元康四年（公元前62年）昌邑城落成时，乘小船前来送竹联"庆贺"、当众索要钱财、自称"胡墨"的那伙人，他们根本就不住在洪崖丹井，而是一伙漂流彭蠡泽的强盗。当他们闻知刘贺体弱多病，并积存了大量祖传宝物，便再次盯住了昌邑城。

更令人惶惶不安的是，神爵元年（公元前61年）刘贺三十二岁。扬州的柯刺、史亲临海昏侯国监察并调查研究，从卒史孙万世获一情况：孙万世与刘贺谈及"皇权"时，当孙万世问及"从前被废时为何不坚守不出宫，斩大将军"，刘贺悔恨自己"错过了机会"。柯刺史立即上奏宣帝。宣帝宽大为怀，制诏书削去刘贺三千户食邑，只剩下一千户了。

刘贺读罢诏书，整个身子颤动着，内心充满恐怖，对自己好心被当作驴肝肺大惑不解。正是：皂雕追紫燕，猛虎啖羊羔。

再说自那天刘贺与豫章郡卒吏孙万世来访之后，也种下了一颗祸种。一天，廖太史突然把卒史孙万世叫来，探问："最近刘贺怎么样？紫金城的花不知开得如何？"孙万世应道："园林早就造好了，毕竟在彭蠡泽畔，阳光充足，应该是开得不错。"廖太守又说："刘贺从山阳郡迁过来的，那里阳气太重，势力太强。现在，他居住在'彭蠡泽以西'……"太守故意把那个'西'字说得很重。孙万世一听，心里震动了一下，知道话中有话，不敢插嘴，便让廖太守说下去。太守又补了一句："昌邑城地处低洼，水土阴凉，睡得舒服。"

第十二回 灵魂不死

孙万世听到这里，把眉头一皱：将廖太守一连串吐出的"西""阴"与"舒服"几个字串在一起。不由倒吸一口冷气，应道："廖大人，卑下心里明白。明天就去办。"廖太守再也不多说，起身便走了。

其实，廖太守向卒吏孙万世打听刘贺近况事出有因。

原来，按汉礼制，王侯必每年到长安朝贡，在宗庙祭祀列祖列宗，上朝拜见天子。但长安侍中卫金安却上奏宣帝，劝谏说："刘贺是上天舍弃的人，陛下极为仁厚，又封他为列侯。刘贺是个愚顽放逐的废弃之人，不能与其他王侯一样，不可奉行宗庙及入朝廷行朝见天子之礼。"宣帝准奏，只让刘贺食租税务，不准参与朝廷典礼。刘贺只好奉诏就国于海昏。海昏属豫章郡，豫章僻处东南古要荒蛮之地，属扬州之域。汉宣帝接受了这一建议。廖太守从宣帝这一诏令中判断：海昏侯刘贺可能会再次被贬，对于他来说，已经完全没有用了。

其实，胸无城府的刘贺的心仍牵挂、思念着北方。他曾冒死给宣帝写了一封奏折，以表达自己对宣帝的怀念之情；信中用了一个比喻，说是南方有一种鸟，一到春天便返回北方。而一到冬天，又要南归彭蠡泽定居。刘贺可怜巴巴把自己比作一只孤鸟，乞回到宣帝身边。又在奏折中，恭维了一番宣帝功绩大，品格圣明，请求他恩准自己回到出生的地方，并表示再把上等的酎金献给他。

可此奏折送出后，石沉大海，杳无音信。刘贺并不知道，宣帝对他仍存戒备，并一直派地方官员监视着他呢。

但刘贺并不泄气，常常雇用船家把船划至修水、赣江与彭蠡泽交汇处的江边，遥望远方，吟唱着《安世房中歌》：

> 大海荡荡水所归，高贤愉愉民所怀。
> 太山崔，百卉殖。民何贵？贵有德。
> 安其所，乐于产。乐于产，世继绪。
> 巨龙秋，游上天。高贤愉，乐民人。
> 丰草葽，女萝施。善何如，谁能回？
> 大莫大，成教德；长莫长，被无极。
> 雷震震，电耀耀。明德乡，治本约。

治本约，泽弘大。加被宠，咸相保。施德大，世曼寿。

他唱着唱着，想起父母兄弟之情，不由放声大哭，泪如雨下，然后愤慨返回。故后人称此地为"慨口"。

慨口位于今新建县北八十里，距昌邑城东十三里。所有的人都不知道，刘贺只要心中不快堵得慌，便会雇船去那儿出一口大气，以发泄积压在他胸口的闷气。

是的，自刘贺移居豫章郡后，曾经过了一段愉悦的生活，且对自己未来的生活充满信心。他一有空闲，便端坐在昌邑城外门前的礁石上。

这是一块溜光的孤石，亭亭独立，因水满石没舟人取途不定，却给刘贺带来了无限的乐趣。刘贺常静坐于此处观赏湖潮、看湖上日起日落，还给它取了个有趣的名：犹豫堆，表达他来豫章郡"犹豫不决"的复杂心境。因此，豫章人有俗谚称：犹豫大如象，退水随意上；犹豫大如马，涨水无法下。日出时，他坐在犹豫堆上，看东升的骄阳在湖上露出浸泡在水中的笑脸，看它照射着整个浩瀚的湖面；日落时，他坐在犹豫堆上，观赏那个铜盆大的落日，只留得半个在地平线上，那颜色像切开半边的西瓜红囊一般，水淋淋的，谁看了都想咬它一口。

地节二年（公元前60年）刘贺三十三岁，他已陷入无限孤独、悲伤与凄苦的境地。许管家前来禀报：孙大人前来探望！在这个时刻，刘贺一听孙大人前来探望，忽然两眼发光，嘴唇颤动着，显得无比激动。

刘贺亲自出门迎候。他站在大门口，远远望见孙万世搭着小船来了。这一回，他是来给刘贺送花种，以供昌邑城美化环境之用。当小船靠岸时，许管家与丁子奇急忙搀扶刘贺迎上前去，刘贺见孙万世给自己送来那么多花，笑得合不拢嘴，连声道谢。孙万世说："不用道谢，一点小意思，应该的。"刘贺问都是些什么花。孙万世说他又不懂花，指指身边的丁子奇说他是专家，他懂。丁子奇看了看花，解道："这两种花非常珍贵，你看这黄色的叫'郁金香'，非常奇异，它随着气温的变化而绽开或闭合，在暖和的气温下才能开花，它在白天气温高的时候便开花；晚上气温低时，花瓣便会闭合。"

刘贺说："这花好，有点像冬虫夏草，白天开、晚上闭，很有意思。"丁子奇又指着另一种花说："此花名叫'虎刺梅'，你看它全株都生有锐刺，可栽种在室外，如果你种在卧室或书房的窗前，它便能够像卫士一样宿卫在你身边。"刘贺欣然答应，立即吩咐丁子奇把虎刺梅移至寝宫北面窗前，命仆从们种了密密麻麻一大片。刘贺一推开窗户就能闻到它的气味。同时，还在寝宫南面窗前，辟有一小块苗圃再种上郁金香。子奇又将郁金花培土栽于陶盆，把这盆景摆在刘贺床头几案上。还叮嘱刘贺，若盆里的郁金香凋谢了，要立即吩咐仆从更换，以保持室内新鲜空气。刘贺则让许管家记住：每天浇灌南北两面墙下的花圃，经常更换新花。许管家应声照办。

一年过去了。到了神爵三年（前59年）八月，刘贺三十四岁，在这段时间里他的身体越来越差，他瘦弱，身子骨干瘪且衰朽，头上只剩下几根发丝。那张凹陷的脸上，唯有他那双眼睛显得异常明亮。

对于他的身体状况为何越来越糟，刘贺丝毫不晓。

原来，孙万世送给刘贺的郁金香与虎刺梅均有毒性。放在室内，久而久之，便会让人染上毒，生上病。

傍晚时分。忽有仆从前来禀报：大孺章子玄求见。这可是"久旱逢甘露"，刘贺正在困惑中，听说儒学大师驾到，立即起身迎客。

子玄一跨入门，便把他弟弟章子义见到刘贺的事情说了，又说在回家的路上，顺便前来探望。但他发现刘贺满脸沮丧，便爽朗笑道："看来，大王在人生道路上，果真遇到难题了？"刘贺眉宇间露出了几丝难得的笑容，子玄却说："早就听说大王从旧昌邑国移居彭蠡泽畔，建城筑宫，还办起了豫章手工业作坊，还把宫殿名称命名为'石姑宫'。我看此名定与彭蠡泽'石姑姐妹'的传说相关。"

刘贺说他不知道，此宫名是当地渔民给取的。于是，章子玄便给他讲了个彭蠡泽"大姑与小姑"的传说。

说的是有个商人路过彭蠡泽孤石庙，遇到两位年轻、漂亮的女子。女子请商人代买一些衣物。那商人买好衣物放进箱子，还把自己买的一把裁纸刀也放进了箱内。在返程之时，商人把箱子放在孤石庙中，他上香后便离开了，却忘了自己的裁纸刀。船行至长江里，一条鲤鱼跳进船里。剖开鲤鱼一看，裁纸刀竟然藏在鲤鱼肚子里。原来，孤石庙里的那两个神秘女孩，便是水神大姑和小姑，故鄱湖人便为大姑、小姑立庙祭祀。

刘贺听罢此传说，爽朗一笑道："难怪昌邑城的老渔民为此宫命名为石姑宫，本王可真是艳福不浅啊！"又问起子玄是什么风把他吹来的，子玄应道："今日我搭船赴孤石庙祭拜二姑，路过昌邑城便顺便来探望大王。"刘贺忙命仆从为他备茶、捧果，要与先生聊个痛快。子玄却说天色不早了，雇用的小船还在码头候着呢。并说屋里空气沉闷，建议到湖边走走看看。于是，客主便登上了湖畔礁石，面对面端坐在庞大的犹豫堆上。二人向远处那朦胧迷雾笼罩的湖面遥遥望去，只见那片孤岛四面环水，隐约可见两块奇石拔地而起，那就是传说中的"大姑与小姑"。

章子玄问刘贺为何给此礁命名"犹豫堆"？刘贺叹一声，直率地应道："卑下从'王'至'帝'，又从'帝'至'民'，至'侯'，这一路走来坎坎坷坷，我算是怕了。这人生路到底该怎么走，怎叫我不'犹豫'呢？难道这是天命？"章子玄仰头一笑，再看看湖畔落日，像火球一般悬挂于西天，把天与水烧红了，禁不住吟唱起《诗经·小雅》的诗：

节彼南山，维石岩岩。

在刘贺心目中，石头也是有生命的。他知道，先生是在以此诗激励自己，顽强地生活下去。即使到了生命尽头，也要像夕阳的余晖那样，发热放光，看到那微存的一线希望。可刘贺却说："这些大道理我都懂，迷惑的却是，面对困境，我该怎么个活法？"

章子玄应道："天发出的指示叫作'天命'，只有圣人才能执行天命；崇尚质朴的叫作'天性'，通过教化才能养成天性；人有了欲望叫作'情欲'，要用制度进行约束，否则情欲就会肆意膨胀。"

子玄这几句简洁而质朴的话语，犹如重槌敲击在刘贺心头，使他头脑猛然清醒，悟道："大师言之有理。是啊，君王要谨慎地奉承天意，顺应天命；对民众实施教化，引导民众淳朴向上，向善；还要制定制度，调整好上下关系，绝不可把制度视为儿戏，抛至脑后。"但对于如何实施，他仍没有弄懂。

章子玄继续说道："问题的关键是人，人，并非其他生物。人有思想，有头脑，在家中有父子兄弟亲属，在社会有君臣上下尊卑，大家常在一起相聚会面。还有先到为君、礼让三分，尊重他人、敬老爱幼的顺序啊。"

第十二回 灵魂不死

这时,湖边那一轮又圆又大的夕阳即将西下。子玄触景生情,叹道:"夕阳一天仅燃烧两次,早晨散发出巨大热量,使东方光芒万丈;黄昏再燃烧一次,让西边晶莹、透亮,使那微风牵动湖面波纹,犹如无数仙女掀动起柔软而绚丽多彩的衣裙,以庄严的临别与自尊的笑容消失。"

刘贺赞道:"呵呵,这就是人,高贵的人啊。难怪老子讲'天地之间人为贵'。"他忽想起有人声称自己是个"废弃的人",一而再,再而三被贬,便问先生说,"人与人相比,究竟有何不同?怎么才能做个受人尊重的人呢?"

子玄从刘贺脸上看到了真诚,感觉到他懂事了,成熟了,在探悟人生的道理,心里十分高兴,深沉地应道:"天生五谷,用以满足人们的饮食;种植桑麻,用以满足人们着装的需求;饲养六畜,服牛乘马,圈豹槛虎,都显示出人比万物高贵。而高贵的人必须懂得仁义,懂得仁义,就会重视仪礼;重视代礼,就会重视善行;重视善行,就会遵循义理;遵循义理,就会成为君子。因此,孔子还说:不知天命,夫以为称'君子',也就是这个道理。"

这时,只见湖面一条白线,在天水相接的湖面蠕动着。那波浪一层层叠着,前推后拥地向他俩奔涌而来。涨潮了。他们侧耳细听,隐约可闻隆隆之声,犹如闷雷在天边滚动。顷刻间,鱼虾在浪尖上闪跳。子玄警觉地提示说:"我们走吧。"刘贺却迷恋眼前奇景,站在石礁上手舞足蹈。突然,一个巨浪撞在礁石上,子玄一把拉住刘贺的手,猛地将他拽下,二人一齐跌倒在沙滩上……再回头一看:潮头动,形未见,惊雷起,瞬间潮水就把犹豫堆淹没了!

刘贺扶起跌倒在沙滩上的章子玄,抹了额头的冷汗,叹道好险,且连声夸赞"子玄是心地善良的人,是个好人"。子玄却借题发挥说:"善与恶相随,如影随形,如山谷回音,紧伴人的生死而存。"

刘贺刚才摔下的一跤,似乎把他的心摔醒了:"原来,人的长寿与国家的昌盛一样,都有个积累的过程啊!积善在身,好像夕阳暂退,善人不能马上感受到善的甜果;积恶在身,好像灯火在消耗膏油,恶人也不会很快感受到恶的报应。刚才先生这一个善举,也是长期积累的结果啊。"

章子玄点头应道:"好啊,大王跟过去相比,可真是脱胎换骨,变了一个人似的。"刘贺拱手谢道:"全靠先生指点迷津。"子玄应道:"孔子的弟子子贡曰:君子之过，如日月之食焉，过也，人皆见之；更也，人皆仰之。然而，不是读过诗书的人，不是明白事理的人，不是洞察世俗的人，谁能了解这些？谁能猛然醒悟？"刘贺听罢深为感动，向子玄深鞠一躬，又谢道："古交如真金，百炼色不回。子玄就是我的引路人！"正是：龟游水面分开绿，鹤立松梢点破青。虽无子羽才八斗，丑貌陡变最英俊。

这时，风静止了，水浪也平息下去了。一片片归帆被晚霞染得通红，在彭蠡泽无声无息地飘荡着。落日射出一条很长的光线，好像在召回一切力量回家过夜。

一个老船夫走来向子玄招呼说："天色不早了，该走了吧。"刘贺再三挽留章子玄在石姑宫住一夜再走。子玄婉言谢绝，刘贺送章子玄登上小舟，二人难舍难分，挥泪而别。

此时，刘贺没有什么奢想，也没有什么追求，他只求保住自己这条小命，在昌邑城石姑宫与他十六个妻妾、二十二个儿女，过上个太平日子便心满意足了。谁料刘贺走至人生最后一程，再一次受到致命打击。

公元前59年农历六月，盛夏。这些日子，天气异常炎热。在紫金宫内，刘贺躺在寝宫的床榻上，嘴唇干裂，额头冒出了冷汗，直大口大口透气。侯夫人、严罗紨及老大刘充国、老二刘奉亲和老三刘代宗等儿女们，都静静地站在他床前，一个个面色忧愁，心急如焚。

谁料旦夕祸福。前两天，宫中用冰块包裹护送给廖太守几个西瓜，廖太守忽想起刘贺，便吩咐孙万世给刘贺捎去吧。孙万世道："太守真是个好人啊，这么炎热的天气，竟还想到一个被一贬再贬的刘贺。"廖太守却说："有福共享，有难同当。刘贺虽削了食邑，我与他还是有感情的。听说他身体欠佳，也让他尝尝这外国品种的鲜瓜。"

孙万世自然明白暗藏于太守内心深处的旨意，便郑重地应道："请太守放心，这事在下立即照办。"当即，孙万世从虎刺梅中取出毒液灌入西瓜内，恰遇一位姓王名伍的渔民，要从豫章郡返回，且要从紫金城经过，便让他给海昏侯刘贺捎去，还叮嘱他不要说出是他要他捎去西瓜，说是把人情留给送瓜人，而事实真相是：以达到他与太守"借刀杀人"的阴谋。

第十二回
灵魂不死

原来，虎刺梅为多刺直立或稍攀缘性小灌木。性强健，喜温暖干燥气候。虎刺梅会释放出刺激性的气味，无论是郁金香散发出来的香气，还是虎刺梅上的汁液，人吸入或食用后都不会立即死去，却可"慢性中毒"。

王伍并不知晓豫章郡官员"借刀杀人"意图，便很快把那个西瓜送到了昌邑城。刘贺一家人见了那稀罕的西瓜，内心异常感激。对这一带淳朴的民风赞不绝口，许管家手脚麻利切开西瓜，一股股甜蜜的汁水便顺着刀口溢在桌面……

这么炎热的天气，谁看了都想吃。刘贺的爱妾们与三个年长的儿子把刘贺搀扶起，让他半躺在床上，侯夫人则双手把一块西瓜送到他嘴边。刘贺美美地品尝着，吃了一块又一块。剩下几块，刘贺示意二位爱妻吃，她们一心牵挂丈夫都不肯吃呢。刘贺又示意儿子们吃，儿子们都说留给父亲。

这时，忽从窗外飞来几只苍蝇，"嗡嗡嗡，嗡嗡嗡……"直围绕着那几块切开的西瓜飞旋，真令人讨厌。刘贺一面用手拍赶苍蝇，一面示意儿子快把瓜吃了，但老三愣愣地站着，一动也不动。这位大孝子在心里想：爹喜欢吃，该留给爹吃。可老大刘充国、老二刘奉亲嘴馋，直盯住西瓜。严罗紃一面用手拍打着苍蝇，一面把西瓜送到三个儿子手中，劝道："孩子，唉，又不是什么珍奇的东西，吃吧吃吧，免得惹苍蝇。"充国、奉亲接过那几块西瓜，三下五除二就它消灭掉了。

刘贺见两个儿子把瓜吃了，点头微笑，心里十分高兴。正是：邪正尽从心剖判，西山鬼窟早翻身。

当刘贺和他儿子吃下这西瓜之后，便先后一病不起，而刘贺的身子骨更是一天不如一天，生命危在旦夕。

他最近本就因被削去了三千食邑忧愁，加之近来海昏侯国常受强盗的侵扰，他的身心更受到了极大的伤害。

刘贺心中忧虑，身体也就渐渐衰弱，时有疾病缠身。加之他居住彭蠡泽边，风寒湿气重，腿脚肿得厉害，行动不方便。他常吃一些发散风痰之药，找了些牛黄，再配上珍珠、冰片、朱砂，外加冬虫夏草煎用，灌了下去略见功效。只见喀的一声，连药带痰都吐了出来，舒服多了。但他心里怎么也安静不下来，有时竟沉浸在宁静的幻想中，想入非非。有时眼前明明是一朵花，却会变成一张少女的脸，时隐时现。有时听见孩子的哭声，却时而会有古乐或流水声混杂在一起，搅得他兴奋不安。此时刘贺已是昏昏沉沉，处在渺茫幻觉之中。正是：一别知心两地愁，任他月下紫金楼。来年此日知何处？遥指鄱湖云天流。

【戌时】（19时至21时）又名"日夕"，天地万物蒙眬，故称"黄昏"。

五铢钱——惟善以为宝

豫章。紫金城。神爵三年（公元前59年）农历七月二十五日。

太阳像发了疯似的，把紫金城外的田地晒得龟裂，小河和林中的溪流，泉水和井水以及沼泽与水塘都干涸了。禾苗一片片死去，枯黄。

刘贺端坐于湖畔犹豫堆极目远眺，辽阔的天水之间，几个小黑点组成的"人"字队形，向北飞去，呼唤着"长安、长安……"刘贺自言自语："太阳落山了。我该走了，该走了……"

左邻右舍泣不成声，纷纷前来探望，他们为大王送来了鸡蛋、果品和鱼鸭、米酒、米果。刘贺眼眶里泪水不住地流淌，快乐从心里透过全身。

渐渐地，彭蠡泽畔的夕阳变成一轮圆球，外圈罩着橙红的亮边，足有脸盆那么大。刘贺喘息着，反复叨念着三个字："五铢钱，五铢钱……"侯夫人和严罗绔听懂了大王的心声，便命仆从从库房抬出好几箩筐五铢钱的善举，让刘贺亲自发放。

呵呵，这是刘贺心中的梦想。在生命垂危之时，他想起了父亲常为昌邑国百姓修桥、铺路，为乞丐施粥，为贫困的八旬老人赐放五铢钱的善举。在他自知自己即将离开人世之时，刘贺想到豫章郡百姓太穷、太苦，决定为百姓开仓放粮。忽然，刘贺双眼发亮，仿佛灵魂中涌出一道光，与夕阳辉映，把人们的脸照得光彩夺目。

刘贺口中念念有词："惟善以为宝，惟善以为宝……"百姓们泣不成声，捧起那一串串五铢钱默默离去，刘贺望着竹筐内的五铢钱渐渐减少，笑得像个孩子。

"伯伯！"忽然，从抽泣的人群里发出一声深情的呼唤，童声奶气。

那呼唤"伯伯"的不是别人，正是前些日子因打碎了碗遭母亲追打、刘贺从中解围的陶孩。只见这孩子依旧体瘦面黄，穿一件肮脏而破旧的衣衫，双手捧着那只刘贺所赠的陶碗。陶碗内外印有几条鲜活的鱼儿，碗里盛满鱼汤，还放着一把汤匙，微微冒着热气。陶孩嘴角的弧线已失以往的光彩。两只大眼睛，深深地隐在一层阴影里。他就那么小心翼翼迈着小步往前走着，碗里鱼汤荡漾。他脚步显得沉重而轻快，正缓缓地向刘贺走去，生怕泼失一丝半点鱼汤……

刘贺发现了这个瘦弱的少年，那双细小的眼睛眯成了一条缝，腮上的肌肉慢慢收缩，喜悦的笑意在他嘴角渐渐增厚。

然而，当一抹夕阳的余晖照在陶孩身上时，他发现孩子的骨头显得格外突出，瘦得令他有些心酸怜惜。刘贺吃力地向他招了招手，又示意身边仆从赐他一串五铢钱。可陶孩把头摇得像个拨浪鼓，并没有接受那钱。他双手仍捧着那碗满满的鱼汤，有些呆呆地站在刘贺跟前，那张小小的脸蛋陡然变得灰黄，死了似的，继而又复苏了。他久久地凝望着刘贺，泪水断断续续掉了下来。

"伯伯！"突然，陶孩扑通跪下，双手举起那碗鱼汤，亲昵地把它送到刘贺嘴边，乞求道，"伯伯，你吃吧，吃吧……这是我爹刚从鄱阳湖捕的，是我娘亲手为你蒸的……"泪水吧嗒、吧嗒地洒落在泥地上，湿了一片。

刘贺望了望孩子那张泪脸，又看了看那陶碗里的鱼汤，怦然心动。他忽想起了京城长安，想起了他日夜思念的宣帝，目光温柔得叫人心醉，脸上蒙着一层灰暗的苍白，透露出内心的激动，似乎醒悟过来："呵呵，国泰民安，年年有鱼，年年有鱼……"眉宇间留下几丝凄楚的微笑。

刘贺的这一笑，像刀子一样刺痛了家人的心，在场的所有人都泣不成声地回应着："是啊，国泰民安，年年有鱼……"

陶孩单纯而关切的目光，始终没有离开刘贺那张苍白的脸。这孩子就那么虔诚地跪着，用汤匙把鱼汤一口口送到刘贺嘴边，泪水仍在唰唰地流着。刘贺吃力地张开嘴伸出舌尖沾了几口，美滋滋地："呵呵，这孩子，知恩图报，知恩图报……"他舌头微微团着点，尽量使语音圆柔而稍带着憨厚，以显出他往日的天真可爱。陶孩见刘贺对鱼汤发生了兴趣，心中分外高兴，他显得无拘无束，笑得天真无邪，坦然而甜美。

刘贺那富有生气的眼睛，深陷在一个光焰熄灭的面孔上，失去了以往的光辉，只有前额在夕阳中留下了一丝丝气息。此刻，他的脑海忽然浮现出一束金光。他睁开眼睛一看：呵呵，这是一部用五彩奇光编织的金册，禁不住呼唤一声："孔子《论语》！"便不顾一切伸手去抓。湖面忽一阵狂风，孔圣的那部经典在大风中浮动起来，忽左忽右，忽上忽下，在刘贺头顶、周身晃动着。

这是刘贺的幻觉……

第十二回
灵魂不死

此刻，一切都是平静的、清洁的，夕阳沐浴着刘贺的全身。

然而，他的肉体已经渐渐消失了，只有灵魂笼罩着他的凹陷的面孔，清爽得犹如狂风暴雨洗过的蔚蓝天空，显得格外富丽堂皇。

不知怎的，狂风大作，浪花冲击着湖边的悬崖。他聆听着不息的浪涛声，那部《齐论》又在他眼前浮现，依旧悬挂于空间。他不顾一切欲跃起身子，双手不停地胡乱晃动，陶孩把那碗鱼汤捧在手中。只听"咣当"一声，把陶孩手中那只盛满鱼汤的陶碗甩落在地！

陶孩"哇"地大哭起来，急忙弯下身子去捡那陶碗的碎片……

眼前发生的这一切，刘贺全然不知。他只感觉到，自己把金册《齐论》抓在手中了！在幻觉中，他把它紧紧地捧在怀中，口中念念有词："呵呵，子曰：仁、义、礼、智、信……"

突然，湖面又一阵巨大的浪花冲天而起。刘贺仰天大笑，欣喜的笑声在浩浩荡荡的鄱湖水面久久回荡，直向天际扩散开来。

就在这一瞬间，刘贺身子一歪，微微哆嗦，他的手痉挛，握着的是空虚。他的身子有些飘忽，升腾起来。只得听其自然，一口血吐了出来。众人大惊失色，妻儿老小疾呼："大王！你……怎么啦？"

陶孩闻声丢掉手中的碎陶片，飞也似的冲上前去，扑在刘贺身上，呼喊着："伯伯！刘贺伯伯……"陶孩的母亲也从人群里挤了出来，母子俩与刘贺亲友和邻里们哭成一片。正是： 三寸气在千般用，一百无常万事休。

夕阳把最后一抹余晖洒在刘贺身上。刘贺因患有风湿病，双腿浮肿，灰败不堪的身体状况，映照得清清楚楚。他身后几棵杨柳，枝叶犹如尸体无力地垂着，流露出无限痛苦的姿态。

这时，刘贺忽又苏醒了，嘴里囔道："编钟，礼乐……"刘贺在生命尽头，竟然叨念起编钟、礼乐。人们在心里猜测，刘贺是在考问自己"乐坏礼崩"，还是要"玩"一把大汉之音？谁也不知。

唯候夫人、严罗紨心领神会，立即吩咐左右从乐器库搬出编钟。许管家率内侍闻风而动,将木架放置在两侧,然后挂上三组编钟。编钟沐浴在夕阳中,显得格外庄重而沉稳。

刘贺嘴角绽出几丝笑意点了点头,乐手们便敲击起来。顿时,从编钟传出的击乐声清脆、响亮,忽长忽短,悲凉如泣,悠悠传向远方。

此刻,箭羽闻到了那编钟悲泣而沉重的乐声,跃身而起,它离开了马棚,直朝主人这边奔来。只见它一面狂奔,一面仰天长啸,浑身鬃毛都在抖动,犹如鄱湖潮头狂飙。刘贺听到了那熟悉的疾飞奔腾的蹄声,不由睁大眼睛,吃力地吐出了两个字:"箭羽!"箭羽奔了过来,宁静地站立在主人跟前,头颅亲昵地靠在刘贺身上,垂下了尾巴。

刘贺坐在椅子上伸出了手,吃力地轻抚着它的鬃毛,默念:"箭羽!宝贝,我的宝贝……"这时,敲击编钟的乐声越来越低沉,刘贺声音越来越小,脸色煞白,四肢无力。

箭羽奋力甩动着尾巴,将身子骨向上一跃,仰天呼唤了一声,仿佛在哭泣,在鸣号。在刘贺的幻觉中,一堆堆火焰在闪动,他飞骑着箭羽扬蹄跨了过去;还有摆在寝宫的那盆郁金香正朝着他张嘴狂笑,化作一群美妙的女子,随着乐声飘然而至,个个装束得齐齐整整,颜色尚然如生,腮红颊白,就如一朵含露的桃花……刘贺悲道:"常人哭色。同一伤心,天渊之隔。"

侯夫人生怕与他永别;严罗紨用手摸摸他的心窝,尚是温热,都不知如何是好,侯夫人紧急呼唤:"快,郎中,抢救!"

此时,在刘贺耳畔除了编钟的敲击声,还有各种各样悲凉、欢快而又痛苦的古乐声:在他的鼻子里飘溢着花香、酒气,还有从沸沸扬扬的火锅里散出的混合香味。湖面吹来一阵阵湿润、凉爽的风儿,仿佛吹开了他书写的《惊心动魄的二十七天》,那素绢一片片翻开,字里行间跳动着一个个马蹄金。

顿时,箭羽在他的幻觉中奔跑,刘贺望见它快活地昂头长嘶!在迷迷糊糊之中,他仿佛望见这匹充满青春活力的马儿已经衰老,周身骨骼细小,胸膛突出,奔跑起来也不那么轻巧有力。唯一使他慰藉的是,它似乎闻到了刘贺身上的气息,它知道刘贺不久将离开人世,于是不顾一切狂奔而来!

湖面。夕阳西下。落日即将沉入湖水里,把最后一抹余晖映照在刘贺脸上,他回光返照,嘴巴向里抽缩,蠕动,每一次呼吸均张开大口,还想说些什么却发不出声。侯夫人俯身用耳朵贴着他的嘴唇，隐隐听到："三纲五常，三纲五常……"
正是：金炉不动千年火，玉盏长明盏灯。

刘贺的命运将会如何？且看下回分解。

尾 声

长眠之"覺"

豫章。昌邑王城。神爵三年（公元前59年）农历七月二十五日。

亥时，夜色深沉，阵雷仍在炸响。这是刘贺生命的最后时光。

昌邑城内，散发出燃烧似的气息。石姞宫内周围墙角大陶、小缸和木盆陈放着冰块，略显几分凉爽。

床头边几案上的鱼雁灯熄灭了，刘代宗又给刘贺点燃了一盏青铜豆形灯。此灯虽不像鱼雁灯那般精致、复杂，却也有另一番风味。

青铜豆形灯底部为圆座，中间一根实狐腰形的铜柱连着上方的一个圆形托盘，以盛油所用。座底上清晰地刻有"南昌"二字，有南方昌盛与昌大南疆之意。或许在刘贺心目中，山东的昌邑国是北昌邑，豫章郡的海昏国是南昌邑，故也可称这是"南昌"城名的最早出处。当青铜豆形灯点燃之后，那托盘上浸油灯蕊，隐约可见火焰跳闪。

此刻刘贺睡得正沉。渐渐地，灯花里闪出一个墨团，黑乎乎的，一会儿便化作一个微小、纤弱而单薄的女人身影。刘贺睁大眼睛看着，影影绰绰，模模糊糊，怎么也看不清。不知哪儿传来乐器的敲击声，弦乐从那遥远的长安宫中飘来，清脆悦耳，迷茫不定。那女子转动着那身红色短裙，仿佛微风牵动的一朵红云。她甩动着那黑色长袖放声唱赋：美婵娟以条容兮，命逝去而不长，新宫装饰愿再见兮，何不重返故乡。影哀愁其芜秽兮，隐处哀而忧伤，释车马于高山兮，夜深沉叹其来央。秋风酸眸凄泪下兮，桂叶落而销亡，神影绰绰似遥望兮，神灵出窍而徜徉……

弦乐声声，飘浮不定，忽长忽短，时强时弱，充满悲伤之情。

可当他再定神察看，那仙女却变成一位温文尔雅的儒生，脸庞清秀，目光炯炯，五官端正，额头、鼻梁、双耳与嘴巴棱角分明。但他神情凝重，向刘贺走来。刘贺心里畏惧，疑惑地问："你是谁？我不认识你啊！"

儒生一拱双手，笑道："仆姓司马名迁，字子长，是你祖父孝武皇帝的属下，初任太史令，曾入狱，后任中书令。"

刘贺早已知道司马迁的大名，虽然这位史学家隐身朝廷监狱，但他的大作《太史公书》却在民间广为流传。司马迁因为为败降匈奴的将军李陵辩解，从而得罪汉武帝刘彻而下狱，受腐刑。从而发愤著述，完成《史记》。从宫中传出的关于司马迁的些许事迹，以及他的人格魅力，使他敬佩得五体投地。

刘贺一听，精神振奋，惊叹道："呵呵，大名久仰！"他激动不已，便在桌案翻开那卷《惊心动魄的二十七天》手稿，向他讨教应如何看待他人。司马迁说："管子有句名言：道之在天者，日也；在人者，心也。故你应'弹冠振衣'。学点楚国诗人屈原的坦荡襟怀，洗个干净澡，拂除帽子上的灰尘，清洁身上的衣服。智术之士，岩穴幽藏，弹冠振衣，活得舒畅。"

刘贺接道："卑下早已'岩穴幽藏'，寄人篱下。"并理直气壮地诉说了一番，告诉他第一次上朝下诏，却惨遭群臣谩骂与攻击，并给自己罗列了"十二大罪状"的事，他发泄说："你看，这符合事实吗？有臣奏谏我'接受玉玺以来，共二十七日，下旨一千一百二十七件'，平均每天下旨四十多件啊，我忙得过来吗？还有，卑下登基后赐酒赏民、英雄救美、寻贤问策等，为民做了那么多善事、好事，为何史册只字不提呢？"

司马迁沉默了一会问："侯爷，你知道韩信受辱的故事吗？"

"知道。这是先生在《史记》中记叙的。"

这个故事，刘贺是在昌邑国敬贤斋时，从王式先生那儿听来的，说的是淮阴屠中少年，长大后相貌堂堂，能文能武，出入好带刀剑，故遭人嫉恨。一次，一伙侮辱韩信的人突然挡住他的去路，挑衅说："韩信能死，刺我；不能死，从我裤裆下钻过去。"于是，韩信孰视之，俯于裆下，蒲伏而过。围观者市民皆笑韩信："这小子，胆小怕事，成不了大气。"

司马迁借题发挥，叹道："几件鸡毛蒜皮的小事，侯爷却时时铭记于心。只要你'居上而不骄，在下位而不忧'；只要你活着有益于别人，死了也不要有害于活着的人。"

刘贺听罢无地自容，这才发现自己气度狭窄，没有宽大志向与胸怀，也无能管理这个国家与人民，在刘弗陵与刘病已（此时他已改名为"刘询"）面前，甘拜下风。他又探问司马迁："怎么才能当了个好皇帝呢。"司马迁应道："坚守大道，顺其自然；不求名利，不贪私财；不求智慧，而求糊涂；欲速不达，超然俗世。"

刘贺又问："若帝王无，臣民会不会欺骗上头呢？"

司马迁笑道："这个，其实君王并不用害怕。因为，社会是百姓的社会，四面八方都是人都是势力。帝王，他不过是站在中央而已。是的，有的人可以一时欺骗帝王，但骗不过社会，骗不过群众的眼睛，即使是有点偏差，到时候还会乖乖归位的。更为重要的是，历史是不会改变的。"司马迁说到这里，又笑了，"当然，俗话说，'明枪易躲，暗箭难防'。帝王还要学会'防'。否则，被人一刀杀掉，说明自己'柔顺躲避'的功夫还没学到家啊。"

刘贺恭恭敬敬地对司马迁说："文人不能叱咤风云，却能站在历史舞台的中央，公正、客观地看到许多、许多。"司马迁听了，沉默不语。他本想对刘贺说，我们同命相怜，你是废帝，我"不男不女"，是个废人。但他并不想告诉刘贺，自己忍受奇耻大辱，坚持以史作镜，照孝武皇帝，照奸臣，最后用生命完成《史记》的经过。因他怕刘贺伤心、反思。

通过与司马迁这简约对话，刘贺的心境好多了。正想向这位伟大的文学家、史学家、思想家讨教有关"若我死了，是按'王''帝''侯'，还是'民'的礼仪下葬"，讨教"若当今皇帝不恩准我儿继承侯位，我该如何对待"，以及他"在自己临终之前，应该要干点什么"等问题。但他正要给司马迁泡茶、供果时，又不见他的踪影。

刘贺在门内门外到处寻找，只见数村木落芦花碎，几树枫杨红叶坠。细雨淅淅下，单调而无力，仿佛在哭泣。风卷残叶，满地飞舞。他走到紫金城外，忽见一块帛如树叶一般，从天空飘下。刘贺抓住一看，只见上面清晰地写着八个篆字：狂夫之言，圣人择焉。这是说理智不健全的人说的话，聪明智慧的圣人也要认真听取，加以取舍。这是司马迁在《太史公记·淮阴侯列传》的警语，说是韩信擒获赵国李左车时，礼遇并倾身向他请教，李左车谦逊地表白自己的意见不一定可取。刘贺把它捧在怀中，后悔莫及跺脚悟道："是啊，当时在昌邑国的时候，若听了王吉、龚遂的忠告和劝解，自己或许就不会落到此种地步。"这使他想起孔子《论语》的一句话：不怨天，不尤人，下学而上达。只有不埋怨天，不责怪他人，学习平凡的知识，从中领悟高深道理。这大概就是自己本应所做的事情吧。

当躺在床榻的刘贺模糊醒来，才知这是一场梦。

此时，在昌邑城，刘贺的家人都知道刘贺已经是时日无多。侯夫人、严罗紨和张修等几位爱妾，还有昌邑城的骨干臣仆们，心里又痛苦，又难受。虽然已请了名医前来诊治，但效果甚微。大家无可奈何，只有聚在一块商量办理刘贺的后事。有的老臣提出，必须十万火急，尽快派使者奔赴长安，向宫里通报负责宗室事务的部门，请他们派大臣作为使者，亲自为刘贺主持葬礼。大家点头称是，还有大臣说，虽然皇帝刘询日理万机，但当得知海昏侯弥留之事，一定会高度重视，刘询可是一位体察民情、万民敬仰的明君啊。也有大臣担忧说，这么炎热的天气，千里迢迢，就怕来不及啊。侯夫人立即果断做出决定，做两手准备。次日一大早，昌邑城派出的使者，六百急差日夜兼程向长安出发了。

夕阳西下。海昏，其意为彭蠡泽以西。"昏"在甲骨文中是太阳落山之意，代表着方位。

刘贺似醒非醒，昏迷了好些时候。

侯夫人生怕刘贺撒手离去，哭得死去活来，便用手在他心窝里摸摸，尚是温热，家人无奈，命仆从把豫章神医百药太医请来。

太医入室，诊脉视疾后叹道："大王头脑疼痛不止，患的是风疾。病根在脑袋中，其医术甚妙，世间罕有。或用药，或用针，或用灸，不计形式，随手而愈。"

谁料此时刘贺魂魄早已出窍，只剩下一口悠悠余气在胸，忽儿身如轻叶，灵魂在云雾里摇摇晃晃飘荡起来。他飘至一座孔庙，见到了颜回第九世孙颜高和他的弟子章子玄。他俩绕过假山，穿过雕栏白玉的小桥，只闻金钟撞动，钟声清脆悦耳。一步一步向他走来，寂静的脚步无比柔软，如同行云流水一般。

他沉浸在宁静的悦乐之中，感觉今天与平常的日子，似乎没有任何区别。刘贺一生乐善好施，平易近人，他管辖的昌邑国民风淳朴、善良。这一切上天似乎都看到了。

刘贺心里感到一阵针扎的痛楚。一时间大脑似乎停止了运转，只是茫然地坐在那儿，吃力地呼唤着儿子的名字。刘代宗泣不成声，领命而出，跪倒在父亲床前。刘贺张开嘴费了好大力气，尽量把舌头微微团着点，使语音圆润，让所有的人都听舒服而清雅："义、礼、智、信皆仁也。仁者无敌！"

刘代宗长跪不起，把这句话重复了好几遍。刘贺听到了儿子回应，脸上浮现出由衷的欢喜，后来眼睛皱成了一条缝，嘴都咧到耳朵上了，牙齿闪着光，显得格外和蔼、慈祥。又示意侯夫人、严罗紨取出些金银首饰分赐给属吏、宠姬、近侍、仆从、侍从、歌女、舞伎、厨夫、马夫等。还要儿子刘代宗拿出那支章子义送给自己的鹤骨仙笛交给侯夫人，命她将仙笛还给章子玄并转告三句话：一是鹤骨仙笛，物归原主；二是子玄精神，永存世间；三是皇冠虽裂，鹤骨志在。嘱毕，长叹一声，肚腹疼痛不止，脸色白得吓人。他眼角尚挂着几颗泪珠。须臾，气绝而死。

顿时，妻儿与臣仆们一齐呼唤，哭声在紫金城上方不停地撞击着，好像无数颗心在上面，撕成了一丝一片，连湖面上的风儿、树儿、花儿、草儿也点头弯腰，伤心地号哭起来。

刘贺从公元前63年春封海昏侯，至元康三年（公元前59年）去世，在豫章所属海昏侯国的昌邑城生活了四年。

次日早晨，日瘦无光，阴惨之气，笼罩于寂寥空庭。

人们在哀乐声中抬头望去，白漫漫人来轿往，花簇簇臣去官来。宫中文武侍从，尽皆举哀。紫金城石姑宫内外，一盏盏白色灯笼挂上。一道道白幔垂下，门帘、树丛、扶手、桥栏，就连侯府门的那对石狮也都系上白绸，仿佛下了一场大雪！各式祭礼摆在灵前。群臣与大小官员挂孝举灵，聚哭于宫殿内外，默默流泪，痛苦难忍。

仙阁灵前摆着糕点、果品等之类的供品，俱按侯爵职例。乱哄哄人来人往，阵阵哭声摇山振岳。侯夫人想起刘贺平日对自己的好，哭得两眼红肿，嗓子沙哑，简直像个泪人；严罗紨想起从前的亲密，今日绝别，怎么不更加伤心。二妾因过度哀伤，大家都来劝阻。刘代宗似乎突然长大、懂事多了，他一面伤心哭泣，一面招呼远邻远亲，稍有停息便愣愣地站着，想起父亲对自己的关爱，脸色苍白，整个身子颤抖着，眼光由光亮变为阴暗，固定在脸上，不由得捶胸顿足、号啕大哭起来。泪水从眼窝里流出，使他有些缓不过气来；又见侯夫人和严罗紨哼唧着，抽哒着，哭至尽情哀伤，抢天呼地。众人前来劝慰节哀："人已辞世，哭也无用。现应商议如何料理侯爷后事。活着的如何保护自己的身体。"

中国丧葬礼仪早在远古氏族公社时期就存在。那时，当一个氏族成员去世后，后人不忍让死者遗体腐坏，就用柴草盖上，埋在野外，既不挖坟墓，也无礼仪。周代是丧葬礼仪的成熟期。遵循贵贱有仪、上下有等的原则，还要守孝三年。

秦汉时期之死为国家祭奠，不同身份的人逝世后办理丧事，均有严格的法律规定，违规即犯罪。那么刘贺死后，究竟是按"帝""王""侯"，还是按"民"的身份办理呢？海昏侯刘贺逝世之后，得到豫章郡官府的关心和帮助。廖太守决定亲自为刘贺主持丧事。具体安葬规划与注重事项，刘贺生前早有文字遗嘱。廖太守下令尊重死者遗愿：厚葬。

十几天过去了，仍不见宫里派大臣作为使者，前来为海昏侯刘贺主持葬礼。家人正在犯急，一个个不知怎么办才好。可他们并不知道，紫金城派出的信使因天气奇热，一路接力奔跑，一匹匹飞马不断更换，有的奔马跑至半途不到驿站便渴死、累死，信使也一个个晕倒，故延误了时间。宫里直至现在还没有接到"刘贺病故"的消息，故负责宗室事务的部门也就没有派人前来，皇帝刘询更不知晓此事。

在这种特殊的情况下，经大家反复商议，一致推举豫章廖太守主持刘贺丧事。廖太守欣然接受。然而，廖太守这样做并非仁爱之举，而是另有图谋：他发现刘贺虽贬为海昏侯，宣帝皇恩大赦，赐给他四千户邑食；又想到自己曾上奏弹劾过刘贺，刘贺虽死儿子还在，若有朝一日宣帝赐其子臣相之职，生怕自己吃不了、兜着走，说不定会掉脑袋，心里便有些惧怕，故在这关键时刻，他尽量"表现一下"，以示对刘贺一家的关爱。正是：得放手时且放手，可施恩处便施恩。

当夜，刘代宗从父亲密室柜中取出《筑墓记》《刘贺厚葬规划图》等帛，其中包括《墓葬布局图》《陪葬物摆设图示》等，并与侯夫人、严罗紨一道奉送至廖太守手中。

廖太守与众人将一叠帛一一打开，墓穴为甲字形，椁室为回字形，以及回廊形藏阁，划分科学，功能清晰。墓园平面呈梯形，墓主亲笔标出的总面积共4.6万平方米。

对于如此宏大的规模，廖太守心里说不出什么滋味，但想起刘贺——这位他既爱又恨的落魂者的死因，他心里感到内疚，因为与他暗示他的下属孙万世所做的一切有关。不知是腻烦、惧怕、不安，还是过于操劳而疲惫不堪，这坟墓里的每一件物品，都像触及他的神经似的，使他双腿发软，有些站不稳。

跟随在太守一旁的仆从发现太守脸色阴暗，连嘴唇都在颤抖，有些诧异，关切地探问："太守，你没事吧？"廖太守这才从忧虑与思索中醒悟，掩饰道："从这墓室布局规范、建筑、构件、营造、防腐等方面来看，布局合理，设计精心，就连主椁门窗布设与室的功能都有区别，君侯生前办事，竟考虑如此周密、细致，真不愧为皇家风范啊。"

次日一早，廖太守闻讯亲率众侍卫与卒吏前来奔丧，卒吏孙万世也在其中。刘贺的亲属以及远远近近的渔民陆续赶到现场哭丧、送葬，哭声震天动地，激起鄱湖三尺浪！

廖太守等站在主椁室前，与海昏侯家属及河上公、丁子奇等人来到实地，勘察海昏大墓现场，安排与丧事相关的事项。廖太守察看海昏侯墓东寝西堂的布局结构，探问其意。丁子奇解道："《荀子·礼论》云：丧礼者，以生者事死者也，大象其生，以送其死，事死如事生，事亡如存。这里的'事'，是侍奉、供奉之意。你看这大墓的布局，以海昏侯为中心，起居室摆放有连枝灯、博山炉、托盘、耳环。"

严罗紨触物伤心，两颗泪珠儿留在睫毛上，亮晶晶的，可她强忍着不让它流下来。侯夫人面无血色，脸像布单一样白。廖太守劝她节哀，说侯爷在生之年最想得开，你看他喜欢乐器，把编钟都带上一起升天。又向丁子奇问起悬乐为何这样布局。丁子奇禀报说："墓中这三堵悬乐是很有讲究的。按照《周礼》中的礼乐制度，'四堵为帝，三堵为悬乐'。刘贺作为侯，自然是只能按照三堵。"主墓中的回廊型藏阁是经过周密设计的，其最能表现刘贺身份与财富的为北藏阁，北藏阁所处是最为中心，最隐秘部位。北藏阁是主墓中距离墓葬道口最远、最隐秘处，将放置最能代表墓主身份的两堵编钟、一堵编磬。

廖太守试问河上公："这是先生你设计的？"河上公应道："不，此墓图纸是海昏侯早在昌邑国时就设计好了的。"廖太守一听，不由睁大了眼睛，惊问："怎么，海昏侯在旧昌邑国时，就为自己备好墓园？"河上公点头称是，并告诉他说，海昏侯在旧昌邑时，就跟当地几个工匠交上了朋友，共同设计了这张图纸，王墓位于当地一座叫金山的石山中。在他返回昌邑之后，便又继续筹办自己的后事，这张图纸是在昌邑墓的基础上几经琢磨后改定的。

廖太守已窥探到，刘贺把自己的后事看得很重。他凝视着刘贺主椁室，微微弯下腰，哭丧着脸在心里自责道：大王啊，当时我为保住自己这顶豫章郡太守的官帽，也身不由己啊。是的，先不说那天暗使孙万世在昌邑城喝酒时，故意引导刘贺说出后悔当年"未动兵力控制重臣霍光，把住皇权"之语，然后指使孙万世先用郁金香毒气缓缓侵入其肌体，让他缓缓瘦弱、干瘪、衰朽，最后暗示孙万世用一注有虎刺梅毒汁的西瓜致其命亡。如果有上天之灵，像海昏侯这样的善人在阴府地曹，一定活得硬朗、潇洒、快乐。他在扪心自问：若刘贺知道本官谋害其死，还会放过我吗？

廖太守想到此内心充满恐惧。他不由脖颈发硬，两眼发直，三千根发丝，根根竖起，仿佛刘贺会突然从棺材里坐起，一把揪住他的胸襟，疯狂质问："廖太守，你为什么要这样？为什么？为什么？"于是，他身子骨晃动了一下，有支撑不住。

河上公连忙上前搀扶着他，夸道："廖太守，你真是一位忠于职守、有情有义的大清官啊。"丁子奇也是参与对刘贺的谋害者之一，对于隐藏在廖太守心里的病根自然不会道破，便走过来说了一番道义之类的话："我们道家'三界'是指天、地、人，以欲界、色界、无色界视作三界。而道教有个'两半'的概念，两半，既指阴阳，又指日月。意为存思日月，阴阳合一，便可炼形长生。界外一半，远离三恶四染一半。"

廖太守听河上公这么一说，更是阴雾笼罩其心。丁子奇便叹息一声："此处阴气太重。廖太守身上又缺乏阳气，是否先回去歇息一会儿？"其实，风水先生话中有话，他是故意当众说给廖太守听的，似乎抓住了太守"暗杀他人"的"软"，以后若遇什么困难行个方便，还不是太守一句话？

在此丧葬仪式上，还有一个人物没有看到，他就是杀害刘贺的凶手孙万世。孙万世已经跟随廖太守到紫金城来了，可他因心中有鬼，害怕鬼来敲门。他一下船步入紫金城，便产生一种畏惧情绪：现躺在棺材里的刘贺，是我亲手所杀。自他对刘贺暗下毒手之后，心中总不平稳。睡意四面聚集而来，可眼睛就是合不拢，仿佛两边窗帘接不上缝，每天他就那么眼睁睁地干瞪着眼。昨天晚上还做了个噩梦，梦见刘贺带着一群披着长长黄发丝的美女，在他身后紧追不放，回头一看，却又并非美女而是一束束闪跳晃动的郁金香，直把他逼至桥下，落入彭蠡泽凶潮恶浪之中，最后淹死。在一个他亲手谋害的人的棺材前，他怎么安得了心呢？此刻，在紫金城里，无论他走到哪，刘贺的影子都跟随在他身后。刘贺那双细小的眼睛又冷又怯，远远地像两颗鬼火盯住了他，把孙万世照得无处藏身。正是：只愁堂上无明镜，不怕人间有恶奸。

不管怎的，廖太守心里总算得到了一点平衡。只见他道貌岸然，在众人面前满脸忧愁地来回走动。一时间，他把关注的目光投在刘贺大墓上，便问起河上公此墓的基本格局及民俗规矩。

河上公禀报廖大人说："海昏侯刘贺按照大汉传统事死如事生的葬制，意为对待已经死去的人，把死者生前享受的一切埋入地下。"太守又指着墓中东室的"寝"为何分成两部分？河上公又应道："一处放置棺椁，南面则有一个孔子立镜，还有一个榻，在侯王下葬的时候，要举行扶棺而泣的祭奠仪式。"廖太守问风水先生："棺椁用何木材？"

丁子奇应道："棺椁制度有规定，'天子椁棺七重，诸侯五重，大夫三重，士再重'，至于海昏侯刘贺是几重……"子奇以为太守发现自己在埋葬仪式出现差错，显得有些紧张，便等待太守表态。

廖太守宽厚地说出了两个字："厚葬"。想了一下又问刘贺生前的二位爱妻主棺的木材用什么？侯夫人说："大王生前对人说过，江西盛产樟树，豫章郡名就出自于樟，他想用樟木制棺，另有少量楠木。"

廖太守应道："那就满足他的心愿吧，棺材用樟木，要选百年以上的古樟。"丁子奇则说："百年以上古樟很精贵且难寻到。"廖太守见周围人都把关注的目光投在自己身上，足以在众人面前表现他的仁、义、善，便假装坚定地说："棺木木材，定要在百年以上，最好千年。"大家见廖太守大公无私，无不在内心深处敬佩他，连连点头称是。

关于棺材，按照周代礼制：天子棺柩七重，诸侯五重，大夫三重，士再重。作为诸侯的海昏侯，其棺柩是五重。此时，紫金城外场地摆了一口宽大的棺材，棺木全是樟木，年轮足有数百年。棺柩长度为3.7米，宽度为1.7米。内棺盖板有两米多长，一米多宽。棺柩后挡高1米，前颌板高30公分。主棺上面盖板呈橙红色。

刘代宗站在父亲棺前沉思，只见它顶部垂下一顶丝织的精美帷罩，心里大惑不解：棺材上面为何要挂一顶帷帐呢？还那棺上的各式花纹，精巧壮美，却不知何意。后来他从大家的谈话中得知：那罩不称"帐"，俗称"荒帷"。在上为荒，在侧为帷，以将棺罩起来。还有那盖在棺盖上绘有朱雀纹、柿蒂纹和四神图案，周边点缀了云朵纹饰。

代宗心里自然明白：秦汉时期，人们崇高长生不老的仙境，朱雀作为道教文化中"四神"之一，优美有力的羽尾走势等形式元素，成为经典的纹样造型。朱雀还代表着南方，有利于升仙。那棺盖上所绘的柿蒂纹，多用于伞盖、漆奁盖和其他青铜器上，也见于汉代墓室天井、墓门上，这是汉代常用的装饰图案，它代表永固结实，寓意长久安息。

按汉代丧事礼俗，贵族、奴隶主一定要复礼，为死者举行"招魂仪式"。

廖太守按规矩，招魂之后为死者沐浴，人死后或五天或七天，死者穿着入棺的寿衣，称作"小殓"。诸侯五日小殓，天子七日小殓。小殓过一天后，举行入棺仪式，这称为"大殓"。然后就是送殡了。往往是先殡后葬，也就是说，死者入殡后不立即安葬，待停一段时间后再作安葬，还渗入挽歌、行状、碑文、墓志等文化成分。到了汉代，丧葬仪礼发生了变化，服丧三年极少见到。丧葬礼仪没有什么明解的规定，郡府不提倡也不禁止。但"为死者哭丧"是有严格规定的。廖太守为海昏侯刘贺做了这么件积德之事，下令"一切听凭刘贺家属自行安排"。

廖太守又把目光投向墓地一个巨大的土坑，不由感到奇怪，便问："这个大坑派何用场？"河上公应道："那是陪葬真马车的陪葬坑，海昏侯生前爱马、爱马车，便要用五辆真车、二十匹马陪葬，即每辆马车四匹马陪葬。"太守听后并没有反对，笑道："海昏侯，好气派！常言道，'龙首衔轭'，皇太子的朱班轮，青盖，金华蚤，黑虚文，金涂五末的王青盖车，也不过如此！"想了一下又说，"庄子曰：海不辞东流，大之至也。既然海昏侯有这个心愿，也就都满足他吧，不必打折扣。"

这时，忽有个仆从呼唤："船！"众人望去，发现湖上漂来一只小船，靠岸后船停泊于紫金城旁。来人正是刘贺生前敬仰的二位大贤颜高和章子玄。自那天子玄搭船来紫金城与刘贺见过一面后，便把刘贺的近况告诉了颜高，颜高对刘贺牵挂在心。最近，便在章子玄的提议下来豫章游学，准备在此瞻仰先贤澹台灭明，谒拜子羽之墓。在赴豫章的路上，一位渔翁告诉他俩，海昏侯刘贺病入膏肓，生命垂危，他们便日夜兼程赶到了紫金城。

此刻，颜高已七十四岁了。青裙素服，简单易行，眼昏似秋月，眉白如晓霜，依旧苍然古貌，鹤发童颜。

章子玄是本地豫章人，熟悉豫章郡的一切。当二人赶到，当问及丧事由谁主持时，侯夫人说："本来，我们已经派出专门的使者赶往长安，向朝廷报丧，可至现在一直没有回音，不知何故。本想请廖太守主持……"廖太守生怕宫里发生意外，皇帝对刘贺有什么看法，一听侯夫人点名自己主持丧事，便推辞说："啊，不不，现在老仙道来了，还是请颜高先生主持吧。"颜高大概看出了廖太守的复杂心理，便把话接过来说："那就让我来吧。"

侯夫人把刘贺生前让转交的鹤骨仙笛，送还给了章子玄，并向二位高贤传达了刘贺生前的三句话：一是鹤骨仙笛，物归原主；二是子玄精神，永存世间；三是皇冠虽裂，鹤骨志在。章子玄手捧骨笛，面对苍天呼唤了一声："豫章洪崖伶伦，是你发明了这鹤骨仙笛，若你能够听见，请把仙笛吹起来，送刘贺一程吧！"

颜高与子玄一见棺灵，五内崩裂，泪如泉涌，大声呼喊"刘贺"的名字，一呼山斜蹋高崖倒，昏厥于地。廖太守问及侯夫人，这二位贤德之人是谁，侯夫人大致诉说了一番，在场者无不感动。当即，刘贺妻儿一致推举颜高为刘贺主持丧事。

顿时，云开雾散。天上浮现出朵朵云霞，像一盏盏白色的灯笼，悬挂在天空。阵阵悠扬的笛声从云霞中飘出，隐约回响于送葬者的耳畔：那笛声忽而悲怆，忽而婉转，如风啸峡谷，百折迂回。颜高在笛声中看了那棺内一眼：只见刘贺身裹一件两重金缕玉衣，微闭双眼、头部朝南，安详地平躺在镶金丝缕琉璃席上。他左手的位置摆放着一把金丝玉具剑，玉剑有金丝缠绕，旁边还有一套玉剑具。在他右手位置摆放有书刀一把，这是他在竹简木牍上写字时修改刮字所用。刘贺右腰位置挂有一块较大的蝶形佩玉，配有玛瑙缀饰，十分精美。在棺材东侧放着大量仪仗用具，约两米多长。

在悲痛的乐声与揪心的哭泣声中，颜高与子玄一唱一和，把一件件质地上乘、做工精美的漆盒与玉器，轻盈、整齐地摆放在主棺中。颜高在刘贺的头部、胸部和腹部，轻轻地覆盖着一块圆形硕大的玉璧，再在他的身下垫有一块玉璧，最大的玉璧直径竟然有九寸。子玄又捧给颜高一块青色的谷纹玉璧，颜高将它放置于大棺的尾部，让它露出半截，似乎要让刘贺的在天之灵亲眼看到此玉。

章子玄将一块玉瑗断成数截，颜高把它放在刘贺右侧，口中念念有词：

"古之君子必佩玉，右徵角，左宫羽，趋以采齐，行以肆夏，周还中规，折还中矩，进则揖之，退则扬之，然后玉锵鸣也。故君子在车则闻鸾和之声，行则鸣佩玉，是以非辟之心无自入也。君在不佩玉，左结佩，右设佩。居则设佩，朝则结佩。齐则綪结佩，而爵韡。凡带必有佩玉，唯丧否。佩玉有冲牙。君子无故，玉不去身。"

先生是在让海昏侯仙逝之后,也在上天用心去品悟古言,"古之君主必佩玉,君无故,玉不离身",以展示刘贺"古人以玉比德"的高尚风度。颜高又指指地上的那些漆盒,子玄如数捧在恩师手中,颜高便把漆盒塞在内棺与外棺之间的缝隙间,只见漆盒上贴有金箔,绘有飞鸟、奔鹿、狩猎等图案。

这时,侯夫人与严罗绁各自用两只漆器托盘,托盘上放着十个麟趾金、五个大马蹄金、十个小马蹄金,双手送至颜高手中,颜高把它们放置在刘贺主椁室床榻下。海昏侯在此藏了个金堆啊!

就这样,墓主刘贺每隔十几厘米的距离,就铺有五块金饼。从头到脚都是金与玉,身下金饼足有数十块之多。刘贺在墓中陪葬的金饼一百多枚,要六个大汉才能抬得动啊!

二位高贤开始放置陪葬品了。风水先生丁子奇下令:"动乐!"

编钟乐声骤起,章子玄与风水先生丁子奇,便将七枚玉璧依次传递给颜高。刘代宗小心翼翼捧出一枚龟形玉印,印章上清晰地篆刻有四个大字:大刘记印。颜高双手接过在手里掂量了几下,叹道:"这可是代表着身份的宝贝。"把它放在内棺中部刘贺腰身部位,又将一枚玉蝉塞入刘贺口中。颜高招呼了一声:"玉!"丁子奇即刻将一件大玉璧镶嵌的"玉覆面",双手托住递给颜高,颜高将它轻轻地放在墓主刘贺面部。接着刘贺的眼、耳、鼻等七窍部位也都置有玉器。

当完成了"饭含仪式"之后,颜高又把一只五十公分长、二十公分宽的漆箱,安放在刘贺头部位置,漆箱纹饰流畅、鲜艳,漆箱存有刘贺平日最喜爱的珍品。漆器上标有"昌邑九年""昌邑十一年"。当有人悄问棺内为何放漆器时,颜高没有吭声。原来,漆器乃"养生送终之具也"。故不仅生前大量使用漆器、赞美漆器,死后还要用其殉葬。接着在刘贺身体摆放着六排金饼,每排五枚,足有四百七十八件。

待放置玉器、漆器与金器程序完成之后,颜高唱喏一声:"钱币与竹牍陪葬!"于是,远处传来阵阵沉重的脚步声,只见二十个大汉抬棺汗水淋漓,肩扛手提,或数人抬着一筐筐、一袋袋五铢钱。气喘吁吁地朝这墓走来。稀里哗啦倒在回廊藏阁中,层层叠叠,足有二百万枚!

廖太守面对这堆积如山的五铢钱,心里暗自盘算:别小看这些五铢钱,若按汉制换算相当于现在的五十公斤黄金!又把目光紧紧盯住了两只石范,脸上浮现出了疑云：难道刘贺私自铸造钱币？不然，哪来的这么多钱？心里虽这么想，却没有把这个秘密说出来。

而后，大管家与仆从们把五千多枚竹简、近百版木牍放置墓中，其中几件木牍上写有"海昏侯臣贺昧死再拜皇帝陛下"文字，这是刘贺上奏宣帝的奏宣、皇太后奏章副本。在陪葬品中，那盏青铜豆形灯上刻的"南昌"二字特别引人注目。还有大量青铜兵器，诸如壶、尊、鼎、釜、臼、杵、勺等日常用品；有的青铜器上有"昌邑食官""籍田"等文字，铜鼎、铜缶、铜长颈壶、漏壶、博山香炉、投壶、火锅、青铜蒸馏器等等。另一些诸如冬虫夏草、板栗、荸荠、菱角等植物果实之类的吃货，也存在其中。最后还为刘贺穿上一年四季的衣服，盖些被子。

颜高与章子玄陪葬品的礼仪完毕，下葬仪式即将开始。

这是一次特殊的葬礼。个个都带慌意，人人俱动悲情。

墓主刘贺亦王、亦帝、亦民、亦侯。送葬仪礼不伦不类，五花八门夹杂在一起，就连豫章郡的大小官员都赶来了，给人一种"让死去的人满意，让活着的人安宁"的厚重感。

猛然间，只听得扛夫一声呐喊："起灵！"乐人们吹打的哀乐骤起，黑黝黝的樟木棺材渐渐离地。二三十个抬棺的土工，身强体壮，束腰拴带而来，抬起那口沉重的樟木棺材，向墓地走去。

孝眷分两队，乱攘攘哀号震动天地。五十双道，穿羽衣，吹起苇管竹笙。响彻云霄。那举着"引子"白色绢帖的执事们，身穿宽大的黑色长褂，腰间系着又厚重、又宽阔的白绸腰带，来来往往，不停地引进新的吊客。天气太热，每个人都喘不过气，不时地用白绸揩抹额头的汗水。招呼抬灵的扛夫更人换肩。打前路的是绢扎的鬼神，一个个面目狰狞；乐人们穿羽衣，吹吹打打，好不热闹！

车行时衣动带飘，人哭悲气泪成河。

刘贺的十六个妻妾、二十几个大小儿女，以及豫章郡远近的亲友、臣奴们披麻戴孝，一拥儿仰天拍地号啕大哭。最后是抬金箱、挑银柜以及各式珍玉宝贝的仆从们。前不见队伍的头，后不见队伍的尾。正是：三魂渺渺满天飞，七魄悠悠遍地滚。

海昏侯葬礼一切均顺利，谁料又一件意外之事发生了——

尾声

当人们把所有的陪葬品陆续送葬下地之后，扛夫们欲把墓主棺材抬起，正准备落地入坑时，忽闻远处传来一阵咴咴的马啸声，像呼号，像哭泣，悲怆而悠长。接着是一阵急促的马蹄声，如惊雷，似雨点！

人们回头一看，不由惊叹不已：箭羽扇动着两只极富灵气的耳朵，闻到了主人身上的气息，仿佛听到主人的呼吸，直向这边飞奔过来。汗水浸湿了它身上的鬃毛，雪白的泡沫喷在胸脯上，身后扬起团团烟尘……

大家看见此状况有些惧怕，仿若有一匹无缰的野马突然冲来，把整个埋葬仪礼全都搅乱。"落棺！"随着颜高一声呼唤，扛夫们把那副沉重的棺材轻盈落地。墓地上一片安静，谁也不敢作声。

颜高请大家不要惊慌，保持安静。同时重起哀乐。

正如刘贺之前所见到的那样，箭羽确实衰老了：周身骨骼细小，胸腔突出，奔跑起来也不那么轻巧有力。箭羽似乎认识颜高，它轻盈地奔到老人跟前，颜高是一位真正的伯乐，他不仅在十年前就认准了刘贺，他虽调皮顽劣，却勤奋苦读诗书，既有王子的皇家风范，又有仗义助人的英雄侠气，真可谓一匹忠实、善良的骏马啊。颜高还懂得如何识别马龄：马齿分为切齿、大齿和白齿，只要察看切齿便可鉴别马龄。若马的齿面变为"纵三角形"，它的年龄就是十八至二十岁了。他凝视着箭羽"纵三角形"的切齿，推测箭羽已三十多岁了。他一面用手轻抚着它的鬃毛，一面叹道：当年，在济阳县鸡鸣仙舍，老夫第一次见到刘贺，那时，他才十八岁。呵呵，眨眼工夫，十六个春秋一晃而过。现在，你的主人走了，你也老了，我也老了，老了……

颜高说到这里，老泪纵横，泪水打湿了他袖口的那片衣衫。箭羽似乎听到了颜高的心声，从肺叶发出一种低沉的吼声，把头颅伸到了老人的怀里……但当箭羽在阵阵哀乐声中见到刘贺的棺材，收慢了脚步奔到了棺前，低下了头颅，围绕刘贺棺木走了几圈，突然仰天发出了两声悠长呜咽，前膝跪在棺前，流下了几颗泪珠……

箭羽这一义举，让在场的所有人都为之感动。

颜高与章子玄久久地凝视着它，眼睛也湿润了。颜高轻盈地走上前去，用手抚摸着它身上那脏兮兮的鬃毛，欲"哄"它站起，离开，可箭羽仍不肯站立起来，最后竟然躺下，一动也不动。

颜高意味深长地叹道："孔子曰：鸟之将死，其鸣也哀；人之将死，其言也善。"廖太守走了过来，把眉头一皱，责道："这……这……成何体统！"颜高没有吭声，听太守对此突袭而来意外境况如何评说。

廖太守说："邪恶，天意。下葬时竟出现野马扰墓异象，不是好兆头。"这位太守嫉妒刘贺的老毛病又犯了。

"野马？太守说错了，这是一匹义马。"颜高盯了廖太守一眼，毫不客气地反辩说，"在道、德、仁、义这四个字上，它要比某些无情无义的人要强一百倍。"想了一下又叹道，"廖太守刚才所言，并不善啊。"

颜高这不轻不重的劝语，说得廖太守无地自容。于是低头不语，为了挽回自己的面子，便笑呵呵地对颜高说："大师，这个，我不懂啊。海昏侯丧事，请先生做主。"颜高也不客气，拱手谢过太守后，再来试探箭羽的心态，便一面呵护一面有所牵他远离棺材。可它不但不离去，还紧紧地依靠在棺木，反复用鼻子亲闻着主人身上的气息；当几个年轻人欲把"轰"走时，它一动也不动，又流下了几颗悲泪……

侯夫人和严罗紨及刘代宗等刘贺的妻儿们，一个个傻了眼，不知怎么办。廖太守却幸灾乐祸，站在一旁看笑话。

这时，远处隐隐传来一阵闷雷声，撕浪炸石，一道曲折的电光，在墨一般黑的天空颤抖了一下，像要冲破乌黑浓云的束缚，从地层里解脱出来。接着，又呈现另一番奇景：一堵云的高墙从湖面渐渐升至天顶，开始是残缺凸凹，伤痕累累；突然，一声惊雷炸响，仿佛刘贺出生时天降陨石的重演，深邃天空抖掉了神秘的面纱，那云墙渐渐变得浑圆湿润，碎成粗丝残片，扩散合拢，合拢又扩散，天际由白变黄，由黄变红，像是金蛇狂舞，又仿佛飘闪的灯笼、火龙，向前移动；渐渐地，一轮金色的朝阳从云缝跃然而起！最后，霞光万丈的天空呈现一间读书的小屋，屋门洞开，隐约可见一个人屋子里算数物，那小屋幻变成一个斗大的"覺"字……

人们抬头望去，惊叹不已，纷纷遥指天边呼唤着："仙道！你看，你看！那是什么？"有的说，此字注入神学，名贤难辩，超以象外，学问深奥，读不懂啊。风水先生丁子奇破译道："我们的祖先真是了不起啊，这造字简直神了。要说'學（学）'字源于指代教孩子算数习字的校舍，上半部表示为'手把手教学'，下半部一个子,意指教学对象。取'學'字的上部,加上'见'字,是为'觉',即意为'学有所见。"颜高抬头瞥一眼上天云彩中那个"覺"字,念念有词:"呵呵!刘贺虽然死了,却还活着。"廖太守大惑不解,惊问:"你说什么?仙道,刘贺还活着?"民间画师河上公应道:"这个'覺'字,禅学尚有两层意思,一是取睡觉之'覺(jiào)',二是取觉醒之'覺(jué)'。'睡着了''醒过来',同样是刘贺这个人,只不过一个人的两种不同状态而已。"

廖太守越听越糊涂,因为他就是杀害刘贺的主谋,所担心的是刘贺如果真的长眠不死,生怕他找自己算这笔"生死账"啊,便做贼心虚,恐惧地:"道仙高颜,这难道是真的,刘贺长眠不死?"

颜高意味深长地应道:"有的人虽然活着,但却早已死去;有的人虽然死去,但却依然活着。究其根本,人生的目标只有一个,是'觉',是'觉醒'也……"

章子玄接道:"大师是说,这就是刘贺的'长眠之覺'。刘贺带走的这批黄金制品、铜钱、玉器、铜器等陪葬宝贝,种类丰富,数额巨大。大师预言,这些东西,是刘贺留给后人丰厚的精神财富啊。"

颜高似乎看出了廖太守的心思,说道:"日掌阳,月掌阴。日月无私照,宇宙万物明。孔子曰:'知、仁、勇三者,天下之达德也。'在刘贺王、帝、民、侯的人生旅途中,他曾经死过,因他曾一度轻佻贪玩、放荡不羁;却也为民做过好事,是个仁者,善人,所以他还活着。于是,这匹跟随刘贺几十年的千里骏马,在闻知它主人仙逝之后,才痛哭流泪,如此悲伤,想永远伴随在主人身边……"

颜高说到这里,忽然,随着风声清脆的雷鸣,西边的黑云裂开了一个大口,天际那个斗大的"覺"字开始消失:东方天上挂着一双七色的彩虹,两头插在黑云中。彩虹下那个"覺"字变幻莫测,上面的"ᚱ""ᚾ"与"ᛃ"等笔画,分别化为一幢学习的门舍,仿佛那里面隐藏着刘贺之魂。屋后崦顶跃出一轮金灿灿的红日,悬挂在雾海云峰之间。接着,狂风大作,飞沙走石,遮天盖地,唯见那轮火球般的红日,隐藏在黄雾般的灰尘之中……

颜高一面默念着"长眠之'覺',长眠之'覺'……"忽然,远方传来一阵尖锐的马啸声,箭羽跳着、踢着,把前蹄踏在石头上,火星乱飞,那柔韧的吼声与马蹄声,仿佛在呐喊,在呼唤:愿跟随主人一道走!

迷悟一念间,觉醒一念间。生命目标只有一个:"覺"醒。

于是，颜高与章子玄商量了一番，并征得刘贺家属及廖太守等同意后，做出一个重大的决定：让箭羽陪葬。

真可谓"心有灵犀一点通"。箭羽似乎听懂了颜高的话，它静静地躺倒于棺木前，一声也不响。颜高命武士用一块黑布蒙在箭羽头上，快速抽出腰刀，向马颈刺去，鲜血在烈日下闪光，箭羽哀鸣了一声，随即不再动弹。箭羽与那四辆真马车一起，躺在殉葬坑中，陪同主人刘贺升天而去……

于是一排乐师扬起牛角号，鼓手擂鼓。各种乐器声奋力敲击，与人们的哭号声搅成一片。扛夫们齐心协力，把刘贺安息入土；同时将他所有的陪葬品掩埋在大墓各个布局点上。侯夫人、严罗䌷等刘贺的妻妾及其刘贺的儿女、亲属们，一个个面色忧伤，眼睛红肿，哭得死去活来。

此刻，远处传来一阵急促的马蹄声。只见两匹高头大马一前一后，嘶喊咆哮，向前狂奔。他们就是朝廷使者，从长安赶来豫章郡，专门为刘贺主持丧事的使者。使者说明了因天气炎热，报丧的使者的人马一个个病倒，直至前三天才惊悉此信，故来晚了。当侯夫人说明豫章天气酷热不能再等，便请德高望重的老道仙，为君侯操持了丧事。上下两级，相互谅解、安慰。最后，颜高与章子玄对刘贺的妻儿、亲属安抚一番，并劝导节哀，与大家告辞，继续游学。

没有一丝风。紫金城前的鄱湖水面像绸缎一般柔软，平静得没有一丝波纹。只有远处白帆点点，隐隐传来船夫的号子声，还有渔夫的渔歌声声。千百只水鸟伴着渔船，和谐地从人们眼前闪过，从上空斜飞而下，直向远方奋飞而去，满身沐浴着灿烂的阳光。

按豫章郡丧葬礼仪，刘贺入土为安之后是祭祀之礼。刘贺的亲人侯夫人、严罗䌷和张修、崔倩云、刘梦莺以及他的儿子刘代宗都忙着为他"做七"。"做七"以一、三、五、七为"大七"；二、四、六为"间七"或称"暗七"。"末七"亲友光临，大开宴席，把所有灵堂、祭帐、灵台清理干净，仅留下一张拜桌安放神主牌位，早晚侍奉，直至百日。

刘贺死后，按照规制，本应该是他的大儿子刘充国继承侯位，然而他也因毒而死。刘贺的二儿子刘奉亲亦同样原因去世。于是廖太守上书奏道："舜封象在有鼻，象死不为他设立后继者，认为暴乱之人不应该当一国的始祖。海昏侯刘贺去世，上报朝廷，应当作为他的后继者的是他的儿子刘充国；刘充国去世，又上报他的弟弟刘奉亲；刘奉亲又去世，这是天意要断绝他的祭祀。陛下聪明仁爱，对于刘贺很厚重，即使是舜对象也没法超过。应该按礼制断绝刘贺的后继，奉行天意。希望交给有司商议。"

这份奏书到了汉宣帝手里，引发了朝廷中群臣的辩论，最后认为海昏侯不宜再立嗣。汉宣帝也最终下诏废除了海昏侯国。

直至汉初元三年（公元前46年），汉元帝刘奭仍封刘贺之子刘代宗为海昏侯，共延传四代。历史是不会撒谎的，它是最客观、最公正的审判员。

古昌邑城，多见于文献记载，如《太平寰宇记》记载："昌邑城在州北，水路一百三十七里。"按雷次宗《豫章记》云："昌邑王贺既废之后，宣帝封为海昏侯，东就国，筑城于此"。明翰文学家万时华（南昌人）写过一诗《昌邑游塘城》，描述了昌邑城的景象，对昌邑一斑是刘贺的遭遇寄予了深切的同情，诗曰："哀王今已矣，商号锡野村名。草际无遗殿，耕余见古城。栖栖怜暮雀，岁岁换春莺。过客休相吊，麒麟画亦倾。"充分表达了历代豫章人对刘贺的崇敬与怀念。

刘代宗就居住在紫金城，有时还爱坐在犹豫堆上，观赏彭蠡泽潮涨潮落，思念着他朝夕相伴的父亲。当他看到那浪花排成长列，一个接着一个从黑暗里翻滚出来，猛烈撞击在礁石上，淹没了沙滩，淹没了石礁，懦弱无能的小舟之时，他清晰听到了那湖潮神秘的语音："人之生也柔弱，其死也坚强。"于是，他感叹道："是啊，死是一去不复返的波涛。生与死不过父亲那《惊心动魄的二十七天》，瞬间便窸窣翻过去了。因此，只有乐于生的人，才不会为死感到苦恼。而生者应珍惜生命每一秒。"

一天，退潮之后，太阳没入湖畔的树林子后面，透出几条温暖的光线。刘代宗看见沙滩上有一只饥鸟在啄食，但这是一只奇鸟，圆圆的眼睛，长长的细腿，翼长七尺，目大径寸，五颜六色的翅膀犹如宫中美女的锦缎，从清爽歌喉发出的歌声，优雅动听，令人陶醉。刘代宗觉得好奇，心想：这是一只什么鸟啊，翅膀如此之大，却飞不起来；眼睛那么大，却看不清人。于是，他从地上捡起一块小石，欲把它击伤带回家清蒸吃了。可手中之石子还没出手，那鸟便飞到了他身后的林中。

这时，刘代宗又看见一只知了躲在浓荫中，悄然自得地乘凉，忘记了自身的安危；旁边有一只螳螂，隐藏在一只树叶后面，蠢蠢欲动，得意忘形，准备捕食知了；那只奇鸟一心想猎取螳螂，以致利令智昏，忘乎所以。刘代宗见了，不由感到惊异：这不是庄子写给后人的一则寓言吗？怎么会在我的眼前重现？难道是父亲托给我一梦？还是庄子上天之灵对我的警示：见利忘危，则危在旦夕；反之，居安思危，则有备无患。

刘代宗离开树林子，返回犹豫堆反思：回顾父亲那当二十七天皇帝惊心动魄的经历，难道不是这样的吗？

刘代宗正想着，忽闻天上传来一阵鸟鸣。他抬头望去，只见一群鸟儿，身子略胖，翅膀吃力，显得迟钝，笨拙无能，好像不能高飞，也不能飞远。代宗走到湖边，船上一位老艄公告诉他说，别看它们笨拙无能，可在飞翔之时，它们成群结队，把身子骨紧靠在一起，相依为命，相互援引。前进的时候，无一只擅自冒进；后退的时候，无一只敢随意掉队；吃食的时候，没有一只敢抢先尝尝。刘代宗点头悟道：是啊，它们行动起来，不乱，不散，亲如一家，故谁也不敢轻易伤害它们，因此避免了外界的攻击与伤害。

刘代宗一面在沙滩上走着一面反思：回顾父亲惊心动魄的那二十七天，难道不是这样的吗？

代宗不由叹道：人的天性好比种子，它既能长成香花，也可能长成毒草。只有仁者才能辨别真假，永远立于不败之地。

呵，这是父亲留下的遗言："仁者无敌，仁者无敌……"

1972年冬月在彭蠡泽慨口采风中故事初稿
2015年12月初完成提纲及第一稿部分章节
2016年3月完成第一稿、4月底第二稿
2016年5月完成第三稿、6月至7月第四稿
2016年8月22日凌晨3时第五稿
2016年12月冬至第六稿杀青于滕王阁赣江畔

后　记

《皇帝刘贺——惊心动魄的二十七天》（以下简称"二十七天"）杀青后，总算松了一口气。撰写此书，是我创作生涯中一个艰难的选择，也是一次漫长的"西汉文化苦旅"。

提起我与海昏的缘分，还得从 20 世纪 70 年代初说起。1973 年冬，我曾以记者身份深入彭蠡泽慨口采风，整理过一篇题为《昌邑王》的民间传说。那个"口头文学"仅一两千字，谈不上什么文学价值，却是我头一次接触海昏侯的见证，使我知道西汉有个传奇人物，他的名字叫"刘贺"。当时听完也就过去了，并没把它当作一回事，至今回忆起来倒蛮有意思，特别是当时拍下我与船老大、渔家孩子合影的三张黑白照片，尤其珍贵保留至今。

近十几年来，我以研究、创作江西、南昌地域历史文化为主。2015 年西汉大墓惊世发现，引起了我浓厚的兴趣与关注，于是放弃另一题材长篇小说的写作，海昏侯便再次出现在我的视线，纳入我近几年的重点创作规划。于是我查阅了大量与西汉、与海昏侯相关的历史文献，于 2015 年 12 月写出了约六页 A4 纸的"刘贺大事年表"。

在这本书动笔之前，我应张秋林先生邀请赴北京，参加新晋畅销书作家黎隆武先生《千古悲摧帝王侯——海昏侯刘贺的前世今生》的研讨会，有幸见到了时任中共江西省委秘书长的朱虹先生。虽只有短暂的交流却很愉悦，受益匪浅。朱虹先生是博士生导师，赴英访问高级学者，在文学与影视艺术方面造诣颇深，著有《社会主义意识形态论》《当代精神文明研究》《论宣传思想工作》《广播影视：改革与发展》《中国广电领军人物》《从广电大国到广电强国》《广电政策与未来走向》及主编《江西旅游文化丛书》（共 10 册）等著作。返昌后，他以学者的视野审阅了我"二十七天"上万字的提纲，独辟蹊径、画龙点睛，建议"题目可改为：《皇帝刘贺——惊心动魄的二十七天》，将故事和人物可穿插在二十七天之中"。这一指导性建议使我眼前为之一亮，打开了我创作的新思路。于是，我便开始了"二十七天"的艰辛耕耘。

后记

众所周知,《汉史》及汉朝的主流与士族对刘贺其人贬斥结论:"利令智昏""荒淫无度"。海昏侯古墓大批出土文物,却使我对刘贺这个人物有了新的认识,对刘贺的精神与生死灵魂有进一步的理解,得出了《汉书》《资治通鉴》及《南昌县志》《新建县志》等文献资料对刘贺评价有误的历史性结论。

当然,在刘贺当二十七天皇帝的前前后后,他确实做过一些荒唐事,如他少年任性,娇纵贪玩,公子哥儿气十足;年轻时充当继子被迎入长安,主持先帝丧事前后不悲不伤称什么"嗓子痛,不能哭",以及赴长安主持先帝丧事,从昌邑国携带二百余臣仆入宫;昭帝驾崩尸骨未寒又擅自动用乐器;受玺登基后的"二十七日内频繁下诏一千一百二十七件"等等。可当我带着"刘贺究竟是个什么人"的疑问,深入研究、思考刘贺或与刘贺相关史料之后,却发现刘贺阳光的一面:他接受过《诗经》《论语》《孝经》的教育,从小喜爱读书、懂音乐,躬行节俭,仁慈爱人。他性格单纯直率、开朗乐观,如被昌邑王府中尉王吉多次严厉批评,他从不记恨,反而赏给他五百斤牛脯、五石(担)酒;大将军、大司马霍光戒备森严,准备废黜他时,刘贺全蒙在鼓里,竟在入殿上朝时被侍卫阻拦在门外;刘贺莫名其妙应了声:"慢些来,干吗吓唬人!"那神态、口气俨然像个孩子;当皇太后宣布刘贺被废时,刘贺不卑不亢,不怨不怒,只应了个"可"字,便昂然离去。

我同情刘贺。他五岁丧父,十岁丧母,从小失去了父母之爱。因此我写"二十七天",始终把握一点:以守护感性生命、自然本性与生命尊严为基础,写的是刘贺的人生、爱情与传统道、德、仁、义的和谐。我认为刘贺虽有这样或那样的缺点,甚至错误,但他仁人君子,爱国爱家,本质是好的。因此,我撰写"二十七天"不持偏见,不予浮夸,而是以"历史小说"中的人物既写史书记载的历史人物,亦有虚构的艺术形象,以合情合理推翻汉史对刘贺"利令智昏""荒淫无度"的不公结论,客观、公正还原一个真实的刘贺。

也许是我对刘贺有一种特殊的钟爱,在撰写本书的那段时间,呕心沥血,欲罢不能。有时熬至通宵达旦仍无倦意。在我伏案笔耕的二百四十个日日夜夜,几乎每天都写至深夜一两点钟。像往常一样,在床边案头放着"边想边写"的备忘录,还有堆积如山的《汉书》《资治通鉴》《新建县志》《南昌县志》等原始文献史料,有时一觉醒来,史书典故如春风扑面,触发沉浮于梦中的一两个灵感火花,便立即抓住记录在案;睡过一个回笼觉后,又继续呆坐于电脑前琢磨、推敲、续写。

"二十七天"是我续《八大山人》《王勃》后的第三部长篇历史小说，这三部作品都是挖掘江西、南昌地域文化的文学作品。重温旧梦，怀古伤今，回顾总结，继续朝前。在本书的思想艺术追求上，我尝试力求做到以下几点：

一是关注的是主人公的生死命运，尽力把浓墨重彩放在刘贺身上，撰写了他从出生至死亡三十四年的不幸遭遇，以及人与人之间的关系，写了他与朝廷重臣霍光的宫廷政权的角逐，写了刘贺与其几位夫人的纯真爱情，还有全书上至皇上、皇后、太子、重臣、刺史、文官、武将、县令、富豪、乡绅、诗圣、贤达，下至农夫、小贩、僧尼、贫妇、游侠、隐士、郎中、艄公、官奴、乞丐、恶少、盗贼等五六十个人物群像，以表现他们的精神气质和纯真情感。

二是重现西汉宏大叙事的社会缩影，尽力使之成为南昌西汉大墓的"纸质历史博物馆"。本书描述了西汉未央宫、孔庙、上林苑、园林等人文景观、生态环境，旨在烘托人物个性、推动情节发展。同时阐述了汉武帝独尊儒家、巫蛊案、渭河神仙会议、农业、手工业生产、西汉地方的丝绸之路、西域战争、风土人情、地理地貌、戏剧音乐，以及西汉地方风味小吃、民间传说等人文景观。

三是把西汉大墓出土文物，诸如鱼雁灯、连枝灯、铜漏壶、孔子立镜、铜镜、马蹄金、龟纽玉印章、玉器、虫珀、编钟、古剑、马车、投壶、博山香炉、青铜火锅、竹简木牍、五铢钱、母子量器、冬虫夏草等，均全部纳入全书人物故事之中。

四是尝试采用意识流与中国传统表现手法相结合的叙事模式，通过刘贺生命临终前一天的十二个时辰回忆展开故事，使作品人物与时间成为小说结构的经纬线，把十二个时辰与人物故事相互交织，每章数百字均以散文诗笔调画龙点睛，记录了刘贺从幼稚到成熟，再醒悟直至生命终点的人生过程，从主人公的成长阶梯悟出人生哲理，引导读者"以史为镜，思考当今"。

五是以史实为依据改写历史。本书通过主人公刘贺三十四个春秋的人生经历，及其发生在他身边惊心动魄的人与事，从不同角度与侧面展示印证：过去史书所载豫章郡为荒蛮之地的历史误断。

六是把历史小说寓言化、诗化。即对小说发生的人物、事件或细节抒情化、意象化，可在简短篇幅中表达无限宏远人物场景，并从中悟出人生哲理，从而使人物在情节发展中更鲜活、更丰满、更透明。

七是采用中西相结合的艺术表现手法：全书共12回、52节，每一节都留下一悬念。把西方支离破碎的故事片断的回忆，与中国传统"话说""且说"结合在一起，在每章节中留下一悬念，然后"且看下回分解"，使人物情节环环紧扣，娓娓道来，做到既有历史的厚重感，又贴近当代读者的阅读习惯。

八是本着历史小说大事不虚、小事不拘的原则，在尊重历史的前提下大胆进行艺术虚构。全书引用的四百多个人文典故、民俗风情、警句、民谣等均有根有据。书中描述的西汉政治、经济、法律、文化及刘贺主要生平事迹，力求人物故事历史本质性的真实，也有部分审美层面的艺术加工。本书设定有名有姓的人物，大多为历史人物，却也有部分虚构的艺术形象。

为使作品精益求精，为扩大与海昏侯相关古墓知识，我于2016年8月又携带本书第五稿深入宁夏银川参观、调查"西夏陵"史迹，剖析中国古墓文化谜团，力求使《二十七天》相关史料准确无误，锦上添花。

蹉跎岁月，逝如流水。面对镜一照，鬓角斑白，日渐衰老矣。以上搬唇递舌，喋喋不休。旨在总结以前历史小说的创作经验，抛砖引玉。

衷心感谢朱虹先生，是他一开始就看好《二十七天》这一题材与最初构想，并在百忙中为本书作序。是他引导、启发我在本书创作中，开拓无限的想象空间，倾注了这部小说的主人公刘贺全新的生命活力。感谢中共省委宣传部副部长、新锐畅销书作家黎隆武先生，他撰写的首部关于海昏侯刘贺的历史纪实文学作品《千古悲摧帝王侯——海昏侯刘贺的前世今生》，棋高一着，领军在前，给我以启示与鞭策。

在此，我要特别提及二十一世纪出版集团社长张秋林先生，秋林是我二三十年前的文坛挚友，是我尊敬的著名出版家少儿出版界的传奇人物。且不说他以眼光、雄心、魄力创造了全国少儿出版的数个第一，单说2016年初，秋林从官方网站看到，"2016年江西省版权登记首单花落海昏侯刘贺"，得知我近几年精心耕耘海昏侯，便连夜打电话、发微信与我联系，次日签约、预付稿酬，当即拍板敲定，把我正在手头上转的两部文学作品列入了该社重点出版规划。秋林先生在他的出版事业上反应之灵、眼光之远、待友之诚、动作之捷，着实令人感动，为之折服！在我《二十七天》艰苦的创作与十几次反复磨砺、修改中，秋林不断勉励我"超乎意外，打造经典"，给予我很大的鼓励与鞭策。同时独具慧眼，亲自审阅，提出了不少宝贵的修改意见与建议。感谢刘凯军与"梦之队"的李一意、谈炜萍、朱毅帆、张周等编辑们付出的辛勤劳动。

希望这部作品面世后，获到更多专家、学者及广大读者的批评指正。

[刘贺世系表和大事年表]

西 汉 （公元前206年—公元8年）

[刘贺世系表]

父系：

景帝（死于公元前104年以前）——刘彻（景帝第十三个儿子排列居中。刘彻四岁时拥立为胶东王；七岁时改立为皇太子，并立其母为皇太后——景帝后元三年（公元前141年）正月，景帝驾崩，十六岁的刘彻以皇帝身份继承皇位——尊皇后窦氏为太皇太后，尊母亲王氏为皇太后——武帝建元元年（公元前140年），武帝封皇太后同母异父田蚡、田胜为列侯——刘彻生有五子（按次序排列）——戾太子刘据、齐怀王刘闳、燕剌王刘旦、广陵厉王刘胥、昌邑王刘髆（排行老五，刘贺之父）——刘贺（刘髆之子、刘彻之孙）——刘充国、刘奉亲、刘代宗（均为刘贺之子，孙子辈。史载刘贺生有二十二子，留下名字的仅为三人）——刘保世（海昏原侯）、刘会邑（曾孙辈。之后，刘保世传位于该子）。

母系：

李夫人（死于公元前104年以前）——刘髆昌邑哀王（死于前88年）——刘贺——平元元年（公元前74年）继昭帝登基二十七天被废黜——元康三年（前63年）春受封为海昏侯，死于神爵三年（公元前59年）——刘充国、刘奉亲、刘代宗（以上按序排列，为刘贺子字辈）——刘保世、刘会邑（刘保世传位其子，为刘贺曾孙辈）

[刘贺大事年表]

汉太史四年（公元前93年）刘贺出生前一年。
汉《太始四年》三月，武帝东巡，封禅泰山、石闾。
十二月武帝西巡。在孔子旧宅获得古文《尚书》《礼记》《论语》《孝经》（按孔子宅此批古籍，《汉书·艺志》云：在武帝末，又云以巫蛊事起未列于学官，故置于此年）。

征和元年（公元前92年）**刘贺一岁**。

七月二十五日刘贺出生于昌邑国（今山东）。

十一月，谣言宫廷及大臣中命巫者用诅咒谋杀人，巫蛊事起。司马迁大约死于该年前后。

征和二年（公元前91年）**刘贺两岁**。

正月，汉武帝以巫蛊事，族丞相公孙贺。四月，诸葛、阳石两公主及卫青之子长平侯卫伉皆坐巫蛊死。

七月，皇后卫氏及皇太子刘据皆以巫蛊事自杀。

八月，巫蛊祸起。太子刘据自杀身亡，刘据的孙子刘病已（后为汉宣帝）出生仅数月。据《公孙贺传》《江充传》载，汉武元狩元年（前122年），汉武29岁得龙子——太子刘据。元鼎四年（前113年，刘据娶史良娣生下刘进，号曰"史皇孙"。

九月，匈奴入上谷、五原，杀掠吏民。

征和三年（公元前90年）**刘贺三岁**。

正月，武帝西巡。匈奴入五原、酒泉。三月派遣李广利等三位将军，步骑十三万分道袭击匈奴；两道无所得，李广利败降匈奴。贰师将军李广利与丞相刘屈氂谋立昌邑王为太子。

征和四年（公元前89年）**刘贺四岁**。

丞相刘屈氂谋立昌邑王刘髆为太子，事败，刘屈氂满门抄斩，李广利叛逃匈奴（李广利为刘髆的舅舅，刘贺之舅公，刘屈氂的岳父）。

汉武帝下诏停止军事行动，封丞相车千秋为富民侯。宣布"方今之路在于立农"。以赵过为搜粟都尉，推行其"代田法"（为防风防旱，每年以田中之垄和畎轮换播种）。史载，用此耕作法每亩可多收一石。既可多收税额又改善了农民生活。

后元元年（公元前 88 年）**刘贺五岁**。

正月，昌邑王刘髆薨，刘贺继昌邑王位，成为第二位昌邑王。

六月，武帝颁布"轮台罪己诏"。

后元二年（公元前 87 年）**刘贺六岁**。

二月，汉武帝驾崩，享年七十岁。三月，葬武帝于茂陵。八岁的昭帝刘弗陵（武帝第六子，幼子）继承皇位。弗陵为钩弋夫人所生，公元前 88 年武帝准备立弗陵为太子。因吕后时主少母壮，发生了篡权事件，将钩弋夫人赐死，史称"篡权称制"的教训。

大司马大将军霍光、车骑将军金日磾、左将军上官桀、御史大夫桑弘羊，共受遗诏辅佐少主，霍光主事。昭帝时，昌邑王派了一位大夫赴长安。中尉王吉、郎中令龚遂向刘贺引经据典，忠言直谏，昌邑王口头接受，坚决不改。

始元元年（公元前 86 年）**刘贺七岁**。

夏，益州夷二十四邑、三万余人起事；募吏民、发犍为、蜀郡奔命破之。

（九月，金日磾薨。）

闰九月，遣使行郡国，问民疾苦。

始元二年（公元前 85 年）**刘贺八岁**。

正月，霍光受封博陆侯；上官桀为安阳侯。

始元三年（公元前 84 年）**刘贺九岁**。

上官桀欲通过霍光将孙女上官氏纳入后宫，当时上官氏年仅五岁。上官皇后乃上官桀之孙女，霍光之外甥女。霍光以其年幼婉言谢绝。上官父子乃请盖长公主得以实现。二月募民徙去陵，赐钱及田宅。

始元四年（公元前 83 年）**刘贺十岁**。

三月，上官氏被立为皇后，年仅六岁。汉昭帝十二岁。

上官皇后乃上官桀之孙女，霍光之外孙女。

始元五年（公元前82年）刘贺十一岁。
上官皇后之父上官安受封安乐侯。

始元六年（公元前81年）刘贺十二岁。
苏武出使匈奴被扣十九年后，回归汉朝，匈奴大汉恢复和亲关系。
盐铁会议。
此年，西汉政府下令郡国举贤良文学之士，"问以民所疾苦，教化之要"。他们都提出要"罢盐铁酒榷均输官，毋与天下争利"。御史大夫桑弘羊反驳："以为此国家大业，所以制四夷，安边足用之本，不可废也。"结果只罢了酒酤一项。

元凤元年（公元前80年）刘贺十三岁。
八月，改年号为元凤。
九月，上官桀父子、盖长公主、燕王刘旦等因谋反被杀或自杀。
桑弘羊自以为对国家有功，为子弟求官未成，怨恨霍光，参与上官桀等人谋立燕王刘旦为帝的反叛活动，阴谋败露，被杀。

元凤二年（公元前79年）刘贺十四岁。
六月，令郡国勿敛今年马口钱。
匈奴遣九千骑备汉，并于后方水上作桥以为退路。

元凤三年（公元前78年）刘贺十五岁。
春，罢中牟宛，赋贫民。诏止四年漕。冬，辽东乌桓侵边；发二万骑击之，斩六千余级，获三王首。

元凤四年（公元前77年）刘贺十六岁。
免四年口赋及三年前逋更赋。
傅介子诱杀楼兰王，改"楼兰"为"鄯善"，遣吏士屯田伊循。

元凤五年（公元前 76 年）**刘贺十七岁**。

六月，发三辅及郡国恶少年及吏有告劾亡者，屯辽东。

秋，罢象郡分属另地。

元凤六年（公元前 75 年）**刘贺十八岁**。

正月，募郡国徒筑辽东玄免城。夏，乌桓复侵边，遣将击退之。

刘贺封国前屡见种种怪异现象：一是刘贺见白犬，三尺高，无头，颈子以下像人并戴方山冠；二是一大鸟飞来停在宫中。龚遂解作"天意"，奉劝大王反省，三思而行；三是梦血弄脏刘贺的座席，龚遂解宫室不久将空，凶兆屡次来到。

平元元年（公元前 74 年）**刘贺十九岁**。

四月十七日，汉昭帝驾崩。

刘贺征到长安，刘贺六月一日登基，继任皇帝。

刘胥让女巫女须诅咒刘贺。

刘贺六月二十八日被废（刘贺在位时间，公历为七月十八至八月十四日），仅当了二十七天皇帝。同时昌邑国被废，改封为"山阳郡"。八月二十五日刘病已（后改名"刘询"）即皇帝位，是为汉宣帝。

八月巳巳，丞相杨敞去世。

九月，大赦天下。

十一月壬子，宣帝立许氏为皇后，居住长乐宫，派卫士守护。

本始元年（公元前 73 年）**刘贺二十岁**。

刘贺被废，削去王号，返回山阳郡（原封地昌邑），食邑二千户。第一任昌邑王刘髆全部家财给了刘贺。对刘髆四个女儿也各赐汤沐邑一千户。

大将军霍光向宣帝叩拜，请求归还朝政，宣帝谦让，将朝政仍然交还由霍光执掌。继而加封拥立其为皇帝的功臣，加封大将军霍光一万七千户，加封车骑将军光禄勋富平侯张安世一万户。

本始二年（公元前72年）刘贺二十一岁。

大司农阳城侯田延年有罪，自杀。

秋，以乌孙请救，大发关东轻车锐卒、选郡国吏三百石勇健者从军，遣五将军，率十万人分道西进，以校尉持节护乌耿兵，共击匈奴。

本始三年（公元前71年）刘贺二十二岁。

春天正月，皇后许氏驾崩。

五位大将军率令汉朝大军从长安出发征战。当年五月凯旋。

五月，攻匈奴罢，五将军共俘七千余人，乌孙兵俘斩匈奴名王都尉以下四级，畜口七十余万头。

本始四年（公元前70年）刘贺二十三岁。

四月，令三辅、太常内郡国举贤良方正各一人。

地节二年（公元前68年）刘贺二十五岁。

三月，霍光病逝。

霍光死后，汉宣帝亲临吊孝，以帝王规格厚葬霍光于茂陵，赐号"宣成侯"。刘病已开始采取明升暗降、解职、调离、制度改革等措施，架空霍家在宫廷的势力。树立了汉宣帝在朝的绝对权威。

四月，废上书言事者副封制度。罢塞外诸城防匈奴者。

匈奴发两屯各万骑以备汉。匈奴役属之君长以下数千人降汉。

地节三年（公元前67年）刘贺二十六岁。

五月，张敞到任山阳太守。九月，张敞考察刘贺发现他形似囚徒，生活卑微不堪。张敞与他坐在庭中谈话，用恶鸟试探刘贺生存境况与心理状态，得知执金吾严延年之女罗紨是故昌邑王的妻子。结论其衣服、言语、举动，白痴呆傻。并对其名籍与奴婢、财物簿册；奴婢一百八十三人，歌女、舞女张修等十一人。关闭大门、开小门，仅一差役领取钱物上街采买，每天早上送一趟食物进去，此外不得出入。

九月，张敞入视刘贺居住状，形似"囚徒"，生活卑微不堪。

地节四年（公元前 66 年）刘贺二十七岁。

七月，霍光家族因谋反，族诛。

元康元年（公元前 65）刘贺二十八岁。

正月，龟兹王及其夫人朝汉。徙丞相、将军、列侯、吏二千石赀百万者于杜陵。冬，莎车杀汉使，结南道诸国；冯奉世发南北道兵万五千人击破之，莎车王自杀。

元康二年（公元前 64 年）刘贺二十九岁。

汉宣帝诏令张敞视察"谨慎防备盗贼，注意往来过客，不要泄露这条诏令"，一语双关提示张敞密报刘贺近况。

元康三年（公元前 63 年）刘贺三十岁。

三月，汉宣帝下诏："曾闻舜弟象有罪，舜为帝后封他于有鼻之国。骨肉之亲明而不绝，现封故昌邑王刘贺为海昏侯，食邑四千户。"侍中、卫尉金安上书说："刘贺是上天抛弃的人，陛下至仁，又封为列侯。刘贺是个愚顽废弃之人，不应该奉行宗庙及入朝行朝见天子之礼。"奏折得到汉宣帝批准，春，刘贺前往封国海昏。

元康四年（公元前 62 年）刘贺三十一岁。

刘贺上奏宣帝，禀报自己身体越来越差，提出两点请求：一是拜见皇上；二是回到自己出生的地方。汉宣帝对此恼怒，认为刘贺虽已废黜却未死心。不但没有恩准他入朝，且给扬州柯刺史下密旨继续监视刘贺。

神爵元年（公元前 61 年）刘贺三十二岁。

扬州柯刺史亲临海昏侯国监察并调查研究，从卒史孙万世获一情况：孙万世与刘贺谈及皇权时，当孙万世问及"从前被废时为何不坚守不出宫，斩大将军"，刘贺悔恨自己"错过了机会"。话题涉及皇权、谋反等敏感内容。

扬州柯刺史立即上奏宣帝，诏令削去刘贺三千户封邑，仅剩下千户。

神爵三年（公元前 59 年）**刘贺三十四岁**。

刘贺薨。海昏国被废除。

之后，部分史书文献对刘贺一生评价摘录如下：

夏侯胜等："使人簿责胜，缚嘉系狱。荒淫迷惑，失帝王礼仪，乱汉制度。"班固《汉书》："受玺以来二十七日，使者旁午，持节诏诸官署征发，凡一千一百二十七事。"卢植："太甲既立不明，伊尹放之桐宫。昌邑王立二十七日，罪过千馀，故霍光废之。"

元帝继位后，再次封刘贺的儿子刘代宗为海昏侯，一直传到后代子孙，在东汉光武年间（公元 25~57 年）仍为列侯。

主要参考书目

1. 仓修良：《史记辞典》，山东教育出版社，1991
2. 江召棠：《南昌县志》，1961年
3. 霈雨农：《同治新建县志》，1961年
4. （清）陶福履、胡思敬：《豫章丛书》，江西教育出版社，2007
5. 朱虹：《江西风景独好》，二十一世纪出版社，2012
6. 钟起煌主编：《江西通史》，江西人民出版社，2008
7. 《彭蠡泽文化志》，江西人民出版社，2013
8. 余家栋：《江西陶瓷史》，河南大学出版社，1996
9. 彭林：《国学经典.仪礼》，中州古籍出版社，2011
10. 葛剑雄：《西汉人口地理》，商务印书馆，2014
11. 练春海：《器物图像与汉代信仰》，三联书店，2014
12. 刘安琴：《长安地志》，百花文艺出版社，2010
13. 刘乃贤：《昌邑古迹通览》，科学出版社，2012
14. 田天：《秦汉国家祭祀史稿》，三联书店，2015
15. 杨树达：《汉代婚姻礼俗考》，上海古籍出版社，2013
16. 胡仆安：《中国风俗》北京，九州出版社，2007
17. 《古代礼风俗漫谈》，中华书局，1983
18. 吕宗力：《汉代谣言》，浙江大学出版社，2011
19. 陈鼎如、赖征海：《古代民谣注析》，江西人民出版社，1985
20. 郭泮溪：《中国民间游戏与竞技》，上海三联书店，1996
21. 高少峰：《西安风传说》，中国民间文学出版社，1988
22. 吴伟编、赣舆浅：《概说江西八十古县》，百花洲文艺出版社，2012
23. 陈政：《图说海昏侯》，江西美术出版社，2016
24. 《中国典故大辞典》，汉语大辞典出版社，2005
25. 《中华私家藏书》，中国工人出版社，2001
26. 翦伯赞：《中外历史年表》，中华书局，1985
27. 臧云溥：《中国史大事纪年》，山东教育出版社，1984.

28.《中国名胜词典》,上海辞书出版社,2001
29. 吴海林、李延沛:《中国历史人物辞典》,黑龙江人民出版社,1983
30. 福宝.庄华峰主编:《中国饮食文化辞典》,安徽人民出版社,1994

图书在版编目（CIP）数据

皇帝刘贺：惊心动魄的二十七天 / 孙海浪著. --
南昌：二十一世纪出版社集团, 2018.1（2020.6重印）
ISBN 978-7-5568-3196-8

Ⅰ.①皇… Ⅱ.①孙… Ⅲ.①长篇历史小说－中国－
当代 Ⅳ.①I247.5

中国版本图书馆CIP数据核字(2017)第272773号

皇帝刘贺—惊心动魄的二十七天

Huangdi liuhe Jingxin Dongpo de Ershiqitian

孙海浪 著

策　　划：	张秋林		
责任编辑：	谈炜萍　张　周　朱毅帆		
特约编辑：	陈文平		
书籍设计：	梅家强　胡文欣　先锋設計		
出　　版：	二十一世纪出版社集团		
社　　址：	南昌市子安路75号		
邮　　编：	330025		
网　　址：	www.21ccccc.com　cc21@163.com		
发　　行：	全国新华书店		
印　　刷：	江西华奥印务有限责任公司		
版　　次：	2018年7月第1版　2020年6月第3次印刷		
开　　本：	680×920　1/16		
印　　张：	28.5		
书　　号：	ISBN 978-7-5568-3196-8		
定　　价：	40.00元		

赣版权登字-04-2017-791
版权所有，侵权必究
服务热线：0791-86512056